Weitere Titel der Autorin:

Die Pestärztin
Der Eid der Kreuzritterin
Das Geheimnis der Pilgerin
Das Erbe der Pilgerin

Titel in der Regel auch als Hörbuch und E-Book erhältlich

Ricarda Jordan

DIE GEISEL DES LÖWEN

Historischer Roman

BASTEI LÜBBE TASCHENBUCH
Band 16825

1. Auflage: Juli 2013

Dieser Titel ist auch als Hörbuch und E-Book erschienen

Originalausgabe

Dieses Werk wurde vermittelt durch die Literarische Agentur
Thomas Schlück GmbH, 30827 Garbsen.

Copyright © 2013 by Bastei Lübbe GmbH & Co. KG, Köln
Lektorat: Melanie Blank-Schröder
Innenillustration: Manuela Städele
Titelillustration: Hut with a Well on the Rugen (gouache on paper),
Friedrich, Caspar David (1774–1840)/© Hamburger Kunsthalle, Hamburg,
Germany/The Bridgeman Art Library; © shutterstock/Yutilova Elena
Umschlaggestaltung: Manuela Städele
Satz: Urban SatzKonzept, Düsseldorf
Gesetzt aus der Garamond
Druck und Verarbeitung: GGP Media GmbH, Pößneck
Printed in Germany
ISBN 978-3-404-16825-5

Sie finden uns im Internet unter
www.luebbe.de
Bitte beachten Sie auch:
www.lesejury.de

Der Preis dieses Bandes versteht sich einschließlich
der gesetzlichen Mehrwertsteuer.

Prolog

Das Blut des Ritters hatte den sauber geharkten Sand vor dem Heiligtum rot gefärbt. Der Junge schaute entsetzt auf die Spur von Blutstropfen, die von dem verstümmelten Körper des Ritters zum Tempel führte. Der Priester, der sein Henker war, hatte seinen Kopf zu Füßen des Götzen niedergelegt. Es sah fast aus, als blickten die erstarrten Augen des Toten auf zu der vierköpfigen hölzernen Götterstatue. Die Priester intonierten einen düsteren Gesang – und der Junge wusste, dass sie ihn als Nächsten ergreifen würden. Er sollte etwas tun, sich wehren, versuchen zu fliehen, aber seine Augen hingen wie gebannt an dem steinernen Richtplatz und dem blutigen Schwert ...

Doch dann hörte er den Aufschrei der Menge. Ein Schemen rannte wieselflink über den Platz vor dem Tempel, den Platz, den kein Tier und kein Mensch je betreten durften, es sei denn als Priester oder Opfer.

»Jetzt! Lauf!«

Der Junge meinte, die Stimme des Mädchens zu hören, auch wenn das kaum möglich war. War doch die Luft erfüllt von Gebeten, ängstlichen Rufen und rennenden Füßen. Die Menschen fürchteten die Rache des Götzen für die Schändung seines Tempels. Sie flehten um Gnade, oder sie flüchteten. Und endlich fiel die Erstarrung von dem Jungen ab. Er riss sich los, schlug den Mann nieder, der ihn festhalten sollte, rannte mit den Flüchtenden zu den Toren der Burg und verschmolz mit der Menge. Dann wandte er sich noch einmal um und suchte das Mädchen mit seinem Blick. Es stand am Rande des Tempelplatzes. Sein

Haar wehte im Wind, sein Blick war auf den Götzen gerichtet. Aber es schien weder zu beten noch an Flucht zu denken.

Es fürchtete sich nicht.

Das Opfer

Kap Arkona, Rujana (Rügen)
1163

Kapitel 1

Einige wenige fahle Sonnenstrahlen tasteten sich wie leuchtende Finger über den stahlgrauen Himmel Rujanas. Amra, die im harten Küstengras lag und zu den Wolken aufblickte, gruselte sich ein bisschen bei dem Gedanken, die Götter könnten so nach ihr greifen. Sie fuhr zusammen, als sie Hufeklappern und eine Stimme hinter sich hörte.

»Amra! Was machst du denn hier? Deine Mutter sucht dich. Die Heringe...«

Amra richtete sich auf und erkannte Herrn Baruch auf seinem Pferd, den Kaufmann aus Stralow, dem ihre Mutter das Haus führte. Wie viele Händler besaß er einen Stützpunkt auf Rujana – die Insel war ein Zentrum des Heringshandels.

»Die Fischer sind vorhin ausgefahren«, führte Baruch weiter aus und zügelte seine kleine Stute, die am liebsten gleich weitergelaufen wäre.

Amra nickte. Das hätte ihr kaum entgehen können. Wenn die Heringsschwärme gesichtet wurden, die Rujanas Reichtum und das Auskommen der Fischer des Örtchens Vitt sicherten, rief eine Glocke die Männer zu den Booten. Sie ließen dann alles stehen und liegen – ob es eine wichtige Arbeit war, eine Bestattung oder ein Gottesdienst. Die Priester von Arkona tadelten sie deshalb mitunter, aber nicht sehr scharf. Auch der Reichtum ihres Heiligtums erwuchs schließlich aus den Segnungen des Meeres.

»Ich hasse Heringe«, bemerkte Amra und strich ihr langes, leuchtend rotes Haar zurück.

Baruch lächelte. »Sie gehören auch nicht unbedingt zu meinen Leibspeisen«, meinte er. »Aber in gewisser Hinsicht ernähren sie uns beide. Also solltest du nicht hier herumliegen und träumen, sondern dich zu den Mädchen im Ort gesellen und auf die Fischer und ihre Beute warten.«

Amra seufzte. Wenn die Fischer mit ihrem Fang zurückkehrten, mussten Aberhunderte von Heringen ausgenommen und in Fässern eingesalzen werden. Eine schmutzige und schweißtreibende Arbeit, die alle Bewohner von Vitt bis in die Nacht beschäftigen würde. Und es bestand keine Chance, dass der Fang dieses Mal vielleicht nicht so reichlich ausfiel. Die Heringsschwärme wanderten im Frühjahr von der Ostsee in die Küstengewässer, um zu laichen, und die Fische waren zahlreich wie die Sterne am Himmel. Man brauchte nicht einmal Netze, um sie in die Boote zu befördern, die Fischer schöpften sie in Eimern an Bord.

»Wo reitet Ihr denn hin, Herr?«, fragte Amra, um das Thema zu wechseln. Je später sie ins Dorf kam, desto besser.

Sie stand auf, klopfte ihr Kleid aus und wanderte dann neben dem falbfarbenen Pferd des Kaufmanns her – wohl wissend, dass sie sich damit von Vitt entfernte, statt sich weisungsgemäß ins Dorf zu begeben.

Baruch schmunzelte. Natürlich durchschaute er das Manöver, aber er war gern mit Amra zusammen. Die schlaksige Dreizehnjährige war lebhaft und klug – dazu versprach sie, ausgesprochen hübsch zu werden mit ihrem roten Haar und den klaren grünen Augen. Er wäre stolz gewesen, hätte er sie seine Tochter nennen dürfen ... Doch Baruch rief sich allein bei dem Gedanken zur Ordnung. Niemand durfte jemals wissen, dass Mirnesa, Amras Mutter, ihm mehr war als eine Wirtschafterin und dass Amra ... Nun ja, auf der Insel redete man natürlich darüber, dass sie das rote Haar kaum von Mirnesas erstem, früh verstorbenem Gatten haben konnte. Baruch selbst begann zwar langsam zu ergrauen, aber er versteckte seinen karottenroten Schopf meist unter einer Kopfbedeckung. Die bedeckte dann auch seine Jarmulke, das Käppchen, das ihn als gläubigen Juden auswies. Zu Hause in Stralow allerdings ... Baruch hätte sich der Ächtung der jüdischen Gemeinde ausgesetzt, hätte man gewusst, dass er hier auf Rujana das Bett mit einer ranischen Geliebten teilte, die ihm obendrein ein Kind geboren hatte.

»Wo denkst du denn, dass ich hinreite, Amra, wenn ich den Höhenweg von Vitt aus nehme?«, neckte er jetzt das Mädchen. »Fallen dir da wirklich so viele Ziele ein, dass du fragen musst?«

Amra fühlte sich ertappt, lächelte die Schmach aber weg. »Nach Norden, nach Arkona«, antwortete sie schließlich, als hätte er die Frage ernst gemeint. »Zur Burg, zu den Priestern und zum König. Ich weiß jedoch nicht, was Ihr da wollt. Die Heringe sind gerade erst gekommen. Ihr müsst dem Gott noch nicht opfern ...«

König Tetzlav, der Herrscher von Rujana, und die mächtige Priesterschaft des Gottes Svantevit erlaubten den Fernhandel und die Ansiedlung der Kaufleute aus aller Welt auf ihrer Insel. Allerdings forderten sie Abgaben – anderswo als Zölle deklariert, hier hingegen als Opfergaben für das Heiligtum des Gottes. Arkona war Zentrum der Verehrung des Kriegergottes Svantevit, die Gläubigen kamen aus dem gesamten slawischen Raum, und die Priester hatten großen Einfluss.

Baruch verzog das Gesicht, als Amra von den Opfergaben sprach. Er nannte die Abgaben ungern so. Seine Religion verbot es ihm, andere Götter als den einen der Juden zu verehren. Dennoch lieferte er brav Gold oder Wertgegenstände bei den Priestern ab, und die anderen jüdischen und christlichen Kaufleute taten es ihm gleich. Rujana war zu wichtig und die Einkünfte aus dem Heringshandel zu groß, um sich hier in religiösen Spitzfindigkeiten zu verlieren.

»Die Heringe sind gerade erst gekommen, aber gestern Nacht sind dem König noch andere Fische ins Netz gegangen«, meinte Baruch grimmig. »Hast du nicht von der Galeere gehört, die sie aufgetan haben, die Männer von Arkona und von Vitt?«

Amras Blick verdüsterte sich. »Doch. Das war kein leichter Fang. Olessa und Mava trauern um ihre Männer...«

Die Ortschaft Vitt konnte vom Heringshandel eigentlich gut leben, aber die Fischer hatten auch Einkünfte aus weniger friedlichen Unternehmungen. Seeräuberei versprach Abenteuer und leichte, reiche Beute. Sowohl von der über der Steilküste thronenden Burg Arkona aus als auch von dem etwa eine Meile entfernt in einer Uferschlucht gelegenen Vitt beobachtete man die Bucht. Kam ein Schiff in Sicht, das man nicht kannte und war es womöglich in Schwierigkeiten, dann sandte Tetzlav seine Männer hinunter nach Vitt, und die Fischer stellten ihnen bereitwillig ihre Boote für eine Kaperfahrt zur Verfügung. Die Ranen hatten kleine, wendige Schiffe mit geringem Tiefgang, nicht für Hochseeschifffahrt geeignet, doch überaus schnell in Ufernähe. Die meisten Handelsschiffe hatten der Übermacht der Ranenpiraten wenig entgegenzusetzen, aber mit der Galeere der vergangenen Nacht verhielt es sich anders. Berichten der Fischer zufolge war sie voller Ritter gewesen, die sich kraftvoll zur Wehr setzten. Letztlich hatten die Seeräuber die gesamte Besatzung zur Strecke gebracht – lediglich zwei Gefangene lagen in Ketten auf der Burg –, dennoch hatten sie ihren Sieg teuer bezahlt. Zwei Fischer aus Vitt und über zwanzig Ritter des Königs waren auf See geblieben.

»Und es gab nicht mal besonders viel Beute«, fuhr Amra fort. Auch darüber war in Vitt offen geredet worden. Die Piraterie verursachte niemandem Gewissensbisse.

Baruch nickte. »Eben das gibt mir Hoffnung für meine Mission«, meinte er. »Ich werde versuchen, die zwei Gefangenen freizukaufen. Das Schiff war eine Galeere der Templer. Sie würden ihre Leute sicher gern auslösen.«

Baruch fungierte oft als Vermittler zwischen Gefangenen und Seeräubern. König Tetzlav und seinen Leuten ging es um schnelles Geld. Die sonst im Abendland durchaus übliche Praxis, wohlhabende und hochgeborene Gefangene monatelang festzuhalten, bis der Kontakt mit ihren Angehörigen hergestellt und eine Lösegeldzahlung erfolgt war, lag ihnen nicht. Also löste Baruch die Opfer der Piratenangriffe auf gut Glück aus und hoffte auf Vergütung seiner Auslagen. Enttäuscht wurde er dabei selten. Tetzlav gab die Gefangenen meist ohne großes Federlesen heraus, und die erwiesen sich als überaus dankbar und dementsprechend großzügig.

»Kann ich nicht mitkommen?«, fragte Amra.

Inzwischen hatten sie die Hälfte des Weges zur Burg zurückgelegt. Der Höhenweg bot reizvolle Ausblicke den Kreidefelsen hinunter bis weit über die blaugraue, heute fast spiegelglatte See, doch keiner der beiden achtete darauf.

Baruch lächelte. »Und womit begründe ich die Eskorte?«, erkundigte er sich.

Amra zuckte die Schultern. »Ich könnte Euer Pferd halten«, schlug sie vor und tätschelte den Hals der falben Stute.

Baruch schüttelte den Kopf. »Es gibt ausreichend Anbindeplätze auf der Burg«, wehrte er ab.

Amra grinste zu ihm hoch. »Aber Susa ist ein kluges Pferd. Sie könnte sich losreißen und über das Heiligtum des Gottes laufen. Dann würdet Ihr geköpft!«

Baruch lachte. »Eben weil sie ein kluges Pferd ist, wird sie das tunlichst bleiben lassen«, gab er zurück. »Und angesichts der Möglichkeit, geköpft zu werden, pflege ich meine Knoten auch stets besonders gewissenhaft zu winden.«

Amra schürzte die Lippen wie immer, wenn sie angestrengt nachdachte.

»Ich könnte sagen, ich wollte dem Gott opfern«, meinte sie. »Ich hab vorhin Sanddorn gepflückt«, sie nestelte ein Säckchen aus ihrer Tasche, »das könnte ich dem Gott schenken ...«

Baruch hob die Augen gen Himmel, nachdem er einen kurzen Blick auf das Beutelchen geworfen hatte, in dem ein paar verschrumpelte, vorjährige Beeren lagen. »Wenn du es wagst, dem Gott so eine magere Spende zukommen zu lassen, wird man eher dich köpfen«, neckte er sie. »Und überhaupt, was sollte ein kleines Mädchen wie du vom großen, kriegerischen Gott Svantevit zu erbitten haben?« Baruchs Stimme klang wie immer ein wenig spöttisch, wenn er von einem der Götter der Ranen sprach.

Amra hob stolz den Kopf. »Vergeltung!«, erklärte sie mit klingender Stimme. »Der Mann von Olessa war so etwas wie mein Oheim ... glaube ich jedenfalls. Deshalb will ich für seinen heldenhaften Eingang in die jenseitige Welt opfern und ...«

Baruch lachte erneut. »Du bist jedenfalls um keine Antwort verlegen.« Es klang anerkennend. Und schließlich griff der Kaufmann in seine Satteltasche. »Hier. Das kannst du dem Gott opfern«, erklärte er, indem er eine Kette aus Perlen und Halbedelsteinen zutage förderte. »In meinem Namen, damit Svantevit die Verhandlungen segnet und das Orakel zu unseren Gunsten entscheidet, falls die Priester es für nötig halten, es wegen der Gefangenen zurate zu ziehen.«

Das war eher selten, aber diesmal rechnete Baruch mit Komplikationen. Die aufgebrachte Galeere war ein Schiff der Templer – die Überlebenden mochten also auch zu den Kriegermönchen gehören. Und womöglich wollte Tetzlav obendrein Rache für seine getöteten Männer. Unter Umständen würden die Ranen den Gott entscheiden lassen, ob man die Gefangenen auslösen ließ oder tötete.

Inzwischen kamen die Burgwälle in Sicht, die Gebäude blieben dahinter verborgen. Um die Burg zum Land hin zu sichern, waren zwei Erdwälle aufgeworfen worden, den vorderen hatte man zudem mit Holz verkleidet. Neben den Toren thronten Wachtürme. Amra steckte die Kette mit einem Dank ein und folgte Baruch dann eingeschüchtert über den hölzernen Steg, mit dem der Burggraben überbaut war. Die Wachen winkten die beiden allerdings ohne Durchsuchung mit kurzen Grußworten durch. Der Kaufmann aus Stralow war wohlbekannt und recht beliebt. Im Gegensatz zu den meisten anderen Handelsherren sprach er Ranisch und war sich nicht zu fein, auch mit den einfachsten Söldnern ein paar Worte zu wechseln. Jetzt neckte einer ihn mit seiner weiblichen Begleitung.

»Habt Ihr Euch gar eine Frau genommen, Herr Baruch, und erbittet jetzt den Segen der Götter? Aber da seh ich schwarz für die Treue bei einem so jungen Ding!«

Amra errötete unter den forschenden Blicken der jungen Burschen, Baruch ließ sich jedoch nicht aus der Ruhe bringen.

»Glaubt Ihr wirklich, ein so hübsches Ding würde einem alten Bock wie mir auch nur einen Blick schenken?«, gab er im gleichen Ton zurück. »Schaut sie Euch an, die Kleine – wenn sie alt genug ist, einen Gatten zu wählen, werden die Könige bei ihrer Mutter Schlange stehen.«

Die Wachleute johlten und ließen den Kaufmann und Amra durch, die jetzt überhaupt nicht mehr wusste, wo sie hinschauen sollte.

Das gab sich allerdings bald. Das Geschehen in der Burg war viel zu interessant, als dass Amra lange schamhaft zu Boden blickte, und sie war gewöhnlich nicht schüchtern. Sie folgte Baruch nun auch durch den zweiten Wall und betrachtete dann mit großen Augen das Heiligtum des Gottes, das sich vor ihr auftat. Der Tempel war weitaus prächtiger als der Palas des Königs, der eher unscheinbar wirkte. Aber das hoch aufragende

Dach, unter dem die riesige Statue des Gottes Svantevit Schutz fand, leuchtete purpurn in der Farbe der Könige. Baruch hatte Amra erzählt, dass diese Farbe überaus kostbar war, und sicher musste man den Anstrich oft erneuern, um das Strahlen zu erhalten.

Das Mädchen spähte unter das Dach, um vielleicht einen Blick auf den Gott zu erhaschen, das war indessen nicht einfach. Das Heiligtum befand sich inmitten eines viereckigen Platzes, den niemand betreten durfte außer den Priestern des Gottes. Auch sie näherten sich der hölzernen Statue mit äußerster Demut. Innerhalb des heiligen Bereichs durften sie nicht einmal atmen, um den Gott nicht zu beleidigen.

Das Geviert wirkte denn auch wie eine Insel der Ruhe im regen Treiben rundum. Im direkten Umkreis des Tempels empfingen die Priester Gläubige, nahmen Opfergaben entgegen und boten sie dem Gott dar. Der Hohepriester Muris – Amra kannte ihn von den seltenen Zeremonien, zu denen die Dörfler auf die Burg kamen – begrüßte eben eine Abordnung der Obodriten, eines Slawenstammes aus Mikelenburg. Zweifellos wollten die Männer das Orakel befragen, ein Unternehmen, für das die Fürsten der verschiedenen Slawenstämme zuweilen weite Reisen unternahmen. Seit der Zerstörung des Heiligtums Rethra am Tollensesee hundert Jahre zuvor war Arkona der einzige Ort im Ostseebereich, der zu Ehren des Gottes und für das Orakel heilige Pferde hielt.

Amra starrte neugierig auf die Stallanlagen hinter dem Haupttempel. Womöglich würde sie Zeugin des Rituals werden! Es fand öffentlich statt, aber bislang war Amra nie im Inneren der Burg gewesen, wenn das Orakel befragt wurde. Auf jeden Fall war sie nicht böse, als Baruch sie bat, vor dem Königspalas auf ihn zu warten. Er hoffte auf eine sofortige Audienz bei König Tetzlav, und dabei konnte er das Mädchen nun wirklich nicht gebrauchen. Amra nahm bereitwillig die Zügel seiner Stute, um sich wenigstens ein bisschen nützlich zu machen. Die sanfte Susa blieb gelassen neben ihr stehen.

Rund um den Palas herrschte geschäftiges Treiben. Ritter und Diener gingen ein und aus, Lebensmittel wurden gebracht, und Küchenmädchen leerten Putzeimer aus, um sie am Brunnen vor den Gebäuden neu zu füllen. Die Bediensteten hatten keinen Blick für das Geschehen am Tempel, Amra dagegen verfolgte interessiert die Vorbereitungen für das Orakel.

Die Priester baten die Ratsuchenden, in einem gewissen Abstand vom Schauplatz des Gottesurteils Platz zu nehmen. Dann wurden unter Gesängen und Gebeten die Speere ihrer Anführer gekreuzt auf den Boden gelegt. Es ging also um die Entscheidung in einer Schlacht oder gar einem Krieg! Die Obodriten mussten sich bedroht fühlen oder dachten vielleicht selbst daran, einen anderen Stamm anzugreifen. Und nun würde das Orakel ihnen verraten, ob sie dabei mit Sieg oder Niederlage rechnen mussten. Würde Svantevits Pferd die Speere zunächst mit dem rechten Huf überschreiten, so verhieß das Gutes. Setzte es den linken darüber, fing man den Krieg besser gar nicht erst an...

Amra spähte erneut nach der Statue des Gottes, während die Männer auf das Erscheinen des schwarzen Hengstes warteten. Sie erschrak, als sie die Augen eines der Gesichter des Gottes geradewegs auf sich gerichtet fühlte. Svantevit hatte vier – freundliche und grimmige, und jedes schaute in eine der Himmelsrichtungen. Amra entdeckte jetzt auch das Trinkhorn, das Svantevit in der Hand hielt. Es war ebenfalls Teil eines Orakels, allerdings eines recht friedlichen. Die Priester füllten das gewaltige Gefäß jedes Frühjahr mit Bier, und je nachdem, ob es sich in den nächsten Tagen schnell leerte oder überfloss, sagten sie eine gute oder schlechte Ernte voraus.

Nun wurde eines der mächtigen tiefschwarzen Pferde des

Gottes von einem Priester aus dem Stall geführt. Amra betrachtete es mit Ehrfurcht, im Dorf erzählten sie sich, dass der Gott damit regelmäßig über die Wälle der Burg sprang und sich in die Kriege seiner Anhänger einmischte. Mit Svantevit an seiner Seite konnte man nur siegen. Man hatte ihn auch schon auf die Jagd reiten oder einfach nur aus Freude am wilden Ritt über die Insel sprengen sehen. Amra fand den Hengst imponierend, er war viel größer und kräftiger als Baruchs Stute. Gegenüber der riesigen Statue des Gottes wirkte jedoch auch der Rappe recht klein. Ob Svantevit den Körper des Pferdes anschwellen ließ, wenn er reiten wollte?

Nun sah der Hengst aber auch nicht aus, als ob er viel arbeitete. Im Gegenteil, er war wohlgenährt und strotzte vor Übermut, der Priester konnte ihn kaum halten. Und dann sah Amra etwas, das sie in Staunen versetzte: Der Mann versuchte, die Schritte des Tieres zu lenken. Er gab ihm mal mehr, mal weniger Zügel und beeinflusste damit zweifellos die Schrittlänge. Der Priester würde also bestimmen können, mit welchem Huf der Hengst vor den Speeren abfußte! Amra hielt den Atem an und biss sich auf die Lippen. Wenn der Hengst nicht selbst bestimmte, welchen Huf er über das Hindernis setzte – was war das Orakel dann wert?

Doch der Rappe schien an diesem Tag nicht gewillt, den unauffälligen Hinweisen seines Führers zu folgen. Er interessierte sich allerdings auch nicht besonders für seine göttliche Aufgabe, sondern eher für die Stute Susa. Amra war geistesabwesend immer näher an den Orakelplatz herangetreten – und Susa war ihr natürlich brav gefolgt. Das Mädchen erschrak zu Tode, als der Priester ihm deshalb einen wütenden Blick zuwarf. Amra zog sich sofort zurück, aber das verschlimmerte die Sache eher. Der Hengst tänzelte, zog unartig am Zügel und stieg – ausgerechnet vor den am Boden liegenden Speeren. Die Obodriten schrien auf, als die schweren Hufe des Rappen die Waffen trafen und das Holz unter sich zersplittern ließen. Das Pferd erschrak und gebärdete sich daraufhin noch wilder.

Der Hohepriester wies einen Novizen an, dem Priester mit dem Pferd zu Hilfe zu kommen. Er brauchte sichtlich Zeit, sich zu fassen, während die beiden das Tier schließlich beruhigten und wegführten.

Amra wartete zitternd auf Muris' Spruch. Würde man sie zur Rechenschaft ziehen? Aber Muris hatte das Mädchen und die Stute gar nicht bemerkt. Er wandte sich jetzt mit klarer Stimme an die aufgeregten Obodriten.

»Es wird«, sagte er, »einen Friedensschluss geben. Die Waffen zwischen Euch und Euren Gegnern werden schweigen. Aber der Gott sagt auch Blut und Tod voraus. Bevor eine neue Zeit anbricht, muss Altes zerstört werden, so war es, und so wird es immer sein.«

Der Priester senkte demütig den Kopf vor dem Gott und wandte sich dann ab, obwohl die Obodriten ihn mit Fragen bestürmten. Sehr viel hatte er ihnen schließlich nicht verraten. Ob das die Reise gelohnt hatte?

Vor dem Tempel wurde es langsam ruhiger, und Amra vertrieb sich die weitere Wartezeit auf Herrn Baruch, indem sie im Sand vor dem Palas einen Strich zog und versuchte, Susa mal mit dem rechten, mal mit dem linken Huf zuerst darüberzulotsen. Es gestaltete sich überraschend einfach. Wenn sie ein bisschen übte, würde niemand sehen, dass sie auf die kleine Stute Einfluss nahm.

»Ja, Amra, genau so geht es.« Versunken in ihrer Aufgabe hatte sie gar nicht gemerkt, dass Baruch aus dem Haus gekommen war. »Aber ich würde das nicht gerade in Sichtweite der Priester üben. Bist du von Sinnen, Mädchen? Wenn einer bemerkt, dass du ...«

Baruch nahm ihr unwirsch die Zügel aus der Hand und verwischte den Strich im Sand rasch mit seinem Lederstiefel. Dann entfernte er sich zielstrebig mit Susa am Zügel in Richtung eines der Wachtürme. Amra musste fast rennen, um ihm zu folgen.

»Aber ... aber wenn *ich* das schon sehe ... und Ihr ... wieso sehen das dann die anderen nicht? Diese Männer, das sind doch ... das sind doch Ritter! Die verstehen viel mehr von Pferden, und ...«

Baruch zuckte die Schultern. Dann raffte er sich doch zu einer richtigen Antwort auf.

»Kind, der Mensch sieht, was er sehen will. Und er glaubt, was er glauben will. Diese Männer sind von weit her gekommen, um das Orakel ihres Gottes zu befragen. Sie werden es nicht anzweifeln. Erst recht nicht, wenn es ihnen genau das sagt, was sie hören wollen. Worauf die ganze Sache ja wohl abzielt. Wenn jemand ausreichend spendet, sagt ihm das Orakel auch einen Sieg voraus. Mit ein wenig Glück vertraut er darauf und fühlt seine Waffen gesegnet. Sein Gegner hört vielleicht davon und erkennt in seiner Angst den Gott zwischen den Reitern des Feindes. Dann behält das Orakel Recht und alle sind zufrieden.« Der Kaufmann seufzte.

»Aber Ihr scheint nicht zufrieden«, bemerkte Amra. »Seid Ihr zu keiner Einigung mit dem König gekommen?«

Baruch schüttelte den Kopf. »Nein«, sagte er unglücklich. »Das Schicksal der Gefangenen ist besiegelt. Die Priester fordern ein Menschenopfer für Svantevit – er hat lange keines mehr erhalten. Templer, christliche Kriegermönche ... Was könnte es Besseres geben, um der Welt die Überlegenheit Svantevits gegenüber den Göttern der Christen zu zeigen? Und der König ... Gewöhnlich ist er ja einer guten Lösegeldforderung nicht abgeneigt. In diesem Fall platzt er fast vor Wut – zwanzig Gefallene beim Angriff auf diese Galeere, und zwei davon aus seiner eigenen Familie. König Tetzlav will Blut sehen. Er wird den Priestern nichts entgegenstellen.« Baruch rieb sich die Stirn. »Und ich darf es den Gefangenen jetzt mitteilen. Vielleicht wollen sie ja letzte Grüße an ihre Angehörigen richten, die ich dann gegen ein kleines Entgeld befördern könnte. Ein Einfall des Königs übrigens. Was Einnahmen angeht, ist er ja äußerst ideenreich.«

Baruch blieb vor einem der Wachtürme, in dessen Untergeschoss sich die Verliese der Burg befanden, stehen. Diesmal band er Susa an. Amra warf er einen prüfenden Blick zu.

»Du wartest hier – möglichst, ohne Dummheiten zu machen. Oder ... ach, weißt du was, komm mit! Diesen Männern da unten wird nie wieder der Blick auf eine Frau vergönnt sein. Es ... es mag sie trösten und ihnen vielleicht noch einen schönen Traum schenken.«

Er legte dem Mädchen die Hand auf die Schulter. »Willst du?«, fragte er.

Amra nickte eifrig. Sie hatte noch nie einen Kerker von innen gesehen, und auch wenn die Männer ihr leidtaten – vor allem brannte sie vor Neugier!

Kapitel 2

Gisbert de Soigne verlangte es nicht nach Trost, und er würde in seiner letzten Nacht auf Erden auch kaum an Mädchen denken. Der Tempelritter war tiefgläubig. Er wusste, welches Schicksal ihm bevorstand, und er trug es mit Gelassenheit. Gisbert de Soigne würde reinen Herzens vor seinen Gott treten, und er war auch nicht mehr jung. Hinter ihm lag ein erfülltes Leben, Gott hatte ihm alles gewährt, worum er ihn gebeten hatte. Er hatte das Dasein eines Ritters mit dem eines Seemanns verbinden können.

Als er damals in Marseille, wo er aufgewachsen war, die Galeeren und Handelsschiffe im Hafen gesehen hatte, hatte er sich danach gesehnt, auf einem dieser Schiffe anzuheuern, doch als Sohn eines Landedelmanns sollte er zum Ritter geschlagen werden und das Lehen seines Vater übernehmen. Schließlich war er fortgelaufen. Gott hatte ihn gleich dafür gestraft und den Segler, auf dem er diente, vor Genua sinken lassen, aber der Allmächtige hatte ihm auch den Weg gewiesen: Das Schiff, das die Überlebenden aufnahm, war eine Galeere der Templer gewesen. Von Reue und Dankbarkeit für seine Rettung erfüllt, war Gisbert dem Orden als Novize beigetreten, hatte seine Schwertleite erhalten – und dann gern die Aufgabe angenommen, zum Schutz einer der Galeeren des Ordens zur See zu fahren. Sein Interesse an Navigation und Nautik war den Ordensoberen bald aufgefallen – und man hatte ihn lernen lassen. Inzwischen befehligte er ein eigenes Schiff, hatte die ganze bekannte Welt bereist und seinem Gott dabei ergeben gedient. Der Märtyrertod unter dem Schwert des heidnischen Priesters würde dieses Leben krönen, Gisbert fürchtete sich nicht. Wenn da nur nicht die Sorge um den Jungen wäre, der sein Schicksal mit ihm teilen sollte.

Magnus von Lund war kein Templer, nicht einmal ein Novize. Und er war jung, gerade erst fünfzehn Jahre alt. Gisbert fühlte ihm gegenüber eine persönliche Verantwortung. Der König von Dänemark hatte ihm den Knaben übergeben, einen entfernten Verwandten, der am Hof seines Waffenbruders Heinrich von Sachsen, den man jetzt schon »den Löwen« nannte, erzogen werden sollte. Gisbert hatte ihn mit nach Lübeck nehmen wollen, um dort eine Weiterreise nach Braunschweig zu Heinrich zu organisieren.

Nun würde es König Waldemar nicht gerade das Herz brechen, wenn der Junge hier ums Leben kam. Tatsächlich mutmaßte Gisbert, dass Magnus gerade deshalb an den Hof des Löwen wechseln sollte, weil er seinem Verwandten nicht sonderlich wichtig war. Bei Licht betrachtet würde Magnus eher eine Geisel als ein Gast in Braunschweig sein. Für Heinrich sicherte dessen Anwesenheit an seinem Hof, dass Waldemar nicht gleich angriff, sollte die Waffenbrüderschaft der Männer irgendwann in Feindschaft umschlagen. Andererseits lebten auch Angehörige von Heinrich am dänischen Hof, jedoch sicher keine eigenen Kinder, Nichten oder Neffen, sondern entferntere mittellose Verwandte, auf die man im Zweifelsfall verzichten konnte. Magnus war dafür ein typisches Beispiel: Sein Vater bewirtschaftete ein kleines Lehen bei Lund, er konnte sich die Ausbildung seiner beiden Söhne zu Rittern nicht leisten. So hatte sich seine Mutter, eine Kusine dritten Grades des Königs, an Waldemar gewandt und ihm Magnus ans Herz gelegt. Waldemar konnte kaum Nein sagen und sah auch gleich, wo der Junge ihm von Nutzen sein konnte.

Nun mochte der Aufenthalt in Braunschweig auch Magnus zugute kommen – Gisbert zumindest wünschte ihm das von Herzen. Er hatte den Knaben auf der Reise lieb gewonnen.

Magnus war klug und praktisch veranlagt, sich zu keiner Arbeit zu gut. Er kletterte bald geschickt wie ein Schiffsjunge die Masten hinauf, blickte vom Ausguck in luftiger Höhe auf die See, half der Mannschaft beim Deckschrubben und stellte sich ebenso vergnügt und willig der Übung mit dem Schwert. Der blonde, hoch aufgeschossene Junge brannte darauf, zum Ritter geschlagen zu werden und Abenteuer zu erleben. Er hatte sich auch beim Kampf mit den Piraten nach Kräften gewehrt, sicher wäre er eine Zierde seines Standes geworden. Und jetzt lag er hier neben Gisbert in Ketten und erwartete den Tod ...

»Monseigneur?«

Eine freundliche Stimme riss Gisbert aus seinen Grübeleien. Der Tempelritter spähte ins Halbdunkel. Das Verlies war eine Art Erdloch, in das jetzt ein edel gekleideter, nicht mehr ganz junger Mann herabstieg. Der Besucher trug den Mantel eines Kaufmanns – und die Kippa eines Juden. Er sprach die Gefangenen auf Französisch an, was Gisbert dankbar vermerkte. Der Templer sprach kein Ranisch, er hatte sich nur in gebrochenem Deutsch mit seinen Häschern verständigen können.

»Mein Name ist Baruch von Stralow«, stellte der Kaufmann sich vor. »König Tetzlav hat mir gestattet, Euch aufzusuchen. Wenn es Euch also genehm ist, ein paar Worte mit mir zu wechseln ...«

Jetzt regte sich auch Magnus, der bis eben erschöpft geschlafen hatte. Vorher hatte der Junge das Verlies und seine Ketten fieberhaft auf mögliche Schwachstellen hin durchsucht, die einen Ausbruch ermöglichten. Der Ernst seiner Lage schien dem Knappen allerdings noch nicht wirklich bewusst zu sein. Magnus sah sich wohl inmitten eines Abenteuers. Natürlich war es ein recht gefährliches, aber doch eines, das glücklich enden konnte. Nun sah er verblüfft auf das Mädchen, das in Baruchs Gefolge die Stiege herabkletterte. Es war fast noch ein Kind, jedoch zweifellos eine erblühende Schönheit.

Magnus rieb sich den Schlaf aus den Augen und wandte sich direkt an das Mädchen. »Wer bist du denn?«, rutschte ihm wenig ritterlich heraus.

Gisbert beachtete den Jungen nicht weiter, sondern erwiderte den Gruß des Kaufmanns. Baruch von Stralow erklärte ihm in fließendem Französisch, in welcher Mission er nach Arkona gekommen war – und warum sie fehlgeschlagen war.

Amra starrte Magnus kaum weniger verblüfft an als der Junge sie. Als von zwei Überlebenden die Rede gewesen war, hatte sie mit kräftigen, erwachsenen Rittern gerechnet, nicht mit einem Knaben, der kaum älter war als sie – und obendrein einem so gut aussehenden! Er hatte blonde, lange Locken, ein noch weiches, aber durchaus aristokratisches Gesicht mit vollen Lippen, gerader Nase und großen, hellen Augen. Amra nahm an, dass sie blau waren, aber im Dunkel des Verlieses konnte man das nicht erkennen. Und er sprach Französisch! Bisher hatte noch nie jemand außer Herrn Baruch Französisch mit ihr gesprochen. Der Kaufmann unterrichtete das Mädchen in verschiedenen Sprachen, Amra konnte auch schreiben und lesen.

»Ich bin Amra«, antwortete sie kurz und vorsichtig. Sie wunderte sich fast, dass der Junge verstand und ihre Antwort mit einem bewundernden Lächeln quittierte.

»Als du eben hier hereinkamst, erschienst du mir wie ein Engel.« Magnus hatte sich in seinem Elternhaus eher in höfischer Rede als im Waffenhandwerk geübt. Sein Vater war ein ziemlich ungeschlachter Mann, mehr Bauer als Ritter, aber seine Mutter Edita hatte eine höfische Erziehung genossen und sie an ihre Kinder weitergegeben. Von ihr hatte Magnus auch Französisch gelernt. Und konnte nun erstmals sowohl Fremdsprache als auch Schmeichelei an einem leibhaftigen Mädchen erproben. »Aber du hast rotes Haar, soweit ich das in dem Dunkel hier erkenne. Und Engel haben doch kein rotes Haar, oder?«

Amra runzelte die Stirn. Sie musste erst überlegen, was ein Engel überhaupt sein sollte, im Götterhimmel der Ranen waren sie unbekannt. Das sagte sie dann auch.

»Engel gibt es hier nicht.«

Magnus seufzte. »Ja, das hörte ich. Diese Leute hier sind Heiden. Sie beten Furcht erregende Götter an ... und es heißt ... es heißt, sie sollen ihnen sogar Menschen opfern ...«

Gisbert nickte, als Baruch ihm jetzt den Entschluss des Königs mitteilte. »Ich habe das befürchtet«, sagte er ruhig. »Aber es ängstigt mich nicht, ich bin mit mir und meinem Gott im Reinen. Wenn Ihr allerdings ... wenn Ihr noch einmal versuchen könntet, etwas für den Jungen zu tun ... Er ist kein Templer, nicht mal ein Novize, und zum Ritter ist er auch noch nicht geschlagen. Wenn die Leute damit argumentieren, dass ein Opfer des Gottes ›würdig‹ zu sein hat, dann müsste der Tod dieses Jungen ihren Svantevit eher beleidigen.«

Baruch war beeindruckt von Gisberts rascher Auffassungsgabe. Dies war zweifellos ein Argument, das man für Magnus von Lund ins Feld führen konnte. Gisbert schilderte ihm kurz die Geschichte des Knappen, während Magnus sich langsam darüber klar wurde, welches Schicksal seine Häscher für ihn und seinen Begleiter vorgesehen hatten ...

»Sie ... sie wollen uns opfern? Uns, Herrn Gisbert und ... und mich?« Fassungslos wandte er sich an Amra.

Das Mädchen nickte und schlug die Augen nieder. Vielleicht hätte es die Priester zuvor noch verteidigt, es hatte zeitlebens daran geglaubt, dass Götter manchmal Opfer forderten. Aber das Pferdeorakel hatte seinen Glauben daran erschüttert, dass die Priester den Willen Svantevits kannten.

»Ich ... ich fürchte ...«, sagte Amra zögernd.

Gisbert hatte den Wortwechsel der jungen Leute am Rande mitgehört.

»Wie werden sie es machen?«, fragte er Baruch gefasst. »Diese Opferung ... Wie werden wir sterben?«

Baruch rieb sich die Schläfe. »Es geht schnell«, sagte er leise. »Sie töten mit einem Schwertstreich, der Gott will nur den Kopf des Opfers ...«

»Sie ... köpfen uns?« Magnus' Stimme klang aufgeregt und deutlich höher als vorher noch.

Amra, die wieder aufsah, erkannte Furcht in seinen Augen. Und sie spürte Zorn und Auflehnung in sich aufflackern. Er sollte nicht so verängstigt gucken. Er sollte sie lieber so ansehen wie eben. So ... so verzaubert, so ... anbetend ...

Plötzlich wusste sie, dass sie es nicht zulassen würde! Sie würde den Priestern nicht erlauben, diesem wunderschönen jungen Ritter oder Knappen oder was er war, den Kopf abzuschlagen! Sofern er nicht ...

»Du bist aber kein Mönch?«, vergewisserte sich Amra.

Magnus blickte verwirrt. »Nein, ich ... nein, ich bin Magnus von Lund ... Lund ist ... ein Ort in Dänemark. Wir haben da einen Hof, wir haben Pferde gezüchtet, ich ... ich werde ein Ritter. Sollte ein Ritter werden ...« Seine Stimme erstarb.

Amra sah ihm fest in die Augen. »Du wirst ein Ritter, Magnus!«, versprach sie ihm. »Gewiss.«

»Na, dann werde ich mal sehen, was ich tun kann«, meinte Baruch, als sie wieder ans Tageslicht kamen. »Aber vielen Dank für dein Vertrauen ...«

Amra errötete. Herr Baruch hatte also gehört, was sie Magnus versprochen hatte, und bezog es auf sein Verhandlungsgeschick.

Dabei hatte sie eigentlich an etwas ganz anderes gedacht – ohne bisher einen konkreten Plan zu haben.

»Ich fürchte allerdings, der König wird nicht von seinem Vorhaben abgehen. Die Priester könnte ich vielleicht überzeugen. Aber Tetzlav ... der Mann ist kein Dummkopf. Wenn er den Jungen gehen lässt, und der erzählt seinem königlichen Oheim Waldemar, hier würden Tempelritter geköpft ... Die Priester mögen den Christen gegenüber auftrumpfen wollen, aber der König weiß genau, was er damit riskiert.«

Amra nickte, obwohl sie nicht genau verstand, worauf der Kaufmann anspielte. Die Dänen bedrohten Rujana, das wusste man auch in Vitt. Sie hatten Arkona dreißig Jahre zuvor schon einmal erobert, waren damals aber wieder abgezogen, nachdem Tetzlavs Vorgänger geschworen hatte, die Ranen würden das Christentum annehmen und das Orakel schließen. Das war jedoch nicht erfolgt, die Priester Svantevits machten weiter wie bisher. Wenn sie König Waldemar jetzt erzürnten ...

»Magnus würde bestimmt versprechen, nichts zu sagen«, meinte Amra.

Baruch lachte. »Du nennst den kleinen Dänen schon beim Vornamen?«, neckte er sie. »Nicht, dass du noch dein Herz an ihn verlierst ... seins wird nämlich nicht mehr lange schlagen. Aber im Ernst, ich habe dir mit halbem Ohr zugehört. Dein Französisch war sehr gut, nur die Anrede war falsch gewählt. ›Magnus‹ ist für dich ›Seigneur‹, und ein Mädchen aus dem Volk redet einen Adligen ehrerbietig mit ›Ihr‹ und ›Euch‹ an.«

Amra nickte und hoffte, dass Herr Baruch ihr Erröten auf diesen Fauxpas zurückführte, der ihr gar nicht wie ein solcher erschien. Wie anders sollte sie diesen Jungen nennen als ›Magnus‹? Und die Anrede ...

Sie hatte das Gefühl, vertrauter mit ihm zu sein, als sie je mit einem anderen gewesen war.

Kapitel 3

Amra dachte fieberhaft über einen Fluchtplan für Magnus nach, während Baruch sein Glück ein zweites Mal im Palas des Königs versuchte. Zuerst überlegte sie, den Jungen aus dem Kerker zu befreien, aber das erschien ihr dann doch als aussichtslos. Vielleicht hätte sie die Wächter ablenken können, aber um die Männer von den Ketten zu erlösen, brauchte man einen Schmied und schweres Werkzeug. Amra hatte da keine Chance. Also würde nur eine Flucht möglich sein, nachdem man ihn aus dem Verlies geholt hatte. Dann lag er auch nicht mehr in Ketten. Es war des Gottes nicht würdig, die Opfer gefesselt zum Richtplatz zu schleifen. Man bewachte sie, befreite sie aber von den Eisen.

Amra, die wieder Baruchs Pferd hielt, ließ den Blick erneut über den Tempelbereich schweifen. Wo würde man das Opfer darbringen? Sie erinnerte sich an andere Blutopfer, denen sie hier beigewohnt hatte – nicht oft, Mirnesa nahm ihre Tochter nur mit zu den Zeremonien, wenn es sich nicht vermeiden ließ. Ein paar Schafe oder Rinder ließen auch beim Ernteorakel ihr Leben – direkt vor dem Allerheiligsten, aber natürlich nicht im unantastbaren innersten Tempelbereich.

Amra sah sich den Platz näher an. Er lag zwischen den Burgwällen und den Gebäuden – vom Haupttor aus ging man direkt darauf zu. Der Zugang würde frei bleiben, bei einer solchen großen Zeremonie stand die Burg dem gesamten Volk offen. Alle Menschen aus Vitt und Puttgarden würden ein- und ausgehen, vielleicht sogar die Kaufmannschaft. Es müsste eigentlich möglich sein, dass sich ein Junge wie Magnus unter das Volk mischte und unauffällig entkam, wenn seine Flucht nicht gleich entdeckt würde. Allerdings standen die Tieropfer immer für alle gut sichtbar vor dem Tempelbereich, das hielt man mit den Menschenopfern sicher nicht anders. Wenn Magnus weglief, würde es jeder sehen. Es sei denn ... Es müsste ein Durcheinander geben, die Menschen müssten erschreckt, aufgewühlt, die Priester gänzlich abgelenkt werden. Dann würden die Wachen auf den Türmen auf den Platz vor dem Tempel schauen und nicht darauf achten, wer durch die Tore lief!

Amra grauste es ein wenig vor dem, was sie plante. Womöglich würde der Gott sie dafür strafen, vielleicht ließ er gleich Blitze auf sein entweihtes Heiligtum niedergehen oder durchbohrte sie mit einem heiligen Schwert, oder er ließ sie von seinen Pferden niedertrampeln. Amra dachte erneut an die Götterfinger, die vorhin durch die Wolken gegriffen hatten. Svantevit konnte sie entrücken, er ... nein, darüber wollte sie jetzt nicht nachdenken! Schließlich hatte er auch nicht eingegriffen, als der Priester sein Orakel beeinflussen wollte. Und Herr Baruch glaubte sowieso nicht an die Macht des Gottes ...

Amra jedenfalls war entschlossen, es zu versuchen – wenn nicht noch ein Wunder geschah und Herr Baruch Magnus freikaufen konnte. Sie betete dafür mit aller Kraft, aber weder Svantevit selbst noch die Erdgöttin Mokuscha, die Amra in Magnus' Sache für aufgeschlossener hielt, erhörten ihr Flehen.

Baruch schüttelte den Kopf, als er aus dem Palas trat. »Die Herren lassen sich nicht erweichen«, seufzte er, als er näher kam und Amra sein Pferd wieder abnahm. »Die Opferung ist für übermorgen anberaumt. Bis dahin sollten die Heringe in Vitt eingesalzen sein, und das Volk hat Zeit zuzusehen. Wobei die Priester auch ausdrücklich die Kaufleute eingeladen haben, die dann in Vitt weilen werden. Jeder, vom Höchsten bis zum Geringsten auf Rujana, solle Zeuge der Macht des Gottes werden, meint Muris. Das solle man als Befehl auffassen. Es tut mir leid, Amra. Du wirst deinen kleinen Ritter sterben sehen.«

Als Erstes sperrte Amra die Katze ein. Ihre Mutter stellte Mause- und Rattenfallen in den Vorratsräumen auf, gewöhnlich reichte allein Maschas Anwesenheit auf dem Hof jedoch, die Nager fernzuhalten. In den Fallen fand sich höchstens mal ein Mäuschen, aber das war für Amras Plan zu wenig.

Nun half sie nervös beim Ausnehmen und Einsalzen der Fische, während Mascha wütend von innen an den Türen des Wandschranks kratzte. Hoffentlich beruhigte sie sich, bis der Kaufmann zu Bett ging. Und hoffentlich ließen sich die Ratten rasch von dem Geruch des Käses anlocken, den Amra für sie ausgelegt hatte. Wenn ihr keine in die Falle ging, würde sie mit einer Katze oder einem Hund arbeiten müssen, was natürlich einfacher wäre. Doch Amra mochte keins ihrer Haustiere opfern.

Die Arbeit mit den Heringen dauerte bis spät in die Nacht, und schließlich fielen Amra und ihre Mutter todmüde auf ihre Strohsäcke. Baruch war noch nicht zurückgekommen, wahrscheinlich hatte er bereits die Verhandlungen rund um den Heringshandel aufgenommen. Die Kaufleute rissen sich jetzt um die Kapitäne der wenigen Frachtschiffe, die gerade vor Rujana vor Anker lagen. Wer die Märkte in Lübeck und Hamburg als Erster beliefern konnte, hatte die Nase vorn.

Trotz der kurzen Nacht erhob sich Amra schon früh am nächsten Morgen. Sie hatte unruhig geträumt, und beim Aufwachen stand ihr gleich Magnus' Bild vor Augen. Es gab eine Menge vorzubereiten.

Amra atmete auf, als sie die Speisekammer inspizierte und eine große, wohlgenährte Ratte in ihrer Falle fand. Das Tier schaute sie wütend an und biss in die Stäbe seines Käfigs, aber die stabile, eiserne Falle erlaubte kein Entkommen. Amra sprach der Ratte gut zu, obwohl sie sich dabei dumm vorkam, und fütterte sie dann mit Körnern und noch mehr Käse. Schließlich versteckte sie das Tier in seinem Gefängnis zwischen den Heringsfässern. Einen Tag lang würde das schon gehen.

Mascha schaute nicht minder verärgert, als Amra sie gleich darauf freiließ. Das Mädchen tröstete sie mit ein paar Fischresten und war guten Mutes. Bislang lief alles nach Plan, doch jetzt stand der Weg nach Arkona an. Amra begab sich erneut in die Speisekammer des Gutshofes. Baruch von Stralow war reich und leiblichen Genüssen nicht abgeneigt. Deshalb waren die Vorratsräume seines Gutshofes auf Rujana stets gut gefüllt. Im Gegensatz zu den anderen Dörflern, die fast nur von Hering und Brei lebten, labten sich Baruch und sein Haushalt gelegentlich am Pökelfleisch vom Festland. Es gab Mehl und Salz, Gewürze und Wein, Mirnesa und Amra backten regelmäßig Brot. Amra bereitete zwei Bündel mit Brot, Rauchfleisch, Käse und Wein vor und legte sie in ihren Korb – eins für die Gefangenen, eins für die Wachleute, die ihren Anteil forderten. Amra war sich nicht sicher, ob das ausreichen würde, aber im Notfall hatte sie ja noch die Glasperlenkette von Herrn Baruch. Ganz bestimmt konnte sie die Männer damit bestechen, sie kurz zu Magnus und Herrn Gisbert zu lassen.

Bevor sie losging, unterzog Amra rasch noch ihr Kleid und ihr Haar einer Prüfung und stellte unglücklich fest, dass sie nicht besonders gut ausfiel. Ihr Kleid war nach dem Ausnehmen der Fische mit Blut besudelt, ihre Haut brannte vom Salz, und zweifellos stank auch ihr Haar nach Fisch. Magnus musste sie für gänzlich ungepflegt halten ... Kurz entschlossen lief Amra noch einmal in ihre Kammer neben der Küche und suchte ihren größten Schatz hervor, den sie seit einem Jahr unter dem Strohsack hortete, um sich immer wieder an seinem Duft zu ergötzen – ein Stück Seife aus Arabien, Herr Baruch hatte sie ihr von seiner letzten Reise nach Genua mitgebracht. Und in ihrer Truhe fand sich auch noch ein Kleid. Es war etwas zu eng und zu kurz. Amra war in den vergangenen Monaten gewachsen und hatte ein neues gebraucht, das alte war gewaschen worden und sollte zu einem Rock oder einer Bluse umgeschneidert werden. Amra nahm es an sich – einmal musste es noch gehen, sie würde einfach ein bisschen vorsichtiger Luft holen. In der Truhe lag außerdem ein grünes Schultertuch, schlicht, aber aus edlem Stoff gefertigt, ebenfalls ein Geschenk des Herrn Baruch. Wenn sie sich das umlegte, würde man das Kleid kaum sehen.

Amra packte alles in ihren Korb und eilte damit in Richtung Höhenweg – Vitt lag in einer Uferschlucht, man musste klettern, um den Hauptweg zur Burg zu erreichen. Aber etwas oberhalb des Dorfes kannte sie eine Quelle, an der sie jetzt haltmachte, um sich zu reinigen. Zum Glück war sonst noch niemand unterwegs. Die Nacht war für alle Frauen des Ortes lang geworden, sicher schliefen die meisten noch. Und die Fischer fuhren bestimmt schon aufs Meer.

Amra schrubbte sich mit der wohlriechenden Seife und wusch auch ihr Haar. Es roch danach wie eine Blumenwiese, und sie hoffte, dass es ein paar Tage anhielt. Während Amra sich in das enge, aber saubere Kleid zwängte, gestattete sie sich einen kurzen Tagtraum: Womöglich konnte sie Magnus ja noch treffen, bevor er nach der Flucht endgültig in See stach. Vielleicht sah er sie wieder so an, wie er es am Tag zuvor getan hatte, und sagte ihr ein paar freundliche Worte. Amra malte sich höfische Schmeicheleien auf Französisch aus, während sie den Höhenweg entlanglief, aber sie spähte auch nach Schiffen aus. Und freute sich, als sie den Schoner *Hilge Maget* in der Bucht vor Anker liegen sah. Genau darauf hatte sie gehofft. Herr Baruch heuerte den Kapitän dieses Schiffes gern für den Transport seiner Ware an, sicher wartete er auch jetzt auf Heringsfässer für Lübeck. Amras Herz schlug heftig. Bislang schienen die Götter auf ihrer Seite zu sein.

Auf der Burg herrschte trotz der frühen Stunde schon reges Treiben. Die Kunde von der Menschenopfergabe hatte sich in Windeseile verbreitet, und Gaukler und Marktschreier erhofften sich gute Geschäfte. Sie bauten bereits Stände und Garküchen rund um das Heiligtum des Gottes auf und sicherten sich den Segen dafür bei Svantevit und seinen Priestern, indem sie dem Tempel freigebig kleine Opfergaben zukommen ließen. In all dem Getümmel fiel Amra mit ihrem Korb gar nicht auf. Sie gelangte unbehelligt zu dem Wachturm, unter dem das Verlies lag. Rasch richtete sie noch einmal das Tuch, unter dem sie ihr Haar züchtig verbarg, und versuchte, einen geschäftigen und harmlosen Eindruck zu erwecken.

»Essen für die Gefangenen, Burgwächter«, erklärte sie kurz und machte Anstalten, einfach in das Verlies hinabzusteigen, doch so leicht ging das natürlich nicht.

Die Wächter lachten. »Das müssen wir uns erst mal ansehen, Kleine!«, meinte der Ältere. »Wer bist du überhaupt? Warst du nicht gestern mit dem Juden hier?«

Amra nickte, es hatte ja keinen Zweck zu leugnen. Außerdem bot die Erwähnung des Herrn Baruch eine fabelhafte Erklärung für ihr Hiersein.

»Sehr wohl, meine Herren!«, bestätigte sie mit einer Verneigung. »Und die Gefangenen, also der Herr Gisbert, hat meinem Herrn einen Lohn versprochen, wenn er ihm etwas besseres Essen zukommen lässt als das, was die Küche für die Gefangenen hergibt.« Sie lächelte kokett.

Der jüngere Wächter ließ nun wollüstig den Blick über Amras zu enges und zu kurzes Kleid wandern. Das Mädchen errötete. Es hatte nicht daran gedacht, wie aufreizend das Kleid wirken konnte. Er schlenderte näher. »Dann lass uns mal sehen ...«, meinte er und hob das Tuch an, das Amra über den Korb gebreitet hatte.

Ihr Ausschnitt schien ihn allerdings deutlich mehr zu interessieren. Er kam ihr so nah, dass sie seinen Atem spürte und den schalen Geruch seines sicher seit Wochen nicht gewaschenen Körpers wahrnahm.

»Haben die Priester das denn überhaupt gestattet?«, fragte er. »Wer weiß, vielleicht sollen die Kerle ja fasten, bevor sie dem Gott geopfert werden?«

Amra zog sich ein wenig zurück und verbeugte sich noch einmal. »Das weiß ich nicht, Herr. Aber ... aber ich ... also ... der Gott ist doch der Gott der Krieger, der ... der größte Kriegsherr von allen. Der ... der will doch keine schwachen Opfer.«

Der ältere Wächter kam nun auch näher, wobei er angelegentlich schnüffelte. Das Rauchfleisch im Korb schien ihn anzuziehen.

»Der scheint ja nicht arm zu sein, der Ritter da unten«, stellte er fest. »Obwohl die Männer kaum Beute gemacht haben auf der Galeere. Doch dies ist ein feines Essen ... und Wein ...«

Amra lächelte ihm zu. »Das will ich meinen, Herr. Und sicher würdet Ihr auch gern etwas davon kosten.« Sie holte eines der Bündel aus dem Korb und öffnete es. »Seht her. Ihr könnt Euer Festmahl halten, während ich die Gefangenen speise.«

Der jüngere Wächter gab eine Art Grunzen von sich. »Du kannst das Zeug auch hierlassen, und wir geben's dann den Kerlen«, schlug er vor.

Amra schüttelte den Kopf. »Nein, tut mir leid. Aber das muss ich dem Herrn Gisbert schon persönlich aushändigen. Befehl vom Herrn Baruch. Also ... es ist nicht, dass ich Euch misstraue. Aber so ein Kaufmann ... diese Handelsherren misstrauen jedem, wisst Ihr ...«

Der ältere Wächter nahm einen Schluck aus dem Weinschlauch. Amra ließ jetzt die Halskette auf den Tisch gleiten, dabei zwinkerte sie ihm verschwörerisch zu.

»Sehr gut!«, lobte der Mann und legte wie beiläufig die Hand darauf. Sicher gedachte er nicht, ihren Gegenwert mit seinem Kollegen zu teilen. »Komm, Jelek, lass die Kleine und iss mit! Bevor die Ablösung kommt und was abhaben will ...«

Der Jüngere trennte sich ungern von Amra. »Und wie wissen wir, was die da unten tut?«, fragte er mit gerunzelter Stirn. »Gestern haben sie in einer fremden Sprache gesprochen. Wenn sie das jetzt wieder macht ...«

Der Ältere zuckte die Achseln und brach sich ein Stück Brot ab. »Soll sie doch sagen und machen, was sie will. Einen Schmiedehammer und einen Amboss schleppt sie ja wohl nicht mit sich rum, also wird sie die zwei kaum befreien ... Lass sie in Ruhe, Jelek. Vielleicht schenkt sie dir ja nachher noch einen Kuss, wenn du nett zu ihr bist.«

Amra errötete und bemühte sich, ihren Abscheu nicht zu zeigen. Ganz sicher würde sie diesen schmierigen Kerl nicht küssen! Aber jetzt war erst mal der Weg frei zu Magnus. Ihren Korb am Arm kletterte sie rasch die Stiege hinunter.

Gisbert de Soigne hatte die Nacht in stillem Gebet verbracht, während sich Magnus unruhig auf seinem schmutzigen Strohlager herumwarf. Der Junge haderte mit seinem Schicksal, aber Gisbert ließ ihn immerhin in dem Glauben, Baruch von Stralow könne ihn vielleicht noch freikaufen. In Wahrheit glaubte der Tempelritter nicht mehr daran. Baruch hätte sie gleich in

Kenntnis gesetzt, wenn seine erneute Intervention erfolgreich verlaufen wäre. Umso verwunderter zeigte sich der Ritter, als sich wieder die Falltür zum Kerker öffnete und jemand etwas herunterrief. Und dann wehte auch noch ein blumiger Duft zu ihm herüber und er vernahm leichte Schritte auf der Stiege.

»Amra!« Magnus erkannte das Mädchen als Erster, und seine Stimme klang beglückt.

»Bonjour, Monseigneurs«, grüßte Amra artig und verbeugte sich vor dem Ritter und dem Knappen. »Ich ... also ich ...«

Jetzt, da sie es geschafft hatte, versagte ihr die Stimme. Oder vielleicht war es auch nur der Blick auf Magnus, sein wirres blondes Haar, in dem Strohhalme hingen. Amra hätte es gern geglättet, sie spürte fast, wie ihre Finger hindurchglitten. Sicher war es weich und seidig ...

»Bonjour, Demoiselle«, gab Gisbert den Gruß zurück. Er bemerkte fast belustigt die Blicke, die zwischen seinem Schützling und dem Mädchen hin und her flogen. »Bringst du Nachricht von Herrn Baruch?«

Amra schüttelte bedauernd den Kopf. »Nein. Ich ... ich bringe nur etwas zu essen ...«

Sie schob sich scheu zu den angeketteten Männern vor und stellte den Korb zwischen sie. Magnus warf auch gleich einen Blick hinein. Egal, welches Damoklesschwert über ihnen schwebte, der Junge war sichtlich hungrig.

»Das ist wunderbar, danke!« Magnus griff in den Korb und brach ein großes Stück Brot ab.

Gisbert schüttelte den Kopf. »Magnus!« In seiner Stimme schwang Verständnis, aber auch Tadel mit. Amra beobachtete verwundert, wie er den Korb öffnete, den Inhalt segnete und dann ein paar Worte in einer Sprache sprach, die Amra nicht verstand. Sie wusste allerdings, dass es Latein war.

Magnus faltete die Hände und fiel schuldbewusst ein.

Gisbert unterbrach ihn allerdings noch kurz. »Auch du darfst gern mit uns beten«, lud er Amra freundlich ein. »Ich weiß, du gehörst zu dem Volk, das dem Götzen da draußen huldigt, aber ich denke, unser Gott hat dich zu uns geschickt. Dafür und für Speis und Trank danken wir ihm mit diesem Gebet.«

Amra wusste nicht recht, was von ihr erwartet wurde, doch sie schlug zumindest andächtig die Augen nieder, während die Männer ihren Gott anriefen. Dann hielt sie es nicht länger aus.

»Ich bin nicht nur wegen des Essens hier«, erklärte sie hastig. »Ich ... ich bin auch ... also, ich will, dass Ihr ... dass Ihr flüchtet. Mir ist da etwas eingefallen, ich ... ich kann Euch helfen. Ihr müsst nur ...«

Magnus stopfte sich heißhungrig Brot und Fleisch in den Mund, während sie ihren Plan kurz umriss, doch Gisbert hatte sich alarmiert aufgesetzt und nahm nur einen Schluck Wein, als Amra endete.

»Und dann, wenn alle auf den Platz schauen und wenn die Priester erschrocken sind und eigentlich das Orakel etwas offenbaren sollte oder der Gott – vielleicht schickt er ja auch einen Blitz, das kann gut sein, oder er lässt es dunkel werden oder spricht zu uns oder ... –, jedenfalls wenn alle ihre Aufmerksamkeit von Euch abziehen, dann lauft Ihr fort. Vielleicht müsst Ihr Eure Wächter niederschlagen, aber so schwer kann das nicht sein, wenn sich gerade der Gott zeigt.«

Svantevits Reaktion auf die Schändung seines Heiligtums war die unsichere Stelle in Amras Plan. Sie fürchtete sich vor der Rache des Gottes. Es könnte glimpflich abgehen, er könnte allerdings auch die ganze Burg vor Wut ins Meer spülen. Oder es geschah einfach gar nichts ...

Gisbert schien sich darin sicher zu sein. »Der Gott wird sich nicht zeigen, Mädchen, es gibt diesen Gott nicht«, sagte er ruhig. »Eines nicht allzu fernen Tages werden Gläubige sein

Bildnis in Stücke hauen, und nicht einmal dann wird sich der Himmel auftun. Aber sonst hast du Recht. Dein Vorgehen dürfte die Anwesenden in Aufregung versetzen, zumal wenn es ... wenn es geschieht, nachdem das Blut eines Christen auf dem Tempelplatz vergossen wurde.«

Amra runzelte die Stirn. »Das wollen wir doch gerade verhindern«, meinte sie. »Ihr sollt vor der Opferung fliehen ...«

Gisbert schüttelte den Kopf. »Deine Absichten in Ehren, Kind, aber so wird es nicht gehen. Wir können nicht beide entkommen. Wenn du es machst, bevor die Zeremonie beginnt, wird die Aufregung so groß nicht sein. Viele Menschen werden es gar nicht bemerken. Bevor die Hinrichtungen beginnen, werden sie schließlich den Gauklern zusehen und die Marktstände betrachten. Nein, Kind, du musst es tun, wenn alle Aufmerksamkeit auf den Tempel gerichtet ist. Wenn der Priester den ersten Schlag ausgeführt hat, wenn er dem Gott den Kopf eines christlichen Mönches als Opfer darbietet. Dann und nur dann werden alle erstarren. Und Magnus kann fliehen, so Gott es will ...«

Kapitel 4

Amra versteckte die Falle mit der Ratte in ihrem Korb und hoffte, dass niemand sie bemerken würde. Schließlich gab es keinen Grund, einen Korb mitzunehmen. Verpflegung wurde nicht gebraucht, die Priester würden sich großzügig zeigen und dem Volk zu Ehren des Gottes und zur Feier des Opfers Speis und Trank zur Verfügung stellen. Einige der Frauen, die am Tag zuvor auf dem Markt gewesen waren, berichteten bereits aufgeregt von Ochsen, die am Spieß brieten, Dutzenden Hühnern, die geschlachtet wurden, und Brei in großen Kesseln.

Amra trug wieder ihr zu enges Kleid, was ihr und ihrer Mutter einen Tadel von Herrn Baruch einbrachte.

»So kannst du sie doch nicht herumlaufen lassen, Mirnesa! Schau sie dir an, sie wird erwachsen. Es gibt genug Männer, die sich daran nicht sattsehen können. Was denkst du dir dabei, Amra, dich gerade zu diesem ... hm ... Opferfest ... so aufreizend zu kleiden?«

Amra errötete sofort. »Ich ... das andere Kleid war schmutzig ... voller ... Fischblut ... ich musste es waschen. Und nun ist es noch nicht trocken.«

Amra hatte kurz überlegt, es trotzdem anzuziehen, aber es war leicht bewölkt, windig und kühl. Sie wäre bald steif vor Kälte gewesen, und das konnte sie an diesem Tag nicht gebrauchen.

Baruch warf einen Blick auf Mirnesa, die ein sauberes Kleid trug. Im Gegensatz zu den anderen Frauen im Dorf besaß sie zwei Kleider, und eines war immer frisch gewaschen und in

Rosenwasser gespült. Baruch wusste, dass er seine »Wirtschafterin« nicht gänzlich vom Dorfleben separieren konnte. Hätte sie sich nicht stets an der gemeinschaftlichen Arbeit beteiligt, wäre sie zur Außenseiterin geworden. Doch er hasste es, wenn sie nach Fisch roch, und so hatte er ihr das Kleid geschenkt und brachte Seife und Parfüm mit, wenn er auf großen Märkten weilte. Mirnesa mochte den Neid der anderen Frauen nicht auf sich lenken, deshalb schmückte sie sich nur im Haus. An diesem Tag ging es allerdings nicht anders. Baruch hatte, wie alle anderen Handelsherren in Vitt und Puttgarden, eine ausdrückliche Einladung zur Zeremonie erhalten und begab sich nun mit seinem gesamten Haushalt zur Burg. Er wäre unleidlich geworden, hätte ihn Mirnesa in einem von Blut und Schleim besudelten Kleid begleitet. Die Frauen der Fischer konnten sich solchen Luxus nicht leisten. Sie kamen in schmutzigen Kleidern oder in klammen, wenn sie die Sachen rasch gewaschen hatten.

»Wenn auf der Burg Stoffhändler sind, kaufe ich dir Leinen für ein neues Kleid«, sagte Baruch schließlich und reichte dem Mädchen seinen Umhang. »Solange nimm wenigstens den, oder leg dir den Schal um, den ich dir letztens mitgebracht habe.«

Amra hüllte sich in den Mantel aus kostbarem, dunklem Tuch. Zu dem hübschen grünen Schal sagte sie lieber nichts. Tatsächlich befand sich der in einem der Boote am Anlegesteg, einem kleinen flachen Segler ähnlich dem der Fischer, der Herrn Baruch gehörte. Er nutzte ihn hauptsächlich zur Flussfahrt ins Inland, wenn er in Ralswiek und anderen Siedlungen zu tun hatte. Und nun wartete er auf Magnus – mit Amras Schal als Erkennungszeichen.

Die Bevölkerung von Vitt begab sich fast geschlossen zur Tempelanlage. Dabei hielt sich die Begeisterung der Menschen für das »Fest« in Grenzen. Gut, man aß sich freudig auf Kosten der hohen Herren satt, und einer Hinrichtung sah man auch gern zu – zumal sich dieses Erlebnis hier auf der friedlichen, bevölkerungsarmen Insel nur selten bot. Doch es war die Zeit der Heringe. Der nächste Schwarm konnte stündlich gesichtet werden – und dann mussten die Fischer erst mal von Arkona aus zurück nach Vitt, und keiner wusste, wie die Priester auf die Störung ihrer Zeremonie reagieren würden. Wäre es nach den Leuten von Vitt gegangen, so hätte man die Opferung mindestens einen oder besser zwei Monde aufgeschoben, wenn die Heringssaison vorbei und alle Geschäfte abgeschlossen waren.

»Dann wären bloß nicht so viele Kaufleute Zeugen der Sache geworden«, meinte Baruch zu einem Kaufmann aus Lübeck, den er als Gast in seinem Haus bewirtete.

Auch Herr Adrian handelte mit Heringen und hatte eben die Meinung der Fischer wiederholt. »Aber ist das denn im Sinne des Königs?«, wunderte er sich.

Die Männer verstanden sich gut, obwohl sie nicht den gleichen Gott anbeteten, wie Amra herausgefunden hatte. Oder nicht genau den gleichen Gott. Amra fand das mit all den Göttern ziemlich kompliziert.

»Die Opferung eines Templers für diesen Götzen – das wird sich doch blitzschnell herumsprechen!«, führte Herr Adrian weiter aus. »Und es wird alle Fürsten und Kirchenmänner auf den Plan rufen, die sich der Missionierung der Slawen verschrieben haben.«

Baruch von Stralow verzog das Gesicht. »Missionierung kann man das auch nennen«, höhnte er. »Doch wohl eher Bekehrung mit Feuer und Schwert. Sonst habt Ihr natürlich Recht, diese Hinrichtung ist eine Provokation: ›Schaut her, ihr Dänen und ihr Sachsen! Ihr habt die Abodriten unterworfen und die Nakoniden. Die Wenden beten euren Gott an, ja ihr habt selbst unsere Burg schon mal erobert. Aber uns könnt ihr damit nicht schrecken. Wir machen trotzdem weiter mit unseren Bräuchen, unser Gott ist stärker als eurer!‹ Wie Kinder, die damit prahlen, dass ihr Vater die meisten Fische fängt. Aber das kommt nicht von König Tetzlav. Da steckt die Priesterschaft dahinter. Die scheinen tatsächlich zu glauben, ihr Götterstandbild da oben wird sich im Fall einer Bedrohung aufs Pferd schwingen und seine Truppen zum Sieg führen. Und reitet dann am besten gleich weiter nach Rom.«

»Und der König lässt sie machen?«, fragte Herr Adrian verwirrt. »Warum greift er nicht ein?«

Baruch zuckte die Schultern. »Dies hier ist ein Machtkampf, Herr Adrian«, meinte er dann. »König gegen Priesterschaft. Und diese Schlacht hier hat der König verloren. Aber die Priester spielen ein gefährliches Spiel. Am Ende mag dem König seine Macht wichtiger sein als sein Gott!«

Auf der Burg herrschte der reinste Jahrmarkt, als die Kaufleute und Fischer von Vitt eintrafen. Verkaufsstände, Garküchen und die bunten Wagen der Gaukler reihten sich entlang des inneren Burgwalls, die Luft war erfüllt vom Duft bratenden Fleisches, Honigkuchens und heißen Würzweins. Musik mischte sich mit fröhlichen Stimmen, es war laut und ging lustig zu wie beim Ernteorakel. Amra konnte sich kaum vorstellen, dass auf dem Platz bald ein blutiges Schauspiel wie eine Menschenopferung stattfinden sollte.

Im Tempelbereich rund um das Allerheiligste und die Götterstatue war es etwas ruhiger, aber auch hier gingen Menschen ein und aus. Viele Besucher nutzten die Gelegenheit, um ihrerseits dem Gott ein kleines Opfer zu bringen, beliebt waren Honigkuchen oder Glasperlen. Die Priester nahmen die Geschenke huldvoll entgegen und segneten die Gläubigen. Ein paar Kaufleute, die ihre Geschäfte auf Rujana schon getätigt hatten und vor der Heimfahrt standen, entrichteten ihre als Opfer deklarierten Zölle. Die Priester behandelten sie ehrerbietig, trugen sie doch wesentlich zum Tempelschatz bei.

Baruch schien die Sache mit dem Stoff für Amras neues Kleid inzwischen vergessen zu haben, oder er plante, den Einkauf erst nach der Zeremonie zu tätigen. Vorerst war Mirnesa die Einzige aus ihrer kleinen Gruppe, die sich für den Markt interessierte. Amra war viel zu aufgeregt und die Kaufleute zu ernst für Vergnügungen jedweder Art. Baruch trauerte um Herrn Gisbert, den er während ihres kurzen Gesprächs schätzen gelernt hatte, und Herr Adrian, ein Christ, war empört darüber, dass man ihn zwang, dem Mord an seinen Glaubensbrüdern beizuwohnen. Beide Männer ließen sich allerdings nichts anmerken und nahmen stoisch die Plätze in einer der vorderen Reihen um den Opferplatz herum ein, die ein Tempeldiener ihnen zuwies. Bessere Plätze gab es nur noch für den König und den Adel, für die seitlich des Richtplatzes ein Baldachin aufgespannt und Sessel herausgebracht worden waren.

Amra schaute neugierig nach König Tetzlav und seiner Gattin aus. Wäre sie nicht so nervös gewesen, hätte sie den Anblick der feinen Damen in ihren bunten, teilweise edelsteinbesetzten Kleidern genossen. So aber ... Sie fragte sich, wo Magnus stehen würde, während man seinen Leidensgefährten tötete – und sie zitterte angesichts der letzten Unwägbarkeit in ihrem Plan: Würde man zuerst Gisbert hinrichten oder doch seinen jüngeren Begleiter? Einiges sprach für Letzteres, die wertvollsten Opfer wurden meist zuletzt gebracht. Gisbert war zwar ein Templer, aber Magnus war von höherem Adel.

Jetzt ertönten die Hörner, die Marktstände schlossen, und die Priester riefen die Menschen zur Zeremonie zusammen. Die Leute aus Vitt und Puttgarden, die Gäste von auswärts und die Abordnungen anderer slawischer Stämme, die ohnehin gerade auf der Burg waren, um das Orakel zu befragen, platzierten sich hinter den Kaufleuten und Adligen rund um die Richtstätte. Der Hohepriester intonierte Anrufungen des Gottes, auf die Amra aber kaum horchte, sie hatte nur Augen für den immer noch leeren Richtplatz. Und dann brachte man die Opfer. Amra nahm mit wild klopfendem Herzen wahr, dass sie ein weiteres Mal an diesem Tag vom Glück begünstigt war. Die Priester hatten die Opfer mit Kapuzen versehen. Nur noch dem Gott sollten sie bei der Opferung ihr unverhülltes Antlitz zeigen. Also konnte sich niemand Magnus' Gesicht und Gestalt einprägen und ihn später verraten. Das hielt Amra zwar ohnehin für unwahrscheinlich, aber es schien doch so, als sollten die inbrünstigen Gebete des Herrn Gisbert für das Gelingen ihres Plans und ihre eigenen Appelle an die verständnisvolle Erdgöttin erhört werden. Sie tastete nach der Falle in ihrem Korb – die Ratte machte gleich den Versuch, in ihre Finger zu beißen. Das Tier war wohlauf ...

Die Menschen auf dem Platz, und sicher auch die Priester, registrierten, dass sich beide Gefangenen gefasst aufrecht dem Richtplatz näherten. Hätten sie geweint, geschrien und sich gewehrt, so wäre das ein schlechtes Zeichen gewesen. Svantevit wollte das Blut von Kriegern, nicht von Memmen.

Allerdings konnte Amra von ihrem Standort aus die Augen der Männer sehen, und während Gisbert ruhig auf den Richtplatz blickte, stand in Magnus' Gesicht die blanke Panik. Blaue Augen, erkannte Amra. Oder blaugrau, wie oft der Himmel über Rujana. Aber vielleicht leuchteten sie heller, wenn sein Blick nicht von Angst und Entsetzen getrübt war ...

Der oberste Priester stellte nun die Schalen und Körbe bereit, die das Blut und die Häupter der Opfer auffangen sollten, und zog das Schwert. Wie ein gutes Omen wurde der blanke Stahl von einem Sonnenstrahl erfasst, der sich durch die Wolken schob, als er ihn dem Gott entgegenstreckte. Die Leute reagierten mit bewundernden Rufen. Der Priester rief den Knechten, welche die Gefangenen bewachten, etwas zu. Jetzt, jetzt würde es sich entscheiden ...

Amras Herz krampfte sich zusammen, doch im gleichen Moment trat auch schon Gisbert de Soigne vor und riss sich die Kapuze vom Kopf. Der Wind zerzauste sein dunkles Haar, als er den Kopf stolz dem Priester und seinem Gott entgegenhob.

»Ich bin bereit. Ihr müsst mich nicht zum Richtplatz zerren wie die Schafböcke, die Ihr sonst Eurem Götzen zum Opfer bringt!«

Der oberste Priester verzog das Gesicht, aber außer ihm hatte wohl kaum jemand die auf Französisch gesprochenen Worte des Templers verstanden. Und auch das Gebet, das der Ritter jetzt mit volltönender Stimme sprach, während ihn zwei Tempeldiener zum Richtplatz geleiteten, schien nur Herr Adrian zu kennen. Der sprach es leise mit. Baruch schob sich unauffällig vor ihn, damit dies den Priestern verborgen blieb.

Amra mochte nicht hinsehen, doch dann ging es so schnell, dass sie es nicht schaffte, rechtzeitig den Kopf abzuwenden. Die Tempeldiener stießen Herrn Gisbert auf die Knie, das Schwert des Priesters zischte durch die Luft – und schon verklang das Gebet des Opfers. Ein Blutstrom schoss aus seinem Rumpf, und sein Haupt fiel in die bereitgestellte Schale. Der Priester zerrte es an den Haaren heraus und hielt es dem Gott entgegen – wohl hoffend, dass der sich noch am letzten Aufblitzen der Augen des Opfers laben konnte. Die anderen Priester sangen eine Anrufung, die wie ein Schrei des Triumphes klang, während es dem Volk eher die Sprache verschlagen hatte. Die einfachen Fischer und Bauern von Rujana blickten starr und verstört auf das blutige Schauspiel. Und Amra wusste, dass es Zeit war zu handeln.

Während der oberste Priester den Atem anhielt und mit dem

blutigen Haupt des Templers den geheiligten Bereich des Gottes betrat, um das Opfer vor Svantevit niederzulegen, schob auch Amra sich an den Rand des Gevierts – und öffnete die Rattenfalle. Das kleine, kräftige Tier schoss heraus, wie ein Pfeil vom Bogen schnellte. Instinktiv rannte es weg von der Menschenmenge, querte blitzschnell den Weg des Priesters und suchte Schutz im Tempel des Gottes.

Wahrscheinlich würde es einen Durchschlupf zu den dahinterliegenden Pferdeställen finden und sich an diesem Abend am Hafer der heiligen Hengste laben – wenn der Gott sich nicht rächte.

Magnus hatte Herrn Gisberts Hinrichtung wie versteinert zugesehen. Bis der Priester das Schwert zog, hatte er nicht wirklich an das ihnen zugedachte Schicksal glauben können. Gut, es sollte vorkommen, dass Gefangene im Krieg getötet wurden, auch Hochgeborene, wenn sich ein Feldherr oder Herrscher von Rachegedanken lenken ließ oder sich politisch etwas davon versprach. Aber eine Opferung? Eine Enthauptung zu Ehren eines heidnischen Gottes? Ein Priester, der das Blut eines Hingerichteten in das Trinkhorn einer Statue aus Eichenholz füllte?

Magnus war als Christ unter Christen aufgewachsen, Menschenopfer waren für ihn unvorstellbar. Aber hier und jetzt war es nun wirklich geschehen, Herr Gisbert war unter dem Schwert des Priesters gestorben, und nun bewahrheitete sich auch noch die Voraussage des Mädchens Amra, dessen Fluchtplan Magnus ebenfalls ziemlich seltsam erschienen war: Als die freigesetzte Ratte über das leere Geviert vor dem Tempel mit der Götterstatue rannte, brach unter den Zuschauern der Hinrichtung das Chaos aus. Der oberste Priester, der mit Gisberts Haupt vor den Gott treten wollte, stieß einen Schrei des Entsetzens aus, desgleichen ein paar der Menschen in der Menge. Andere blickten starr vor Schreck auf die Götterstatue oder gleich in den Himmel, als erwarteten sie einen Blitzschlag. Wieder andere ergriffen panisch die Flucht.

Magnus fing einen Blick Amras auf. Jetzt! Er meinte fast, deutlich das Wort zu vernehmen, das sie sicher nur flüsterte. Und sie hatte Recht, das war seine Chance! Magnus riss sich die Kapuze vom Kopf, als der Wächter, der eben noch seinen Arm gehalten hatte, den Griff erschrocken löste. Er schleuderte dem Mann den Stoff ins Gesicht, versetzte ihm gleich darauf einen sehr unritterlichen Fußtritt zwischen die Beine und war auf und davon, bevor der Wächter noch schreien konnte. Es war leicht, in der Menge unterzutauchen, zumal die Menschen auf verschiedenste Weise auf die offensichtliche Tempelschändung reagierten. Einige hatten sich zu Boden geworfen, um den Gott um Gnade zu bitten, andere schlugen die Hände vors Gesicht, um die Schande nicht sehen zu müssen. Vor allem herrschte ein infernalischer Lärm – Schreie, Gebete und aufgeregte Gespräche drangen durcheinander an Magnus' Ohr. Die Rufe der Wächter gingen darin unter, niemand schien auch nur daran zu denken, die Verfolgung aufzunehmen.

Magnus schloss sich den Männern und Frauen an, die zu den Ausgängen strebten. Es war sicher möglich, in ihrem Schutz eines der Tore zu passieren. Aber Amras Plan sah noch etwas anderes vor – und Magnus rang mit sich, ob er sich wirklich daran halten sollte. Schließlich war er doch beinahe draußen, warum also ein weiteres Risiko eingehen? Andererseits – wenn er außerhalb der Burg war, war er noch längst nicht auf dem Meer. Also wandte er sich widerstrebend um, bevor er das Tor durchschritt.

»Heringe!«, schrie er in die Menge. »Heringe in der Bucht!«

Magnus hatte Amra das Wort mehrmals nachsprechen müssen, doch er hatte nie geglaubt, dass es irgendeine Wirkung haben würde. Erst recht nicht jetzt, bei diesem Lärm – seine Stimme konnte ja kaum weiter als bis zu den Menschen um ihn herum durchdringen. Aber zu seiner Überraschung genügte dieser einzige Ruf, um die Fischer zu alarmieren. Die Männer, die ihn hörten, nahmen die Worte sofort auf und gaben sie weiter.

»Heringe! Heringe vor Vitt!«

Magnus wandte sich nun endgültig in Richtung Tor und mit ihm strebte die Menschenmenge vom Burgplatz. Die Fischer von Vitt schienen den Gott und seine Rache, die Priester und die Tempelschändung von einem Herzschlag zum anderen zu vergessen. Ohne sich weiter um Svantevit, den König und den Markt zu scheren, rannten sie zu den Burgtoren. Einige von ihnen griffen noch im Vorbeilaufen nach einem Stück Brot und den Bratenstücken, die ihnen die Betreiber der Garküchen, früher vielleicht selbst Fischer, in Windeseile von den am Spieß bratenden Ochsen säbelten. Die Männer glaubten ja, in den nächsten Stunden ganz sicher nichts in den Magen zu bekommen.

Magnus hatte nun nichts weiter zu tun, als den Männern nach Vitt zu folgen. Einige liefen über den Strand, andere über den Höhenweg. Magnus entschied sich für den Weg, den Amra ihm geraten hatte. Der Pfad war von Buschwerk und Wald gesäumt, es würde leicht sein, sich hier vor möglichen Häschern zu verstecken. Die Fischer, die untereinander kaum ein Wort wechselten, hatten keine Menschenjagd im Sinn. Sie kümmerten sich nicht um den fremden Jungen in ihrer Mitte, vielleicht hielten sie ihn für einen Besucher, einen Angehörigen oder Diener der Kaufmannschaft oder für einen Burschen aus Puttgarden. Vielleicht nahmen sie ihn aber auch gar nicht wahr, schließlich waren sie zur Genüge mit sich selbst beschäftigt.

Der Anlegesteg von Vitt war nicht zu übersehen – schließlich strebten alle Fischer direkt dorthin, und Magnus musste nur noch nach dem Boot des Kaufmanns Baruch Ausschau halten. Er fühlte Erleichterung und fast etwas wie Rührung, als er Amras grünen Schal am Mast eines der kleinen Segler wehen sah. Das musste es sein. Magnus holte tief Luft, bevor er an Bord sprang und das Boot in Besitz nahm. Er fuhr mit den Fischern hinaus – mit all seiner Kraft und Verzweiflung rudernd. Er musste das große, von Baruch von Stralow angeheuerte Schiff, das etwas weiter draußen geankert hatte, so schnell wie möglich erreichen. Die Männer würden sicher rasch merken, dass sie genarrt worden waren, schließlich schwamm weit und breit kein Hering in der Bucht. Magnus wollte vor Freude und Erleichterung weinen, als er dem Schoner näher kam und seinen Namen am Bug erkannte: *Hilge Maget*, Heilige Jungfrau. Ein christliches Schiff, man würde ihn nicht abweisen.

Mit letzter Kraft ruderte Magnus sein Boot um die *Hilge Maget* herum, sodass er von der Bucht aus nicht mehr zu sehen war. Dann schrie er zu den neugierigen Seeleuten hinauf, die verwundert auf das offensichtlich verirrte Fischerboot herabblickten.

»Helft mir! Um Christi willen helft mir!«

Magnus hielt Amras Schultertuch fest umklammert, als die Männer ihn an Bord zogen. Ganz deutlich nahm er den Duft ihres Haars darin wahr.

Kapitel 5

Sie war es! Sie hat die Ratte losgelassen!«

Amra hörte die sich überschlagende Stimme, als sie gerade aufatmen wollte. Magnus war fort, mit der aufgeregten Menge verschmolzen. Auch die Ratte war weg, und die Falle hatte sie fortgeworfen. Mit etwas Glück würden die fliehenden Menschen sie zertrampeln.

Und nun das. Sie sah sich hektisch nach dem Verräter um und erkannte einen reich in Brokatgewänder gekleideten Jüngling, der von den erhöhten Sitzen des Adels aus anklagend mit dem Finger auf sie wies. Jetzt schien er auf den König einzureden und dann auf den Hohepriester, der sich inzwischen aus dem heiligen Bereich entfernt hatte – zweifellos wutentbrannt und vielleicht auch voller Furcht. Mit seinem Schrei hatte auch er den Tempel entweiht, er hatte sicher im Allerheiligsten geatmet. Und ob der Gott ein Opfer annehmen würde, dessen Tod offensichtlich Dämonen freigesetzt hatte?

Amra überlegte, ob sie fliehen sollte, aber wenn man sie nicht ohnehin schon erkannt hatte, hätte ihr flammend rotes Haar sie auf jeden Fall verraten. Es war besser zu leugnen, es war ...

Amra erschrak, als zwei der Tempeldiener sie von hinten ergriffen. Sie hörte Herrn Baruch argumentieren, ihre Mutter schreien, als die Männer sie von ihrer Familie wegrissen. Brutal zerrten sie das Mädchen durch die Menge und warfen es vor dem König und dem Hohepriester zu Boden.

Amra wagte nicht, zu den hohen Herren aufzusehen, doch sie hörte die Stimme des Priesters.

»Sie?«, fragte er streng.

»Ich hab nichts getan...« Amra wollte sich rechtfertigen, aber die Frage war nicht an sie gerichtet.

Stattdessen erhob sich erneut die Stimme des Knaben. »Ja. Sie war es. Ohne Zweifel!«

Amra wusste kaum, wie ihr geschah, sie kam erst wieder zu Atem, als sie sich unversehens in dem Kerker wiederfand, in dem sie am Tag zuvor noch Magnus und Herrn Gisbert besucht hatte. Die Tempeldiener hatten sie hereingebracht, und sie hatte den älteren der Wächter erkannt. Der Mann gab seinerseits aber kein Zeichen des Erkennens von sich. Wahrscheinlich aus Selbstschutz, auch er würde mit Strafen zu rechnen haben, wenn herauskam, dass er sich von Amra hatte bestechen lassen.

Erschöpft und aufgewühlt ließ sich Amra in der Ecke nieder, in der Magnus gehockt hatte. Hier fühlte sie sich ihm nahe und seltsam getröstet. Wie es aussah, war er entkommen. Und Svantevit hatte sich für den Frevel nicht gerächt – über die Burg war kein Unheil gekommen. Amra bezweifelte allerdings, dass der König und die Priesterschaft so leicht vergaben wie ihr Gott.

Wie viel Zeit in ihrem dunklen Verlies vergangen war, als Baruch von Stralow die Stiege herunterkam, wusste Amra nicht. Der Kaufmann wirkte sichtlich verzweifelt, als er das Mädchen im Stroh hocken sah.

»Kind, was hast du bloß getan? Deine Mutter ist außer sich!«

Baruch ging auf Amra zu, und sie glaubte fast, er würde sie in die Arme nehmen, aber dann hielt er sich doch zurück.

Amra sah kläglich zu ihm auf. »Ist Magnus denn entkommen?«, fragte sie leise.

Baruch rieb sich die Stirn. »Also ist es wirklich so, wie ich

51

befürchtet habe. Diese ganze Sache diente der Flucht des Jungen. Bisher habe ich noch gedacht, es sei vielleicht ein Irrtum. Warum solltest du schließlich eine Ratte im Tempel freisetzen?«

Amra schüttelte den Kopf. »Ich musste doch etwas tun«, flüsterte sie. »Ich konnte ihn doch nicht ... ist er denn entkommen? Hat er ... das Schiff erreicht?«

»Dann hängt das also auch mit der mysteriösen Geschichte um die Heringe zusammen, die angekündigt wurden, aber nicht kamen ...« Baruch seufzte.

Amra nickte schuldbewusst. »Ich hab Magnus gesagt, er soll ›Heringe!‹ rufen, bevor er flieht, damit er dann im Gewimmel der Fischer übers Meer fliehen kann. Aber ich denke, Ihr kriegt Euer Boot sicher zurück ...«

»Kind, Kind, es geht mir doch nicht um das Boot! Das könnte ich tausendfach verschmerzen. Aber du ...«

Amra fühlte Kälte in sich aufsteigen. »Was wisst Ihr, Herr Baruch? Was werden sie mit mir machen? Ich dachte, einen Gefangenen zu befreien ...«

»... ist so etwas wie ein Spiel, ja?«, fuhr Baruch sie an. »Das man anfängt, weil man sich in einen hübschen Knappen verliebt hat, und bei dem es dann auf die besten Einfälle ankommt, die Erwachsenen hinters Licht zu führen. Wobei man höchstens eine Backpfeife oder Hausarrest riskiert ...«

»Ich musste doch ...« Amra wollte sich rechtfertigen, aber Baruch sprach erregt weiter.

»Du verkennst völlig deine Lage, Amra. Die Flucht dieses Jungen wird man dir wahrscheinlich gar nicht zur Last legen. Selbst ich war mir bis eben nicht sicher, ob der Plan wirklich darauf zielte oder ob der Knabe nur die Gunst der Stunde nutzte. Aber die Tempelschändung, Mädchen! Die Ratte im Allerheiligsten, die Verhöhnung des Gottes ... dazu noch gleich nachdem der Tempelritter dem Götzen getrotzt hatte! Herr Adrian und die anderen Christen sprechen schon von einem Wunder, bewirkt durch ihren Jesus. Diese Zeremonie war eine Blamage sondergleichen. Die Priester werden sich dafür rächen wollen. Amra, sie könnten dich töten!«

Amra kaute auf ihrer Unterlippe. »Ich sage einfach, ich habe nichts getan«, erklärte sie. »Wenn dieser Junge mich nicht gesehen hätte ... oder haben sie die Falle gefunden? Dann muss ich ...«

Baruch schüttelte den Kopf. »Die Falle haben deine Mutter und ich gefunden und in Sicherheit gebracht, darum musst du dich nicht sorgen. Und ja, das Beste, was du tun kannst, ist leugnen. Ein guter Advokat könnte das mit dem Argument untermauern, dass der Gott sich nicht an dir gerächt hat. Wenn es stimmte, was die Priester predigen, hätte er dich ja vom Fleck weg erschlagen können ...«

Amra nickte schuldbewusst.

Baruch sah sie stirnrunzelnd an. »Damit hast du gerechnet? Also Mut hast du, das kann man nicht leugnen.«

Über Amras Gesicht zog der Anflug eines schelmischen Lächelns. »Dann holt Ihr mich hier heraus?«, fragte sie hoffnungsvoll. »Als ... als mein Advokat?«

Baruch schüttelte den Kopf erneut. »Das würde ich für mein Leben gern versuchen«, sagte er leise. »Aber es gibt da zwei Hindernisse. Sie werden dir gar nicht erst den Prozess machen, zumindest nicht öffentlich. Sonst würde die Frage, warum Svantevit nicht Feuer und Schwert über dich gebracht hat, als du sein Heiligtum schändetest, noch Thema für die Volksversammlung. Und die Männer von Vitt und Puttgarden könnten auch anführen, dass hier ein Wort gegen das andere steht: deins und Vaclavs.«

»Vaclav ist der Junge, der mich gesehen hat?«, fragte Amra.

Baruch nickte. »Und das ist das zweite Problem: Vaclav von Arkona ist nicht irgendein Junge. Er ist ein Verwandter des Königs, niemand darf ihn ungestraft der Lüge zeihen. Verstehst du jetzt, warum man auf dich und mich nicht hören und das Volk außen vor lassen wird?«

Amra verbrachte eine angsterfüllte, einsame Nacht im Kerker und konnte sich nur damit trösten, dass Magnus wahrscheinlich bereits auf dem Weg nach Lübeck war.

Die *Hilge Maget* war rasch mit den Heringen des letzten Fangs beladen worden und sollte im Morgengrauen absegeln. Baruch hatte dem Mädchen versichert, dass der Kapitän keine Einwände gegen Magnus' Mitnahme haben würde. Selbst wenn seine christliche Nächstenliebe nicht ausreichen sollte – ein Hinweis auf Magnus' Verwandtschaft mit dem Dänenkönig dürfte den Kapitän davon überzeugen, dass die Passage bezahlt werden würde. Der Junge war gerettet. Aber um welchen Preis?

Die Sonne stand bereits hoch am Himmel, als man Amra aus dem Kerker holte. Wieder waren es zwei Tempeldiener, die sie eskortierten, einer ging gebeugt und stöhnte, als er sich die Treppe hinaufschleppte. Amra dachte schadenfroh an Magnus' gezielten Tritt.

»Wo bringt ihr sie denn hin?«, fragte der alte Kerkermeister, als die Männer das in die Sonne blinzelnde Mädchen an ihm vorbeizerrten. Amra schien ihm leidzutun. »Vor die Priester?«

»In die Halle des Königs«, antwortete einer der Tempeldiener unwillig.

Es schien ihm nicht recht zu sein, vielleicht hätten die Priester die Sache lieber im Tempelbereich verhandelt.

Nun führten sie das Mädchen allerdings am heiligen Bezirk vorbei, wo eine Schar Priester sich beeilte, dem Gott ganze Herden von Schafen und Rindern zu opfern, um ihn zu versöhnen und das Allerheiligste mit Blut zu reinigen.

Priester und Burgbedienstete starrten Amra neugierig an, als sie, begleitet von ihren Wächtern, über den Platz schritt. Das Mädchen schlug die Augen nieder, überlegte es sich dann aber anders und hob trotzig den Kopf. Sie, Amra, würde sich nicht schuldbewusst zeigen. Leugnen war ihre einzige Chance, sie musste den König dazu bringen, ihr zu glauben.

Der Palas des Königs war wie alle Gebäude in der Burg Arkona aus Holz errichtet. Amra wusste von Herrn Baruch, dass man auf dem Festland mit Stein baute und daraus gewaltige Trutzburgen errichtete. Die Slawen hatten die Techniken dazu allerdings nie entwickelt. Sie lebten in waldreichen Gegenden, und ihre Völker waren klein. Es reichte, dort Fluchtburgen anzulegen, wo die Natur sich dafür anbot. Auf Arkona wurde die Burganlage an drei Seiten von der Klippe geschützt. Slawenkönige legten von jeher nicht sehr viel wert auf Prunk. Sie lebten bescheiden und beharrten anderen Völkern gegenüber nicht einmal unbedingt auf ihr Recht auf den Königstitel. Die Kaufleute sprachen oft ungestraft von »Fürst Tetzlav«, da ihnen Rujana einfach zu klein für ein Königreich dünkte.

Ärmlich hauste der Herrscher über Rujana selbstverständlich nicht. Sein Domizil war zweistöckig und verfügte über komfortable, beheizbare Wohnräume für die königliche Familie, sowie einen Rittersaal im Erdgeschoss, ausreichend groß für Tetzlav und die etwa dreihundert Männer, die Burg und Heiligtum bewachten.

Einige von ihnen waren auch heute anwesend, als man Amra vor den König brachte. Sie standen oder saßen zu beiden Seiten des Saals. Tetzlav thronte auf einem erhöhten Stuhl, und auch ein paar Adlige, unter ihnen der Knabe Vaclav, hatten auf dem Podium Platz gefunden. Die Priesterschaft, angeführt vom

Hohepriester Muris, musste sich davor aufstellen. Die Geistlichen wirkten entsprechend ungehalten. Zumindest ihr Oberhaupt musste es als Affront empfinden, nicht mit dem König auf gleicher Höhe platziert zu werden.

Die Tempeldiener stießen Amra auf einen freien Platz zwischen den zuschauenden Rittern, dem König und der Priesterschaft. Das Mädchen zwang sich, mutig zu den Edlen der Insel aufzuschauen und auch Vaclavs Blick nicht zu scheuen. Leicht war das nicht. Amra hatte das Gefühl, als ob das neugierige oder missbilligende Schweigen, das sich im Moment ihres Eintretens über die Menschen im Saal gesenkt hatte, eine Ewigkeit währte. Sie spürte die Augen der Ritter auf ihrem offen über die Schultern fallenden Haar – es hatte sich bei Nacht gelöst, und sie hatte gar nicht daran gedacht, es am Morgen zu flechten –, und auf dem inzwischen schmutzigen, zu engen Kleid, in dem sie sich ohne Herrn Baruchs Umhang fast nackt fühlte. Den Umhang hatte man ihr fortgenommen – wahrscheinlich der Kerkermeister als Vergütung für sein Schweigen.

»Du bist also das Mädchen...«, erklang schließlich die Stimme des Königs. »Ein Kind aus Vitt, der Bastard einer Fischersfrau, wie mir gesagt wurde...«

»Ich bin Amra von Vitt, Tochter des Janko von Vitt!«, sagte Amra fest und blitzte den König an. »Niemand nennt mich Bastard!«

Der König lachte und ließ den Blick zwischen Amra und Baruch von Stralow hin- und herwandern. Amra sah jetzt erst, dass ihr Freund und Gönner anwesend war. Er saß bei den Ratgebern des Königs, ein gutes Zeichen.

»Nun, man erzählt sich allerdings, du wurdest erst drei Jahre nach deines Vaters Tod geboren«, bemerkte der König. »Aber das tut nichts zur Sache. Warum hast du den Tempel geschändet?«

Amra schüttelte energisch den Kopf. »Das habe ich nicht, das ...«

»Hast du doch!« Die sich wieder mal überschlagende Stimme des jungen Vaclav, der sich wohl im Stimmbruch befand. »Ich hab's gesehen, Oheim!«

Der Junge sonnte sich offensichtlich in der Aufmerksamkeit seines hohen Verwandten und der Priesterschaft.

»Es gibt keinen Grund, an den Worten des Edlen Vaclav zu zweifeln«, erklärte der Hohepriester. »Also leugne es nicht, Mädchen!«

»Aber ich war's nicht!«, beharrte Amra. »Mag sein, dass die Ratte aus meiner Richtung kam, und ich ... ich bin erschrocken und hab mich nach ihr gebückt, um sie vielleicht noch zu fangen, damit sie nicht ...«

Die Geschichte war ziemlich gut, schade, dass sie ihr nicht früher eingefallen war. Jetzt war es zu spät, sie richtig auszuschmücken.

»Sie lügt«, sagte der Priester kurz. »Sie hat den Tempel geschändet. Darauf steht der Tod.«

»Ihr könnt das nicht bestimmen!«, meldete sich auf einmal Baruch zu Wort, sicher mit dem Mut der Verzweiflung. »Das Mädchen gehört zu den Leuten des Königs, er muss hier Recht sprechen. Und seiner Gerechtigkeit unterwirft es sich. Ist es nicht so, Mädchen? Vertraust du dem König?«

Amra nickte. Obwohl sie das Gefühl hatte, damit ihr Todesurteil zu besiegeln. Bei Magnus hatte Tetzlav schließlich auch keine Milde walten lassen.

Baruch blickte den König aufmerksam an. Wenn er Recht hatte, so befanden sie sich hier mitten in einer weiteren Runde des Machtkampfes zwischen König und Priesterschaft. Es mochte Tetzlav gefallen, Muris und die Seinen diesmal in ihre Schranken zu verweisen. Zumal in Anbetracht des Desasters, das sich aus der letzten Niederlage ergeben hatte. Svantevit hatte nicht über den Christengott triumphiert, im Gegenteil. Schon bildeten sich Legenden um den Tod des Templers. Tetzlav brauchte die Priester nun lediglich zu verhöhnen und auf ein Ausbleiben der Strafe Svantevits zu verweisen. Seinen übereifrigen Großneffen, oder wie immer er mit Vaclav verwandt war, zum Schweigen zu bringen, sollte auch nicht schwierig sein. Tetzlav konnte Amra gehen lassen ...

Aber dann geschah etwas, womit der Kaufmann nicht gerechnet hatte. Eine dritte Macht schob sich zwischen König und Priesterschaft: die Macht des Verlangens.

Baruch beobachtete besorgt, wie sich erneut Schweigen über die Versammlung legte. Weder der Priester noch der König antworteten auf seinen Einwand.

Muris fixierte ihn allerdings boshaft, während der Fürst das Mädchen Amra mit kalten, ruhigen Augen betrachtete. Baruch konnte nicht erkennen, ob irgendetwas an ihr sein offenes Interesse weckte, aber sein Blick streifte doch aufmerksam über ihren schmalen Körper, ihre knospenden Brüste und ihr hüftlanges, lockiges Haar in der Farbe des Sonnenaufgangs. Amra erwiderte seinen Blick mit angst-, aber auch immer noch trotzerfüllten Augen, wach und leuchtend grün wie die Wälder der Insel.

Schließlich schien Tetzlav zu einer Entscheidung zu gelangen. Er ließ den Blick fast ein wenig triumphierend über die Priester, seine Ratgeber und seine Ritterschaft schweifen.

»Sie ist schön«, sagte der Fürst kurz. »Es wäre zu schade, sie zu töten. Ich behalte sie als Sklavin. Sie kann den Frauen zur Hand gehen. Und sonst ...«

»Aber sie hat Gott gefrevelt!«, wandte der oberste Priester ein. »Svantevit verlangt ihren Tod!«

Baruch überlief es kalt – sowohl was die Absichten des Königs als auch die des Priesters anging. »Sie ist noch ein Kind«, sagte er leise.

Tetzlav zuckte die Schultern. Auf Baruchs Einwand ging er gar nicht erst ein. »Seit wann verlangt es den Gott nach dem Blut von Weibern?«, höhnte er. »Der Gott hat den Mönch bekommen. Wenn er das Opfer nicht angenommen hat, ist es seine Sache. Das Mädchen nehme ich.«

Der Fürst stand auf und nickte sowohl Baruch als auch den Priestern kurz zu. Das Gericht war beendet.

Amra stand da, von niemandem mehr beachtet. »Was soll ich denn jetzt machen?«, fragte sie tonlos.

Baruch sah sie mitleidig an. Er berührte sie nicht. Sie gehörte von nun an dem König.

»Geh in die Küche und mach dich irgendwie nützlich«, antwortete einer der Ritter. Mitleidig vielleicht, aber auch mit einem Anflug von Ehrfurcht. »Der Herr wird dich rufen lassen, wenn er dich begehrt. Und dank den Göttern ... dank den Göttern, dass du schön bist.«

Baruch fragte sich, ob dies wirklich ein Segen war oder vielleicht doch ein Fluch.

Die Rache

*Kap Arkona, Rujana
1168*

Kapitel 1

»Amra, Allerschönste, warum trägst du nicht meine Perlen?«

Amra fuhr zusammen, als sie Vaclavs Stimme hinter sich hörte. Sie hatte zwar damit gerechnet, dass er ihr auflauerte, sobald sie aus der Küche kam, aber sie hatte doch gehofft, rasch unbemerkt zum Brunnen und zurück zu kommen, wenn sie ein dunkles Tuch um ihr auffälliges rotes Haar wand. Der junge Adlige hatte offensichtlich nichts anderes zu tun, als vor den Wirtschaftsgebäuden der Burg herumzulungern und sich jedes heraustretende junge Mädchen genau anzusehen.

»Soll ich Perlen tragen, wenn ich Wasser schleppe und die Kleider meiner Herrin reinige?« Amra konnte sich einer Antwort kaum entziehen, aber sie ließ ihre Stimme abweisend und schnippisch klingen. »Ich bin eine Sklavin, wie Ihr sehr wohl wisst. Soll ich zur Arbeit kommen, hergerichtet wie eine Prinzessin?«

Vaclav verstellte ihr den Weg und grinste sie an. Seine braungrünen Augen blitzten. »Du wirst immer aussehen wie eine Prinzessin, selbst in den ärmlichsten Kleidern...«

Amra schnellte unwirsch an ihm vorbei. Auch seine höfischen Reden imponierten ihr nicht. Dabei war ihr durchaus bewusst, dass sich die meisten jungen Mädchen auf der Burg überschäumend über die Halskette gefreut hätten, die sie am Morgen in ihren vor der Mägdekammer abgestellten Schuhen gefunden hatte. Vaclav war ein gut aussehender, hochgewachsener junger Krieger, stark wie ein Bär. Amra konnte sich das allerdings noch so oft vor Augen führen – sie sah in ihm doch immer noch den überheblichen Jungen, der sie damals den Priestern und dem König verraten hatte. Dass er sich offensichtlich in sie verliebt hatte, änderte nichts an ihrer Einstellung. Niemals würde sie seinem Werben nachgeben.

»Egal, wie ich aussehe, ich bin eine Sklavin, und Ihr werdet Euch daran erinnern, dass Ihr an diesem Umstand keinen unwesentlichen Anteil hattet«, beschied sie den jungen Mann jetzt, erreichte endlich den Brunnen und ließ den Schöpfeimer am Seil hinabgleiten.

»Nun, komm, Amra, vergiss diese alten Geschichten«, Vaclav wollte ihr die Hand auf die Schulter legen, aber sie entzog sich ihm. »Wir waren Kinder . . .«

Der junge Mann griff nach dem Tau, um den Schöpfeimer für sie heraufzuziehen, aber Amra wehrte ihn so heftig ab, dass das Seil schließlich beiden aus der Hand glitt und der Eimer noch einmal nach unten fiel. Amra begann wütend, ihn wieder heraufzukurbeln.

»Und es ist doch nicht zu deinem Schaden gewesen«, sprach Vaclav dabei weiter auf sie ein. »Im Gegenteil . . .«

Das war nicht unrichtig. Amra galt zwar als Leibeigene, aber ihre Stellung auf der Burg Arkona hatte manche Vorteile, um die andere junge Mädchen von Vitt und Puttgarden sie beneideten. Als Mitglied des Haushalts des Königs brauchte sie keine Fische mehr auszunehmen und einzusalzen. Sie schuftete nicht in den kleinen Gärten der Siedlungen und versorgte kein Vieh. Stattdessen diente sie als Kammerzofe der Königin – und der Mätressen des Königs. Sie hielt die Kleider und Kemenaten der hochgestellten Frauen in Ordnung, bediente sie und sorgte dafür, dass es ihnen an nichts fehlte. Wenn sie darüber hinaus noch Zeit hatte, half sie in der Küche. Amra war immer gut genährt, sie trug einfache, aber reinliche Kleidung und wurde behandelt wie jede andere Dienerin. Niemand bewachte sie oder sperrte sie ein. Wenn Amra die Erlaubnis dazu einholte, konnte sie ihre Mutter besuchen – und Baruch sah sie regelmäßig, wenn er auf die Burg kam, was häufig geschah. Der König schätzte ihn als unabhängigen, klugen Ratgeber, auch aufgrund des überaus großzügigen Geschenks, das Baruch ihm kurz nach Amras Versklavung gemacht hatte ...

Damals hatte die Sache schließlich gar nicht gut für das Mädchen ausgesehen. Amra dachte jetzt noch mit Grausen an die Angst, die sie ausgestanden hatte, als der König im Rittersaal die Hand auf sie gelegt hatte. Schon drei Tage nach ihrem Einzug in eine Mägdekammer der Burg hatte Tetzlav sie zu sich bringen lassen – und sie erinnerte sich nicht gern an die Dinge, die er in seiner Schlafkammer mit ihr getan hatte. Amra hatte sich vor dem König entkleiden müssen, er hatte ihr Schmeicheleien zugeflüstert und sie gestreichelt. Das junge Mädchen hatte dabei Scham und Ekel verspürt. Tetzlav war ein alter Mann. Amra hasste seine feisten Finger auf ihrem Körper und noch mehr seine Küsse. Der Mund des Königs war weich und feucht, seine Zunge wie eine Schlange, die den Zugang zu Amras intimsten Körperöffnungen suchte. Allerdings tat keine seiner Annäherungen weh, was Amra überraschte, hatten ihr doch die mitleidigen älteren Mädchen, mit denen sie die Schlafkammer teilte, Ungemach prophezeit. »Er ist eigentlich immer freundlich zu uns, er wird dir nicht absichtlich wehtun. Aber du bist natürlich noch sehr klein und schmal da ... da unten. Wenn seine Männlichkeit anschwillt und in dich dringt ... es tut furchtbar weh, Amra, aber es geht schnell vorbei.« Einige von ihnen waren selbst Opfer der Leidenschaften des Königs geworden, er hatte aber rasch das Interesse an ihnen verloren.

Amra hatte sich vom ersten Tag an gegen Schmerzen jeder Art gewappnet. Was die anderen jungen Frauen meinen konnten, erschloss sich ihr allerdings erst nach einiger Zeit, als der

Fürst sich auch selbst vor ihr entkleidete und verlangte, dass sie sein Glied in die Hand nahm und streichelte. Dann regte sich das runzlige Geschlecht des alten Mannes, und während Tetzlav wohlig stöhnte, wurde es fester und größer, er drang jedoch nie in sie ein. Amras Angst davor, dass Tetzlav sich eines Tages nicht mehr damit zufriedengeben könnte, ließ jedoch nicht nach. Und dann, keine zwei Monde nach Amras Wechsel in den Haushalt des Fürsten, war es auf einmal vorbei.

An einem Sommertag traf Herrn Baruchs Geschenk für Tetzlav ein, und der Fürst vergaß umgehend jede Frau und jedes junge Mädchen auf Rujana. Die Leute auf der Burg beobachteten fasziniert, die Priesterschaft argwöhnisch den exotisch gekleideten Boten aus dem Morgenland, der zwei verschleierte junge Frauen in die Gemächer des Königs brachte. Amra fühlte sich an die Verhüllung der Menschenopfer erinnert, als sie ihrer ansichtig wurde, und empfand zunächst Mitleid für sie. Später, als sie zu ihnen gerufen wurde, um ihnen aufzuwarten, stellte sie jedoch fest, dass die jungen Frauen nicht sonderlich unglücklich wirkten. Sie waren ein paar Jahre älter als sie selbst und bildschön, als sie sich schließlich aus ihren blickdichten Gewändern schälten. Darunter trugen sie bunte Seidenkleidung. Ihre Sprache verstand Amra allerdings nicht, und sie konnte Königin Libussa, Tetzlavs Gattin, folglich nicht viel erzählen, als die sie nach den jungen Frauen aushorchte. Fest stand lediglich, dass es sich um Sarazeninnen handelte, eine schwarzhaarig, eine rotblond, aber beide erlesen schön und ausgestattet wie Prinzessinnen.

»Zwei Sklavinnen!«, wütete Tetzlavs Gattin. »Dieser jüdische Händler erdreistet sich, dem König zwei orientalische Sklavinnen zu schenken.«

»Für ... für die Küchenarbeit?«, fragte Amra naiv. Danach hatten die jungen Frauen gar nicht ausgesehen.

Die Königin lachte denn auch über die Unbedarftheit ihrer jungen Zofe. »Nein, Kindchen, die haben sicher nie einen Kochlöffel angerührt!«, meinte sie freundlich.

Libussa mochte ihre junge Zofe. Amra fragte sich manchmal schamerfüllt, ob sie von ihren nächtlichen Besuchen in der Kemenate ihres Gatten wusste oder nicht.

»Die schult man in anderen Dingen, ich habe davon schon gehört. Sie ... lernen, wie man Männer glücklich macht ... Und sie kosten ein Vermögen ...«

Amra schwante, was ihre Herrin meinte, nachdem die nächsten Wochen verstrichen, ohne dass Tetzlav auch nur ein Mal nach ihr gerufen hatte. Stattdessen verlangten die orientalischen Frauen jeden Abend nach der Hilfe einer Zofe, um sich auf die aufreizendste Art, die Amra sich nur vorstellen konnte, für die Nacht herzurichten. Verblüfft beobachtete sie, wie sich Basima und Dschamila in Hosen und Obergewänder aus einem so feinen Gespinst hüllten, dass Amra es kaum Stoff nennen mochte. Sie schaute zu, wie sie ihre Augen mit schwarzer Farbe umrandeten, die sie Kajal nannten, und sich mit einem roten Farbstoff gegenseitig Blütenranken auf Hände und Füße malten. Dabei erschienen sie erstaunlich vergnügt, fast, als mache es ihnen Freude, die Nächte mit Tetzlav zu verbringen. Amra erkannte kein Anzeichen von Ekel oder Angst wie bei ihr selbst und den anderen jungen Frauen aus der Mägdekammer.

Sie kam hinter das Rätsel, als sie feststellte, dass die jungen Frauen Französisch sprachen. Sie verstanden kein Wort des auf der Insel gebräuchlichen Ranisch, aber als sie merkten, dass Amra versuchte, sich mit ihnen zu verständigen, sprachen sie ihre offensichtlich aufgeschlossene junge Dienerin in verschiedenen Sprachen an. Amra erkannte Kastilianisch, das sie selbst allerdings nicht beherrschte, und dann hörte sie erstmalig Basimas weiches, korrektes Französisch.

Die junge Frau war entzückt, als sie merkte, dass Amra sie verstand, und beantwortete bald darauf bereitwillig ihre neugierigen Fragen. Die beiden Orientalinnen stammten aus Al Andalus, einem Land im Süden, dessen Könige sich Emire und Kalifen nannten und dessen Bevölkerung ihre Wurzeln im arabischen Raum hatte. Sie waren Sklavinnen, solange sie denken konnten, schon als kleine Kinder von einer Frau gekauft, die eine Art Schule für Haremssklavinnen betrieb. Basima und Dschamila lernten dort zu singen und zu tanzen, Instrumente zu spielen und verschiedene Sprachen zu sprechen. Sie beherrschten alle möglichen Künste – ihre künftigen Herren im Bett zu befriedigen, aber auch anderweitig zu unterhalten. Egal, ob die Männer kindische Spiele spielen oder sich mit ihrem reizvollen Gegenüber ernsthaft über politische oder philosophische Probleme austauschen wollten. Mit ihrem derzeitigen Besitzer waren Basima und Dschamila mehr als zufrieden.

»Natürlich ist der Fürst alt, aber er ist gut zu uns!«, zwitscherte Dschamila, die Jüngere.

Ihr Gesicht war noch kindlich gerundet, und sie liebte die Honigkuchen, die Amra ihr aus der Küche brachte. Dementsprechend rundlich war ihr Körper denn auch, aber das schien in ihrem Land durchaus erwünscht zu sein.

»Er freut sich über uns, ist nicht erbost, wenn ... wenn es uns nicht immer gelingt, sein Schwert zum Leben zu erwecken ...«

Basima kicherte. »Aber wenn es uns gelingt, ist er dankbar ...« Sie spielte mit einer Bernsteinkette, zweifellos ein Geschenk ihres neuen Herrn. »Und wir können das gut.«

Amra schaute sie ungläubig an. »Ihr ... man ... man hat euch allen Ernstes gezeigt, wie es geht? Wie man ... die ... die Männlichkeit von alten Männern erweckt?«

Dschamila nickte und erhob sich gleich zum Beweis. Während Basima ein seltsames Lied intonierte und dazu eine nicht minder exotische Laute schlug, begann Dschamila einen fremdartigen Tanz. Ihr Unterkörper schob sich dabei einem gedachten Gegenüber entgegen, als brenne er nur so darauf, das Geschlecht eines Mannes in sich aufzunehmen. Amra errötete vor Scham.

Dschamila und Basima lachten.

»Wir können auch mit unseren Fingern Wunder wirken ... Sollen wir's dir zeigen?«

Den jungen Frauen schien ihre Kunst absolut nicht peinlich zu sein, im Gegenteil, sie waren stolz darauf.

»Es ist ja eher selten, dass wir einen jungen Herrn bekommen«, führte Basima schließlich weiter aus. »Die meisten von uns werden in den Harem eines alten Mannes verkauft, die jungen haben gar nicht das Geld dafür. Und es kauft auch selten jemand eine Kostbarkeit wie uns für sich selbst. In aller Regel werden wir verschenkt ... So wie jetzt an euren König.«

Amra runzelte die Stirn. »Und das macht euch gar nichts aus? Verschenkt werden wie ... wie ein Schmuckstück ... wie ein ... ein Pferd?«

»Ein sehr edles Pferd!«, erklärte Basima selbstbewusst, ohne im Entferntesten beleidigt zu sein.

Amra konnte sich darüber nur wundern, fand die jungen Mädchen aber liebenswert, und sehr bald entwickelte sich zwischen ihr und den Orientalinnen eine Freundschaft. Mit Basima und Dschamila konnte sie über alles reden – auch deshalb, weil niemand sonst auf der Burg Französisch sprach. Geheimnisse blieben also unter den drei jungen Frauen. Amra lernte vieles über Männer, Frauen, ihre Gefühle und ihren Körper. Irgendwann erkundete Basima schnell und mit ungemein geschicktem Finger, dass Amra trotz der Nächte in König Tetzlavs Schlafzimmer noch Jungfrau war. Das Wissen darum erleichterte Amra – und ganz sicher würde sie ihre Unberührtheit nicht leichtfertig aufs Spiel setzen wie andere Mädchen, die auf der Burg arbeiteten. Und Vaclav von Arkona war der Letzte, dem sie ihre Jungfräulichkeit zu opfern gedachte.

»Lass mich jetzt gehen!«, beschied sie den jungen Mann, als sie den Inhalt des Schöpfeimers endlich in ihre Waschkaube schütten konnte. »Ich muss meine Arbeit erledigen. Und Ihr... Ihr habt sicher auch etwas zu tun.«

Letzteres bezweifelte sie, aber Vaclav ließ sie nun wirklich in Frieden. Für heute jedenfalls – morgen dachte er sich wahrscheinlich wieder etwas anderes aus, um ihr zu gefallen.

»Kommst du denn nun mit nach Karentia, wo immer das liegt?«, fragte einige Stunden später Dschamila, während Amra ihr Perlenschnüre ins Haar flocht. Inzwischen war sie äußerst geschickt darin, die jungen Frauen zu frisieren. »Ich möchte, dass du mitgehst.«

»Und der König hat diesbezüglich schon anderweitig entschieden!«, unterbrach Basima ihre Freundin. »Bei Allah, Dschamila, hast du denn immer noch nicht genug von dieser komischen Sprache aufgeschnappt, um wenigstens das Wichtigste zu verstehen?«

Dschamila zuckte mit den Schultern und knabberte an ihrem Honigkuchen. Sie war die sanftere und phlegmatischere der jungen Frauen. Basima interessierte sich für die Welt der Slawen auf Rujana, in die es sie verschlagen hatte, für ihre Freunde und Feinde, ihre Bräuche und ihre Götter. Wobei Amra natürlich längst herausgefunden hatte, dass die beiden Orientalinnen wieder einen anderen Gott anbeteten als Herr Baruch und Herr Adrian. Ihr Allah, wie sie ihn nannten, hatte allerdings mehr Gemeinsamkeiten mit den Göttern der Juden und Christen als mit Svantevit und den anderen Gottheiten der Ranen. Basima stellte stets viele Fragen, während es Dschamila reichte, Musik zu machen, ihre Schönheit zu pflegen und sich verwöhnen zu lassen.

»Ich hab ganz gut verstanden!«, gab Dschamila jetzt allerdings beleidigt zurück. »Der König sagte, es gebe genug Dienstboten auf Karentia, wir bräuchten niemanden mitzunehmen, er gehe nur mit dem Hof, mit der Familie, ohne Diener. Aber Amra ist doch nicht irgendeine Dienerin ... Wie sollen wir uns schön machen ohne sie?«

Basima lachte. »Der Einwand war gut, in diesem Fall hat da allerdings noch ein anderer die Hand im Spiel. Was ist zwischen dir und diesem Herrn Vaclav, Amra? Der will nämlich unbedingt, dass du auf Arkona bleibst.«

Amra horchte auf. Vaclav wollte, dass sie blieb? Würde er denn nicht mit der Königsfamilie auf die Burg im Inland ziehen? Die Übersiedlung des Hofes nach Karentia war seit einigen Tagen in aller Munde. In anderen Ländern war es wohl üblich, dass der König mit seiner Familie von Pfalz zu Pfalz zog, um Gericht zu halten und mit seinen Lehnsleuten in Kontakt zu bleiben. Aber Tetzlav hatte bislang keine Anstalten gemacht, allenfalls war er ein paar Tage mit einigen seiner Ritter unterwegs gewesen, um die anderen Burgen der Insel zu inspizieren. Die Menschen in Vitt und Puttgarden fragten sich nach den Gründen.

»Dein Vaclav erhält die Befehlsgewalt über diese Burg hier«, klärte Basima die Freundin nun auf, nachdem Amra ihr Verhältnis zu Vaclav kurz umrissen hatte. »Er bleibt mit einigen Rittern, und er hat sich wohl ausbedungen, dass auch du bleiben sollst. Der König hat's gestattet, bevor Dschamila ihn umgarnen konnte. Und er bleibt bei seinen Entscheidungen.«

Basima und Dschamila verehrten ihren ranischen Herrn nach wie vor.

»Und du solltest den Herrn Vaclav auch freundlicher behandeln«, fügte Dschamila hinzu. »Nach dem, was der König sagt, will er dich zur Frau, trotz deiner niedrigen Stellung hier! Das heißt, du würdest reich sein und angesehen und Teil der Familie des Fürsten. Das solltest du nicht leichtfertig vertun, nur weil du den Mann nicht leiden kannst.«

Dschamila und Basima waren beide etwas unglücklich darüber, dass es ihrem König nicht freistand, mehr als eine Frau zu ehelichen. In ihrem Land durfte ein Mann bis zu vier Ehefrauen haben, und die beiden waren überzeugt, dass Tetzlav sie längst in diesen Stand erhoben hätte, wäre es ihm möglich gewesen.

Amra ließ Dschamilas Mahnung unkommentiert. Um den Preis einer Ehe mit einem ungeliebten Mann mochte sie nicht erhöht werden. Amra träumte von der Liebe zu einem minniglichen Ritter, eine Vorstellung, die sie höfischen Erzählungen und den Liedern der Troubadoure verdankte, die gelegentlich auch den Hof des Königs Tetzlav besuchten. Zu selten in den Augen der Königin Libussa, die Amras Begeisterung teilte. Zumal ihr die Möglichkeit verschlossen blieb, die Geschichten selbst zu lesen. Libussa war schon älter und hatte keine höfische Erziehung genossen, wie adlige Mädchen sie an den moderneren Höfen des Abendlandes inzwischen erhielten. Sie konnte weder lesen noch verstand sie Französisch – die Sprache, in der die meisten Minnelieder abgefasst waren. Amra hatte schon als kleines Kind von Herrn Baruch lesen gelernt, und der Kaufmann brachte ihr auch jetzt noch oft Handschriften mit. Zudem profitierte sie von König Tetzlavs Vernarrtheit in seine orientalischen Gespielinnen: Basima und Dschamila erhielten regelmäßig auch die teuersten Abschriften der neuesten Erzählungen. Sie waren genauso verrückt danach wie Amra – nur dass sie von klein an gelernt hatten, dass Liebe nichts anderes sein konnte als ein schöner Traum.

Als Amra Basima und Dschamila schließlich einem Rendezvous mit ihrem König überließ, wartete schon ein Botenjunge auf dem Wehrgang vor den Kemenaten auf die junge Frau.

»Hast du Zeit, Amra? Der Kaufmann Herr Baruch fragt nach dir. Du brauchst dich aber nicht zu beeilen, er wartet am Haupttor, bis du deine Pflichten für heute Nacht erledigt hast. Und wenn du es vor dem Dunkelwerden nicht schaffst, kommt er morgen wieder.«

Amra schenkte dem Knaben einen der Honigkuchen, die Dschamila übrig gelassen hatte, und bat ihm, Herrn Baruch zu bestellen, dass sie gleich komme. Sie musste noch bei der Königin vorbeischauen, aber Libussa war anspruchslos. Sicher würde sie Amra freigeben, um den Kaufmann noch vor Schließung der Tore treffen zu können. Die junge Frau war neugierig. Bislang hatte Herr Baruch nie eine förmliche Verabredung mit ihr getroffen und ihr dazu gar einen Boten geschickt. Gewöhnlich verließ er sich bei ihren Treffen auf den Zufall, schließlich wusste er ja nie, wie viel sie zu tun haben würde und wie lange sich seine eigenen Audienzen beim König oder bei den Priestern hinziehen würden. Meist schaute er einfach in der Küche vorbei, wenn er Zeit hatte, und sofern Amra gerade dort war, schenkte er dem Koch eine Münze und kaufte sie damit eine Zeit lang frei. Dann wanderten sie hinauf zur Klippe, um sich zu unterhalten – wobei Herr Baruch stets darauf achtete, dass sie von den Wachtürmen aus sichtbar blieben. Niemand sollte auf den Gedanken kommen, dass er ihr mehr war als ein väterlicher Freund.

Mitunter lud der Kaufmann Amra auch in eine der Garküchen rund um den Tempelbezirk ein, und sie beobachteten das rege Treiben rund um das Orakel des Gottes. Herr Baruch empfand größtes Vergnügen dabei, den Priestern bei ihren Auslegungen zu lauschen, besonders der Hohepriester Muris hatte es ihm angetan. »Hör möglichst oft zu, Amra, da kannst du etwas lernen«, sagte er ihr einmal lächelnd. »Der Mann versteht es meisterhaft, mit vielen Worten weder Ja noch Nein zu sagen. Keiner dieser Leute geht mit einer wirklichen Prophezeiung, alles bleibt offen, aber jeder meint, man habe ihm genau das geweissagt, was er hören wollte.«

Herr Baruch sprach dann auch von älteren Orakeln wie dem der Pythia in Delphi und ließ Amra dadurch immer weiter an ihrem Glauben an die Allmacht der slawischen Götter zweifeln. Mitunter verschaffte er der jungen Frau auch einen freien Tag und nahm sie mit nach Vitt, wo sie von ihrer Mutter verwöhnt und von den anderen Mädchen ihres Alters beneidet wurde. Es war immer schön, Herrn Baruch zu treffen, aber es geschah auch immer überraschend. Außer an diesem Tag.

Amra konnte sich nicht rasch genug freimachen und hinüber zum Haupttor eilen.

Herr Baruch begrüßte sie freundlich wie immer, aber erstaunlich ernst. Er war einige Wochen lang nicht auf Rujana gewesen – und anscheinend gab es in der Außenwelt bedrohliche Entwicklungen.

»Ich wollte dich noch kurz sprechen, bevor du morgen mit dem Hof nach Karentia gehst«, sagte er schließlich und wanderte mit ihr am Burgwall entlang auf die Klippen zu. Offensichtlich sollte niemand ihrem Gespräch lauschen.

»Morgen?«, fragte Amra verdutzt. Die Frauen des Königs erwarteten ihre Abreise erst in einigen Tagen. »Da müsst Ihr Euch irren, Herr. Der König hat noch keinen Tag für den Abritt bestimmt.«

Baruch nickte. »Doch, Kind, soeben. Ich denke, er lässt seine Familie gerade davon unterrichten. Und ich will dich auch nicht zu lange aufhalten, du wirst deiner Herrin ... oder deinen

Herrinnen ...«, er schmunzelte, »... beim Packen helfen müssen.«

Amra verzog ein wenig das Gesicht. Sie hatte eigentlich gehofft, jetzt freizuhaben und sich mit einem Kerzenstummel und einer von Basima und Dschamila geliehenen Handschrift ins Mägdezimmer zurückziehen zu können.

»Wieso auf einmal diese Eile? Aber wie auch immer: Mich werdet Ihr weiterhin hier antreffen. Ich gehe nicht mit nach Karentia.«

Der Kaufmann runzelte die Stirn. »Nicht? Ich dachte, du hättest dich bei den ... hm ... Odalisken ... unentbehrlich gemacht. Und bei der Königin.«

Amra nickte und erzählte ihm dann, was sie von Basima und Dschamila erfahren hatte.

»Vaclav!« In ungewohnter Manier verzerrte sich das Gesicht des Kaufmanns. Es war selten, dass er sich seinen Ärger derart anmerken ließ. »Schon wieder Vaclav! Dieser Jüngling bringt nichts als Verdruss!«

Amra zuckte die Schultern. »Ich werde mit ihm fertig, Herr Baruch. Er ist lästig, aber so viel Macht, dass er mich ungefragt auf sein Lager zerren kann, hat er nicht. Und er will das wohl auch nicht, er hat ganz ehrenwerte Absichten. Basima meint, ich solle in Betracht ziehen, ihn zu heiraten. Also macht Euch keine Sorgen.«

Baruch rieb sich die Stirn. »Vielleicht hat sie da gar nicht so Unrecht. Aber warten wir erst einmal ab, was geschehen wird. Vorerst jedenfalls wüsste ich dich lieber im Inland, weit weg von Arkona. Ich habe es eben dem König mitgeteilt: Der Dänenkönig nähert sich mit seiner Flotte Rujana. Viele Schiffe, viele Männer, ein ganzes Heer ist im Anmarsch, und ich denke, es wird in weniger als drei Tagen hier sein.«

»Und deshalb will der König weg?«, fragte Amra erschrocken.

»Er ... flieht? Und lässt Arkona in den Händen eines so jungen Ritters wie Vaclav?«

»Und in denen der Priesterschaft ...«, sagte Baruch. »Die hat ihn schließlich in diese Situation gebracht. Mit ihren ständigen Provokationen, Menschenopfern, der Prahlerei mit ihrem Tempelschatz. Das bringt die Christen gegen Rujana auf und weckt obendrein Begehrlichkeiten. Dazu die Piraterie und die ständigen Überfälle auf Dänemark. Irgendwann musste Tetzlav den Bogen damit überspannen ...«

»Habt Ihr ihm nicht geraten, damit aufzuhören?«, fragte Amra naiv.

Baruch stieß scharf die Luft aus. »Ja, aber das kann er nicht. Weil die Priester sich weigern, dem König einen angemessenen Anteil der Orakeleinnahmen zu geben. Irgendwie muss er seine Hofhaltung finanzieren, aber das, was sonst Zoll heißt und in Handelszentren wie hier an den Fürsten geht, heißt auf Rujana Opfer und geht an die Priester ...«

»Aber deshalb ... deshalb kann der König uns doch nicht aufgeben!«, meinte Amra entsetzt. »Die Burg, Vitt, Puttgarden ...«

Vitt und Puttgarden würden beim Einfall der Dänen direkt geräumt werden. Slawische Burgen waren immer Fluchtburgen, die der Bevölkerung Schutz boten, wenn sich ein Feind näherte. Auf Arkonas weitläufiger Anlage fand sich Platz für alle, und an Korn in den Speichern mangelte es auch nicht.

Baruch zuckte die Schultern. »Karentia ist ja nicht aus der Welt, Kind. Ich denke, Tetzlav lässt es jetzt auf die Volksversammlung ankommen. Die wird ja unweigerlich tagen, wenn die Burg zur Fluchtburg wird.«

In früheren Zeiten hatte die Volksversammlung in slawischen Ländern mehr Macht gehabt, doch heute trat sie nicht mehr regelmäßig zusammen und hatte auch höchstens noch beratende Funktion. Die Entscheidungen trafen König oder Priesterschaft. Und den Machtkampf zwischen sich und Muris gedachte Tetzlav jetzt zu beenden, indem er das Volk entscheiden ließ.

»Wenn die Männer von Vitt und Puttgarden die Priester unterstützen und mit der Tempelgarde kämpfen, kann der König immer noch mit seinen Rittern heransprengen und die Belagerer von hinten angreifen. Was gar keine so schlechte Taktik wäre ...«

Baruch fixierte die Wehranlagen der Burg, als plante er jetzt schon die Verteidigung. Als Jude kämpfte er nicht, aber Amra wusste, dass er antike Schriften über Kriegführung gelesen hatte.

»Rechnet Ihr denn mit Krieg? Werden die Männer kämpfen?«, fragte sie ängstlich.

Baruch lächelte. »Sag du's mir, Amra. Du bist unter diesen Menschen aufgewachsen. Du solltest wissen, wie sie entscheiden werden.«

Amra dachte kurz nach. Dann verzog sich ihr Mund zu einem Grinsen. »Ich weiß, dass sie die Waffen spätestens in dem Moment fallen lassen werden, in dem jemand ›Heringe!‹ schreit.«

Baruch nickte anerkennend. »Da hast du's«, bemerkte er kurz.

»Also rechnet Ihr nicht mit ernst zu nehmenden Kämpfen? Warum sollte ich dann nach Karentia ...?«

Die beiden hatten die Klippe inzwischen erreicht und genossen den Ausblick über den steil abfallenden Kreidefelsen und die darunter liegende, an diesem Tag recht aufgewühlte See. Der Wind befreite ein paar Strähnen aus Amras roten Zöpfen und wirbelte sie in ihr Gesicht.

Baruch hob die Hände, als gäbe er die Frage weiter an seinen Gott. »Kind, es ist immer gefährlich, wenn ein feindliches Heer vor deinen Mauern steht«, meinte er dann. »Für eine Frau mitunter mehr als für einen Mann – bei einer Kapitulation werden die Kämpfer gewöhnlich geschont. Aber von den Frauen, zumal den jungen und schönen, erwartet der Feind Entgegenkommen ... Und ob unser Herr Vaclav dich dann beschützt?«

Kapitel 2

Magnus von Lund stand im Morgengrauen an der Reling eines der bauchigen Schiffe, die das Heer des Königs Waldemar von Dänemark nach Rujana brachte. Mit äußerst gemischten Gefühlen blickte er zu der Küste hinüber, die er fünf Jahre zuvor voller Angst, Trauer, aber auch Dankbarkeit verlassen hatte. Hier war Herr Gisbert gestorben. Aber hier hatte er auch das rothaarige Mädchen kennengelernt, dem er sein Leben verdankte. Magnus tastete nach dem Fetzen des grünen Tuches, den er stets als Glücksbringer bei sich trug. Das Zeichen seiner Dame, wie andere Ritter ihn neckten. Gab es doch in den letzten Jahren immer mehr junge Streiter, die stolz Bänder oder andere Kleinigkeiten an ihre Lanzen hefteten, die ihnen von ihrer Minneherrin verehrt worden waren.

Allerdings war es nicht ganz einfach, sich auf der Burg zu Braunschweig zu verlieben. Gewöhnlich lebten Ritter und Frauen streng voneinander getrennt, der Haushalt Herzog Heinrichs galt nicht als Minnehof. Aber das mochte sich bald ändern, wenn die neue Fürstin, die demnächst aus Britannien erwartet wurde, erst mal das Zepter ergriffen hatte. Minne war ohnehin ein zu großes Wort für das, was da zwischen Magnus und dem ranischen Mädchen gewesen war. Vielleicht nannte man es eher ... Freundschaft? Oder Seelenverwandtschaft? Magnus wusste nicht, wie er das Gefühl benennen sollte, das durch Amra in ihm erwacht war.

Aber nun näherte er sich ihrer Insel, um Rache zu nehmen. Sein König Waldemar hatte keinen Zweifel daran gelassen: Diesmal würde das Land des Königs Tetzlav erobert und christianisiert werden – wenn es sein musste, mit Feuer und Schwert. Bischof Absalom von Roskilde hatte es den Rittern vor der Abfahrt farbig geschildert: Das Bildnis des Götzen Svantevit würde brennen, und noch bevor die Dänen wieder absegelten, würden auf Rujana die ersten Kirchen stehen.

König Waldemar und sein Waffenbruder Heinrich von Sachsen und Bayern spekulierten zudem auf den Tempelschatz. Wobei Magnus weder seinem Verwandten Waldemar noch seinem Ziehvater Heinrich schnöde Gier unterstellen wollte. Beide hatten sich zuvor schon für die Christianisierung der Slawen eingesetzt, Heinrich hatte 1163 den benachbarten Stamm der Zirzepanen und ein Jahr nach Magnus' Eintritt in seinem Hof auch die Obodriten unterworfen. Ihr Fürst Pribislav hatte sich daraufhin taufen lassen und war nun Heinrichs Lehnsmann. Auch seine Männer befanden sich heute auf den Schiffen der Dänen. Bischof Berno hatte ihn rekrutiert, am Feldzug gegen die Ranen teilzunehmen. Magnus fragte sich, ob die Bischöfe Absalom und Berno die Insel- und Festlandgebiete der Ranen schon im Vorfeld unter sich aufgeteilt hatten, oder ob sie das später ihren Königen und Fürsten überlassen würden.

Aber sosehr er auch versuchte, sich auf strategische Fragen zu konzentrieren: Seine Gedanken wanderten doch stets wieder zurück zu dem Mädchen Amra. Ob es noch auf Rujana lebte? Höchstwahrscheinlich, schließlich war es keine Prinzessin oder Fürstentochter gewesen, die man oft in ferne Länder verheiratete. Aber verheiratet könnte Amra durchaus schon sein. Wenn sie nicht ... wie immer, wenn Magnus an sie dachte, schlich sich auch dunkle Furcht in die Überlegungen. Amra könnte tot sein. Gestorben an seiner statt, wenn man sie bei der Tempelschändung ertappt hatte. Der Kapitän hatte ihm auf der Überfahrt die Bräuche der Ranen erklärt, ihm war inzwischen klar, was Amra riskiert hatte, als sie im richtigen Moment einer Hausratte die Freiheit gab. Das warme Gefühl, das er für das Mädchen hegte, hatte sich daraufhin noch gesteigert.

»Was tut Ihr, Herr Magnus, haltet Ihr Ausschau nach Piraten?« Die launige Stimme des Herrn Albrecht, der das Heereskontingent führte, das Herzog Heinrich geschickt hatte, riss Magnus aus seinen Gedanken. »Da besteht keine Gefahr, ich wette, wir werden alle Ortschaften an der Küste verlassen vorfinden. Die Kerle wagen sich nur zu ihren eigenen Bedingungen in die Seeschlacht, einer Kriegsflotte fahren sie mit ihren kleinen Booten nicht entgegen. Stattdessen verschanzen sie sich mit Frauen und Kindern auf ihren Burgen. Keine schlechte Taktik, übrigens. Es kann recht verlustreich sein, diese Festungen einzunehmen, obwohl sie nur aus Erdreich und Holz bestehen.«

Albrecht war ein Veteran der Slawenkreuzzüge. Er hatte gegen Zirzepanen und Obodriten gekämpft und kannte sich aus in der Kriegführung der Stämme. Magnus war ihm als Verbindungsmann zu den Dänen gestellt worden. Er hatte Heinrich zwar um ein eigenes Kommando gebeten, aber das hatte der Herzog abgelehnt, schließlich hatte der junge Däne erst zwei Jahre zuvor seine Schwertleite gefeiert. Für die Führung eines Heereskontingents fehlte es ihm an Erfahrung. Umso wichtiger waren seine Sprachkenntnisse. Albrecht und seine Männer verstanden kein Dänisch.

»Ihr meint, wir können unbehelligt anlanden und vor die Burg ziehen?«, wunderte sich Magnus.

Im Morgenlicht kamen die Burg Arkona und die Bucht von Vitt langsam in Sicht. Die Kapitäne der Schiffe tasteten sich behutsam in das flache Wasser des Boddens, wie man diese Randgewässer der Ostsee nannte, vor. Ihre Galeeren hatten mehr Tiefgang als die Boote der Ranen und waren zudem schwer beladen. Bis zu siebenhundert Söldner passten in den Bauch eines der Transportschiffe.

»Mit größter Wahrscheinlichkeit«, meinte Herr Albrecht. »Aber ich wollte Euch bitten, Euch gleich zum Flaggschiff des Königs rudern zu lassen, um ebendies zu erfragen. Wann und wo will er anlegen lassen? Wir müssen uns da bald entscheiden.«

Als Magnus das Schiff des Königs erreichte, über dem stolz die dänische Flagge wehte, traf er auch schon auf eine Versammlung von Heeresführern, die fast alle unterschiedliche Vorstellungen vom idealen Landeplatz hatten. Fürst Pribislav stritt mit zwei Pommernherzögen, Bogislav und Kasimir, die sich aus für Magnus unverständlichen Motiven mit ihren Männern dem Feldzug angeschlossen hatten. So gute Christen konnten sie kaum sein, eher ging es hier wohl um Landansprüche. Wobei Magnus nicht glaubte, dass Waldemar und Heinrich bei der Verteilung der ranischen Besitztümer noch jemand anderen mitreden lassen würden als bestenfalls einige Bischöfe. Die Kirchenmänner waren auch jetzt anwesend, hatten ebenfalls ihre Meinung zum idealen Landeplatz und sprachen teils auf Deutsch, teils auf Dänisch auf die Pommern ein, die wohl keine der beiden Sprachen wirklich verstanden. Dem König fiel es sichtlich schwer, dabei ruhig zu bleiben, aber Magnus konnte mit der Einschätzung des Herrn Albrecht weiterhelfen – sie deckte sich mit der des Slawenfürsten Pribislav. Mit Angriffen vom Land war nicht zu rechnen, allerdings war das Meer zu flach, um die Flotte direkt in Vitt anlegen zu lassen. Magnus erinnerte sich an die *Hilge Maget*. Auch sie hatte vor der Bucht geankert.

Pribislav hatte dazu aber schon eine Idee. »Ist sich Dorf leer, sicher alle in Burg. Schicken mich mit paar Leute, stehlen Boote, setzen über, ganze Heer in Nacht«, radebrechte der Slawe auf Dänisch.

»Und dabei können sie uns von der Burg aus nicht beschießen?«, fragte der König besorgt.

Magnus schüttelte den Kopf. »Es sieht nah aus, aber es liegt mehr als eine Meile zwischen Dorf und Burg. Wenn sie nicht den Höhenweg bemannen ...«

»Sind alle in Burg, bestimmt«, versicherte Pribislav.

Er war ein großer, vierschrötiger Mann mit rundem Gesicht und üppigem Bartwuchs, dem man das Geschick kaum zugetraut hätte, das er später beim nächtlichen Landemanöver bewies. Nachdem er den König von seinem Plan überzeugt hatte, setzte er tatsächlich mit wenigen Ruderbooten über, sicherte mit seinem Bruder Niklot und einigen weiteren erfahrenen Streitern die Matrosen, die rasch die Fischerboote von Vitt zu Wasser brachten, und grunzte zufrieden, als das Dorf sich tatsächlich als menschenleer erwies.

Magnus hatte sich ausgebeten, bei dem Vorstoß dabei zu sein. Denn aller Erfahrung der alten Kämpen zum Trotz: Er konnte sich nicht vorstellen, dass sie das Dorf verlassen vorfinden würden. In seiner Vorstellung wartete dort Amra – und es war nicht auszudenken, dass sie durch seine Schuld in die Hände der grobschlächtigen Slawen fiel.

Nun half Magnus, eines der sorglich von den Fischern am Strand vertäuten Boote loszumachen und über den Sand zum Wasser zu ziehen – wobei ihm die Szene seltsam vertraut schien. Er hatte schon einmal eins dieser flachen Boote gerudert. Auch jetzt setzten die Männer keine Segel, obwohl es windig genug war. Sie brachten ihre Flotte lautlos aus der Bucht heraus neben die ankernden Schiffe. Die Söldner sprachen weisungsgemäß kein Wort, als sie auf die Boote hinüberkletterten. Bei den Pferden hingegen gab es mehr Wirbel. Die Ritter bauten Rampen, über die ihre Rösser aus dem Bauch der Schiffe zu den Booten hinübersteigen sollten. Einige glitten auf dem schmalen Steg jedoch aus und landeten unsanft im Wasser. Also ließen die Folgenden ihre Pferde gleich schwimmen. Magnus hoffte, dass sein feuriger, hochbeiniger Fuchs bei all dem nicht zu Schaden kam, aber er fand das Pferd an Land wohlbehalten wieder.

Die Bischöfe dankten Gott wortreich für die erfolgreiche Landung, als die ersten Truppenführer ihre Leute auch schon in Richtung Burg in Marsch setzten. Das winzige Dorf Vitt war bald überfüllt mit Männern. Magnus und Herr Albrecht hielten ihre Truppen energisch beisammen, während andere Heerführer wie Pribislav und die Pommern weniger Energie dareinsetzten, ihre Männer zu kontrollieren. Die ersten Pommern entdeckten auch bald johlend ein Fass Bier und machten sich ans Plündern des Fischerdorfes.

»Als ob hier viel zu holen wäre«, meinte Albrecht verächtlich. »Da haben wir uns mit feinen Herrschaften verbündet! Und diesem Slawenfürsten Pribislav traue ich auch nicht, obwohl er den König bis jetzt ja ganz richtig beraten hat. Aber die Bekehrung dieser Leute ... heute beten sie noch zu ihrem Porevit oder Svantevit oder wie ihre Götzen alle heißen, und morgen bekennen sie sich demütig zu unserem Herrn Jesus, nur um ihre Fürstentitel zu behalten? Die geistlichen Herren mögen das ein Wunder nennen, aber ich nenn's Wankelmut ...«

Die Vorhut des Heeres hatte den Höhenweg bereits gesichert, aber auch hier behielten die Veteranen der Slawenkreuzzüge Recht: Niemand verteidigte den Weg, das Heer konnte unbehelligt auf die Ebene vor der Burg durchmarschieren. Die war allerdings kaum weitläufig genug, um die vielen hundert Männer zu fassen.

»Wir werden morgen Holz schlagen müssen«, sagte Albrecht voraus. »Um Platz zu schaffen, aber auch für Rammböcke. Das kann dauern, diese Burg einzunehmen! Auf drei Seiten durch die Klippen geschützt, und hier ... schaut Euch den Wall an, Herr Magnus. Der ist nicht leicht zu stürmen. Und wetten, dass dahinter noch ein weiterer liegt?«

Magnus nickte. »Da brauche ich nicht zu wetten«, meinte er gelassen. »Das weiß ich auch so. Ich bin ja nicht zum ersten Mal hier.«

Albrecht, der eben Anstalten gemacht hatte, zumindest ein behelfsmäßiges Zelt aufzubauen, um sich in der Enge des Heerlagers ein bisschen Freiraum zu schaffen, merkte auf.

»Ihr seid ... Ja, richtig, Herr Heinrich erwähnte da etwas ...« Der Ritter lächelte und förderte unter all den Utensilien, die sein Pferd und ein Packtier getragen hatten, einen Schlauch Wein hervor. »Setzt Euch zu mir, Herr Magnus. Diese Geschichte will ich genau hören!«

Die Ritter schauten zur Burg hinüber, in deren Wachtürmen nur gelegentlich ein Licht aufflackerte. Tempel und Palas – eher niedrige Bauten – waren von außen gar nicht zu erkennen. Während sich das Heer um Albrechts Zelt drängte, Söldner fluchten und Ritter stritten, erzählte Magnus von seiner Gefangennahme und seiner Flucht.

»Der Kapitän brachte mich dann nach Lübeck und vermittelte mir den Kontakt zur Kaufmannschaft. Von da an war es einfach, sie stellten mir gleich einen Wechsel aus, sodass ich ein Pferd kaufen konnte, und eine Reisegesellschaft nach Braunschweig war auch rasch gefunden«, endete der junge Ritter. »Natürlich hat Herr Heinrich den Handelsherren das Geld gleich zurückerstattet und auch dem Juden, der die Schiffspassage bezahlt hat. Seitdem war ich Knappe an seinem Hof.«

»Aber Ihr erinnert Euch an diese Burg?«, vergewisserte sich Albrecht. »Ihr wart ... nicht zu jung, um Euch alles zu merken?«

Magnus schüttelte empört den Kopf. »Ich war fünfzehn Sommer alt!«, erklärte er beleidigt. »Da haben andere längst ihre Schwertleite gefeiert. Und ich bin hier dem Tod begegnet und ...« Er dachte an Amra, und ihm fiel wieder kein Wort ein, um das zu beschreiben, was ihm in ihr begegnet war. Das

Leben? Oder doch ... die Liebe? »Jedenfalls erinnere ich mich, als sei es gestern gewesen!«, behauptete er.

Albrecht nickte. »Schön. Dann gehen wir morgen zum König ...«

Waldemar von Dänemark hatte durchaus Sinn für große Auftritte. Er konnte kaum weniger flammende Reden führen als sein Bischof Absalom, und Magnus staunte, wie überlebensgroß er auf seinem Schimmel wirkte, als er am Nachmittag des folgenden Tages zu seinen Leuten sprach. Das Dänenheer und die Männer von Herzog Heinrich hatten den ganzen Tag damit verbracht, die umliegenden Wälder zu roden, um das Heerlager zu vergrößern und Holz für die Rammböcke heranzuschaffen. Lediglich Albrecht und Magnus hatten keinen Beitrag dazu geleistet, sondern schon früh den König und seine Ratgeber aufgesucht. Wie zu erwarten gewesen war, gab es etwa so viele Meinungen wie Männer, als Albrecht seine Idee zum Angriff auf Arkona dargelegt und Magnus sie übersetzt hatte. Einer der Pommernfürsten fand den Vorstoß feige, der nächste genial. Fürst Pribislav schien sich Sorgen darum zu machen, dass Svantevit vielleicht doch einschreiten könnte, wenn man sein Heiligtum angriff – wagte das aber vor den Bischöfen nicht zu äußern. Bischof Absalom fand, jede List habe den Segen Gottes, wenn sie nur den richtigen Zielen diene, während Bischof Berno den Einfluss der Schlange sah und verdeckte Vorstöße ablehnte.

Waldemar von Dänemark schenkte ihnen allen nicht viel Beachtung, sondern sprach lange mit Magnus. Am Ende glaubte der junge Ritter, wirklich jeden Augenblick seiner Gefangenschaft in der Burg noch einmal durchlebt zu haben, denn der König ließ sich bis zu den Strohhalmen in der Kerkerzelle alles genauestens beschreiben. Und traf schließlich seine Entscheidung.

»Wir machen es. Es muss Gott wohlgefällig sein, diesen Feldzug abzukürzen. Und ich werde das Heer gleich von unserem baldigen Sieg in Kenntnis setzen!«

Genau darauf schien er sich wie ein Kind zu freuen, als er das Dänenheer nun auf einer der neu geschlagenen Waldlichtungen versammelte. Auch Pribislav hatte seine Männer widerwillig herbeizitiert. Die pommerschen Kontingente blieben der Versammlung fern, aber die Krieger hätten ohnehin kein Wort von Waldemars Rede verstanden. Für die Sachsen übersetzte Magnus.

»Voller Freude und Anerkennung sehe ich Euer Werk, Männer!«, begann Waldemar mit Blick auf die Holzarbeiten, und der Wind zerzauste sein halblanges blondes Haar. »Ihr wart überaus fleißig, aber ich sage Euch: All Eurer Mühe hätte es nicht bedurft. Während ich heute Mittag sinnend in meinem Zelt saß und Gott um Beistand für unser Vorhaben bat, erschien mir der heilige Vitus und prophezeite mir einen baldigen, unblutigen Sieg! Sankt Vitus offenbarte mir, dass er den Ranen zürne, hätten sie doch schon einmal versprochen, das Christentum anzunehmen und ihre Götzen zu stürzen, wenn König Erik, der die Burg damals erobert hatte, sie nur verschone. König Erik hatte sie damals unter den Schutz des heiligen Vitus gestellt, denn wer unter den Heiligen wäre besser geeignet, ein blasphemisches Holzbildnis des Götzen zu stürzen, das seinem heiligen Namen spottet?«

Tatsächlich hatte es unter christlichen Geistlichen immer Spekulationen darüber gegeben, ob Svantevit möglicherweise eine Verballhornung des Namens des heiligen Vitus sei. Schließlich hatten Mönche aus Corvey schon früh im slawischen Raum missioniert, und der Heilige war Schutzpatron ihres Klosters.

»Sankt Vitus jedenfalls gedenkt, das nicht weiter zu dulden!«, donnerte König Waldemar jetzt in die Menge, wobei seine hellblauen Augen blitzten. »Er enthüllte mir, dass wir an seinem

Festtag, dem 15. Juni, alle Schande rächen werden. Der Heilige selbst wird die Feste derer zertrümmern, von denen er diese einem Ungeheuer so ähnliche Gestalt bekommen hat! Lasset uns beten und ihm dafür danken!«

Waldemar führte nicht näher aus, wie er sich diesen Sieg vorstellte, das Heer jubelte ihm jedoch begeistert zu und fiel in sein anschließendes Gebet mit ein. Nur Pribislavs Leute applaudierten etwas verhalten. Gut, sie waren nun Christen, aber ob es nicht doch gefährlich war, ihren alten Gott herauszufordern?

Waldemar, der dies bemerkte, lächelte seinen jungen Verwandten Magnus strahlend an, als die beiden hoch zu Ross die Lichtung verließen.

»Wenn wir den Götzen vom Thron gestoßen haben, werden sie glauben!«, erklärte er euphorisch. »Auch die Aufgabe, diese Männer zu wahren Christen zu machen, Magnus, liegt jetzt in deiner Hand!«

Kapitel 3

Amra wanderte mit einem Korb voller Lebensmittel durch die Menge der Menschen, die auf dem Tempelvorplatz lagerten. Die Burganlage war hoffnungslos überfüllt. Die Bevölkerung des gesamten nördlichen Rujana hatte sich in die Festung geflüchtet, und es gab längst nicht für alle Familien ein Dach über dem Kopf oder auch nur die Möglichkeit, ein Zelt aufzuschlagen. Nur vor dem Allerheiligsten des Gottes gab es eine Freifläche, die in ihrer Ruhe fast gespenstisch wirkte. Unmut regte sich ob dieser Platzvergeudung unter den Fischern und Handwerkern – auch ob des Umstands, dass Vaclav den Geflüchteten nur Teile des verwaisten Königspalas' zugänglich gemacht hatte. König Tetzlav war wie von Baruch angekündigt zwei Tage zuvor abgeritten. Ohne seinen Hofstaat, lediglich mit seiner Gattin, seinen Konkubinen und seinen Rittern. Die Menschen, die auf die Burg flüchteten, hatten ihn gar nicht mehr zu Gesicht bekommen.

Die Diener und das Küchenpersonal des Königs waren dadurch allerdings keineswegs arbeitslos. Im Gegenteil, sie kochten und backten täglich viele Stunden, um die Menge der Geflüchteten zu versorgen, und Amra und andere junge Frauen übernahmen die Verteilung der Speisen. Dabei herrschte bislang noch kein Mangel an Nahrung, und es gab auch keinen großen Ansturm auf die Küche. Für die ersten Tage hatten sich die Menschen selbst Verpflegung mitgebracht.

»Wird es denn lange dauern, bis sie abziehen?« Ein Schmied aus Puttgarden händigte einem der Priester eben ein paar Münzen aus, um das Orakel zu befragen.

Amra empfand Verärgerung. Es war nicht richtig, dass die Priester Geld aus der Not der Menschen zogen. Aber das Orakel genoss bei vielen Bürgern hohes Ansehen, seit die »Prophezeiung des Tempels« eingetroffen war, dass ein feindliches Heer im Anzug auf die Burg war. Die Priester hatten Boten mit dieser Nachricht an die Dorfvorsteher geschickt, um die Menschen auf die Burg zu holen. Amra fragte sich, ob der König es bewusst unterlassen hatte, die Leute zu warnen oder ob Vaclav das schlicht vergessen oder gedankenlos den Priestern überlassen hatte. Muris jedenfalls schlug seinen Vorteil daraus: Viele einfache Menschen meinten, dem Gott und seinen Priestern ihre Rettung zu verdanken, als die Dänen dann tatsächlich landeten. Und nun, da sie mit der Belagerung begonnen hatten, erhofften sich die Leute vom Orakel Aufschluss über die Ernsthaftigkeit und die Dauer der Bedrohung und zahlten dafür mit klingender Münze.

»Sie werden gehen, wenn wir die Kraft finden, sie zu besiegen!«, erklärte Muris, und Amra dachte, dass er den Orakelspruch offenhielt wie üblich. »Die Kraft und den Glauben!«, fügte er hinzu – wobei er dem eben vorbeigehenden Fischer Admir, Ortsvorsteher von Vitt, einen schneidenden Blick zuwarf.

Admir gehörte zu den Männern, die der Volksversammlung vorstanden. Er hatte am Tag zuvor energisch den Palas des Königsdomizils für die Volksvertreter requiriert. Falls die Dänen verhandeln wollten, würden sie auf ihrem Mitspracherecht bestehen. Und weder Admir noch die anderen Ortsvorsteher hatten bislang Anstalten gemacht, das Orakel in irgendeiner Weise zurate zu ziehen.

Amra folgte dem Volksvertreter zu einem der Wachtürme. Sie musste dort ohnehin Brot abliefern, und vielleicht gelang es ihr ja, im Gefolge Admirs die Erlaubnis zu erhalten, auf den Turm zu steigen und einen Blick auf die Armee der Dänen zu werfen.

Die Besatzer waren in der Nacht zuvor eingetroffen, und Gerüchten zufolge waren sie überaus zahlreich.

Admir grüßte die junge Frau freundlich, als sie beinahe gleichzeitig die Wachstube betraten. Einer der Büttel war anwesend, der andere bewachte das Tor, das offensichtlich noch nicht verriegelt war.

»Ist das nötig?«, fragte Admir streng und wies auf den jungen Wächter. »Sollten die Tore nicht verriegelt und vernagelt werden und von den Zinnen des Walls aus verteidigt?«

Der ältere Wächter nickte. »Sicher. Aber wir warten noch. Es gibt immer noch Flüchtende, die hereinwollen.«

»Jetzt noch?«, wunderte sich Amra. »Aber da draußen wimmelt es doch von Feinden ...«

Der Mann zuckte die Schultern. »Eben das Gewimmel bietet Möglichkeiten. Im Morgengrauen haben wir heute noch zwei Köhlerburschen eingelassen. Arme Schweine, kein Mensch hat sie benachrichtigt. Als sie Lärm hörten und das heranmarschierende Heer erkannten, haben sie sich im Wald versteckt. Aber die verfluchten Dänen haben ja gleich angefangen, Holz zu schlagen. Wollen wohl Rammböcke bauen oder so was – als ob sie damit unsere Wälle durchschlagen könnten ...«

Der Mann blickte stolz über die massiven Erdwälle. Belagerungsmaschinen waren hier sicher nutzlos.

»Sie brauchen wohl auch mehr Platz, wenn das Heer so groß ist, wie es heißt«, brummte Admir.

Der Wächter hob erneut die Schultern. »Kannst gern auf den Turm steigen und selbst sehen, Fischer. Du berichtest der Volksversammlung, hör ich ...«

Er ließ offen, was er davon hielt, schließlich war er König und Priesterschaft verpflichtet. Aber seine Bereitschaft, einem einfachen Fischer aus Vitt den Turm zu öffnen, sprach Bände.

»Und was ist mit den Köhlerjungen?«, fragte Amra, begierig

auf eine gute Geschichte, die sie dem Personal in der Küche erzählen konnte.

»Die verfluchten Dänen haben das Versteck der Familie gefunden«, berichtete der Wächter traurig, »und den Vater niedergemacht. Die Frauen haben sie geschändet. Die beiden Jungs konnten fliehen, der eine schwer verletzt ... Aber immerhin, sie haben's geschafft, sich durch das Gewimmel da unten zu schleichen und ans Tor zu klopfen. Der eine sagte, es seien Obodriten unter den Kerlen, und er hätte sich als einer der ihren ausgegeben ... So wären sie an den Wachposten vorbeigekommen.«

»In der Tat geschickt«, lobte Admir. »Darf ich dein hochherziges Angebot nun annehmen und den Turm ersteigen?«

»Ich auch?«, fragte Amra rasch.

Sie hatte ihren Korb geleert, und der Wachmann stellte erfreut fest, dass er auch einen Krug Bier für die Wachen enthalten hatte.

»Du bist doch die Magd des Königs, die man oft mit dem alten Juden sieht, oder?«, fragte der Wächter etwas argwöhnisch.

Amra nickte. »Der Herr Baruch war immer gut zu mir«, bekannte sie unbefangen. »Meine Mutter führt ihm den Haushalt ...«

Der Wächter ließ den Blick über die roten Haarsträhnen wandern, die sich unter ihrem Tuch hervorstahlen, wechselte einen Blick mit dem Ortsvorsteher von Vitt und grinste wissend.

»Ein väterlicher Freund sozusagen?«, bemerkte er.

Amra schaute ihn etwas verwirrt an, stimmte dann aber zu. »Das stimmt!«, erklärte sie. »Der Herr Baruch war oft wie ein Vater zu mir.« Sie verstand nicht, warum die Männer lachten.

»Wo ist er denn jetzt, der Herr Baruch?«, erkundigte sich Admir, während er die Leiter zum Turm hinaufstieg. Amra schloss sich ihm ohne weitere Fragen an. »Beim König in Karentia?«

Amra zuckte die Schultern. Tatsächlich hatte sie keine Ahnung, aber natürlich einen Verdacht. Baruch sprach Dänisch und Ranisch, ohne einer der verfeindeten Gruppen anzugehören. Wenn es Verhandlungen geben sollte, wäre er der rechte Vermittler zwischen den Ranen und ihren Belagerern. Die Frage war nur, ob er für König Waldemar oder für König Tetzlav verhandeln würde. Zurzeit vermutete Amra ihn irgendwo zwischen Karentia und dem feindlichen Feldlager.

Inzwischen hatte Admir den Wachtturm erstiegen. Etwas außer Atem hielt er Amra die Hand hin und half ihr über die letzten Leitersprossen. Dann blickten beide gebannt auf die Menschenmenge vor den Toren der Burg. Das feindliche Lager wirkte ungeordnet, und die Söldner und Ritter eher zufällig platziert als strategisch geschickt aufgestellt. Man trat sich vor der Burg ebenso auf die Füße wie drinnen.

»Wir sollten jetzt einen Ausfall machen«, meinte der alte Wächter, der Amra und Admir gefolgt war. Anscheinend verfügte er über Kampferfahrung. »Da unten geht's noch drunter und drüber, die haben gar keinen Platz, um richtig zu kämpfen. Zumindest die Ritter können sie vorerst gar nicht einsetzen. Aber wenn sie weiter fleißig den Wald roden, hat sich das in ein paar Tagen geändert. Das Adelsbürschchen, das der König hiergelassen hat, um die Burg zu führen, traut sich bloß nicht!«

Vaclav, das hatte Amra schon anderen Äußerungen von Wächtern und Tempelgardisten entnommen, wurde nicht sehr respektiert. Dabei hatte der Wächter sicher Recht. Wenn man jetzt die Tempelgarde hinausschickte und die Enge und das Durcheinander im dänischen Heer nutzte, konnte man die Feinde zumindest etwas demoralisieren, ohne selbst größere Verluste zu erleiden.

Admir sah das völlig anders. »Einen Ausfall?«, rief er entsetzt. »Du scherzt, Torwächter! Da unten stehen mindestens tausend

Mann. Und wir mit unseren dreihundert Mann Tempelgarde ... Da würden wir niemals etwas ausrichten!«

Der Torwächter grummelte. »Du musst es ja wissen, Fischer«, meinte er gallig. »Aber ich sag euch allen voraus, dass es nichts Gutes verheißt für einen Krieg, wenn Zauderer und Priestervolk regieren. Und dafür brauch ich gar kein Pferd über zwei Lanzen zu führen.«

Amra enthielt sich einer Meinungsäußerung. Sie starrte weiter auf die von Rittern und Fußvolk wimmelnde Ebene vor der Burg und ertappte sich dabei, wie sie nach dem blonden Schopf des Magnus von Lund Ausschau hielt. Das war natürlich verrückt. Wie kam sie darauf, dass er dort unten sein könnte? Aber es hieß, Heinrich der Löwe habe Truppen geschickt. Und war Magnus nicht verwandt mit dem König der Dänen?

Amra rieb sich die Stirn. Und kämpfte gegen die Vielfalt der Gefühle an, die sie kaum unterscheiden konnte. Wenn Magnus wirklich dort unten sein sollte – empfand sie dann Furcht? Vor ihm oder um ihn? Oder ... Hoffnung?

Magnus von Lund lagerte in der äußersten Ecke des Tempelbezirks von Arkona, und der junge Obodritenritter Bohdan hinderte ihn seit Stunden fast mit Gewalt daran, sich zu bewegen und mehr Laute von sich zu geben als allein ein Stöhnen. Bohdan hätte auch ein geschützteres Versteck vorgezogen als diesen Verschlag nahe dem inneren Burgwall, den ihnen eine Familie aus Puttgarden freundlicherweise zur Verfügung gestellt hatte. Aber die Burg war hoffnungslos überfüllt, nicht einmal mit dem »Verletzten« hatte man Bohdan einen Platz unter einem festen Dach anweisen können. Dabei hatte seine Geschichte für größtes Mitgefühl unter den Ranen gesorgt. Magnus war die Fürsorge der Menschen für die den Dänen so listig entkommenen

»Köhlerjungen« geradezu peinlich. Es widersprach all seinen Grundsätzen als Ritter, sich nicht nur unter falschem Vorwand in eine Burg einzuschleichen, sondern den sich darin befindenden Menschen dann auch noch den Platz wegzunehmen – mal ganz abgesehen von dem Vorhaben, ihnen später die Häuser über dem Kopf anzuzünden.

Bohdan schien da weniger Skrupel zu haben. Zumindest erzählte er seine Geschichte ganz unbedarft allen, die sie hören wollten, und schmückte sie eifrig aus. Er war auch ausgesprochen stolz darauf, von seinem Fürsten für diese Mission auserwählt worden zu sein, während König Waldemar gar nicht so glücklich gewesen war, den Obodritenfürsten Pribislav mit in die List einzuweihen. Am liebsten hätte er Magnus allein in die Burg geschickt und einen möglichen Erfolg der Mission als alleinigen Verdienst des heiligen Vitus ausgegeben. Aber Albrecht überzeugte ihn davon, dass dies aussichtslos war. Magnus' slawische Sprachkenntnisse beschränkten sich auf das Wort »Heringe«. Damit wäre er nie und nimmer an den Wächtern der Burg vorbeigekommen. Natürlich hätte er versuchen können, bei Nacht und Nebel über die Erdwälle und hölzernen Palisaden zu klettern. Aber mit Bohdans Hilfe war es einfacher gewesen, und der junge Obodritenkrieger hatte die Rolle des Köhlerjungen, der seinen schwer verwundeten Bruder mit letzter Kraft in die Burg gerettet hatte, überzeugend gespielt. Magnus hatte sich nur mitschleifen lassen und ein wenig stöhnen müssen. Niemand hatte sich davon überzeugen wollen, ob die blutigen, um seine Brust gewickelten Stofffetzen tatsächlich eine Wunde verbargen. Die beiden Ritter hatten ihre Gesichter und ihr Haar mit Holzkohle verschmiert, was ihre Herkunft glaubwürdig machte und ihnen obendrein Tarnung bei ihrem nächtlichen Vorhaben bot.

Ein genialer Plan – wenn er nur nicht so viel Geduld erfordert hätte. Magnus mochte nicht weiter den Halbtoten spielen, er brannte darauf, aufzustehen und sich in der Burg zu orientieren. Wobei er sich nicht eingestand, dass er nicht nach dem Svantevit-Tempel, sondern eher nach einem Mädchen mit langem rotem Haar Ausschau hielt.

»Du still liegen, Augen zu, warten!«, herrschte Bohdan ihn auch jetzt wieder an. »Wir gehen, wenn Licht weg. Und Mann weg – mit Glück ...«

Der junge Slawe hatte aufgeschnappt, dass in der Nacht eine Sitzung der Volksversammlung anberaumt war. Er hoffte, dass die Männer der um sie herum lagernden Familien dorthin gehen würden, die Kinder bald einschliefen und die Frauen leicht mit einer Ausrede zu beschwichtigen wären, wenn er Magnus dann aufhalf und ihn durch die Menge zerrte.

»Du nachdenken, was anzünden«, gab Bohdan seinem Mitstreiter jetzt wenigstens eine Aufgabe. »Zünden an Palas beste. Töten alle Männer ...«

Magnus durchfuhr es kalt bei dem Gedanken. Den Rittersaal an allen vier Ecken anzünden? Die Männer der Volksversammlung verbrennen? So hatte er sich das eigentlich nicht vorgestellt. Magnus fühlte sich vage verbunden mit den Männern von Vitt. Schließlich hatten sie ihm damals zur Tarnung bei der Flucht gedient. Ritterlich war Brandstiftung auch nicht. Und dann ... er würde Amra nie wieder vor die Augen treten können, wenn er ihre Freunde und Verwandten tötete ...

Amra war zurück in die Küche gegangen und versteckte sich nun zwischen den Küchendienern und Mägden. Sie fürchtete, dass Vaclav sie unter irgendeinem Vorwand zu sich rufen ließ – wenn er etwas zu essen oder zu trinken orderte, bestand er stets darauf, es sich von Amra in seine Räume bringen zu lassen. Amra befürchtete, dass er eine solche Situation eines Tages ausnutzen und sich ihr unsittlich nähern würde, doch der Ritter verhielt sich tadellos. Er umwarb sie, unternahm jedoch keine Versuche, sie zu etwas zu zwingen.

Nun half sie bei der Zubereitung eines großen Kessels Eintopf für die Geflüchteten – und erzählte dem Küchenpersonal dabei die Geschichte der Köhlerjungen. Wie erwartet erntete sie Interesse und Beifall für ihren Bericht von den listigen Burschen.

»Ist der eine denn schlimm verletzt?«, fragte eine der Köchinnen.

Sie war mitfühlend und auch ein wenig bewandert in Heilkunde. Wenn jemand im Haus krank war und sich nicht gleich an die Priester wenden wollte, die ohnehin nur Gebete kannten, rief er die alte Bozika.

Amra hob die Schultern. »Ich weiß nicht. Aber der Wächter meinte, der andere habe ihn mehr getragen als gestützt, also kann es so gut nicht um ihn bestellt sein. Der Wächter hat dem Gesunden gesagt, er solle ihn zu den Priestern bringen.«

Bozika gab einen unwilligen Laut von sich. »Hat er ihm auch ein paar Silberstücke gegeben, damit die ihn in ihre heiligen Hallen aufnehmen?«

Die Priester betrieben ein behelfsmäßiges Hospital im äußeren Tempelbereich, aber sie halfen nicht umsonst.

»Es wäre sicher besser, wenn du dich um ihn kümmern würdest«, meinte Amra, ohne der alten Frau damit schmeicheln zu wollen – sie traute Bozika erheblich mehr zu als der Priesterschaft.

»Und was zwischen die Zähne müssten sie auch kriegen«, warf der oberste Koch ein, ein rundlicher Mann, der sich kaum vorstellen konnte, mal ein paar Stunden nichts zwischen die Zähne zu bekommen. »Die sind doch mit dem geflüchtet, was sie auf dem Leib trugen, bestimmt ohne Nahrung und Geld.«

»Wären auch die ersten Köhler, die Nahrung und Geld im Überfluss hätten!« Darja, eine der Mägde, lachte. »Die armen Burschen! Wir sollten sie suchen und aufpäppeln.«

Darja war unternehmungslustig und großherzig. Ihr Vorschlag überraschte niemanden.

Der Koch wirkte nicht abgeneigt. »Wenn jemand gehen will, mach ich gern einen Korb mit Brot und Wurst fertig«, bot er freundlich an. »Wenngleich ich nicht glaube, dass die braven Fischersfrauen da draußen die Knaben hungern lassen.«

»Aber Suppe für den Kranken haben die nicht«, meinte Bozika. »Ich dagegen hätt eine schöne Brühe. Und Verbände und Salbe könnt ich auch mitgeben.«

Bozika selbst wollte allerdings nicht gehen. Es wurde langsam dunkel, und die Menschenmenge vor den Gebäuden dünkte nicht nur sie bedrohlich. Auch Amra hätte keine Lust gehabt, sich noch einmal auf den Weg zu machen. Bei Tag folgten ihr nur lüsterne Blicke der zur Untätigkeit verdammten Fischer und Handwerker, aber nachts mochte sich da so mancher Frechheiten herausnehmen. Zumal es an Selbstgebrautem und Bier nicht mangelte – die Frauen hatten ihre Nahrungs-, die Männer ihre Alkoholreserven mit in die Burg gebracht. Wacholder und Sanddornbrand schienen gegen die nächtliche Kälte und die Angst vor der Armee vor den Toren der Burg zu helfen.

Nun betrat jedoch erst mal ein Bote aus den Gemächern Vaclavs die Küche. »Der Herr wünscht einen Krug Wein und etwas Brot und Schinken«, richtete er aus. »Amra möchte es ihm heraufttragen ... und sich selbst auch einen Becher mitbringen, sie hat sicher Durst nach dem langen Tag.« Der Bursche streifte Amra mit einem belustigten Blick. »Ach ja, und ihr sollt den Dorfältesten, die sich im Rittersaal versammelt haben, ein paar Fässer Bier bringen. Mit besten Empfehlungen des Herrn – da will der Herr Vaclav wohl an zwei Fronten gut Wetter machen ...«

Amra sprang auf. »Das tut mir leid für den Herrn Vaclav«, meinte sie scheinheilig, »aber seinen Wein muss er heute allein trinken. Ich hab mich gerade bereit erklärt, noch einen Gang für den Meister Branko ...«, sie nickte dem Koch zu, »... und die Frau Bozika zu machen. Sag ihm einfach, ich ... ich sei schon weg gewesen.«

Branko und Bozika verstanden den Wink. Sie eilten sich, Amra den Korb mit Essen und Heilmitteln zu füllen.

»Aber vielleicht mag er ja mit Darja vorlieb nehmen ...«, fügte Amra rasch noch hinzu, als sie Enttäuschung in den Augen der Magd aufblitzen sah.

Darjas unwillige Miene verzog sich sofort zu einem Strahlen. Die junge Frau sprang auf, um den Wein abzufüllen und nach dem besten Schinken zu suchen. Darja schwärmte für Vaclav, sie war mehr als bereit, alles zu tun, um ihn zu unterhalten. Sie lief schließlich hinauf und über die Wehrgänge in die Kemenaten der Fürstenfamilie.

Amra trat mit ihrem Korb vor die Tür. Es war längst dämmrig, aber von nächtlicher Stille war die Burg noch weit entfernt. Stimmen, vereinzelter Gesang, Streitereien Betrunkener ... Amra war unschlüssig, wohin sie ihre Schritte wenden sollte. Wo konnten die Köhlerburschen untergekommen sein? Sie glaubte nicht, dass die Burschen im Hospital der Priester zu finden waren. Köhler standen weit unten in der Rangordnung der Gesellschaft von Rujana, ein Köhlerkind hätte nie gewagt, auch nur das Wort an einen Svantevit-Priester zu richten, geschweige denn im Tempelbezirk um Obdach zu bitten. Also irgendwo sonst auf der Burg – aber bestimmt nicht in geschlossenen Räumen. Die besseren Quartiere waren gleich von den ersten Geflüchteten in Beschlag genommen worden, und so viel Anteil die Rujaner auch am Schicksal der Jungen nehmen mochten – sie hätten sicher nicht ihre trockenen und warmen Schlafplätze für sie geräumt. Außerdem hätte die Küche bestimmt davon gehört, wenn im Palasbereich oder in den Ställen ein schwer verletzter Mann aufgetaucht wäre. Man hätte Bozika längst zu ihm gerufen. Es musste also ein Quartier unter freiem Himmel sein – und wahrscheinlich eher am Wall, wo die Ärmsten ihre Unterstände aufgebaut hatten. Diese Plätze waren nicht begehrt – schließlich würde man dort zuerst von feindlichen Pfeilen getroffen oder niedergemacht, wenn der Feind durchbrach. Außerdem nutzten die Männer den Burgwall als Latrine, und auch die Frauen hatten sich dort Verschläge geschaffen, um in relativer Abgeschiedenheit ihre Notdurft zu verrichten. Es stank folglich bestialisch.

Amra wandte sich in die Gegend, in die man die Nachzügler unter den Geflüchteten verwiesen hatte. Sie musste dazu am Tempelbezirk vorbei und hoffte, zumindest dort nicht mit zotigen Bemerkungen oder gar Übergriffen rechnen zu müssen. Und wenn sie sich nah am inneren Wall hielt ...

Kapitel 4

»Jetzt komm, jetzt sicher!«

Magnus hatte schon nicht mehr damit gerechnet, dass Bohdan die Nacht irgendwann als dunkel genug empfinden würde, um endlich aufzubrechen. Doch nun machte der slawische Ritter Anstalten, ihm aufzuhelfen. Magnus bemerkte peinlich berührt, dass er die Hilfe brauchte. Er war steif nach dem langen Tag Liegen auf dem kalten Boden. Wobei die Burgbewohner und auch ihre Belagerer noch Glück hatten – es war kühl in diesen Frühlingstagen, aber trocken.

Während Magnus seine Glieder lockerte, dachte er flüchtig daran, dass diese Trockenheit Arkona zum Verhängnis werden konnte. Die gesamte Anlage war aus Holz errichtet. Sie musste brennen wie Zunder. Er tastete nach seinem Feuerstein, während er sich von Bohdan zum Burgwall ziehen ließ. Es war sicherer, zunächst an den Latrinen entlangzulaufen, als sich auf direktem Weg durch die teils schlafende, teils noch zechende Menschenmenge zu tasten.

»Wohin jetzt?«, erkundigte Bohdan sich leise, als sie über das unebene und obendrein stinkende Gelände am Fuße des inneren Walls liefen. »Wo Palas?«

Magnus schüttelte den Kopf. »Bohdan, ich werde den Rittersaal nicht anzünden«, sagte er ernst. »Das können wir nicht tun, das ist nicht ritterlich.«

»Ist was?«, wisperte Bohdan verwirrt.

»Wir sind Ritter, keine Meuchelmörder!«, beharrte Magnus. »Wir legen anderswo Feuer.«

»Dann in Ställe«, gab Bohdan nach. »Pferde tot, nix Ritterkampf.«

Magnus blitzte ihn entsetzt an. Wie die meisten Ritter liebte er Pferde. »Bist du verrückt?«, fragte er scharf. »Außerdem sind die Ställe zurzeit voller Frauen und Kinder.«

Bohdan hätte das auf dem Weg schon sehen müssen. Die Pferde grasten am Wall, ihre Ställe hatte man für die Geflüchteten hergerichtet.

»Es sei denn ...«, Magnus hatte plötzlich einen Einfall. »Die Tempelhengste. Die werden sie nicht rausgestellt haben, die dienen doch dem Gott. Das ist es, Bohdan, wir zünden den Tempel an! Die Statue von ihrem Götzen!«

»Feuer Svantevit?« Bohdan sah seinen Mitstreiter an, als sei der nicht recht bei Trost. »Und wenn sich rächen Gott?«

Magnus verdrehte die Augen. »Du bist Christ, Bohdan!«, sagte er streng. »Du weißt, dass dieser Götze nicht mehr ist als Eichenholz. Sehr altes, sehr trockenes Eichenholz ...« Er grinste. »Das wird wunderbar brennen. Und den inneren Tempelbereich darf doch niemand betreten. Also verletzen wir niemanden ... die Pferde müssen wir natürlich rauslassen.«

Bohdan bekreuzigte sich hilflos. Das Zeichen zumindest hatte er verinnerlicht, um Böses abzuwenden. Ob es aber gegen den Zorn eines der mächtigsten Götter der Slawen half?

Magnus machte sich zielstrebig auf den Weg zum Tempel. Unmittelbar darum herum hatten die Geflüchteten abergläubisch einen Pfad freigelassen – oder die Priester hatten das durchgesetzt, um einen reibungslosen Ablauf der Orakelzeremonie zu gewährleisten. Jedenfalls kamen die jungen Ritter schnell voran und hatten auch sonst Glück – an der Wand zu den Ställen der heiligen Pferde lehnten Fackeln.

»Anzünden?«, fragte Magnus unsicher.

Bohdan nickte. Überall auf dem Gelände waren Männer mit

Fackeln unterwegs, um sich den Weg zur Volksversammlung zu erleuchten. Solange sie damit nicht ins Allerheiligste des Tempels eindrangen, würden sie nicht auffallen.

Amra freute sich, dass sie an der Tempelanlage rasch und unbehelligt vorbeikam. Sie ließ den Marktplatz und das Allerheiligste hinter sich und bog dann bei den Tempelställen um die Ecke. Dahinter konnte sie Licht erkennen, aber das mochte aus dem Stall dringen oder zu einem der Lagerfeuer der Geflüchteten gehören. Amra jedenfalls ging unbesorgt weiter – und erschrak, als sie sich plötzlich im Lichtschein einer Fackel wiederfand. Der Mann, der sie hielt, schien nicht minder überrascht, er hätte die Fackel fast fallen lassen. Dann hob er sie aber, um den Ankömmling näher zu betrachten. Amra, vom plötzlichen Licht geblendet, erkannte vage einen jungen Mann mit rußgeschwärztem Gesicht und hellem Haar. Keiner aus Vitt, wahrscheinlich kam er aus Puttgarden. Sie wollte mit kurzem Gruß vorbeieilen, bevor er auf dumme Gedanken käme, doch der Bursche starrte sie an, als hätte er einen Geist gesehen.

»Amra?«, flüsterte er. »Amra?«

Amra runzelte die Stirn und bemühte sich, den jungen Mann zu erkennen. Ebenmäßige Züge, blondes, lockiges Haar – und faszinierend blaugraue Augen ... Magnus? Aber das konnte doch nicht sein!

Amra rang noch um Worte oder doch wenigstens einen klaren Gedanken, als sie plötzlich brutal zurückgerissen wurde. Jemand zerrte ihre Arme nach hinten und setzte ihr eine Messerspitze an die Kehle.

»Kein Wort!«, zischte ihr Angreifer auf Slawisch. »Wenn du schreist, bist du des Todes.«

Amra hatte nicht vorgehabt zu schreien, erst jetzt regte sich

Angst in ihr. Was ging hier vor? Sie öffnete den Mund, um eine Frage zu stellen, woraufhin sich die Messerspitze gleich tiefer in ihre Kehle bohrte.

In Magnus' Gesicht kämpften Überraschung, Freude und Missbilligung. »Lass sie los, Bohdan! Das ist Amra!«

Amra verstand die Worte nicht, Magnus sprach Dänisch. Aber es war nicht schwer, den Sinn zu erraten.

»Ist egal, wie heißt, ist Ranin. Wir verraten«, gab Bohdan zurück.

Magnus schüttelte heftig den Kopf. »Sie wird uns nicht verraten. Dies ist Amra!«

Er wiederholte ihren Namen, schien ihn immer wieder aussprechen zu müssen, als könnte er nicht glauben, dass sie vor ihm stand.

Bohdan machte keine Anstalten, das Messer sinken zu lassen, lockerte aber immerhin seinen Griff.

»Amra...«, flüsterte Magnus – und der Name klang wie der Schlüssel zu einem Zauberland. »Du wirst... Ihr werdet... doch niemandem etwas sagen?« Er wechselte ins Französische.

Bohdan schnaubte ob der höflichen Anrede. Anscheinend verstand er etwas Französisch, ein Minimum an höfischer Erziehung erhielten wohl auch slawische Ritter.

»Dazu müsste ich erst mal wissen, was ich zu verraten hätte«, meinte Amra. »Was tust du... was tut Ihr hier, Herr Magnus? Ihr... gehört zum Heer des Feindes...?«

»Natürlich!« Magnus sah keinerlei Gründe zu leugnen. »Zu den Männern des Herzogs Heinrich. Ich werde Rache nehmen für Herrn Gisbert!« Er hob die Fackel wie ein Schwert.

Amra verstand. »Indem Ihr die Burg in Brand setzt?«, fragte sie entsetzt. »Ihr wollt Feuer an unsere Häuser legen? Zum Dank für das, was ich für Euch getan habe, wollt Ihr mich jetzt verbrennen?«

»Ich ja sagen, sie verraten«, bemerkte Bohdan. »Besser sie töten gleich ...«

Magnus beachtete seinen Mitstreiter nicht. »Ich will niemanden verbrennen!«, erklärte er entschlossen und sah Amra dabei in die Augen. »Keinen Menschen. Nur ...« Er wies mit der Fackel auf den Tempel.

Amra starrte ihn an, als sei er nicht bei Sinnen. »Den Tempel? Den Gott? Magnus, wenn sie euch dabei erwischen ... sie hätten mich schon beinahe getötet wegen der Ratte, und nun wollt ihr zwei ... ihr seid verrückt!«

Bohdans Griff lockerte sich ein wenig. Hierin zumindest war er ganz mit seinem Opfer einer Meinung. »Wie ich sagen! Gott sich rächt! Wenn nicht anzünden Ställe, dann vielleicht Burgwall ...«

»Der brennt doch gar nicht«, wollte Amra einwenden, aber natürlich hätten die Männer Feuer an die Palisaden und Wachtürme legen können, mit denen der Erdwall verstärkt war.

Magnus schüttelte auch schon den Kopf. »Dabei würde man uns sicher erwischen«, beschied er seinen Mitstreiter. »Wir haben eben am Wall gelagert, und viele andere tun das auch. Willst du vor Hunderten von Menschen die Fackeln an den Burgwall halten?« Er grinste, als er Bohdans zweifelnde Miene sah. »Natürlich, wenn du es mit Christi Namen auf den Lippen tust, könntest du der erste slawische Märtyrer werden ... Sofern Gott dir vergibt, dass du nur aus Angst vor einem Götzen handelst.«

»Wie wollt ihr denn hier überhaupt wieder herauskommen?«

Amra wusste nicht, warum sie Fragen stellte wie eine Mitverschwörerin. Aber sie sorgte sich um Magnus – ebenso sehr wie um die Menschen in der Burg. Das Beste wäre, er täte gar nichts. Aber sonst hatte er Recht: Wenn er Feuer legen musste, war es das Sicherste, er nahm den Tempel. Dabei bestand auch kaum

Gefahr, dass der Brand auf andere Gebäude übergriff. Der heilige Bezirk würde wie eine Feuerschneise wirken. Und was den Gott anging – Amra hatte die Furcht vor Svantevit verloren, seit er die Schändung seines Heiligtums durch ihre Ratte nicht gerächt hatte. Sie glaubte nicht wirklich, dass er eingreifen würde, wenn Magnus nun sein Standbild verbrannte.

»Über die Klippen«, verriet Magnus wie selbstverständlich seinen Fluchtplan. »Man kann sie hinunterklettern, sagen die Obodriten.«

Amra nickte, allerdings wenig überzeugt. Es stimmte, ein Kletterwettbewerb war fester Bestandteil der Volksfeste auf Burg Arkona. Aber der Abstieg war nur an bestimmten Stellen möglich, und bei Nacht war es überall gefährlich. Wenn die Ritter es auf gut Glück an einer beliebigen Stelle versuchten, würden sie sicher zu Tode stürzen.

Amra beschloss, es mit einem Handel zu versuchen und redete sich ein, das nur zu tun, um ihr eigenes Leben zu retten.

»Man kann hinunterklettern, aber nur von einer Stelle aus. Da ist es auch nicht einfach, aber es ist möglich. Wenn ihr den falschen Weg nehmt ...«

»Wir Weg finden«, erklärte Bohdan im Brustton der Überzeugung.

Amra schüttelte den Kopf. »Der Abstieg ändert sich jedes Jahr«, erklärte sie. »Weil das Meer von unten an den Felsen frisst. Es ist weiches Gestein, wisst ihr, es bricht immer wieder etwas ab. Wenn ihr also den Weg vom letzten Jahr nehmt oder den vom vorletzten Jahr, dann seid ihr verloren. Aber wenn ihr mich laufen lasst, dann ... dann zeige ich euch die Stelle, an der die letzten Kletterer es geschafft haben.«

Es würde ihr nicht schwerfallen, sie zu finden. Der Kletterwettbewerb hatte erst wenige Tage vor Ankunft der Dänen stattgefunden – und Vaclav hatte ihn gewonnen.

»Amra, natürlich lassen wir dich laufen, wir ...« Magnus schüttelte den Kopf, als sei allein ihr Versuch, um ihr Leben zu handeln, eine Beleidigung seiner Ritterehre.

»Besser töten«, wandte Bohdan ein.

Magnus blitzte ihn an. »Ich werde Amra ganz sicher nicht töten, Bohdan. Und du wirst es auch nicht tun. Aber du kannst mit ihr hierbleiben und auf mich warten. Ich tue jetzt nämlich das, weshalb ich gekommen bin – ich nehme Rache an dem Götzen, der mein Blut wollte und der das meines Freundes genommen hat!«

Damit hob er die Fackel und setzte sich entschlossen in Bewegung. »Du kannst ja beten«, bemerkte er noch, bevor er um die Ecke bog. »Zu welchem Gott auch immer!«

Bohdans Neugier und seine widerwillige Faszination für Magnus' tollkühnes Vorhaben überwog binnen kürzester Zeit seinen Argwohn gegenüber Amra. Schließlich spähte er gemeinsam mit seiner Geisel nach der Fackel des jungen Ritters aus, die sich in raschem Tempo auf das Zentrum des Tempels zubewegte. Inzwischen war es stockdunkel, und in den Lagern der Geflüchteten war weitgehend Ruhe eingekehrt. Die Männer waren wohl noch im Rittersaal und berieten die Lage, Frauen und Kinder schliefen. Fackelschein war nirgendwo mehr zu sehen, die Nacht wurde nur vom Glimmen einiger letzter Lagerfeuer erhellt – und von Magnus' Fackel. Amra hatte das Gefühl, als müsste jeder auf der Burg dem Schatten des Ritters folgen, der sich zielstrebig auf verbotenem Terrain bewegte.

Und dann ging alles ganz schnell. Magnus, der raschen Schrittes, aber doch ohne Hast vorangegangen war, begann zu rennen, als er das Allerheiligste, das dem Gott geweihte Geviert, in dem die Priester nicht einmal atmen durften, erreichte. Amra, die mit Bohdan wie erstarrt sein Tun verfolgte, erwartete, dass er das Feuer direkt an die Statue legen würde, aber dafür war Magnus zu besonnen. Die Götterfigur war möglicherweise feucht vom Blut der Opfertiere und stand dazu im Zentrum des offenen Tempels. Man würde das Feuer sofort sehen. Magnus zeigte sich kaltblütig genug, an der Statue vorbeizulaufen und seine Fackel an den hintersten der Pfeiler zu halten, die das purpurne Dach über dem Gott stützten. Weder von den Ställen noch vom Marktplatz aus war dieser Pfeiler zu sehen, aber Amra und Bohdan bemerkten natürlich den Lichtschein. Magnus selbst verschmolz auch für sie mit dem Dunkel. Als er zurück über den heiligen Boden hastete, erkannte Amra ihn nur am gelegentlichen Aufleuchten seines blonden Haars, das er wohl ungenügend mit Ruß geschwärzt hatte. Dann war er wieder neben ihnen.

»Kommt!«, wisperte er Bohdan und Amra zu. »Der Tempel wird gleich lichterloh brennen.«

Bohdan wollte sich sofort in Trab setzen, aber Amra wies auf den Stall, in dem nervöses Hufschlagen zu hören war. Die Pferde witterten den Brand.

»Die Hengste . . .«, flüsterte Amra.

Magnus warf sich gegen die verschlossene Stalltür, die zum Glück gleich beim zweiten Versuch nachgab. Sie war nicht besonders gesichert, niemand hätte es schließlich jemals gewagt, Hand an die Hengste des Gottes zu legen. Magnus stürzte in den Stall, orientierte sich kurz am Wiehern und Poltern und öffnete dann die Verschläge für zwei schwarze Hengste.

»Vorsicht!«, brüllte er Amra zu.

Die junge Frau konnte sich gerade noch in Sicherheit bringen, als die Pferde zur Tür herausstürzten. Sie hoffte, dass sie niemanden auf dem Platz niedertrampeln würden, aber die Sorge war unbegründet. Die Hengste rannten auf den Burgwall zu, wo die Stuten grasten.

»Und jetzt zu den Klippen!« Bohdan war bereits im Dunkel Richtung Klippen verschwunden, Magnus aber wandte sich noch einmal Amra zu. »Du verrätst uns nicht, ich wusste es. Danke. Danke, Amra.« Wieder ihr Name, der wie eine Liebkosung klang.

Amra schüttelte den Kopf. Jegliche Förmlichkeit war in diesem Augenblick vergessen. »Ich komme mit, Magnus. Die Klippen ... es ist gefährlich, ich habe doch gesagt, ich zeige dir den Weg.«

Magnus wollte etwas einwenden, aber dann brachte er es einfach nicht fertig, sich schon von ihr zu trennen. »Führ mich!«, sagte er und reichte ihr die Hand.

Amra sah ihn ungläubig an, bevor sie scheu seine Finger ergriff. Sie fühlten sich warm an, während ihre Hände kalt waren und zitterten. Rasch zog sie Magnus zu den Klippen abseits der ausgetretenen Pfade, wo sie mit der Dunkelheit zu verschmelzen versuchten. Immer wieder stolperten sie über schlafende Menschen, und Amra murmelte jedes Mal eine Entschuldigung, in der Hoffnung, nicht zu viel Aufsehen zu erregen. Sie befürchtete allerdings, dass die Wächter der Türme, die das Meer beobachteten, sie sehen würden.

Magnus teilte ihre Besorgnis. »Hier?«, wisperte er. »Mitten zwischen den Wachtürmen? Wir wollten ... wir wollten seitlich absteigen.«

Amra zog ihn energisch weiter. »Was meinst du, warum hier die Wachtürme stehen?«, fuhr sie ihn an. »Die Sicht zum Meer hin ist überall gleich, aber hier haben die Wächter die Klippen im Blick. Wo man herunterklettern kann, kann man nämlich auch hinaufklettern.«

Die beiden hatten die Felsen nun fast erreicht, sie konnten das Meer beinahe schon sehen, als aus dem Wachturm eine Stimme ertönte.

»Wer da?«

Magnus fuhr zusammen. Sein erster Impuls war, zum Schwert

zu greifen, aber er hatte keines bei sich. Also weiter zur Klippe. Würde er schnell genug hinunterklettern können? Er wollte versuchen, zu fliehen, doch Amras Griff um seine Hand hielt ihn zurück.

»Hier ist Darja, Turmwächter!«, rief sie mit lauter Stimme zurück. »Und ...«, sie senkte die Stimme zu einem Flüstern, »... Jaroslav«, wisperte sie Magnus zu. »Sag: Jaroslav, Herr.«

»Jaroslav, Herr!« Magnus rief die Worte laut und entschlossen.

Amra atmete auf. Er hatte auch damals mit den Heringen nicht gezögert.

Vom Wachturm her erklang ein Lachen. »Na, dann will ich jetzt aber auch was sehen!«, neckte er das vermeintliche Liebespaar.

Amra wusste, dass Darja sich hier mit ihren Liebhabern traf, die Küchenmagd ließ nichts anbrennen.

»Küss mich!«, flüsterte sie Magnus zu und schmiegte sich trotz aller Angst fast glücklich in seine Umarmung.

Doch noch bevor ihre Lippen sich trafen, hörten sie Hufschläge. Auf dem Burgwall erschien eine Schimmelstute, hell wiehernd vor Angst und vielleicht auch Faszination, gejagt von einem riesigen schwarzen Hengst, dessen lange Mähne im Wind flog und dessen brünstiges Wiehern klang wie ein Schrei.

»Der Gott! Der Gott reitet in den Krieg!«

Für den Torwächter mochte es aussehen, als trüge der Rappe einen Reiter. Und dann ertönte ein Schrei, ein langer, verzweifelter Todesschrei. Der Wächter reagierte darauf mit einem angsterfüllten Heulen. Für ihn musste es sich anhören wie ein von seinem Gott gefällter Feind.

Amra wusste es besser. »Das kommt von der Klippe«, flüsterte sie bestürzt. »Dein ... dein Freund ...«

Magnus konnte es nicht leugnen, der Schrei war aus der

Richtung gekommen, an der Bohdan und er hatten absteigen wollen.

Magnus klammerte sich an eine letzte Hoffnung. »Aber ... aber ... man hört keinen ...«

»Man hört keinen Aufprall, es ist zu tief«, beschied ihn Amra. Als Kind hatte sie oft genug Steine die Klippe hinuntergeworfen.

Noch während sie sprach, hörte man weiteren Lärm, diesmal kamen die Stimmen, Schreie und warnender Hörnerklang jedoch aus Richtung Tempel.

»Feuer! Feuer, der Tempel brennt!«

»Ich denke, du kannst jetzt gehen.« Amra löste sich widerwillig aus Magnus' Armen. Es war Zeit, sie wies ihm rasch den Weg zum sichersten Abstieg von der Klippe. »Sei vorsichtig. Und eil dich nicht zu sehr. Niemand wird dich entdecken.«

Wenn jetzt jemand die Klippe inspizieren würde, dann in der Gegend, aus der Bohdans Schrei gekommen war. Aber wahrscheinlich würden auch die Wächter zum Tempel eilen, um das Feuer zu löschen.

Magnus sah Amra an. »Ich hätte dich gern geküsst«, flüsterte er.

Doch die junge Frau wandte sich bereits ab und rannte auf den Tempel zu wie alle anderen auf der Burg. Sie würde binnen kürzester Zeit mit der Menge verschmelzen.

Magnus ließ sich vorsichtig über den Rand der Klippe gleiten. Er sah besser nicht hinunter, um keine Angst zu bekommen, aber er war guten Mutes: Der Gott, welcher auch immer, hatte sein Opfer bereits bekommen.

Kapitel 5

„Sie fordern uns zur Kapitulation auf?"

Die Volksversammlung tagte erneut im Rittersaal des Königspalas, wobei die Stimmung der Volksvertreter zwischen Erschöpfung und Aufregung schwankte. Die Männer von Vitt und Puttgarden hatten die ganze Nacht mit Löscharbeiten zugebracht, und auch jetzt noch hing der schwere Geruch von Rauch und verbranntem Holz und Fleisch in der Luft. Menschen und Pferde waren zwar nicht zu Schaden gekommen, aber die Kadaver all der am Tag zuvor geopferten Tiere waren in den Flammen verkohlt. Der Wind wehte Gestank und Asche über die Burganlage, die draußen kampierenden Menschen konnten kaum atmen. Und sogar im abgeschlossenen Palas verpesteten Rauch und Aschepartikel die Luft.

Die Männer hätten auch sicher lieber geschlafen, als über das weitere Vorgehen dieser Belagerung zu diskutieren, aber Admir, der Ortsvorsteher von Vitt, hatte einen Boten empfangen, der alarmierende Nachrichten brachte. Gesandt wurde er von Baruch von Stralow – der Kaufmann hatte gleich um die Mittagszeit nach dem Brand um Einlass in die Burg gebeten. Er kam als Unterhändler der Dänen, gefolgt von einigen Obodritenkriegern, die wohl seine Leibgarde bildeten und sicher auch den Verhandlungen lauschen sollten. Einen von ihnen hatte er gebeten, die Volksversammlung vom Angebot der Feinde in Kenntnis zu setzen, während er dem Protokoll entsprechend mit dem Oberbefehlshaber der Burg und der Priesterschaft verhandelte. Admir hatte daraufhin gleich die Versammlung einberufen, und der Obodrit wiederholte seinen Vortrag nun in monotonem Tonfall vor den Dorfvorstehern und Bürgern.

»Waldemar, König von Dänemark, und Heinrich, Herzog von Sachsen und Bayern, bieten Volk und Priesterschaft von Arkona freies Geleit bei kampfloser Übergabe der Burg, sofern folgenden Bedingungen entsprochen wird: Das Götzenbild des Svantevit sowie der Tempelschatz sollen ausgeliefert und die gefangenen Christen aus dem Gefängnis ohne Lösegeld freigelassen werden. Die wahre christliche Religion soll von Adel und Volk nach dänischem Ritus angenommen und die Äcker sowie Güter der heidnischen Götter sollen für die Zwecke der neuen christlichen Priesterschaft verwendet werden. Auf Anforderung des Königs der Dänen sollen die Männer von Rujana Kriegsfolge leisten und außerdem jährlich von jedem Joch Ochsen je vierzig Silberpfennige als Tribut zahlen. Zur Sicherstellung dieser Bedingungen sind vierzig Geiseln zu stellen.«

»Das ist weniger, als die Priesterschaft fordert«, kommentierte Aldin, Kammmacher aus Puttgarden, die Tributforderung. »Aber die Christenpriester werden wahrscheinlich auch noch was wollen, wenn sie erst hier sind.«

»Über die Zahlungen lässt sich ja meistens noch verhandeln«, wies ihn ein reicher Viehzüchter ab. Für Miladin spielten ein paar Silberpfennige mehr oder weniger keine Rolle. »Worauf's ankommt, ist doch die Frage: Ergeben wir uns oder nicht?«

Die Männer schienen nur darauf gewartet zu haben, dass jemand die Sache auf den Punkt brachte. Aufgeregt redeten sie durcheinander.

»Natürlich nicht!«, rief Drazan, ein junger Heißsporn aus Vitt. »Die können doch nicht einfach kommen und uns irgendwas befehlen! Ich sage: gleich raus und sie gründlich verhauen. Wenn alle mitmachen ...«

»Also, ich mach nicht mit«, erklärte Miroslav, ein Fischer aus

Vitt, gelassen, aber gänzlich entschlossen. »Ich lass mich nicht abschlachten für das Priestervolk und den König, der schon durchbrennt, bevor's richtig losgeht. Die lassen sich nicht einfach verhauen, Drazan, wie die Jungs aus Puttgarden, wenn's um ein Mädchen geht. Die haben Schwerter und Pferde und bauen schon Kriegsmaschinen. Wenn du rausgehst, stechen sie dich ab, und wenn wir drinnen bleiben, beschießen sie uns bald mit Felsbrocken. Und wofür?«

»Für unseren Glauben!«, fiel ihm Drazan ins Wort. »Für Svantevit, für ...« Er überlegte, mehr schien ihm jedoch nicht einzufallen. »Wir lassen uns doch nicht zwingen, deren Götter anzubeten!«

Miroslav zuckte die Schultern. »Für's einfache Volk würd's kaum was ändern. Ob du zu dem einen Gott betest oder zu dem anderen – wen kümmert's, man weiß doch ohnehin nicht, ob sie zuhören. Und kostspieliger als das Orakel des Svantevit kann die Gunst der neuen Götter auch nicht sein. Was den König angeht: Der wird bleiben oder es gibt einen anderen. Abgaben wird jeder fordern, dafür halt ich meinen Kopf nicht hin.«

»Aber der Gott wird sich rächen, wenn wir abtrünnig werden«, gab Drasko, ein Schmied aus Puttgarden, besorgt zu bedenken. »Svantevit ist ein mächtiger Gott.«

Dosko, der Obodritenkrieger, der die Kapitulationsbedingungen rezitiert hatte und der Diskussion bislang unbeteiligt gelauscht hatte, schnaubte.

»Sehr mächtig«, höhnte er dann. »Gestern haben wir seinen Tempel in Brand gesetzt. Und? Wo war euer Gott?«

»Der Burgwächter hat ihn reiten sehen!«, behauptete Drasko. »Er zog in die Schlacht.«

»Zog er in die Schlacht oder suchte er das Weite?«, fragte Miroslav mit schiefem Grinsen. »Ich hab gehört, er wär übers Meer geritten.«

»Um den Frevler zu strafen, der für den Tempelbrand verantwortlich ist!«, trumpfte Drasko auf. »Der bezahlte seine Sünde mit dem Leben.«

Man hatte Bohdans Leiche am Morgen an dem kleinen Strand unterhalb der Klippen entdeckt.

»Einer«, bemerkte Admir. »Aber eingeschlichen haben sich doch wohl mindestens zwei, wenn ich das richtig verstanden habe.«

»Den anderen hat das Meer verschlungen!«, meinte Drasko fest überzeugt.

Der Obodrit Dosko grinste überlegen. »Nee. Der sitzt im Zelt des Königs und sonnt sich in seinem Ruhm. Euer Gott ist nichts wert, Leute. Und was den Neuen angeht, zu dem wir jetzt alle beten – das ist ein ganz Listiger! Sie bilden ihn als Fischer ab und als Schäfer und nennen ihn Friedensfürst. Aber seine Priester kämpfen wie die Löwen, seine Heere waten in seinem Namen im Blut. Wir machen gut Beute unter diesem Christus. Zu unserem Schaden war's nicht, dass Herzog Heinrich unseren Fürsten Pribislav geschlagen und uns dann alle getauft hat.«

»Fischer klingt gut«, murmelte Miroslav.

Im oberen Geschoss wurde weniger friedfertig diskutiert. Vaclav und Muris, der Hohepriester, standen einander wutschnaubend gegenüber, nachdem Baruch ihnen die Kapitulationsbedingungen vorgelegt und Vaclav ihn unter spröden Dankesworten entlassen hatte.

»Ich sage, wir kämpfen!«, erklärte Muris. »Wir haben das Orakel befragt, der Gott ist erzürnt. Er wird an unserer Seite in die Schlacht reiten! Wir sollten sofort einen Ausfall machen – mit den Köpfen der Unterhändler auf unseren Lanzen.«

»Das wird uns wenig nützen mit den übermüdeten Männern nach den Löscharbeiten heute Nacht«, gab Vaclav spitz zurück.

»Euer Gott hätte die Sache abkürzen können, hätte er Regen geschickt. Oder den Attentäter gleich mit einem Blitz erschlagen ...«

»Vielleicht hat er das«, meinte Muris würdevoll. »Wisst Ihr, ob der Tempel von einer Fackel in Brand gesetzt wurde oder von einem Blitz?«

Vaclav musste lachen. »Ihr meint, der Gott habe irrtümlich seinen eigenen Tempel abgebrannt, weil er sonst keine Möglichkeit sah, einen Attentäter abzuwehren? Gebt Euch keine Mühe. Man hätte den Leichnam des Mannes finden müssen, und den Blitz hätte man auch gesehen. Es hat ja sogar einer den Gott gesehen – fortreiten in Richtung Meer. Wer weiß, ob er rechtzeitig zurückkommt, um mit uns in die Schlacht zu reiten ... Das gilt im Übrigen auch für unseren König.«

»Ihr verhöhnt den Gott!«, entsetzte sich Muris.

Vaclav ließ sich nicht einschüchtern. »Ich warte auf den Blitzschlag«, fügte er bissig hinzu. »Aber bleiben wir einmal ernst, Herr Muris. Der Gott wird uns nicht zu Hilfe kommen, damit rechnet Ihr nicht im Ernst. König Tetzlav jedoch sitzt mit einem Kontingent Ritter in Karentia, bereit, den Dänen in den Rücken zu fallen, wenn wir kämpfen. Also stellt Ihr nun Eure Tempelgarde unter meinen Befehl oder nicht?«

Die Tempelgarde, bestehend aus dreihundert berittenen, gut ausgebildeten Kriegern, unterstand der Priesterschaft.

»Ich würde die Männer heute Nacht noch ausruhen lassen, die Dänen solange in Sicherheit wiegen – Ihr meint das ja hoffentlich nicht ernst mit einer Opferung der Unterhändler. Dann im Morgengrauen können wir angreifen«, führte Vaclav weiter aus. »Bis dahin hätte auch ein Bote Karentia erreicht, wenn wir ihn gleich über die Klippen aus der Burg schicken. Wenn Tetzlav von hinten angreift, während wir sie vorn beschäftigen ...«

Muris biss sich auf die Lippen, ein Zeichen seiner Unentschlossenheit. Aber dann straffte sich der Priester und blitzte den jungen Mann wütend an.

»Die Tempelgarde dient dem Schutz des Tempels, wie der Name schon sagt.«

»Und ist der Tempel nicht bedroht?«, fragte Vaclav. »Ihr sagt, ich soll kämpfen, aber ich habe keine Männer, die ein Schwert führen können. Mit wem soll ich angreifen?«

»Mit den Männern aus den Dörfern natürlich«, beschied ihn Muris. »Macht mit denen einen Ausfall. Und wenn das keinen Erfolg hat ...«

Vaclav griff sich an die Stirn. »Ein paar Bauern und Fischer gegen das dänische Heer? Selbst wenn sie gehen würden – und das werden sie nicht wollen. Ihre Volksversammlung tagt doch jetzt schon. Wahrscheinlich hat dieser Stralower Gauner sie hintenrum auch vom Angebot der Dänen in Kenntnis gesetzt. Ich wette, da will sich keiner mit seinem Fischmesser den Schwertern der Söldner entgegenstellen.«

»Wir könnten sie zwingen«, sagte Muris ruhig.

Vaclav sah ihn ungläubig an und füllte sich einen Becher mit Wein. »Verstehe ich das richtig?«, fragte er dann. »Ihr wollt die Tempelgarde einsetzen, um die Dorfleute den Dänen entgegenzutreiben?«

»Im Namen des Gottes!«, erklärte der Priester. »Wir werden ihm das letzte Opfer bringen. Wir geben ihm unser Blut und unsere Herzen, das wird ihn stärken, den Feind abzuwehren, wenn er in die Burg eindringt und den Tempel bedroht.«

Vaclav schüttelte den Kopf und goss seinen Wein in einem Zug hinunter.

»Ihr seid verrückt, Priester«, meinte er dann und wandte sich an einen Wachmann, der unbeteiligt neben der Tür gestanden hatte. »Hol mir Baruch von Stralow, Mann. Ich werde ihm Bescheid geben.«

Baruch hatte Amra in der Küche aufgesucht, nachdem er mit dem Burgherrn und dem Hohepriester gesprochen hatte – und er merkte sofort, dass etwas mit der jungen Frau nicht in Ordnung war.

Amra wirkte wie im Fieber, aufgeregt, glühend, gleichermaßen besorgt und freudig erregt. Er hätte gern allein mit ihr gesprochen, aber der Koch und Bozika belegten ihn gleich mit Beschlag und wollten Dinge wissen, die offensichtlich auch Amra auf der Seele brannten. Alle hingen sie an seinen Lippen, wenn er Antworten gab.

»So waren diese ... Köhlerjungen tatsächlich Spione der Dänen?«, erkundigte sich Bozika. »Was für eine üble List! Aber sie haben den Frevel ja wohl mit dem Tode gebüßt, oder?«

Amra schien bei dieser Bemerkung zusammenzufahren.

Baruch schüttelte den Kopf. »Soweit ich weiß, ist einer zurückgekommen«, meinte er. »Ich wurde hinzugezogen, nachdem er Bericht erstattet hatte.«

»Es hätte aber noch schlimmer kommen können«, meinte der Koch. »Wenn sie den Palas angesteckt hätten ... mit all den Leuten drin ... So traf's nur ein teures Dach und ein paar Ställe.«

»Und eine Statue, wenn ich richtig informiert bin«, bemerkte Baruch und warf Amra fragende Blicke zu.

Die junge Frau hatte sich sichtlich entspannt, als er von dem wohlbehalten heimgekommenen Attentäter gesprochen hatte. Ob da etwas gewesen war?

»Der Gott ist ja wohl vorher weggeritten«, meinte Bozika, ohne sich größere Sorgen zu machen. »Der Torwächter an den Klippen hat's gesehen, nicht, Amra? Hast du doch gehört? Oder hast du's gar auch gesehen?«

Amra sah sich plötzlich im Mittelpunkt der Aufmerksamkeit. Sie bereute, von dem Ausbruch des Torwächters erzählt zu haben und errötete.

»Was hast du denn an den Klippen gemacht, Amra?«, erkundigte sich Baruch, freundlich, aber sichtlich alarmiert – und wurde gleich von Bozika über Amras Auftrag informiert, die Köhlerjungen zu finden und zu verpflegen.

»Und die hast du an den Klippen gesucht?«

Amra wand sich unter Baruchs forschendem Blick – und atmete auf, als sich die Küchentür öffnete und ein Wachmann eintrat.

»Herr Vaclav wünscht den Kaufmann Baruch von Stralow noch einmal zu sprechen!«, meldete der Mann.

Baruch erhob sich. »Ich komme«, sagte er ruhig. »Und du, Amra«, der Kaufmann suchte nach Worten, »sei ... sei vorsichtig.«

Amra hatte mit einem strengen Blick gerechnet, aber sie sah nur Zuneigung und Besorgnis in seinen Augen.

Die Edlen von Arkona hatten ihre Plätze im Rat eingenommen, und Vaclav lehnte sich würdevoll auf Tetzlavs erhöhtem Thron zurück. Dem jungen Mann gefiel es, hier umgeben von seinen Rittern den Herrscher zu spielen – auch wenn es nur vorübergehend und er gänzlich ohne Macht war. Doch Tetzlav war bislang auch nicht viel mehr Einfluss beschieden gewesen, die Priesterschaft hatte das Zepter in der Hand gehalten. Jetzt würde sich das ändern. Eine neue Zeit würde anbrechen, und er, Vaclav, die Zeichen dafür setzen. Wobei er das Volk von Rujana auf seiner Seite wusste. Admir hatte sich bei ihm melden lassen, kurz nachdem Muris wutschnaubend gegangen war. Die Versammlung des Volkes des nördlichen Rujana hatte entschieden, die Kapitulationsbedingungen der Dänen anzunehmen. Fehlte nur noch die Zustimmung des Königs ...

Vaclav richtete sich stolz auf, als Baruch sich vor ihm verbeugte. Der Unterhändler war reich gekleidet, sein Brokatumhang und das lange Gewand aus feinstem Stoff waren einer Audienz beim König durchaus angemessen. Vaclav freute sich an dem Respekt, den man ihm zollte. Schade, dass Amra ihn hier nicht sehen konnte, auf dem Thron des Königs, die Geschicke der Insel lenkend.

»Herr Baruch«, erklärte Vaclav mit tragender Stimme. »Wir haben das Kapitulationsangebot des Dänenkönigs erhalten, und die Versammlung des Volkes ist dafür, es anzunehmen. Die letzte Entscheidung darüber muss allerdings der König treffen. Wir bitten Euch folglich, Boten nach Karentia zu senden. Was uns angeht, so werden wir als Zeichen unseres guten Willens die geforderten Geiseln stellen.«

Baruch nickte und atmete im Stillen auf. Er hatte eine solche Entscheidung erhofft. Wenn alles gut ging, würde Amra sehr bald in Sicherheit sein. Und frei. Man konnte sie nicht weiter für die Lästerung eines Gottes bestrafen, an den offiziell keiner mehr glaubte.

Vaclav sah den Händler mit erleichterter Miene ziehen und schickte auch die Ritter hinaus, die der kurzen Audienz beigewohnt hatten. Er wies einen Diener an, Wein bringen zu lassen und verlangte dabei nach Amra – sie würde sich hoffentlich nicht wieder eine Ausrede einfallen lassen, um sich dem Dienst bei ihm zu entziehen. Am Vortag hatte ihn ihre angebliche Unauffindbarkeit ärgerlich gemacht, aber er wollte sie auch nicht zwingen. Schließlich gab es schon genug, was sie ihm vorwerfen konnte. Wenn sie ihn jemals lieben sollte, musste er Geduld mit ihr haben, Geduld gehörte jedoch nicht zu seinen Stärken.

Dennoch war Vaclav entschlossen, die junge Frau nach allen Regeln der Ritterlichkeit zu umwerben – er war die dummen, willfährigen Mädchen leid, die ihn umschwärmten wie Darja, und erst recht die schreienden Geschöpfe, denen er sich auf Raubzügen nach Dänemark aufzwang. Amra entsprach all seinen Vorstellungen von einer perfekten Gattin: Sie war schön, und sie war klug – ein bisschen kratzbürstig vielleicht, auf keinen Fall langweilig. Von Adel war sie zwar nicht, aber es gab nur wenige ranische adlige Familien auf Rujana, und es gab kaum passende Frauen. So war es nicht ungewöhnlich, dass ein Ritter auch mal ein Mädchen aus dem Volk zum Weib nahm. Und Amra ... gut, man konnte sie einen Bastard nennen, sie war lange nach dem Tod von Mirnesas Gatten geboren. Doch der Kaufmann Baruch zeigte auffallendes Interesse an ihr – und es war sicher kein Zufall, dass ihr Haar so rot leuchtete, wie seines es in jüngeren Jahren getan haben musste. Die junge Frau stand ganz klar unter seinem Schutz, und auch das konnte Vaclav nützlich sein. Der Kaufmann war reich und großzügig. Es lohnte sich, etwas Zeit und Anstrengung in die Eroberung Amras zu investieren.

Um sich die Wartezeit zu verkürzen, vertiefte Vaclav von Arkona sich noch einmal in die Kapitulationsbedingungen der Belagerer.

Gefangene Christen sollten ohne Lösegeld ausgeliefert werden. Das war leicht zu machen, augenblicklich befanden sich ohnehin nur zwei Seefahrer im Verlies, die den Fischern von Vitt beim letzten Überfall auf ein vorbeisegelndes Handelsschiff ins Netz gegangen waren. Baruch von Stralow hätte sie sicher gegen einen geringen Betrag ausgelöst, die paar Münzen waren jedoch ohne Weiteres zu verschmerzen. Und die Äcker der Götter sollten für die Zwecke der christlichen Priesterschaft verwendet werden.

Vaclav nickte. Auch kein Verlust für den Adel. Ob das Korn der einen oder der anderen Priesterschaft zugutekam, blieb gleich, und irgendwie mussten schließlich auch die Christenpriester verpflegt und bei Laune gehalten werden.

Danach folgten die Tributforderungen, aber auch hier blieb Vaclav gelassen. Die Beträge waren nicht höher als die aktuellen Abgaben an den Tempel; womöglich sparte man sogar noch etwas ein, wenn nicht ständig ein Orakel befragt werden musste. Das war bei den Christen wohl nicht üblich, ihr Gott schien verschlossener, aber auch genügsamer zu sein als Svantevit.

Blieb die Sache mit den Geiseln ...

Vaclav hatte Baruch zugesichert, dass Arkona sie stellen würde, erkannte jetzt aber, dass sich hier vielleicht ein kleines Problem ergab. Zweifellos dachten die Dänen an adlige Geiseln, die einen gewissen Wert darstellten, nicht an Fischer und Bauern. Doch König Tetzlav war mit seiner Familie in Karentia. Selbst wenn Vaclav sich selbst und all seine Ritter zur Verfügung stellte – was er nicht vorhatte –, kämen gerade mal ein Dutzend Geiseln zusammen.

Natürlich war auch ein Teil der Priester von Adel, aber Vaclav scheute sich davor, sie zu rekrutieren. Zweifellos würden sich Muris und seine Männer mit Händen und Füßen wehren – und womöglich die Tempelgarde aufbieten, um sich zu schützen. Das bedeutete dann Kämpfe im Inneren der Burg – und die konnte Vaclav so gar nicht gebrauchen.

Schließlich erinnerte er sich an die Volksversammlung. Gut, sie bestand nicht aus Adligen, aber doch aus den Honoratioren der Ortschaften. Sofern Baruch die entsprechenden Erklärungen abgab, würden die Dänen sich nicht beschweren, wenn er ihnen die Familienmitglieder der Ortsvorsteher und der Richter schickte. Vaclav lächelte. Eine hervorragende Idee. Das würde den Kerlen ein bisschen das Maul stopfen und sie lehren, dass mit Macht auch Opfer verbunden waren! Zumindest dann, wenn man nur Worte und keine Waffen hatte, um zu kämpfen. Für Ritter galt das selbstverständlich nicht ...

Vaclav lehnte sich zufrieden auf König Tetzlavs Thron zurück. Doch, die Herrschaft über die Burg bereitete ihm Vergnügen, allen aktuellen Widrigkeiten zum Trotz. Sobald Amra ihm den Wein gebracht hatte, würde er nach Admir und den anderen Großmäulern aus Vitt und Puttgarden rufen lassen und ihnen die Sache mit den Geiseln erklären. Er freute sich fast schon auf ihre entsetzten Gesichter ...

Von Amra war allerdings vorerst nichts zu sehen. Vaclav griff noch einmal nach dem von König Waldemar unterzeichneten Pergament, das Baruch von Stralow ihm zuvor feierlich übergeben hatte.

Das Götzenbild und der Tempelschatz sollten ausgeliefert werden – der erste und wichtigste Satz des Ultimatums. Zweifellos würde es zu einem Aufschrei im Tempel kommen, und die Priester würden mit Weltuntergang drohen, wenn Vaclav der Forderung nachkäme. Vaclav selbst war ziemlich gelassen. Der junge Ritter machte sich keine großen Gedanken um Svantevit. Wenn der Gott sich nicht selbst verteidigen konnte, ging Rujana mit seinem Standbild nicht viel verloren.

Anders wäre es mit dem Tempelschatz. Vaclav wusste, dass pfundweise Silber im innersten Bereich des Heiligtums ruhte. Freiwillig würden die Priester das nicht herausgeben, aber die Christen würden es sich zweifellos nehmen. Vaclav seufzte. Auch ihm tat es leid um den Schatz – zudem würde es wieder zu Kämpfen kommen, die er nicht wollte. Aber halt, gab es hier nicht Möglichkeiten, etwas zu retten? König Waldemar konnte nicht wissen, wie viel Silber genau im Tempel lagerte. Wenn die Priester mitspielten, müsste es möglich sein, zumindest einen Teil des Schatzes in Sicherheit zu bringen.

»Mein Herr?«

Vaclav fuhr aus seinen Überlegungen, als Amra eintrat. Sie blieb an der Tür stehen und verbeugte sich leicht. Nicht sehr ehrerbietig, aber natürlich machte sie das Tablett mit dem Krug Wein und einem Becher etwas unbeweglich. Ein Becher, registrierte Vaclav. Amra wollte wohl gar nicht erst das Risiko eingehen, zum Mittrinken eingeladen zu werden.

»Ich bringe Euren Wein.«

Die junge Frau trat näher und platzierte das Tablett auf einem Tischchen neben dem Thron. Ein zierliches, elegantes Möbel, fein gedrechselt und mit Ornamenten reich verziert. Sicher ein Geschenk von Fernhändlern aus dem Orient.

Amra trat gleich einen Schritt zurück, nachdem sie den Wein eingeschenkt hatte, und verbeugte sich nochmals. Ihr war anzumerken, dass sie sich am liebsten gleich wieder zum Gehen gewandt hätte, und sie hatte auch erkennbar darauf verzichtet, sich für ihren Dienst beim Burgherrn schön zu machen. Ganz anders als Darja, die keinen Hehl daraus machte, dass sie dem Adligen auch mehr anbieten würde als einen Becher Wein. Darja hatte ihr glänzendes schwarzes Haar offen getragen, ihre Bluse weit geöffnet und ihre Lippen befeuchtet. Amra dagegen hatte ihre roten Locken zu strengen Zöpfen geflochten und aufgesteckt. Die Mühe, ihre Küchenschürze abzunehmen, hatte sie sich nicht gemacht. Dennoch, für Vaclav war sie tausendmal schöner als alle Darjas dieser Burg. Er begehrte sie, und er wusste, wie wohlgeformt ihr Körper unter dem weiten, schlichten Hängekleid war. Die Mägde badeten oft unterhalb der Klippen im Meer, und die jungen Burschen machten sich einen Spaß daraus, sie dabei heimlich zu beobachten. Auch Vaclav hatte sich in den Jahren seines Erwachsenwerdens mitunter angeschlichen – wenngleich das unter der Würde eines Ritters war, wie sein Waffenmeister getadelt hatte, als er Vaclav und zwei andere Knappen einmal dabei erwischte.

»Ist noch etwas?«, fragte Amra spitz, als er sie weder ansprach noch entließ.

Vaclav setzte ein Lächeln auf. »Ich grüße dich, Amra«, sagte er so freundlich wie möglich, »an diesem schicksalsschweren Tag. Du hast sicher bereits gehört, dass wir uns den Dänen ergeben werden. Das bedeutet für dich die Freiheit, solange du nicht gleich den nächsten Gott lästerst ...«

Amra zog die Augenbrauen hoch. Sie fand es befremdlich, Götter einfach auszutauschen. Aber sie fürchtete sich auch nicht vor den Konsequenzen irgendwelcher Lästerungen.

»Wenn hier die Christen herrschen, werden wir beide gleich sein«, sprach Vaclav weiter.

Amra zuckte die Schultern. »So?«, fragte sie. »Lässt man dem Adel also nicht seine Privilegien? Das habe ich anders gehört. Sofern sich die Stämme ergeben, bleibt der König im Amt. Natürlich ändert sich sein Titel, ein paar Tribute werden fällig. Wie ich das sehe, werdet Ihr weiter ein Edler sein und ich die Tochter eines Fischers.«

»Aber doch keine Sklavin mehr ... Nun komm näher, Amra, sei nicht so spröde!« Vaclav stand auf und hielt ihr auffordernd die Hände entgegen. »Ich möchte dir in die Augen sehen und dein Haar berühren. Ich möchte deine Lippen küssen, deinen Körper liebkosen. Ich wäre sehr gern gleich mit dir, Amra, ich möchte dich erhöhen. Werde meine Gemahlin ...«

Amra zog sich noch weiter zurück. »Ich wäre nicht gern gleich mit Euch, Vaclav von Arkona. Ich mag Euch nicht, so hoch Ihr auch in der Gunst des Königs stehen mögt. Und ich achte Euch auch nicht deswegen. Ich weiß sehr wohl, wie Ihr Euch Eure Stellung erworben habt!«

Amra hätte Vaclav den Verrat an ihr vielleicht vergeben können. Sie waren beide noch Kinder gewesen, und der Junge mochte gar nicht gewusst haben, was er damit anrichtete, dass er das Mädchen verriet. Seitdem lebte Amra sechs Jahre am Hof und hatte so manche weitere Intrige mitbekommen, die Vaclav von Arkona spann, um sich in den Mittelpunkt zu rücken. Ob das ein unfairer Kampf beim Turnier war, ein Verrat kleiner Verfehlungen anderer Knappen – auch schon mal eine Bestechung: Vaclav wusste sich das Orakel der Priester zunutze zu machen, wenn es Posten zu besetzen oder Entscheidungen zu treffen galt. Er schien stets zu ahnen, mit welchem Huf der Hengst des Gottes die Speere übertreten würde, und stand dann gleich bereit, dem König bei der Ausführung der Orakelbeschlüsse dienlich zu sein. Dabei hätte er all das gar nicht nötig. Vaclav war schließlich von Adel, und auch wenn er sich an die Regeln hielt, ein starker Kämpfer und ein kluger Kopf. Aber er konnte es nicht lassen, Ränke zu schmieden.

Baruch von Stralow hatte gelacht, als Amra diese Überlegungen irgendwann vor ihm ausgebreitet hatte.

»Es gibt solche Menschen«, kommentierte der Kaufmann belustigt Amras Scharfsinn. »Wobei man sie meist eher unter Kaufleuten als in der Ritterschaft vermutet, wahrscheinlich sind sie überall vertreten. Sie lügen nicht aus Not, sie tun es ... nun, sie tun es so selbstverständlich, wie die Kraniche im Winter gen Süden ziehen oder Mücken das Licht umtanzen. Sie betrügen wie unsereins atmet, Amra. Und man hält sich am besten von ihnen fern, denn sie ändern sich nie, so oft sie es auch beteuern. Wir sollten jedoch nicht so abfällig über Herrn Vaclav sprechen. Sicher irrst du dich, und in Wahrheit ist er ein Ritter ohne Furcht und Tadel, seinem Gott und seinem König in allen Ehren zugewandt.«

Dabei hatte der Kaufmann noch breiter gelächelt, und Amra hatte gewusst, dass Herr Baruch Vaclav durchschaute. Er hatte ihr auch niemals zugeredet, dem Werben des jungen Adligen nachzugeben, wie ihre Mutter und ihre Freundinnen das taten. Mirnesa wäre entzückt gewesen, ihre Tochter an den Königshof zu verheiraten, Baruch hatte zu ihren Lobpreisungen des Ritters immer geschwiegen.

Jetzt allerdings schwante Amra, dass sie Vaclav zu viel ins Gesicht gesagt hatte. Sie duckte sich, als erwarte sie einen Schlag, aber der Ritter lachte sie nur aus.

»Meine Schönste, du brauchst mich nicht zu achten. Du brauchst mich nicht mal zu lieben. Denn das ist das Beste, wenn man in der Gunst des Königs steht: Er gewährt gern, worum man ihn bittet. Glaubst du wirklich, du wirst gefragt, wenn ich dich ernsthaft will, kleine Amra?«

Urplötzlich wechselte Vaclavs entspanntes Lachen zu einem brutalen Ausdruck, seine Augen wurden hart. Amra wollte ausweichen, doch er griff blitzschnell nach ihr, seine Finger schlossen sich um ihren Arm und zogen sie mit einer raschen, zornigen Bewegung an sich heran.

»Ich könnte dich auch haben, ohne dich zur Frau zu nehmen«, zischte er ihr zu. »Aber ich mag es nun mal, Wildkatzen zu zähmen ...«

Vaclavs linke Hand legte sich in Amras Nacken, er zwang sie dazu, ihn anzusehen und hielt ihren Kopf fest, als er sich jetzt herabbeugte, um sie zu küssen. Amra versuchte zu beißen und mit dem Kopf zu schlagen, als seine Zunge ihre Lippen auseinanderzwang und sich zu einem brutalen Kuss in ihren Mund schob, gab sie jedoch nach. Bisher hatte Vaclav ihr nie dieses Gesicht gezeigt, und dieser neue Vaclav machte ihr Angst. Wer wusste, was er tun würde, wenn sie sich ernsthaft wehrte? Er war allein mit ihr, er konnte ...

»Ihr habt uns rufen lassen, Herr?«

Vaclav ließ Amra los, als er die Stimme Admirs an der Tür hörte. Der Ortsvorsteher blickte gebannt auf die Szene, die sich ihm bot, ebenso wie einige andere Volksvertreter in seiner Begleitung.

Amra errötete zutiefst. Doch sie war auch erleichtert.

Vaclav schien zunächst etwas verwirrt, fand dann aber seine Würde wieder. »Ihr ... ihr stört ein kleines Zusammensein mit meiner künftigen Gattin ...«, entschuldigte er sich, während Amra in Richtung der Männer floh. »Ein ... sehr leidenschaftliches ...«

Vaclavs Lächeln war wieder da, und Amra sah zu ihrem Erschrecken, dass einige der Männer es sogar verschwörerisch erwiderten. Admir blieb jedoch ernst. Er musste gesehen haben, dass Amra sich gewehrt hatte.

»Dies ist nicht gerade die Zeit für Leidenschaft«, sagte der Ortsvorsteher kurz. »Mein Herr Vaclav, es stehen ernstere Entscheidungen an als die Werbung um eine Frau ... Darf man fragen, wie Ihr den Unterhändler des Dänenkönigs beschieden habt?«

Admir musste das längst wissen, doch Vaclav tat der Form genüge und informierte die Volksvertreter noch einmal über seine Entscheidung, auch bezüglich der Forderung nach Geiseln.

»Macht euch dann schon mal an die Auswahl der Leute, die wir den Dänen schicken«, beschied er sie kurz, ehe sie Protest einlegen konnten. »Und ruft mir Muris, den Priester. Ich habe auch mit ihm noch ein Wörtchen zu reden.«

Kapitel 6

»Ich will nicht, nein, das kann ich nicht. Vater, das kannst du mir nicht antun!«

Nadjana, Admirs Tochter, weinte haltlos. Admir hatte ihr eben eröffnet, dass sie zu den Geiseln gehören sollte, die Arkona dem Dänenkönig stellte, und das Mädchen zeigte sich von der Aussicht entsetzt, seine Eltern und womöglich auch die Heimat Rujana verlassen zu müssen. Die Tochter des Dorfvorstehers war sehr behütet aufgewachsen, sie war Admirs und Mladenas einziges Kind. Bisher hatte sie das als ein Privileg empfunden, aber jetzt erwies es sich als Fluch: Admir konnte ihr das Schicksal der Geisel nicht ersparen. Wenn die anderen Honoratioren von Vitt und Puttgarden ihre Söhne und Töchter opfern sollten, musste er mit gutem Beispiel vorangehen. Nur, dass er nicht das stärkste und tapferste unter vielen Geschwistern auswählen konnte, sondern die schüchterne Nadjana schicken musste.

»Aber es ist sicher gar nicht so schlimm, Nadjana!«, tröstete Amra. Sie hatte die Tragödie mitbekommen, als sie auf dem Weg in die Mägdekammer an der Nische im Küchenhaus vorbeikam, in der Admirs Familie sich eingerichtet hatte. Amra kannte Nadjana aber auch schon von früher. Ihre Familie lebte in der Nähe von Baruchs Hof, und die Mädchen hatten als Kinder zusammen gespielt. »Du wirst ja in kein Verlies gesperrt, im Gegenteil. Ich habe gelesen, Geiseln an Königshäusern würden gut behandelt, fast wie die eigenen Kinder der Regenten. Sicher bekommst du schöne Kleider, und vielleicht lernst du schreiben und lesen, und womöglich heiratest du bald einen Ritter!«

Nadjana sah ihre Jugendfreundin an, als sei sie nicht recht bei Trost. »Das mag für eine Geisel gelten, die Prinzessin ist«, meinte sie dann bitter, »aber doch nicht für ein Fischermädchen aus Vitt! Die werden uns Geiseln nicht reich kleiden und an Adelshöfe schicken, Amra! Eher werfen sie uns ihren Söldnern zum Fraß vor – die brennen doch darauf, zu morden und zu schänden, und womöglich halten sie sich an uns schadlos für den ausgefallenen Kampf.«

Nadjana war nicht sehr gebildet, aber klug – und sie wurde seit Langem von einem von Tetzlavs jungen Rittern umworben. Pridbor war von Adel, kam jedoch nicht aus reichem Haus. Er nutzte insofern jede Gelegenheit, mit den Männern König Tetzlavs auf Raubzug nach Dänemark zu gehen und Beute zu machen. Was er Nadjana vom Verhalten der Krieger erzählte, hatte dem Mädchen einen realistischeren Eindruck von Fußvolk und Ritterschaft vermittelt als all die Heldendichtungen, die Amra las.

Amra wollte davon jedoch nichts hören. »Unsinn!«, erklärte sie im Brustton der Überzeugung. »König Waldemar wird euch schützen. Wie würde das denn aussehen, wenn er König Tetzlav eine friedliche Übernahme seiner Burgen zusichert, aber seine Leute die Geiseln abschlachten?«

Nadjana rieb sich die Augen. »Der Dänenkönig wird uns vergessen, sobald er uns gezählt hat«, sagte sie voraus und kämpfte schon wieder mit den Tränen. »Und was schert's König Tetzlav, wenn die feindlichen Krieger einige seiner Fischer und Bauern massakrieren? Aber bitte, Amra: Wenn du den Dänen so vertraust und ganz erpicht darauf bist, dich ihnen auszuliefern – ich trete dir meinen Platz gern ab! Probier doch selbst aus, wie gut König Waldemar es mit uns meint!«

Dabei vergrub sie den Kopf in den Armen und weinte weiter. Mladena, ihre Mutter, streichelte hilflos über ihr dichtes dunkles Haar.

Amra dachte angestrengt nach. Bisher hatte niemand daran gedacht, sie als Geisel zu den Dänen zu schicken. Als Halbwaise und Tochter eines einfachen Fischers – Mirnesa hatte ihr erzählt, ihr Vater sei vor ihrer Geburt auf See geblieben –, dazu noch als Leibeigene im Königspalas hatte sie nicht den geringsten Wert. Andererseits, wenn sie so darüber nachdachte ... natürlich erwartete die Geiseln ein ungewisses Schicksal. Dass Gefahr für Leib und Leben bestand, glaubte Amra jedoch nicht. Vielleicht geschah auch gar nicht viel, es war gut möglich, dass man die Rujaner einfach inhaftiert ließ, bis die Friedensverträge geschlossen waren, und sie danach wieder freisetzte. Wahrscheinlicher war allerdings, dass König Waldemar die Geiseln behielt, bis sich die Ranen auf Rujana zu dem neuen Glauben bekannt hatten, den er ihnen aufzwingen wollte. Und darüber konnten Jahre vergehen, schließlich mussten Priester auf die Insel gebracht werden, Kirchen gebaut, Menschen überzeugt und getauft werden.

König Waldemar würde abziehen – und sicher die Geiseln mitnehmen. Amra dachte an das Leben am Königshof von Dänemark, an dem es sicher viel aufregender zuging als in Tetzlavs provinzieller Hofhaltung. Wenn sie wirklich an Nadjanas Stelle trat, würde sie demnächst vielleicht dänischen Prinzessinnen aufwarten statt sarazenischen Konkubinen. Sie würde etwas von der Welt sehen – und außerdem würde sie Magnus nicht wieder aus den Augen verlieren. Sie nahm an, dass auch er an Waldemars Hof lebte. In Amra erwachte die Lust am Abenteuer. Allerdings ...

»Vaclav würde es nicht erlauben«, bemerkte sie mit leisem Bedauern. »Er wird doch kontrollieren, wer die Burg verlässt, und es merken, wenn ich an deiner Stelle gehe.«

Nadjana hob den Kopf und sah sie verständnislos an. »Du ... du willst ...? Du würdest ...? Du ziehst das ernsthaft in Erwägung?« In ihren schönen dunklen Augen erwachte fast etwas wie Hoffnung.

Amra zuckte die Schultern. »Warum nicht? Mich hält hier nichts, ich habe keinen Pridbor...« Sie lächelte Nadjana ein bisschen verschwörerisch zu. Neben der Furcht vor Tod und Vergewaltigung war sicher auch die Liebe zu dem jungen Ritter ein Grund dafür, dass Nadjana sich so verzweifelt gegen ihr Schicksal auflehnte. »Nur, wie gesagt ... Vaclav würde es verhindern ...« Amra sah keine Möglichkeit, an dem jungen ranischen Ritter vorbeizukommen.

Nun aber regte sich Mladena, Nadjanas Mutter. Admirs Frau hatte bislang lautlos weinend bei ihrer Tochter gesessen. Sie hatte ihrem Gatten nicht widersprochen, auch sie kannte die Zwänge, die auf ihm lasteten. Aber wenn sich Amra unbedingt an Nadjanas Stelle opfern wollte ...

»Fürst Vaclav wurde seit heute Mittag nicht mehr gesehen«, bemerkte sie. »Er sprach mit dem Oberpriester, sie blieben lange Zeit gemeinsam im Tempel. Und dann gegen Abend ging er zu den Klippen. Bozika sagte, er habe einen Sack dabei gehabt, die Götter wissen, was darin sein könnte. Jedenfalls ist er bislang nicht wieder aufgetaucht, also ist er wahrscheinlich die Klippen hinuntergeklettert. Vielleicht ist er geflohen, vielleicht kommt er wieder. Aber zurzeit ist er fort. Wenn du die Geiseln also bald zu den Dänen schickst, Admir ... dann könnten die Mädchen die Kleider tauschen und ...«

Admir schüttelte den Kopf. »Das ist unmöglich, Mladena, Nadjana ... wie sähe denn das aus? All die anderen Volksvertreter schicken ihre Kinder, aber ich tausche meine Tochter aus gegen eine Küchensklavin, die sich nicht wehren kann?«

»Die anderen müssen das gar nicht wissen«, sagte Amra. Der Gedanke an eine Flucht vor Vaclav beflügelte sie jetzt. Nie wieder seinen Nachstellungen ausgesetzt sein, keine Drohungen mehr und ganz sicher keine Heirat! Die letzte Begegnung mit Vaclav hatte ihr Angst eingejagt. Bei den Dänen – bei Magnus – würde sie sich sicherer fühlen. »Und ihr müsst auch nichts gewusst haben, Admir und Mladena. Wir haben das einfach unter uns beschlossen, Nadjana und ich.«

Amra betrachtete prüfend Nadjanas Figur und ihre Kleider. Doch, sie hatten etwa die gleiche Größe und Statur. Wenn sie nur ihr rotes Haar unter Nadjanas Schleier versteckte, würde niemand etwas merken.

»Aber Nadjana wird noch hier sein«, gab Admir zu bedenken. »Spätestens morgen weiß jeder auf der Burg, dass sie geblieben ist – und egal, was sie erzählt, ich werde niemandem von der Volksversammlung mehr in die Augen sehen können.«

Mladena blitzte ihren Mann an und musterte dann ihre Tochter mit einem Ausdruck von Trauer, jedoch auch Entschlossenheit.

»Nadjana wird ebenfalls gehen müssen«, sagte sie dann hart. »Daran geht kein Weg vorbei. Aber bevor ich sie den Dänen ausliefere, schicke ich sie lieber aufs Festland. Dieser Ritter, Nadjana, dein Pridbor, der immer wieder davon spricht, dich zu ehelichen, wenn er denn mal Haus und Hof habe, liebt er dich wirklich? Liebt er dich genug, um mit dir zu fliehen?«

Es war ganz einfach für Amra, mit Nadjana die Plätze zu tauschen. Die Nacht hatte ihren Schleier bereits über die Burg gelegt, als die vierzig Geiseln, begleitet von einer Abordnung ranischer Ritter, durch die Tore von Arkona schritten. Admirs Entscheidung, sie gleich an diesem Abend fortzuschicken, hatte Unmut ausgelöst, allerdings auch erleichterte Reaktionen bei den nicht direkt betroffenen Familien. Nach dem Brand in der vergangenen Nacht fürchteten viele Menschen erneute Anschläge der Belagerer, es war sicher gut, den Dänenkönig durch rasche Entsendung der Geiseln friedlich zu stimmen.

Bis zu den Toren hatten die Familien, aber auch viele Nachbarn und Freunde aus Vitt und Puttgarden, die dreißig Männer und zehn Frauen, die hier einer ungewissen Zukunft entgegengingen, begleitet. Lediglich die Priester des Svantevit ließen sich nicht blicken – Muris machte deutlich, dass er die Entscheidung Vaclavs und der Volksversammlung nicht billigte. Und auch Vaclav selbst blieb verschwunden, was im Volk großen Ärger auslöste. Das Mindeste, was die Geiseln und ihre Familien erwarten konnten, war schließlich ein ehrenhafter Abschied durch einen Vertreter des Königshauses, der Verständnis zeigte und Trost spendete. So aber nannte man Vaclav feige und äußerte lauthals die Vermutung, er sei übers Meer geflohen und habe die Menschen auf der Burg sich selbst überlassen. Auch für König Tetzlav fand keiner mehr ein gutes Wort – er hätte da sein und Arkona verteidigen müssen, statt sich in Karentia zu verkriechen und abzuwarten, was Vaclav mit der Burg anstellte.

So hatten Admir und die anderen Männer der Volksversammlung getan, was sie konnten, um den Abschied der Geiseln feierlich zu gestalten. Der Platz war von Fackeln erleuchtet, und Admir hielt eine Rede. Er versprach, dass zumindest die Volksvertreter alles dafür tun würden, die Kapitulationsauflagen rasch zu erfüllen und damit die Geiselhaft der vierzig jungen Menschen so weit als möglich zu verkürzen. Die Bürger von Vitt und Puttgarden jubelten ihm dafür zu, auch wenn die klügeren unter ihnen sich denken konnten, dass die Volksversammlung kaum Einfluss haben würde. In Dänemark und in den christianisierten slawischen Gebieten, aus denen die Eroberer kamen, regierten allein König und Adel. Man würde die Bürger also sicher auch auf Rujana bald gänzlich entmachten.

Schließlich wurden Feuer neben den Wachtürmen entzündet

und Ritter mit Fackeln vorausgeschickt, um den Dänen zu signalisieren, dass sie nicht mit einem Ausfall der Belagerten rechnen mussten. Während sich die Tore öffneten, umarmten die Geiseln noch einmal ihre Familien. Alles redete, weinte, nahm Abschied – und niemandem fiel auf, dass Amra an die Stelle Nadjanas trat, während Pridbor seine Freundin fortführte. Der junge Ritter kannte den Wächter an den Klippen – der Mann würde wegschauen, wenn er herunterkletterte und Nadjana dabei den Weg wies. Es war gefährlich bei Nacht, aber Nadjana war bereit, alles zu tun, um nur der Geiselhaft zu entkommen. Pridbor wollte sich mit ihr zu den Booten durchschlagen und nach Stralow segeln. Alles Weitere sah man dann.

Amra wünschte den beiden alles Glück der Welt. Streng genommen war es Fahrenden Rittern nicht einmal erlaubt zu heiraten. Wie Pridbor ohne Land eine Frau ernähren wollte, wusste sie nicht, aber er und Nadjana mussten damit selbst fertig werden. Amra hatte mit ihrem eigenen Abenteuer genug zu tun. Sie zog Nadjanas Schleier sorglich über Gesicht und Haar, als sie mit den anderen Geiseln durch die Tore trat und Burgbefestigung und Erdwälle hinter sich ließ. Zum Glück bemerkte niemand etwas, die anderen Mädchen und Frauen trauerten verzweifelt um den Verlust ihrer Heimat und ihrer Familien. Keine Einzige trat den Belagerern mit offenem Blick entgegen, und so hielt auch Amra den Kopf gesenkt, obwohl sie darauf brannte, sich im Feldlager der Dänen umzusehen. Während der Übergabezeremonie, zu der sich König und Ritterschaft rasch versammelten, linste sie dann doch vorsichtig unter ihrem Schleier hervor und erkannte König Waldemar auf einem großen Schimmel. Der Dänenkönig war ein blonder, hochgewachsener Mann – ein bisschen ähnelte er Magnus, die Verwandtschaft zwischen den beiden war gut erkennbar. Er sprach mit lauter, befehlsgewohnter Stimme, die aber einen angenehmen

Klang hatte. Sicher verstand er es sehr gut, sein Volk für sich zu begeistern.

Der König sprach kein Ranisch, er begrüßte die Geiseln auf Dänisch, aber Amra erfasste dennoch, dass es Meinungsverschiedenheiten zwischen Waldemar und seinen Gefolgsleuten gab. Offenbar wünschte er, dass einer der an seiner Seite reitenden Männer übersetzte, aber der schien sich mit unfreundlichen Worten zu weigern. Amra erinnerte sich, dass Obodriten unter den Belagerern waren, sogar zwei Fürsten als Lehnsleute von Heinrich von Sachsen. Sie hätten die Geiseln in ihrer Sprache willkommen heißen und beruhigen können, aber anscheinend lehnten sie das ab.

Amra wunderte sich darüber – vergaß die Sache indes gleich, als sie Magnus bei den Rittern des Königs erkannte. Der junge Mann versuchte erkennbar zu vermitteln, aber ohne Erfolg. Der König gab schließlich auf – zweifellos wollte er den die Geiseln begleitenden ranischen Rittern nicht zeigen, dass es Uneinigkeit in seinem Heer gab. Er gab einen Befehl, und dann machte Amras Herz einen weiteren Sprung – Baruch von Stralow schob sich nach vorn. Der Kaufmann verneigte sich ehrerbietig vor dem König und seinen Rittern sowie freundlich vor den Ranen, bevor er mit der Übersetzung der Worte des Königs begann.

»Männer und Frauen von Arkona! Waldemar, König von Dänemark, Absalom, Bischof von Roskilde, Esbern, Bischof von Lund, Svend, Bischof von Aarhus und Berno, Bischof von Schwerin heißen euch in ihrem Heerlager willkommen. Ebenso die Herren von Pommern, Bogislav und Kasimir, und natürlich auch die Fürsten Pribislav und Niklot, die für Herzog Heinrich von Sachsen und Bayern kämpfen.«

Das waren die slawischen Fürsten, die sicher nicht begeistert davon waren, dass Baruch sie als Letzte nannte. In ihren Reihen wurde denn auch direkt Unmut laut: »Kämpfen! Wenn wir das mal dürften!«

Amra hörte empörtes Murmeln in der slawischen Ritterschaft hinter dem König. Und erinnerte sich an Nadjanas Furcht vor dem Zorn der Männer, die in Sachen Kampf, Beute, Brandschatzung und Schändung von Frauen nicht zum Zuge kamen. Aber konnten selbst ihre Fürsten darüber verärgert sein, dass die Belagerung von Arkona jetzt wohl unblutig endete?

Baruch sprach nun weiter. »Euer Volk hat euch als Pfand für eine friedliche Übergabe der Burg Arkona hergeschickt. Die Männer des Königs Waldemar werden euch jetzt in Haft nehmen. Doch der König und seine Ritterschaft sichern euch ehrenhafte Behandlung zu. Euch wird nichts geschehen, solange König Tetzlav sich an die Vereinbarungen hält. Er hat der Kapitulation zugestimmt und trifft sich morgen mit König Waldemar. Ihr seht, es wird alles getan, um eure Geiselhaft so kurz wie nur irgend möglich zu gestalten. Also seid guten Mutes und folgt nun den Rittern, die euch ein Lager zuweisen werden. Wenn eben möglich, werden heute Nacht noch Zelte gestellt.«

Amra vernahm erleichtertes Aufatmen unter den Geiseln und fühlte sich selbst in ihren Annahmen bestätigt. Natürlich würden die Dänen ihnen nichts antun! Sie wagte es, ein wenig den Schleier zu lüften, und hoffte, Magnus' Blick erhaschen zu können. Bestimmt würden seine Augen aufleuchten, wenn er sie sah. Sie freute sich schon darauf, seine Überraschung zu sehen.

Aber tatsächlich war der Einzige, der sie schließlich erkannte, Baruch von Stralow. Und der wirkte keineswegs freudig berührt, sondern eher erschrocken, als ihre Blicke sich trafen. Hastig übersetzte der Kaufmann die huldvollen Worte, die König Waldemar nun auch an die ranische Ritterschaft richtete, bevor die Dänen die Geiseln endgültig übernahmen. Dabei blitzte er Amra an, als wollte er sie mit seinen Blicken fesseln, was diese zu einem leisen Lächeln brachte – sie konnte doch ohnehin nicht fortlaufen.

Als die ranischen Ritter schließlich abritten und die Geiseln sich formierten, um sich, eskortiert von dänischen Rittern, in ihr vorläufiges Quartier zu begeben, richtete Baruch ein paar kurze entschuldigende Worte an König und Ritter und bahnte sich dann den Weg zu Amra.

»Was machst du denn hier?«, fuhr er sie an. »Ich wähnte dich sicher auf der Burg bei deiner Mutter. Wer ist auf die Idee gekommen, dich mitzuschicken? Ich dachte, dieser Vaclav ...«

»Vaclav ist weg!«, informiere Amra ihren Gönner. »Es kann sein, dass er wiederkommt, vielleicht holt er sich ja nur Instruktionen vom König, aber wer weiß. Und Nadjana war so verzweifelt ...«

»Du bist anstelle von Admirs Tochter gekommen?«, fragte Baruch. »Bist du von Sinnen, Kind? Wie konntest du?« Er schien sich kaum beherrschen zu können, die junge Frau zu schütteln.

Amra hob ihren Schleier nun vollständig und hatte endlich bessere Sicht auf ihre Umgebung. Die Ritter führten die Geiseln durch das Heerlager. Amra erkannte ordentlich angelegte Wege zwischen den Zelten, vor denen sie stolz ihre Helme aufgepflanzt hatten, um zu zeigen, welche bedeutende Persönlichkeit der hier Kampierende repräsentierte. Natürlich zog sie bewundernde Blicke auf sich, aber das war sie gewohnt.

Baruch zog rüde Amras Schleier über ihr Haar. »Lass das! Führ dich nicht so schamlos auf! Die Kerle werden noch früh genug kommen, um euch Mädchen zu begaffen.«

Außer Amra waren noch sieben weitere sehr junge Frauen unter den weiblichen Geiseln. Nur zwei waren älter, beide von Adel. Sie hatten sich freiwillig zur Verfügung gestellt, um den Frieden zu wahren.

»Aber der König garantiert doch für unsere Sicherheit«, wandte Amra eingeschüchtert ein. »Ihr habt selbst übersetzt ...«

»Der König wird sich kaum mit seinem Schwert vor deinem Zelt aufbauen«, schnaubte Baruch. »Glaub mir, Kind, mein Volk kennt sich da aus! Seit Jahrhunderten garantieren Könige und Kirchenfürsten die Sicherheit ihrer Juden«. Aber wenn es Ernst wird, haben sie das schnell vergessen. Also halt dich bedeckt ... Um des Ewigen willen, Amra, wie konntest du dich nur auf eine solche Dummheit einlassen! Ein Tausch mit der Tochter eines Fischers! Wenn wir dich wenigstens als Adlige ausgeben könnten ... Aber wer hätte denn gedacht, dass du als Geisel überhaupt infrage kämst? Du warst sicher, Amra. Und morgen wärst du frei gewesen. In spätestens zwei Tagen schleifen sie das Heiligtum des Götzen ... Himmel, Amra, was machen wir jetzt nur?«

Der Kaufmann rang die Hände. Amra verstand immer noch nicht, was er befürchtete. Die Geiseln hatten das Lager nun erreicht, das man rasch für sie errichtet hatte. Es lag hinter dem Heerlager der Obodriten – sicher eine freundliche Geste des Königs, der seine unfreiwilligen Gäste unter anderen Slawen glücklicher wähnte. Was die Männer anging, schien das auch zuzutreffen. Sie kamen gleich mit den Wachen ins Gespräch, es wurde gelacht, und der ein oder andere Schlauch Wein, Bier oder Stärkeres wanderte von einer Hand zur anderen.

»Ich besorge jetzt erst einmal ein Zelt für dich und die anderen Frauen«, meinte Baruch. »Und so lange setzt du dich in eine Ecke und verhüllst dein Gesicht und deinen Körper so gut es geht. Verstanden?«

Amra nickte eingeschüchtert, während Baruch sich eilig entfernte. Auch er hatte die Verbrüderung zwischen Geiseln und Obodritenkriegern bemerkt und zudem registriert, dass das Lager nicht inmitten der Zelte von Rittern lag, sondern von den Unterkünften einfacher Kämpfer umgeben war. Die kampierten um ihre Feuer herum am Boden oder schützten sich mit einer improvisierten Zeltplane vor Wetterunbilden. Zweifellos tranken sie sich jede Nacht warm – Amra und die anderen Frauen mussten geschützt werden. Vielleicht ließen sich ja Wachen organisieren.

Baruch machte sich auf die Suche nach Magnus von Lund oder einem anderen, dem er trauen konnte. Den slawischen Rittern traute er nicht.

Kapitel 7

Seid Euch sicher, Herr Pribislav, dass ich einen weiteren Auftritt dieser Art nicht dulden werde!«

Waldemar von Dänemark hatte die slawischen Fürsten in sein Zelt gebeten – wobei sein Bote ihnen gerade mal ein Mindestmaß an Höflichkeit entgegengebracht hatte. Nun wanderte der König aufgebracht vor Pribislav und dessen Bruder Niklot hin und her und redete sich seinen Ärger von der Seele.

»Wenn ich in aller Öffentlichkeit eine Bitte an Euch richte, so ziemt es sich nicht, dem einfach zuwiderzuhandeln!«

Pribislav, ein großer Mann mit rundem Gesicht, fleischigen Lippen und platter Nase grinste ihn an. »Meine Kenntnisse des Dänischen sind unzureichend«, bemerkte er. »Aber ist es nicht das Wesen einer Bitte, dass man dazu auch Nein sagen kann?«

»Nicht in diesem Fall!«, fuhr der König ihn an. »Herrgott, Herr Pribislav, stellt Euch nicht dumm! Es ging darum, ein paar Worte zu sagen, nicht um einen Einsatz in der Schlacht. Da fordert es die Höflichkeit, einen Befehl als Bitte zu formulieren!«

»Ach so«, der Slawe verzog schelmisch das Gesicht. »Also ein Befehl ... Aber seid Ihr denn überhaupt weisungsberechtigt? Wie ich es verstehe, bin ich hier als Vertreter des Herzogs Heinrich. Und der ist Euer gleichberechtigter Waffenbruder!«

Waldemars Augen schienen Funken zu sprühen. Die Obodriten raubten ihm langsam die Fassung. Dennoch bemühte er sich, ruhig zu bleiben.

»Herzog Heinrich hätte Euer Verhalten auch nicht gutgeheißen!«

Niklot, jünger, aber nicht minder kräftig als sein Bruder, zuckte die Schultern. »Da bin ich mir nicht so sicher«, behauptete er. »Herzog Heinrich sandte uns aus, um zu kämpfen, nicht um schöne Worte zu machen und dann feige den Schwanz einzuziehen.«

Waldemars Hand fuhr an sein Schwert. »Zeiht mich nicht der Feigheit!«, stieß er hervor. »Es sei denn, Ihr wollt Euren König zum ritterlichen Zweikampf fordern.«

Niklot und Pribislav lachten. Der König roch jetzt den Alkohol in ihrem Atem. Wahrscheinlich war es völlig sinnlos, überhaupt auf die Männer einzureden. Sie ließen es sonst wirklich noch auf einen Kampf ankommen, und dann würde er Herzog Heinrich erklären müssen, warum er seine Lehnsleute hatte köpfen lassen müssen. Schließlich war der König sakrosankt, niemand konnte ihm einfach so den Fehdehandschuh hinwerfen. Und ihn anzugreifen, bedeutete den Tod.

Pribislav schien sich daran nun auch zu erinnern und wurde ein wenig diplomatischer. »Herzog Heinrich sandte uns aus, die Burg zu erobern«, fügte er den Worten seines Bruders hinzu. »Und unsere Männer haben sich uns angeschlossen, weil sie Beute wollten – und einen guten Kampf. Stattdessen tauschen wir Artigkeiten aus und heißen Geiseln willkommen. Das kann einem leicht als Feigheit ausgelegt werden, und glaubt mir, ich musste mir da von meinen Rittern schon einiges anhören. Da draußen sind Männer meines Stammes, König! Geborene Krieger! Die wollen Blut sehen, die wollen Frauen.«

»Eure Männer sind Christen!«, fuhr ihm plötzlich ein hochgewachsener braunhaariger Mann im Bischofsornat ins Wort. Absalom von Roskilde hatte bislang still neben Waldemars erhöhtem Stuhl gesessen und scheinbar in der Bibel gelesen, während sein König und Jugendfreund den Slawen eine Strafpredigt hielt. Aber nun mischte er sich ein. »Und wir sind hier, um diesen Menschen die Frohe Botschaft zu bringen. Sie vom Joch des Heidentums zu befreien. Nicht, um sie niederzumetzeln.«

»Nun, in der Beziehung hatten Eure Priester aber wenig Einwände, als man unserem Volk den neuen Glauben brachte«, höhnte Pribislav.

Die Obodriten hatten sich den Eroberern unter Heinrich dem Löwen nicht kampflos ergeben, und die Folge waren Blutvergießen und Brandschatzung gewesen. Pribislav nahm das seinem Lehnsherrn auch keineswegs übel. Es gehörte zu den normalen Gepflogenheiten der Kriegführung, und er wäre eher verwundert gewesen, hätte Heinrich darauf verzichtet.

Absalom hob bedauernd die Hände wie zu einer segnenden Geste. »Mitunter lässt es sich nicht vermeiden«, meinte er dann milde. »Wenn ein Volk die Wahrheit nicht sehen und den rechten Glauben nicht annehmen will, dann sendet der Herr schon einmal Feuer und Schwert. Aber auf Burg Arkona zeigen sich die Menschen ja einsichtig. Wir sollten der Dreifaltigkeit dafür danken. Ich werde morgen einen Gottesdienst zelebrieren, und ich erwarte, dass Ihr und Eure Leute anwesend seid!« Absaloms Stimme wurde schneidend. Der Bischof pflegte seine Befehle sehr deutlich auszudrücken.

Pribislav zuckte die Schultern. »Daran soll's nicht liegen«, meinte er gönnerhaft. »Aber bleiben wir doch bei der Sache. Was ist mit der Beute, Eure Heiligkeit?« Er verbeugte sich grinsend vor dem Bischof, der bei der unangemessenen Anrede das Gesicht verzog. »Unserem Lehnsherrn Heinrich von Sachsen und Bayern stehen die Hälfte des Tempelschatzes und die Hälfte der Geiseln zu.«

»Die Geiseln werden freigesetzt, sobald sämtliche Kapitulationsbedingungen erfüllt sind«, sagte der König steif.

Die Slawenfürsten lachten erneut. Sie hatten offensichtlich keinen Funken Respekt.

»In zehn Jahren also? Wenn hier eine Christenkirche neben der anderen steht? Aber selbst dann wird sich noch der eine oder andere Heide auf Rujana finden. Macht uns nichts vor, König Waldemar: Die Leute kommen niemals frei. Ihr werdet sie als Sklaven verkaufen, sobald Ihr mit ihnen abgesegelt seid. Dagegen ist ja auch nichts zu sagen, Ihr könnt sie kaum jahrelang durchfüttern. Aber unser Herr Heinrich hätte da gern seinen Anteil – ebenso vom Tempelschatz.«

»Den haben wir nicht vor morgen«, beschied ihn der König, jetzt endgültig am Ende seiner Geduld. »Was mich angeht, so habe ich nun genug von Euch, Fürst Pribislav und Fürst Niklot. Und was die Sklaven und den Schatz angeht, so werde ich mich mit Herzog Heinrich verständigen. Ihr seid seine Lehnsleute, nicht seine Unterhändler. Und von jetzt an werdet Ihr Euch verhalten wie christliche Ritter, voller Respekt und Demut gegenüber Eurem König und Eurem Gott. Ansonsten werden die Krone und die Kirche Klage gegen Euch erheben, und das dürfte Eurem Lehnsherrn alles andere als Recht sein. Ihr könnt nun gehen, meine Herren!« Der König machte eine Handbewegung, als wollte er die Männer hinausscheuchen.

Pribislav und Niklot erhoben sich, jetzt doch etwas eingeschüchtert. Der König mochte ihnen keine Angst einjagen, sie verstanden sich gut darauf, Heinrich und Waldemar gegeneinander auszuspielen. Aber was die Kirche anging, verlangte Herzog Heinrich Gehorsam und vollständige Unterordnung. Wenn die Bischöfe in Waldemars Heer eine Anklage gegen die Fürsten konstruierten, würde es Ärger geben. Heinrich war keineswegs gezwungen, die Slawenfürsten nach der Eroberung ihrer Länder im Amt zu lassen. Er hatte das im Fall der Obodriten getan, weil sich Pribislav sofort bereitwillig taufen ließ und sich schnell als loyaler Kämpfer für Heinrichs Sache erwies, solange die Beute stimmte. Aber er konnte das Lehen über die eroberten Landstriche auch anderweitig vergeben.

»Mir ist nach einem Schluck Wein«, raunte Pribislav verärgert seinem Bruder zu, als sie das Zelt des Königs verließen. »Gehört es nicht zu den Sitten an einem christlichen Hof, edlen Gästen einen Becher anzubieten? Dieser Däne erweist uns nicht die uns zustehende Ehre!«

Niklot zuckte die Schultern. »König Waldemar ist den Pfaffen zu sehr ergeben«, meinte er dann. »Würd mich nicht wundern, wenn er dem Wein mal ganz abschwört – auch wenn's ihm bei den Weibern schwerfällt.«

Die beiden lachten und stießen sich an. Es war allgemein bekannt, dass König Waldemar sich neben seiner Gattin Sophia eine Geliebte hielt, mit der er auch einen Sohn hatte.

»Da wir gerade von Weibern reden...«, Pribislav leckte sich die Lippen, »...waren da nicht ein paar niedliche Jungfrauen unter den Geiseln? Wir sollten uns einmal kundig machen. Nicht, dass man unserem Herrn etwas vorenthält...«

»Weiber waren wohl dabei. Aber viel hat man nicht gesehen, die meisten haben nur geheult«, sagte Niklot gleichgültig.

Pribislav grinste. »Mir macht's nichts, wenn sie heulen«, ließ er seinen Bruder wissen. »Kann das Ganze sogar reizvoller machen, wenn sie sich ein bisschen wehren.«

Niklot nickte. »Wenngleich es auf dem Sklavenmarkt besser kommt, wenn sie sich minniglich geben«, meinte er und fügte hinzu: »Vielleicht könnten wir schon mal einige zähmen. Was Herzog Heinrich uns eigentlich danken sollte. Schließlich gehört die Hälfte ihm.«

»Du verstehst es, dich beliebt zu machen«, neckte Pribislav seinen Bruder. »Und wenn sich dann noch das Angenehme mit dem Nützlichen verbinden lässt...«

Die Pferde der Brüder warteten vor dem Zelt des Königs. Pribislav trat nun an das seine heran und zog einen Schlauch mit Wein aus der Satteltasche.

»Hier«, bemerkte er, während er einen Schluck nahm. »Das lässt die Säfte steigen.«

Niklot prostete ihm zu, nachdem Pribislav den Schlauch an ihn weitergegeben hatte, und schwang sich dann in den Sattel. Einträchtig lenkten die Brüder ihre Pferde in Richtung des Obodritenlagers, in Richtung des Lagers der Geiseln.

»Amra ist unter den Geiseln?«

Magnus ließ den Becher Wein fallen, den er sich eben eingeschüttet hatte. Rot wie Blut ergoss sich das Getränk über den Fußboden seines Zeltes.

Baruch hatte einige Zeit gebraucht, ihn zu finden, der junge Ritter war gerade erst vom Zelt des Königs zurückgekehrt. Bevor Waldemar mit den Slawenfürsten gesprochen hatte, war er mit seinen Rittern das Protokoll für den Empfang des Ranenkönigs Tetzlav und seines Hofes durchgegangen, der für den kommenden Tag angesetzt war. Magnus hatte danach eigentlich noch bleiben und dem Treffen mit Pribislav und Niklot beiwohnen wollen. Schließlich hatte Herzog Heinrich ihn ausdrücklich zum Verbindungsmann zwischen den Dänen und den Slawen bestimmt, und er fühlte sich mitverantwortlich für den Zwischenfall, den die Männer verursacht hatten. Waldemar hatte ihn allerdings fortgeschickt – er wollte offensichtlich nicht, dass der junge Ritter die Auseinandersetzung zwischen ihm und den Obodriten mitbekam. Magnus hatte allerdings einen Grund gefunden, vor dem Zelt des Königs zu verharren, und gelauscht.

Auch die Unterhaltung zwischen den Brüdern nach der Audienz war ihm nicht entgangen. Er schämte sich für die Männer – und dachte darüber nach, dem König zu melden, dass sie auf dem Weg zum Quartier der Geiseln waren. Aber andererseits – ob diese Frauen heute geschändet wurden oder am nächsten Tag, Magnus wusste genau, dass zumindest die Nichtadligen unter ihnen auf einem Sklavenmarkt enden würden. Wenn die »Ware« da halbwegs jung und hübsch war, würden sich weder Händler noch Käufer zurückhalten. Eine Meldung schob die Sache für die Mädchen also höchstens auf, wenn überhaupt. Ob dem König die Unschuld von ein paar Ranenmädchen so wichtig war, dass er Pribislav und Niklot dafür zum zweiten Mal an einem Abend ins Gebet nehmen würde, war zumindest zu bezweifeln.

Dennoch hatte Magnus ein schlechtes Gewissen. Bevor Baruch eintraf, war er entschlossen gewesen, es im Wein zu ertränken. Aber jetzt, da Baruch von Stralow in sein Zelt gekommen war und von Amra erzählt hatte ...

Der junge Ritter sprang auf. »Wie konnte es passieren, dass man sie zu einer Geisel machte? Warum habt Ihr es nicht verhindert?« Erregt überschüttete er den Kaufmann mit Fragen, während er nach seinem Kettenhemd griff, das er eben schon abgelegt hatte. »Ihr wisst doch ...«

»... dass das Versprechen des Königs, die Geiseln zu schützen nicht mehr bedeutet als schöne Worte?«, fragte Baruch spöttisch. »Und dass man nicht christliche Geiseln gewöhnlich auf dem nächsten Sklavenmarkt verhökert? Natürlich wusste ich das. Und ich hätte alles getan, um sie in Arkona zu halten. Aber Ihr kennt Amra, Herr Magnus ... ich fürchte, besser, als Ihr es solltet.«

Magnus heftige Reaktion auf seine Erwähnung der jungen Frau hatte Baruch in der Annahme bestärkt, dass Amra und Magnus ihre Bekanntschaft in der letzten Nacht erneuert hatten. Die junge Frau musste ihn getroffen haben, als sie nach den »Köhlerjungen« gesucht hatte.

»Amra hat ein großes Herz«, sprach der Kaufmann weiter. »Und sie fürchtet sich nicht vor einem Abenteuer. Sie hat unter den Geiseln den Platz einer Freundin eingenommen. Gänzlich arglos, wer weiß, was sie sich von der Sache versprochen hat, wahrscheinlich sah sie sich schon als Kammerfrau einer Prinzessin von Dänemark.«

In Magnus' Augen blitzte etwas auf, was Baruch nicht zu deuten wusste. Ein Einfall vielleicht? Magnus von Lund war Baruchs letzte Hoffnung. Der junge Ritter schuldete ihm etwas. Und wenn es irgendjemanden gab, der ihm helfen konnte, Amras Dummheit rückgängig zu machen und sie aus der Geiselhaft zu befreien, so war es Magnus.

Aber jetzt schien der Ritter nicht darüber reden zu wollen. Ebenso hastig, wie er eben sein Kettenhemd übergezogen hatte, gürtete er sich mit seinem Schwert und machte Anstalten, das Zelt zu verlassen.

»Ich muss los, Herr Baruch. Ich ... ich danke Euch für Eure Nachricht. Wir ... wir sprechen später noch darüber. Vielleicht ... ich ... ich habe da etwas gehört ... Aber was auch immer aus Amra werden kann, erst einmal muss sie die heutige Nacht unbeschadet überleben.«

Baruch sah dem Ritter verwundert nach.

»Ihr könnt hier warten!«, rief Magnus ihm noch zu, während er sich auf sein Pferd schwang.

Er machte sich nicht die Mühe, den Hengst vorher zu satteln und zu zäumen. Der hochbeinige Schweißfuchs war gutmütig, er folgte den Hilfen seines Herrn auch am Halfter. Magnus ließ ihn im Galopp anspringen und jagte zum Lager der Obodriten.

Amra und die anderen Mädchen befanden sich seit über einer Stunde in einem mehr oder weniger ernsthaften Abwehrkampf gegen die Krieger der Obodriten. Einige der Männer hatten ihnen das Zelt aufgebaut, das Baruch rasch organisiert hatte, und dabei gutmütig mit ihnen gescherzt. Zwei der Mädchen waren auch offenherzig genug, sich dafür mit einem Kuss zu bedanken.

Die Männer erschienen dann rasch erneut, dieses Mal mit Speisen und Wein, was die weiblichen Geiseln zusehends entspannte. Nach der Furcht vor der ungewissen Zukunft und dem Abschied von ihren Familien löste sich jetzt langsam ihre Anspannung. Es schien alles gar nicht so schlimm zu werden. Die Obodriten waren ein ihnen verwandtes Volk – auch ihre Führer hatten früher oft das Orakel des Svantevit befragt. Sie sprachen zwar einen anderen Dialekt als die Ranen, aber die Verständigung war mühelos möglich. Als die ersten Weinkrüge kreisten, entwickelte sich fast etwas wie ein Fest der Verbrüderung. Die Geiseln lechzten danach, von den Mitgliedern der schon von den Christen eroberten Stämme zu hören, wie es sich unter der Herrschaft Heinrichs des Löwen lebte und welche Opfer die neuen Götter forderten. Die Krieger gaben bereitwillig Auskunft – je weiter der Abend voranschritt, desto zotiger wurden allerdings ihre Witze und umso plumper ihre Komplimente für die Mädchen, die mit ihnen am Feuer saßen.

Schließlich sprachen die beiden älteren Frauen ein Machtwort und befahlen die Jüngeren ins Zelt, bevor sie sich noch einen Liebhaber nahmen. Amra und zwei weitere junge Frauen hatten sich zwar von vornherein zurückgehalten, doch ein paar andere tändelten offen mit den Obodriten und trennten sich nur widerwillig. Einige der Männer, die sich betrogen fühlten, nachdem die Mädchen vorher mit ihnen geredet und gelacht hatten, verlangten Einlass. Die Ranen wehrten sie zunächst ab, waren dann aber selbst betrunken genug, um die Gunst der jungen Frauen zu buhlen.

Amra war von alldem eher weniger betroffen. Sie hatte sich

an Baruchs Anweisungen gehalten und war im Hintergrund geblieben. Die Männer hatten sie nicht behelligt, aber bisher ging es ja auch noch halbwegs harmlos zu. Es sah danach aus, als würden die beiden älteren ranischen Edelfrauen mit den paar jungen Männern, die lamentierend und sich gegenseitig herumstoßend vor dem Eingang des Zeltes Streit suchten, spielend fertig.

Dann jedoch erklangen Hufschläge und befehlsgewohnte Stimmen vom Eingang des kleinen Lagers. Es war bewacht, König Waldemar hatte zwei dänische Ritter damit betraut, die Geiseln zu beaufsichtigen. Besonders begehrt war der Posten allerdings nicht gewesen, und so hatte es zwei junge, noch unerfahrene Ritter getroffen. Die beiden saßen nun seit Stunden am Feuer, tranken Wein und hatten die gefeierte Verbrüderung zwischen Ranen und Obodriten bislang tunlichst übersehen. Was störte es sie, wenn da ein paar Slawen miteinander lachten? Natürlich hatte man sie angewiesen, die Tugend der Frauen zu schützen – aber solange keine um Hilfe rief, sahen sie keinen Handlungsbedarf.

Nun allerdings standen zwei slawische Fürsten vor den Toren und verlangten Einlass – eine Situation, auf die die beiden Wächter niemand vorbereitet hatte. Pribislav und Niklot hatten keinen vernünftigen Grund, die Unterkünfte der Geiseln zu betreten. Von den Wächtern befragt gaben sie unumwunden zu, dass es sie nach den Frauen im Lager gelüstete und dass sie nicht vorhätten, die Mädchen nach ihrer Zustimmung zu fragen. Genau so etwas sollten die Wächter verhindern. Aber Pribislav und Niklot waren ihnen vom Rang her weit übergeordnet. Konnten sie ihnen den Zugang verwehren? Die Männer griffen unsicher nach ihren Schwertern, als die Slawen eine höfliche Ablehnung ihres Begehrens nicht akzeptierten.

»Es geziemt sich nicht für einen Ritter, erst recht nicht für einen Fürsten, Gefangene zu quälen und zu schänden!«, erklärte einer der jungen Ritter würdevoll und todesmutig. »Erinnert Euch, Ihr habt bei Eurer Schwertleite geschworen, die Tugend der Frauen zu achten.«

Pribislav schleuderte ihn mit einer Armbewegung beiseite. »Was sich für einen Fürsten geziemt, müsst Ihr schon mir überlassen!«, bemerkte er kurz. »Und Tugend ... schauen wir doch erst mal, wie tugendhaft die Täubchen sind, die Ihr da bewacht. Sie sind doch wohl kaum von edlem Blut.«

»Aber sie stehen unter dem Schutz des Königs.« Der junge Ritter rappelte sich auf, zog sein Schwert und stellte sich den Brüdern entschlossen entgegen.

Niklot, der inzwischen ebenfalls seinen schweren Beidhänder gezückt hatte, entwaffnete ihn mit einem Schlag. »Komm mir nicht mit dem König!«, fauchte er ihn an. »Und nun geht uns aus dem Weg – wir nehmen die Geiseln für Herzog Heinrich in Besitz.«

Pribislav und Niklot schritten vorbei an den eingeschüchterten Wachen und beendeten allein mit ihrem Auftauchen die Rangelei vor dem Zelt der Frauen.

»Hier ist uns doch wohl noch keiner zuvorgekommen?«, fragte Pribislav drohend, als er seine Männer vor dem Eingang erkannte. Die Ritter zogen die Köpfe ein und ergriffen die Flucht.

»Verschwindet!«, rief Niklot ihnen hinterher. »Aber lasst den Wein hier!« Einige der Männer hatten versucht, die Reste ihres Gelages noch schnell mitgehen zu lassen.

»Vielleicht mag ja eine der Damen mit uns trinken ...«

Grinsend verbeugte er sich vor den Edelfrauen, die sich eben im Zelteingang sehen ließen. Die beiden schienen das Auftauchen der slawischen Ritter zu begrüßen und bemerkten die feixenden Gesichter der beiden erst, als sie schon zu einer gemessenen Dankesrede für die Vertreibung der Störer angesetzt hatten.

»Was ... was wollt Ihr?«, fragte Frau Bogdana, eine Großtante Vaclavs, als sie ihren Irrtum erkannte.

»Ein bisschen Zerstreuung.« Pribislav lachte. »Aber nun reicht es mir mit den artigen Worten. »Lass uns sehen, du altes Weib, welchen Schatz du da bewachst!«

Er machte sich nicht die Mühe, mit gesenktem Kopf durch den Eingang des Zeltes zu gehen, sondern riss die Zeltbahn mit einem Griff ab. Im Feuerschein bot sich ihm damit sogleich der Anblick der verängstigten jungen Frauen. Und der erfahrene Krieger wusste sehr wohl zwischen den offenherzigen Mädchen und den tugendhaften zu unterscheiden. Er griff gezielt nach der schüchternen Alenka, die sich dabei entsetzt an Amra klammerte. Damit riss er auch Amra ins Licht. Als sie sich wehrte, verrutschte ihr Schleier, und sie stand in voller Schönheit vor ihm.

»Schau einer an! Ein rothaariges Stütchen! War das nicht immer dein Traum, Bruder?« Pribislav riss die jungen Frauen auseinander und stieß Amra in Richtung seines Bruders. »Und ich fang mal an mit der Blonden ... später können wir ja tauschen. Und die da ...«

Während Pribislav auch noch die anderen Mädchen in Augenschein nahm, zog Niklot Amra schon brutal an sich. »Genau das hat mir heute gefehlt«, bemerkte er zufrieden, bevor er das Mädchen aufhob und im harten Gras neben den Feuerstellen fallen ließ.

Amra stieß sich beim Aufprall die Hüfte, aber das hinderte sie nicht daran, nach dem Mann zu beißen und zu treten, der sich jetzt mit seinem ganzen Gewicht auf sie legte. Sein nach Alkohol stinkender Atem streifte ihr Gesicht, sein Speichel tropfte auf ihren Hals. Amra schrie und versuchte zu kratzen, als Niklot ihr Kleid zerriss und grob ihre Brüste drückte. Jetzt zwang er auch ihre Beine auseinander. Sie stieß mit ihrem Knie zwischen seine Beine, als er ihre Röcke hochzog, spuckte nach ihm und warf sich hin und her. Vielleicht konnte sie ihn ja in Richtung der noch lodernden Lagerfeuer stoßen, sodass seine Kleider Feuer fingen ...

Aber Niklot war auf der Hut. Er blieb den Flammen fern, und es gab keine Chance für die junge Frau, sich des kräftigen Mannes zu erwehren. Verzweifelt tastete Amra nach dem kleinen Messer, das sie immer am Gürtel bei sich trug, doch auch hier kam ihr Niklot zuvor. Lachend entwand er ihr das Messerchen und hielt ihre Hand fest, als sie in einem letzten Aufbegehren nach seinem kantigen, rot angelaufenen Gesicht schlug. Seine Züge, gespenstisch anzusehen im Schein der verlöschenden Feuer, prägten sich ihr damit für immer ein.

Niklot blickte beinahe fasziniert in das zarte, fein geschnittene Antlitz seines Opfers, das jetzt wutverzerrt war. »Was für ein hübsches Ding«, knurrte er. »Nun komm, wehr dich nicht.«

Seine Zunge drang in Amras Mund, sie hätte erbrechen mögen vor Ekel. Und nun spürte sie auch sein Glied zwischen den Beinen – riesig und hart, nicht zu vergleichen mit dem schlaffen Geschlecht des Königs Tetzlav. Amra versuchte noch einmal, sich aufzulehnen, aber ihre Kraft ließ nach. Gleich würde er sie nehmen ...

Sie wusste nicht, ob sie ihre eigenen Schreie hörte oder die Alenkas, über die sich Pribislav geworfen hatte. Doch dann wurde ihr Peiniger plötzlich von ihr fortgerissen.

»Ihr Herren! Fürsten obendrein! Ist dies das Verhalten eines christlichen Ritters?«

Amra schluchzte auf, als sie Magnus mit wutblitzenden Augen und wirrem blondem Haar vor sich aufragen sah. Er hatte ihren Angreifer neben ihr zu Boden geworfen, aber der Mann richtete sich eben wieder auf und machte Anstalten, auf ihn loszugehen.

Magnus hielt ihm sein Schwert entgegen. »Nur zu, mein Fürst!«, höhnte er. »Fordert mich nur zum ritterlichen Zweikampf! Fragt sich allerdings, welche Begründung Ihr nennt, wenn wir das morgen vor den König bringen. Wollt Ihr ihm wirklich sagen, Ihr wäret erbost darüber, dass ich Euch vom Schänden einer Jungfrau abhielt?«

Inzwischen waren auch andere Ritter im Lager der Geiseln erschienen. Einige Dänen im Gefolge Magnus', der mit seinem wilden Ritt durch das Lager Aufmerksamkeit erregt hatte – und andere, meist Slawen, die dem Hilferuf der gedemütigten Wächter gefolgt waren. Besonders Letztere blickten peinlich berührt auf ihre Anführer.

Pribislav stand auf und klopfte den Staub von seiner Kleidung. Alenka robbte wimmernd von ihm weg, eine der ranischen Edelfrauen nahm das blutende Mädchen in die Arme.

»Dies ... äh ... ist natürlich ein Missverständnis«, erklärte der Obodritenfürst, was bei den umstehenden Rittern höhnisches Gelächter hervorrief. »Wir ... wir kamen her, um die Geiseln in Augenschein zu nehmen. Wir werden unserem Herrn Heinrich schließlich berichten müssen.«

»Bemüht Euch nicht, ich werde Herrn Heinrich die Angelegenheit in allen Einzelheiten schildern«, sagte Magnus ungerührt. »Wie auch dem König und den Bischöfen. Überlegt Euch schon einmal, wer Euch am ehesten die Beichte abnimmt – denn so von Sünde besudelt werdet Ihr beim morgigen Gottesdienst doch kaum den Leib Gottes nehmen wollen. Vielleicht redet Ihr mit Bischof Absalom ... Und nun begebt Euch in Eure Unterkünfte. Vielleicht finden sich ein paar Ritter, die Euch untertänigst dahin eskortieren. Aus dem Gestank Eures Atems schließe ich, dass Ihr Eure Zelte sonst vielleicht nicht findet.«

Die Ritter lachten noch einmal, aber Amra atmete auf, als ihr Peiniger sich nun nicht weiter wehrte, sondern gemeinsam mit dem anderen abzog, den Magnus einen Fürsten nannte. Sie rappelte sich auf und rieb sich die schmerzende Hüfte. Aber dann vergaß sie allen Schmerz und jede Demütigung, denn Magnus beugte sich über sie.

»Amra ...« Magnus' sanfte Stimme flüsterte ihren Namen, während er ihr die Hand hinhielt, um ihr aufzuhelfen. »Ist dir ... hat er ...«

Amra blickte in sein schönes Gesicht und seine freundlichen Augen und fühlte sich sofort getröstet. »Es ist nichts, ich ... ich hab mich nur gestoßen«, beruhigte sie ihn leise. »Du bist rechtzeitig gekommen, Magnus.«

Er hätte die Gefühle nicht beschreiben können, die ihn erfassten, als sie jetzt seine Hand nahm. Die ihre lag klein und warm in der seinen, er musste vorsichtig zufassen, um ihr nicht wehzutun. Und er musste sich bezähmen, sie nicht an sich zu ziehen, als sie dann vor ihm stand. So nah ...

Amra ließ seine Hand nicht los, sie schien ihm auch die andere reichen zu wollen. Ein paar Herzschläge lang standen sie sich einfach gegenüber und konnten Hände und Augen nicht voneinander lassen. Aber dann erinnerten sich beide, wo sie waren.

Amra trat einen Schritt zurück. »Ich ... ich danke Euch, Herr ... Herr Ritter«, sagte sie förmlich.

»Magnus von Lund.«

Magnus legte die Hand auf sein Herz und verbeugte sich formvollendet. Vor Amra, aber auch vor den anderen Frauen, die eben versuchten, die Zeltbahnen notdürftig zu befestigen. Frau Bogdana bemühte sich um Alenka, die haltlos schluchzte. Für Alenka war die Hilfe zu spät gekommen. Auch Magnus blickte hilflos auf das geschändete Mädchen.

»Ich ... ich darf Euch mein Bedauern aussprechen im Namen König Waldemars«, sagte er mühsam. »Meine Männer werden das Zelt gleich für Euch richten. Und wenn Ihr etwas braucht ... Wasser ... Wein ...« Er hob unsicher die Hände.

»Lasst uns nur in Frieden!«, sagte Mariana, die zweite der ranischen Edelfrauen, kalt. »Wir haben die Gastfreundschaft des dänischen Königs soeben kennengelernt. Wir wissen, was uns erwartet. Geht jetzt, und danke für das Angebot, das Zelt in Ordnung zu bringen. Wir schaffen das auch allein. Und übernehmen es gern, solange wir heute nur keinen Mann mehr sehen müssen.«

»Sie meint es nicht so«, murmelte Amra und merkte, dass sie Magnus nicht gehen lassen mochte.

»Sie hat ja Recht«, flüsterte Magnus. »Ich kann sie verstehen. Sag den Frauen, dass sie heute nichts mehr zu befürchten haben. Ich werde weitere Wachen rund um das Gelände platzieren.«

Amra nickte. Aber ihr Vertrauen in den Schutz des Königs war zerstört. Nadjana hatte Recht gehabt. Und Amra verstand nun auch Baruchs Entsetzen, nachdem er sie unter den Geiseln bemerkt hatte. Immerhin konnte sie sich an Magnus' beruhigende Worte klammern, doch auch die waren mehr als vage. An diesem Tag würden sie sicher sein.

»Und morgen?«, fragte Amra leise.

Magnus hörte es nicht mehr, er hatte sich bereits abgewandt und sprach mit den dänischen Rittern.

Kapitel 8

Ich kann sie nicht befreien, sosehr ich es auch möchte.«

Resigniert nahm Magnus einen Schluck Wein. Baruch von Stralow hatte tatsächlich in seinem Zelt auf ihn gewartet und ihm sogleich sein Anliegen vorgetragen, nachdem er zurückgekehrt war und in kurzen Worten die Geschehnisse des Abends geschildert hatte. Jetzt dachte der Ritter über Amras Rettung nach, fand aber keine Lösung.

»Wie sollte das gehen? Es sind vierzig Geiseln, darunter zehn Frauen. Wenn sich also nicht jemand findet, den man gegen sie austauschen kann ...«

»Wie soll sich so jemand finden?«, fragte Baruch barsch.

Magnus zuckte die Schultern. »Ich sage ja, es ist unmöglich. Wir könnten natürlich eine Flucht organisieren. Aber dann ... dann sind es keine vierzig Geiseln mehr ...«

Womit die Ranen gegen die Kapitulationsbedingungen verstoßen hätten. Ein guter Grund für die kampflustigen Kräfte in Waldemars Heer, die Burg Arkona doch noch zu stürmen.

Baruch seufzte.

»Allerdings ...«, Magnus nahm einen tiefen Schluck aus seinem Becher, bevor er den Kaufmann erneut ansah, »... habe ich vorhin noch mehr gehört aus dem Zelt des Königs.« Er rieb sich die Stirn. »Etwas, aus dem sich eine Lösung ergeben könnte. Aber ... aber es würde mir das Herz brechen.«

Baruch schob seinen eigenen Becher zur Seite. »Sprecht, mein Sohn«, sagte er leise.

Nachdem die Obodriten gegangen waren, beendete Bischof Absalom das Bibelstudium. Magnus hörte, wie er den schweren Folianten schloss und Wein für sich und den König einschenkte.

»Hier, trink, mein Herr Waldemar«, forderte er seinen Freund und König freundlich auf. »Das wird dich beruhigen. Und lass dich nicht irre machen in deinen Entscheidungen. Es ist vernünftig, diese Burg nicht zu schleifen. Auch die Beute wird letztlich wesentlich größer sein, wenn sie den Tempelschatz übergeben, statt ihn in den Wirren der Kämpfe heimlich beiseitezuschaffen.«

Eine kurze Zeit herrschte Stille, beide Männer tranken.

»Aber was hast du denn nun wirklich vor mit Herzog Heinrich?«, fragte der Bischof schließlich. »Willst du ihm tatsächlich die Hälfte des Silbers und der Geiseln abtreten?«

Es war dunkel geworden, und Magnus erkannte die Bewegungen der Herren schemenhaft in dem von Öllampen erleuchteten Zelt aus Seide.

Der König wandte sich abrupt um. »Natürlich nicht!«, erklärte er. »Es steht ihm nicht zu! Was hat er denn schließlich zum Sieg beigetragen? Gut, ein paar slawische Lehnsleute sind in Marsch gesetzt worden – um hier bei Gott nicht mehr als Ärger zu machen! Jedenfalls ist keiner gefallen, kein Blut wurde vergossen, keine Waffen wurden erbeutet oder beschädigt. Heinrich erhält seine Truppen zurück, so wie er sie gestellt hat. Aber Rujana bekomme ich!«

»Wird er sich denn darauf einlassen?«, erkundigte sich der Bischof besorgt. »Ihr hattet einen Pakt ...«

»... der sich auf Teilnahme an Krieg und Belagerung bezog!«, meinte Waldemar, »nicht auf die Reise einiger Slawen übers Meer.«

»Herzog Heinrich könnte das anders sehen«, gab Absalom zu

bedenken. »Es könnte zu unserem Nachteil sein, wenn wir ihn verärgern.«

Waldemar zuckte die Schultern. »Dann müssen wir eben vermeiden, ihn allzu sehr zu verärgern. Das fängt damit an, dass ich diese impertinenten Obodriten heute nicht habe köpfen lassen.«

Der Bischof lachte.

»Und ansonsten ... wir werden ihm Geschenke zukommen lassen. Einige erlesene Stücke aus dem Tempelschatz ... für seine junge Braut. Er wird doch heiraten, nicht wahr?«

Absalom nickte. »Ja. Eine dynastische Ehe. Die Tochter des Königs von England. Mathilde. Wobei ich mich immer frage, ob Gottes Segen darauf ruht, wenn man erwachsenen Männern elfjährige Kinder ins Bett legt. Die Kleine hat wohl kaum zum ersten Mal geblutet.«

Magnus konnte Waldemars breites Grinsen nicht sehen, aber er hörte es an seiner Stimme. »Dann könnte es doch sowohl für den Herzog als auch zur Schonung der kleinen Braut sinnvoll sein, ihm eine oder zwei hübsche Geiseln zu senden.«

»Du willst ihn nicht zum Ehebruch verleiten!« Die Stimme des Bischofs klang zwar empört, aber auch hier schwang Belustigung mit.

»Nichts läge mir ferner!«, behauptete Waldemar. »Ich denke da nur an ein Mädchen, das ... ihm und Mathilde vielleicht aufwarten kann ... eine ... hm ... in gewisser Weise eine Kammerfrau.«

Der Bischof lachte nun laut. »Du bist ein Gauner, Waldemar!«, neckte er den König. »Aber ich werde für dich beten. Und für die Seele des Herrn Heinrich, sollte er die Kammer mit besagter Frau teilen.«

Waldemar füllte beiden noch einmal die Becher. »Morgen werden wir erst einmal diese Burg einnehmen und sehen, wie viel da überhaupt zu verteilen wäre.«

Magnus beendete seinen Bericht und spielte mit seinem Becher. Er schien sich etwas dafür zu schämen, König Waldemar und den Bischof belauscht zu haben. Ihr Gespräch ging ihn nichts an, und er wollte auch gar nicht wissen, ob und inwieweit Waldemar Heinrich zu hintergehen plante. Schließlich hegte er Verbindungen zu beiden Fürsten, eigentlich schuldete er Heinrich als seinem Dienstherrn sogar mehr Loyalität als seinem entfernten Verwandten Waldemar. Und was er nicht wusste, konnte er auch nicht verraten. Aber die Unterhaltung der beiden hatte ihn auf eine vielleicht rettende Idee gebracht, die er Baruch nun vortrug.

»Wenn der König Herzog Heinrich Amra schicken würde«, sagte er leise. »Sie ... ich sehe sie ungern als seine Gespielin, aber wenn der Sklavenmarkt die Alternative ist ... In Braunschweig wäre sie in Sicherheit ...«

Amra fand nur wenig Schlaf in ihrer ersten Nacht als Geisel. Das Lager um sie herum kam nicht wirklich zur Ruhe, sie hörte das Schnarchen der Männer, die ohne Schutz von Zelten rund um die Lagerfeuer schliefen, und fuhr jedes Mal zusammen, wenn einer von ihnen aufstand und sich auf dem Weg zu den Latrinen ihrem Zelt näherte. Dazu weinte Alenka die ganze Nacht, und Bogdana sprach immer wieder beruhigend auf sie ein. Amra jedenfalls fühlte sich wie gerädert, als sie sich bei Sonnenaufgang endlich erheben konnte. Die Ritter des Feldlagers waren längst auf den Beinen, man hörte Trompeten und Trommelklänge.

»König Tetzlav zieht ein«, verkündete eines der Mädchen, das am Abend zuvor mit den Obodriten getändelt und von ihnen wohl etwas mehr über den weiteren Ablauf der Kapitulation Arkonas erfahren hatte. »Die Dänen heißen ihn in allen Ehren willkommen. Sieht so aus, als ginge es hier wirklich niemandem an den Kragen.«

»Außer uns«, bemerkte Bogdana. »Und den alten Göttern. Die Dänen werden sich jetzt mit König Tetzlav verständigen und dann den Tempel dem Boden gleichmachen. Dabei kann es durchaus noch zu Kämpfen kommen, die Priester haben der Kapitulation ja nie zugestimmt. Und Svantevit ist ein rachsüchtiger Gott.« Ihre langen Finger malten ein Zeichen in die Luft, mittels dessen sie ihn wohl beschwichtigen wollte.

Amra fürchtete den Zorn des Gottes nicht, wohl aber die Gegenwehr der Priester. Hoffentlich gehörte nicht Magnus zu den Rittern, die den Beschluss von König und Volksversammlung durchsetzen mussten.

Magnus hatte ebenfalls nicht gut geschlafen, saß aber schon bei Morgengrauen in sorgsam polierter Rüstung auf dem Pferd, um König Tetzlav und seinen Hof zu Waldemar zu eskortieren. Der ranische König erschien edel gekleidet – trug aber keine Rüstung. Neben seinem imponierenden Schimmelhengst ritt seine Gemahlin Libussa in nicht minder prunkvollem Staat. Ihr Zelter tänzelte nervös, als er durch das Spalier der dänischen Ritter schritt – ein guter Grund für die Königin, nicht huldvoll nach links und rechts zu grüßen. Sie schaute missmutig zu Boden. Niemand wusste, wie Libussa zu der kampflosen Übergabe ihrer Heimatburg und dem Bruch mit den alten Göttern stand. Die Königin galt eigentlich als gläubig, auch wenn sie weniger Svantevit huldigte als der Erdgöttin Mokuscha.

Dem Königspaar folgten Ritter und Edelfrauen, prächtig gekleidet, auf Pferden mit erlesenem Sattelzeug. Die Szenerie wirkte mehr wie ein freundschaftlicher Besuch des ranischen Hofes bei einem befreundeten Herrscher als wie eine Kapitulation.

Die slawischen Fürsten – die sich den Christen selbst sicher unter weniger würdigen Umständen ergeben hatten – schauten denn auch säuerlich, aber König Waldemar und den Bischöfen war der festliche Aufzug gerade recht. Sie begrüßten die Ranen huldvoll und zogen sich gleich darauf mit König Tetzlav und seinen wichtigsten Ratgebern zu einer Besprechung zurück. Baruch von Stralow diente als Übersetzer – auf die Obodritenfürsten mochte Waldemar wohl nicht zurückgreifen. Die Ritter warteten vor dem Zelt des Königs, Diener schleppten Karaffen mit dem edelsten Wein und Platten voller erlesener Speisen hinein.

Magnus langweilte sich und wurde immer unruhiger. Er hätte lieber Amra besucht, anstatt hier zu warten, aber er wusste natürlich, dass die Wachen im Lager der Geiseln auch ihm den Zutritt verwehren würden. Er könnte sich höchstens vergewissern, dass es keine weiteren Übergriffe gegeben hatte und die Frauen in Sicherheit waren. Vielleicht würde wenigstens Herr Baruch später mit Amra sprechen können.

Nach zwei langen Stunden öffnete sich dann das Zelt, und der König trat in Begleitung des Bischofs Absalom hinaus. »Ich freue mich«, erklärte er seiner Ritterschaft, »dass die Verhandlungen mit König Tetzlav auf das Angenehmste verlaufen sind. In Wahrheit litten der König und sein Hof schon seit Langem unter dem Fluch des Heidentums, haben es aber bislang versäumt, sich gegen die Übermacht der Priester ihres Götzen zu wehren. König Tetzlav sieht unser Kommen nun als Zeichen an, sich endlich zum wahren Gott zu bekennen. Zum Beweis, dass er es ernst meint, wird er sich selbst, die Königin und zwanzig wichtige Würdenträger seines Hofes im Rahmen der gleich folgenden Messfeier taufen lassen. Darunter auch seinen Bruder und berufenen Nachfolger Jaromar. Danach werden wir die Burg Arkona in Besitz nehmen – ich selbst als Lehnsherr und

Fürst Tetzlav als neuer christlicher Statthalter Rujanas. Lobet den Herrn!«

Die Ritter jubelten ihrem König zu, aber dann ergriff der Bischof das Wort. »Begebt Euch nun auf die Ebene vor der Burg, die dank Gottes Gnade und Fürst Tetzlavs Einsicht kein Schlachtfeld sein wird, sondern Schauplatz eines großen christlichen Gottesdienstes. Und haltet auch Eure slawischen Mitstreiter dazu an. Ich möchte das Heer vollständig versammelt sehen, wenn Fürst Tetzlav und seine Leute sich dem wahren Glauben anschließen. Lobet den Herrn!«

»Und damit behält König Tetzlav die Herrschaft, wenn auch nicht seinen Titel«, berichtete Baruch Amra wenig später. Er unterhielt sich mit ihr über den Zaun des Lagers der Geiseln hinweg, beobachtet, aber nicht gestört von den Wachen.

Baruch war gekommen, nachdem seine Dienste beim König nicht mehr benötigt wurden. Absalom und die anderen geistlichen Würdenträger nahmen ausnahmsweise davon Abstand, den Juden zu demütigen, indem sie seine Anwesenheit beim christlichen Gottesdienst forderten. Das war keine Selbstverständlichkeit, und Baruch schloss daraus, dass sie seine Übersetzerdienste in den nächsten Tagen noch dringend brauchten.

»Tetzlav hat es bei den Verhandlungen klingen lassen, als seien die Priester an allem schuld – vom Verstoß seines Vorgängers gegen die Kapitulationsbedingungen beim ersten Sturm der Dänen auf die Burg vor dreißig Jahren bis zu seinen eigenen Raubzügen nach Dänemark. Und König Waldemar ist auch nicht allzu streng mit ihm ins Gebet gegangen. Dem liegt daran, die Burg heute noch zu übernehmen und vor allem den Tempel zu zerstören. Schließlich ist heute der Festtag ihres heiligen Vitus. Und den sehen sie ja durch Svantevit geschändet. Jedenfalls hat Waldemar die Zerstörung der Götzenbilder für heute angekündigt, und wie es aussieht, wird es auch gelingen.«

Der Gottesdienst auf der Ebene vor der Burg hatte bereits begonnen, und die Gesänge und Gebete der Männer schallten zu den Geiseln herüber. Wie schon in den Tagen zuvor herrschte strahlender Sonnenschein, nur gelegentlich zogen leichte Wolken wie zarte Schleier über den blauen Himmel von Rujana. Amra überlegte, wie wohl das Meer aussah. Ob es in diesem Licht blau oder grünlich schimmerte? Sie vermisste die Klippen und das Gefühl der Freiheit, das der Blick weit hinaus über die Felsen und das Meer vermittelte.

»Und wir?«, fragte sie dann. »Wenn alles so gut aussieht, könnte man uns doch freilassen.«

Baruch schüttelte den Kopf. »Erik II. hat auch schon gedacht, es sähe gut aus mit der Christianisierung der Rujaner«, meinte er. »Aber kaum zog er mit seinem Heer ab, da befragten die wieder ihr Orakel und beteten zu Svantevit. Gut, diesmal wird man härter vorgehen, die Statuen verbrennen und den Tempel dem Erdboden gleichmachen. Aber machen wir uns nichts vor, so eine Statue aus Holz ist schnell geschnitzt und ein Tempel leicht wieder aufgebaut.« Er lächelte. »Das Schwierigste würde noch sein, neue Pferde so zu schulen, dass die Zeichen immer im Sinne der Priester ausfallen.«

Amra verzog den Mund, aber es war kein echtes Lachen. »Also behält man die Geiseln«, murmelte sie.

Baruch brachte es nicht übers Herz, sie über die wahren Absichten des Königs und des Herzogs aufzuklären. »Herr Magnus und ich versuchen alles, um dich vor dem Schlimmsten zu bewahren«, sagte er nur – und hatte nicht mit dem Strahlen gerechnet, das daraufhin Amras Gesicht erhellte.

»Herr Magnus?«, fragte sie eifrig. »Herr Magnus wird mich befreien?«

Baruch wandte die Augen gen Himmel. »Ich hätte dir weniger Rittergeschichten zu lesen geben sollen«, seufzte er. »Diese höfische Dichtung schürt kindische Träume. Denk nicht mehr an den Ritter, Amra, egal, was du meinst, für ihn zu empfinden. Er kann dich nicht zu seiner Frau machen. Selbst wenn er der Erbe des Lehens seines Vaters wäre und nicht der jüngere Sohn. Du bist nicht seines Standes.«

»Aber das weiß doch keiner.«

Amra begann sofort, Pläne zu schmieden. Allein der Gedanke beflügelte sie. Sie wollte etwas hinzufügen, doch Baruch brachte sie mit einer Handbewegung zum Schweigen.

»Er ist ein Ritter ohne Land, Amra. Er muss sich bei Burgherren verdingen, zurzeit dient er dem Herzog Heinrich.«

»Nicht König Waldemar?« Amras Stimme klang enttäuscht. Hatte sie doch gehofft, dass der Weg als Geisel sie an den dänischen Hof führen würde.

Baruch schüttelte den Kopf. »Nein, er kämpft im Dienste des sächsischen Herzogs, den man den Löwen nennt. Und er hofft, sich irgendwann ein Lehen zu erwerben. Aber das tun auch alle anderen Ritter an Heinrichs Hof, die Wahrscheinlichkeit dafür ist äußerst gering. Du siehst es doch selbst, Amra: Rujana bleibt in der Hand des ranischen Adels, auch wenn es jetzt zu Dänemark gehört. Kein Ritter erhält hier ein Lehen. Das ist bei anderen Eroberungen nicht viel anders. Schlag es dir aus dem Kopf, Amra. Wenn es für dich eine Hoffnung gibt, dann liegt sie woanders. Ich tue, wie gesagt, was ich kann. Aber nun muss ich gehen, der Gottesdienst wird bald enden, und dann ziehen alle auf die Burg. Der Erste, der sich dort taufen lassen wird, ist übrigens der Edle Vaclav ... Er hat Boten geschickt und heißt uns willkommen.«

»Dann ist er also wieder da?«, wunderte sich Amra. »Wo mag er bloß gewesen sein?«

Baruch zuckte die Schultern. »Wo auch immer er war, er bereitet uns nur Ärger. Wäre er auf Arkona geblieben, wie es ihm sein König befohlen hatte, hätte man dich niemals weggeschickt ...«

Die Geiseln hörten die Gesänge der Christen, als sich schließlich der Zug aus ranischen und dänischen Würdenträgern formierte und auf die Tore der Burg Arkona zubewegte. Schlachtenlärm hörte man nicht, die Tore wurden den Eroberern also geöffnet wie versprochen. Tatsächlich erklang sogar gedämpfter Jubel aus der Burg, was Amra wunderte. Feierten die Menschen aus Vitt und Puttgarden da tatsächlich den König, der sie in der Stunde der Not verlassen hatte? Oder waren sie einfach nur erleichtert, dass die Belagerung jetzt friedlich enden sollte?

Aber dann waren plötzlich Schreie zu hören, Rauchwolken stiegen über der Burg auf.

»Sie verbrennen die Götterbilder«, beruhigte Amra die besorgten Geiseln. »Das steht im Kapitulationsvertrag. Aber sonst werden sie nichts zerstören.«

Auf viele der Geiseln hatte dieser vermeintliche Trost allerdings eine gegenteilige Wirkung. Einige von ihnen warfen sich wehklagend auf den Boden und beteten zu Svantevit, um den Gott zu befrieden. Andere starrten erwartungsvoll in den Himmel über dem Tempel, als müsste der rächende Gott auf seinem Rappen jeden Moment aus dem Rauch aufsteigen und mit Feuer und Schwert über das Heer der Dänen kommen. Tatsächlich geschah nichts dergleichen. Man hörte erneut fromme Gesänge – die Christen triumphierten.

Amra fragte sich, was mit den Orakelpriestern geschehen war, aber sie nahm an, dass das Angebot der Dänen auch für sie galt: Wenn sie sich taufen ließen, konnten sie unbeschadet auf der

Burg, womöglich sogar in ihren Ämtern bleiben und sich zum christlichen Priester weihen lassen.

Wie sie später erfuhr, hatten sich tatsächlich nur zwei jüngere Priester beim Kampf für ihren Gott geopfert. Sie stellten sich den Dänen mit dem Mut der Verzweiflung entgegen, als das Heiligtum geschändet wurde. Die Söldner machten sie umgehend nieder – und ihre Körper wurden den Flammen übergeben. Muris, der Hohepriester, war verschwunden, anscheinend kurz nach Vaclav oder mit ihm zusammen. Sein Stellvertreter übergab demütig den Tempelschatz an Bischof Absalom und ließ sich dann gemeinsam mit Vaclav taufen.

Die Bischöfe legten den Grundstein für die erste Kirche auf Rujana und weihten sie dem heiligen Vitus. König Waldemar konnte die schwarzen Tempelhengste gerade noch vor dem heiligen Wüten der christlichen Priesterschaft retten, der Bischof von Schwerin hatte geplant, sie in ihren Ställen zu verbrennen. So wanderten die überaus wertvollen Tiere in den Marstall des Königs. Einer der Hengste, so sicherte Waldemar den Obodritenfürsten zu, würde an Herzog Heinrich gesandt werden.

Das Volk sprach gehorsam ein Gebet zu Sankt Vitus, das der umtriebige Stellvertreter Muris' rasch übersetzt hatte. Der frisch getaufte Christ betete auch gleich mit lauter Stimme vor.

Admir und die Seinen fragten sich, was sich nun eigentlich geändert hatte, doch sie sprachen es nicht laut aus. Noch am Abend bezogen sie wieder ihre Häuser in Puttgarden und Vitt.

Enttäuscht waren an diesem Abend nur König Waldemar und Bischof Absalom bei der Bestandsaufnahme des Tempelschatzes. Die Priester hatten ihnen zwar eine gewaltige Holztruhe voller Geschmeide überreicht, aber bei genauerem Hinsehen war nur wenig davon wirklich wertvoll.

»Wenn wir das auch noch teilen, ist dieser Feldzug ein Verlustgeschäft«, sagte König Waldemar unwillig. »Haben die Priester sich wirklich mit Glasperlen und Stoffballen bezahlen lassen?«

»Nehmen wir es als Beweis dafür, dass ihr Orakel weniger häufig befragt wurde, als wir dachten«, sagte der Bischof milde. »Das letzte Aufbegehren des Heidentums, eine erfreuliche Folge der Slawenkreuzzüge ...«

»Soll ich dafür jetzt dankbar sein?«, warf der König wütend ein.

Absalom gebot ihm mit einer Handbewegung Schweigen. »... der Slawenkreuzzüge des Herzogs Heinrich«, sprach er gelassen weiter.

»Er ist also sozusagen selbst schuld«, lachte König Waldemar. »Auch du bist ein Gauner, Herr Bischof. Aber wir werden ihm immerhin erlesene Geschenke schicken können. Brokatstoff zum Beispiel – eines Hochzeitskleides würdig. Und wen beauftragen wir mit der Auswahl der ›Kammerfrau‹?«

Kapitel 9

Amra wusste nicht recht, wie ihr geschah, als man sie im Laufe des nächsten Morgens aus dem provisorisch errichteten Zelt der Geiseln holte und sie anwies, sich zu waschen und ihr Haar zu richten. Ihre Locken hatten sich beim Kampf mit ihrem Angreifer gelöst, eines der Mädchen besaß jedoch einen Kamm, den es ihr bereitwillig lieh – und seiner Erleichterung Ausdruck gab, nicht selbst an Amras Stelle gehen zu müssen. Nach dem Überfall der beiden hochrangigen Obodriten befürchteten die weiblichen Geiseln nur noch das Schlimmste.

Amra frisierte also ihre hüftlangen roten Locken, versteckte sie aber gleich wieder so züchtig wie möglich unter ihrem Schleier. Dennoch folgten ihr lüsterne Blicke, als zwei Ritter sie durchs Lager führten – und dann in einem Zelt allein ließen, in dem eine ältere Frau auf sie wartete. Verwundert erkannte sie Mava, die Hebamme aus Puttgarden.

»Du bist Jungfrau, Mädchen?«, fragte Mava kurz angebunden.

Amra wollte eben bejahen, als die Hand der alten Frau blitzschnell unter ihren Rock fuhr und ihre Scham ertastete. Ihr Finger fuhr prüfend in sie hinein – die gleiche Untersuchung, die schon einmal Basima lachend an ihr durchgeführt hatte. Basima war dabei allerdings sanfter vorgegangen.

»Du bist Jungfrau«, bestätigte Mava, um sich dann gleich von Amra abzuwenden. »Die Götter mögen mit dir sein.«

Damit verließ sie das Zelt, ohne Amra über ihren Auftraggeber und den Sinn der Untersuchung aufzuklären. Amra wollte ebenfalls gehen, wurde aber von ihren Wächtern daran gehindert.

»Hier warten!«, befahlen sie ihr in gebrochenem Ranisch und postierten sich vor dem Eingang.

Es wurde Nachmittag, und Amra litt unter Hunger und Durst, als man sich endlich an sie zu erinnern schien. Wieder antworteten die Männer ihrer Eskorte jedoch nicht auf ihre Fragen – Amra nahm an, dass man sie einfach nicht verstand. Ihre Wächter brachten sie in den Teil des Lagers, in dem der König und seine höchsten Würdenträger residierten. Langsam bekam sie Angst. Wollte sich hier einer der hohen Herren eine Jungfrau für eine Nacht gönnen? Das war möglich, doch eigentlich bezweifelte sie, dass er vorher eine Hebamme beauftragt hätte, sich ihrer Unberührtheit zu versichern. Sie hatte nie gehört, dass sich ein Krieger vor der Schändung einer Frau solche Mühe machte – zumal er doch beim ersten Stoß selbst herausfinden würde, ob sie Jungfrau war oder nicht. Zudem war der Zeitpunkt ungewöhnlich. Wenn sich ein Ritter – oder gar ein Geistlicher – eine Frau holte, dann doch nicht am hellen Nachmittag! Die Wege zwischen den Zelten waren bevölkert, Dutzende von Rittern sahen, dass man Amra zur Residenz des Königs führte. Entweder waren diese Dänen gänzlich schamlos, oder es gab doch andere Pläne.

Amra war erleichtert, als sie unterschiedliche Stimmen aus dem Zelt hörte, in das man sie schließlich führte. Zumindest würde man sie nicht mit einem Mann allein lassen. Und dann erkannte sie, dass sogar eine ganze Anzahl von Rittern und auch ein Geistlicher im Raum waren. Zu ihrer Verwunderung erkannte sie König Waldemar – und Baruch von Stralow unter seinen Beratern. Ein Blick über die Ritterschaft ließ ihr Herz zudem einen Sprung machen. Magnus stand zwischen den Männern des Königs.

Amra hatte allerdings keine Zeit, Blickkontakt mit ihm aufzunehmen. Ihre Wächter stießen sie vor den König an einen Platz, den sie sich mit einer eher kleinen, noch offenen Truhe teilte, in der edle Brokatstoffe und ein paar Schmuckstücke verstaut waren. Amra linste neugierig hinein. Die Kleider und Schmuckstücke wären einer Königin würdig gewesen.

»Das ist sie also?« König Waldemar machte sich nicht die Mühe, die junge Frau zu grüßen, bevor er sie in Augenschein nahm. »Bei Gott, Herzog Heinrich hat Glück!«

Der König lachte und schaute lüstern auf Amras schlanke, aber frauliche Figur, ihr zartes, offenes Gesicht und die leuchtend roten Locken unter dem längst verrutschten Schleier.

»Sie ist Jungfrau, Jude? Bestimmt?«

Baruch warf einen ebenso beschwörenden wie entschuldigenden Blick auf die junge Frau. Er war sich nicht sicher, wie viel Amra verstand.

»Die Hebamme hat es bestätigt«, erklärte er kurz.

»Und du sagst, sie ist von edlem Geblüt?« Der König ließ seinen Blick zwischen dem Kaufmann und dem Mädchen hin- und herschweifen.

Baruch senkte die Augen. Sein Haar hatte er unter einer voluminösen Kappe verborgen, aber ein aufmerksamer Beobachter konnte auch aus den grünen Augen Schlüsse ziehen, die er Amra vererbt hatte.

»Wenn ich es doch sage, Herr. Ein Verwandter des Königs warb um sie, und sie stand bei Fürst Tetzlav in hohen Ehren. Sie diente seiner Königin als Kammerfrau.«

Amra verstand die Worte »Königin« und »dienen« und fragte sich, warum die Augen des Königs bei deren Erwähnung belustigt aufleuchteten.

Baruch sprach derweil weiter. »Und wenn Ihr mir in diesem Zusammenhang einen Vorschlag gestattet: Ihr solltet sie vielleicht nicht Herzog Heinrich zum Geschenk machen, sondern eher seiner jungen Gattin. Das Mädchen ist gebildet, spricht auch etwas Französisch. Die Prinzessin dürfte entzückt sein.«

Amra blickte ihren väterlichen Freund verblüfft an. Sie hatte in den Jahren nach Magnus' Befreiung versucht, etwas Dänisch zu lernen, ein spielerischer Versuch, ihrem Schwarm näherzukommen. Sehr weit war sie allerdings nicht gekommen, nur Baruch sprach die Sprache der Feinde wirklich fließend, und den hatte sie nicht um Unterricht bitten mögen. Schließlich hätte er zweifellos seine Schlüsse daraus gezogen und sich über sie lustig gemacht. Ein paar Worte kannte sie indes schon, unter anderem das Wort »Geschenk«. Es ließ sie jetzt alarmiert aufhorchen.

Wollte man sie, Amra, womöglich verschenken? Unwillkürlich fühlte sie sich an die beiden maurischen jungen Frauen erinnert, die Baruch damals König Tetzlav zum Geschenk gemacht hatte. Ihr würde er so etwas doch nicht antun? Er konnte sie dem Dänenkönig unmöglich abgekauft haben, um sie irgendjemandem zu schenken! Und was war das mit dem »edlen Geblüt«? Hatte sie das auch richtig verstanden?

Amra wollte aufschreien oder doch zumindest Fragen stellen, aber sie hielt sich zurück. Vielleicht verstand sie ja alles falsch.

König Waldemar lächelte anzüglich. »Du bist klug, Jude«, bemerkte er, kam dann jedoch auf Amras vermeintliche Abstammung zurück. »So könnte man sagen, sie ist eine ... hm ... Nichte des Fürsten?«, überlegte er. »Ich möchte nicht, dass sich Prinzessin Mathilde beleidigt fühlt, wenn wir ihr hier sozusagen eine ... Hofdame von niederem Stand senden.«

Baruch verneigte sich. »Die Abstammung der jungen Frau Amra ist über jeden Zweifel erhaben«, erklärte er. »Sie könnte sogar als eine Art ... Erzieherin für die Prinzessin eingeführt werden. Die ist ja noch überaus jung. Herzog Heinrich wäre Euch zweifellos verbunden.«

Hatte er von einer Prinzessin gesprochen? Amra verstand den Zusammenhang nicht. Um welche Prinzessin handelte es sich? Wollte Baruch sie in eine Stellung vermitteln?

Waldemar lachte jetzt unverblümt. »Also gut, dann ist es beschlossen. Der Rapphengst, die Truhe mit dem edlen Stoff und den Schmuckstücken – das alles geht nach Braunschweig. Und Ihr, Jude, macht die ›Kammerfrau‹ reisefertig. Ihr müsst auch bei der Ausstattung nicht knausern ... schließlich spart sie uns mit etwas Glück den halben Schatz des Tempels.«

Baruch von Stralow nickte. Er wirkte zufrieden, hob dann aber zögernd die Hand, um noch etwas anzumerken.

»Ja, Herr Baruch?«, fragte der König.

»Eine Eskorte, Majestät ... Frau Amra wird eine Eskorte brauchen. Ihr könnt sie nicht ... Ihr könnt sie nicht in einem Verschlag mit dem Hengst und der Truhe verschicken.«

Der König lachte wieder, er schien das für einen überaus komischen Einfall zu halten. Amra fragte sich, ob er sich über sie lustig machte. »Frau Amra« – das hörte sich zugegebenermaßen seltsam an. Aber Herr Baruch wirkte nicht, als mache er Scherze.

»Also schön. Eine Anstandsdame! Wunderbar, wir nehmen eine der alten Weiber aus dem ranischen Adel – König Tetzlav hat sich schon beschwert, dass die nicht ihrem Rang entsprechend gehätschelt werden. So erweisen wir wenigstens einer von ihnen die nötige Achtung. Und ansonsten ... Herr Magnus! Ihr kehrt doch ohnehin zurück an den Hof des Herzogs. Also werdet Ihr die junge Dame nach Braunschweig geleiten. Mit meinen besten Empfehlungen.«

Amra schaute ungläubig auf. Hatte der König von Magnus im Zusammenhang mit ihr gesprochen und von Braunschweig? Sicher, das musste der Plan sein! Baruch arrangierte ein »Geschenk« für irgendeinen Herzog, und Magnus sollte auf dem Weg dorthin mit ihr fliehen!

Sie sah zu Baruch hinüber, der versuchte, seine Erleichterung zu verbergen. Er zwinkerte ihr zu, als ihre Blicke sich trafen, und Amra fühlte sich bestätigt. Mit leuchtenden Augen beobachtete sie, wie sich Magnus unter den Rittern des Königs erhob. Er schritt auf Waldemar zu, um ergeben das Knie vor ihm zu beugen.

»Wie Ihr es wünscht, Herr.«

Als er aufstand, erhaschte sie ein Aufblitzen seiner strahlenden blaugrauen Augen – und las darin Vorfreude und Hoffnung. Amra hätte singen und tanzen mögen. Nein, sie hatte sich nicht getäuscht, Magnus teilte ihre Gefühle – und nun würde sie Rujana verlassen, in der Begleitung des blonden jungen Ritters, von dem sie seit Jahren träumte. Amra fühlte sich gesegnet, egal von welchen Göttern.

An das, was sie in Braunschweig erwarten würde, wenn sie diesen Ort, von dem sie nie gehört hatte, denn wirklich erreichte, dachte sie nicht.

Der Löwe

*Rujana – Lübeck – Minden – Braunschweig
1168*

Kapitel 1

»Mein Herr Heinrich ist Herzog von Sachsen und Bayern«, erläuterte Magnus Amra und Mariana, die man ausersehen hatte, die junge Frau nach Braunschweig zu begleiten.

Für die ältere Adlige war dies zu Amras Überraschung fast eine Heimkehr. Sie hatte nicht gewusst, dass Mariana ursprünglich aus deutschen Landen kam, aber tatsächlich stammte die Witwe eines ranischen Ritters aus dem Bayernland. Sie war von recht hohem Adel, und ihr Vater hatte sie nach Dänemark verheiraten wollen, aber dann fielen die junge Frau und ihre Mitgift in die Hände ranischer Piraten. Gewöhnlich hätte man ihrem Vater oder ihrem künftigen Gatten das Angebot gemacht, sie freizukaufen, doch Drazan von Karentia, Mitglied des ranischen Fürstenhauses und Mundschenk des Königs, verliebte sich in die schöne junge Frau, und so stellte man Marianas Vater vor vollendete Tatsachen. Er stimmte einer Verbindung ihrer beiden Häuser denn auch zähneknirschend zu, und man feierte Hochzeit.

Amra fragte sich, ob Mariana Drazans Liebe erwidert hatte, oder ob es ihr einfach egal gewesen war, mit welchem unbekannten Gatten sie vermählt wurde. Sie schenkte ihrem Mann zwei Kinder, verlor jedoch letztlich sowohl ihn als auch ihre Söhne bei einem der vielen Überfälle der Ranen auf Dänemark. Auf Rujana hielt Mariana folglich nichts mehr, und sie schien recht zufrieden, in deutsche Lande zurückkehren zu können. Über die politischen Verhältnisse dort wusste sie allerdings wenig und horchte nun ebenso gebannt wie Amra auf Magnus'

Erklärungen. Auch sie sprach Französisch – Amra indes war schon fest entschlossen, sie zu bitten, ihr auf der Überfahrt etwas Deutsch beizubringen.

»Und er heiratet jetzt eine englische Prinzessin – Mathilde, die Tochter von König Heinrich II. und seiner Frau Eleonore«, fuhr Magnus fort.

Die beiden Frauen nickten, als sie den Namen der Königin hörten. Eleonore von Aquitanien war als Kunstmäzenin und Förderin des Minnesangs jedem bekannt, der für höfische Dichtung schwärmte.

»Ist er denn noch so jung, dass er jetzt erst eine Frau nimmt?«, fragte Amra naiv. »Er hat doch schon so viele Eroberungen gemacht. Da dachte ich, er wäre älter.«

Magnus lächelte. Er stand mit den Frauen an Bord eines der Schiffe, einer Galeere, die nun von König Heinrich bestellte Kämpfer aus deutschen Landen heimbringen sollte. Die slawischen Verbündeten waren bereits übel gelaunt abgesegelt. König Waldemar hingegen würde noch bleiben, schließlich mussten weitere Verträge über die Abtretung der anderen ranischen Burgen geschlossen und weitere heidnische Heiligtümer zerstört werden.

»Ist er auch. Herzog Heinrich war bereits einmal verheiratet«, verriet Magnus nun Amra und Mariana. »Mit Clementia von Zähringen. Aber die hat er vor ein paar Jahren verstoßen. Zu nahe Verwandtschaft, heißt es, aber das heißt es ja immer. In Wahrheit ging es wohl eher darum, dass sie ihm in vierzehnjähriger Ehe nur eine einzige Tochter schenkte. Er braucht einen Erben. Und nun bot sich eben die überaus vorteilhafte Verbindung mit Mathilde von England.«

»Aber ich hörte, sie sei noch ein Kind«, meinte Mariana und blickte über die Reling auf das Gewimmel im Hafen von Ralswiek, wo die Schiffe zum Beladen vor Anker gegangen waren.

Die Männer Herzog Heinrichs führten eben ihre Pferde an Bord.

Magnus nickte. Auch er hatte ein Auge auf den Steg, über den die Schlachtrosse balancierten. Sein eigenes Pferd hatte er vorher schon in einen der luftigsten Verschläge im Schiffsrumpf gebracht.

»Sie ist elf Jahre alt«, bestätigte er. »Und wahrscheinlich spricht sie kein Wort Deutsch. Aber sie dürfte gut erzogen sein und ihre Pflichten kennen. Und ihre Mutter hat ihrem Vater zehn Kinder geschenkt, also ist sie sicher auch ...«

». . . eine gute Zuchtstute«, führte Mariana den Satz zu Ende.

Magnus biss sich auf die Lippen. Er musste wirklich besser aufpassen, welcher Wortwahl er sich in der Gegenwart der hochgewachsenen, gebildeten und sehr selbstbewussten Edelfrau bediente. Mariana hatte noble, wenn auch etwas strenge Züge, ihr fest aufgestecktes Haar war trotz ihrer Jahre immer noch hellblond und von nur wenigen grauen Strähnen durchzogen. Sie bedeckte es allerdings fast vollständig mit einem züchtigen Gebände, nur geschmückt von einem schmalen silbernen Reif.

»Aber der Herr sollte in eigenem Interesse noch einige Jahre warten, sonst stirbt sie ihm beim ersten Kind«, sprach Mariana sachlich weiter. »Sie kommen nicht so leicht heraus wie hinein bei einem noch kindlichen Körper.«

Magnus errötete, während sich Amra weder an der klaren Sprache der Edelfrau störte noch an Magnus' kleinem Fauxpas. Auch sie schaute jetzt zum Hafen hinunter, allerdings nicht gleichgültig, sondern völlig gebannt. Die Aussicht auf die Reise beflügelte sie – und sie meinte nun auch zu verstehen, was sie in Braunschweig sollte. Als Geisel würde sie so etwas wie eine Sklavin bleiben, der dänische König konnte sie schicken, wohin er wollte, und er machte sie nun der kleinen Prinzessin Mathilde zum Geschenk. Amra war das ganz recht. Sie mochte Kinder und war bereit, Mitgefühl für das kleine Mädchen zu empfinden, das man hier von seiner Heimat und seinen Eltern trennte und an einen unbekannten Hof und in die Arme eines viel älteren Mannes schickte. Für eine Prinzessin mochte das normal sein, aber Mathilde würde sich bestimmt trotzdem einsam fühlen.

Amra dachte darüber nach, wie sie der Prinzessin helfen konnte, sich die Zeit zu vertreiben, wie sie Französisch mit ihr sprach und mit ihr scherzte wie mit Basima und Dschamila. Sie würde ihr Hofdame und Freundin sein, und wenn sie es wollte, auch Vertraute – die Freundschaft mit den sarazenischen Konkubinen hatte ihr schließlich zu mancherlei Kenntnissen über den weiblichen Körper und die fleischliche Liebe verholfen. Und sie würde am gleichen Hof leben wie Magnus von Lund! Amra freute sich von ganzem Herzen auf ihr neues Leben. Sie hatte sich leicht von ihrer Mutter Mirnesa und fast ebenso leicht – und dankbar – von Baruch von Stralow getrennt.

»Und wo genau ist nun Braunschweig?«, erkundigte sie sich nach ihrer neuen Heimat. »Ich hab noch nie davon gehört.«

Mariana schien das ähnlich zu gehen. Magnus wunderte es nicht.

»Die Stadt ist noch im Aufbau«, erklärte er den Frauen. »Sie liegt im Inland, an einem Fluss. Die Oker bildet die Grenze zwischen den Bistümern Halberstadt und Hildesheim.«

Mariana schien auch das nichts zu sagen, Amra erst recht nicht.

»Jedenfalls liegt Braunschweig in Sachsen und beherbergt eine Pfalz auf einer Insel in der Oker, die Herr Heinrich zur Burg ausbauen ließ. Er ließ auch einen Dom errichten und auf seinem Vorplatz einen bronzenen Löwen aufstellen, sein Wappentier.«

»Also eine schöne Stadt!«, freute sich Amra.

Magnus lächelte. »Eine sehr komfortable Burg. Sie hat sogar eine Art Fußbodenheizung. Jedenfalls die ebenerdigen Räume. Herzog Heinrichs Ritter werden seltener an Gicht erkranken.« Die Ritter einer Burg schliefen oft im großen Saal der Burg oder in Nebengelassen.

»Ein nicht zu verachtender Vorteil«, bemerkte Mariana, die ihre Knochen auch schon häufig spürte, denn die Burg Arkona, ein Holzbau, war im Winter äußerst schwer zu beheizen.

»Schaut, wir legen ab!«

Amra sah begeistert zu, wie ein Matrose die schweren Leinen löste, die das Schiff am Anleger hielten. Die Anlegestege führten weit aufs Meer hinaus, die Ostsee rund um Rujana war eher flach. Aber dann trieb der Wind das Schiff rasch aufs offene Meer. Amra blickte mit leuchtenden Augen zurück auf die Kreidefelsen und die grünen Wälder ihrer Insel.

Magnus konnte sich kaum sattsehen an ihrem schönen Gesicht und dem wachen Blick, an den Wangen, die jetzt leicht gerötet vom Wind waren, und an der sichtlichen Freude über die scheinbare Freiheit. Die junge Frau trug in diesen Tagen zum ersten Mal die Kleidung des Adels – Baruch von Stralow hatte es erkennbar Freude gemacht, sie so reich auszustatten, wie der König befohlen hatte. An diesem sonnig warmen Tag im späten Juni hatte sie sich für ein seidenes Unterkleid in hellem Braun und einer Surcotte aus leichter Wolle entschieden. Sie war schlicht und nicht mit Halbedelsteinen besetzt wie das zweite Kleid, das Baruch ihr hatte anpassen lassen, aber sie war von einem solch leuchtenden Grün, wie Amra es noch niemals zuvor gesehen hatte. Baruch hatte ihr und Mirnesa oft Kleiderstoffe mitgebracht, die hochwertiger waren als das Tuch, das die Frauen auf Rujana webten, aber so frische Farben und derart leichte Stoffe waren dem Adel vorbehalten. Amra trug ihr Haar offen, wie es adligen Jungfrauen zukam, und hielt es mit einem schmalen goldenen Reif aus dem Gesicht. Ein fürstliches Geschmeide, das ihr allerdings nicht gehörte. Der König hatte ausdrücklich betont, dass aller Schmuck zu seinen großzügigen Geschenken für Herzog Heinrich gehöre. Magnus dachte im Stillen, dass der Wert des Geschmeides an den des Tempelschatzes Svantevits nicht im Entferntesten heranreichte, aber das mussten die beiden Fürsten unter sich ausmachen.

Mariana schien sich nun, da das Schiff aufs Meer hinausfuhr, an ihre Pflichten zu erinnern.

»Amra, wir sollten uns nun zurückziehen. Man wird uns doch einen Raum unter Deck zur Verfügung stellen, in dem wir ungestört sind, oder, Herr Magnus?«

Die Edelfrau wandte sich an den jungen Ritter, der rasch versicherte, es sei für alles gesorgt. Dabei hatten die Frauen Baruch und den Kapitän vor beträchtliche Probleme gestellt. Unterkünfte für Passagiere waren nicht vorgesehen, die Söldner, die das Schiff beförderte, schliefen einfach im Bauch der Galeere. Man ließ mehr Männer in die Kriegsschiffe, als gleichzeitig liegen konnten, deshalb wechselten sie sich mit dem Schlafen ab. Schließlich hatte der Kapitän grummelnd seine eigene Kabine geräumt, was Baruch etliche Münzen kostete. Aber die Fahrt von Rujana nach Lübeck dauerte nur wenige Tage, und das Wetter war schön. Der Schiffsführer konnte an Deck schlafen.

Auch Magnus tat das. Wenn der Himmel klar war wie in diesen Tagen, liebte er die Nächte auf See. Er streckte sich im Schatten des Steuerstandes aus, blickte zu den Sternen empor und träumte ... wobei er in den schönsten Sternen Amras Gesicht zu erkennen meinte und das Strahlen ihrer Augen.

Doch gleich in der ersten Nacht dieser Überfahrt schreckte Magnus, kurz nachdem er eingedämmert war, sofort wieder aus dem Schlaf. Ein seltsam schleifendes Geräusch auf der Leiter zum Unterdeck ließ ihn aufmerken. Wachsam griff er nach seinem Schwert. Ein ärgerliches Murmeln erklang, es raschelte, als ob jemand Seidenstoff zusammenraffte – und dann schob sich Amras schlanke Gestalt ins Freie. Es musste schwierig gewesen sein, die steile Stiege in dem langen Gewand hinaufzuklettern, dazu noch im Dunkeln und ohne Lärm zu machen. Aber jetzt richtete sich die junge Frau auf und schaute triumphierend in die mondhelle Nacht. Magnus sah den verträumten Ausdruck auf ihrem Gesicht, als sie sich zur Reling wandte und fasziniert beobachtete, wie der Mond sich im Meer spiegelte.

Amra trug nur ihr Unterkleid, darüber hatte sie einen wollenen, weiten Schal geworfen, um sich in der Nachtkälte warmzuhalten. Sie war wunderschön – aber es ging natürlich nicht, dass sie nachts hier herumstrich. Wenn die Matrosen sie sahen – nicht auszudenken, was ihnen einfiel ...

Magnus sprang auf. »Amra, was soll denn das?«

Seine Stimme klang viel zu laut in der Stille der Nacht. Amra erschrak derart, dass sie strauchelte und fast über die niedrige Reling gefallen wäre. Der junge Ritter lief zu ihr und umfasste sie.

»Magnus!« Amra erholte sich von ihrem Schrecken, machte aber keine Anstalten, sich aus seinen Armen zu befreien. »Du hast mich zu Tode erschreckt! Was tust du hier?«

Ein schlechtes Gewissen schien sie nicht zu haben.

»Die Frage ist doch eher, was du hier machst, ›Frau Amra‹.« Magnus bemühte sich um einen strengen Ton. »Da setzen wir alle Hebel in Bewegung, um eine abgeschlossene Kabine für dich zu bekommen, und dann treibst du dich nachts an Deck herum. Dieses Schiff ist voller Männer! Und viele von ihnen haben wochenlang keine Frau gesehen!«

Amras helles Lachen erfüllte ihn mit Entzücken. »Ach, Unsinn, Magnus, als ob's in Ralswiek keine Hafenhuren gäbe! Und ein paar andere Mädchen sind auch recht freizügig, gerade jetzt, wo sich alle freuen, dass es Frieden gibt zwischen Dänemark und Rujana.«

Alle nicht, dachte Magnus, aber für die Frauen auf der Insel schien das wohl zuzutreffen. Sie mussten bei jedem Raubzug und jeder Kaperfahrt um ihre Männer gefürchtet haben.

»Auf jeden Fall schickt es sich nicht für eine Edelfrau, nachts auf dem Deck herumzulaufen. Was wolltest du überhaupt hier?« Er hoffte im Stillen, dass sie ihn gesucht hatte, aber sie hatte nicht wissen können, dass er draußen schlief.

»Ich wollte die Sterne sehen«, erklärte Amra. »Und das Meer. Ich war dem Meer noch nie so nahe, weißt du. Ja, ich weiß, das klingt verrückt, ich habe ja direkt an der Küste gewohnt. Aber ich bin nie hinausgefahren. Die Männer fuhren die Boote, die Frauen warteten an Land auf den Fang. Aber hier ... mir wird fast schwindlig, wenn ich in die Wellen schaue.«

Sie löste sich aus Magnus' Armen und wandte sich wieder dem Meer zu. Die Wellen waren nicht hoch, aber die See war bewegt genug, um die Sterne nicht einfach zu spiegeln, sondern mit ihrem Licht zu spielen. Es sah aus, als befänden sich Himmel und Erde, Mond, Sterne und Wellen in einem geheimnisvollen Tanz. Amra begann, sich mit ihnen zu wiegen. Magnus legte ihr den Arm um die Schultern.

»Du bringst mich ganz durcheinander«, flüsterte er.

Amra lächelte. »Besser durcheinander als verrückt«, bemerkte sie dann. »Herr Baruch hat mir mehrmals vorgeworfen, dass du mich verrückt machst.«

Magnus sah sie ungläubig an. »Dann spürst du es auch?«, fragte er. »Ich hab dieses ... dieses Gefühl, als müsste ich dich immer nur ansehen, als wärst du das, was mein Leben vollkommen macht, was mir gefehlt hat, jahrelang, seit wir ...«

»... seit wir uns zum ersten Mal gesehen haben«, flüsterte Amra. »Die Sarazeninnen sagen, das sei gefährlich.«

Magnus blickte irritiert. »Welche Sarazeninnen? Aber woher du das auch immer hast, was kümmert es uns, was ein paar Heiden darüber denken, was wir fühlen? Obwohl ...«

Er brach ab. Auch er wusste, dass es gefährlich und verboten war, Amra zu lieben. Aber es hinderte ihn nicht, sie erneut in die Arme zu nehmen. Und diesmal fanden sich auch ihre Lippen. Magnus küsste sie sanft und vorsichtig – und sie erwiderte den Kuss wild und fordernd. Er atmete den Wohlgeruch ihres Haars – schon damals hatte es nach Rosen geduftet –, und sie schmiegte sich an ihn und genoss das Gefühl, seinen festen Körper zu spüren, den Geruch nach Leder und Pferd und nach seiner Haut.

Eine kleine Ewigkeit küssten und streichelten sie einander, bis ein Pfiff aus den Segeln sie auseinanderstieben ließ. Ein junger Matrose kletterte eben vom Ausguck herab.

»Lasst euch nicht stören, Wachablösung!«, rief er ihnen lachend zu. »Wenn ihr's allerdings geheim halten wollt – ich kann schweigen, aber Lars ist ein Schandmaul.«

Er wies auf die Stiege zum Unterdeck, von der aus man jetzt Schritte hörte. Die Ablösung tastete sich die Treppe hinauf, und der junge Mann galt wohl als wenig diskret.

Magnus zog Amra hinter die Deckaufbauten. Eng aneinandergeschmiegt warteten sie, bis die Seeleute einige Worte gewechselt hatten, woraufhin der eine in seine Unterkunft ging, während der andere in die Rahen kletterte, um den Ausguck einzunehmen. Magnus schob Amra zur Treppe.

»Du musst jetzt sowieso gehen ... und ich kann nur hoffen, dass der Kerl wirklich den Mund hält. Nicht auszudenken, wenn morgen das halbe Heer über uns spräche.«

Dennoch tauschten die beiden noch einen raschen Kuss, bevor Amra gehorsam im Bauch des Schiffes verschwand und die Kabine aufsuchte, die sie mit Mariana teilte. Die hatte zum Glück einen festen Schlaf, Amra dagegen war zu aufgeregt, um zu schlafen. All ihre Träume waren wahr geworden! Magnus liebte sie! Vor ihr lag eine wunderschöne Zukunft. Lediglich ein Wermutstropfen mischte sich in ihr Glück. Warum sollte niemand wissen, dass sie einander gefunden hatten? Magnus war frei, und sie war es auch. Gut, er hatte sich noch kein Lehen erworben, aber Amra stellte sich vor, dass dies nur eine Frage der Zeit war. Und sie wollte gern auf ihn warten. Warum also diese Heimlichkeiten?

Amra jedenfalls betrachtete sich von dieser Nacht an als verlobt.

Magnus schien das anders zu sehen. Obwohl Amra das Leuchten in seinen Augen, das sie auf dem nächtlichen Deck gewärmt hatte, stets wiedererkannte, wenn sie ihm begegnete, wiederholten sich die Zärtlichkeiten nicht. Magnus verhielt sich Amra gegenüber freundlich neutral und beantwortete geduldig sowohl ihre als auch Marianas Fragen zu Braunschweig, Heinrich dem Löwen und der vor ihnen liegenden Reise. Amra hatte die Residenz des Herzogs nahe Lübeck vermutet und war verwundert, als sie hörte, dass noch über hundertfünfzig Meilen zwischen der Hafenstadt und ihrem Ziel lagen.

»Wie kommen wir denn da hin?«, fragte sie unsicher und schwankte zwischen Sorge und Vorfreude, als Magnus ihr eröffnete, sie würde reiten müssen.

Bisher hatte Amra nur wenige Male und meistens heimlich auf Baruchs braver Stute gesessen. Rittlings natürlich, nicht im eleganten Seitsitz wie die edlen Damen.

»Und wieso ... wieso schickte der Herzog dann Truppen nach Rujana?«, fragte sie schließlich weiter. »Wenn das so weit weg ist ... König Tetzlavs Männer haben ihn sicher nie angegriffen. Was hat er also gegen Rujana?«

Magnus lachte und versuchte dann, ihr die Gebietsansprüche des Sachsenherzogs, seine Beziehung zum Dänenkönig und deren gemeinsame Slawenfeldzüge zu erklären.

»Es geht darum, den Heiden das Christentum zu bringen!«, erklärte er heroisch.

Mariana verzog das Gesicht. »Es geht um Land und um Reichtum und um Macht«, korrigierte sie dann, »ob es sich um Herzöge, Könige oder Bischöfe handelt. Es geht immer um Macht, ganz gleich, was die hohen Herren sagen.«

Magnus hätte das gern geleugnet. Er wollte an Heinrichs hehre Ziele bei der Christianisierung der Slawen glauben, aber wenn er ehrlich sein sollte, musste er der Edelfrau Recht geben. Und sich mit dem Gedanken beschäftigen, dass auch Amra eben dabei war, zum Spielball dieser Mächte zu werden. Magnus bezweifelte, dass sich Heinrich mit ein paar Geschenken und einer schönen Frau zufriedengeben würde. Womöglich schickte er Amra zurück. Womöglich ließ er sie sogar für Waldemars Betrug bezahlen! Letzteres glaubte Magnus allerdings nicht wirklich. Er kannte Heinrich nicht als sinnlos gewalttätig. Doch impulsiv und leicht erregbar war der Herzog schon – und er pochte auf seine Ansprüche.

Magnus bereute längst, seinen Gefühlen in der ersten Nacht auf See nachgegeben zu haben. Amra gehörte dem Herzog, dem Löwen ... Magnus durfte ihr keine Hoffnungen machen. Und auf keinen Fall durfte er mehr von ihr nehmen als ein paar Küsse. Es wäre fatal, wenn er bei Heinrich in Ungnade fiele – und noch schlimmer, wenn der Zorn des Löwen Amra träfe!

Kapitel 2

Amra hatte Ralswiek bis zu diesem Zeitpunkt stets für eine große Stadt gehalten, aber als sie nun Lübeck erreichte, wurde ihr klar, wie klein die Welt war, in der sie ihr bisheriges Leben verbracht hatte. Schon der Hafen war weitaus größer als jeder Anlegeplatz in Rujana, man fuhr in eine Bucht ein, statt an weit ins Meer hinaus gebauten Anlegern festzumachen. Rund um das Hafenbecken erstreckten sich Speichergebäude und die Schreibstuben der Kaufmannschaft. Die Häuser standen so nah beieinander, dass sie sich gegenseitig zu stützen schienen – das war vielleicht auch nötig, schienen sie Amra doch turmhoch zu sein. Die Straßen waren gepflastert – Amra stolperte gleich, als sie das Schiff verließ. Nach ein paar Tagen auf See hatte sie noch das Gefühl, als ob der Boden unter ihr schwankte. Dann aber schaute sie an Marianas Seite neugierig auf das Treiben im Hafen, hörte auf die Stimmen der Männer, die in den verschiedensten Sprachen miteinander scherzten oder stritten – und blickte verstört auf eine Gruppe Sklaven, die man wie Vieh auslud und zum Markt trieb. Sie sprachen einen slawischen Dialekt, Amra hätte sich mühelos mit ihnen verständigen können.

»Warum versklaven sie die Leute, wenn sie doch ihre Könige im Amt lassen?«, wunderte sich Amra.

Inzwischen hatte sie einiges von den Slawenkreuzzügen gehört und wusste, dass es dabei meist weniger friedlich zugegangen war als jetzt bei der Eroberung Rujanas.

»Nur die Heiden werden versklavt«, antwortete Mariana. »Die Menschen, die von ihren alten Göttern nicht lassen wollen. Und wahrscheinlich auch solche, die in Gegenden wohnen, in denen die Herren Bischöfe gern eigene Residenzen errichten wollen. Die Priester sind auch alle gleich. Ob sie zu Svantevit beten oder zu Sankt Vitus.«

Amra war inzwischen zu dem Ergebnis gekommen, dass Mariana selbst an gar nichts glaubte. Sie war als Christin aufgewachsen, hatte dann natürlich die ranischen Götter anbeten müssen und kehrte nun zum Christentum zurück. Wobei Magnus ihr nahegelegt hatte, sicherheitshalber nichts von ihrer bayerischen Abkunft zu erzählen, sondern sich erneut taufen zu lassen. Ein Heide wurde immer freudig in der christlichen Kirche begrüßt, aber ein Abtrünniger, gleich, aus welchen Gründen er einer war, musste mitunter mit empfindlichen Strafen rechnen.

»Ihr solltet nicht solche lästerlichen Reden führen!«, bemerkte Magnus, nur scheinbar tadelnd.

Der junge Ritter selbst fand durchaus Gefallen an Marianas klaren Worten, an einem christlichen Hof mochte sie damit allerdings Anstoß erregen.

Amra strahlte Magnus an. Er war eben zu den Frauen getreten, nachdem er Herzog Heinrichs Männer dabei beaufsichtigt hatte, die Pferde zu entladen – und die Geschenke für den Herzog. Die würde man gleich auf Fuhrwerke verstauen müssen.

Magnus erwiderte Amras Blicke nicht. Es fiel ihm zunehmend schwer, sie höflich distanziert zu behandeln. Er wusste, dass er sie damit enttäuschte, aber es war für beide besser so.

In Gedanken war er auch schon wieder bei der Aufgabe, die man ihm zugewiesen hatte. »Wir könnten die Geschenke auch auf ein Maultier laden«, überlegte er laut, »so viel ist es ja nicht, und dann kämen wir schneller voran. Wollt Ihr mit auf den Pferdemarkt, Frau Amra und Frau Mariana, oder wartet Ihr hier, bis ich mit den Tieren zurückkehre?«

Zu seiner Überraschung waren es jetzt Marianas Augen, die unternehmungslustig aufleuchteten. »Ich suche mir mein Pferd gern selbst aus!«, erklärte sie eifrig, woraufhin auch Amra sie verwundert musterte.

»Könnt Ihr denn reiten, Frau Mariana?«, fragte sie.

Die alte Adlige zuckte die Schultern. »Als Mädchen habe ich es gern getan. Und es heißt, man verlerne es nicht.«

»Wir werden natürlich nur die sanftesten Tiere für Euch auswählen«, meinte Magnus. »Wie ist es mit dir, Amra ... äh ... Frau Amra ... Versteht Ihr Euch ein wenig auf den Umgang mit Pferden?«

Amra nickte. »Füttern und putzen kann ich sie«, erklärte sie freimütig. »Und ihre Ställe ausmisten. Das habe ich immer für Herrn Baruch getan.« Sie lächelte spitzbübisch. »Und ich weiß, wie das Orakel von Svantevit beeinflusst wurde. Das kann ich dir ... äh ... Euch einmal zeigen, Herr Magnus ...«

Magnus wandte die Augen zum Himmel. »Ich glaube nicht, dass dafür an Herrn Heinrichs Hof Bedarf besteht«, meinte er dann. »Und als Stallmagd seid Ihr auch nicht ausersehen. Aber gut, dass Euch die Tiere zumindest keine Angst einjagen. Wenn Ihr eine Sänfte brauchtet, würde uns das aufhalten. Also gut, gehen wir zum Pferdemarkt.«

Magnus rief ein paar Ritter hinzu, um die Truhe mit den Geschenken für Heinrich zu bewachen. Dann folgten ihm Amra und Mariana über die gepflasterten Straßen zum Marktplatz – und fragten sich, woher seine plötzliche Eile kam. Bislang schien es dem Ritter ziemlich egal gewesen zu sein, ob sie Herzog Heinrichs Hof ein paar Tage früher oder später erreichten. Er gab bereitwillig Auskunft, als Mariana danach fragte.

»Es geht um die Hochzeit, Frau Mariana. Der Herzog hat einen Boten gesandt, der mich hier erwartete. Prinzessin Mathilde ist eingetroffen, und der Herzog möchte die Eheschließung so bald wie möglich vollziehen. Die Trauung soll im Dom zu Minden zelebriert werden, und natürlich wird es umso feierlicher, je mehr Ritter das Paar eskortieren. Deshalb hat man mich und meine Männer nun auch gleich nach Minden beordert. Erst dann reiten wir nach Braunschweig weiter, wo die Hochzeitsfeierlichkeiten stattfinden werden.«

»Zuerst die Trauung?«, wunderte sich Mariana. »Ist es nicht mehr üblich, sich im Kreis der Ritter Eide zu schwören und sich erst hinterher kirchlich einsegnen zu lassen?«

Magnus zuckte die Schultern. »An der Unschuld der Prinzessin dürfte ja wohl kein Zweifel bestehen«, meinte er. »Also kann man sich auch gleich auf ewig binden. Ich sagte es Euch, Frau Mariana, Heinrich der Löwe führt einen christlichen Hof. Und das will man nun auch bei der Eheschließung demonstrieren.«

»Sehr christlich«, bemerkte Mariana mit einem Seitenblick auf Amra, den diese nicht zu deuten wusste. »Warum fragt nicht mal jemand nach der Unschuld der Herren?«

Magnus ließ das unkommentiert. Die drei hatten den Rossmarkt inzwischen erreicht, die Händler hatten ihre Pferde rechts und links einer sandigen Straße angebunden, auf der man sie besser vortraben lassen konnte als auf den gepflasterten Straßen im Hafenbereich.

Der junge Ritter hörte nicht auf die Rufe der Händler, die ihm mit großen Worten die ältesten und magersten Klepper andrehen wollten. Er fand erst im hinteren Bereich, was er suchte. Hier hielten deutlich besser gekleidete Händler Pferde und Maultiere feil, für die sich Kaufleute und seltener auch Ritter interessierten. Magnus fragte nach Zeltern für die Damen und wurde an einen älteren Juden verwiesen, der gleich vier passende Tiere zur Auswahl hatte.

»Die Fuchsstute ist jung und feurig – die Damen können damit in jeder Gruppe mithalten. Aber für eine ältere Reiterin ...«

Der Mann warf einen Blick auf Mariana, die ihm unter ihrem Gebände strenge Blicke zuwarf – beim Anblick der Pferde schien sie sich sofort jünger zu fühlen. »... ich meine, für weniger bewegliche und ungeübte Reiterinnen empfehlen sich eher die Rappstute oder die Braune«, berichtigte er sich schnell.

Zwei stämmige, sicher nicht mehr ganz junge Pferde schauten freundlich unter langen Stirnschöpfen hervor. Sie erinnerten Amra an Baruchs Stute, denn sie waren kleiner als die Fuchsstute und das vierte Pferd, ein Schimmel, der einer Königin würdig gewesen wäre. Für Amra und Mariana kam er wohl schon aus finanziellen Gründen nicht infrage. Mariana schien das zu bedauern, während Amra schon fasziniert die weiche Nase der Braunen streichelte.

»Ich möchte die hier!«, meinte sie – und war überrascht, dass der Händler sie für ihre Entscheidung mit vielen begeisterten Worten lobte.

»Eine Dame mit sehr viel Pferdeverstand. Eine kluge Wahl!«

Magnus gebot ihm mit einer Handbewegung Schweigen. »Findet jemanden, der sie uns vorreitet«, sagte er knapp. »Nicht, dass sie sich später als ungezähmt entpuppt.«

Der Händler rief etwas in den Hof eines nebenan liegenden Hauses, und kurz darauf kam ein braun gelocktes, vielleicht dreizehnjähriges Mädchen heraus und legte rasch ein Sitzkissen auf die braune Stute. Der Händler hob es mit einer geschickten Bewegung auf den Pferderücken – Amra schaute fasziniert zu, wie anmutig das wirkte –, und das Mädchen setzte die Stute erst im Schritt, dann schneller in Bewegung.

»Ihr seht, die Reiterin sitzt fast erschütterungsfrei!«, lobte der Händler sein Pferd – und seine Tochter. »Meine Rachel hat die Stute selbst ausgebildet, sie ist absolut verlässlich und scheut nicht.«

»Wieso sitzt sie so ruhig?«, wisperte Amra Mariana zu.

Nachdem der Händler eben ihren Pferdeverstand gepriesen hatte, mochte sie ihre Unwissenheit nicht zugeben. Aber der ruhige Sitz des Mädchens auf dem nicht sehr sicher wirkenden Sitzkissen faszinierte sie. Sie selbst war von Baruchs Stute gnadenlos durchgeschüttelt worden, wann immer sie versucht hatte, das Tier in Trab zu setzen.

»Dies sind Zelter, Kind«, klärte Mariana sie auf und warf ihr bei der Gelegenheit einen tadelnden Blick zu. »Zieh deinen Schleier ordentlich über dein Haar, ein züchtiges Mädchen läuft nicht mit wehenden Locken auf dem Pferdemarkt herum wie ein Bauernmädchen.«

Das bezog sich wohl auf die kleine Rachel, die sich eben mit sichtlichem Vergnügen auf die Rappstute schwang, um das zweite Pferd vorzureiten. Es bewegte sich ebenso elegant.

»Zelter haben besonders weiche Bewegungen. Sie werden für Damen und für die Herren des Klerus gezüchtet und ausgebildet. Zum Teil sind sie sehr kostspielig. Die zwei hier ...«, Mariana wies auf die Braune und die Rappstute, »... sind gerade einmal durchschnittlich. Sie setzen die Beine nicht sehr graziös und sind nicht besonders schnell. Man könnte auch noch weicher sitzen, sie neigen beide zum Passgang. Aber das macht sie bezahlbar. Einer wie der da ...«, sie zeigte auf den Schimmel, »... ist leicht das Doppelte von zwei Schlachtrossen wert.« Zu Amras Verwunderung ging Mariana jetzt forsch auf den Händler zu. »Darf ich die Stute nun auch einmal probieren?«

Magnus betrachtete belustigt, Amra bewundernd, wie auch sie sich gekonnt in den Sattel helfen ließ und das Pferd dann genauso sicher lenkte wie die junge Rachel.

Magnus wirkte zufrieden. »Doch, beide Pferde sind brav und gut ausgebildet«, erklärte er.

Amra nickte. »Das hat der Mann doch auch gesagt«, meinte sie und verstand nicht, warum Magnus jetzt lachte.

»Auf Arkona gab's wohl keinen Pferdemarkt, oder?«, neckte er sie. »Sonst wüsstest du, was von den Worten der Händler zu halten ist.«

Amra bemerkte beglückt, dass er sie endlich nicht mehr förmlich ansprach. Sein Verhalten in den letzten Tagen hatte sie nervös und unglücklich gemacht. Sie konnte sich doch nicht eingebildet haben, was in jener Nacht unter den Sternen zwischen ihnen geschehen war.

Jetzt jedenfalls bestand sie darauf, dass er ihr auf die braune Stute half, nachdem er ausgiebig mit dem Händler um den Preis für die beiden Zelter gefeilscht hatte. Ein kräftiges Maultier zum Tragen der Truhe für den Herzog hatte Magnus auch noch ausgewählt. Für Frau Mariana mal wieder ein Grund zum Spotten.

»Die Kosten für den Transport der Geschenke sind bald höher als ihr Wert«, meinte sie.

Magnus sah sie dafür strafend an. »Kein Gold der Welt kann den Wert der Frau Amra aufwiegen!«, erklärte er dann.

Amra war gerührt ob seiner Worte. Sie konnte sich jedoch immer noch nicht damit abfinden, was sie auf Rujana meinte gehört zu haben. Sie konnte nicht als »Geschenk« nach Braunschweig gesandt worden sein. Eine Kammerfrau war ihrer Herrin zwar in der Regel treu ergeben, aber als Leibeigene betrachtete man sie nicht.

Amras Herz klopfte wieder einmal heftig, als Magnus ihr Bein ergriff, um ihr mit einem Schwung aufs Pferd zu helfen. Leider klappte es nicht auf Anhieb, anmutig auf das Sitzkissen zu gleiten. Amra fühlte sich wie ein gestrandeter Wal.

»Ihr müsst Euch selbst auch hochdrücken«, verriet ihr schließlich das Mädchen Rachel. »Und Euch am Sattelknauf abstützen. Der Herr allein kann Euch nicht stemmen – obwohl ... Euch vielleicht doch, Ihr seid ja leicht wie eine Feder. Aber eine stämmigere Dame ...«

Das Mädchen wies verstohlen auf eine ältere, rundliche Matrone, die am Stand nebenan versuchte, ein knochiges Maultier zu ersteigen. Amra ertappte sich dabei, mit der kleinen Jüdin zu kichern. Beim zweiten Versuch landete sie dann auch weich im Sattel ihrer neuen Stute und fühlte sich stolz wie eine Königin, als Magnus sie anführte.

»Ich lerne das sicher schnell«, versprach sie ihm, und freute sich über das Leuchten in seinen Augen, als er sie aufrecht und furchtlos auf dem Pferd sitzen sah. »Zeigst du mir, wie man die Zügel führt?«

Letztlich zeigte es ihr Mariana, Magnus hatte genug damit zu tun, die Maultierstute mit den Geschenken zu beladen und dann seine Ritter in Marsch zu setzen. Er führte zwanzig Reiter nach Minden. Die fünfzig Söldner sollten sich unter dem Kommando ihres Anführers nach Braunschweig begeben. Wahrscheinlich würden sie sich schon zwischendurch verstreuen und auf ihre Höfe zurückkehren. Es waren meist Bauern, in den Dienst gezwungen von einem Ritter, der dem Herzog lehnspflichtig war.

Das Schiff war gegen Mittag in Lübeck angekommen, und eigentlich hätte es sich für die Reisegesellschaft angeboten, die Nacht noch in der Stadt zu verbringen. Davon wollte Magnus jedoch nichts hören.

»Das treibt mir die Ritter nur in die Schenken, und bis ich sie morgen gesammelt habe, ist wieder der halbe Tag herum«, erklärte er. »Da legen wir besser heute noch ein paar Meilen zurück. Das ist auch für Euch angenehmer, Frau Mariana – und für Amra. Wenn sie gleich einen ganzen Tag im Sattel verbringt, werden ihre Muskeln am Abend schmerzen.«

Amra glaubte das eigentlich nicht. Sie fühlte sich ganz wohl auf ihrer Stute, der sie den Namen Sternvürbe gegeben hatte. Ein deutscher Name, sie war stolz auf ihre neuen Kenntnisse.

Weder auf dem Schiff noch jetzt auf dem Ritt hatten Mariana und sie anderes zu tun, als miteinander zu sprechen, und die Edelfrau war glücklich, der Jüngeren ihre Muttersprache vermitteln zu können. Nach vielen Worten musste sie dabei selbst erst suchen, die Jahre in Rujana hatten sie einiges vergessen lassen. Doch nun entdeckte sie ihre Sprache neu, und Amra lernte schnell.

Die beiden Frauen erfreuten sich an dem Ritt, der jetzt, nachdem sie die Stadt verlassen hatten, durch dichte Wälder führte. Auch Rujana war größtenteils von Wald bedeckt, aber der Boden war karger und der Wald lichter. Die Menschen dort kannten sich gut in den Wäldern aus, überall auf der Insel wurde gejagt und Holz geschlagen. Hier auf dem Festland dagegen waren viele Bereiche der Wälder noch nie von eines Menschen Fuß betreten worden. Amra erschauerte wohlig in Gedanken an die Dämonen und Geister, Hexen und Waldgötter, die dort vielleicht ihr Unwesen trieben.

Magnus dagegen fürchtete weniger Trolle und Elfen als menschliche Unholde. Die Wälder boten so manchen Gaunern und Wegelagerern Schutz und Heimat, kein Reisender wagte sich ohne Eskorte von Bewaffneten hindurch. Nun würde kaum jemand die Ritter des Herzogs Heinrich angreifen, doch Magnus war trotzdem auf der Hut. Er verlangte, dass die Männer zumindest ihre Kettenhemden trugen und ihre Schwerter griffbereit hielten.

Amra ritt neben Mariana, und die beiden Frauen bemühten sich, mit den Pferden der Ritter Schritt zu halten, um das Fortkommen der Truppe so wenig wie möglich zu behindern. Vor allem Amra lag daran, Magnus nicht zu enttäuschen, der Ritter trug eine allzu grimmige Miene zur Schau. Langsam fragte sie sich, ob sie irgendetwas getan haben könnte, das ihn erzürnt hatte. Schließlich kannte sie ihn gar nicht als so wortkarg und streng, wie er jetzt an der Spitze seiner Männer ritt. Amra war fest entschlossen, bald einmal mit ihm zu reden. Auch wenn sie dazu wieder nachts aus dem Zelt schleichen und ihn unter den Sternen treffen musste.

Die Gelegenheit dazu ergab sich allerdings erst am vierten Tag der Reise. Am ersten Abend lagerten sie bei einem Dorf, dessen bäuerliche Bevölkerung sich schier damit überschlug, den Damen und Rittern dienlich zu sein – wahrscheinlich befürchtete man, dass diese sich sonst mit Gewalt nahmen, was sie brauchten. Amra und Mariana fanden Aufnahme im Haus des Dorfvorstehers, und Amra lachte, als Mariana sich nur schwer damit abfand, dass hier Hühner um sie her liefen und nach Brotresten pickten. Die Leute teilten ihre Kate auch mit ihren Ziegen und einer Kuh, und Amra fühlte sich an die Häuschen der Fischer in Vitt erinnert. Sie trank bereitwillig den sauren Most, den die Bauern den Frauen kredenzten, und tunkte ihr hartes Brot am Morgen in Biersuppe. Mariana rührte missmutig im Haferbrei, sie war von jeher Besseres gewöhnt.

»Es würde mich nicht wundern, wenn wir jetzt auch noch Flöhe hätten«, bemerkte sie unwillig beim Weiterritt.

Die Edelfrau war hocherfreut, dass sich für die nächste Übernachtung eine Burg fand. Die Burgherrin heizte sogar das Badehaus für die weiblichen Gäste an, und Amra genoss das erste heiße Dampfbad ihres Lebens. Es tat so gut – denn auch wenn sie es nicht gern zugab: Nach den vielen Stunden auf dem Pferd schmerzten sie alle Knochen. Am Abend saß sie jedoch nur schweigend dabei, als Mariana und die Burgherrin sich in raschem Deutsch unterhielten, und langweilte sich. Auch den Minnesang in der neuen Sprache, vorgetragen von einem jungen Ritter, den die Herrin offensichtlich förderte, verstand sie noch nicht. Die Bauern hatten dagegen slawisch gesprochen. Bis vor weniger als einem halben Menschenleben war die Gegend um Lübeck noch Teil des Obodritenreiches gewesen, und so schnell orientierte sich die Landbevölkerung nicht um. Jetzt herrschten hier allerdings Christen, und am Morgen besuchte Amra ihre erste heilige Messe, gehalten vom Hausgeistlichen der Burg. Sie langweilte sich dabei ebenfalls, obwohl sie die vielen Kerzen und den goldgeschmückten Altar sehr schön fand und sogar von der lateinischen Liturgie das Meiste verstand. Inwiefern es sich von der Huldigung der alten Götter unterschied, erschloss sich ihr nicht. Auch hier war von Opfer die Rede, man betete zu einem gefolterten Mann. Bei den Slawen bluteten die Götter allerdings nicht, sie waren stark, nicht schwach.

Mariana versuchte später, Amra das zu erklären, aber so ganz konnte die nicht folgen. Erfreut erfuhr sie, dass der neue Gott wenigstens keine Tier- oder Menschenopfer forderte. Ihr hatte es immer leidgetan, wenn Herr Baruch widerwillig die besten Tiere der Schafherde, die zu seinem Anwesen auf Rujana gehörte, den Priestern des Svantevit schickte.

Am dritten Tag bauten die Ritter dann erstmals Zelte für sich und die Frauen auf, denn in der Handels- und Marktsiedlung, die hier am westlichen Alsterufer lag, fand sich keine passende Unterkunft. Geschäftig ging es dort aber die halbe Nacht zu, sodass Amra es nicht wagte, sich hinauszuschleichen, um Magnus zu suchen. Es musste ja auch während seiner Wache sein – in sein Zelt zu gehen hätte die Grenzen der Schicklichkeit nun doch überschritten.

Am vierten Abend hatte Amra jedoch Glück. Die Ritter lagerten in eher lichtem Wald, sie waren seit Stunden durch Heidelandschaft geritten. Magnus' Besorgnis nahm etwas ab, und so konnte Amra Pilze und Brombeeren suchen, einige Ritter wurden zum Jagen ausgeschickt. Jetzt brieten Hasen und ein

Reh am Spieß, und Amra wertete das Mahl durch ihre Pilze auf. Bei den Männern kreisten die Weinschläuche, und Magnus musste sie schließlich streng auffordern, das Gelage abzubrechen, um morgens angemessen früh aufbrechen zu können. Wohlweislich teilte er sich selbst und einen älteren, erfahrenen Ritter für die Wache vor dem Morgengrauen ein – eine Zeit, in der die Wachhabenden am häufigsten von der Müdigkeit übermannt wurden.

Amra musste aufpassen, die Zeit nicht selbst zu verschlafen, aber dann wurde sie doch wach, genau in dem Augenblick, als Magnus aus seinem Zelt kroch, das er neben dem der Frauen errichtet hatte. So leise wie möglich wickelte sie sich wieder in den Schal, mit dem sie sich auch auf dem Schiff warmgehalten hatte, darunter trug sie wie immer, wenn sie schlief, ihr Unterkleid, um nicht zu frieren und ausreichend züchtig bekleidet zu sein, falls es zu Zwischenfällen kam, die einen raschen Aufbruch nötig machten.

Amra blinzelte ins Dunkel. Die Nacht war nicht mehr so mondhell wie noch ein paar Tage zuvor, aber klar, die Sterne schienen ihr ermutigend zuzublinzeln. Das Lager war auf einer heidekrautbewachsenen Lichtung aufgebaut, und Amra sah das kleine Feuer der Wache am Waldrand. Hoffentlich erwischte sie auch wirklich Magnus und nicht den alten Herrn Hildebrand... Indes ihre Sinne täuschten sie nicht. Die hochgewachsene Gestalt neben dem Feuer war nicht die des betagten Ritters. Lächelnd beschloss sie, ihren Liebsten zu narren, indem sie ein Steinchen in Richtung des Feuers warf.

Magnus wirbelte herum und griff gleich nach seinem Schwert.

»Wer da?«, fragte er – allerdings mit verhaltener Stimme.

Ob er mit ihr gerechnet hatte? Amra fühlte eine warme Regung in ihrem Herzen. Natürlich hatte er mit ihr gerechnet. Ihre Seelen waren einander nahe.

»Amra«, flüsterte er jetzt. Es klang wie ein Seufzen. »Was machst du hier? Willst du wieder in die Sterne schauen? Du weißt doch, dass ...«

Amra verschloss ihm den Mund mit einem Kuss. »Ich wollte dich sehen«, sagte sie. »Das Leuchten in deinen Augen ist mir lieber als alle Sterne der Welt, allein in den letzten Tagen habe ich es vermisst. Was ist mit dir, Magnus? Magst du mich nicht mehr?« Die letzten Worte sollten neckisch klingen, doch Amras Sorge schwang darin mit.

Magnus seufzte nun wirklich. »Natürlich mag ich dich. Das weißt du. Aber ... es war ein Fehler. Wir durften das nicht tun.«

»Was?«, fragte Amra und küsste ihn erneut. Er zögerte einen Herzschlag lang, bevor er den Kuss erwiderte.

»Amra, bitte lass das. Wir ... wir müssen damit aufhören. Wir hätten nie so weit gehen dürfen.« Es kostete Magnus eine fast übermenschliche Anstrengung, sie von sich zu schieben.

Amra war verwirrt. »Warum, Magnus?«, fragte sie. »Warum sollen wir uns nicht lieben dürfen? Ja, ich weiß, du kannst nicht heiraten, weil du kein Lehen hast. Aber das heißt doch nicht, dass du keine Liebste haben darfst. Die Minnesänger dichten immer wieder über Fahrende Ritter, die einer Frau in Liebe zugetan sind. Na gut, da muss es auch immer heimlich sein, jedoch nur, weil die Frauen verheiratet sind. Ich dagegen bin frei.« Amra strich ihr Haar zurück und wandte ihm ihr schönes Gesicht im Licht der Sterne zu.

»Das bist du eben nicht«, sagte Magnus gequält. »Herrgott, Amra, hast du denn nichts verstanden? Du gehörst dem Herzog, meinem Herrn. Und du bist ein Geschenk von König Waldemar, meinem Verwandten. Da kann ich nicht ...«

Amra runzelte die Stirn. »Ich hab nur verstanden, dass ich die Kammerfrau der Herzogin werden soll«, sagte sie. »Da muss ich doch keine Jungfrau sein.«

Sie brach verstört ab. Die Untersuchung durch die alte Hebamme fiel ihr wieder ein. Es konnte doch nicht sein, dass ein Amt als Zofe ...

Magnus sah sie hilflos und mitleidig an. Er rang erkennbar um Worte. Und dann begann Amra zu begreifen.

»Magnus, das glaube ich nicht«, flüsterte sie. »Du ... ihr ... Herr Baruch ... König Waldemar ... ihr wollt mich dem Herzog Heinrich ins Bett legen? Womöglich schon am Tag seiner Hochzeit mit einer anderen?«

»Die Prinzessin ist ein Kind«, meinte Magnus gequält. »Der König meinte, Herr Heinrich ... er würde eine Frau wollen.«

Amra blitzte ihn an. »Und du machst da mit? Du sagst, dass du mich liebst, aber du verkuppelst mich mit einem alten Mann? Und Herr Baruch ...«

»Herr Baruch wollte nur das Beste für dich«, sagte Magnus. »Genau wie ich auch. Herrgott, Amra, sonst wäre es der Lübecker Sklavenmarkt gewesen! Oder irgendein anderer. In Lübeck hätte Herr Baruch dich ja noch freikaufen können. Aber weiß der Himmel, wohin es dich verschlagen hätte, wenn man die Geiseln erst nach Dänemark gebracht hätte. So schön wie du bist ... du hättest bei einem Hurenwirt landen können! Dich zu Heinrich zu schicken erschien uns das Beste, um dich zu retten. Herr Baruch hofft, dass du die kleine Prinzessin wirklich für dich einnehmen wirst und dass der Herzog dann davon absieht, dich ...« Seine Stimme versagte. »Und ich ...«, Magnus schluckte, bevor er weitersprechen konnte, »... ich werde ... wenn es möglich ist, wenn der Herzog dich einmal freigibt ... dann werde ich um dich werben. Ganz sicher, das verspreche ich.«

»Wenn der Herzog mich freigibt?«, fuhr Amra ihn an. Sie wusste, sie sollte ihre Stimme dämpfen, doch sie war außer sich. »Und wann, meinst du, wird das sein? Wenn er genug von mir hat? Oder wenn ich sein Kind unter dem Herzen trage? Das er dann einem von seinen Höflingen unterschieben muss? Und dann ziehen wir meinen Bastard auf, und jeder Blick, den du auf deinen Sohn oder deine Tochter wirfst, erinnert dich daran, dass ich vormals die Hure des Löwen war? O nein, Magnus! Wenn du mich liebst«, sie dämpfte ihre Stimme ein wenig, »wenn du mich wirklich liebst, dann läufst du mit mir fort! Bring mich irgendwohin, Magnus, wo wir zusammen leben können. Egal wohin.«

Amra wehrte sich, als Magnus sie an sich zog. »Amra«, flüsterte er eindringlich, »einen solchen Ort gibt es nicht. Ein Ritter ...«

»Du musst kein Ritter bleiben!«, sagte Amra hart und riss sich los. »Werde ...«

Sie wollte Bauer oder Fischer sagen, aber dann fiel ihr auf, dass es niemals neue Bauern oder Fischer gegeben hatte in Vitt und Puttgarden. Oder doch nur, wenn sich ein fremder Seemann oder ein Bediensteter der vielen Handelsherren mit einer Frau aus Rujana zusammengetan hatte, die dort Land besaß. Oder wenn ein Bauer oder Fischer ohne Nachkommen starb und vielleicht jemand aus seiner Familie sein Anwesen erbte, der vorher am Schwarzen See oder in Ralswiek gelebt hatte. Aber ein Bauer ohne Land, ein Fischer ohne Haus und Boot und Netze ...

»Du könntest dich als Seemann verdingen.« Das war das Einzige, was Amra noch einfiel.

Magnus hob die Schultern. »Und du?«, fragte er. »Wo würdest du derweil bleiben? Selbst wenn ich mein Pferd und meine Rüstung verkaufte, es reichte nicht für ein Haus in einem Hafen, in dem du leben könntest, während ich zur See fahre. Ich würde auch kaum etwas verdienen, schließlich verstehe ich mich nicht auf die Arbeit eines Segelmachers oder Steuermanns. Ein einfacher Matrose verdient kaum genug, um zu leben. Es geht nicht, Amra.«

Amra schüttelte den Kopf. »O doch, es geht, Magnus. Wenn du wirklich wolltest, fändest du eine Lösung. Du kannst doch schreiben und lesen – vielleicht verdingst du dich als Schreiber. Oder als Pferdeknecht, als Stadtbüttel ...«

»Vielleicht als Gaukler?«, versuchte Magnus zu scherzen. »Als Wunderheiler oder Pferdezähmer auf Märkten?«

»Und warum nicht?«, fragte Amra ernst. »Irgendetwas, Magnus. Wenn du mich wirklich liebst ...«

»Amra, dies ist kein Minnegedicht«, unterbrach sie Magnus. »Ich habe Verpflichtungen. Herr Heinrich hat mich zum Ritter geschlagen – ich diene ihm seit Jahren, und ich hoffe, dass er mich eines Tages mit einem Lehen belohnt. Und König Waldemar ist mein Verwandter. Auch ihm bin ich verpflichtet. Ich habe ihm mein Wort gegeben, dich sicher zum Hof Herzog Heinrichs zu geleiten. Das Wort eines Ritters! Da kann ich doch jetzt nicht einfach sein Hab und Gut stehlen und ...«

»Sein Hab und Gut? Du meinst mich?«

Amras Augen sprühten Funken, und sie hob ihre Hand. All seine Ausbildung als Ritter hatte Magnus nicht schnell genug werden lassen, um ihrer Ohrfeige auszuweichen. Betroffen hielt er sich die Wange.

»Dann scher dich doch zum Teufel, Herr Magnus! Wenn ich für dich nicht mehr bin als ein Stück Fleisch für die Tafel deines Herzogs! Nicht mehr als ein ›Geschenk‹ wie ein Ballen Stoff! Aber dann sag mir keine schönen Worte mehr, und tu nicht so, als ob du mich liebtest! Lass mich in Ruhe, Magnus! Lass mich einfach in Ruhe!«

Damit wandte sie sich um und rannte zu ihrem Zelt zurück, in der Hoffnung, dass sie niemand sah, der Zeuge ihrer Tränen hätte werden können.

»Amra, so ist es doch nicht ...«

Magnus wollte ihr hinterherlaufen, aber er erkannte, dass es keinen Zweck hatte. Wenn sie jetzt weiter stritten, würden sie nur die Ritter aufwecken, Amra würde ihm hässliche Dinge sagen, und er würde sich noch schäbiger vorkommen als jetzt schon. Amra hatte damals auf Rujana ihre Freiheit für ihn geopfert, ihr sicheres, vorgezeichnetes Leben. Hatte sie jetzt nicht das Recht darauf, von ihm das Gleiche zu verlangen? Wenn er nur irgendeine Möglichkeit sähe ...

Magnus vergrub das Gesicht in den Händen. Er wollte sich sagen, dass es hier nicht nur um seinen Stand ging, sondern vor allem um seine Ehre als Ritter, um Demut und Pflicht gegenüber seinem Herrn. Für Amra, das wusste er, war all das nebensächlich. Und so fragte er sich nur noch, wie er leben sollte ohne sie.

Kapitel 3

Magnus, seine Ritter und die Frauen erreichten Minden am späten Abend vor der Hochzeit Herzog Heinrichs. Alle waren todmüde, Magnus hatte die Reiter zuletzt erbarmungslos angetrieben, um rechtzeitig anzukommen. Amra fiel mehr von ihrem Pferd, als dass sie abstieg. Sie nahm die Stadt, die sich beidseitig des Flusses Weser erstreckte, nur schemenhaft wahr. Nun bot sich ihr auch ein ungewöhnliches Stadtbild. Zur Hochzeit des Herzogs hatte man die Straßen geschmückt, die Schiffe, die am Flussufer ankerten, mit Blumen bekränzt, auf Bevölkerung und Hochzeitsgäste warteten Zelte und Garküchen. Alle Handwerker und Händler schlossen am Hochzeitstag ihre Geschäfte. Herzog Heinrich würde jeden, vom Bürgermeister bis zum Bettler, fürstlich verpflegen.

»Dabei wird nicht mal wirklich hier gefeiert«, verriet die Magd, die Amra und Mariana auf Anweisung eines Bediensteten des Bischofs einen Schlafplatz in einem der Küchenzelte anbot. »Die hohen Herrschaften reiten gleich morgen weiter nach Braunschweig, das eigentliche Fest findet dort statt, auf der Burg. Aber es ist eine Ehre für unseren Bischof, dass der Herr Heinrich sich hier trauen lässt! Denkt Euch, mit einer richtigen Prinzessin! Ich werde morgen ganz früh am Dom sein, wenn der Koch mich lässt, um sie zu sehen! Hier, schaut, hier schlafen wir Mägde. Wir dienen sonst in der Küche des Bischofs, aber morgen sollen wir den Gästen aufwarten und dem Volk ... Wenn Ihr vorlieb nehmen wollt? Das Quartier ist sicher einfacher, als Ihr es gewohnt seid ... so feine Kleidung, wie Ihr tragt ...« Die junge Frau betrachtete Amras Surcotte, die zwar schmutzig und zerknittert von der Reise war, der man aber den Wert ansah, wohlgefällig. »Sicher solltet Ihr besser im Haus des Bischofs unterkommen wie die Prinzessin. Aber der Karl weiß ja nichts ...« Geringschätzig wies sie zurück auf den Diener, der den Zelteingang bewachte.

Amra dachte im Stillen, dass der Mann sie sicher richtig einschätzte – oder entsprechend instruiert worden war. Sie war keine Freifrau, auch wenn man sie so ausstaffiert hatte. Tatsächlich galt sie nichts. Eine Geisel, ein Geschenk ... eine Hure.

»Habt Ihr noch Kleider zum Wechseln? Sonst kann ich diese gern für Euch waschen, das Wetter ist ja schön, vielleicht trocknen sie noch bis morgen zur Trauung.«

Die junge Magd war wirklich äußerst beflissen, und bevor Amra noch etwas sagen konnte, hatte Mariana ihr Angebot auch schon angenommen. Nicht ohne Amra einen warnenden Blick zuzuwerfen. In den letzten Tagen zog diese ständig den Unwillen ihrer Anstandsdame auf sich. Amra verhielt sich verschlossen, mürrisch und unfreundlich – Magnus, aber auch Mariana gegenüber. Vielleicht war das ungerecht, aber Amra konnte nicht aufhören, darüber nachzugrübeln, was Mariana wusste. War ihr klar, welchem Schicksal sie Amra entgegenführte? Machte es ihr nichts aus? Amra brachte es nicht über sich, die Edelfrau zu fragen. Lieber zeigte sie ihr ebenso die kalte Schulter wie allen anderen, die sie seit dem Streit mit Magnus gesprochen hatte.

Auch der Magd dankte sie jetzt nur halbherzig. Die wies ihr trotzdem freundlich eine Schlafmatte und ein paar Decken zu.

»Macht es Euch nur gemütlich. Und erschreckt nicht, wenn die anderen Mägde und ich uns nachher zu Euch legen. Wir haben sicher noch stundenlang zu tun!«

Damit verschwand sie, und Amra und Mariana richteten sich ihre Bettstatt neben ein paar Säcken mit Getreide und Körben voller Eier.

Amra fiel jetzt erst ein, dass sie vergessen hatte, um etwas zu essen zu bitten. Doch sie war nicht hungrig. Am kommenden Morgen würde sie Herzog Heinrich kennenlernen. Und die Prinzessin, von deren Wohl es abhängen konnte, ob sie als Kammerfrau oder Kammerkätzchen endete. Amra bemühte sich, nicht an Magnus zu denken. Auch wenn es ihr gelingen sollte, ihre Unschuld zu wahren, sein Verdienst wäre es sicher nicht!

Magnus erschien bei Morgengrauen des nächsten Tages vor dem Küchenzelt und bat, die Frauen sprechen zu dürfen. Die junge Magd, schon wieder auf den Beinen, gab ihm eine Schale Weizenbrei mit Honig sowie verdünnten, heißen Würzwein und bestellte Amra und Mariana dann seine Nachricht.

»Ein junger Ritter erwartet Euch, er sagt, er habe Euch hergeleitet. Und er muss Euch zum Herzog führen. Ihr mögt Euch bitte bereit machen.«

»Jetzt schon?« Amra war sofort hellwach, aber Mariana gähnte. »Um diese Zeit? Ist das nicht etwas früh für eine Audienz?«

Die Magd zuckte die Schultern. »Später ist die Hochzeit«, meinte sie dann und ließ die Blicke neugierig über die beiden Frauen wandern, denen sie da ein eher kümmerliches Obdach gewährt hatte. »Ihr müsst ihm sehr wichtig sein, dass er Euch heute überhaupt empfängt. Ach du lieber Himmel, was machen wir jetzt bloß mit Euren Kleidern? Die können ja noch nicht trocken sein ... wartet, ich gehe sie gleich holen, ich ...«

»Lass nur, Kind, wir haben Kleidung zum Wechseln«, unterbrach Mariana freundlich ihren Redefluss. »Die wird jetzt zwar recht zerknittert sein, aber das ist nicht zu ändern. Bitte sag dem Ritter, er möge warten, wir werden alsbald zur Stelle sein.«

Amra suchte bereits in den Satteltaschen nach dem zweiten Kleid, das Baruch ihr hatte anmessen lassen. Es war wunderschön, von warmem Braun, um den Ausschnitt herum besetzt mit Halbedelsteinen. Allerdings saß es enger als alle anderen Kleider, die Amra je besessen hatte. Das sollte die neueste Mode sein, doch Amra hatte sich schon beim Anprobieren auf Rujana fast nackt darin gefühlt. Nun ja, inzwischen wusste sie, worauf das zielte ...

Mariana zog eine dunkelblaue Surcotte über ihr Unterkleid, dann half sie Amra unaufgefordert beim Kämmen. Die Edelfrau bürstete Amras Haarpracht erstaunlich geschickt und flocht eine Strähne rechts und links ihres Antlitzes, die sie am Hinterkopf zusammenfasste. Es sah aus, als trüge Amra einen Kranz aus ihrem eigenen leuchtend roten Haar.

»Schade, dass wir keine Blumen haben, um sie hineinzuflechten«, meinte sie bedauernd.

»Wie zum Kranz einer Braut?«, fragte Amra aufgebracht.

Mariana verzog unwillig die Lippen. »Wenn du so willst«, meinte sie. »Jedenfalls kannst du so gehen. Du siehst wunderschön aus, der Herzog wird sehr angetan von dir sein. Und wenn du einen Rat von mir annehmen willst: Schenk ihm ein Lächeln.«

Amra fixierte sie grimmig. »Ihr wisst es also«, stellte sie fest – und wunderte sich, dass sie fast etwas wie Enttäuschung empfand. »Man hat Euch gesagt, was man hier mit mir vorhat, und Ihr habt alles getan, mich gebührend vorzubereiten ...«

Sie dachte an Marianas geduldige Hinweise darauf, wie sie sich als ranische Adlige zu benehmen hatte, und an ihren Unterricht in der neuen Sprache. Wahrscheinlich hatte man der Edelfrau Anweisungen erteilt, womöglich hing ja auch Marianas Zukunft davon ab, ob der Herzog mit seinem »Geschenk« zufrieden war.

»Das brauchte man gar nicht«, gab Mariana ruhig zurück. »Ich konnte es mir denken. Und du hättest es dir auch denken können, wenn du kein gar so verwöhntes Ding wärst, das sein ganzes Leben für ein Spiel hält.«

Amra blitzte die Edelfrau an. »Ich? Verwöhnt? Ich war eine Sklavin auf Arkona, und dann eine Geisel, ich ...«

»Du standest immer unter dem Schutz dieses Kaufmanns, Baruch von Stralow. Und ja, er hat mich tatsächlich instruiert, dir alles so einfach wie möglich zu machen, dich so weit es geht in der kurzen Zeit in die Gepflogenheiten des Adels einzuweisen.«

»Und?«, fragte Amra schnippisch. »War ich eine gute Schülerin?«

Mariana seufzte. »Du bist ein kluges Kind, Amra, mit rascher Auffassungsgabe. Es nützt dir nur gar nichts, wenn du auftrittst wie eine Prinzessin, aber immer noch so denkst wie ein Bauernmädchen.«

»Ich denke, was ich will!«, trotzte Amra. »Und ein Bauernmädchen ... nun, zumindest kennt es meist den Mann, mit dem es verheiratet wird, und manchmal liebt es ihn auch.«

Amra bemühte sich, an ihrer Wut festzuhalten, doch bei ihren letzten Worten kämpfte sie mit den Tränen. Mariana legte sanft den Arm um sie, vorsichtig, um ihr Haar nicht wieder durcheinanderzubringen.

»Es ist beneidenswert ... das Bauernmädchen«, sagte sie dann leise. »Aber es zahlt für seine Freiheit. Es arbeitet hart, es lebt in kleinen, zugigen Häusern. Es hat kaum eine Freude, außer vielleicht der Liebe seines Mannes, und glaub mir Kind, die nutzt sich ab. Es kennt keine Poesie, keine Musik, irgendwann hat es keine Träume mehr. Es trägt harte, kratzige, schmutzige Kleider. Es stirbt früh, meist im Kindbett.«

Amra lauschte schweigend. Mariana hatte Recht. Sie selbst hatte sich sehr schnell an die Annehmlichkeiten des Lebens einer Adligen gewöhnt. Die schönen Kleider, das Pferd, das Bad in der Ritterburg ...

Mariana schien ihr anzusehen, was sie dachte. »Auch wir zahlen«, sagte sie dann. »Wir leben im Luxus, wir tun nichts, außer ein bisschen Handarbeit oder Buchführung ... aber dafür nehmen wir in Kauf, dass unsere Väter und später unsere Männer nichts anderes in uns sehen als Pfänder ihrer Macht und Gefäße für ihren ach so kostbaren Samen. Meinst du, mir hat es gefallen, erst einem unbekannten dänischen Herzog anverlobt zu werden und dann einem ranischen Gauner? Glaubst du, mir gefiel der Hof von Arkona – in dem die Bücher erst Einlass fanden und Musik durch die Räume klang, als zwei orientalische Lustsklavinnen eintrafen? Du kennst Königin Libussa, sie kann kaum lesen und schreiben. Und glaubst du, es gefiel mir, jeden Tag dem blutigen Kult dieses Götzen zuzusehen? Ich war Christin, Amra! Als ich entführt wurde, war ich noch gläubig!« Mariana seufzte. »Und glaubst du, Kind, dass es der kleinen englischen Prinzessin gefällt, heute Morgen mit einem Mann vermählt zu werden, der fast dreißig Jahre älter ist als sie? Denkst du nicht, auch sie träumt eher von einem hübschen Prinzen – sofern sie überhaupt schon an einen Mann denkt und nicht noch mit Puppen spielt?«

Jetzt war es Mariana, die Amra anblitzte. Amra hatte die Edelfrau nie so aufgewühlt und so zornig gesehen. Sie senkte den Kopf.

»Also nimm dein Schicksal an, Amra«, sagte Mariana schließlich. »Und wenn du die Worte einer erfahrenen Frau hören willst – vergiss, was dein Herr Baruch dir geraten hat. Hoffe nicht auf die Gunst der Herzogin, buhle um die des Herzogs! Als seine Kurtisane hättest du Macht. Nicht viel, aber ein bisschen. Mache ihn glücklich, nimm seine Geschenke an, zeige dich unersättlich, was Schmuck und Geschmeide angeht. Wenn er dann eines Tages genug von dir hat, bist du reich. Und magst etwas von der Freiheit zurückgewinnen, die du dir so sehr wünschst ...«

Amra biss sich auf die Lippen. Magnus hatte ihr genau das gesagt, wenn auch in weniger klaren Worten. Aber sie wusste nicht, ob sie es über sich bringen würde. Sie konnte sich nicht derart verstellen.

»Und nun komm, wir müssen gehen. Dein Ritter wartet ...«

Mariana stand auf. Und Amra schaute sie ein weiteres Mal fassungslos an. Also hatte sie auch das gewusst. Sie hatte ihr die kurze Zeit mit Magnus geschenkt ...

Mariana wich dem Blick der Jüngeren aus, und Amra fragte sich, was sie in ihren Augen gelesen hätte. Hatte es vielleicht auch für Mariana einst einen Magnus gegeben? Träumte die alte Edelfrau noch heute von den Armen eines jungen Ritters, einer verbotenen Liebe? Und hatte sie, Amra, vielleicht Glück, dass sie als Kurtisane ausersehen war und nicht als Ehefrau?

Deutlich milder gestimmt folgte sie Mariana vor das Zelt und sonnte sich in Magnus' bewundernden Blicken.

»Wie wunderschön du aussiehst, Amra!«, brach es aus dem Ritter heraus, als sie vor ihm stand. »Ich ... ich würde ...«

»Still jetzt, Herr Magnus«, sagte Mariana würdevoll. »Setzt ihr nicht noch mehr Rosinen in den Kopf. Was ist mit dem Herzog? Warum eine Audienz zu so unchristlicher Zeit?«

Magnus riss sich los von Amras Anblick. »Verzeiht die frühe Störung«, meinte er artig und forderte die Frauen auf, ihm zu folgen. »Aber der Herzog will wissen, was König Waldemar ihm zu sagen hat – und was er ihm schickt. Und da ist es zweifellos besser, ihm gleich alles ... alles zu zeigen, nicht nur ...« Er biss sich auf die Lippen.

»Nicht nur das Gold, sondern auch das Fleisch«, sagte Amra kalt. »Ich verstehe schon.«

Sie sah ihre Lage zwar jetzt klarer und urteilte milder über Herrn Baruch und Frau Mariana. Aber sie war weit davon entfernt, Magnus zu verzeihen. Wenn er wirklich wollte – er könnte jetzt noch mit ihr fliehen.

»Amra...« Magnus Stimme klang tonlos, aber Amra beachtete ihn nicht mehr.

Inzwischen hatten sie den Bischofspalast neben dem Dom erreicht. Der Herzog würde sie hier empfangen. Amra erzitterte, als sein Leibdiener ihnen die Privaträume öffnete, die der Bischof ihm während seines Aufenthalts zur Verfügung gestellt hatte. Das große, mit Fellen und Kissen bedeckte Bett fiel ihr ins Auge, bevor sie die prunkvollen Sitzmöbel, die mit gedrechselten Ornamenten verzierten Truhen und das Betpult wahrnahm. Magnus wies die Träger an, die Truhe mit Waldemars Geschenken neben dem Betpult abzustellen. Dann winkte er die Männer hinaus und beugte das Knie vor seinem Herzog, der in der Mitte des Raumes stand, als wäre er eben unruhig darin auf und ab gegangen.

»Herr Heinrich... ich erbiete Euch die Grüße Eures Waffenbruders König Waldemar. Sein Zug gegen die Ranen war von Gott gesegnet. Die Götzenbilder sind zerstört, Rujana ist in christlicher Hand.«

Der Herzog nickte ihm huldvoll zu und wies ihn an, sich zu erheben. Magnus tat es und bot Amra damit einen unverstellten Blick auf den Mann, den man bewundernd »den Löwen« nannte. Herzog Heinrich war jedoch nicht, wie Amra erwartet hatte, so groß wie der Dänenkönig und hatte auch keine besonders ansprechenden Züge. Sein Gesicht war oval, noch nicht von Falten durchzogen. Die braunen Augen wirkten wach, überschattet von dichten Augenbrauen. Auch das braune Haar war dicht, der Löwe trug es kurz geschnitten, nicht lang wie Magnus und die meisten Ritter. Ein sorglich gestutzter Bart umrahmte Kinn und Wangen, die Lippen wirkten voll und fleischig. Der Herzog trug bereits seinen Hochzeitsstaat, einen langen Mantel aus edelstem, schwerem Brokat, in das aufwendige Muster in Braun- und Goldtönen gewebt waren. Amra erkannte ein Löwenmotiv. Unter dem Gewand verbarg sich ein schlanker, aber kräftiger Körper.

»Ich hörte davon.« Eine voll klingende, dunkle und befehlsgewohnte Stimme. »Gott gewährte unseren Truppen einen Sieg ohne Blutvergießen. Sehr erfreulich. Und nun sendet Herr Waldemar mir meinen Anteil an der Beute?« Der Herzog fixierte die Truhe. »Viel kann es dann wohl nicht gewesen sein.«

Magnus rieb sich die Schläfe. »König Waldemar war ... in der Tat ... eher enttäuscht von dem Tempelschatz. Das Orakel des ranischen Götzen war wohl nicht so einträglich, wie alle annahmen ... sicher auch aufgrund Eurer unermüdlichen Bemühungen um die Bekehrung der slawischen Stämme. Der König lässt Euch nochmals seinen Dank für die Unterstützung dieses Feldzuges übermitteln.«

Der Herzog machte eine wegwerfende Handbewegung. »Schon gut, also ist das mein Anteil an dem Schatz? Nun, dann öffnet mal die Truhe, sie ist ja klein, aber wenn sie voller Silber und Gold ist ...«

Begierig wandte er sich der Truhe zu. »Und dann gibt es noch Geiseln, hörte ich. Da müssten mir zwanzig zustehen ...« Er ließ seinen Blick kurz über Mariana und Amra schweifen. Auf der Jüngeren verweilte er, aber nicht sehr interessiert. Die Frauen standen allerdings auch im Halbdunkel. Die Sonne ging gerade erst auf, und Heinrich hatte nur eine Kerze entzünden lassen.

»Ich sehe nur zwei«, meinte er unwillig. »Habt Ihr den Rest gleich in Lübeck zu Geld gemacht?«

Magnus wirkte peinlich berührt. Er machte auch keine Anstalten, die Truhe zu öffnen. Schnell sprang der Leibdiener des Herzogs hinzu und machte sich an den Verschlüssen zu schaffen.

»Dies sind Geschenke«, gab Magnus schließlich zu, bevor der Mann die Schlösser gelöst hatte. »Nicht direkt ein ... Anteil an der Kriegsbeute. Der dänische König sendet sie Euch als Zeichen seiner Anerkennung für ... nun ja, für die Entsendung Eurer Truppen. Die er dann aber nicht brauchte, er...«

Zwischen Heinrichs Augen erschien eine steile Falte. »Mit anderen Worten, er will mich mit ein paar Almosen abspeisen, statt mir meinen rechtmäßigen Anteil an der Kriegsbeute zukommen zu lassen?«, fragte er.

Seine Stimme klang schneidend. Magnus schien darunter kleiner zu werden. Amra tat er fast leid. Es war sicher nicht einfach, sich diesem Mann zu widersetzen.

»Aber lasst sehen. Es müssen ja wahrhaft erlesene Geschenke sein, wenn Herr Waldemar meint, sie wögen einen Feldzug auf.«

Der Diener hatte inzwischen die Truhe geöffnet. Heinrich lachte, als er des Inhalts ansichtig wurde. Stoffe, Geschmeide...

»Es ... es sollen auch Hochzeitsgeschenke sein«, Magnus rang nach passenden Worten. »Seide und Schmuck für ... für Eure Gattin...«

Heinrichs Lachen wurde lauter. »Mathilde kam mit drei Schiffen aus England«, prahlte er. »Voll geladen mit Gut und Gold, eine Mitgift, wie sie kaum eine andere Königstochter je erhalten hat. Sie braucht Waldemars kümmerliche zwei Ballen Seide ebenso wenig wie das bisschen goldenen Tand hier!« Er wies auf den prächtigen Kopfputz aus Gold und Silber, die schweren Ketten und die zierlichen Armreifen, die zu Waldemars Gabe gehörten. »Und was ist das da?« Herzog Heinrich nickte in Richtung der Frauen. »Sind sie...«

Er verstummte, als die Sonne sich jetzt vor das geöffnete Fenster seiner Kemenate schob und ihr Licht auf Amras zierliche Gestalt warf. Amra versuchte zu lächeln, aber es geriet nicht wirklich strahlend.

»Der König von Dänemark sendet Euch eine der ranischen Geiseln«, erklärte Magnus. »Eine ... eine Verwandte König Tetzlavs. Sie ist schön und hochgebildet, sie spricht Französisch, kann lesen und schreiben, ein bisschen Latein ... er ... er schickt sie der Herzogin als Kammerfrau. Er hofft, sie könnte dazu beitragen, dass Eure Gattin rascher heimisch wird in deutschen Landen.«

Herzog Heinrich lachte wieder, doch es klang weniger spöttisch. In die Wut auf Waldemar mischte sich deutlich ein erstes Interesse an seinem Geschenk.

»Schön ausgedrückt«, höhnte er. »Die Herzogin hat übrigens ihr eigenes Gefolge mitgebracht, wahrscheinlich braucht sie keine Kammerfrau.«

Magnus biss sich auf die Lippen. »Der ... der König ist guten Mutes, dass sich dann ... dass sich schon eine adäquate Verwendung für die junge Frau finden lässt«, sagte er leise.

Amra vergaß, dass sie ihn eben noch bedauert hatte. Sie blitzte ihn wütend an.

Heinrich musterte die junge Frau nun ausdauernder. Was er sah, gefiel ihm erkennbar. Amra ihrerseits senkte die Augen. Sie schämte sich.

»Nun gut«, sagte der Herzog schließlich. »Als ranische Prinzessin hat sie zweifellos ein Anrecht darauf, in den Hofstaat meiner Gemahlin aufgenommen zu werden. Mathilde wird entzückt sein.« Es klang geschäftsmäßig, nicht so, als glaube Heinrich es wirklich. »Ist sie getauft?«

Magnus erstarrte. Daran hatte niemand gedacht. »Ich ... ich glaube nicht«, murmelte er.

Heinrich sah ihn strafend an und ließ seine tadelnden Blicke auch gleich über Amra und Mariana schweifen. Die Edelfrau schien ihm jetzt erst aufzufallen.

»Wer ist das?«

Mariana knickste. »Mariana von Arkona, Herr«, sagte sie mit klingender Stimme. »Mein Gatte stand im Rang eines Grafen. Ich wurde mitgeschickt, um der ... Prinzessin aufzuwarten.« Sie warf Amra einen leicht spöttischen Seitenblick zu.

»Eine Kammerfrau für die Kammerfrau, ja?«, fragte Heinrich grinsend. »Der König hat an alles gedacht ... Gut, wir müssen hier langsam zu einem Ende kommen, die Glocken rufen bereits zum Hochamt.«

Amra war zusammengefahren, als dicht hinter dem Fenster die Glocken des Doms zu läuten begannen. Dabei fiel ihr das Glöckchen ein, das die Fischer von Vitt zum Heringsfang rief und der Tag, als Magnus ... Ihre Augen streiften den jungen Mann, der wohl den gleichen Gefühlen nachhing. Einen Herzschlag lang verloren sie sich in der gemeinsamen Erinnerung, bevor Amra sich wieder an ihren Zorn auf ihn erinnerte.

»Die beiden können sich ins Gefolge der Braut einreihen – festlich gekleidet sind sie ja schon. Aber sie müssen getauft werden, seht zu, dass Ihr rasch jemanden findet, der sich darum kümmert, Herr Magnus.«

Der Herzog runzelte wieder die Stirn und wandte sich dann an Amra. »Du willst doch getauft werden?«

Amra war verdutzt ob der vertrauten Anrede. Aber es war zweifellos nicht in ihrem Sinne, die Frage zu verneinen.

»Es wäre mir eine große Freude«, antwortete sie in korrektem Deutsch und knickste artig.

Der Herzog nickte wohlgefällig. »Der Bischof kann sie auch gleich vor der Hochzeit taufen«, meinte er dann lächelnd. Der Einfall schien ihm zu gefallen. »Das ist ein schöner Auftakt für die Feier, wir führen Gott die Seelen zweier Heidenfrauen zu und danken ihm damit für die Befreiung der Insel Rujana von der Herrschaft der Gottlosen. Findet einen Kaplan, der sie vorbereitet. Ihr folgt mir mit Euren Rittern. Also seht zu, dass Ihr in Eure Rüstung kommt. Mit Herrn Waldemar werde ich mich später auseinandersetzen. Seine Hochzeitsgeschenke nehme ich dankend entgegen, doch über die Beute aus dem Ranenfeldzug wird noch zu reden sein!«

Kapitel 4

Amra wusste nicht, wie ihr geschah, als Magnus sie und Mariana jetzt rasch aus dem Palast des Bischofs hinausführte und vor dem Dom einem schwarz gekleideten Christenpriester übergab. Sie wusste bereits, dass sich die unteren Chargen dieser Priesterschaft meist dunkel gewandeten, während die Bischöfe und anderen Würdenträger an Prachtentfaltung durchaus Adel und Ritterschaft nahekamen.

Während Magnus sich entschuldigte, führte der Mann die beiden Frauen in einen Raum, der wohl ihrer Vorbereitung auf die Kirchenrituale diente. Dort hieß er sie, sich niederzusetzen, und begann, ihnen zu erklären, was bei der Taufe auf sie zukäme. Amra verstand nicht, was er mit der Erbsünde und der Auferstehung in Christi meinte, aber sie merkte sich den Ablauf der Zeremonie. Gefährlich schien es nicht zu sein, im Gegenteil, Mariana schien sich sogar darauf zu freuen, erneut in die Gemeinschaft der Christen aufgenommen zu werden.

Schließlich wartete der Priester mit den beiden Frauen vor den Toren des Doms auf den Bischof und die Eskorten des Herzogs sowie der englischen Prinzessin.

Auch am ranischen Hof hatte es festliche Einzüge des Königs in die Burg und Prozessionen zu Ehren der Götter gegeben. Die Fischer und Bauern hatten immer über die Pracht gestaunt. Was Amra und Mariana hier jedoch zu sehen bekamen, stellte alles in den Schatten, was sie sich an König Tetzlavs Hof auch nur hatten vorstellen können.

Der Domplatz hatte sich schon vor dem Einzug des Brautpaares mit Schaulustigen und Gästen gefüllt. Der Adel, aber auch die Kaufmannschaft des Bistums Minden trug die edelsten Kleider und den kostbarsten Kopfschmuck zur Schau, die Schwerter der Ritter und Fürsten steckten in mit Edelsteinen verzierten, bestickten Scheiden. Die Waffen glänzten, die Knäufe waren teils fein ziseliert, in einige waren bunte Schmucksteine eingearbeitet. Die Menschen redeten und lachten, die Garküchen waren allerdings noch nicht geöffnet.

»Die Christen fasten vor dem Gottesdienst«, erzählte Mariana Amra.

Wobei man das wohl nicht allzu ernst nahm – Amra erinnerte sich, in Herzog Heinrichs Kemenate Wein und Brot gesehen zu haben, und Magnus hatte die junge Magd Brei serviert. Ihr selbst knurrte jetzt allerdings bereits der Magen – schließlich hatte sie auch am Abend zuvor schon nichts gegessen.

»Das ist eine gute Vorbereitung auf die Taufe«, fügte Mariana erklärend hinzu.

Amra hoffte, dass sich die Trauungszeremonie nicht allzu lange hinziehen würde. Aber dann vergaß sie ihren Hunger. Trompetenstöße kündigten den Einzug Herzog Heinrichs an. Sein Zug hatte sich wohl hinter dem Bischofspalast formiert.

Heinrich der Löwe schritt seinen Rittern zu Fuß voraus, in seinen langen Prunkgewändern wäre das Reiten sicher zu schwierig gewesen. Sein Haupt zierte nun ein Kopfschmuck aus Brokat in den gleichen Farben wie sein Rock, darauf saß ein schlichter goldener Reif als Zeichen seiner Fürstenwürde. Über seinen dunkelroten Handschuhen trug er goldene und mit Edelsteinen besetzte Ringe. Der Knauf des Schwertes, mit dem er gegürtet war, war mit einem goldenen Löwenkopf geschmückt. Der Herzog wirkte größer und stattlicher als zuvor in seinen Räumen.

Amra erkannte Magnus nicht sofort unter den Rittern, die ihm folgten, es waren sicher hundert oder mehr. Sie saßen auf prächtigen Pferden, ihre Rüstungen glänzten in der Sonne. Magnus und seine Männer mussten noch bis tief in die Nacht gearbeitet haben, um sie zu polieren. Vielleicht hatten auch Knappen geholfen. Von ihnen gab es reichlich am Hof des Herzogs, sie folgten den Rittern zu Fuß, waren weiß gekleidet und wirkten freudig erregt.

»Wahrscheinlich werden einige morgen als Teil der Hochzeitsfeierlichkeiten ihre Schwertleite feiern«, sagte Mariana.

Bischof Werner von Minden begrüßte den Herzog am Eingang des Doms, wobei Amra die Möglichkeit hatte, den Mann, der sie gleich taufen sollte, in Augenschein zu nehmen. Der Kirchenmann trug ein kostbares Ornat, wirkte sonst aber unauffällig. Ein schlanker Mann, der den Herzog knapp überragte. Heinrich wechselte ein paar Worte mit ihm und wies auf Amra und Mariana, die in einem Hofknicks versanken. Der Bischof nickte kurz. Anscheinend war er schon informiert.

Dann bliesen die Trompeten erneut, und der Zug der Prinzessin Mathilde näherte sich der Kirche. Neugierig schaute Amra nach dem Mädchen aus, von dem ihr Schicksal abhängen würde. Nach dem, was sie von dem Gespräch zwischen Heinrich und Magnus verstanden hatte, machte sie sich zwar nicht sehr viel Hoffnung, aber sie war gewillt, ihr Bestes zu tun, um der kleinen Prinzessin eine Freundin zu werden – und damit vielleicht dem Bett des Herzogs zu entkommen.

Mathilde Plantagenet saß auf einem Schimmel und ritt inmitten ihrer Ehrenjungfrauen. Offenbar hatte irgendjemand entschieden, dass die kleine Prinzessin unter den vielen älteren und größeren Mädchen und Frauen untergehen würde, und sie folglich auf ein Pferd gesetzt, damit jeder sie sehen konnte. Ihr prächtig geschmückter Zelter folgte tänzelnd ihren Brautjungfern, blonden, hochgewachsenen Mädchen, deren langes Haar mit Blüten geschmückt war. Das Pferd wirkte nervös ob all der

Menschen auf dem Platz. Es scheute vor den Trompetern, aber die junge Reiterin beherrschte es souverän. Amra bewunderte ihren sicheren Sitz auf dem Sattelkissen und ihre aufrechte Haltung.

Dann hielt auch schon der Zug vor dem Dom, und der Bischof trat zu der jungen Braut, um ihr vom Pferd zu helfen. Amra konnte sie jetzt deutlich sehen und wunderte sich, dass Mathilde im Gegensatz zu ihren Ehrenjungfrauen dunkelhaarig war. Ihr glänzendes schwarzes Haar war zu einer komplizierten Zopffrisur geflochten, ein aufwendiger, breiter goldener Reif hielt die Flechten und einen hellblauen Schleier aus ihrem herzförmigen Gesicht. Das Antlitz eines Kindes natürlich, doch auch das einer künftigen Schönheit. Mathildes Mund war himbeerrot und von vollkommener Form, die Augen groß und zu Amras Verwunderung von klarem Blau, was zu dem dunklen Haar exotisch wirkte. Ihre Wimpern waren lang, die Brauen zart geschwungen. Auch Mathildes Gestalt, umschmeichelt von einer edelsteinbesetzten Surcotte in lichtem Blau, war natürlich noch die eines Kindes. Die junge Braut war jedoch groß für ihr Alter. Wenn sie erwachsen war, mochte sie ihren Gatten überragen.

Nun betrat Mathilde in ihren edelsteinbesetzten, zierlichen Schnabelschuhen aus Seide das Pflaster vor dem Dom und stieg die Stufen zur Kirche hinauf. Sie hielt sich aufrecht, schaute stolz, aber ohne ein Lächeln auf ihre künftigen Untertanen hinab. Der Bischof führte sie galant, ihre Ehrenjungfrauen folgten ihr.

Amra zählte mehr als sechzig reich gekleidete, mit Gold- und Silberschmuck ausgestattete Mädchen in ihrem Gefolge. Der Herzog hatte Recht – Mathilde brauchte keine weitere Vertraute, sie hatte sich ihre Freundinnen mitgebracht.

Während Amra diesem düsteren Gedanken nachhing, sah sie

sich und Mariana plötzlich in den Mittelpunkt des Interesses gerückt.

»Prinzessin, eine kleine, aber Gott höchst wohlgefällige Verzögerung«, bemerkte der Bischof ehrerbietig, bevor Mathilde die Kirchentür durchschreiten konnte. Sie musste dazu an Amra und Mariana vorbei, hatte die Frauen allerdings kaum wahrgenommen.

»Euer künftiger Gatte wünscht, dass Ihr zwei ranische Edelfrauen in Euer Gefolge aufnehmt. Sie wurden ihm gesandt, um als Geiseln den eben geschlossenen Frieden auf der Insel Rujana zu garantieren.«

Mathildes Blick – kühl und desinteressiert – streifte die Frauen. »Sie mögen sich hinter uns einreihen«, sagte sie gelassen. Wie der Bischof sprach sie Französisch, angeblich, trotz ihrer englischen Herkunft, ihre Muttersprache.

»Sie sind noch nicht getauft«, meinte der Bischof. »Wie Ihr vielleicht wisst, diente der Feldzug Eures künftigen Gatten gegen die Ranen vor allem ihrer Abkehr vom heidnischen Glauben. Gott führte ihn zu dem schönen Ergebnis, dass nun vom König bis zum Bettler jeder auf der Insel den rechten Glauben annehmen wird. Zudem ist dabei kein Tropfen Blut geflossen, wofür wir dem Herrn nicht genug danken können. Lasst uns jetzt diese beiden Frauen in die christliche Gemeinschaft aufnehmen, damit sie mit reinen Seelen an Eurem Fest der Freude teilhaben können!«

Der Bischof strahlte, als er nun der gesamten Hochzeitsgesellschaft die Türen des Doms öffnete. Amra und Mariana wies er als Erste hinein. Auch er schien diese Taufe zu Beginn des Hochamts und der Trauung für eine hervorragende Idee zu halten.

Mathilde wirkte dagegen weniger angetan. Die kleine Prinzessin sah genau, dass plötzlich alle Augen auf die fremden Frauen gerichtet waren, statt sich ganz auf die Braut zu konzentrieren. Dabei wäre ihr Mariana wahrscheinlich egal gewesen, aber Amra mit ihrem leuchtend roten Haar und ihrem edelsteinbesetzten Kleid war ein Anblick, der die Zuschauer fesselte. Mathilde folgte dem Bischof und den Frauen bereitwillig und voller Demut vor dem Sakrament zum Taufbecken, aber ihre Augen schienen Funken zu sprühen.

Amra versuchte, es nicht noch schlimmer zu machen, indem sie den Kopf betont gesenkt hielt und sich klein machte, als sie nun vor dem Bischof niederkniete. All das fiel ihr schwer, nahm es ihr doch die freie Sicht auf das christliche Gotteshaus, das so viel größer war als die Burgkapellen, die sie während der Reise schon zu Gesicht bekommen hatte.

Der Mindener Dom war wie eine riesige Halle. Im Eingang befand sich das Taufbecken, am Ende des langen, rechteckigen Raums der Altar. Dazwischen gab es Platz für die Gläubigen, aber an den Seiten reihten sich auch Heiligenstatuen und Bilder, vor denen Kerzen brannten. Amra hatte noch nie so viele entzündete Kerzen gesehen – es erschien ihr fast als Verschwendung, zumal draußen ja heller Tag war. In der Kirche war das Licht jedoch gedämpft, es fiel nur durch hohe, bunte Glasfenster hinein. Mit Herzog Heinrichs Gefolge und den vor ihm bereits eingetretenen Gästen war das Gotteshaus bereits mehr als zur Hälfte gefüllt. Es war verständlich, dass Mathilde sich über ihren misslungenen Auftritt ärgerte.

Der Bischof begann nun, die Gebete zu sprechen, auf die der Priester die Frauen eben vorbereitet hatte. Amra versicherte brav, dass sie ihre Sünden bereue, ohne genau zu wissen, was darunter zu verstehen war. Sie meinte, Mathildes prüfenden Blick im Rücken zu spüren, als sie auf Lateinisch antwortete. Immerhin hatte sie das Interesse der kleinen Braut erregt. Nach ein paar kurzen Gebeten und Fragen übergoss der Bischof Amras Haupt mit Wasser.

»Ich taufe dich im Namen des Vaters, des Sohnes und des Heiligen Geistes auf den Namen ...«

»Amra«, antwortete Amra schüchtern.

Auf die Frage hatte man sie nicht vorbereitet, aber natürlich kannte sie ihren Namen.

Der Bischof schüttelte unwillig den Kopf. »Kein heidnischer Name, Kind.« Er dachte kurz nach. »Ich taufe dich auf den Namen Anna Maria«, endete er schließlich, um sich dann Mariana zuzuwenden.

Die Edelfrau war leicht errötet, als sie Amras neuen Namen hörte, antwortete auf die Frage am Ende der Taufzeremonie aber trotzdem mit ihrem alten Taufnamen.

»Maria Anna, Exzellenz.«

Der Bischof runzelte die Stirn. »Wollt Ihr alle gleich heißen?«, brummte er, aber dann schien es ihm egal zu sein.

Auch Mariana erhielt das Sakrament der Taufe, und die Trauungsfeierlichkeiten konnten weitergehen.

Mathilde, die den Täuflingen keinen weiteren Blick schenkte, ließ wieder ihre weiß gekleideten Ehrenjungfrauen vorausschreiten, dann folgte sie in gewissem Abstand. Gemessenen Schrittes durchquerte sie die Kirche, die kleinen Hände fromm gefaltet. Amra konnte ihr hier nur Respekt zollen. Das kleine Mädchen schien nicht im Geringsten befangen zu sein, es trat auf wie eine leibhaftige Königin. Die ersten Brautjungfern bildeten vorn im Dom ein Spalier, durch das Mathilde zu dem erhöhten Sitz für das Herrscherpaar schritt. Herzog Heinrich hatte hier bereits Platz genommen, und Mathilde setzte sich neben ihn, ohne ihm einen Blick zu gönnen. Der Herzog und die künftige Herzogin blickten ernst und gesammelt in den Altarraum und warteten, bis auch das bunte Gefolge der Prinzessin Platz genommen hatten.

Amra und Mariana schlüpften als Letzte in eine der Kirchenbänke, und Amra atmete auf. Jetzt sah sie niemand mehr an, sie hatte nur nachzumachen, was Mariana und die anderen taten, sich also zum Beten abwechselnd hinzuknien, zu erheben und sich zwischendurch auch mal entspannt zu setzen. Dafür hatte sie freie Sicht auf Bischof und Brautpaar. Ein schönes Paar, aber ein reichlich seltsames. Heinrich und Mathilde wirkten eher wie Vater und Tochter, in den hohen Kirchenstühlen reichten Mathildes Beine kaum auf den Boden.

Die Messfeier vor der Trauung zog sich hin, aber das war Amra auch von den Zeremonien für Svantevit gewöhnt. Sie vertrieb sich die Zeit damit, die anderen Gäste zu beobachten, wobei ihr Blick immer wieder zu Magnus wanderte, der bei den Rittern des Herzogs saß. Obwohl sie entschlossen war, ihn nicht mehr zu lieben, empfand sie ihn doch immer noch als den schönsten aller Ritter. Sie bewunderte seine aufrechte Haltung, den schlanken und doch kräftigen Körper unter Kettenhemd und Tunika. Die Ritter hatten ihre Rüstungen ab-, aber die Wappenröcke in ihren Farben angelegt. Magnus trug Rot und Blau, ein Feld seines Wappens zierte eine stilisierte Kette. Amra wusste, dass diese Farben Tapferkeit und Treue bedeuteten, ein Vorfahr des Ritters musste obendrein einmal Ketten gesprengt haben, sei es beim Befreien eines Gefangenen oder beim Eindringen in Feindesland. Und nun schmiedete die Treue zu seinem Herrn die Fesseln seiner Liebsten ... Amra wollte wütend sein, aber sie konnte die Tränen kaum zurückhalten.

Während der Trauung schluchzten dann die Brautjungfern und einige der anwesenden Edelfrauen vor Rührung. Mathilde Plantagenet vergoss allerdings keine Träne, während sie ihrem viel älteren Gemahl mit süßer Stimme Eide schwor. Sie kniete neben ihm nieder, um den Segen des Bischofs zu empfangen, und hielt still, während er sie küsste. Züchtig auf die Stirn – Amra dachte wieder eher an Vater und Tochter denn an Ehemann und Ehefrau.

Schließlich verließ das Paar gemeinsam die Kirche, während ein Chor sang, Heinrich führte seine Gemahlin am Arm. Hinter ihnen gruppierten sich wieder Ehrenjungfrauen und Ritter – Amra und Mariana verließen den Dom als Letzte.

»Und nun?«, fragte Amra unschlüssig. »Was wird jetzt?«

»Der Herzog und die Herzogin zeigen sich dem Volk und verteilen Geschenke«, informierte sie unvermittelt eine der Ehrenjungfrauen.

Das junge Mädchen war etwa in Amras Alter und zweifellos in den hinteren Reihen der Brautjungfern versteckt worden, weil es nicht sehr schön war. Es hatte dünnes braunes Haar und vorstehende Zähne, aber seine hellblauen Augen blickten freundlich, nicht hochmütig wie die der anderen.

»Wir sollen helfen, Münzen an die Menschen zu verteilen, Schatzkisten stehen bereit. Wenn Ihr mögt, kommt mit mir.« Das junge Mädchen sprach französisch ohne jeden Akzent. Seine Freundlichkeit machte Amra Mut, ihr zurzeit dringlichstes Problem anzusprechen.

»Gibt es ... gibt es irgendwann auch mal was zu essen?«, erkundigte sie sich. »Ich will nicht unhöflich sein, aber wir sind gestern erst mitten in der Nacht angekommen, und ...«

Die Braunhaarige lachte ein perlendes Lachen. »Wenn die Geschenke verteilt sind, öffnen die Garküchen«, meinte sie. »Und ich denke, für uns gibt es noch etwas im Bischofspalast, bevor wir abreiten. Der Herr Bischof wird das Brautpaar doch zu einem Imbiss laden. Danach geht es aber gleich weiter nach Braunschweig. Und dort wird sicherlich stundenlang gespeist. Verhungern werdet Ihr nicht im Dienste der Herzogin, das kann ich Euch versichern. Ich bin übrigens Melisande von Kent, Königin Eleonore hat mich dazu bestimmt, der Prinzessin ... äh ... der Herzogin ... aufzuwarten.«

Das gleiche Amt, für das König Waldemar Amra bestimmt

hatte, aber offensichtlich mit gänzlich anderen Absichten. Melisande würde den Blick des Herzogs keinen Herzschlag lang fesseln, auch wenn sie Mathilde beim Ankleiden half oder sonst etwas tat, was sie in sein Blickfeld rückte. Allerdings war sie schlank und beweglich. Sie führte Amra und Mariana rasch um die Hochzeitsgesellschaft herum auf die Diener zu, die mit den Schatztruhen warteten. Die anderen Brautjungfern repräsentierten lieber noch im Schatten des Herzogspaares.

»Es wundert mich, dass die Königin ihre Tochter ganz allein an ihren neuen Hof schickt«, meinte Mariana, kurz bevor sie ihr Ziel erreichten. »Die Herzogin ist doch noch ... sehr jung ...«

Melisande nickte. »Königin Eleonore hat sie bis in die Bretagne begleitet. Aber dann erwarteten sie andere Pflichten. Sie ist sehr ... umtriebig«, meinte das junge Mädchen, »und mehr an ihren Söhnen interessiert als an ihren Töchtern. Aber sie hat die Prinzessin exzellent vorbereitet. Herzogin Mathilde ist noch jung, aber Ihr müsst Euch keine Sorgen um sie machen.«

Amra teilte diese Ansicht. Die kleine Prinzessin wirkte alles andere als unsicher oder ängstlich. Amra betrachtete fasziniert, wie sie jetzt ohne jede Scheu zu einer der Schatztruhen ging, eine Hand voll Münzen herausnahm und in die Menge des Volkes warf.

»Dies schenkt euch Mathilde, Herzogin von Sachsen und Bayern!«, rief sie mit klingender Stimme, ein Signal für Melisande und die anderen Brautjungfern und Pagen, nun ihrerseits mit dem Verteilen der Geschenke zu beginnen.

Amra griff verwirrt in die Kisten voller Gold und Silber, stellte aber bald fest, dass es sich um eher kleine Münzen handelte. Dennoch strahlten die Augen der Menschen, die sie damit bedachte, wie Melisande und die anderen den Spruch der Herzogin wiederholend. In den nächsten Stunden nahm sie Segens- und Glückwünsche für ihre neue Herrin entgegen, besonders die Bettler und ärmeren Bürger flehten um die Güte Gottes für Herzogin Mathilde.

Schließlich formierte sich der Zug wieder, und Amra und Mariana fanden sich erneut neben Melisande. Die junge Kammerfrau war offensichtlich zufrieden mit ihrer Leistung – Amra und Mariana hatten eifriger gewirkt als die anderen Edelfrauen. Melisande lotste sie denn auch gleich nach Betreten des Hofes hinter dem Bischofspalast in die Küche und organisierte Brei, Suppe, Brot und Braten, und die Frauen langten beherzt zu.

»Was seid Ihr eigentlich?«, fragte Amra schließlich ihre neue Freundin. »Kammerfrau, Zofe, Freie oder Unfreie?« Vielleicht verriet die Antwort ja auch etwas über Amras eigene künftige Stellung an Mathildes Hof.

Melisande lachte laut auf. »Aber nein, doch keine Unfreie! Wir alle, die der Herzogin dienen, sind von hohem Adel.«

Amra biss sich auf die Lippen. Aber Melisande schien zum Glück nicht beleidigt.

»Wir wurden alle am Hof der Königin erzogen«, erklärte sie weiter. »Wir sprechen mehrere Sprachen, verstehen uns auf Musik und Dichtung ... Frau Eleonore führt einen Minnehof, wisst Ihr.«

Amra hatte davon schon gelesen. Minnehöfe mussten der Schule der Odalisken ähnlich sein, in der Basima und Dschamila ausgebildet worden waren. Deren Schilderungen waren ihr noch seltsam vorgekommen, aber langsam begriff sie, dass die Mädchen des Adels kaum mehr Freiheit hatten als die orientalischen Sklavinnen und dass es auch ihnen besser erging, wenn sie rechtzeitig lernten, ihre Herren zufriedenzustellen.

»Aber was wird denn jetzt aus euch allen?«, fragte Amra neugierig weiter. »Werdet ihr nicht verheiratet? Bleibt ihr einfach bei der Herzogin?«

Melisande schüttelte den Kopf. »Nein, nein, wir werden natürlich verheiratet. Die Herzogin und der Herzog werden Ritter für uns finden. Aber zunächst verbleiben wir ein paar Jahre am Hof der Frau Mathilde. Einige der Mädchen sind auch schon versprochen – Männern in deutschen Landen oder in Dänemark und Italien. Die reisen von hier aus weiter, sie dienten der Herzogin nur als Ehrenjungfrauen. Allein ihre engeren Freundinnen und ich, wir bleiben länger.«

Amra fand es seltsam, dass die kleine Mathilde nun bald ihrerseits anfangen sollte, Ehen zu stiften. Aber jedenfalls würde ihr Hof nicht so groß werden, wie sie zunächst gedacht hatte. Also vielleicht hatte sie doch noch eine Chance, zu ihrer Vertrauten und Freundin zu werden.

Magnus und seine Ritter begleiteten das Brautpaar nach Braunschweig. Zwischen Minden und der Residenz des Herzogs Heinrich lagen achtzig Meilen, und die große Hochzeitsgesellschaft kam natürlich nur langsam voran. Deshalb war schon im Voraus geplant worden, eine Nacht auf einer Burg zu verbringen, die auf halber Strecke lag. Deren Herr hatte ein aufwendiges Bankett für seinen Herzog und dessen junge Frau ausgerichtet.

»Es wird ihn ruinieren«, schwatzte Melisande, die Mathilde geholfen hatte, sich für das Fest hübsch zu machen, und dabei ein bisschen hinter die Kulissen blicken konnte. »Was all das kostet, das Festmahl für die hohen Gäste und die Verpflegung für all die Ritter und Mädchen, die Zelte, die Ställe . . .«

Auf der Burg war bereits alles für die Hochzeitsgesellschaft vorbereitet worden. Man hatte Zelte und provisorische Stallgebäude aufgestellt, am Spieß brieten bereits ganze Ochsen für die Ritter und Knappen. Hunderte von Enten und Gänsen waren geschlachtet worden, Dutzende von Köchen und anderem

Küchenpersonal eingestellt. Da der Saal des Burgherrn nicht genug Platz für das gesamte Gefolge bot, servierte man weniger wichtigen Gästen und Angehörigen des Hofes draußen und in den Zelten. Auch Amra, Mariana und Melisande waren nicht in den Saal geladen, aber das war Amra nur recht. Sie schwelgte in ungeahnten kulinarischen Genüssen, es gab Wild und Fisch aus den Wäldern und Teichen des Hausherrn, und alles war gut gewürzt. Allein Salz und Pfeffer für das Fleisch und die Saucen dürften ein Vermögen gekostet haben.

»Sie hat Recht, der Burgherr hat sich dafür sicher auf Jahre verschuldet«, erklärte auch Mariana beim Anblick der Platten mit den erlesenen Speisen, die von Dienern in das Zelt der Frauen gebracht wurden. Und an der Tafel des Herzogs musste es noch prächtiger zugehen. »Aber mit ein bisschen Glück wird es für Herzog Heinrich und Herzogin Mathilde ein unvergessliches Fest, und sie werden sich immer an ihn erinnern. Das kann wertvoll sein, wer weiß, vielleicht findet sein ältester Sohn heute schon seine künftige Gemahlin unter den Ehrenjungfrauen der Herzogin. Und diese Mädchen kommen alle mit einer großen Mitgift.«

Amra fragte sich, ob Herzogin Mathilde diese Burg wirklich in so guter Erinnerung behalten würde, wenn hier ihre Hochzeitsnacht stattfand. Melisande berichtete allerdings später, als die Frauen in einem Gemeinschaftszelt auf ihren Decken und Matten lagen, sie habe die Braut allein zu Bett gebracht.

»Herzog Heinrich zecht noch mit den Rittern, das wird sicher spät«, meinte sie. »Ich denke nicht, dass er heute noch in Frau Mathildes Gemach kommt. Damit wird er warten, bis sie in Braunschweig sind, wo die eigentliche Hochzeit stattfinden wird – wenn der Herzog und die Herzogin sich nämlich im Kreise der Ritter Eide schwören.«

In dieser Nacht bekamen die Hofdamen nur wenig Schlaf – die jungen Ritter zechten nicht weit von ihrem Zelt. Vor der Unterkunft der Frauen hatte der Herzog zwar sicherheitshalber Wachen aufstellen lassen, aber Amra überlegte, dass es leicht sein musste, sich hinten hinauszuschleichen. Wenn Magnus nur gewollt hätte – sie könnten sogar jetzt noch fliehen. Dann hätte Magnus zumindest König Waldemar nicht verraten, schließlich hatte er Heinrich die Geisel ja weisungsgemäß zugestellt. Amra versuchte angestrengt, nicht an eine mögliche Flucht zu denken. Die Worte, mit denen Magnus sie Heinrich vorgestellt hatte, kamen ihr wieder in den Sinn. Magnus hielt so viel auf Treue gegenüber Heinrich und Waldemar, aber sie, Amra, hatte er bedenkenlos verraten. Erst in den Morgenstunden fand sie in einen unruhigen Schlaf.

Am nächsten Tag ging die Reise weiter, und am Abend erreichten sie endlich ihr Ziel, die Burg Dankwarderode in Braunschweig. Herzog Heinrichs Residenz lag auf einer Insel im Fluss Oker und war die größte Burg, die Amra bislang gesehen hatte. Gleich neben dem trutzigen Bau lag der Dom, man konnte ihn vom Obergeschoss der Burg aus durch einen Gang trockenen Fußes erreichen. Äußerst komfortabel vor allem für die Burgherrin und ihre Frauen. Melisande erklärte Amra und Mariana, die über die ständige Unterkunft in zugigen Zelten und Küchenhäusern klagte, dass sie als Mitglieder des Hofstaats der Herzogin sehr bald Kemenaten im Frauentrakt der Burg beziehen würden. Ein Großteil der Ehrenjungfrauen würde schon in zwei Tagen abreisen.

»Mit einigen von ihnen will die Herzogin noch zusammen sein, deshalb hat man ihnen zunächst die besseren Räume zugewiesen«, meinte die junge Frau. »Doch Ihr rückt bald nach, keine Sorge.«

Sie selbst hatte ihre Kemenate im oberen Geschoss der Burg bereits bezogen. Sie lag direkt neben den Zimmern der Herzogin, und sie teilte sie mit anderen jungen Frauen, die der Herzogin aufwarteten. Amra fiel auf, dass keine von ihnen besonders schön war. Ihr erster Eindruck beim Blick auf Melisande war also richtig gewesen. Die Königin musste Vorsorge getroffen haben.

Amra und Mariana verbrachten noch zwei Tage in einer Remise, in der man den Frauen provisorische Schlafplätze gerichtet hatte. Von den Hochzeitsfeierlichkeiten, in die ganz Braunschweig einbezogen wurde, bekamen sie nicht viel mit, abgesehen von den erlesenen Speisen, mit denen man sie verwöhnte. Auch das zum Fest stattfindende mehrtägige Turnier durften sie besuchen, doch Amra fand keinen besonderen Gefallen daran, Männer dabei zu beobachten, wie sie miteinander kämpften. Jedenfalls so lange, bis sie erfuhr, dass Magnus auch dabei sein würde. Sie sah mit wild klopfendem Herzen zu, wie der junge Ritter gleich am ersten Tag drei andere, imponierend wirkende Panzerreiter vom Pferd tjostete und sie dann auch im Schwertkampf besiegte. Bewegender hingegen als die Kämpfe selbst empfand Amra das Zeichen, unter dem Magnus von Lund in den Kampf ritt: ein Streifen edlen grünen Tuchs, abgerissen von einem Schal.

»Das ... das ist von mir«, murmelte Amra ungläubig, als sie das Zeichen erkannte, das Magnus an seiner Lanze trug. »Das ist ein Stück von dem Schal, den ich damals im Boot gelassen hab ...«

Mariana lächelte. »Er hat es gefunden. Und so ausgeblichen, wie es wirkt, trägt er es wohl seitdem in jedem Kampf.«

Amra errötete. »Aber ...«

Mariana zuckte die Achseln. »Du kannst es zurückfordern«, meinte sie. »Aber solange du das nicht tust ...«

Am nächsten Turniertag gewann Magnus einen weiteren Kampf und gehörte damit zu den vier letzten Teilnehmern in diesem Wettstreit. Amra traf ihn auf dem Abreiteplatz, von dem aus sie die letzten Kämpfe beobachten wollte. Sie sprach kein Wort mit ihm und versuchte, ihn nicht anzusehen. Aber sie forderte ihr Zeichen auch nicht zurück.

Kapitel 5

Magnus beendete die Ritterspiele schließlich als Drittplatzierter, und Amra konnte vom Rand des Abreiteplatzes aus zusehen, wie die junge Herzogin ihm eine Goldkette als Auszeichnung überreichte und eins ihrer Mädchen aufrief, ihn mit einem Kuss zu ehren. Mathilde wählte ein sehr hübsches, hellblondes junges Mädchen, und Amra schalt sich dafür, dass sie ohnmächtige Wut empfand, als es mit verschämtem Kichern aufstand und einen zarten Kuss auf Magnus' Wange drückte. Der junge Mann errötete verlegen.

Amra floh, als er ihr sein Pferd zuwandte, bevor er zum anschließenden Buhurt, einem Mannschaftswettkampf, weiterritt. Sie wollte nicht hören, ob er vielleicht lieber sie geküsst hätte, und erst recht mochte sie nicht über ihr Zeichen reden.

Die Hochzeitsfeierlichkeiten in Braunschweig zogen sich über drei Tage, aber dann trat, wie Melisande vorhergesagt hatte, wieder Ruhe in Herzog Heinrichs Residenz ein. Die meisten der Mädchen reisten ab, oft eskortiert von Fahrenden Rittern, die als Turnierteilnehmer gekommen waren und nun gern die Aufgabe der Begleitung einer jungen Braut übernahmen. Auch die Gäste ritten zurück auf ihre Burgen und Lehnsgüter.

Dankwarderode leerte sich, und im Frauentrakt fand sich Platz für Amra und Mariana. Mariana zog zu Aveline, einer älteren Gräfin, die über Mathildes junge Kammerfrauen und Gespielinnen wachte. Die beiden hatten sich angefreundet. Aveline schien glücklich, eine andere Dame in diesem Haushalt zu finden, die nicht ständig errötete und kicherte. Amra erhielt einen Schlafplatz in Melisandes Kammer, die sich insgesamt vier junge Frauen teilten. Sie wechselten sich darin ab, Mathilde beim Ankleiden zu helfen und ihr aufzuwarten.

»Das sollst du wirklich auch machen?«, fragte Melisande zweifelnd.

Amra hatte ihr erzählt, dass sie Königin Libussa gedient und König Waldemar sie deshalb an Heinrichs Hof gesandt habe. Doch letztendlich bestimmte Mathilde selbst über ihre Kammerfrauen, und bislang hatte sie nicht nach Amra verlangt. Melisande nahm an, dass sie die neue ranische Hofdame einfach vergessen hatte. In den Tagen zuvor war schließlich so viel auf die junge Herzogin eingestürmt, dass sie sich kaum jedes Gesicht des Braunschweiger Haushalts merken konnte.

Amra glaubte das hingegen nicht. Sie spürte Mathildes Blicke in der Kirche immer noch im Rücken. Bestimmt vergaß die kleine Prinzessin nicht, wer ihr da die Schau gestohlen hatte.

»Ja, aber wie soll ich mich beschäftigen, bis sie mich bemerkt?«, erkundigte sich Amra. »Was macht man so den ganzen Tag als ... als Hofdame einer Herzogin?«

Melisande zog die Stirn kraus. »Weißt du das nicht? Du warst doch bei Hofe.«

Amra biss sich auf die Lippen. Sie konnte kaum zugeben, dass sie auf Arkona in der Küche gearbeitet hatte, wenn die Königin und die Konkubinen König Tetzlavs sie nicht brauchten.

»Am ranischen Hof war das anders«, meinte sie vage.

Melisande zuckte die Schultern. »Also, ich dachte, das wäre überall gleich«, sagte sie dann. »Jedenfalls an Minnehöfen. Eigentlich tun wir Mädchen nichts anderes, als uns zu vergnügen. Wir treffen uns im Garten mit den jungen Rittern, wir tanzen, wir üben uns im Lautenspiel und im Gesang. Im Sommer reiten wir aus und gehen auf die Falkenjagd, im Winter lesen wir einander vor und machen Handarbeiten. Natürlich empfangen wir auch Dichter und Minnesänger. Und wir schauen den Rittern beim Üben für den Kampf zu. Wenn einer uns fragt, ob wir seine Minnedame sein wollen, und wir zustimmen, dann beraten wir uns mit ihm. Er erzählt uns von seinen ritterlichen Taten, und wir loben ihn für Tapferkeit oder tadeln seine Fehler. Er rühmt unsere Schönheit und erzählt uns, was er alles tun will, um seinen und unseren Ruhm zu mehren. All das eben ...«

Wahrscheinlich hatte es am englischen Hof nicht viele Ritter gegeben, die Melisandes Schönheit gerühmt hatten, und wenn doch, so hatte sie ihnen die Schmeicheleien nicht geglaubt. Amra sollte später herausfinden, dass sich die junge Kammerfrau aus keiner der höfischen Vergnügungen viel machte, außer aus der Falkenjagd. Melisande war glücklich, wenn sie ausreiten konnte, sie liebte ihr Pferd und ihre Hunde, die mit ihr aus England gekommen waren, und sie hatte ihren Jagdfalken selbst ausgebildet. Wann immer sie dem Hof entfliehen konnte, fand man sie in den Ställen. Dort trafen sie schließlich weder spöttische noch mitleidige Blicke. Abgesehen von einer der anderen Kammerfrauen, der fettleibigen Joana, war Melisande das am wenigsten attraktive Mädchen in Mathildes Gefolge, und die anderen ließen es sie spüren.

»Du wirst jedenfalls schnell bemerkt werden«, schloss die junge Frau schließlich ihre Schilderung des Hoflebens. »Die jungen Ritter werden sich um dich reißen, so schön, wie du bist. Und Freundinnen wirst du auch finden, spätestens, wenn andere Mädchen zur Erziehung an den Hof kommen. Herzog Heinrich beherrscht doch viele slawische Gebiete, nicht wahr? Bestimmt schicken die Fürsten bald ihre Töchter, dann kannst du auch wieder deine Sprache sprechen. Kannst du singen und tanzen und spielst du die Laute? Nein? Na ja, das lernst du hier schnell ... Geh einfach mit, wenn Herzogin Mathilde und ihre Mädchen etwas unternehmen.«

Amra mischte sich also wie geheißen unter den Hofstaat der jungen Herzogin, der sich meist im Frauentrakt der Burg oder im angrenzenden Rosengarten vergnügte. Die Anlage war äußerst luxuriös, nicht zu vergleichen mit der schlichten Fluchtburg Arkonas. Die Kemenaten waren mit weichen Teppichen ausgelegt und mit bequemen Sesseln und Bänken ausgestattet. Die Truhen quollen über vor Schmuck und Kleidern und von Stoffen, die zu solchen verarbeitet werden konnten. Die Fenster, in Arkona sommers und winters offen oder allenfalls mit Tüchern verhängt, um die Kälte auszusperren, waren mit Pergament verkleidet, um Zugluft abzuhalten. Diese Neuerung hielt die Wärme drinnen, ließ aber trotzdem gedämpftes Licht von draußen hereinfließen. Jeder Raum verfügte über eine Feuerstelle oder – für Amra ein wahres Wunder – tatsächlich eine Fußbodenheizung. Dazu wurde heißes Wasser durch Röhren unter dem Dielenboden geführt, eine angeblich seit der Römerzeit bekannte Technik, die sich in slawischen Burgen allerdings nie durchgesetzt hatte.

Ein wahrer Traum war auch der Garten, in dem die Damen umherwandern, sitzen oder spielen konnten. Amra hatte bislang nur Küchengärten gekannt, Blumen wuchsen auf Rujana lediglich wild am Rand der Felder und Wiesen. Hier dagegen pflanzte man Rosen und Lilien, nur um ihrer Schönheit und ihres Duftes willen. Man hatte Lustgärten gestaltet, durch die verschlungene Wege führten mit pflanzenüberwucherten Nischen und Pavillons, in denen Bänke zum Verweilen einluden. Für Mathilde und ihre Freundinnen schien das alles eine Selbstverständlichkeit zu sein. Amra hörte zu, wie die Mädchen über Kleider und Tanz schwatzten, die jungen Ritter beim Kampfspiel einer Musterung unterzogen – und sie versuchte, nicht die Fäuste zu ballen, als die hellblonde Marguerite davon schwärmte, wie sie den schönen

Ritter Magnus von Lund hatte küssen dürfen. Peinlich berührt lauschte sie den Tändeleien der jungen Mädchen mit den Rittern, die sie nachmittags im Garten besuchten, und wartete herzklopfend auf Magnus. Aber der schloss sich seinen Waffengefährten beim Frauendienst nicht an.

Amra machte sich nützlich, indem sie Melisande und Joana beim Aufräumen oder beim Richten der Garderobe der Herzogin oder der jüngeren Mädchen half, viel gab es jedoch nicht zu tun. Schließlich eilten neben den adligen Kammerfrauen, die nur Leibdienste zu verrichten hatten, auch noch Dutzende von Bediensteten um die Herzogin und ihren Hof herum. Wann immer eine der Damen einen Wunsch äußerte, wurde er sofort erfüllt.

Amra genoss das ein paar Tage lang, fühlte sich dann aber bald gelangweilt, zumal sie nicht wagte, etwas Neues anzufangen. Sie hätte gern gelernt, die Laute zu spielen, alle anderen Mädchen schienen sich jedoch seit Jahren in dieser Kunst zu üben, und so mochte sie die Musiker nicht behelligen, die die Hofdamen und jungen Ritter unterrichteten. Auch die Tänze waren ihr fremd, zu denen sich Mathildes Gespielinnen und manchmal Ritter zusammenfanden. Am Hof zu Arkona war gar nicht getanzt worden – sofern man Dschamilas und Basimas aufreizende Bauchtänze nicht hinzuzählte –, und zu den Rittern hatten die Frauen ohnehin kaum Kontakt gehabt. Es war eine Besonderheit der Minnehöfe, dass die Geschlechter sich mischten, auch für Herzog Heinrich schien das eher neu zu sein. Er lud seine Gemahlin und ihr Gefolge nur selten zum Mahl in den Kreis seiner Ritter.

Bislang war Burg Dankwarderode nicht oft von Spielleuten und Minnesängern aufgesucht worden, aber Mathilde würde das auf lange Sicht bestimmt ändern. Die kleine Herzogin stand ihrem Hof mit großem Ernst vor, obwohl sie vom Ruhm ihrer Mutter Eleonore natürlich noch weit entfernt war. Wenn Amra das Mädchen beobachtete, empfand sie oft vages Mitleid.

Mathilde entspannte sich eigentlich nur, wenn sie mit ihren fünf gleichaltrigen Freundinnen im Garten spielte. Dort rief und rannte sie, versteckte sich und lachte – um sich kurz darauf wieder an ihren Auftrag und die damit verbundene Würde zu erinnern. Dann spielte sie brav mit einem Ritter Schach oder redete kundig und in gesetzten Worten über Jagd und Turniere.

Als Herrin eines Minnehofes hätte Mathilde sich eigentlich um die ihr anvertrauten Mädchen kümmern müssen, aber das überließ sie Aveline und Mariana. Auch über Amra sah die Herzogin hinweg.

Bis der Herzog in der zweiten Woche nach der Hochzeit sein »Geschenk« zu sich beorderte.

Der Ruf nach Amra erfolgte diskret durch einen jungen Pagen. Sie sollte sich im Anschluss an das Nachtmahl bereithalten, der Knabe würde sie abholen und in die Gemächer des Herzogs begleiten.

Amra erwartete ihn herzklopfend – und voller Scham. Was sollten Melisande, Joana und die beiden anderen Frauen denken, mit denen sie die Kammer teilte? Es konnte ihnen schließlich kaum entgehen, wenn sie sich bei Einbruch der Nacht hinausschlich!

Dann zeigte sich allerdings, dass Herzog Heinrich an alles gedacht hatte. Am Nachmittag waren Spielleute aus England eingetroffen, er hatte sie erst beim Nachtmahl der Ritter aufspielen lassen und sie dann in die Frauengemächer weitergeschickt. Mathilde, begierig nach Abwechslung und Nachrichten von ihrem Heimathof, empfing sie sofort, und auch Melisande und die anderen Mädchen aus Amras Schlafkammer drängten sich in ihrer Kemenate, um zu hören, was die Sänger und Musikanten zu berichten und darzubieten hatten. Selbst Aveline und Mariana hielten ein Auge auf ihre Schützlinge. Die Spielleute waren schließlich gut aussehende junge Männer.

Amras Abwesenheit bei der Darbietung würde sicher niemandem auffallen außer Mariana, doch die wusste schließlich, warum man sie hergeschickt hatte. Amra wurde übel, wenn sie nur daran dachte, und beschloss, sich dem Herzog zumindest nicht darzubieten wie eine Hure. So kleidete sie sich nicht für die Audienz um – was allerdings sicher nicht den gleichen Effekt haben würde wie damals ihr Erscheinen in Schürze und Hauskleid bei dem Ranen Vaclav. Die Hofdamen der Herzogin waren immer festlich gekleidet, selbst ihre schlichtesten Hauskleider übertrafen die prächtigsten Gewänder der Frauen auf der Burg Arkona. Amra befand auch ihre Lockenpracht als zu aufreizend. Schließlich flocht sie das rote Haar zu zwei strammen Zöpfen und ließ sie schmucklos über ihren Rücken fallen.

Der Page musterte sie sichtlich enttäuscht, als er pünktlich erschien, um sie in die Gemächer seines Herrn zu geleiten. Amra folgte ihm unglücklich.

Als Amra Heinrichs Kemenate betrat, bewahrheiteten sich dann ihre schlimmsten Befürchtungen. Der Herzog trug nur noch sein Untergewand, Rock und Stiefel hatte er bereits abgelegt, seine Füße steckten in weichen, ledernen Hausschuhen. Seine Räumlichkeiten waren groß und prunkvoll ausgestattet. An der Wand hingen Waffen und Schilde, die Möblierung war ebenso kostbar wie die Sessel, Tischchen, Betpulte und Truhen in Mathildes Schlafgemach und Wohnräumen. Auf dem Gebetspult lag aufgeschlagen eine wertvolle, goldverzierte Bibel. Das späte, durch die hohen Fenster in den Raum fallende Licht des Sommertages spiegelte sich im Glas einer Karaffe edlen Weines. Sie stand neben zwei Bechern auf einem der Tischchen.

»Komm näher«, sagte der Herzog, als Amra starr neben der Tür stehen blieb. »Wie heißt du noch? Anna?«

Amra nannte ihren Namen.

»Natürlich, eine Slawin ... Weißt du, warum ich dich hergebeten habe, Amra?«

Der Herzog sah die junge Frau prüfend an. Auch er bemerkte ihre strenge Frisur, vielleicht auch das schon etwas zerknitterte Kleid.

Amra nickte. »Ja«, sagte sie tonlos und mit gesenktem Kopf.

Heinrich runzelte die Stirn. »Hm. Und ... verstehst du dich auf die ... hm ... Künste, aufgrund derer man dich ausgewählt hat?«

Amra wurde glühend rot. »Ich bin Jungfrau, Herr!«, flüsterte sie.

»Natürlich ...«

Die Stimme des Herzogs klang ungläubig. Amra erinnerte sich, dass auch Dschamila und Basima als Jungfrauen an Tetzlavs Hof gekommen waren. Dennoch hatten sie alles gewusst, was sie wissen mussten.

»Nun komm endlich näher!«

Amra stand wie erstarrt. Alles in ihr sträubte sich dagegen, diesen Mann zu berühren, Küsse mit ihm zu tauschen ... Sie dachte an Magnus, aber sie spürte keine Wut mehr, sondern nur noch blanke Panik. Damals bei Tetzlav hatte sie sich längst nicht so gefürchtet. Nur da war sie noch ein Kind gewesen, das nicht wusste, was auf es zukam. Und sie hatte niemals wirkliche Liebe gekostet, gegen die das hier schmecken musste wie ein Schierlingsbecher.

Heinrich schien langsam die Geduld zu verlieren. »Ist das ein Spiel, Amra?«, fragte er dennoch ruhig. »Gehört es dazu, die Züchtige zu geben?«

Amra hob das Gesicht, und der Herzog sah die Tränen auf

ihren Wangen. Amra wischte sie schnell fort. Sie merkte jetzt erst, dass sie weinte.

»Nein, Herr«, sagte sie dann.

Heinrich stand auf und trat näher an sie heran. Das Licht wurde diffuser, aber der Schimmer ihres Haars, ihr ebenmäßiges Gesicht und die jetzt umflorten grünen Augen waren noch gut zu erkennen.

»Du bist außerordentlich schön«, bemerkte der Herzog. »Nun komm...«

Er berührte fast zärtlich ihre Wange, wollte sie an sich ziehen – und merkte, dass sie zitterte. Zu ihrer Verwunderung ließ er sofort von ihr ab.

»Himmel, Mädchen, du spielst mir tatsächlich nichts vor«, meinte er dann. »Sag nicht, du... du bist wirklich eine ranische Prinzessin.«

Amra entspannte sich ein wenig. »Das hab ich nie gesagt«, flüsterte sie und erkannte, dass ihre einzige Chance jetzt darin bestand, bei der Geschichte zu bleiben, die Herr Baruch sich für sie erdacht hatte. »Aber eine... eine Verwandte des Königs«, fügte sie hinzu. »Seine... seine Nichte.«

»Ach ja?« Heinrich versuchte erkennbar, sich zu erinnern. »So bist du die Tochter des Herrn Jaromar oder des Herrn Stoislav?«

Amra schluckte. Der Herzog war besser über die Familie des ranischen Herrschers informiert, als Baruch geglaubt hatte. Jaromar und Stoislav waren Tetzlavs Brüder.

»Weder noch, Herr«, improvisierte Amra. Soweit sie wusste, war Stoislav bei einem Überfall auf Dänemark umgekommen, und ob Jaromar verheiratet war, wusste sie ebenso wenig wie sein Alter. »Ich... bin die Tochter von König Tetzlavs Schwester. Mirnesa.«

Heinrich überlegte. »Ich wusste gar nicht, dass er Schwestern hat. Aber Frauen sind wahrscheinlich nicht sehr angesehen bei eurem Stamm. Wie man unschwer erkennen kann ... Man hätte mir sonst wohl kaum ein Fürstenkind geschickt ... mit ... hm ... solchen Absichten.«

Amra senkte den Kopf erneut.

Der Herzog seufzte. »Du bist wirklich überaus schön«, meinte er dann bedauernd. »Aber ich bin kein Mann, der eine Frau in sein Bett zwingt. Du ... Ihr ... müsst Euch nicht fürchten, Frau Amra. Bitte, setzt Euch einfach ein wenig zu mir, trinkt einen Becher Wein mit mir und erzählt von Eurer Heimat.«

Er wies auf den zweiten Sessel vor dem an diesem Sommerabend nicht angefeuerten Kamin. Amra wusste nicht, wie sie sich verhalten sollte. Was hatte der Herzog vor? Unsicher ließ sie sich auf der Kante des Stuhls nieder. Heinrich reichte ihr den Wein, und sie nippte daran.

»Ihr stammt also aus der Festung Arkona – sie liegt hoch über dem Meer, hörte ich ...«

Zu Amras Verwunderung begann der Herzog, aufs Höflichste mit ihr Konversation zu machen. Mit freundlichen Fragen entlockte er ihr die Geschichte der Kapitulation der Burg, die Geiselnahme.

»Es waren nur wenige Adlige auf Arkona geblieben. Ich ... ich blieb, um meine Mutter zu pflegen, der es nicht gut ging ... und ... und weil mein Verlobter Vaclav von Arkona es so wollte«, erzählte Amra. »Schließlich stellten wir uns alle als Geiseln, zusammen mit ein paar Leuten aus dem Volk, um zu verhindern, dass König Waldemar die Burg angriff.«

Der Herzog schmunzelte. »Der Herr Vaclav auch?«, fragte er spöttisch. »Da habe ich anderes gehört. Ein feiner Ritter, sich hinter Frauen und Bauernvolk zu verstecken! Und auch Ihr scheint ihm plötzlich nicht mehr gar so wichtig gewesen zu sein.«

Amra wusste nicht recht, was sie darauf erwidern sollte. Der Herzog schien entzückt über ihre Unschlüssigkeit.

»Fühlt Ihr Euch denn in dieser Sache noch gebunden?«, fragte Heinrich schließlich. »Trauert Ihr um ... Euren Minneherrn?«

Amra dachte gleich an Magnus, aber dann wurde ihr klar, dass der Herzog von Vaclav sprach.

»Nein«, sagte sie ehrlich. »Ich ... hab keinen ... ich bin niemandem in Minne zugetan. Ich ... mag es, der Herzogin zu dienen.«

Heinrich lächelte. »Und wie wäre es damit, mir zu dienen, Frau Amra?«, neckte er.

Amra errötete wieder. »Auch ... auch Euch«, murmelte sie widerstrebend. »Ich ... werde Eurem Reich ein ... ein treuer Untertan ...«

Sie brach ab, die weibliche Form von »Untertan« fiel ihr nicht ein. Vielleicht gab es gar keine ... Und hatte sie sich jetzt womöglich doch noch bereit erklärt, ihm ohne Wenn und Aber zu Willen zu sein? Herzog Heinrichs Sprache war ihr doch noch fremd.

Der Blick des Fürsten war jedoch gütig, nicht lüstern. »Ich bin sehr angetan von Euch, Frau Amra«, meinte er dann. »Bitte, nehmt dies hier als Zeichen meiner Wertschätzung.«

Der Herzog stand auf, ging zu einer seiner Truhen und holte einen silbernen Armreif hervor. Amra drückte sich ängstlich in den Sessel, als er sich ihr damit näherte, aber er lächelte nur freundlich.

»Ich würde ihn Euch gern umlegen, Frau Amra, aber wenn Ihr mich so gar nicht um Euch haben mögt ...«

Amra zwang sich zu einem Kopfschütteln. »Ihr ... Ihr könnt ihn mir gern umlegen. Es tut mir leid. Ich ... Vielen Dank ...« Sie hielt dem Herzog die Hand entgegen, und er schob den Reif sanft über ihre Hand und streichelte ihr Handgelenk, als das Silber sich darumlegte.

»Ihr habt starke kleine Hände«, meinte er etwas verwundert. »Hände, von denen man meint, dass sie zufassen können.«

Amra dachte fieberhaft nach. Dann fiel ihr Melisande ein. »Ich reite gern, Herr«, erklärte sie. »Und ich ... ich mag die Falkenjagd.«

Heinrich lächelte strahlend. »Da haben wir ja etwas gemeinsam, Frau Amra. Vielleicht reiten wir bald einmal zusammen aus ... Und nun werdet Ihr gehen wollen. Es war schön, Euch bei mir zu haben.«

Seine Stimme klang angenehm und rechtschaffen. Amra lächelte ehrlich, als sie zum Abschied vor ihm knickste. Bezaubert nahm der Herzog noch einmal ihre Hand, verzichtete aber darauf, sie zu küssen, als er sah, dass Amra gleich wieder zurückschreckte.

»Da hat mir König Waldemar ja wahrhaft eine Kostbarkeit geschickt«, meinte er heiser. »Nicht leicht zu erobern wie wohl jeder Schatz ... aber alle Anstrengung wert.«

Amra wusste nicht, wie ihr geschehen war, als sie sich unversehens und vor allem unversehrt auf dem Wehrgang vor Herzog Heinrichs Kemenate wiederfand. Der kleine Page wartete dort auf sie, er kaute auf einer Zuckerstange.

»Hat ja nicht lange gedauert«, bemerkte er frech. »Hier, nehmt den schwarzen Umhang. Schließlich braucht niemand zu sehen, dass Ihr noch etwas frische Luft geschnappt habt während der Darbietungen der Spielleute.«

Amra hatte sich nie mehr nach frischer Luft gesehnt. Sie meinte, erst jetzt wieder atmen zu können.

Kapitel 6

Amra, du glaubst nicht, was eben für dich angeliefert wurde!«

Amra hatte Melisande noch nie so begeistert gesehen. Mit gerötetem Gesicht und strahlenden Augen stürzte sie sich geradezu auf die neue Freundin, als sie Amra im Garten traf. Ihr Jubel erregte sogar die Aufmerksamkeit von Mathilde und ihren Freundinnen, die im Rosengarten Verstecken spielten. Amra und Joana saßen mit einer Handarbeit unter einem Rosenspalier.

»Ein Geschenk?«, fragte Anne Linley, eine von Mathildes engsten Vertrauten. »Von einem Ritter? Habt Ihr einen Verehrer, Frau Amra?«

Die Mädchen kicherten.

»Nicht, dass ich wüsste«, wehrte Amra sie ab. »Das ist bestimmt ein Versehen. Wollt Ihr nicht wieder in Euer Versteck? Sonst hat Eloise das Spiel gleich gewonnen.«

Die kleine Eloise rannte schon jetzt zu einem Baum, um Annes Namen abzuschlagen.

»Und dich seh ich auch, Mathilde ... äh ... Euch, Herzogin«, krähte Eloise.

Erneutes Gekicher.

Amra hoffte, dass die Mädchen Melisandes Ausbruch über ihrem Spiel vergaßen. Jedenfalls bedeutete sie der Freundin, zunächst zu schweigen, und folgte ihr dann in einen ruhigeren Teil des Gartens.

Nicht auszudenken, wenn Magnus ein Geschenk oder eine Nachricht gesandt hätte und die Mädchen erzählten herum, dass Amra ihm in Liebe verbunden sei.

»Was ist denn nun los, Melisande?«, fragte sie ungeduldig. »Was auch immer da jemand für mich abgegeben hat. Ich will's nicht haben.«

Melisande schüttelte den Kopf. »Aber du musst es annehmen«, erklärte sie, »weil man ein Geschenk nicht ablehnt und ... Amra, wirklich, ich schwöre, es ist der schönste Jagdfalke, den ich je gesehen habe! Ein Gerfalke, fast ganz weiß, mit nur ein wenig Schwarz an den Flügeln, ein Weibchen, ganz sanft, hervorragend ausgebildet, sagt der Falkner, eine Seltenheit, ein Schmuckstück!«

Amra runzelte die Stirn. Magnus konnte sich kaum leisten, ihr ein solches Geschenk zu machen, zumal sie nie mit ihm über die Falkenjagd gesprochen hatte. Im Gegensatz zu ...

Amra überkam es glühendheiß. »Von ... wem ist es?«, fragte sie tonlos.

Melisandes Gesicht rötete sich noch mehr, während sich Verblüffung und Begeisterung darin spiegelten. »Das ist ja eben das Aufregende. Du kannst das Geschenk nicht ablehnen, weil es vom Herzog ist. Der Herzog schickt dir den Vogel. Als ... als kleine Entschädigung. Weil du deinen doch sicher auf Rujana lassen musstest. Davon hast du gar nie was erzählt, Amra! Ich wusste nicht, dass du in deiner Heimat gejagt hast. Was für ein Tier hattest du?«

»Hab ich ... hab ich vergessen«, murmelte Amra. »Ich ... Melisande, ich sehe mir den Vogel gleich an. Aber erst ... ich muss erst mit Mariana sprechen. Weißt du, wo ich sie finde?«

»Falkenjagd?« Mariana hob die Augenbrauen. »Kind, das ist dreißig Jahre her, seit ich einen Falken habe fliegen lassen. Aber ja, ja, ich konnte das. Es hat mir sehr viel Freude gemacht, ich ...«

Amra atmete auf. Sie hatte es im Stillen gehofft. Marianas jugendliche Begeisterung für den Pferdekauf in Lübeck war ihr noch gut im Gedächtnis. Ihr Ausdruck hatte Melisandes geähnelt, wenn diese von ihrem Pferd und ihrem Falken sprach.

»Schön«, sagte sie und blickte sich um, in der Hoffnung, keine neugierigen Zuhörer zu haben. Aber Mariana saß mit einem Buch in der äußersten Ecke des Gartens, was sie oft tat, da ihr das Gekicher der kleinen Mädchen manchmal zu viel wurde. »Dann sagt mir bitte zunächst, wie ich kundig meine Freude über einen Gerfalken äußere. Und später, wenn Frau Aveline den Mädchen vorliest, erzählt Ihr mir alles über die Falknerei. Ach ja, und wenn ich so ein Tier auf den Arm nehmen muss … wie … verhindere ich denn, dass es mich verletzt?«

Mariana erwies sich auch hier als eine gute Lehrerin. Sie erläuterte Amra, dass die gut ausgebildeten Vögel nicht nach ihr picken oder greifen und dass sie ohnehin einen Handschuh erhalten würde, der sie vor den scharfen Krallen des Falken schützte. Und dann begann sie, über Greifvögel zu dozieren, sodass Amra sich kurze Zeit später in der Falknerei des Schlosses hingerissen zu dem seltenen weißen Federkleid des Falkenweibchens äußern konnte, von seiner außergewöhnlichen Größe schwärmte und es zärtlich mit einer Feder streichelte. Das Tier ließ alles gelassen über sich ergehen und saß ruhig auf Amras durch den Handschuh geschützten Hand. Allerdings war es so schwer, dass sie es kaum tragen konnte. Sie würde das trainieren müssen, wenn sie wirklich mit dem Vogel ausreiten wollte. Schließlich gab Amra ihm noch einen Namen – Snêgelle. Als sie die Falknerei endlich verlassen konnte, hatte sie das Tier fast lieb gewonnen.

»Kommt morgen zur Futterzeit, Herrin, und kröpft es selbst!«, forderte der Falkner sie freundlich auf. »Ihr wollt doch, dass es sich an Euch gewöhnt.«

Amra schaffte es, begeistert zu nicken. Dann eilte sie zurück zu Mariana, um sich nach der Bedeutung des Wortes Kröpfen zu erkundigen. Amra schwante, dass die Nacht lang werden würde. Sie hatte noch einiges zu lernen.

»Interessant ist aber doch eigentlich, warum dir der Herzog den Falken schenkt«, meinte Mariana, nachdem sie zwei Stunden lang über die Feinheiten der Beizjagd doziert hatte und Amra langsam der Kopf schwirrte. »Und obendrein ein so erlesenes Tier.«

Amra zuckte die Achseln. »Er sagte etwas von Wiedergutmachung dafür, dass ich meinen Falken in Rujana lassen musste. Ich denke, er wollte einfach nur freundlich sein.«

Die alte Edelfrau musterte die Jüngere mit spitzbübischem Lächeln. »Männer sind selten grundlos freundlich«, bemerkte sie. »Zumal dies teure Freundlichkeit ist – ein Falke wie deine Snêgelle kostet mehr als die gesamte Ausstattung eines Ritters mit Pferd. Nein, Amra, wie es aussieht, ist dir da ein großer Wurf gelungen! Du hast den Herzog davon überzeugt, dass du mehr bist als die Lustsklavin, die König Waldemar ihm geschickt hat. Er sieht eine ranische Prinzessin in dir, Amra, und er hat sich in dich verliebt. Er wirbt um dich, Mädchen! Wenn du es jetzt geschickt anstellst, wirst du es weit bringen an diesem Hof!«

Amra gelüstete es eigentlich nicht nach Macht, weder am Hof zu Braunschweig noch über den Herzog. Vorerst hatte sie genug damit zu tun, ihr Lügengebäude aufrechtzuerhalten, indem sie das Geschenk des Herzogs entsprechend würdigte und Melisande und die Falkner nicht merken ließ, dass der Umgang mit Greifvögeln völliges Neuland für sie war. So fand sie sich am nächsten Tag herzklopfend zur Futterzeit der Tiere in der Falknerei ein, nahm schaudernd Innereien und tote Mäuse in die Hand und hielt sie Snêgelle hin, nachdem sie den Vogel von der Haube befreit hatte. Sie bemühte sich, nicht zurückzuzucken, wenn der scharfe Schnabel danach pickte, das Falkenweibchen verhielt sich zum Glück jedoch manierlich, sodass Amra ihre Furcht bald vergaß.

Melisande bemerkte ihr Zögern trotzdem und machte eine Bemerkung dazu, aber Amra hatte sich schon eine Antwort zurechtgelegt.

»Das stimmt, ich habe wenig Erfahrung. Am Hof König Tetzlavs war es nicht erwünscht, dass wir Frauen die Vögel fütterten und selbst ausbildeten. Wir nahmen sie nur zur Jagd aus der Hand der Falkner. Ich fand das schade, doch so war es nun mal.«

Melisande seufzte. »Ja, so sehr gern sah Königin Eleonore das auch nicht«, stimmte sie zu. »Sie hat es uns erlaubt, wenn unser Herz daran hing, wir sollten ja gut reiten und uns auf der Falkenjagd mit den Rittern vergnügen, statt womöglich lästig zu sein. Mich hat sie schon öfter gerügt, weil ich lieber reite und Falken ausbilde, als Laute zu spielen.«

Melisande war völlig unmusikalisch. Auch Tanz lag ihr nicht sehr, und ihre Singstimme war nicht besonders ausdrucksstark. Jetzt, da sie häufiger mit Amra zusammen war, gestand sie ihr bald, dass sie als Mädchen heimlich die Streitrosse ihrer Brüder geritten und an den Übungsgeräten der Ritter mehr Treffer mit der Lanze erzielt hatte als so mancher Knappe.

»Ich kann dir jedenfalls alles zeigen!«, meinte sie munter.

Amra schwante langsam, dass Melisande sich am Hof der Herzogin kaum weniger langweilte als sie selbst. Die Arbeit als

Mathildes Kammerfrau beschäftigte die junge Frau schließlich nicht ganztags, und die sonstigen Vergnügungen interessierten sie nicht. So machte es sie offensichtlich glücklich, dass Amra sie in die Falknerei und in die Pferdeställe begleitete.

Aber schon am zweiten Tag nach Snêgelles Ankunft herrschte dort große Aufregung. Amra war allein vorausgegangen, da Melisande noch von der Herzogin gerufen worden war, und begegnete gleich dem Ersten Falkner.

»Hat man Euch nicht gesagt, dass heute eine Falkenjagd anberaumt ist?«, wunderte der sich, als er Amras schlichtes Hauskleid sah, über das sie zum Füttern des Vogels obendrein eine Schürze gezogen hatte. »Die Herzogin will ausreiten – seltsam, da wir doch nicht gerade einen besonders schönen Tag haben.«

Tatsächlich war es bedeckt. Es regnete zwar nicht, aber dass noch die Sonne über der Braunschweiger Tiefebene aufgehen würde, war eher unwahrscheinlich.

»Soll ich denn da mit?«, fragte Amra sichtlich unbehaglich.

Der Falkner nickte. »Das werdet Ihr Euch doch nicht entgehen lassen!«, meinte er. »Mit dem wunderschönen Vogel. Ihr müsst ganz erpicht darauf sein, ihn richtig zu erproben!«

Amra hatte Snêgelle schon einmal gemeinsam mit Melisande fliegen lassen und fasziniert zugesehen, wie sich der große Vogel in die Lüfte schwang und über der Burg seine Runden drehte. Sie hatte dann mit dem Federspiel gewirbelt, und zu ihrer völligen Verblüffung war das Tier zurückgekommen.

»Also, ich wäre weggeflogen«, hatte sie dem Falkenweibchen zugewispert, aber Snêgelle fraß nur zufrieden einen Belohnungsleckerbissen aus der Hand ihrer neuen Herrin und ließ sich dann wieder ihre Haube aufsetzen und in die Falknerei bringen. Amra war recht stolz auf sich gewesen, aber sie hätte das Auflassen und Wiederanlocken des Vogels doch gern noch länger geübt, statt gleich zur Jagd zu reiten.

»Es wird schon gut gehen!«, ermutigte sie der Falkner, dem natürlich auch nicht entgangen war, dass Amra wenig Erfahrung hatte. »Euer Vogel macht doch alles von allein. Ihr werdet glänzen mit ihm! Aber vorher solltet Ihr Euch umziehen. Die Pferde werden schon gesattelt, und den Vogel halte ich solange für Euch bereit, keine Sorge!«

Amra eilte verunsichert zurück zur Burg und traf in ihrer Kemenate auf Melisande, die sich genauso übereilt für den Ausritt herrichtete wie sie.

»Die Herzogin hat sich ganz plötzlich entschieden«, meinte sie. »Ich dachte, sie wollte heute hierbleiben und die Oberin von diesem Kloster empfangen, das sie demnächst unterstützen will... Aber dann verlangte sie plötzlich nach ihrem Reitkleid. Hoffentlich geht es gut mit ihrem Falken. Muscat hat sich noch nicht richtig eingelebt...«

Besorgt begann Melisande ihr dünnes braunes Haar zu flechten. Muscat, Mathildes Lannerfalkenmännchen, war mit Melisandes Vogel Gaia und den Falken der anderen Mädchen aus England gekommen. Melisande kümmerte sich etwas um das offensichtlich sensible Tier, was den Falknern nur recht war. Die Jagd verlief besser, wenn die Vögel ihre Besitzer kannten, aber Mathilde besuchte den ihren nur selten. Dank Melisande blieb Muscat aber immerhin mit Frauenstimmen und -händen vertraut.

Amra und Melisande erreichten die Jagdgesellschaft nun als Letzte, einige der jüngeren Mädchen saßen schon auf ihren Zeltern, anderen halfen junge Ritter gerade hinauf, und Falkner reichten ihnen ihre Vögel. Die Gesellschaft war eher klein... Amra schaute nervös nach dem Herzog aus, aber der hatte sich so spontan bestimmt nicht freimachen können. Auch Mariana und Frau Aveline hatten ihre Pferde bereits erstiegen, Mariana mit sichtlicher Vorfreude auf den Ritt, Aveline mit eher säuerlicher Miene. Beide mussten als Anstandsdamen dabei sein, und Aveline schätzte keine Jagden, erst recht nicht bei so unbeständigem Wetter.

Mathildes Schimmel stach aus der Menge der Pferde heraus, er tänzelte schon wieder aufgeregt, doch sie verhielt ihn geschickt. Der Falke, der bereits auf ihrem Sattelknauf saß, war hingegen nicht sehr auffällig. Muscat war grau und deutlich kleiner als Melisandes Gaia – von Snêgelle ganz zu schweigen.

»Natürlich, es ist ja ein Terzel«, hatte Melisande erklärt, als Amra sie gleich am ersten Tag danach fragte. »Und ein Lannerfalke. Gaia und Snêgelle sind Gerfalken. Damit kommt die Prinzessin jedoch noch nicht zurecht, sie sind zu schwer. Muscat ist immerhin sehr hübsch.«

Amra bezweifelte das nicht. Der Vogel gefiel ihr durchaus, mit seinen leuchtend gelben Füßen und dem rotbraun gefiederten Kopf. Aber sie ahnte wohl, dass Vögel wie Snêgelle begehrter waren – und teurer.

Mathilde warf ihr denn auch einen ihrer typischen zwischen Prüfung und Unwillen schwankenden Blicke zu, als der Erste Falkner nun Snêgelle herausbrachte. Das fast reinweiße Falkenweibchen nahm wie selbstverständlich auf Sternvürbes Sattelknauf Platz.

»Ihr besitzt einen schönen Falken, Frau Anna Maria«, bemerkte die Herzogin.

Amra verstand erst, dass sie gemeint war, als Melisande sie anstieß.

»Habt Ihr ihn aus Eurer Heimat mitgebracht? Wie hieß Eure Insel noch? Rujana?«

Amra nickte, verhaspelte sich dann aber gleich. »Ja ... nein ... also, die Insel heißt Rujana, aber ich ... bitte nennt mich doch Amra, Herzogin, ich bin an meinen neuen Namen noch nicht so gewöhnt.«

»Ihr lehnt Euren christlichen Namen ab?«, fragte Mathilde schneidend.

Amra schüttelte rasch den Kopf. »Nein, nein, natürlich nicht, nur ... Amra ist kürzer, wisst Ihr, und ...«

»Den Falken nennt Ihr Snêgelle«, stellte die Herzogin fest.

Amra durchfuhr es eisig. Ihr schwante plötzlich, was der Anlass für diese so plötzlich anberaumte Jagd gewesen war. Mathilde hatte von dem Falken gehört. Und sicher auch davon, wer ihn Amra geschenkt hatte.

»Das ist kein slawisches Wort.«

»Nein.« Es hatte sicher keinen Sinn zu lügen. »Meinen eigenen Falken musste ich leider auf Rujana zurücklassen. Ich kam als Geisel, wie Ihr sicher wisst.«

»Allerdings«, sagte Mathilde kurz angebunden. Amra hoffte, dass sie nicht auch über die näheren Umstände informiert war. »Und hier ist Euch nun ein Vogel zugeflogen?«

Die Mädchen rund um die Herzogin kicherten. Mathilde setzte ihren Zelter beiläufig in Gang, während sie sprach. Amra geriet etwas hinter die Bewegung, als Sternvürbe antrat. Sie musste sich erst wieder an den Schritt des Pferdes gewöhnen.

»Nein, ich erhielt den Vogel zum Geschenk«, gab sie zu. »Euer Gatte erfuhr, dass ich den meinen verloren hatte, da sandte er mir Snêgelle. Euer Gatte ist sehr gütig.«

»Das ist er«, sagte Mathilde und gab ihrem Pferd mehr Zügel.

Der Schimmel schob sich mit hohen, weiten Bewegungen an die Spitze der Gruppe. Amra verhielt Sternvürbe aufatmend im Mittelfeld. Sie hoffte, dass die junge Herzogin sie während des restlichen Rittes in Ruhe ließ. In der ersten Stunde schien sich diese Hoffnung zu erfüllen. Die Jagdgesellschaft überquerte die Zugbrücke über die Oker und lenkte die Pferde durch die Gassen von Braunschweig, den Reitern und Reiterinnen folgten bewundernde Blicke der Bürger. Mathilde warf den Kindern am Straßenrand Münzen zu. So gestaltete sich der Ritt durch die Stadt gleich zum Triumphzug. Die Leute jubelten der schönen jungen Herzogin und ihren Frauen und Rittern zu.

Dann lag der Ort jedoch schnell hinter ihnen, sie ritten durch die Felder und Gemüsegärten vor der Stadt und schließlich in den so nah an der Siedlung noch verhältnismäßig lichten Wald. Im Gegensatz zu vielen anderen Mädchen, die über das Wetter schimpften, genoss Amra den Morgennebel, der Feuchtigkeit auf ihr Haar und ihre Wimpern legte. Es war belebend, durch den wolkigen Tag zu reiten – sonst kam sie eigentlich nur bei schönem Wetter an die Luft, seit sie am Hof zu Braunschweig lebte. Ob bei diesem bedeckten Himmel allerdings viel Wild unterwegs war? Amra rief sich noch einmal in Erinnerung, was sie von Mariana und Melisande gelernt hatte. Falken jagten Niederwild – Hasen, gern Rebhühner. Darauf zielte auch meist die Beizjagd. Die jetzt noch vergnügt neben den Pferden hertrottenden Vorstehhunde würden die Vögel auftreiben, und der Falke sie schlagen.

»Sollen wir uns mal selbstständig machen?«, fragte in diesem Moment Melisande und lenkte ihre kleine Rappstute neben Sternvürbe. »Mit dem großen Trupp finden wir kein Wild. Die Tiere hören uns doch, bevor wir auf eine halbe Meile dran sind.«

Auf den Gedanken, sich etwas zu verstreuen, waren auch schon andere Jagdteilnehmer gekommen. Unter dem Vorwand, einem aufgeregten Hund zu folgen oder eine Lichtung aufsuchen zu wollen, auf der sie bei der letzten Jagd erfolgreich gewesen waren, trennten sich kleine Gruppen oder auch Paare von der Hauptgesellschaft. Besonders Letztere meist so schnell, dass Frau Aveline und Mariana gar nicht rasch genug reagieren konnten. Nun blieben nur wenige Ritter und Damen allein miteinander. Meist folgte ihnen gleich ein Falkner, den sie schon brauchten, um die Vögel zu kontrollieren. Aber die Jagd bot Dame und Minneherrn doch die Chance kleiner Heimlichkeiten. Die Mädchen würden darüber später in ihren Kemenaten stundenlang klatschen. Amra dachte wieder einmal mit Bedauern an Magnus. Er gehörte nicht zu der heutigen Jagdgesellschaft, und überhaupt hatte sie ihn seit den Tagen nach der Hochzeit nicht mehr gesehen. Ob Heinrich ihn mit irgendeiner Aufgabe vom Hof geschickt hatte?

Melisande dagegen schien keinerlei Gedanken an Ritter zu verschwenden. Sie schaute unternehmungslustig unter dem hübschen Kopfschmuck mit dem hellblauen Schleier hervor, den sie zu ihrem nachtblauen Reitkleid trug, und der willkommenen Schutz vor dem leichten Sprühregen bot, der kurz zuvor eingesetzt hatte.

»Komm, der Falkner hat mir von einem Stück Heideland erzählt, da gäb's immer Rebhühner, meinte er, da brüteten sie.«

Er schien ihr den Weg zur Lichtung genau beschrieben zu haben – oder hatte er sie gar heimlich hingeführt? Melisande lenkte ihr Pferd jedenfalls zielsicher durch den Wald an einem Bach entlang, und dann wich der starke Baumbestand tatsächlich einer mit niedrigen Büschen und Heidekraut bewachsenen Ebene.

Melisande sprach ein paar Worte zu den beiden Settern, die mit ihnen gelaufen waren, und die Hunde stürmten los. Kurz darauf gab einer von ihnen Laut, und aus einem Busch heraus flog tatsächlich ein Rebhuhn auf.

Melisande nahm ihrer Gaia triumphierend die Haube ab und Amra nestelte mit Herzklopfen an Snêgelles. Das Falkenweibchen sah sich interessiert um, als es Amra endlich gelang, den Sichtschutz zu entfernen, und kletterte brav von seinem Sitz am Sattelknauf auf die Hand der Falknerin. Wie ließ man es jetzt noch auf? Amra versuchte, sich an die richtigen Handbewegungen zu erinnern, dabei verlor sie das Rebhuhn und die Hunde aus dem Blick. Sie sah nicht, dass am anderen Ende der Lichtung gleichfalls Pferde aus dem Wald traten – und andere Hunde dasselbe oder ein anderes Rebhuhn aufscheuchten.

Amra hob den Arm. »Flieg!«, sagte sie – und hörte im gleichen Moment Melisandes Ruf.

»Nicht, Amra! Lass sie!«

Snêgelle erhob sich majestätisch von ihrer Hand aus in den Himmel. Amra blickte verwirrt zu Melisande.

»O nein ...«

Die Freundin schaute Snêgelle unglücklich nach. Ihre Gaia saß noch auf ihrer Hand, Melisande musste ihr blitzschnell erneut die Haube übergestreift haben.

Und dann sah Amra auch, was ihre plötzliche Aufforderung zum Rückzug ausgelöst hatte. Auf der anderen Seite der Lichtung sprengte eben das Pferd der Herzogin auf die Heidefläche, begleitet von den Zeltern ihrer zwei besten Freundinnen und dem knochigen Braunen des Ersten Falkners. Über ihnen schwebte Mascot – Mathilde musste ihn im gleichen Moment aufgelassen haben wie Amra ihre Snêgelle. Aber der weiße Gerfalke war sehr viel größer und schneller als der kleine Lannerfalke. Bevor Mascot noch zum Sturzflug ansetzen konnte, hatte Snêgelle das Wild bereits gesehen und fixiert und stürzte wie ein Geschoss auf das Rebhuhn herunter. Sie schlug es mit einem einzigen Schnabelhieb, erhob sich mit ihrer Beute erneut in die Lüfte und suchte schon das Pferd ihrer Falknerin.

Amra wäre unbändig stolz auf sie gewesen – doch jetzt wurde ihr schlagartig klar, warum Melisande ihren Falken zurückgehalten hatte. Der Herzogin gebührte der Vortritt bei der Jagd. Mascot hätte das Rebhuhn schlagen sollen.

Beide Vögel kreisten nun über der Lichtung.

»Das Federspiel!«, rief Melisande der erschrockenen Amra zu. »Ruf sie zurück, bevor sie womöglich noch Mascot schlägt!«

Amra begann, ihr Federspiel ungeschickt kreisen zu lassen. Zum Glück war Snêgelle exzellent abgerichtet. Sie kehrte sofort auf Amras Handschuh zurück, ließ sich die Beute abnehmen und nahm dankbar die Belohnung aus Amras Hand.

Die Herzogin rief ihren Falken jetzt auch zurück – und Amra befürchtete einen Herzschlag lang, er würde womöglich Melisande anfliegen, statt Mathilde. Der Falkner schwang zum Glück ebenfalls geschickt das Federspiel, Mascot kannte ihn. Alle atmeten auf, als das Tier sich auf Mathildes Handschuh niederließ, die Jagdbeute hing jedoch an Amras Sattelknauf. Amra wäre am liebsten geflohen, als Mathilde ihr Pferd auf sie zulenkte.

Sie senkte den Kopf vor der jungen Herzogin. »Verzeiht, Herzogin, ich ... ich habe nicht gesehen ... ich wollte nicht ...«

»Ein in der Tat ganz außergewöhnlich schöner Falke«, bemerkte Mathilde. »Schnell, listig ... und so unschuldig weiß.«

»Ich hatte wirklich nicht die Absicht, Euch ... Euch in die Quere zu kommen, ich ...« Amra wusste nicht, was sie noch zu ihrer Entschuldigung anbringen sollte.

»So tut es auch nicht«, sagte Mathilde kalt, und die Warnung in ihrer Stimme war nicht zu überhören. »Kommt mir nicht in die Quere, Frau Amra. Mein Falke mag klein sein, aber seine Krallen sind scharf.«

Damit wendete sie ihr Pferd um und setzte es in Galopp. Die anderen Mädchen folgten ihr – ausnahmsweise nicht ausgelassen kichernd, sondern eher bedrückt. Der Falkner machte eine entschuldigende Geste in Richtung Melisandes. Zweifellos war er es, der Mathilde hergeführt hatte. Dass Melisande ihm zuvorkommen würde, konnte er nicht ahnen.

Amra ließ Melisandes aufgeregte Kommentierung des Zwischenfalls wortlos an sich abprallen. Sie überlegte kurz, ob es nützen würde, der Herzogin das Falkenweibchen zu schenken, aber das würde Herrn Heinrich brüskieren. Und die Chance auf Mathildes Freundschaft war sowieso verwirkt. Im Gegenteil – wie es aussah, hatte sie in ihr schon jetzt eine gefährliche Feindin ...

Kapitel 7

Seit dem Tag der Falkenjagd war es aus mit Amras Ruhe am Hof des Herzogs. Nicht nur, dass ihr am Abend der Jagd ein weiteres Geschenk Heinrichs überreicht wurde – der kleine Page erschien mit einer Fibel in Form eines Falkenkopfes und erklärte, sein Herr gratuliere zu der erfolgreichen Jagd und hoffe, Frau Amra bald einmal begleiten zu können, wenn sie ihren Falken aufließ –, von jetzt an ließ auch Mathilde sie nicht mehr aus den Augen.

»Du bist morgen früh zum Dienst bei der Herzogin eingeteilt«, eröffnete ihr Melisande, als sie zwei Tage später zurück in die gemeinsame Kemenate kam, nachdem sie Mathilde beim Auskleiden geholfen hatte.

Die junge Herzogin schlief nach wie vor allein in ihren Räumen. Zwar hatte man sie im Rahmen der Hochzeitsfeierlichkeiten einmal gemeinsam mit Heinrich zu Bett gebracht, aber laut Melisande war dabei nichts geschehen. Amra fand, dass es für Heinrich den Löwen sprach, dass er seine noch sehr junge Frau vorerst schonte.

»Ich weiß auch nicht, wie sie plötzlich darauf kommt, aber sie verlangt, dass du ihr gemeinsam mit Joana aufwartest.«

»Was muss ich denn da tun?«, fragte Amra nervös.

Es war ihr gerade noch gelungen, das neue Schmuckstück in einer der Truhen verschwinden zu lassen, bevor Melisande es sah.

Melisande hob die Schultern. »Wahrscheinlich das Gleiche, was du für deine frühere Königin gemacht hast. Aufwecken, ein feuchtes Tuch bereithalten, mit dem sie Gesicht und Hände erfrischen kann. Die Herzogin nimmt gern noch im Bett ein kleines Frühstück, etwas verdünnten Wein und Milchbrei mit viel Honig. Man berät sie über die Kleidung, die sie an dem Tag anziehen sollte – aber das macht Joana, mach dir keine Sorgen, du weißt ja nicht Bescheid über ihre Sachen. Dann hilfst du ihr beim Ankleiden, plauderst ein wenig mit ihr – na ja, und dann übernehmen gewöhnlich schon ihre Gespielinnen, die haben sich meistens gleich morgens schon irgendetwas zu erzählen. Wenn sie beschäftigt ist, hast du frei. Mach dir keine Sorgen.«

Amra machte sich allerdings nicht nur Sorgen, sie verbrachte auch eine schlaflose Nacht. Es musste etwas zu bedeuten haben, dass Mathilde sich plötzlich von ihr bedienen lassen wollte.

Amra zitterte vor Aufregung, als sie sich gemeinsam mit Joana bei Sonnenaufgang erhob, rasch anzog und dann in die Räume der Herzogin begab. Joana war so früh am Morgen noch müde und missgelaunt. Sie schlief gern lange, aber Mathilde war nicht zum Nichtstun erzogen. Melisande hatte Amra erzählt, dass der Tag der kleinen Prinzessin schon in England mit Lernen und Vergnügungen prall gefüllt gewesen war. Königin Eleonore gewährte den ihr anvertrauten Mädchen und erst recht ihren Töchtern eine umfassende Erziehung. Mathilde sprach und las mehrere Sprachen, unter anderem Latein. Das Mädchen spielte die Laute, dichtete und sang – wenngleich mit weit weniger Talent, als man seinem berühmten Bruder Richard nachsagte. Mathilde ritt hervorragend, beherrschte die Grundlagen der Falknerei und spielte für ihr Alter hervorragend Schach. Hier, in ihrer neuen Heimat, vervollkommnete sie ihre Kenntnisse der deutschen Sprache, sie konnte sich mit ihren Untertanen schon recht gut verständigen. Ein Hofgeistlicher und Dichter las mit ihr Verse und lehrte sie Konversation.

»Aber immer hat sie zu der ganzen Lernerei auch keine Lust«, verriet Joana, während sie Amra die Kleidertruhen der jungen Herzogin zeigte und ihr genau erklärte, wie das Frühstück für die Herrin zu bereiten sei. »Und dann lässt sie ihr Missfallen an uns aus. Jedenfalls, seit sie hier ist. In England wagte sie das nicht. Frau Eleonore bestand immer auf absoluter Selbstbeherrschung. Bei all ihren Mädchen.«

Joana schleckte am Honiglöffel, vorgeblich, um zu kosten, ob der süße Brei ihrer kleinen Herrin genehm sein würde. Joana konnte gutem Essen einfach nicht widerstehen. Sicher hatte die Königin ihre Selbstbeherrschung oft gerügt.

Die majestätische kleine Mathilde konnte Amra sich dagegen kaum als missgelauntes, verwöhntes Ding vorstellen – und als sie jetzt in das Schlafgemach der jungen Herzogin trat, begann sie auch gleich wieder Sympathie für das Mädchen zu empfinden. Mathilde sah so jung und so engelsgleich unschuldig aus, wie sie da beinahe in den Decken und Fellen ihres riesigen Himmelbettes versank. Ihr langes schwarzes Haar – Amra hatte es nie anders gesehen als züchtig geflochten zu ihrer Hochzeit oder kunstvoll aufgesteckt als Zeichen ihrer neuen Würde als verheiratete Frau – fiel weich über ihre Kissen, ihr kleiner Mund war leicht geöffnet, das herzförmige Gesicht vom Schlaf gerötet. Ein paar Herzschläge lang konnte Amra nicht mehr in ihr sehen als ein entzückendes Kind – doch das änderte sich schnell, als Joana sie jetzt sanft weckte.

»Herzogin, die Sonne linst über den Horizont, begierig, Euer Lächeln zu sehen«, meinte die junge Frau. »Die Vögel rufen nach Euch, denn ihr Gesang ist nicht vollkommen, wenn sich Euer Lachen nicht daruntermischt.«

Amra wunderte sich über die poetischen Worte, aber andererseits hatte auch schon Mariana erwähnt, dass in der fülligen, unscheinbaren Joana wohl eine Dichterin steckte.

Mathilde öffnete die Augen und blinzelte ins Licht. »Ich sehe keine Sonne«, bemerkte sie unwillig. »Und Vögel hör ich auch keine. Nur eine fette Kuh, die mich anmuht.«

Amra war erschrocken, doch Joana, mochte sie auch verletzt sein, ließ sich nichts anmerken.

»Auch die Kühe sind bereits wach«, sagte sie munter. »Schließlich wollen sie Euch die frischeste Milch für Euren Brei geben. Süßer Honig steht bereit, süßer Wein ...«

Mathilde verdrehte die Augen, dann richtete sie sich auf – und sah Amra, die eine Schüssel mit warmem Wasser und ein Tuch für ihre Morgentoilette bereithielt. Mathildes Augen blitzten kurz auf. Ihr schien wieder einzufallen, was sie mit Amra vorhatte.

»So reibt mir das Gesicht ab, Frau Amra«, verlangte sie und schloss fest die Augen, was sie wieder kindlich wirken ließ.

Amra fiel es nicht schwer, den Lappen behutsam über ihr hübsches Gesicht zu führen, Mathilde schrie jedoch sofort auf, als sie es berührte.

»Nicht! Das ist zu heiß! Wollt Ihr mich verbrühen? Kühlt das ab, sofort!«

Das Wasser war gerade mal lauwarm gewesen, aber Amra nahm sich ein Beispiel an Joana und brachte kein Wort zu ihrer Entschuldigung vor. Stattdessen ging sie hinaus, füllte kaltes Wasser hinzu – und wurde gleich darauf gerügt, weil die Herzogin jetzt angeblich vor Kälte erstarrte.

Amra wunderte sich nicht, als Mathilde dann den Brei zu süß und den Wein zu sauer fand. Als sie ihren Becher mit dem Getränk umwarf, verlangte sie dafür von Amra eine Entschuldigung. Die Kleidung, die Joana für sie herauslegte, lehnte sie ab.

»Ich treffe an diesem Morgen meinen Gatten!«, erklärte sie mit schneidender Stimme und einem stolzen Seitenblick auf Amra. »Er begleitet mich zur Falkenjagd.«

Amra hoffte, dass der Herzog auf ihre Anwesenheit dabei verzichten würde.

»Also wählt ein angemessenes Gewand.«

Das war schwierig, so viele Reitkleider hatte Mathilde nicht, und es war auch gar nicht Sitte, sich zur Jagd zu prächtig zu kleiden. Trotzdem fand Joana schließlich etwas Passendes, und Amra half dem Mädchen in ein Hemd aus Seide und ein dunkelrotes Unterkleid, zu dem die nachtblaue Tunika passte. Dann warf Mathilde ihr vor, die Bänder zu fest anzuziehen oder den Gürtel zu lose. Über ihre Versuche, ihr Haar zu bürsten, geriet sie völlig außer sich.

»Das ziept! Ihr tut mir weh! Wie hat Eure frühere Herrin Euch nur ertragen? Melisande! Weckt mir Melisande. Sie soll mich herrichten.«

Amra floh aufatmend, musste dann jedoch feststellen, dass Melisande den freien Morgen schon genutzt hatte, um zu ihrem Pferd und ihrem Falken zu gehen. Zum Glück erhob sich Frau Aveline, die den Tumult mitbekommen hatte.

»Bleib einfach hier, Amra, ich werde der Hoheit schon den Kopf zurechtsetzen«, meinte sie seufzend. Vor Aveline hatten Mathilde und ihre Freundinnen Respekt, sie war wohl schon am englischen Hofe eine Art Erzieherin der Prinzessin gewesen.

Amra hatte nur noch den Wunsch, sich in ihr Bett zu verkriechen und den Kopf unter die Decke zu stecken. Daraus wurde allerdings nichts. Melisande kam zurück und erzählte von der Jagd, für die der gesamte Hof sich bereithalten sollte.

»Außer uns haben es wohl auch schon alle gewusst«, seufzte Melisande. »Der Herzog selbst nimmt teil, auf Wunsch seiner Gattin. Pass bloß auf, dass du Snêgelle zurückhältst, wenn sie ihren Falken fliegen lässt.«

»Aber der Herzog wird doch gerade sehen wollen, wie sie fliegt«, wandte Amra unglücklich ein.

Melisande zuckte die Schultern. »Dann muss er das sagen«, meinte sie. »Vorerst halt dich einfach zurück!«

Von Mariana, der sie das Herz ausgeschüttet hatte, erhielt Amra gleich darauf einen genau entgegengesetzten Rat.

»Du solltest die Fibel anlegen«, meinte die alte Edelfrau. Amra hatte ihr das neueste Geschenk des Herzogs gezeigt. »Und du solltest deine schönsten Kleider tragen. Der Herzog wird mitreiten, du musst ihm einen schönen Anblick bieten.«

»Und die Herzogin vollständig verärgern?«, fragte Amra ungläubig. »Sie hegt doch jetzt schon einen Hass gegen mich.«

»Eben«, meine Mariana. »Du musst dir Rückhalt beim Herzog verschaffen. Wenn er dich vor allen anderen hofiert, wagt sie nicht mehr, dich so zu behandeln wie heute Morgen. Jetzt löse wenigstens schnell noch dein Haar, es ist dein Vorrecht als Jungfrau, es offen zu tragen. Zeig, was du hast, Mädchen! Nutz deine Möglichkeiten!«

Amra erschien also mit offenem Haar, nur einen leichten dunkelgrünen Schleier über die rote Pracht gelegt, dessen Farbe sie umso intensiver leuchten ließ. Ein breiter Haarreif hielt die Locken zurück und ließ den Haaransatz sehen, aber sie hielt die Augen gesenkt, als sie sich schüchtern in die Jagdgesellschaft einreihte.

Der Herzog hatte eben seiner Gemahlin aufs Pferd geholfen, stieg nun selbst auf seinen Hengst und lächelte Amra ganz offen an, als er ihrer ansichtig wurde.

»Frau Amra, Zierde meines Hofes! Kommt, versteckt Euch nicht hinter Euren Freundinnen, reitet mit mir und meiner Gattin! Und da haben wir ja auch Euren prächtigen Vogel!«

»Ich wundere mich ein wenig, mein Gemahl«, meinte Mathilde, »warum Ihr meine Hofdamen so reich beschenkt. Oder doch zumindest eine. Können demnächst wohl alle mit solchen Zuwendungen rechnen?« Sie sah Amra eisig an.

Herzog Heinrich lachte. »Da ist doch wohl nicht jemand eifersüchtig?«, neckte er seine kleine Gemahlin. »Nun, wer von den Mädchen hat sich beschwert? Ihr habt doch alle bereits herrliche Falken.«

»Vielleicht hätte ich aber lieber einen weißen«, sagte Mathilde.

Heinrich verbeugte sich im Sattel geziert vor ihr. »Euer Wunsch soll mir Befehl sein, und nun lasst uns reiten.« Dann wandte er sich Amra zu. »Kommt, Frau Amra, reitet neben uns. Habt Ihr Euch denn schon eingewöhnt am Hof meiner Gattin? Bereitet Euch die Sprache keine Schwierigkeiten? Gefällt Euch das Leben an einem so offenen Hof? Auf der Burg Arkona ging es doch wohl eher traditionell zu.«

Amra wand sich vor Verlegenheit, konnte sich jedoch nicht davor drücken, Herzog Heinrichs Fragen zu beantworten. Und als Mathilde anhaltend schwieg, entspannte sie sich langsam und fand sich freudig in seine höfliche Konversation. Herzog Heinrich machte ihr Komplimente, neckte sie ... Wäre Mathilde nicht gewesen, hätte Amra den Ausflug mit ihm genießen können. Er trat ihr in keiner Weise zu nahe – aber er bevorzugte sie doch unter den anderen Mädchen. Sie hörte Mathildes Freundinnen jetzt schon hinter sich tuscheln.

Im Wald ließen die Jäger schließlich ihre Falken auf, wobei Amra dieses Mal peinlich darauf achtete, Mathildes Mascot das erste Rebhuhn schlagen zu lassen. Leider zur Unzufriedenheit des Herzogs.

»Nanu, Frau Amra ... habt Ihr es nicht geschafft, Euer Falkenweib schnell genug in die Luft zu bringen? Der Falkner verriet mir schon, es fehle Euch ein wenig an Übung ...«

Amra biss sich auf die Lippen. Das offenbarte eigentlich die Lüge, die sie für Heinrich erdichtet hatte. Der Herzog schien den Widerspruch nicht zu bemerken – Mariana musste Recht haben, er war blind in sie verliebt.

»Darf ich?«

Amra erschrak, als er sein Pferd nah an ihres heranlenkte. Seine Schenkel streiften ihre Beine, seine Hand ihre Schulter, als er die behandschuhte Rechte nach dem Vogel ausstreckte. Amra befreite Snêgelle rasch von ihrer Haube, und der Herzog übernahm das Tier geschickt auf seinen Handschuh. Einer der Setter entdeckte in genau diesem Moment ein Rebhuhn und zeigte es in der charakteristischen Haltung des Vorstehhundes an, woraufhin der Herzog das Falkenweib rasch in die Luft warf. Snêgelle stieg sofort hoch hinauf – und stürzte sich in steilem Flug hinab, als der Hund auf ein Wort des Herzogs das Rebhuhn aufscheuchte.

Die gesamte Jagdgesellschaft verfolgte fasziniert, wie pfeilschnell und genau der weiße Falke das Wild schlug. Heinrich rief das Tier daraufhin zurück – aber Snêgelle landete auf Amras Handschuh.

»Oh! Da haben sich zwei gesucht und gefunden!« Der Herzog lachte, weit davon entfernt, beleidigt zu sein. »Da müsste ich ja glatt eifersüchtig sein, wenn's kein Weibchen wäre ... Erzählt man sich nicht Geschichten um einen jungen Ritter, der sich in einen Falken verwandelt, um seiner Dame nahe zu sein?«

Amra errötete. Sie nahm Snêgelle ihre Jagdbeute ab und kröpfte das Falkenweibchen. Dann reichte sie Heinrich das Rebhuhn. Sie war froh, es loszuwerden, das tote Tier lag noch warm und schlaff in ihrer Hand, es ließ sie erschauern.

»Hier ... die ... die Beute steht wohl Euch zu«, murmelte sie.

Mathilde sah Amra strafend an. In ihren schönen Augen

loderte die Wut. »Tut nicht so großzügig«, fuhr sie die junge Frau an. »Dem Herzog gebührt hier wohl jede Beute.«

Heinrich der Löwe lächelte. »Wohl gesprochen«, bemerkte er. »Welche Freude bereitet uns doch die Jagd ...«

Am nächsten Tag traf für Mathilde ein Falke ein, noch kostbarer als Amras, da er ganz schneeweiß war. Allerdings viel zu groß und zu jung für das zierliche Mädchen, wenn auch ein Terzel. Horus war auch noch kaum gezähmt und ungestüm. Er pickte Mathilde in die Finger, als sie ihn kröpfte. Das Mädchen konnte seinen Ärger darüber kaum bezähmen, bedankte sich aber trotzdem mit schönen Worten bei seinem Gatten.

Heinrich musterte den Vogel strafend.

»Er braucht sicher noch die Hand eines erfahrenen Falkners«, meinte er. »Erlaubt mir, Herrin, dass ich ihn für Euch ausbilde. Vielleicht hilft auch das Vorbild eines gut ausgebildeten Vogels. Ich werde Frau Amra bitten, künftig gelegentlich gemeinsam mit mir zu jagen.«

Amra erfuhr erst durch Melisande davon, die junge Frau war zufällig Zeugin der Szene geworden. Aber dass Amra diese Partie gewonnen hatte, wusste sie schon durch Herzog Heinrichs letztes Geschenk: einen prächtigen Gürtel mit goldener Schnalle.

»Der Herr wird deutlicher«, meinte Mariana zufrieden. »Zweifellos träumt er davon, diesen Gürtel einmal selbst zu öffnen.«

Amra bereitete die Vorstellung Albträume. Der Herzog war freundlich und machte ihr inzwischen weit weniger Angst als damals König Tetzlav. Hätte sie ihn nicht ständig mit Magnus verglichen, hätte sie vielleicht sogar Zuneigung zu ihm entwickeln können. Aber es hatte Magnus gegeben – wo immer er jetzt auch stecken mochte –, und es gab Mathilde. Für Herzog Heinrich vielleicht nur ein Kind, doch Amra machte sich da nichts vor. Eleonore von Aquitanien hatte ihre Tochter nicht dazu erzogen, an ihrem eigenen Hof nur die zweite Dame zu sein.

Kapitel 8

Magnus von Lund weilte tatsächlich nicht mehr am Hof des Herzogs. Er hatte es einfach nicht ausgehalten, Amra jeden Tag zu sehen – und zu wissen, dass sie ihn nicht mehr liebte oder zumindest nicht mehr lieben wollte. Die Tage des Turniers waren eine einzige Qual gewesen. Magnus hatte Amras Anwesenheit am Rand des Turnierplatzes natürlich bemerkt, und schwankte zwischen dem Stolz, seiner Dame endlich zu zeigen, was er unter ihrem Zeichen leistete, und der Furcht, sie könnte ihm untersagen, es weiterhin zu führen. Mitunter war es ihn hart angekommen, sich auf seine Gegner zu konzentrieren, da sein Blick ständig Amra suchte, um den Ausdruck ihres Gesichts zu deuten. Schaute sie wohlwollend, stolz, würde sie vielleicht sogar ein lobendes Wort für ihn finden, wenn er gewänne? Oder missbilligte sie sein Auftreten unter ihrem Zeichen? Missbilligte sie vielleicht überhaupt jeden Turnierkampf? Hasste sie ihn, weil er sich bei Ritterspielen auszeichnete, statt mit ihr zu fliehen und sich ein neues Leben aufzubauen, wie auch immer dieses aussehen würde? Bei Nacht wälzte Magnus sich auf seinem Lager und versuchte, Amra im Geiste zu erklären, was diese Kämpfe für ihn als Ritter bedeuteten und warum es keine Alternativen zu dem Leben gab, das sie jetzt führten. Und tagsüber dachte er fieberhaft über eine Lösung nach, erging sich sogar in wüsten Fantasien wie dem Anschluss an eine Raubritterbande. Er träumte von Amra in seinen Armen und erwachte mit dem immer gleichen Alb auf der Brust: Sie hatte ihn verlassen, er hatte sie verraten, es gab keine Zukunft.

Am letzten Turniertag hatte Amra dann auch noch zusehen müssen, wie er dieses Mädchen küsste, dessen Anerkennung die Herzogin ihm als »Preis« zuerkannte. Ob sie als Slawin diese Sitte kannte? Oder ob sie glaubte, es entspräche seinem Wunsch und sei folglich ein neuer Verrat?

Schließlich klammerte Magnus sich daran, dass Amra ihn nicht wegen ihres Zeichens zur Rede gestellt hatte, und hoffte in den Tagen nach der Hochzeit jeden Tag darauf, sie zu sehen oder sie gerade nicht zu sehen, um die Wunde nicht immer wieder aufzureißen.

Denn natürlich ließen sich ihre Treffen nicht umgehen – es war zu erwarten gewesen, dass Herzogin Mathilde einen offenen Hof führen würde. Die Frauen kamen zu den Trainingsplätzen der Ritter, um ihnen zuzusehen. Sie luden die Ritter in die Gärten, man ritt gemeinsam zur Jagd oder lauschte den Spielleuten im Rittersaal. Letzteres zum Glück nicht in jeder Nacht – Herzog Heinrich bevorzugte, im Stillen, allein mit seinen Rittern zu tafeln, statt ständig Konversation zu machen und das Gelächter und Gekicher der zum größten Teil ja noch sehr jungen Mädchen zu ertragen. Wenn die Frauen zugegen waren, konnte Magnus weder essen noch trinken, er sah nur noch Amra, die ernst und meist allein an einem wenig wichtigen Tisch saß, bildschön in ihren feinen Kleidern und doch im Stillen unglücklich. Ihr Blick suchte Magnus, wenn sie hereinkam, aber dann sah sie den ganzen Abend entschlossen in eine andere Richtung, und Magnus verhielt sich wie ein tumber Tor, wenn ihn ein Ritter ansprach und nach seiner Meinung zu einem Pferd, einem Harnischfeger oder gar zu einer der Hofdamen fragte. Es war nicht auszuhalten, und so ergriff Magnus denn auch die erste Gelegenheit, vom Hof des Herzogs zu fliehen, als Heinrich eine Eskorte für Bischof Berno von Schwerin zusammenstellte.

Auch Berno war inzwischen aus Rujana zurückgekehrt – er

berichtete, König Waldemar habe die anderen ranischen Festungen ohne Blutvergießen eingenommen, und Fürst Tetzlav komme seinen Verpflichtungen bereitwillig nach. Allerdings bestätigte er auch und in weitaus klareren Worten als Magnus, dass Waldemar nicht daran denke, den Vertrag mit Heinrich einzuhalten. Weder solle die sächsische Kirche Anteil an den Ländereien bekommen, die vormals der ranischen Priesterschaft gehört hatten, noch würden weitere Teile des Schatzes oder Erlöse aus dem Verkauf der Geiseln an Heinrich gesandt werden.

Bischof Berno war darüber genauso empört wie sein Landesherr, hatte er doch darauf gehofft, die Besitztümer der Ranen auf dem Festland seinem Bistum einverleiben zu dürfen. Bischof und Herzog berieten sich lange – und schließlich machte sich der Bischof in mehr oder weniger geheimer Mission auf zur Mikelenburg, der Residenz der Slawenfürsten Pribislav und Niklot. Er würde seine Amtsbrüder in den Ländereien der Obodriten besuchen und sich vom Fortgang der Christianisierung in Pribislavs Herrschaftsbereich überzeugen. Und natürlich würde er auch mit den Fürsten sprechen.

Magnus nahm an, dass König Waldemars Verrat bei diesen Audienzen eine große Rolle spielen würde. Es war gut möglich, dass Heinrich seine slawischen Lehnsleute erneut zu den Waffen rief und dass sie den Ruf begeistert aufnahmen. Auch Pribislav grollte König Waldemar, er hätte zu gern Rache für die erlittenen Demütigungen genommen.

Magnus hätte mit all dem am liebsten nichts zu tun gehabt, aber er hoffte, dass der Ritt nach Mikelenburg ihn ablenkte. Vielleicht würde er dann nicht mehr jeden Augenblick des Tages an Amra denken, und vielleicht konnte ja auch sie ihm verzeihen, wenn sie ein bisschen Abstand voneinander hielten. Soweit er wusste, hatte Heinrich bislang nicht die Hand auf seine Geisel gelegt – möglicherweise ging Baruchs Plan auf, die Herzogin fand Gefallen an Amra, und die junge Frau etablierte sich als Hofdame und Kammerfrau. Dann würde sie Magnus am Ende vielleicht dankbar sein – und an die Rettung vor dem Sklavenmarkt denken, statt daran, mit welchen Absichten man sie an Heinrichs Hof gesandt hatte.

Magnus ließ sich also Bernos Eskorte zuteilen und vergaß über die Anstrengungen der Reise wirklich mitunter, sich wegen Amra zu grämen. Es gab kaum größere Ansiedlungen zwischen Sachsen und dem Land der Obodriten. Die Wege durch die endlosen, dichten Waldgebiete waren schlecht instand gehalten, teilweise zugewuchert oder schlammig. Das Wetter spielte auch nicht mit – auf das ungewöhnlich warme Frühjahr, das die Eroberung Rujanas erleichtert hatte, folgte ein nasskalter Sommer. Die Pferde der Ritter und des Bischofs versanken oft bis zu den Sprunggelenken im Schlamm, die Zelte waren nach der dritten Nacht durchfeuchtet und trockneten während der ganzen Reise nicht mehr. Die Ritter und ihre Pferde tasteten sich mit gesenkten Köpfen durch den Regen – und nicht einmal der Bischof rügte die Männer für ihre Flüche, wenn der Weg dann doch wieder plötzlich endete und zur Umkehr zwang, sofern man nicht riskieren wollte, sich im Unterholz der dichten Buchenwälder zu verirren.

Und auch als sie die Mikelenburg dann endlich erreichten, besserte sich die Stimmung nicht. Wie Arkona war diese Slawenfestung aus Holz erbaut, von Erdwällen umgeben und nicht für die Unterbringung vieler Gäste eingerichtet. Pribislavs Rittersaal war feucht und zugig, die Ritter konnten sich allenfalls warm trinken. Dafür immerhin war gesorgt, Bier und Wein flossen in Strömen, aber der Wein, den Magnus bevorzugte, war sauer und von schlechter Qualität.

Dennoch betrank sich Magnus ganz gegen seine Gewohnheit, nachdem er am zweiten Tag seines Aufenthaltes den Markt unterhalb der Mikelenburg besucht hatte. Der Ort war berühmt für seinen Sklavenmarkt, und Magnus war entsetzt, als er den Handelsplatz in Augenschein nahm. Sklaven und Kriegsgefangene aus aller Welt wurden hier feilgeboten, einige in erbarmungswürdigem Zustand nach langer Anreise und schlechter Behandlung. Es gab keine Unterstände für die menschliche Ware, die oft angeketteten Männer und Frauen streckten sich nachts im Schlamm aus, viele von ihnen waren krank und entkräftet. Die Frauen – von einigen Preziosen aus dem Mittelmeerraum einmal abgesehen, deren Verkäufer sich wohl eher zufällig hierhin verlaufen hatten – waren Freiwild für alle mit dem Handel beschäftigten Gauner. Mitunter erlaubten die Händler sogar Kaufinteressenten, sie »auszuprobieren«, bevor man handelseinig wurde.

Magnus würde nie den Blick eines schmächtigen blonden Mädchens vergessen, das in zerrissener Kleidung aufs Podium gezerrt und an lachende Kunden versteigert wurde. Die junge Frau war zweifellos Slawin, und Magnus konnte sich nicht von der Erinnerung freimachen, sie vielleicht auf Rujana gesehen zu haben. Hatte sich nicht Pribislav mit ihr vergnügt, während Niklot sich auf Amra gestürzt hatte? Er wusste es nicht mehr, doch das Schicksal des Mädchens rührte ihn zutiefst. Magnus dachte kurz darüber nach, selbst mitzusteigern, aber auch wenn er das Geld aufgebracht hätte – was sollte er mit einer ranischen Sklavin? Es käme nicht infrage, sie zunächst in den Rittersaal Pribislavs und dann nach Braunschweig mitzunehmen. Freilassen könnte er sie auch nicht. Wie sollte sich das junge Ding schließlich allein durchschlagen? Magnus verschloss also die Augen vor dem Elend des Mädchens, ertränkte seine Scham in Pribislavs Wein – und fuhr in der Nacht aus bösen Träumen, in denen er Amra an der Stelle des Mädchens sah.

Die anderen Ritter schienen seine Vorbehalte gegen die Burg nicht zu teilen. Im Gegenteil, sie besuchten die Hurenwirte im Umfeld des Marktes, wo Hübschlerinnen preiswerter angeboten wurden als überall sonst in den Ländereien des Herzogs.

»Die halten dich wenigstens warm bei Nacht!«

Heribert, einer der Ritter, den Magnus noch am ehesten als seinen Freund und Vertrauten bezeichnet hätte, lachte. Er ahnte, dass Magnus sich mit Liebeskummer herumschlug und versuchte immer wieder, ihn mit zu den Huren zu nehmen. Auf dem Gipfel seiner Verzweiflung gab Magnus schließlich nach, empfand dann aber nur Ekel, als ihm ein mageres, scheues Mädchen zugewiesen wurde, das keine ihm bekannte Sprache beherrschte und bitterlich weinte, während es sich gehorsam aus seinen Kleidern schälte. Magnus entlohnte das verblüffte kleine Ding, ohne seine Dienste in Anspruch zu nehmen. In dieser Nacht gab es keine Sterne am wolkenverhangenen Himmel – und auch keine Zärtlichkeiten.

Immerhin kamen Bischof Bernos Verhandlungen mit dem Fürsten gut voran, sodass sich der Aufenthalt auf der Mikelenburg nicht allzu lange hinzog. Anschließend ging es allerdings nicht gleich zurück nach Braunschweig, wie die Ritter gehofft hatten. Bischof Berno nahm die Inspektion von Kirchen und Bistümern sehr ernst, und Magnus und seine Männer fanden sich bald wieder auf der Straße oder dem, was in den vormals slawischen Gebieten als solche bezeichnet wurde. Unverzagt durchquerte der Bischof Sümpfe und Urwälder, nächtigte im Zelt oder in den primitivsten Unterkünften der heldenhaften Priester und Mönche, die als Missionare in Pribislavs Reich wirkten. Dabei besserte das Wetter sich kaum, die Ritter froren und mussten obendrein ständig auf der Hut sein. Es gab Wegelagerer und Strauchdiebe in den dichten Wäldern, und sie kämpften ebenso todesverachtend wie Pribislavs Söldner. Von entspanntem Reisen konnte folglich keine Rede sein. Magnus und seine Ritter wurden fast jeden Tag in Kämpfe verwickelt, dabei führte der Bischof kaum Gold mit sich. Den Wegelagerern reichte es jedoch auch schon, die Pferde und Rüstungen der Männer zu erbeuten.

So wurde es schließlich später Herbst, bis Bischof Berno und seine Eskorte endlich wieder Herzog Heinrichs Stammland erreichten. Die Männer atmeten auf, als sie in der ersten sächsischen Burg gastlich aufgenommen wurden, ein Bad vorfanden und eine zwar kalte, aber doch trockene und zugfreie Unterkunft. Zufällig waren sogar Spielleute zu Gast, sodass sich der Abend im Rittersaal unterhaltsam gestaltete. Die Gaukler verbreiteten Neuigkeiten aus allen Teilen des Abendlandes. Pribislav und Niklot, so erzählten sie, wüteten auf den dänischen Inseln.

»Sie machen einen Überfall nach dem anderen«, berichtete ein Fiedler. »Der König kann gar nicht so schnell reagieren. Bevor er Truppen zu Hilfe schickt, sind die Slawen wieder fort. Man sagt, sie hätten schon siebenhundert Gefangene auf ihre Stammburg gebracht – da soll ein großer Sklavenmarkt sein, die Fürsten machen gewaltige Profite.«

Der Bischof schaute unerwartet zufrieden drein, und Magnus ahnte, dass die Slawen ihre Profite wohl würden teilen müssen. Mit der christlichen Kirche – und sicher auch mit ihrem Lehnsherrn Herzog Heinrich. Pribislav allein wäre wohl kaum auf die diese Nadelstichtaktik gekommen. Hier durfte jemand in bischöflichem Ornat beratend nachgeholfen haben ...

Magnus war entsprechend schlecht gelaunt, als es am nächsten Tag weiterging. Mit der Entsendung der Obodriten wandte sich Heinrich offen gegen seinen ehemaligen Waffengefährten

Waldemar, und Magnus würde sich entscheiden müssen, wo seine Loyalität lag. Vielleicht sollte er nach Dänemark zurückkehren ...

Doch zunächst würde er Amra wiedersehen. Obwohl er fortgegangen war, um sie zu vergessen, sehnte er sich jetzt mit jeder Faser seines Herzens nach ihr. Immer noch fühlte er ihren Körper wie damals, als sie sich an ihn geschmiegt hatte, und auf seiner Zunge brannte der Geschmack ihrer Küsse. Er konnte das Wiedersehen kaum erwarten.

Kapitel 9

Nun, was ist, reitet Ihr morgen aus mit mir, Frau Amra?«

Der Herzog wandte sich seiner Favoritin lächelnd zu. Er hatte sie an diesem Abend an den erhöhten Tisch bitten lassen, den er mit seinen vertrautesten Rittern und geehrten Gästen teilte. Amra saß unglücklich zwischen einem slawischen Fürsten und einem stutzerhaften Troubadour aus Aquitanien, der immerhin Mathilde zum Lächeln brachte, indem er ihr schmeichelte und Anekdoten aus der Heimat ihrer Mutter erzählte. Amra versuchte, mit dem Slawen ins Gespräch zu kommen, dessen Anwesenheit diesmal wenigstens eine Ausrede dafür bot, warum der Herzog die ranische Hofdame seiner Frau an seinen Tisch holte. Der Mann sprach kaum Deutsch und kein Französisch, und Amra konnte ihn in seiner Sprache unterhalten. Leider verstand er das falsch. Er schien sie für eine Art Geschenk des Herzogs an ihn zu halten und versuchte immer wieder, sie mit seinen fettigen Händen anzufassen oder unter dem Tisch seine Beine an die ihren zu drücken. Amra hasste das, und den Herzog machte es rasend vor Eifersucht. Wohl um seine Ansprüche klarzustellen, wandte er sich ihr huldvoll zu, sprach über die gemeinsame Jagd und lud Amra zu einem Ritt für den nächsten Tag ein. Amra versuchte, sich mit dem in der letzten Zeit schier unstillbaren Regen herauszureden, doch das ließ Heinrich nicht gelten.

»Aber Ihr kommt doch aus einer recht regenreichen Gegend«, lächelte er. »Diese Inseln im Osten ... Ja, wenn meine geliebte Gattin und der Herr Florestide sich damit entschuldigen, Aquitanien ist schließlich ein warmes, sonniges Land ...«

Er nickte Mathilde und dem Aquitanier zu, und Amra wand sich vor Unbehagen. Sie verstand inzwischen die am Hof üblichen feinen Anspielungen. Heinrich signalisierte den beiden damit deutlich, dass sie bei dem jagdlichen Ausritt nicht erwünscht waren.

»Meine Mutter pflegt auch stets davon zu schwärmen«, bemerkte Mathilde mit süßer Stimme. »Ich bin jedoch in Britannien aufgewachsen, wie Ihr wisst. Da regnet es eher häufiger als hier. Ich schließe mich Eurem Ritt also gern an – schließlich muss ich ja lernen, meinen Falken zu beherrschen.«

Die Ausbildung des weißen Falken war Heinrichs bevorzugte Ausrede, mit Amra zur Jagd zu reiten. Dabei machte er sich kaum auch nur die Mühe, das Tier auf seinen Sattel zu nehmen. Der mitreitende Falkner behielt den Terzel bei sich und ließ ihn auf, wenn die Hunde Wild aufscheuchten. Aber meist schickte Heinrich die Setter nicht einmal auf die Suche. Lieber ritt er einfach neben Amra her, plauderte mit ihr, machte ihr Komplimente – und immer häufiger lenkte er sein Pferd näher an ihres heran, sodass ihre Beine einander berührten. Er nahm ihre Hand, um ihr irgendetwas zu zeigen, führte sie zu Lichtungen, auf denen Diener als Überraschung Wein und einen Imbiss bereithielten. Er reichte ihr die besten Happen, teilte seinen Teller mit ihr – und immer wieder streifte seine Hand dabei die ihre, strich auch einmal über ihre Wange oder ihr Haar. Er forderte sie auf, sich im Anschluss an den Imbiss etwas die Beine zu vertreten, bevor es weiterging, nahm dazu ihren Arm, führte sie über unebene Wege, um sie auffangen zu können, wenn sie stolperte. Amra wusste, dass er das bewusst tat, doch sie war geschickt und achtete darauf, wohin sie ihre Füße setzte. Überhaupt bemühte sie sich nach Kräften, ihn nicht zu ermutigen, aber es fiel schwerer und schwerer, je intensiver er um sie warb. Amra kämpfte mit der sprachlichen Gratwanderung, höflich zu bleiben. Schließlich wurden Heinrichs Anspielungen immer deutlicher.

»Sagt, sehnt Ihr Euch denn nicht auch danach, zärtliche Hände über Euer Fleisch streicheln zu fühlen? Ihr seid doch jung und sinnlich, Frau Amra, ich fühle, wie Euer Körper sich mir entgegenstreckt. Hier, seht Ihr...« Er strich über ihren Arm und lachte, als die feinen Härchen sich aufstellten. »Und hier...«

Amra wehrte ihn beschämt ab, als er nach ihren Brüsten tastete, spürte sie doch, dass sich ein Anflug der großen Gefühle, die Magnus' Berührungen in ihr hervorgerufen hatten, in ihr regte. Es machte sie traurig und ängstlich, und sie wusste nicht, wie sie reagieren sollte. Natürlich sehnte sie sich nach Zärtlichkeiten. Aber nicht von einem Mann, der doppelt so alt war wie sie, der sich ihr Herr nannte, der verheiratet war mit einer Frau, mit der sie zusammen an einem Hof lebte.

Amra hatte sich eigentlich nichts vorzuwerfen, sie schämte sich trotzdem vor Mathilde – und es gab keine Möglichkeit für sie, der Herzogin aus dem Weg zu gehen. Gerade jetzt, wo es kalt wurde, waren die Frauen fast ständig beisammen. Sie lasen einander vor, machten Handarbeiten – die wenigen, beheizbaren Räume in der Burg wurden von allen gemeinschaftlich genutzt. Und Mathilde machte keine Anstalten, Amra zu ignorieren, wie es andere Frauen in ihrer Lage vielleicht getan hätten, sie kämpfte. Immer wieder schloss sie sich Heinrich und Amra beim Ausritt an, versuchte verbissen, sich mit ihrem neuen Falken vertraut zu machen, und beschäftigte Heinrich damit, ihr dabei zu helfen. Wenn der Herzog Amra beim Bankett an seine Seite rief, saß Mathilde an seiner anderen, machte geistreiche oder einfach nur böse Bemerkungen, wenn er mit ihr plauderte, oder dachte sich kleine Gemeinheiten aus, wie etwa ihr Weinglas scheinbar versehentlich über Amras Kleid auszuleeren.

Amra war das alles mehr als unangenehm. Sie fühlte sich zusehends geängstigt, und sie hasste die feindliche Atmosphäre, die ihr am Hof der Herzogin entgegenschlug. Vielleicht stimmte es ja, was Mariana sagte, und die Favoritinnen anderer Fürsten gelangten zu großer Macht am Hof ihrer Herren. Adelshöfe waren von jeher voller Schmeichler und Opportunisten, da mochte es leicht zu Vorlieben für die Ehefrau oder aber die Konkubine kommen. Amra sah sich allerdings nicht als Heinrichs Geliebte und wollte sich auch nicht als solche aufspielen. Zudem bestand der Hof der Herzogin fast ausschließlich aus Mathildes Gefolgschaft aus England, sorglich ausgewählt durch Königin Eleonore und sowohl Mathilde persönlich wie auch den Plantagenets als Familie verpflichtet. Niemand hier lief zu Amra über. Die Einzigen, die freundlich mit ihr umgingen, waren Melisande, Joana und natürlich Mariana, weil ihnen nicht verborgen blieb, dass Amra nicht aus eigenem Antrieb zum Spielball der Mächte am Hof geworden war. Und da sie in einer Kemenate lebten, wussten sie, dass die junge Frau sich nachts nicht in die Gemächer des Herzogs schlich, wie die anderen Mädchen tuschelten. Melisande teilte das Bett mit ihr, sie wusste, dass Amras einziges Geheimnis darin bestand, sich oft in den Schlaf zu weinen.

»Warum reitet Ihr nicht einfach allein mit Eurer Gattin?«, meinte Amra jetzt verzweifelt, um die Situation zu retten, und wäre beinahe in Tränen ausgebrochen.

»Ich begleite Euch auch gern, Frau Amra«, bot der Slawenfürst an.

Das wiederum ließ Heinrichs Miene vereisen. »Wenn Ihr mir die Begleitung des Herrn Mirko vorzieht...«, bemerkte er, was Amra natürlich vehement verneinte.

Bevor sie sich dem feisten, widerwärtigen Slawenfürsten anvertraute, ritt sie lieber neben Mathilde her – ganz abgesehen davon, dass sie den Herzog auf keinen Fall brüskieren durfte.

Mathilde klatschte daraufhin lachend in die Hände.

»Wir reiten einfach alle zusammen!«, meinte sie in gespielt kindlicher Fröhlichkeit. »Ihr schließt Euch uns doch auch gern an, nicht wahr, Herr Florestide? Wir laden den ganzen Hof ein und veranstalten eine Jagd. O bitte, mein Gemahl, das könnt Ihr mir nicht abschlagen ...«

Amra seufzte, während Heinrich widerwillig zustimmte und der Aquitanier die junge Herzogin ungläubig musterte. Die Einzigen, die einer großen Falkenjagd bei diesem Wetter etwas abgewinnen konnten, waren wahrscheinlich Melisande und der slawische Fürst, der sich Hoffnungen auf Amra zu machen schien. Amra fühlte sich zutiefst erschöpft.

Früher, beim Lesen der Dichtungen und Rittergeschichten, hatte sie sich den Minnehof stets als einen Hort immerwährender Fröhlichkeit und Zerstreuung vorgestellt. Aber jetzt sah sie die Intrigen hinter der Fassade. Sie wünschte sich nichts mehr als Ruhe und vielleicht ein bekanntes Gesicht. Es wäre schön, ihre Mutter wiederzusehen – oder Herrn Baruch, der immer einen Rat gewusst hatte. Wobei Basima und Dschamila ihr wohl am besten würden helfen können – deren Lehrmeisterin hatte sie sicherlich auch auf Haremsintrigen vorbereitet. Amra hätte am liebsten geweint, doch sie zwang sich zu einem Lächeln – und wusste, dass sie ganz im Sinne ihrer orientalischen Freundinnen gehandelt hatte, als Heinrich es jetzt verschwörerisch erwiderte. Zweifellos hätten ihr auch Basima und Dschamila geraten, um die Gunst des Herrn des Hofes zu buhlen. Wenn man ihn nicht liebte, so spielte man es ihm eben vor. Amra hingegen war das alles nur leid. Sie wollte ein ehrliches Lächeln, ehrliche Zärtlichkeiten, ehrliche Liebe.

Amra sehnte sich nach Magnus. Der hatte sie vielleicht verraten, aber er hatte wenigstens nicht von ihr verlangt zu heucheln.

Am nächsten Morgen regnete es in Strömen – selbst die hartgesottensten Jäger hätten sich bei diesem Wetter nicht in den Wald begeben. Zumal, wie Melisande bemerkte, wohl auch kein Rebhuhn und kein Hase aus seinem trockenen Versteck zu locken gewesen wäre. Mathilde sagte die Jagd denn auch ab und befahl ihren Hof stattdessen in ihre Räume. Herr Florestide unterhielt die Damen und jungen Ritter mit Gedichten und Liedern zur Laute, vorgetragen in der alten Sprache des Languedoc. Es war Mathildes Muttersprache, etliche andere, so auch Amra, verstanden allerdings kein Wort. Die junge Frau verbrachte den Morgen damit, gelangweilt zuzuschauen, wie der Regen das Pergament vor den Fenstern aufweichte. Immerhin trat ihr niemand zu nahe. Mathilde war mit ihrem aquitanischen Troubadour beschäftigt, und Herzog Heinrich hatte sich entschuldigt. Bischof Berno von Schwerin war zurück aus den vormals slawischen Ländereien des Herzogs und weilte nun bei ihm, um Bericht zu erstatten.

Schließlich ließ der Regen etwas nach, und Amra sehnte sich heraus aus der stickigen Kemenate der Herzogin, in der es kaum Luft zum Atmen gab. Gewöhnlich hatten die Ritter anderes zu tun, als schon morgens Spielleuten zu lauschen, und auch die Hofdamen gingen normalerweise verschiedenen Beschäftigungen nach. Aufgrund der für den Tag eigentlich anberaumten Jagd waren die Übungsstunden für die Ritter aber ausgefallen – bei dem Wetter war es kaum jemandem ein Bedürfnis, die Pferde zu bewegen und freundschaftlich die Waffen zu kreuzen –, und auch die Mädchen drängte es ins Warme. So ballte sich alles in dem schlecht belüfteten Raum. Irgendwann meinte Amra, es nicht mehr aushalten zu können. Sie entschuldigte sich bei Melisande mit Übelkeit und stahl sich aus der Kemenate, während Mathilde ein mit Florestides Hilfe verfasstes Gedicht vortrug.

Amra atmete tief durch, als sie endlich die Freitreppe zum Garten hinablief. Es nieselte noch ein wenig, doch wenigstens war die Luft frisch. Sie duftete nach Erde und Regen. Vor allem aber herrschte Stille. Amra war eigentlich ein geselliger Mensch, sie hätte nie gedacht, dass sie die Ruhe auf den Klippen und Höhenwegen, in den Wäldern und an den Stränden Rujanas eines Tages vermissen würde. Jetzt hingegen sehnte sie sich nach dem grauen Himmel ihrer Heimatinsel und der Stille, die nur vom Flüstern oder Brausen des Meeres gebrochen wurde.

Langsam, um auf den nassen Stiegen nicht auszurutschen, ging Amra in den Hof hinaus und wanderte durch den Rosengarten der Herzogin zu den Obst- und Küchengärten. Selbst wenn sich eine der Edelfrauen Mathildes bei diesem Wetter nach draußen verirrte – hierher kamen die verwöhnten Frauen und Mädchen nie. Amra dachte darüber nach, in die Küche zu gehen und dort ein wenig mit den Köchen und Küchenmädchen zu plaudern. Seit Mathilde sie immer mal wieder dazu einteilte, ihr aufzuwarten und ihr diese oder jene Leckerei zu holen, hatte sie das Küchenpersonal kennengelernt, und sie fand es wesentlich angenehmer im Umgang als die Gespielinnen der Herzogin.

Und dann sah sie den Ritter, der vom Palas aus auf das Küchenhaus zustrebte. Er war höfisch gekleidet, wahrscheinlich gehörte er zur Eskorte des Bischofs. Amra wollte sich rasch in den Schatten der Obstbäume zurückziehen, denn es gelüstete sie nicht nach einer kleinen höfischen Plauderei und den üblichen Schmeicheleien eines Ritters, aber dann ließ der junge Mann die Kapuze seines Mantels sinken, mit der er sich gegen den Regen geschützt hatte. Amra erkannte blondes Haar – und nun auch die Farben von Magnus' Waffenrock.

»Magnus!«

Amra dachte nicht mehr darüber nach, dass sie den Ritter

durch Verachtung hatte strafen und nie mehr das Wort an ihn hatte richten wollen. Sie fühlte nur noch, wie ihr Herz schneller schlug und wie sich ihre Beine ganz von allein in Bewegung setzten, um auf den jungen Ritter zuzulaufen.

»Magnus, wo warst du?«

Magnus wusste nicht, wie ihm geschah, als Amra plötzlich vor ihm stand, als wäre sie unter einem Regenvorhang hervorgeschlüpft. Er streckte die Hand nach ihr aus – und meinte zu träumen, als sie ihn nicht zurückwies. Ungläubig blickte er in ihr strahlendes Gesicht, nass vom Regen, aber unendlich lebendig und glücklich und erleichtert über das Wiedersehen.

Er flüsterte ihren Namen, und sie schmiegte sich wie selbstverständlich in seine Umarmung. Ihr Kuss schmeckte nach Regen und Freiheit.

»Amra ... warum ...«

Magnus wagte kaum, die junge Frau loszulassen, um den Zauber nicht zu brechen. Und tatsächlich schien Amra zu ihrer spröden Art zurückzufinden, als sie sich von ihm löste.

»Ich dachte, du wärst fort«, sagte sie. Es klang vorwurfsvoll.

Magnus nickte. »Ich dachte, du wolltest, dass ich weggehe«, verteidigte er sich. »Du wolltest mich doch nicht mehr sehen. Du hast gesagt, du liebst mich nicht mehr.«

Amra versuchte zu lächeln. »Steht es nicht einer Dame zu, beliebig mit ihren Rittern zu spielen? Kann ich Euch nicht für Eure Verfehlungen strafen, indem ich Euch vom Hofe verbanne, wie Guinevere einst Lancelot? Denn der mannigfaltigen Verfehlungen bekennt Ihr Euch doch wohl schuldig?«

Es sollte sich wie eine der kleinen Neckereien anhören, die Mathilde schon den ganzen Morgen mit Herrn Florestide tauschte, doch für Magnus klang es eher verzweifelt.

Er zog Amra an sich. »Ich mag Schuld angehäuft haben, aber ich habe dafür gebüßt«, erklärte er ernst. »Glaub mir, Amra, jeder Tag ohne dich ... Ich bin fortgegangen, um dich zu vergessen, aber ich habe mich jede Stunde nach dir gesehnt. Und wenn du jetzt immer noch willst, dass ich mit dir fortlaufe ... Ich weiß nicht, wo ich dich hinbringen sollte, doch ich will mich nicht wieder von dir trennen! Was ist mit dem Herzog, Amra? Und der Herzogin?«

Weder Magnus noch Amra bemerkten, dass der Regen sie völlig durchnässte, während sie redeten. Amra erzählte von ihrer verfahrenen Lage zwischen Heinrichs Werben und Mathildes Hass, und Magnus schilderte die Mission des Bischofs.

»Es gäbe so viel Platz in diesen slawischen Ländern«, meinte er schließlich. »Diese unendlichen Wälder – der Herzog könnte sie roden lassen und Lehen um Lehen vergeben. Vielleicht gibt König Waldemar auch bald klein bei und Herzog Heinrich erhält die Festlandbesitztümer der Ranen. Noch mehr Land! Vielleicht gibt er mir ja dort ein Lehen. Und es wäre doch sehr passend, wenn ich dann eine ranische Fürstentochter heiratete.« Er lächelte Amra ermutigend zu. »Jedenfalls war Herr Heinrich heute Morgen sehr huldvoll«, fügte er hinzu, als sie skeptisch die Stirn runzelte. »Er hat jeden von uns Rittern reich beschenkt, die Mission des Bischofs war wohl äußerst erfolgreich. Was mich in Loyalitätskonflikte bringt ...«

Magnus berichtete von dem Feldzug der Obodriten gegen den dänischen König.

»Wenn ich mich jetzt Heinrich gegenüber als treu erweise, dann muss er mich irgendwann belohnen. Er muss mir ein Lehen geben.«

Magnus machte eine hilflose Geste. Er wollte daran glauben, dass es für ihn und Amra eine Zukunft gab. Auch ohne eine Flucht ins Ungewisse. Vorerst dankte er jedoch seinem Schöpfer, dass Amra den Plan, mit ihm fortzulaufen, nicht gleich wieder aufgriff. Vielleicht, um nicht schon wieder einen neuen

Streit zu provozieren, vielleicht aber auch, weil sie inzwischen mehr über die Regeln der Gesellschaft wusste, in der sie lebten. Sie konnte nicht mehr davon träumen, mit ihm zu fliehen und sich irgendwo eine Hütte zu bauen. Auf einer Insel wie Rujana unter einem »König« wie Tetzlav mochte es möglich sein, dass ein Ritter ein Küchenmädchen heiratete. Dort zogen Fischer und Fürsten gemeinschaftlich auf Kaperfahrt nach Handelsschiffen, oder man besserte sein Einkommen auf, indem man einen Streifzug nach Dänemark machte und dort plünderte und raubte. Doch hier in Sachsen waren die Grenzen zwischen den Bevölkerungsschichten undurchlässig – ein Ritter ohne Land konnte sich seinen Unterhalt nur verdienen, indem er sich als Kämpfer verdingte. Ein freies und nicht zu schlechtes Leben, Frau und Kinder hingegen blieben einem Fahrenden verwehrt.

»Aber jetzt bleibst du erst mal hier?«, vergewisserte sich Amra. Das schien ihr vorerst das Wichtigste. Wenn sie nur eine Schulter zum Anlehnen hätte, nur einen geliebten Menschen, mit dem sie reden könnte, würde sie das Leben am Hof leichter ertragen.

Magnus nickte. »Ich werde ganz sicher nicht gegen meinen Oheim in den Krieg ziehen«, stellte er klar. »Sollten sich allerdings andere Feldzüge ergeben ... Ich würde alles versuchen, um mich auszuzeichnen. Unter deinem Zeichen, du weißt ...«

Amra schob sich das feuchte Haar aus dem Gesicht. »Ich weiß, dass du mich nur heiraten kannst, wenn du ein Lehen bekommst, aber wenn du tot bist, sieht es auch nicht gut für uns aus«, bemerkte sie. »Es wäre mir lieber, du bliebest Gefechten fern.«

Magnus lachte. Er meinte zu sehen, wie es hinter ihrer Stirn arbeitete.

»Vielleicht kann ich ja auch irgendetwas für dich tun«, fuhr sie schließlich fort. »Es werden doch immer wieder Hofämter vergeben, nicht? Ich könnte dich geschickt ins Gespräch bringen. Als Waffenmeister für die Knappen vielleicht oder als Stallmeister. Ich ... ich werde einfach versuchen, in Zukunft etwas netter zum Herzog zu sein.«

Amra errötete, doch sie wirkte entschlossen. Und Magnus fühlte brennende Scham, als er sie noch einmal umarmte und küsste. Wollte er wirklich zusehen, wie sie sich um seinetwillen an Heinrich verkaufte?

Kapitel 10

Amras Leben wurde nicht leichter, nachdem Magnus zurück war, aber allein der Gedanke an ihre heimlichen Treffen, an seine Küsse und kleinen Zärtlichkeiten heiterte sie auf. Wenn sie wusste, dass sie Magnus später im Garten oder in der Falknerei sehen würde, ertrug Amra Mathildes Sticheleien und Tadel leichter, und wenn sie erkannte, dass er unter den Rittern saß, erstarrte sie am Ehrentisch des Herzogs nicht unter Heinrichs glühenden und Mathildes hasserfüllten Blicken. Jetzt, im Winter, fand Heinrich seltener Gelegenheiten, sich zur Jagd oder zu Ausritten mit Amra zu treffen. Kein Mensch hätte ihm geglaubt, den Falken seiner Frau trainieren zu wollen oder bei einem Ritt durch Hagel und Schnee Zerstreuung zu suchen. Dennoch ließ er nicht wirklich ab von Amra, sondern umwarb sie immer offener. Es schien ihm gleich zu sein, ob Mathilde zusah, wenn er ihr schmeichelte. Nach wie vor suchte Heinrich der Löwe das Bett seiner kindlichen Gemahlin nicht auf, doch niemand konnte von ihm verlangen, dass er allein schlief. Er schien auch von Mathilde zu erwarten, dies zu akzeptieren.

Amra weigerte sich allerdings immer noch, dem Herzog mehr zu erlauben als Schmeicheleien. Er versuchte neuerdings, ihr Küsse zu rauben, und sie mochte ihn nicht gänzlich abwehren. Aber sie fand doch weiterhin Ausflüchte, wenn sein Diener mit erneuten Einladungen erschien. Der liebeshungrige Herzog verwöhnte Amra mit immer neuen Geschenken. Das letzte bestand aus einer fein geschmiedeten goldenen Gürtelschnalle, die das Abbild eines Falken und das eines Löwen zeigte. Indem man sie schloss, fügte man die beiden in trauter Gemeinschaft zusammen. Amra war dieses Schmuckstück zu anzüglich, die Anspielung zu offensichtlich. Sie trug die Schnalle denn auch niemals, lehnte das Geschenk aber nicht ab. So schlecht sie sich dabei fühlte – ihre Schmuckschatulle füllte sich, und sie hoffte, dass ihr neuer Reichtum eines Tages hilfreich sein würde. Wenn sie genug Gold zusammenhatte, konnte sie Magnus bitten, mit ihr zu fliehen. Andererseits wusste sie natürlich, dass Heinrich eine Gegengabe erwartete. Sehr lange würde sie ihn nicht mehr hinhalten können, Mariana machte ihr jetzt schon Vorhaltungen.

»Ein bisschen reizen ist gut und schön, Kind, aber mach ihn nicht wütend! Er ist dir völlig verfallen, bisher hast du es gut gemacht. Aber jetzt musst du ihn auch erhören, sonst schlägt die Liebe irgendwann um und wird zu Zorn. Und dann gnade dir Gott, Mädchen! Ich hoffe, da ist nicht wieder etwas zwischen dir und dem dänischen Ritter.«

Amra musste sich mühen, nicht zu erröten. Mariana war scharfsinnig, ihr war nicht entgangen, dass Magnus seit seiner Rückkehr oft unter den jungen Rittern war, die Mathildes Hofdamen in ihren Kemenaten besuchten und unterhielten. Das alles sollte sich natürlich stets unter den wachsamen Augen der Anstandsdamen abspielen, aber es gab immer wieder die Möglichkeit, sich der Aufsicht zu entziehen. Auch Amra und Magnus war das schon mehrmals gelungen. Statt sich in den stickigen Kemenaten in Konversation oder Lautenspiel zu üben, schlichen sie hinaus in den Garten oder auf die Wehrgänge der Burg, um Zärtlichkeiten zu tauschen. Es bereitete ihnen ein diebisches Vergnügen, die gestrengen Damen Aveline und Mariana zu narren, doch im Gegensatz zu den anderen jungen Frauen fehlte es Amra am Rückhalt unter ihresgleichen. Während die anderen Mädchen schwiegen und höchstens ein bisschen darüber kicherten, was Geneviève und Herr Heribert wohl miteinander trieben, waren nur Melisande und Joana bereit, Amras und Magnus' Geheimnis zu wahren. Gleich das erste der jüngeren Mädchen, das die beiden auf dem Weg zum Abtritt entdeckte und belauschte, erzählte die Geschichte umgehend seiner besten Freundin: Mathilde Plantagenet.

»Ich komme, um Euch um einen Rat zu bitten ...«

Mathilde hatte um eine förmliche Audienz bei ihrem Gatten nachgesucht – Herzog Heinrich nahm sich wenig Zeit für sie, und wenn er Mathildes Räume aufsuchte, so nicht, um mit seiner Gattin zu plaudern, sondern allenfalls um Amra von Arkona zu sehen. Das sollte sich nun jedoch ändern ...

Mathilde lächelte, während sie auf Heinrichs Aufforderung hin Platz in einem der Sessel vor seiner Feuerstelle nahm. Sie hatte sich festlich herrichten lassen wie für den Besuch eines Hochamtes. Ihre Kleidung passte so gar nicht zu dem Vorhaben, einen Mann zu umgarnen. Brav faltete sie die Hände und sah ins Feuer, bis Heinrich das Wort an sie richtet.

»Jederzeit, meine Gemahlin. Womit kann ich Euch dienlich sein?«

Mathilde schürzte die Lippen. »Es ist eine Angelegenheit meines Hofes, mein Herr Heinrich, und ich sollte Euch eigentlich nicht damit behelligen. Meine Mutter würde mich rügen. Aber ich ... ich weiß einfach nicht recht, wie ich damit umgehen soll. Eine der Damen an meinem Hof ... nun, sie ist bei unzüchtigen Handlungen mit einem Eurer Ritter beobachtet worden.«

Heinrich lächelte. »Auch Eure Damen sind noch sehr jung«, meinte er dann gelassen. »Sie mag einfach noch nicht wissen, was sich ziemt. Zitiert sie zu Euch, rügt sie ... wenn Ihr mögt, nennt mir den Namen des Ritters, dann will ich ihn gern herkommen lassen.«

Mathilde rieb sich die Schläfe, als denke sie darüber nach, wie viel von der Sache sie preisgeben wollte.

»Nun, der Ritter ist Magnus von Lund«, sagte sie dann. »Aber die Dame ... sie ist nicht mehr so jung, mein Gemahl, das ist es ja gerade, was mich beunruhigt. Sie hat einen schlechten Einfluss auf die jüngeren Mädchen. Und sie ist von hohem Rang. So etwas kann einen ganzen Hof in Verruf bringen.«

Heinrich zog die Augenbrauen hoch. »Von hohem Rang? Jetzt sagt mir nicht, dass es Melisande von Kent mit dem Falkenmeister treibt! Aber nein, der Tunichtgut ist ja Herr von Lund ... schäkert er wohl gar mit Joana Howard?« Er lachte schallend.

»Mit Anna Maria von Arkona«, sagte Mathilde trocken. »Es tut mir leid, aber Ihr wolltet es wissen.« Sie sah ihren Gemahl aus unschuldigen Augen an.

»Das kann nicht sein!« Heinrich sprang auf. »Es kann nicht sein, dass Amra ...«

»Aber wenn ich es Euch doch sage!« Mathildes süße Stimme klang flehend. »Ich bilde mir so etwas schließlich nicht ein! Und Ihr könnt Euch auch selbst davon überzeugen. Man hat Magnus von Lund gerade in den Küchengarten gehen sehen. Was sollte er dort machen bei diesem Wetter? Denkt Ihr, er erntet Suppenkraut?«

In der vergangenen Nacht war Schnee gefallen. Die Gärten lagen unter einer dicken weißen Decke, und auch jetzt tanzten feine Flocken durch die eiskalte Luft.

Heinrich blitzte seine Gattin an. »Ihr habt das eingefädelt«, sagte er drohend. »Aber ich warne Euch ... wenn Ihr mich foppt ...«

Mathilde zuckte die Schultern. »Warum sollte ich Euch foppen, mein Gemahl? Ich bat Euch nur um einen Rat.«

Damit stand sie auf. Heinrich hatte sich bei ihrem Eintreten gefragt, warum sie einen schweren, wollenen Umhang mitgebracht hatte, jetzt jedoch wurde es ihm klar.

»Kommt!«

Mathilde schritt hinaus auf den Wehrgang. Heinrich folgte ihr, unwillig, aber auch neugierig und glühend vor Zorn. Auf Mathilde – und auf Amra, wenn es wirklich stimmte, was das Mädchen sagte.

Seine Gemahlin führte ihn durch den Rosengarten der Frauen in den Obstgarten. Und dann sah er auch schon das Paar, das eng umschlungen unter einem Apfelbaum Schutz vor dem Schneetreiben suchte. Die Flocken verfingen sich in Amras rotem Haar, legten sich leicht wie weiße Federn auf ihre Flechten. Heinrich wartete nicht, bis sie sich schmelzend in Tränen verwandelten. Er trat aus dem Schatten des Hauses, der Schnee dämpfte seine Schritte. Amra und Magnus hörten ihn nicht, bis er die Stimme erhob.

»Herr Magnus von Lund! Ich glaube, Ihr haltet etwas in den Armen, was mir gehört!«

Magnus und Amra fuhren auseinander. Der Herzog sah ihre von Kälte und Erregung geröteten, immer noch strahlenden Gesichter. Er meinte zu explodieren.

»Und Ihr, Frau Amra«, stieß er hervor, »ich höre noch Eure sanfte Stimme: ›Nein, ich bin niemandem in Minne zugetan.‹ Und wie nennt Ihr das dann, meine ranische Prinzessin?« Heinrich ging auf sie zu und riss sie aus Magnus' Armen. »War das der Grund dafür, mich wochenlang hinzuhalten? ›Nein, Herr, nicht vor den Augen Eurer Gattin ... Nein, Herr, ich bin noch Jungfrau ... ich bin so unschuldig ... ich verstehe gar nicht, was Ihr meint ...‹ Ha!«

Er hielt Amra am Arm, schien aber nicht recht zu wissen, was er mit ihr anstellen sollte. Magnus war kurz davor, sein Schwert zu ziehen – doch dann trat Mathilde zwischen den Herzog und die Liebenden, bevor ihr Gatte sich gänzlich zum Narren machen konnte. Oder Magnus das Sakrileg beging, seinen Herrn zu schlagen.

»Ihr habt gesehen, mein Gemahl, wovon ich rede«, sagte sie ruhig. »Ich weiß nicht, wie man einen Ritter für diese Dinge zur Rechenschaft zieht ...«

Amra begann zu zittern, als Mathilde sie jetzt ansah.

»... aber das Mädchen ... Also, meine Mutter pflegte junge Damen von Stand in einem solchen Fall sofort zu verheiraten – sofern das denn noch möglich war im Rahmen des Schicklichen.«

Heinrich schien um Luft zu ringen, er hielt Amras Arm fest, während Mathilde unverdrossen weitersprach.

»Nun haben wir es hier allerdings mit einer Geisel zu tun, also einer Dame von weniger hohem Stand, für die wir in gewisser Weise die Verantwortung tragen. Zumal fast noch eine Heidin, die vielleicht gar nicht weiß, was sie tut. Ich denke, die Entsendung in ein Kloster wäre hier eine weise Entscheidung.« Mathilde lächelte.

Der Herzog starrte seine Gattin an, immer noch sprachlos und bebend vor Wut, aber doch wieder so weit bei sich, dass er Amra losließ. Inzwischen hatten sich weitere Mitglieder des Hofes in dem verschneiten Garten eingefunden. Ein Eklat wie dieser blieb nicht unbemerkt, und der Herzog hatte sein Gesicht zu wahren. Heinrich der Löwe riss sich zusammen.

»So bedurftet Ihr meines Rates ja nicht wirklich, meine Gattin«, sagte er mit beißendem Spott. »Ich bin sicher, Ihr werdet die richtige Entscheidung treffen.« Damit lief er zur Treppe, die zu seinen Räumen hinaufführte. Als er sie halb erklommen hatte, wandte er sich noch einmal um. »Herr Magnus, ich denke, bei Sonnenuntergang werde ich mich so weit gefasst haben, dass ich Euch nicht gleich vierteilen lasse, wenn Ihr vor mich tretet. Ich erwarte Euch dann.«

Magnus stand wie erstarrt, Amra jedoch wartete die nächsten Worte der Herzogin nicht ab, die sie zweifellos für immer von Magnus trennen würden. Sie flog auf ihn zu und schmiegte sich noch einmal in seine Arme.

»Was werden sie mit dir tun?«, fragte sie verzweifelt. »Er kann dich doch nicht wirklich töten lassen, er ...«

Magnus umfasste sie, überrascht und beschämt ob der Selbstlosigkeit ihrer Liebe. »Nichts«, sagte er leise. »Sorge dich nicht um mich. Mir wird sicher nichts geschehen.«

Die Liebelei eines jungen Ritters mit einer Hofdame war nicht strafbar. Heinrich konnte Magnus natürlich von seinem Hof verweisen. Aber der Ritter würde auf jeder anderen Burg zumindest kurzfristig gastliche Aufnahme finden und sich dann einreihen in das Heer der Fahrenden – von einem Turnier, von einem Auftrag oder einem Krieg zum nächsten, bis sich vielleicht endlich ein Lehen fand.

Für die junge Frau sah es anders aus. Die Rache des Herzogs würde Amra treffen.

Das Kloster

*Walsrode – Dänemark – Pommern
1169 bis 1170*

Kapitel 1

Amra konnte sich später nur dunkel erinnern, wie sie aus dem Garten zurück in ihre Kemenate gekommen war. Mathilde hatte sie höflich, aber entschlossen von Magnus getrennt, bevor sie weitere Worte tauschen konnten. Dann hatte plötzlich Melisande bei ihr gestanden, sie in den Arm genommen und in die Frauengemächer geführt.

»Am besten bleibst du erst einmal hier«, meinte die Freundin, »bis sich die Wogen geglättet haben. Die Herzogin beruhigt sich auch wieder.« Dann ließ sie die Freundin allein.

»Was soll sich denn da glätten?«, fragte Amra.

Aller Mut hatte sie verlassen, zumal sie sich nicht ausmalen konnte, was nun mit ihr geschehen sollte. Amra hatte nur ungefähre Vorstellungen davon, was ein Kloster überhaupt war, und eines war sicher: Mathilde würde sich auf keinen Fall von ihren wie auch immer gearteten Plänen abbringen lassen. Was an diesem Morgen geschehen war, hatte die junge Herzogin eiskalt geplant. Amra und Magnus waren ihr in die Falle gegangen – und ebenso der Herzog. Was mochte der jetzt mit Magnus vorhaben? Amra traute dessen beruhigenden Worten nicht.

Kurz nachdem Melisande gegangen war, erschien Mariana mit einem Krug heißen Würzweins. »Hier, Kind, trink erst mal«, sagte sie mit belegter Stimme. »Das bessert zwar nichts, aber ... Himmel, warum hast du nicht auf mich gehört? Ein Wahnsinn, den Herzog und die Herzogin hintergehen zu wollen! Habe ich dir nicht gesagt, du musst deine Stellung am Hof festigen, bevor du dir irgendwelche Freiheiten herausnimmst?«

Amra starrte die erfahrene Edelfrau an. »Ihr meint, wenn ich Heinrichs Geliebte geworden wäre, würde er ... würde er Magnus nichts tun?«

Mariana rang die Hände. »Im Gegenteil, dann würde er Magnus umbringen«, murmelte sie. »Aber mit ein bisschen Glück hätte er gar nichts davon erfahren. Kind, als Heinrichs Geliebte hättest du eigene Gemächer gehabt, du hättest dich nicht in aller Öffentlichkeit mit deinem Ritter treffen müssen. Du hättest Dienstboten gehabt, die dir treu ergeben gewesen wären... Himmel, du liest doch seit Jahren die höfische Dichtung! Muss ich dich daran erinnern, dass Guinevere und Lancelot sich jahrelang heimlich trafen, bevor Artus dahinterkam?«

»Das ist nur eine Dichtung«, flüsterte Amra.

Mariana fasste sich an die Stirn. »Schön, dass du das endlich erkennst. Wenn auch etwas spät.«

»Was wird denn jetzt mit Magnus?«, fragte sie verzweifelt. »Was geschieht ihm?«

»Ich würde mich an deiner Stelle mehr darüber sorgen, was mit dir geschieht!«, meinte Mariana mit beißender Stimme. »Amra, Magnus ist frei, er wird morgen sein Pferd nehmen und weiterziehen. Aber du... nach dem Eklat im Garten wird Heinrich kein Interesse mehr an dir haben. Die kleine Herzogin will dich loswerden, und er wird ihr nicht widersprechen. Also wird es auf ein Kloster hinauslaufen. Mathilde denkt längst darüber nach.«

»Und wo ist das?«, fragte Amra naiv. »Sie hat eine Klosterfrau empfangen, neulich.« Amra erinnerte sich an eine strenge, schwarz gekleidete Frau, die mit Mathilde gebetet, aber dann auch fürstlich mit ihr gespeist hatte. »Kam sie nicht aus Heiningen?«

Heiningen lag ganz in der Nähe. Magnus würde Amra dort leicht finden können – und vielleicht fasste er sich ja diesmal ein

Herz und befreite sie ... Amra schöpfte fast so etwas wie Hoffnung.

Mariana lachte. »Kleines, Klöster gibt es überall in der christlichen Welt. Und das letzte, in das Mathilde dich schicken wird, ist das Kanonissenstift in Heiningen. Da wärst du schließlich sehr komfortabel untergebracht – und sehr nah am Hof. Nein, nein, wenn du mich fragst, berät sich die Herzogin jetzt schon mit dem Hauskaplan darüber, in welcher gottverlassenen Gegend ihrer Ländereien das kleinste, dunkelste und ärmste Frauenstift zu finden ist. Sie will dich los sein, Amra, für immer und ewig und so weit weg wie nur möglich.«

Amra schaute Mariana erschrocken an. »Man geht für immer in so ein Kloster?«

»Und das nennt Ihr nun Treue, Herr Magnus? Gegenüber Eurem Verwandten, König Waldemar, und mir, Eurem Burgherrn? Das nennt Ihr die Erfüllung eines Auftrags?«

Heinrich der Löwe schlich so wütend um Magnus von Lund herum wie sein Wappentier um die Beute. Magnus musste sich zwingen, den Kopf nicht wie ein Büßer zu senken, aber er war aufrecht und stolz in die Räume des Herzogs gekommen, und er würde auch jetzt nicht klein beigeben.

»Ich nenne das Liebe, Herr Heinrich«, gab er deshalb mit ruhiger Stimme zurück. »Das, was die Troubadoure besingen. Weil es stärker ist als jeder Ritter. Ich wollte es nicht, Herr Heinrich, und ich habe dagegen gekämpft, ich bin bis in die Lande der Obodriten geflohen. Aber ich bin unterlegen. Ich liebe Amra von Arkona – und damit gehört sie mir, was auch immer sonst geschehen ist.«

Der Herzog lachte hässlich auf. »Mit dieser Meinung steht Ihr aber ziemlich allein, Herr Magnus. Von Rechts wegen gehört die junge Frau mir – wie auch neunzehn weitere Geiseln. Nach Ansicht Eures Oheims gehörte sie ihm, sodass er meinte, sie verschenken zu können. Und wenn es nach meiner Gattin geht, so gehört sie ab heute Gott. Sie sucht schon nach dem passenden Kloster.«

Magnus horchte auf. »Ihr wollt sie in ein Kloster schicken? Aber dann ... Herr Heinrich, Ihr könntet sie ebenso gut verheiraten! Wenn es darum geht, sie vom Hof zu entfernen ... Bitte, Herzog, ich bitte Euch förmlich um ihre Hand. Lasst sie mich heiraten!«

Magnus sah den Herzog flehend an. Er war nah daran, vor ihm auf die Knie zu fallen.

Heinrich lachte erneut. »Herr Magnus, Ihr seid toll vor Liebe! Was ich Euch nicht einmal zum Vorwurf machen kann, mir ging es ja genauso. Aber denkt Ihr wirklich, ich belohne Euch auch noch für diesen Frevel? Und selbst wenn ich es täte – ich müsste Euch ja gleich noch ein Lehen dazugeben. Oder wie wollt Ihr die Frau ernähren?«

»Ich würde alles tun«, flüsterte Magnus.

Er wusste, dass er sich gänzlich zum Narren machte, aber er fühlte sich seinem Ziel so nah. Und er konnte nicht zulassen, dass Amra in ein Kloster verbannt wurde.

»Ihr seid verrückt, Herr Magnus«, wiederholte Heinrich. »Aber wenn es Euch tröstet: Wir werden sie beide nicht bekommen, und für Gott ist sie auch zu schade. Eine slawische Prinzessin ... oder wenigstens fast ... dazu wird mir auf Dauer anderes einfallen als ein schwarzer Schleier. Zumal, wenn sie tatsächlich noch Jungfrau ist. Ihr schwört, Ihr habt sie nie besessen?«

Die Frage nach Amras Jungfernschaft war eine der ersten, die Heinrich dem jungen Ritter gestellt hatte.

Magnus blitzte ihn an. »Bei meiner Ehre, Herzog. Ich will sie doch heiraten, ich ...«

Heinrich wehrte mit einer Handbewegung ab. »Wir werden das überprüfen«, meinte er kurz. »Wenn sie wirklich noch Jungfrau ist, ist sie wertvoll. Ansonsten soll Gott sie haben. Mathilde wird ein Kloster finden, dass sie mit kleinstmöglicher Mitgift nimmt. Und Ihr, Herr Magnus, verlasst die Burg, sobald morgen die Tore hochgezogen werden. Ich will Euch hier nicht wiedersehen. Verschwindet von meinem Hof und aus meinem Reich!«

Magnus verbeugte sich. »Ihr werdet mir nicht sagen, was Ihr mit ihr tut?«, fragte er noch.

Heinrich schüttelte den Kopf. »Ganz sicher nicht, junger Mann! Nicht, dass Ihr noch auf den Gedanken kommt, sie zu rauben. Ihr wisst, dass Ihr Eurer Ritterehre verlustig geht, wenn Ihr ein Kloster schändet.«

Magnus verließ die Räume des Herzogs, ohne noch etwas zu erwidern. Aber er war fest entschlossen herauszufinden, wohin man Amra brachte. Auch wenn er dafür ein Heiligtum schänden müsste. Amra selbst hatte das schließlich auch getan – und damit mehr riskiert als ihre Ehre.

Vorerst blieb dem jungen Ritter allerdings keine andere Möglichkeit, als seine Sachen zu packen und sich auf den Abritt vorzubereiten. Unglücklich räumte er seinen Schlafplatz in einem Seitentrakt des Rittersaals und lud seine wenigen Habseligkeiten in seine Satteltaschen. Viel war es nicht, die Besitztümer eines Ritters ohne Land beschränkten sich im Allgemeinen auf eine Rüstung und ein Pferd. Magnus besaß noch ein Zelt und ein zweites Pferd, er hatte einen der Hengste behalten, die er beim Turnier gewonnen hatte. Das Tier verstand sich gut mit seinem Fuchshengst, er konnte es sowohl als Packtier als auch als Ersatzpferd nutzen. Schließlich rollte er sich vor den Ställen der Pferde in seine Decke. Die Nacht würde kurz sein, die Tore öffneten sich bei Morgengrauen. Und Magnus stand nicht der Sinn danach, mit Heribert und den anderen Rittern seinen unwürdigen Abschied zu feiern. Lieber dachte er an Amra. Wenn es nach Heinrich und Mathilde ging, würde er ihr nie mehr so nahe sein wie in dieser Nacht.

»Herr Magnus?«

Es war bereits stockdunkel in den Ställen, und auch im Rittersaal waren die trunkenen Stimmen der letzten Zecher verstummt. Magnus hatte noch nicht geschlafen, war jedoch in dumpfem Brüten versunken gewesen und fuhr nun auf, als er eine Stimme seinen Namen flüstern hörte. Eine Frauenstimme. Aber Amra war es nicht.

»Wer ist da?«, fragte er heiser.

Ein Funken blitzte auf, seine Besucherin entzündete eine Kerze.

»Ich, Melisande von Kent. Ich ... ich komme von Amra.«

Das unscheinbare Mädchen schob sich näher an ihn heran, damit er ihr Flüstern hörte. Magnus war sofort hellwach.

»Warum kommt sie nicht selbst?«, fragte er. »Wenn es so leicht ist, sich hier herunterzuschleichen?«

»So leicht ist es nicht«, meinte Melisande. »Und Amra steht unter dauernder Beobachtung. Die Herzogin hat sie bei Frau Mariana und Frau Aveline untergebracht. Die sollen auf sie aufpassen. Amra kommt da nicht so leicht heraus. Aber ... aber ...« Melisande kaute mit ihren riesigen Schneidezähnen auf ihrer Unterlippe herum. »Grundsätzlich ginge es schon ...«

»Grundsätzlich ginge was?«, fragte Magnus und richtete sich alarmiert auf.

Melisande wandte schamhaft das Gesicht ab, anscheinend hatte sie nie einen Ritter in seiner Unterkleidung gesehen. Dabei bot sich ihr gar kein unziemlicher Anblick. Magnus schlief im Hemd und in den leinenen Beinkleidern, die er sonst unter der Rüstung trug.

»Eine Flucht!«, sagte Melisande gewichtig. »Amra will nicht ins Kloster. Sie will mit Euch fliehen. Aber die Frage ist, ob Ihr das auch wollt. Ich habe ihr gesagt, es geht nicht, Ihr würdet Euer ganzes Leben aufgeben, aber ...«

»Wie?«, unterbrach Magnus sie heiser. »Sagt mir nur, wie wir es anstellen können. Wie kann ich sie holen, was kann ich tun? Ich könnte ihre Eskorte überfallen und sie befreien, wenn Ihr mir sagt, wann sie losreitet und wohin man sie schickt.«

Melisande blickte skeptisch. Offensichtlich war den Frauen schon etwas Besseres eingefallen. »Ihr könnt gar nichts tun«, beschied Melisande ihn jetzt. »Allein eine Eskorte überfallen, Ihr seid ja des Wahnsinns! Aber das müsst Ihr auch nicht, Ihr müsst Amra nur erwarten, auf der Lichtung im Wald, auf der wir Rebhühner jagen. Sie wird die Burg verlassen, indem sie mit mir den Platz tauscht. Ich stehe meist sehr früh auf, um der Herzogin aufzuwarten. Das wundert keines der Mädchen, die mit mir die Kammer teilen. Wenn Amra zur gleichen Zeit auf den Abtritt geht, könnten wir die Rollen tauschen: Ich gehe zurück in Amras Schlafgemach und sie nimmt mein Pferd und verlässt bei Sonnenaufgang die Burg.«

»Mit welcher Begründung?«, erkundigte sich Magnus.

Melisande zuckte die Schultern. »Falkenjagd«, meinte sie. »Ich trainiere zwei Falken, meinen und den kleinen der Herzogin. Die Wache wundert sich nicht, wenn ich so früh ausreite.«

Magnus runzelte die Stirn. »Die Wache lässt Euch ohne Begleitung zur halben Nacht in den Wald?«, fragte er.

»Nicht ohne Begleitung – mit dem Falkner«, schränkte Melisande ein.

»Und der wird Euch morgen früh mit Amra verwechseln?«, höhnte Magnus. »Verzeiht mir, aber Ihr seht einander nicht sehr ähnlich.«

Melisande blickte verletzt. »Übermorgen«, sagte sie dann, beherrscht wie immer. »Morgen bin ich tatsächlich dazu eingeteilt, Frau Mathilde aufzuwarten. Übermorgen ist es Joana. Und der Falkner muss natürlich Bescheid wissen.«

»Und er begeht Verrat für Euch an seinem Herrn?« Der Erste Falkner war ein Ritter, der bei Heinrich im Dienst stand. Ein begehrtes Hofamt, das man nicht leichtfertig aufs Spiel setzte.

Melisande errötete. »Auch für ihn ist es Minnedienst«, sagte sie knapp.

Magnus wollte auffahren. Noch ein Konkurrent um Amras Gunst? Noch jemand, der ihr verfallen war? Aber dann erkannte er, dass der Falkner es wohl eher für Melisande tat. Für die meisten Ritter war sie nicht sehr anziehend, aber der Falkner wusste wohl andere Qualitäten zu schätzen als glänzendes Haar und feuchte Lippen. Melisande war zweifellos klug, loyal und außerordentlich geschickt im Umgang mit Pferden und Greifvögeln. Magnus konnte den beiden nur alles Glück der Welt wünschen.

»Außerdem werden Joana davon wissen müssen und Frau Mariana«, führte Melisande weiter aus. »Frau Aveline hat einen tiefen Schlaf, aber Frau Mariana erhebt sich beim ersten Hahnenschrei. Sie wird wach werden, wenn Amra den Raum verlässt und ich an ihrer Stelle zurückkehre. Aber Amra meint, sie wird nichts sagen. Und vielleicht verschafft sie uns sogar zusätzliche Zeit, indem sie früh aufsteht und mit ›Amra‹ ... vielleicht in die Frühmesse geht.«

»Gut durchdacht«, musste Magnus zugeben. »Aber wie

könnt Ihr wissen, dass die Herzogin Amra nicht morgen schon wegschickt?«

Melisande zuckte die Schultern. »Das können wir nicht wissen«, gab sie zu. Hier lag der Schwachpunkt ihres Plans. »Nur annehmen. So schnell lässt sich solch eine Abreise ja kaum organisieren, und bislang ist nicht mal ein Kloster gefunden. Es kann sein, dass es sich noch Tage hinzieht. Aber natürlich ist es auch möglich, dass morgen schon eine Eskorte bereitsteht. Ihr werdet einfach mal ein bisschen Glück brauchen, Herr Magnus. Es ... es liegt alles in Gottes Hand ...«

Magnus lächelte grimmig. »Dann hoffen wir mal«, meinte er schließlich, »dass der Allmächtige den Raub einer ihm versprochenen Frau nicht gar so übel nimmt wie unser Herr Heinrich ...«

Am nächsten Morgen, nach einer unruhigen Nacht neben der schnarchenden Frau Aveline und Mariana, die sich schlaflos und immer wieder seufzend hin- und herwälzte, stand Amra zunächst eine neue Demütigung bevor. Wieder einmal prüfte eine Hebamme ihre Jungfräulichkeit, diesmal eine noch recht junge, die dabei vor Verlegenheit kaum wusste, wo sie hinschauen sollte. Sie war gewöhnlich nur in der Stadt tätig – auf der Burg hatte man schließlich seit Jahren keine Hebamme mehr gebraucht – und fühlte sich nun von der Pracht der Räume, der edlen Kleidung der Frauen und dem hohen Rang der Frau, die sie hier zu untersuchen hatte, wie erschlagen. Bei Amra entschuldigte sie sich unzählige Male, bevor sie unsicher und mit eiskalten Fingern nach ihrer Scham tastete.

»Ihr könnt es mir auch einfach glauben«, meinte Amra beim Anblick der Röte im Gesicht der jungen Frau.

Die schüttelte nur entschlossen den Kopf. Wahrscheinlich fürchtete sie, dass es sie denselben kosten könnte, wenn Amra log. Schließlich kam sie dann aber aufatmend zum gewünschten Ergebnis.

»Ihr seid tatsächlich unberührt«, meinte sie. »Das wird Euren künftigen Gatten freuen.«

Amra seufzte. »Ich bezweifle, dass der sich darum sorgen würde«, murmelte sie dann.

Inzwischen hatte sie gelernt, dass eine Klosterfrau sich als Braut Christi zu betrachten hatte. Der Gedanke schien ihr aber widersinnig. Zwar hatte man auch auf Rujana jungfräuliche Priesterinnen gekannt, die waren jedoch stets Dienerinnen von Göttinnen gewesen. Warum man sich für einen männlichen Gott aufsparen sollte, ging Amra nicht ein.

Sie verbrachte dann einen weiteren Tag frierend in ihrer Kemenate, sorglich bewacht von Frau Aveline.

»Damit sich an dem erfreulichen, wenn auch eher unerwarteten Ergebnis der Untersuchung nicht noch etwas ändert«, erklärte die alte Hofdame spitz.

Sie schien es Amra persönlich übel zu nehmen, dass sie sich ihrer Aufsicht entzogen hatte. Dabei war sie Amra sonst nie derart unnachsichtig erschienen. Wahrscheinlich hatten der Herzog und die Herzogin die Anstandsdame streng getadelt.

Gegen Abend erfuhr Amra dann ihr Urteil, überbracht von Mariana. »Wir brechen morgen auf«, sagte die alte Edelfrau und wirkte dabei nicht halb so deprimiert wie noch am Tag zuvor. »Man schickt dich in ein Benediktinerinnenstift im Herzogtum Bayern.«

»Das ist Eure Heimat, nicht wahr?«, fragte Amra. »Aber warum brechen ›wir‹ auf?«

»Ich begleite dich«, erklärte Mariana. »Auf Wunsch des Herzogs sollst du nicht allein mit einer Eskorte von Rittern und

Priestern reiten, über deine Unschuld muss gewacht werden. Und ich ... nun, es ist ein sehr schönes Land.« Mariana lächelte. »Sehr grün, sehr gebirgig, du wirst die Alpen sehen, ihre schneebedeckten Gipfel ... ich habe sie nie vergessen können.«

»Ihr freut Euch wirklich«, wunderte sich Amra. »Obwohl das doch auch für Euch bedeutet, den Rest Eures Lebens eingesperrt zu werden.«

Mariana zuckte die Schultern. »Ich bin alt, Kind. Und ich bin glücklich, dass Gott mich zurück in die Gemeinschaft von Christen geholt hat, nach all den Jahren im Schatten des blutigen Schreins eines Götzen. Es hat für mich keinen Schrecken, meine letzten Jahre hinter Klostermauern zu verbringen.« Sie lächelte wieder. »Höchstens das Reiten und die Falkenjagd werde ich vermissen. Aber ganz sicher nicht die Hofintrigen und das ständige Gekicher der Mädchen.«

Amra seufzte. Es wurde jetzt wohl Zeit, Mariana in den Plan einzuweihen, den sie mit Melisande geschmiedet hatte. Sie hasste es, die alte Hofdame damit schon wieder enttäuschen zu müssen. Hoffentlich machte sie überhaupt mit.

Mariana hörte sich Amras Enthüllung ruhig an und rieb sich dann die Schläfe. »Kindchen, ob darauf ein Segen liegt?«, fragte sie zweifelnd. »Willst du dich wirklich in eine so unsichere Zukunft stürzen? Den Ritter mit in den Abgrund reißen? Kannst du dich nicht ein Mal in dein Schicksal ergeben?«

Amra schüttelte entschlossen den Kopf. »Ich will keine Braut Christi sein«, erklärte sie bestimmt. »Und gestern habt Ihr noch gesagt, man müsste dazu eigentlich berufen sein. Aber ich fühle mich nicht berufen, ich habe nur Angst davor, von Mauern umgeben zu sein. Ich bin für so etwas nicht geschaffen, Frau Mariana! Und das kann auch Euer Gott nicht wollen. Er hat Magnus und mich so oft zusammengeführt. Es muss sein Wille sein, dass wir heiraten und Kinder haben.«

Mariana zog die Brauen hoch. »So soll denn sein Wille geschehen«, murmelte sie.

Was dann jedoch geschah, war der Wille der Herzogin – und Amra würde sich Zeit ihres Lebens fragen, ob hier wirklich Gott seine Hände im Spiel gehabt hatte, oder ob es doch Mariana, eine Lauscherin oder die unglaubliche Intuition einer am Minnehof ihrer Mutter erzogenen Prinzessin gewesen war. Als sich Amra und die beiden älteren Damen bereits zur Ruhe gelegt hatten, klopfte Melisande an ihre Tür.

»Amra?«, fragte sie und ihr unglücklich verzogenes Gesicht verriet Amra sofort, dass irgendetwas schiefging. »Du sollst kommen. Die Herzogin ist krank, und wir sollen ihr aufwarten.«

»Wir?«, fragte Amra verwirrt. »Ich?« Sie stand nervös auf und warf eine Tunika über ihr Unterkleid.

Melisande nickte. »Ja. Sie sagt, sie fühle sich nicht gut, und sie möchte, dass du ihr vorliest. Und ich soll heißen Würzwein holen und Kräuter gegen Kopfschmerz ... Verlier nicht den Mut, Amra, mit ein bisschen Glück schläft sie in einer Stunde ein.« Die letzten Worte wisperte sie der Freundin nur zu, als Amra ihr auf den Korridor folgte.

»Das glaube ich nicht!«, gab Amra verzweifelt zurück. »Das ... da steckt doch ein Plan dahinter. Sie muss irgendetwas wissen ... Melisande, ich kann nicht bis morgen warten! Ich gehe jetzt!« Sie wollte direkt loslaufen, aber Melisande fasste sie hart am Arm.

»Amra, denk doch mal nach! Es ist bereits dunkel, die Burg ist verschlossen. Du kämest hier gar nicht heraus.«

»Ich könnte mich irgendwo verstecken«, überlegte Amra, doch natürlich wusste sie, dass es aussichtslos war.

Selbst wenn man sie nicht gleich fand, wenn die Wache erst

alarmiert war, würde es ihr niemals möglich sein, heimlich die Burg zu verlassen. Tatsächlich bestand die einzige Chance darin, dass sich Mathilde doch noch so weit erholte, dass sie Melisande und Amra zurück in ihre Schlafkammer schickte.

Amra vermutete ganz richtig, dass dahinter ein Plan steckte. Die kleine Herzogin hatte nicht die Absicht, die zwei Verschwörerinnen in dieser Nacht zur Ruhe kommen zu lassen. Sie fühlte sich angeblich immer schlechter. Sie ließ sich Wadenwickel anlegen und die Schläfen massieren, verlangte, dass man ihr warme Steine an die Füße legte und duftende Kräuter in ihrer Kemenate verbrannte. Erst als der Morgen schon graute, senkte sie die Lider und schien sich zu entspannen.

»Tun wir's jetzt?«, fragte Amra leise, als Mathilde offensichtlich eingeschlafen war. »Du kannst Joana wecken, damit die Herzogin nicht allein ist, wenn sie aufwacht. Und wir ...«

Melisande nickte. »Warte hier, ich hole dir meinen Mantel und sage Joana Bescheid. Vielleicht geht ja doch noch alles gut.«

Der Mantel war wichtig. Nicht nur, dass er Amra in der beißenden Kälte warm halten würde – die junge Frau hatte am Tag zuvor all das Gold und die Juwelen, mit denen der Herzog sie in den letzten Monaten beschenkt hatte, in seinen Saum eingenäht. Sie hatte die ganze Zeit gebangt, dass Mathilde oder der Herzog jemanden schicken würde, das Geschmeide abzuholen, aber das war nicht geschehen. Mathilde schien es einfach vergessen zu haben. Vielleicht wusste sie auch nicht, wie viel Gold in die Hände ihrer Rivalin gelangt war. Amra hatte den Schmuck ja nie getragen. Und der Herzog ... Amra wollte fast glauben, dass er bereit war, ihr das Vermögen zu lassen.

Jetzt wartete sie mit zitternden Knien am Bett der kleinen Herzogin. Sie wagte kaum zu atmen, um das Mädchen nicht zu wecken, doch es schien alles gut zu gehen. Mathilde rührte sich nicht. Sie schlief offensichtlich tief, ein unschuldiges, leichtes

Lächeln auf den Lippen. Amra versuchte es, aber sie konnte sie nicht hassen. Eigentlich empfand sie nur Mitleid für diese Kindfrau, die mit allen Mitteln um die Gunst ihres Gatten kämpfte – bevor sie noch wusste, was Liebe war.

Schließlich winkte Melisande von der Tür her. »Joana ist gleich da«, wisperte sie. »Du kannst schon gehen.«

Amra atmete auf, als sie die Räume der Herzogin verließ. Sie eilte über den Flur, die Treppe hinunter und durch den Garten in Richtung der Ställe. Es war eiskalt, und Amra hüllte sich zitternd in Melisandes Mantel. Sie trug darunter nur leichte Kleidung. Aber zu frieren war besser, als eingesperrt zu werden ...

Amra erreichte den verschneiten Obstgarten. Zwei Tage zuvor noch hatte sie sich hier mit Magnus getroffen. Doch nun rasch weiter zu den Ställen. Der Falkner würde sie dort erwarten ...

Aber dann waren es nicht nur die erhofften zwei Pferde, die vor den Ställen auf Reiter warteten. Entsetzt erkannte Amra, dass eine ganze Gruppe von Pack- und Reittieren vorbereitet wurde. Sie wollte sich verstecken, der Ritter, der die Männer befehligte, hatte sie jedoch bereits kommen sehen und auch gleich erkannt.

»Frau ... Frau Amra!«, wunderte sich Heribert und verbeugte sich ehrfürchtig. »Was tut Ihr denn schon hier? Es eilt wirklich nicht, ich denke, wir werden noch zwei Stunden brauchen, bis wir abreiten.«

»Abreiten?«, fragte Amra tonlos.

»Herr Heribert führt Eure Eskorte ins Herzogtum Bayern.« Der Falkner trat neben den Ritter und sah Amra ebenso beschwörend wie bedauernd an. »Es sind einige Güter zu transportieren, die Herzogin wird dem Kloster großzügige Geschenke machen. Sie gab Befehl, früh mit dem Beladen der Packtiere zu beginnen.«

Amra nickte geschlagen. »Ja ... ja ...«, sagte sie dann. »Ich ... ich werde dann bereit sein. Und von Frau Melisande soll ich Euch sagen – es wird heute nichts mit der Falkenjagd. Die Herzogin hat sie die ganze Nacht über gebraucht, sie muss jetzt schlafen.«

Kapitel 2

Wo genau das Stift liegt, weiß ich gar nicht.«

Mariana redete seit einer Stunde auf Amra ein, um sie irgendwie aufzuheitern, doch Amra fühlte sich nur erschöpft und übel. Sie mochte nichts von dem Griesbrei mit Honig, den die alte Edelfrau ihr brachte, und sie lehnte auch den Würzwein ab, der sie nach dem vergeblichen Gang in die Ställe aufwärmen sollte.

»Aber es reitet ein Mönch mit, der sich gut auskennt. Eine göttliche Fügung, meinte die Herzogin. Bruder Martin kommt aus Bayern und war Schreiber für Bischof Berno. Sie hat ihn gestern konsultiert, um den richtigen Konvent für dich zu finden. Und da er sowieso darum gebeten hat, zurück in sein Heimatkloster gesandt zu werden, wird er uns gleich begleiten.« Mariana wirkte ausgesprochen fröhlich. »Doch nun komm, du musst dich ankleiden. Du willst doch nicht in diesen Hauskleidern reiten, da holst du dir ja den Tod.«

Amra sah teilnahmslos zu, wie Mariana ihre wärmsten Sachen aus den Truhen holte. Sie hatte am Vortag viel Zeit zum Packen gehabt, aber Mathilde hatte sie anweisen lassen, nicht zu viel mitzunehmen. Im Kloster würde man sie einkleiden, schon als Novizin würde sie Klostertracht tragen.

»Und der Mantel? Ist das nicht Melisandes? Das ist ja nett von ihr, dass sie ihn dir schenkt.«

Mariana plapperte weiter. Dann hörten sie eine befehlsgewohnte Männerstimme auf dem Korridor vor den Kemenaten.

»Ist mir egal, Frau Aveline, ob meine Gemahlin schläft!«, polterte Herzog Heinrich. »Ich will mit ihr sprechen, und zwar jetzt! Also weckt sie auf, oder ich werde es selbst tun. Ich habe ein für alle Mal genug von ihren Eigenmächtigkeiten, was diese Geisel aus Rujana angeht. Eine Unverschämtheit, sie hinter meinem Rücken nach Bayern schaffen zu wollen.«

»Da geht's um dich!« Mariana spitzte ihre Ohren. Bis in die Kemenaten reichte ihr Hörvermögen allerdings nicht.

Sowohl die Hofdame als auch die nun ebenfalls neugierig gewordene Amra mussten warten, bis sich eine andere Gelegenheit ergab zu erfahren, was zwischen den Ehegatten vor sich ging. Die kam allerdings schnell. In den Frauengemächern der Burg Dankwarderode hatten die Wände immer Ohren gehabt.

»Der Herzog hat Frau Mathilde scharf gerügt, weil sie dich nach Bayern schicken will«, berichtete Joana. Sie hatte im Nebenzimmer Mathildes Sachen geordnet und natürlich alles mitangehört.

»Will er mich denn hierbehalten?«, fragte Amra hoffnungsvoll. Wenn sie am Hof bleiben dürfte, würde sich bald eine Gelegenheit zur Flucht ergeben.

»Nein«, meinte Joana. »Aber er will dich im Herzogtum Sachsen behalten. Im Grenzbereich zu den slawischen Eroberungen. Irgendwo nördlich von hier, in Walsrode, liegt ein Kloster. Und er will dich selbst hinbringen! Er muss ohnehin nach Mikelenburg, wenn ich das richtig verstanden habe, und so erledigt er das auf einem Weg. Mathilde ist davon nicht begeistert, aber sie fügt sich natürlich. Sie hat auch um Vergebung gebeten. Sie habe das nicht wissen können, der Herzog habe ja nichts davon gesagt, das Kloster auswählen zu wollen. Jedenfalls wird sich dein Aufbruch ein wenig verzögern.«

»Bis morgen?«, erkundigte sich Amra.

Sollte ihr das Glück hold sein und sich eine weitere Fluchtmöglichkeit auftun? Hatte Magnus wohl gewartet? Melisande hatte ihr erzählt, dass er im Zweifelsfall sogar ihre Eskorte überfallen wollte, nur um sie zu retten. Er schmiedete also sicher auch seinerseits Pläne. Und wenn der Falkner ihm eine Nachricht brachte ...

»Nein, nur ein paar Stunden«, zerstörte Joana ihre letzte Hoffnung. »Ihr werdet am Nachmittag reiten, wenn der Herzog bereit ist. Es ist nicht so weit, es sind vielleicht drei Tagesritte.«

Nach Bayern wären sie sehr viel länger unterwegs gewesen.

Amra konnte Mariana die Enttäuschung über die Planänderung ansehen, und sie tat ihr fast ein wenig leid. Ihr selbst war es egal, in welchem Konvent man sie vergrub, etwas jedoch ließ sie gänzlich verzweifeln. Eine Eskorte, geführt von einem der Ritter, hätte Magnus vielleicht angreifen können – womöglich hätte der Ritter sogar gemeinsame Sache mit ihm gemacht, er war doch mit allen verbandelt. Wenn Herzog Heinrich jedoch an der Spitze ihrer Gruppe ritt, war das aussichtslos. Magnus würde das Schwert nicht gegen seinen früheren Herrn erheben, und wenn er es täte, hätte er nicht den Hauch einer Chance. Das Gefolge des Herzogs bestand nie aus weniger als zwanzig schwer bewaffneten und gänzlich loyalen Rittern.

Amra würde sich mit dem Gedanken an das Kloster abfinden müssen. Nichts und niemand konnte ihr jetzt noch helfen.

Die Reise durch das verschneite Sachsen war anstrengend, und natürlich froren die Reiter dabei bis ins Mark. Immerhin gab es genügend Burgen und Gutshöfe auf dem Weg, und Heinrichs Lehnsleute wetteiferten darum, ihn an ihren Höfen willkommen zu heißen. Ihre Frauen nahmen Amra und Mariana gastlich auf, hielten sie auf Befehl vom Herzog aber streng von den Rittern getrennt, auch wenn sie sonst offene Höfe führten und bei feierlichen Anlässen gemeinsam mit dem Hausherrn und seinen Rittern tafelten. Heinrich stellte stets gleich klar, dass er eine ranische Fürstentochter ins Kloster begleitete. Offiziell ließ er keinen Zweifel an ihrer Berufung und der Freiwilligkeit der Reise, aber natürlich lasen die Frauen seiner Lehnsleute zwischen den Zeilen. Einige begegneten Amra fast mit Bedauern, einige mit Neugierde, allerdings ließ keine von ihnen die junge Frau aus den Augen. Amra und Mariana waren froh darüber. Nach dem Ritt durch die Kälte sehnten sie sich nur noch nach einem Platz am Kamin und waren glücklich, als die zweite Burg sogar ein Badehaus für Frauen aufwies.

»Genießt es noch einmal«, meinte die noch recht junge Burgherrin. »Das Kloster hat ganz sicher keins.«

»Und wo waschen sich die Nonnen?«, fragte Amra naiv.

Die Freifrau, die erzählt hatte, dass sie als Mädchen in einem Kloster gelebt hatte, um lesen und schreiben zu lernen, musste lachen. »Wenn Ihr mich fragt, gar nicht«, antwortete sie. »Ich fand immer, sie röchen ziemlich streng. Aber es steht ihnen sicher frei, sich am Brunnen zu waschen oder wenigstens mit nassen Tüchern abzureiben. Ihr werdet schon eine Möglichkeit finden.«

Amra hoffte das, obwohl es nicht ihre dringlichste Sorge war. Auch die Fischersfrauen in Vitt hatten nicht viel von Körperpflege gehalten. Natürlich wurden sie nass, wenn sie den Männern halfen, die Boote hereinzuholen, doch freiwillig ins Meer oder in einen Weiher steigen? Vielen, vor allem älteren Frauen, lag das fern. Amra war allerdings von klein auf dazu angehalten worden, sich zu reinigen. Für Herrn Baruch war es wichtig gewesen, bei den Juden hatte es wohl auch irgendetwas mit Religion zu tun. Das Haus des Herrn Baruch in Vitt enthielt zwar kein richtiges Badehaus, aber Mirnesa pflegte warmes Wasser für alle Hausbewohner bereitzustellen.

»Also, warmes Wasser gibt es ganz sicher nicht«, meinte die

Burgherrin, als Amra danach fragte. »Das Klosterleben ist streng, Frau Amra, gezeichnet vom Verzicht. Die Nonnen beten und arbeiten, jeder Luxus gilt als verwerflich. Wie gesagt, genießt es noch einmal. Ab morgen werdet Ihr frieren, die Dormitorien der Nonnen sind auch nicht beheizt.«

»Du könntest es höchstens noch einmal bei Herrn Heinrich versuchen«, meinte Mariana ohne große Hoffnung, als Amra am nächsten Morgen darüber klagte, schon vor Tau und Tag und bei eisiger Kälte in die Frühmesse gehen zu müssen. »Vielleicht lässt er mit sich reden, wenn du ihn ein bisschen umgarnst. Er war schließlich ganz vernarrt in dich.«

Amra seufzte. Als Mariana ihr dann noch eröffnete, dass die Stundengebete in Klöstern auch bei Nacht verrichtet wurden, wäre sie zu allem bereit gewesen, um ihren Ordenseintritt abzuwenden. Sie bezweifelte jedoch sehr, dass Heinrich sie noch begehrte.

Der Herzog ritt während der Reise vorn bei seinen Rittern, die Damen folgten im hinteren Teil des Zuges, wo es den Rittern leichterfallen würde, sie gegen Wegelagerer zu schützen. Heinrich hätte sich zwar zurückfallen lassen können, um mit Amra zu sprechen, aber das tat er nicht, und auch, wenn sie Rast machten, fragte er nicht nach ihrem oder Marianas Befinden. Amra war darüber erleichtert. Sie hatte vage befürchtet, dass der Herzog sich doch noch mit Gewalt das Recht nehmen würde, seine Geisel zu entjungfern. Amra blieb jedoch bei Tag wie bei Nacht unbehelligt. Und trotz aller Furcht vor dem Kloster war sie letztendlich zu stolz, um sich ihm anzubieten. Amra wollte keine Braut Christi werden, jedoch noch weniger eine Hure!

Als die Reiter sich schließlich Walsrode näherten, lichtete sich der Wald zusehends. Die Gegend wurde offenbar schon lange landwirtschaftlich genutzt. Es wurde Holz geschlagen, was die Wälder ausdünnte und breitere, hellere Wege schuf. Die Ritter entspannten sich sichtlich. Hier war kaum noch mit Wegelagerern zu rechnen. Heinrich hätte jetzt ungezwungen neben Amra und Mariana reiten und mit ihnen plaudern können – die Regeln der Höfischkeit hätten das sogar von ihm verlangt. Der Herzog blieb jedoch standhaft, ignorierte die beiden Frauen, und Amra fühlte sich verfemt. Die strenge Rittformation der Männer lockerte sich auf, die Ritter lachten und schwatzten miteinander. Für Amra und Mariana fand jedoch niemand ein freundliches Wort.

So war Amra froh, als ihr die Wirtin des Gasthauses, in dem sie am letzten Reisetag um die Mittagszeit einkehrten, versicherte, es sei jetzt nicht mehr weit bis zum Kloster. Hier erfuhren Mariana und sie denn auch endlich etwas mehr über den Konvent, in dem Heinrich seine Geisel und ihre Begleiterin zu verbannen gedachte.

»Das ist ein sehr vornehmes Haus, unser Kloster«, meinte die Frau ehrfürchtig. »Man glaubt gar nicht, dass Frauen so klug sein können«, aus für Amra unverständlichen Gründen bekreuzigte sie sich. »Die Nonnen können alle schreiben und lesen und beherrschen das Lateinische – das ist so festlich, es geht einem das Herz auf, wenn man an der Klosterkirche vorbeigeht und ihre Stimmen dringen heraus. So muss es im Himmel sein, wenn die Engel singen ... Es sind ja auch alles Edelfrauen, die Nonnen in Walsrode.«

»Es sind nur adlige Damen in dem Konvent?«, wunderte sich Mariana.

Die Frau nickte. »Das glaube ich wohl«, meinte sie. »Und reiche Damen, es ist doch ein Kanonissenkloster.«

Mariana richtete sich interessiert auf. »Tatsächlich? Ich dachte, es wären Benediktinerinnen.«

Die Wirtin zuckte die Schultern. »Das glaub ich nicht, die Benediktinerinnen haben ein Kloster in der Nähe des Dorfes, in dem meine Schwester lebt, und die sind ganz anders. Sie machen Krankenpflege, und es können auch arme Mädchen hingehen. Aber hier ... Der Mutter Oberin gehören allein drei Güter, hier rund um Walsrode.«

Mariana fragte nicht weiter, wirkte jedoch recht zufrieden, als die Frauen schließlich wieder auf ihren Pferden saßen.

»Die Oberin hat drei Güter?«, erkundigte sich dafür Amra, kaum dass sie mit Mariana allein war. »Sagtet Ihr nicht, dass eine Ordensfrau Armut, Keuschheit und Gehorsam geloben und all ihr Geld und Gut dem Kloster geben muss?«

Seit Amra das gehört hatte, fürchtete sie um ihren Schmuck. Sie hatte ihn während der Reise aus Melisandes Mantel herausgetrennt und in einem Beutel in ihren Satteltaschen verstaut – wo sie ihn allerdings verstecken sollte, wenn man ihr wirklich jedes persönliche Besitztum abnehmen und sie vollständig neu einkleiden würde, war ihr noch ein Rätsel.

Mariana nickte lächelnd. »Aber die Kanonissen bilden eine Ausnahme«, erklärte sie ihrem Schützling. »Sie leben zwar in klösterlichen Gemeinschaften, haben jedoch mehr Freiheiten. Die wichtigste davon ist, dass sie Land besitzen dürfen – und sie stellen ihre Regeln mehr oder weniger selbst auf. Natürlich an andere Ordensregeln angelehnt, je nach Konvent tragen sie zum Beispiel ihre eigenen Kleider und haben eigene Zellen.«

»Zellen?«, fragte Amra entsetzt.

»So nennt man die Schlafräume der Ordensleute«, beruhigte sie Mariana. »Sofern es denn solche gibt. Meist schlafen alle gemeinsam in Dormitorien. Klosterzellen sind sehr schlicht eingerichtet, aber mit Verliesen haben sie nichts zu tun.«

»Sind sie vielleicht beheizt?«, fragte Amra hoffnungsvoll.

Mariana zuckte die Schultern. »Erwarte nicht zu viel, mein Kind. Aber es geht hier sicher freier zu als in dem Konvent, in den Frau Mathilde uns schicken wollte.«

Amra blickte denn auch etwas optimistischer in die Zukunft, als sie das Kloster schließlich erreichten. Es war ein großer Backsteinbau, der an eine Kirche angeschlossen war. Darum herum erstreckte sich ein Dorf.

»Wie eine Burg!«, staunte Amra. »Wie viele Frauen leben wohl hier?«

Mariana zuckte die Schultern. »Ich weiß nicht. Fünfzig? Aber es ist sicher kein kleiner Konvent, die Wirtin sagte, er bestünde schon mehr als hundert Jahre. Ein Graf Wale habe ihn gegründet, seine Tochter sei die erste Äbtissin gewesen.«

Das erklärte den relativen Luxus, die Komtess hatte sicher nicht darben wollen.

Amras Hoffnung, ihre Kleider behalten zu dürfen, erfüllte sich jedoch nicht. Die Schwester Pförtnerin, bei der Herzog Heinrich vorsprach, woraufhin sie sich vor Aufregung kaum halten konnte, trug schwarze Ordenstracht.

»Doch, doch, Herr, Euer Bote hat uns erreicht. Aber die Mutter Oberin erwartet Euch erst morgen … Dennoch, wir freuen uns natürlich, unser Gästehaus wird gerade bereitet.«

Die Ordensschwester wusste nicht, ob sie dem ersten Hofknicks noch weitere hinzufügen oder doch lieber davoneilen sollte, um die Äbtissin von der Ankunft des Herzogs in Kenntnis zu setzen.

Heinrich machte eine abwehrende Handbewegung. »Bemüht Euch nicht, wir werden nicht bleiben. Ich reite weiter nach Stellichte, sobald ich mein … hm … Mündel und seine Begleitung hier in guten Händen weiß. Ich würde jedoch gern kurz mit der Mutter Oberin reden, wenn es möglich wäre.«

Die Schwester Pförtnerin versicherte ihm, dass das selbstverständlich möglich sei. »Nur nicht gerade jetzt, verzeiht, bitte, aber hört Ihr, die Glocken rufen zur Vesper. Da kann sie nicht, ich meine, sie wird eher nicht ...«

Heinrich seufzte. Er hätte die Oberin sicher mit nur leichtem Druck dazu zwingen können, das Abendgebet auszulassen, aber er mochte sie nicht verärgern.

»Wir begehen die Vesper gern gemeinsam mit Euch«, meinte er schließlich, was der Pförtnerin ein strahlendes Lächeln entlockte.

Schnell wies sie den hohen Herrschaften Anbindeplätze für die Pferde an. »Und Ihr könnt Euch auch gern im Gästehaus frisch machen.« Das Gästehaus des Klosters lag außerhalb der Mauern, war dem Komplex aber angeschlossen. »Und Euer Mündel ... Ich habe bereits nach einer Schwester rufen lassen, die es einweisen wird.« Damit öffnete sie die Klosterpforte für Amra und Mariana.

Die Ordensschwester, die gleich darauf erschien, um die Frauen in Empfang zu nehmen, wirkte jünger, aber sichtlich gefestigter als die Pförtnerin. Sie trug einen weißen Schleier zu ihrem schwarzen Gewand und stellte sich als Schwester Maria Agatha vor.

»Kommt mit, ich zeige Euch, wo Ihr Eure Pferde einstellen könnt. Die Äbtissin wird entscheiden, wo Ihr untergebracht werdet.«

»Können wir die Pferde behalten?«, fragte Amra hoffnungsvoll.

Die junge Ordensfrau zuckte die Schultern. »Es wird erwartet, dass Ihr sie dem Kloster spendet«, erklärte sie dann.

Amra sah Mariana Hilfe suchend an. »Das heißt Nein«, sagte die Edelfrau kurz.

Amra machte es traurig, sich von Sternvürbe trennen zu müssen. Sie hatte das Pferd in all der Zeit lieb gewonnen. Sie klopfte die Stute und sprach mit ihr, während sie sie in einen der Verschläge stellte. Wohl angelockt von den freundlichen Worten sprang gleich darauf ein Mischlingshund, erkennbar männlich, an ihr hoch. Eben noch hatte er in einer Kiste in einer Stallecke gelegen. Amra wehrte das Tier sanft ab und streichelte es.

»Na, das ist ja eine stürmische Begrüßung«, sagte sie freundlich. »Wer bist du denn? Ein Klosterbruder unter lauter Nonnen?«

Amra sah sich neugierig um. Der Stall lag innerhalb der Klostermauern, sicher war es den Schwestern nicht verboten, ihn zu betreten ... Als der Hund sich schwanzwedelnd auf sein Lager verzog, reifte in Amra ein Plan. Sie unterzog die Hundeecke einer Prüfung und kam zu dem Ergebnis, dass sie nicht besonders gepflegt wurde. Wahrscheinlich kam nie jemand auf den Gedanken, dort einmal gründlich sauberzumachen.

»Ich gebe dir jetzt eine Aufgabe, mein Freund«, raunte sie dem weiß-braun gefleckten, freundlichen Mischling zu. »Du wirst etwas für mich bewachen. Tust du das?«

Mariana mühte sich noch mit ihrem Sattelzeug – bisher hatte sie ihr Pferd wohl noch nie allein abwarten müssen –, als Amra bereits die Hundekiste beiseitegeschoben, ein Loch in den Naturboden darunter gebuddelt und den Beutel mit ihrem Schmuck hineingelegt hatte. Die Ecke sah gänzlich unberührt aus, als sie die Kiste wieder darüberzerrte. Der Hund sah sie treuherzig an, scheinbar froh über so viel Zuwendung.

»Ab jetzt bist du ein reicher Hund«, beschied ihn Amra. »Und ich bringe dir auch mal eine Wurst mit.«

Maria Agatha rümpfte die Nase, als sie den Stall betrat, um Amra und Mariana abzuholen. Sie schaute unwillig auf den Hund, der sich bei ihrem Anblick in seiner Kiste zusammenrollte. Amra fragte die Schwester nach seinem Namen.

»Fehlte noch, dass wir dem dreckigen Vieh einen Namen geben, ich weiß sowieso nicht, warum wir es hier durchfüttern.« Maria Agatha schüttelte angewidert den Kopf. »Aber es jagt wohl Ratten. Seid Ihr fertig? Dann kommt, die Vesper beginnt.«

Die junge Ordensschwester eilte zunächst durch einen Küchengarten voraus und bog dann in einen Kreuzgang ein. Amra und Mariana folgten ihr. Das kunstvoll gestaltete Gewölbe bildete das Zentrum des Klosters, von hier aus ging es sowohl zur Kirche als auch zu den Wohn- und Gemeinschaftsräumen. Hier hielt Maria Agatha in ihrem Schritt inne und wies auf Mariana, die sie bisher geflissentlich übersehen hatte.

»Wer ist sie?«, fragte sie. »Eure Dienerin oder Eure Amme?«

Mariana blitzte sie an. »Ich bin Gräfin Mariana von Arkona, geborene Baroness von Reichenwalde im Herzogtum Bayern. Und ich bitte um ein wenig Respekt, junge Dame, auch wenn Ihr Euch viel auf Euren geistlichen Stand einbildet.«

Die junge Klosterfrau erwiderte den Blick gelassen. »Agatha, Komtess von Kassberg«, konterte sie. »Verzeiht mein Betragen. Aber Frau Anna Maria wurde uns als Fürstentochter angekündigt. Es ist eher selten, dass eine solche ohne Bedienstete erscheint.«

»Darf man denn Bedienstete haben?«, fragte Amra verblüfft. Auch das widersprach allem, was Mariana ihr über das Leben im Kloster erzählt hatte.

»Bislang hatten viele Kanonissen hier ihre Dienerinnen«, meinte die Schwester. »Aber die neue Oberin begrüßt das nicht so sehr. Neuerdings orientieren wir uns stärker an den Regeln des heiligen Benedikt, unsere Oberin verehrt die Mutter Hildegard von Bingen. Und die nimmt das wohl sehr ernst mit dem ›Bete und arbeite‹. Aber was tun wir denn jetzt mit Euch, Frau Mariana von Arkona? Für eine Novizin seid Ihr vielleicht schon etwas zu ... hm ... alt.«

»Vielleicht lassen wir das einfach die Oberin entscheiden«,

meinte Mariana. »Der Herzog wird sich ja sicher mit ihr über uns beraten.«

Schwester Agatha nickte erleichtert. »Gut, dann kommt jetzt erst mal mit zur Kirche, alles Weitere wird sich finden«, beschied sie die Frauen.

Sie betraten die Kirche dann auch gleich durch den Kreuzgang. Das Gotteshaus war kleiner als der Dom zu Braunschweig, allerdings kostbar gestaltet mit bunten Fenstern und vielen verzierten Heiligenfiguren. Liebevoll bestickte Altartücher schmückten jede Nische, man sah die weibliche Hand, die über diese Kirche wachte. Eine äußerst begüterte weibliche Hand.

Heinrich der Löwe und seine Ritter knieten bereits in den vorderen Kirchenbänken. Die Ordensschwestern hatten in respektvollem Abstand zu den Herren Platz im hinteren Bereich genommen. Die Oberin, eine hochgewachsene hagere Person mit strengem, langgezogenem Gesicht, erhob sich eben, um die Schwestern zur Vesper zu begrüßen. Es folgte ein feierlicher Gesang, dann wurden fünf Psalmen gebetet, und die Äbtissin schlug die Bibel zur Lesung auf. Sie trug mit monotoner Stimme vor, wäre Amra nicht so kalt gewesen, hätte sie darüber einschlafen können. Danach wurde wieder gesungen, eine Vorsängerin wechselte sich mit dem Chor ab. Es klang wirklich sehr schön, die Wirtin des Gasthofs hatte nicht übertrieben. Schließlich folgte eine Rezitation, die Amra schon kannte: das Magnifikat.

»Siehe, ich bin die Magd des Herrn ...«

Mariana sprach mit, aber Amra verpasste den Einsatz, und Schwester Agatha sah sie von der Seite strafend an.

Auf das Magnifikat folgten Fürbitten, und die Oberin und eine weitere Vorbeterin überschlugen sich fast dabei, jedes lebende und verstorbene Mitglied der sächsischen Herzogsfamilie zu erwähnen. Amra hoffte nur noch, dass das alles bald endete, inzwischen war sie sehr hungrig, sie hatte jedoch noch das

Vaterunser, ein Tagesgebet und schließlich den Segen zu überstehen. Dann endlich erhoben sich die Schwestern und die Ritter, alle steif gefroren in der ungeheizten Kirche.

Die Oberin winkte Herzog Heinrich sowie Amra und Mariana, ihr zu folgen. Schweigend führte sie die drei durch den Kreuzgang. Ihre Amtsräume lagen am anderen Ende der Anlage neben dem Refektorium, dem Speisesaal der Ordensfrauen. Sie wies Amra und Mariana an, in einem Vorraum zu warten. Herzog Heinrich bat sie in ihr Amtszimmer.

Mariana hob dazu an, etwas zu sagen, aber Amra legte den Finger auf ihre Lippen. Es würde schwer genug sein, etwas durch die solide Holztür zu hören, doch in diesem Fall erwiesen sich die Klosterregeln als nützlich – die Ordensfrauen, die zum Nachtmahl in den Speisesaal strömten, schienen über den Boden zu schweben, sie gaben keinen Laut von sich. Kein Lachen und Plaudern, nur Schweigen drang aus dem Refektorium, bis sich alle gesetzt hatten und das Essen aufgetragen war.

Amra legte entschlossen ihr Ohr an die Tür zum Zimmer der Oberin. Wenn hier über ihr Schicksal entschieden wurde, wollte sie zumindest mithören.

Das allerdings war nicht so einfach, wie sie es sich vorgestellt hatte. Die Mauern des Klosters waren dick, die Tür schloss fest. Dazu sprach die Oberin leise. Herzog Heinrichs weit tragende, befehlsgewohnte Stimme war allerdings nicht so leicht zu dämpfen. Amra vernahm zumindest Wortfetzen: »Leichtfertig ... vielleicht auch etwas verderbt ... aufgewachsen unter Heiden ... für den Hof meiner sehr jungen Gattin untragbar ...«

Amra schoss die Röte ins Gesicht. So also schilderte er sie! Und das, nachdem sie monatelang gekämpft hatte, um ihre Unschuld zu bewahren.

Als Nächstes verstand sie die Worte »in Zucht nehmen« und »Strenge«. Die Oberin sagte auch etwas über die Regeln des heiligen Benedikt, auch das Wort »Kanonissen« fiel. Heinrich äußerte sich zustimmend, zumindest klang seine Stimme zufrieden, sofern Amra das richtig deutete.

Und dann musste sie schnell von der Tür wegspringen, denn sie hörte seine Schritte auf den Ausgang zukommen.

»Wie dem auch sei, Mutter Oberin«, sagte er laut. »Macht einfach eine gute Christin aus ihr – aber nehmt ihr nicht gleich alle Gelübde ab! Die Zuwendungen meiner Gattin für Euer Kloster werden gerade abgeladen, ich danke Euch für Eure Bemühungen.«

Nun öffnete sich die Tür, und der Herzog verabschiedete sich freundlich von der Oberin und kurz von Amra. »Fügt Euch in Demut und Gehorsam, Frau Amra«, wies er sein angebliches Mündel an, »dann wird Gott Euch Eure Fehler verzeihen.«

Amra würdigte ihn keines Blickes, während Mariana höfliche Abschiedsworte fand. Die Äbtissin musterte ihre künftige Novizin unwillig. Ihr Trotz gegenüber Heinrich entging ihr nicht, und als Heinrich schließlich gegangen war, ärgerte sich Amra über ihr eigenes Verhalten. Für die Oberin musste es das Bild bestärken, das Heinrich da eben von seiner Schutzbefohlenen gezeichnet hatte.

»Komm einmal zu mir herein, Anna Maria«, sagte die Oberin, als sich die Türen hinter dem Herzog geschlossen hatten. »Ich werde dir einiges über unseren Orden und das Kloster erzählen, da du ja, wie dein Oheim meinte, völlig gottlos aufgewachsen bist.« Die Oberin streifte Amra mit einem Blick, als hätte die junge Frau eine Wahl gehabt. »Und bring deine Begleiterin mit. Mein Name ist übrigens Mutter Clementia, für dich ›Ehrwürdige Mutter‹. Ich bin die Vorsteherin unserer Gemeinschaft, deshalb gebührt mir der Titel ›Mutter‹, ansonsten reden wir einander mit ›Schwester‹ an. Ordensnamen werden nicht verliehen, wir behalten unsere Geburtsnamen. Du wirst ›Schwester Anna Maria‹

genannt werden. Unser Haus hier ist ein Kanonissenstift, das heißt, wir sind eine Gemeinschaft freier Frauen, die ihr Leben Gott geweiht haben, ohne sich einer der großen Ordenskongregationen anzuschließen. Wir bestimmen unsere Regeln selbst, orientieren uns dabei aber am Regelwerk des heiligen Benedikt, sowohl was unsere Tracht als auch was unseren Tagesablauf angeht. Wir leben in Klausur, versammeln uns zu den Tagesgebeten und gehen regelmäßiger Arbeit nach. Manche dieser Bestimmungen legen einige unserer Schwestern allerdings etwas freier aus. Das ist erlaubt, sofern es die Gemeinschaft finanziell nicht belastet. Wie weit du hier diese Freiheiten haben wirst ... Wer ist das übrigens?«

Mutter Clementia wies auf Mariana, die sich sofort ehrfürchtig vor ihr verbeugte und ihre Namen und Titel aufzählte, wie zuvor schon gegenüber Schwester Agatha. Diesmal allerdings nicht auftrumpfend, sondern voller Demut.

»Seid willkommen, Frau Mariana«, grüßte die Äbtissin. »Ich freue mich für Euch, dass Ihr dem Leben unter Heiden entkommen seid und wieder im wahren Glauben leben dürft. Aber wie denkt Ihr Euch Eure Stellung in unserer Gemeinschaft? Als Novizin kann ich Euch nicht aufnehmen in Eurem Alter. Allerdings könntet Ihr in losem Anschluss an den Orden auf Dauer im Gästehaus leben. Wir haben schon zwei andere Damen, die sich dort eingemietet haben und durchaus zufrieden sind.«

Marianas Gesicht entspannte sich zunächst, ihre Augen umschatteten sich aber, als sie das Wort »eingemietet« hörte.

»Sie kann bei mir wohnen«, schaltete sich Amra ein. »Schwester Agatha sagte, wir dürften Dienstboten haben. Nun würde ich Frau Mariana natürlich nicht als ... als Zofe haben wollen, eher als ... als Gesellschafterin oder Lehrerin oder ...« Sie verhaspelte sich in dem Versuch, der alten Freifrau eine Bleibe zu verschaffen, ohne sie zu beleidigen.

»Es wäre eigentlich egal, Schwester Anna Maria, in welcher Funktion du sie einstellst«, meinte die Oberin kühl. »Wir sehen es zwar nicht gern, wenn gerade junge Schwestern mit einer Art Hofstaat eintreten, aber wie gesagt ... sofern es die Gemeinschaft nicht belastet ... In deinem Fall hat Herzog Heinrich allerdings kein Salär für Dienstboten vorgesehen. Stattdessen hat er eindringlich klargemacht, dass er dich im Sinne strenger Ordensregeln erzogen haben möchte. Es geht also nicht ...«

»Aber wo soll ich denn dann hin?«, brach es aus Mariana heraus.

Amra sah sie verwundert an, sie hatte nie erlebt, dass die Freifrau sich derart gehen ließ.

»Ich nehme an, der Herzog hat mir auch keine Pension ausgesetzt oder etwas Vergleichbares. Wie es aussieht, hat er mich ja Euch gegenüber gar nicht erwähnt. Was soll ich also tun?«

Die Äbtissin zuckte die Schultern. »Da kann ich Euch nicht helfen. Wir sind kein karitativer Orden, weder pflegen wir Kranke noch füttern wir Bettler. Wenn Ihr mittellos seid ...« Sie schien zu überlegen, wo sich das nächste Kloster befand, das hier anders orientiert war, aber in der Nähe gab es anscheinend keines.

Amra biss sich auf die Lippen. Sie musste sich einer unfreundlichen Bemerkung enthalten, die Oberin war ihr offenbar ohnehin nicht sehr gnädig gestimmt. Aber Mariana war ihretwegen hier. Sie konnte nicht zulassen, dass diese Ehrwürdige Mutter die alte Frau ohne jede Gewissensbisse auf die Straße schickte. Amra fasste einen Entschluss.

»Sie ist nicht mittellos«, widersprach sie. »Im ... im Gegenteil, sie ... sie übertreibt es manchmal ein bisschen mit der Demut, deshalb sagt sie es nicht. Aber ... Bitte wartet kurz.«

Ohne eine Entgegnung abzuwarten, wandte Amra sich um und rannte aus dem Raum, in der Hoffnung, jetzt, da es dunkel wurde, den Rückweg in die Ställe zu finden, aber der Kreuzgang wies ihr den Weg. Der Pferdestall war menschenverlassen, man hörte nur das zufriedene Kauen der Tiere. Sternvürbe begrüßte Amra mit leichtem Blubbern, der Hund sprang erfreut an ihr hoch.

»Na, mein Kleiner, hast du gut aufgepasst?«, fragte sie ihn. »Sehr lange durfte ich deine Dienste ja nicht in Anspruch nehmen, aber ich denke an die Wurst.«

Es war dunkel im Stall, aber Amra ließ die Tür offen, sodass sie sich durch das Mondlicht, das vom Schnee reflektiert wurde, orientieren konnte. Ein weiteres Mal schob sie die Hundekiste zur Seite, hob ihren Schatz aus dem Loch und leerte den Beutel in ihre Taschen aus. Sie behielt nur ein Geschenk Herzog Heinrichs, die Fibel in Form des silbernen Falkenkopfes. Von der Gürtelschnalle mit dem Falken und dem Löwen trennte sie sich aufatmend. Sie wollte nichts mehr mit dem Herzog zu tun haben, und ebenso wenig mit seiner kaltherzigen kleinen Gemahlin. Amra konnte verstehen, dass man sich ihrer entledigen wollte, aber Mariana hatte es nicht verdient, einfach vergessen zu werden.

Amra stellte die Kiste wieder an ihren Platz, streichelte dem Hund den Kopf und lief hinaus. Außer Atem erreichte sie die Räume der konsternierten Äbtissin.

»Schwester Anna Maria, so geht es nicht. Du kannst nicht einfach so ...«

»Hier!«, sagte Amra und leerte ihre Taschen auf das Pult der verwunderten Oberin. Mariana blickte ungläubig. »Das wird sicher reichen für einen Platz in Eurem Gästehaus, einen warmen Platz. Frau Mariana ist nicht mehr die Jüngste, wie Ihr ja schon angemerkt habt.«

»Kind ...«, murmelte Mariana, »Kind, aber das ...«

»Das ist der Schmuck, den Frau Mariana von ihrem heidnischen Ehemann erhielt. Die Burg Arkona war reich!«, erklärte

Amra trotzig. »Also nehmt davon so viel, wie nötig ist, Ehrwürdige Mutter, und weist Frau Mariana eine Wohnung an, die ihrem Stand entspricht.«

Die Äbtissin murmelte etwas Unverständliches, aber Amra wusste, dass sie das Gold nicht ablehnen würde. Schließlich dankte sie Mariana förmlich, hieß sie als ständigen Gast ihres Klosters willkommen und versprach, sogleich eine Ordensfrau mit ihrer Begleitung ins Gästehaus zu beauftragen.

»Man wird Euch ein angemessenes Abendessen zuteilen«, fügte sie kühl hinzu. »Schwester Anna Maria hingegen wird infolge ihrer unerlaubten Alleingänge zu spät zum gemeinsamen Nachtmahl der Schwestern kommen und damit davon ausgeschlossen werden. Es tut mir leid, Schwester Anna Maria, aber du wirst unsere Regeln sehr bald erlernen.«

Amra enthielt sich einer Antwort, doch aus ihrem Schweigen sprach eher Verstocktheit als Demut.

»Amra, ich weiß nicht, was ich sagen soll«, flüsterte Mariana, als die Oberin die beiden Frauen schließlich entließ. Auf Mariana wartete Schwester Agatha, um sie ins Gästehaus zu führen, auf Amra die Kammerschwester für die Einkleidung. »Das war doch dein Gold, dein . . .«

Amra zuckte die Schultern. »Ich habe nichts dafür getan«, erklärte sie entschlossen. »Der Herzog hat gezahlt, ohne die erwünschte Ware zu erhalten. Insofern steht mir kaum etwas davon zu.«

Mariana zog die junge Frau spontan in die Arme. »Gott wird es dir vergelten, Kind.«

Amra wehrte sie bestimmt ab. »Ihr braucht mir nicht zu danken«, sagte sie. »Und von Gott – welchem auch immer – erwarte ich ebenso wenig!«

Kapitel 3

Amra folgte der Kammerschwester, einer rundlichen, freundlichen kleinen Frau, in eine Kleiderkammer. Schwester Gotlind händigte ihr hier den Habit aus, Unterkleid und Tunika aus schwarzer, grob gewebter Wolle, einen Gürtel, aus einem Strick gemacht, und einen weißen Schleier, der sie als Novizin kennzeichnete.

»Du darfst ein leinenes Hemd tragen, wenn du ein solches besitzt«, erklärte die Schwester, was Amra aufatmend zur Kenntnis nahm.

Der Stoff des Habits kratzte derart, dass sie es kaum ertragen konnte. Allerdings hatte sie nur ein Hemd aus Braunschweig mitgenommen – wenn sie es hier Tag für Tag trug, würde es bald verschlissen sein.

»Ist das ... trägt man nur als Novizin so grob gewebtes Zeug?«, erkundigte sie sich schließlich.

Das Gewand war aus ungefärbter Wolle von schwarzen Schafen. Amra hatte sowohl an Schwester Agatha wie auch an der Mutter Oberin deutlich feinere Stoffe gesehen. Auch Schwester Gotlinds Habit war tiefschwarz, bestand also aus gefärbtem Tuch.

Schwester Gotlind lachte. »Nein, Schwester, du darfst dir gern auch ein feineres Gewand anmessen lassen, das gehört zu unseren Freiheiten als Kanonissen. Allerdings ...«

»... allerdings muss ich es selbst bezahlen«, vervollständigte Amra den Satz der Schwester. Sie begann zu verstehen, wie es im Kloster zuging. »Wie ist es ... mit den Kemenaten?«

Die Schwester lachte wieder. »Wir sind angehalten, im Dormitorium gemeinsam zu nächtigen. Du kannst dir eigene Räume anweisen lassen, wenn du selbst dafür aufkommst.«

Amra nickte. Genau das hatte sie geahnt. Und Heinrich musste es gewusst haben. Sie ballte vor Zorn die Fäuste. Wie es aussah, würde sie ganz unten in der Hierarchie der Ordensfrauen stehen – und das nicht nur, weil sie erst Novizin war.

»Also, Schwester, ich würde ja gern noch ein wenig mit dir plaudern«, meinte die leutselige Schwester Gotlind schließlich und drückte Amra noch ein Bündel in die Hand, bestehend aus einer Wolldecke, einem rauen Bettuch, einem Kopfkissen und einer Binsenmatte. »Aber du hörst, die Glocken rufen zur Komplet. Du kannst dein Bettzeug noch hierlassen, bis wir aus der Kirche kommen.«

Amra wäre beinahe ein entsetztes »Schon wieder?« herausgerutscht. Schließlich war die Vesper doch gerade erst zwei Stunden her. Zum Glück gelang es ihr, sich zu beherrschen. In ihrer für sie zwar neuen, aber sicher schon unzählige Male benutzten und gewaschenen Kleidung folgte sie Schwester Gotlind zum Nachtgebet. Vor dem Zubettgehen hatte sie mit Melisande und Joana auch stets gebetet, eine kurze Zeremonie. Das würde sie sicher auch hier durchstehen, ohne gleich wieder halb zu erfrieren.

Im Kloster sah die Sache allerdings anders aus. Die Komplet begann mit einem Bekenntnis der im Laufe des Tages vielleicht begangenen Sünden, es folgten ein Halleluja sowie Bitten um göttlichen Segen und das Erbarmen des Herrn. Wieder wurden Psalmen gebetet, die Oberin las erneut aus der Bibel, es folgte ein Lobgesang. Amra fühlte sich erbärmlich, als sie endlich die Kirche verlassen durfte. Sie bibberte vor Kälte und freute sich nur noch darauf, den kratzenden Habit ablegen zu dürfen, auch wenn sie dann noch mehr frieren würde. Außerdem knurrte ihr der Magen, und sie war zornig: auf den Herzog, der sie hier mittellos allein gelassen hatte, auf die Oberin, die ihr das Abendessen verweigert hatte ... und auf das anhaltende Schweigen der anderen Schwestern. Warum redeten sie nicht miteinander, sie konnten doch nicht alle verfeindet sein?

Amra folgte dem Zug der schwarz oder schwarz-weiß gewandeten Frauen zum Dormitorium, einem großen, ungeheizten Raum voller Einzelbetten. Für Amra war das ungewohnt. In Braunschweig hatte sie mit Melisande das Bett geteilt, und auf Rujana schmiegten sich die Frauen in der Mägdekammer eng aneinander, um sich warm zu halten. Hier dagegen schien das verpönt, die Betten standen voneinander getrennt, und dazwischen brannten Kerzen. Amra hielt ihre eiskalten Hände über eine der Flammen und hoffte, dass sie den Raum wenigstens ein wenig heizten.

»Wo soll ich denn schlafen?«, erkundigte sie sich schüchtern bei Schwester Agatha, die sie als Einzige kannte. Schwester Gotlind, die sie sympathischer gefunden hatte, war nirgends zu sehen.

Agatha blitzte ihre neue Mitschwester an, als hätte ihr Amra auf den Fuß getreten. Dann hob sie den Finger an den Mund und wies Amra zu einem Bett am Ende einer Reihe.

Sie gab eine Art ärgerliches Zischen von sich, als Amra sich höflich bedankte. Und gleich darauf beging die junge Frau wohl den nächsten Fehler, indem sie aufatmend den Habit über den Kopf zog. Am Hof des Herzogs pflegten die Mädchen in ihren Leinenhemden oder Unterkleidern zu schlafen. Doch hier reagierte die Schwester neben Amra mit kaum verhohlenem Entsetzen. Hektisch signalisierte sie der Neuen, die Tunika wieder anzuziehen.

»Schläft man hier in seinen Kleidern?«, wunderte sich Amra – und erntete das nächste Kopfschütteln sowie Zeichen, jetzt endlich den Mund zu halten.

Amra schwieg also, breitete Matte und Leintuch auf dem Bett aus und zog sich verzweifelt die Decke über den Kopf. Sie wollte an Magnus denken, befürchtete jedoch, darüber in Tränen auszubrechen ...

Die Nacht im Kloster erwies sich dann als kurz und unruhig. Niemand löschte die Kerzen im Schlafsaal, sie dienten wohl dazu, den älteren Schwestern ihre nächtlichen Kontrollgänge zu erleichtern. Amra fuhr erschrocken aus dem Schlaf, als sich die erste Schwester mit klapperndem Weihwasserbehälter näherte. Sie hatte keine Ahnung, was hier kontrolliert wurde, aber die Ordensfrauen wanderten gemessenen Schrittes von einem Bett zum anderen und beobachteten die schlafenden Mitschwestern.

Und dann, als Amra gerade wieder eingeschlafen war, durchbrachen erneut Kirchenglocken die Stille. Amra vermochte es kaum zu glauben, aber die Schwestern erhoben sich gleich schweigend, obwohl sicher noch im Halbschlaf, und wanderten zur Kirche hinüber. Amra fiel dabei auf, dass viele Betten im Dormitorium leer waren. Die begüterten Schwestern hatten sich wohl in ihre sicher geheizten Privaträume zurückgezogen. Amra sah Schwester Gotlind und andere im Kreuzgang wieder, wo die Frauen schneidender Frost überfiel, die Kirche wurde nur durch Kerzen so weit geheizt, dass das Weihwasser nicht gefror.

Die Vigil, zu der die Ordensfrauen sich zwischen Mitternacht und der zweiten Stunde des neuen Tages versammelten, war wieder kein kurzes Gebet. Die Stimmen der Schwestern erhoben sich zu einer gesungenen Einladung – Amra dachte verbittert, dass dies zumindest ein Beweis dafür war, dass ihre Mitschwestern in der Nacht nicht verstummt waren. Es folgten Psalmen, die obligatorische Lesung und erneut Gesänge und

Gebete. Amra konnte nicht folgen und wollte es auch nicht, sie sehnte sich zu sehr nach Schlaf.

Als die Schwestern am frühen Morgen, noch vor dem Frühstück, wieder in die Kirche zogen, wunderte Amra sich schon nicht mehr. Sie wagte kaum, Mariana freudig zu begrüßen, die mit zwei anderen älteren Edelfrauen zur Laudes zu ihnen stieß. Schließlich schwiegen ihre Mitschwestern immer noch, wenn sie nicht gerade beteten, und so langsam ahnte sie, dass dies zu den Regeln gehörte. Auf keinen Fall wollte sie auffallen, indem sie einen weiteren Fehler machte. Womöglich strafte man sie sonst noch einmal mit Essensentzug.

Das Frühstück bestand aus mit Wasser gemischtem Wein und hartem Brot, und während die Klosterfrauen aßen, las eine von ihnen aus der Bibel vor. Danach durften sie dann endlich wieder sprechen. Die Frauen versammelten sich im Kapitelsaal und besprachen die an diesem Tag anliegende Arbeit. Außerdem gab es zu Amras Entsetzen die Möglichkeit, Regelverstöße der Mitschwestern zu melden. Schwester Agatha erklärte auch gleich pflichteifrig, dass Amra das Schweigegebot verletzt habe. Die andere junge Ordensfrau, die das Bett neben Amra hatte, behielt ihren Verstoß gegen die Kleiderordnung dagegen für sich. Amra empfand vage Dankbarkeit, wurde aber auch für den Bruch des Schweigens nicht bestraft.

»Schwester Anna Maria kennt unsere Regeln noch nicht«, meinte die Äbtissin. »Aber bitte, Schwester Agatha, du kannst sie ihr kurz erklären.«

Agatha begann sofort eifrig zu erläutern, dass in diesem Konvent zwischen Komplet und Laudes sowie während der Mahlzeiten nicht gesprochen wurde. Zuwiderhandlungen wurden bestraft, was sie ebenfalls genüsslich kundtat. Zum Beispiel mit zusätzlichen Schweigegeboten oder damit, im Stehen essen zu müssen.

Amra erinnerte das an unartige Kinder, die man zur Strafe isolierte, aber immerhin verstand sie jetzt, was von ihr erwartet wurde. Auch wenn sich ihr der Sinn der Sache nicht erschloss.

»Es dient dazu, in sich zu gehen und sich auf das Gebet zu konzentrieren«, erläuterte später die umgängliche Schwester Gotlind.

Die Oberin hatte ihr Amra zur Arbeit zugeteilt, und so verbrachte sie ihren ersten Tag im Kloster damit, Ordenskleider zu waschen und auszubessern. Gotlind erklärte ihr dabei auch die Abfolge der Stundengebete, die Zeiten der Mahlzeiten und die Fastenregeln der Gemeinschaft.

»Nein, es gibt nicht nur Wasser und Brot«, beruhigte sie die neue Novizin. »Zur neunten Stunde nehmen wir die Hauptmahlzeit ein, da gibt es auch manchmal Fleisch. Allerdings enthalten wir uns des Genusses des Fleisches von vierfüßigen Tieren.«

Amra überlegte kurz, was da überhaupt noch übrig blieb. Ihr fiel nur Geflügel und Fisch ein, aber das genügte ihr vollkommen. Sie würde allerdings dem Hund die Sache mit der Wurst erklären müssen ...

Beim Essen lernte Amra dann ihre ersten Worte in der klosterüblichen Gebärdensprache: Man bat um Käse, indem man die Hände aufeinander presste, um Fisch mittels einer Schwimmbewegung. Warum all das Gott wohlgefälliger sein sollte, als einfach die Stimme zu benutzen, begriff sie allerdings nicht. Hatte sie das Orakel des Svantevit, die Freifläche vor seinem Tempel und die Gesänge der Priester früher wirklich befremdlich gefunden?

Als Agatha sie auch am nächsten Morgen wegen einer Kleinigkeit anschwärzte, überdachte Amra sogar ihre Einstellung zu Menschenopfern ...

Die Maxime der Benediktinerinnen war *Ora et labora* – Bete und arbeite. Jede Ordensschwester hatte ihre Aufgabe, doch auch hier gab es eine durch Reichtum beeinflusste Hierarchie der jeweiligen Betätigung. Die reich begüterten Kanonissen taten nahezu nichts, was über die Beschäftigungen weltlicher Edelfrauen hinausging. Sie bestickten Altartücher und Priestergewänder, schmückten die Kirche mit Blumen und Kerzen und sorgten sich darum, dass der Priester und Beichtvater, der die Messe las, Altar und Sakristei in geordnetem und gepflegtem Zustand vorfand. Wenn es sie nach Bildung gelüstete, lasen sie in der Klosterbibliothek, und einigen gefiel es auch, dort Schreibarbeiten zu erledigen. Sie kopierten aus anderen Bibliotheken geliehene Werke und versahen die Schriften mit teilweise künstlerischen Verzierungen in bunten Farben und unter Verwendung von Blattgold.

Auch Kerzenziehen und die Sorge um die Klosterkleidung waren eher leichte Arbeiten. Eine wichtige Funktion war die der Kellermeisterin, sie war für den Weinkeller, die Nutzgärten und die Küche zuständig. Dabei kochte die mit diesem Amt betraute Edelfrau natürlich nicht selbst, sondern beaufsichtigte Dienstboten und die jüngeren und vor allem weniger begüterten Schwestern, die man zu Küchen-, Garten- und Stallarbeiten einteilte.

Amra stellte schnell fest, dass sie nicht die Einzige war, die in Walsrode keine Sonderregelungen genoss, und sie lernte auch bald, dass es Frauen gab, die auf eigenen Wunsch im Stift weilten, und andere, die es aus den verschiedensten Gründen dorthin verschlagen hatte. Die meisten von ihnen hatten das Pech, die vierte, fünfte oder sechste Tochter einer Familie von nicht allzu hohem Adel zu sein. Wenn ihre älteren Schwestern verheiratet worden waren und die Brüder die Schwertleite gefeiert hatten, war schlicht kein Geld mehr übrig, um sie mit einer annehmbaren Mitgift auszustatten. Sofern sie dann auch keine strahlenden Schönheiten waren oder keinen »dynastischen Wert« darstellten, um dessentwillen ein Hochzeiter vielleicht über die mangelnde Mitgift hinweggesehen hätte, blieb ihnen nichts als das Kloster.

Nun war auch das nicht umsonst, zum Teil kostete es sogar recht viel Geld, ein Mädchen in einem Orden einzukaufen. Die Kanonissen in Walsrode gaben sich oft mit der Überschreibung von etwas Landbesitz zufrieden, besonders, wenn er an die schon bestehenden Klosterländereien anschloss. Die jüngeren Mädchen stammten deshalb fast alle aus der Gegend. Viele litten unter heftigem Heimweh nach ihrem Heimathof, der nur wenige Meilen weit weg lag, ihnen jetzt jedoch so fern war wie der Mond. Die Novizinnen durften das Kloster nicht verlassen, und die ärmeren unter ihnen wurden behandelt wie bessere Dienerinnen. Das hatte ganz handfeste Gründe: Diese Mädchen waren auf ihrem Heimathof zur Mithilfe im Haushalt eingesetzt worden – Landadlige lebten kaum komfortabler als ihre Bauern. So verstanden sie sich aufs Kochen, Waschen, Seifensieden und auf die Gartenarbeit. Reiten konnten sie allerdings nicht, und auch von der Falkenjagd hatten sie vor dem Eintritt ins Kloster höchstens träumen können. Zudem hatte in der Regel nie jemand von ihnen verlangt, Stallarbeit zu leisten und Großtiere zu versorgen – ein Umstand, der im Kloster zu Schwierigkeiten führte. Amra erlebte gleich am zweiten Tag nach ihrem Eintritt eine heftige Auseinandersetzung zwischen der Kellermeisterin, der Äbtissin und einer Novizin namens Maria Agnes.

Das Mädchen, kaum fünfzehn Jahre alt, ohnehin eingeschüchtert und wohl auch noch nicht allzu lange im Konvent, brach in Tränen aus, als die Kellermeisterin sie bei der morgendlichen Versammlung im Kapitelsaal für die Stallarbeit einteilte.

»Ich mach das nicht!«, schluchzte Schwester Agnes. »Die Kuh mag mich nicht, sie hat nach mir getreten, als ich sie melken wollte. Ich kam gar nicht an das Euter ran. Und hinterher hat Schwester Agatha mit mir geschimpft, weil es keine Milch gab. Und die Pferde sind so groß ... und jetzt die neuen ...«

»Die neuen sind ganz freundlich«, warf Amra ein, um der Kleinen Mut zu machen, woraufhin die Äbtissin sie wütend anfunkelte.

Ungefragt hatten Novizinnen nicht das Wort zu ergreifen, und die Weigerung der kleinen Agnes, die ihr aufgetragene Arbeit zu tun, war sicher auch nicht gern gesehen. Die Kellermeisterin, Schwester Gundula, schien dem Mädchen allerdings Verständnis entgegenzubringen. Sie war für die Einteilung der Arbeiten in Haus, Stall und Garten zuständig und erlebte einen solchen Ausbruch offensichtlich nicht zum ersten Mal.

»Ihr hört es mal wieder, Mutter Clementia«, wandte sie sich an die Oberin. »Die Novizinnen fürchten sich. Und sie bringen ja auch nichts zustande – was hilft es, wenn wir Agnes in den Stall zwingen, aber die Kuh kriegt Milchfieber, weil sie es nicht fertig bringt, sie abzumelken. Wenn wir dagegen einen Knecht einstellten ...«

»Keine männlichen Dienstboten in diesem Konvent!«, fuhr ihr die Oberin ins Wort. »Darüber wurde bereits vor Jahren abgestimmt, und es widerspricht auch jeglichen Regeln des Benediktinerordens. Wenn Hildegard von Bingen es schafft ...«

»Ich bitte Euch, Mutter, Hildegard von Bingen melkt doch keine Kühe!«, wehrte sich Schwester Gundula. »Die sitzt in ihrer Schreibstube ...«

»Und ihre gehorsamen Schwestern übernehmen die schwere

Arbeit, ohne zu klagen!«, erklärte Mutter Clementia. »So wie Schwester Agnes es jetzt auch tun wird. Du gehst augenblicklich in den Stall, Agnes, und leistest demütig und mit Gottes Hilfe die dir aufgetragene Arbeit!«

Agnes schluchzte auf, und Amra fragte sich, wie Gott ihr wohl beim Melken helfen sollte. Er würde kaum vom Himmel zu dem Mädchen herabsteigen und ihr zeigen, wie man das machte.

Amra hob schüchtern die Hand.

»Was ist, Schwester Anna?«, fragte die Oberin unwillig.

Amra holte tief Luft. Sie durfte jetzt auf keinen Fall etwas falsch machen, sonst traf die Wut der Äbtissin womöglich nicht nur Agnes.

»Ich könnte Schwester Agnes das Melken beibringen«, bot Amra sich an. »Ich meine ... Wir hatten immer eine Kuh, und ...«

»So weit kommt das noch!«, unterbrach Mutter Clementia. »Dass die Novizinnen sich selbst aussuchen, wo sie dienen wollen. Du wirst heute mit Schwester Serafina das Silber in der Kirche putzen und ...«

»Aber wenn Schwester Agnes sich doch so fürchtet ...« Amra verstand einfach nicht, warum die Oberin das Hilfsangebot nicht einfach gestattete.

Dann sah sie jedoch, dass die Kellermeisterin, eine runde, gemütliche Frau, die nicht aussah, als suchte sie Schwierigkeiten, ihr fast verschwörerisch zublinzelte. Dennoch wandte sie sich jetzt mit strenger Stimme an die beiden Novizinnen.

»Das reicht jetzt, Schwester Anna Maria! Und auch du, Schwester Agnes, hörst augenblicklich auf zu weinen. Ihr werdet zur Buße für euer ungebührliches Benehmen drei Ave Maria beten und dann an die euch zugewiesene Arbeit gehen. Wobei ich als zusätzliche Strafe dafür plädiere, dass beiden die Teilnahme am Nachtmahl verboten wird. Stattdessen werden sie den Pferdestall misten ...«

Agnes schluckte jetzt krampfhaft die Tränen hinunter, wirkte aber noch verzweifelter – während Amra verstand.

Gegen Abend traf sie die kleine Novizin im Stall und molk erst einmal rasch die Kuh ab. Eine Schale warmer, frischer Milch ersetzte das karge Abendmahl der Klosterfrauen aufs Beste, und Agnes arbeitete auch brav mit, als Amra die Pferde zum Misten aus ihren Verschlägen führte und auf der Stallgasse anband.

Am nächsten Tag beorderte Schwester Gundula das junge Mädchen dann zum Putzen in die Kirche und schickte Amra gleich in die Ställe – was die Äbtissin stillschweigend duldete.

Amra fütterte und mistete aus, freute sich, dass der Hund ihr dabei überallhin folgte und taufte ihn auf den Namen Bruder Wuff, wobei sie die förmliche Anrede meist wegließ. Wuff wurde ihr bald zum besten Freund und Begleiter und die Arbeit im Stall zur festen Stelle. Die Kellermeisterin dankte offensichtlich dem Herrn, dass sie endlich eine Freiwillige dafür gefunden hatte, und Amra beschwerte sich nicht. Durch die Tiere kam sie an die Luft, im Stall war es wärmer als in den Schreibstuben, und sie entging auch der dauernden Aufsicht durch die Mitschwestern, vor allem der übereifrigen Agatha. Es reichte schon, wenn sie deren Besserwisserei und Kritik während der Bibelstunden und Kapitelsitzungen ertragen musste. Agatha war auf eigenen Wunsch im Kloster und strebte auf Dauer sicher das Amt der Äbtissin an.

Amra dagegen fiel es schwer, sich einzufügen. Mariana, mit der sie mitunter nach einer der Gebetsstunden oder nach der Messe ein paar Worte wechseln konnte, tröstete sie zwar damit, dass der Mensch sich letztlich an alles gewöhne, aber Amra glaubte das nicht. Gut, ihre Haut gewöhnte sich an die kratzige Kleidung, die obendrein viel zu selten gewaschen wurde. Sie selbst gewöhnte sich an das rasche Waschen mit kaltem Wasser, zu dem die Ordensschwestern in Walsrode immerhin angehalten wurden, und sogar die Nässe und Kälte in den Wohnräumen und der Kirche machten ihr im Laufe der Zeit weniger aus. An die ständigen Gebete, die Stunden, die sie kniend in der Kirche verbringen musste und vor allem den fehlenden Nachtschlaf gewöhnte sie sich allerdings nicht, und nach nur kurzer Zeit im Kloster fühlte sie sich nur noch zu Tode erschöpft.

Das lag nicht an der Arbeit, auch auf Arkona hatte man sie weder als Fischerstochter noch als Küchenmädchen geschont. Doch da hatte sie nachts wenigstens schlafen können. Die Köchin hatte die Mägde gut mit Essen und sogar Leckereien versorgt. Im Kloster dagegen war die Verpflegung karg – ausreichend, wenn man nur stickte und Kerzen zog, aber viel zu wenig für Amra, die ausmistete, Heu stapelte und Wasser schleppte. Sie schaffte es auch nicht immer, ganz pünktlich zu den Stundengebeten zu erscheinen – vorgeblich weil sich eine Fütterung einmal hinzog oder eine Heulieferung verspätet eintraf, tatsächlich aber, weil sie versuchte, die in der Kirche verbrachte Zeit so kurz wie möglich zu halten.

Nach den ersten Tagen, in denen man noch nachsichtig mit der Neuen umgegangen war, zog das allerdings empfindliche Strafen nach sich. Den Essensentzug fürchtete Amra dabei am meisten, doch sie sollte bald merken, dass das noch nicht das Schlimmste war.

Zwei Wochen nach ihrem Eintritt ins Kloster meldete sich wieder einmal Agatha bei der Kapitelsitzung. »Ich habe die traurige Pflicht, der Gemeinschaft zu melden, dass unsere Schwester Anna Maria in der Vigil eingeschlafen ist. Und Schwester Barbara, die neben ihr kniete, hat es versäumt, sie zu wecken.«

Amra seufzte. Die Novizin neben ihr hatte stoisch geradeaus gesehen, als Amra beim Glockenschlag aus ihrem kurzen Schlummer auffuhr, und so hatte sie schon gehofft, dass ihr »Vergehen« unbemerkt geblieben war. Es kam nicht oft vor, dass sie während der Gebete eindämmerte. Sie schleppte sich zwar jede Nacht todmüde zur Kirche, aber die Kälte hielt sie wach. Den Tag zuvor hatte sie mit dem endlosen Stapeln unzähliger Garben Heu verbracht. Der Bauer, der es anlieferte, hatte helfen wollen, die Scheune zu füllen, aber auch hier griff die Regel der Äbtissin: kein Mann im Kloster. Und die Kellermeisterin hatte so schnell keine Hilfe für Amra beschaffen können. Die Klosterfrauen weigerten sich stets, diese anstrengende Arbeit zu tun, und die Hälfte der Novizinnen war zurzeit krank. Die Kälte und die karge Kost setzten nicht nur Amra zu. Am Abend war Amra jedenfalls völlig erschöpft auf ihr Lager gefallen – und hatte in der Kirche gleich weitergeschlafen. Jetzt wappnete sie sich für eine weitere Strafe, während Schwester Barbara noch versuchte, sich zu verteidigen.

»Wenn sie wirklich geschlafen hat, habe ich es nicht gemerkt. Aber ich glaube, sie hat nur mit geschlossenen Augen gebetet. Sie ... sie versenkt sich immer sehr tief in ihre Gebete ...«

Amra warf der jungen Schwester einen dankbaren Blick zu, Agatha dagegen gab eine Art trockenes Lachen von sich. »Sie ist fast von der Betbank gefallen«, bemerkte sie höhnisch. »Und ihr Kopf lag auf ihrem Gebetbuch. Wollte sie sich da auch hineinversenken, Schwester?«

Die Oberin klopfte auf den Tisch, um die Novizinnen zur Ruhe zu bringen. »Ich glaube, wir haben genug gehört«, sagte sie schneidend. »Schwester Barbara – du wirst deine Mitschwestern heute Abend bei Tisch bedienen und selbst von der Mahlzeit ausgeschlossen bleiben, damit du lernst, den Dienst an anderen höher zu schätzen und genauer hinzusehen, wenn sie deiner Hilfe bedürfen. Du hättest Schwester Anna vor einer Sünde bewahren können ... Und du, Schwester Anna ...«

Amra blickte demütig zu Boden, obwohl es in ihr kochte. Barbara hätte sie nicht am Einschlafen hindern können. Sie wurde nicht für Unachtsamkeit bestraft, sondern für ihr Schweigen.

»Schwester Anna Maria wird heute von der heiligen Messe und von sämtlichen Stundengebeten ausgeschlossen«, verhängte die Oberin das zweite Urteil.

Amra sah erstaunt auf. War es wirklich so einfach, um die verhassten Gottesdienste herumzukommen? Brauchte sie sich nur noch etwas schlechter zu benehmen und konnte dann womöglich wochenlang durchschlafen?

»Tut mir leid...«, flüsterte Barbara, als die Ordensfrauen schließlich den Kapitelsaal verließen.

Amra lächelte ihr zu. Sie hätte ihr gern gesagt, dass sie die Strafe eher als Belohnung empfand, doch jetzt griff natürlich wieder das Schweigegebot.

Zur Zeit des nächsten Stundengebets erschien Barbara dann aber aufgeregt bei Amra in den Ställen. »Wo bleibst du?«, wisperte sie vorwurfsvoll. »Willst du es denn noch schlimmer machen?«

Amra sah sie verwundert an. »Ich denke, ich bin ausgeschlossen«, meinte sie. »Dann brauche ich doch nicht zu kommen, oder?«

Barbara wandte die Augen gen Himmel. »Du weißt überhaupt nichts...«, seufzte sie. »Komm jetzt, bevor wir beide noch mehr Ärger bekommen.«

Die junge Schwester zog Amra im Laufschritt hinter sich her und schaffte es gerade noch, rechtzeitig vor dem Schließen der Kirche hineinzuschlüpfen. So kam Amra eben noch pünktlich – die Äbtissin wartete schon mit verkniffenem Gesicht auf sie.

»Du wärst schon wieder fast zu spät gekommen, Schwester

Anna. Wenn sich das nicht ändert, werde ich die Strafe verlängern.«

Und dann lernte Amra, was unter »Ausschluss vom Gottesdienst« zu verstehen war. Die betroffene Schwester blieb keineswegs gänzlich unbehelligt, sondern hatte sich vor der Kirche ausgestreckt auf die kalten Steine des Kreuzgangs zu legen, das Gesicht der Erde zugewandt. So wartete sie, bis auch die letzte ihrer Mitschwestern die Kirche nach dem Gottesdienst wieder verlassen hatte. Die Ordensfrauen stiegen schweigend über sie hinweg, niemand wagte, auch nur ein mitfühlendes Wort zum Trost zu sagen. Amra wusste nicht, ob ihr dabei die Kälte oder die Demütigung mehr zusetzte. Gegen diese Strafe war tatsächlich jede andere harmlos.

In der Folge bemühte sie sich denn auch redlich, die Klosterregeln zu beachten, es geschah ihr jedoch immer wieder, dass sie ein Glockenläuten zu lange überhörte und es dann nicht rechtzeitig in die Kirche oder ins Refektorium schaffte.

Zu all dem kam die Freudlosigkeit ihres Lebens im Kloster. Auf Arkona hatte sie mit Freundinnen geplaudert und gelacht, am Hof zu Braunschweig hatte es Melisande und Joana gegeben, mit denen sie sich austauschen konnte. Aber hier in Walsrode wurde selten gesprochen und fast nie gelacht. Die Klosterfrauen durften nur im Kapitelsaal und in ihrer knapp bemessenen Freizeit miteinander reden, und auch da wachte Agatha über die Gesprächsthemen. Amra wisperte nur manchmal ein wenig mit ihrer Bettnachbarin Barbara. Deren Familie hatte sie schon mit acht Jahren dem Kloster verschrieben. Barbara war schüchtern und ordnete sich den Regeln vollständig unter – sie hatte sehr viel Mut gebraucht, um sich für Amra einzusetzen, nachdem diese von Schwester Agatha angeschwärzt worden war. Aber auch noch nach sieben Jahren im Stift schluchzte Barbara nachts verzweifelt in ihr Kissen. Amra konnte dann kaum an sich halten, zu ihr zu gehen und sie tröstend in die Arme zu nehmen, sie wusste jedoch, dass man dafür beide streng bestrafen würde. Jede Berührung der Schwestern untereinander war unstatthaft. Und heimliche Gespräche ... Amra wusste nicht, wie sie eine Gelegenheit dazu herbeiführen könnte.

Kapitel 4

Der Winter im Kloster war hart, aber schließlich begann die Fastenzeit, und im Refektorium aß man Heringe. Als sie zum ersten Mal auf den Tisch kamen, freute Amra sich unbändig, erinnerten die gesalzenen, nicht mal sehr schmackhaften Fische sie doch an Rujana und die Fischer von Vitt. Womöglich waren sie dort gefangen worden, vielleicht hatten ihre alten Freundinnen und womöglich gar ihre Mutter sie ausgenommen und eingesalzen. Amra stellte sich vor, dass die Lieferung auf Schiffen von Herrn Baruch aufs Festland gekommen war, und hätte beinahe vor Heimweh und Sehnsucht nach einem normalen Leben geweint. Bei der dritten Heringsmahlzeit innerhalb einer Woche verlor sich das Gefühl allerdings, und nach zwei Wochen hasste sie Salzheringe wieder genauso sehr wie damals in Vitt. Dennoch hätte sie alles dafür gegeben, noch einmal den Ruf der Fischer zu hören, sogar die Plackerei des Einsalzens hätte sie auf sich genommen. Alles war besser, als im Kloster gelangweilt und schweigend einem Gott zu dienen, dessen Botschaft sie auch noch nach hundert Bibellesungen nicht verstand.

Und noch etwas gab es, das Amra nicht losließ: die quälenden Fragen in Bezug auf Magnus. Anfänglich hatte sie jeden Tag auf einen Befreiungsversuch gehofft. Es konnte doch nicht sein, dass er sie einfach aufgab! Sie wollte nicht erneut daran glauben, dass er entscheidungsschwach und feige war. Aber als Wochen ohne ein Lebenszeichen ihres Ritters ins Land gegangen waren, begann sie, neben ihrer Sehnsucht und Liebe auch Zorn zu empfinden.

Dann jedoch passierte etwas, das Amras Leben ein wenig aufhellte.

Sie war eben dabei, Sternvürbes Verschlag auszumisten – die Stute stand immer noch in den Klosterställen, und Amra gab sich dem Traum hin, dass sie ihr in gewisser Weise noch gehörte –, als sich ihre junge Mitschwester Barbara scheu in den Stall drückte. Der Hund entdeckte sie natürlich sofort und meldete die Besucherin laut bellend. Barbara stieß einen erstickten Schrei aus, als er vergnügt an ihr hochsprang, und flüchtete sich in eine Mauernische.

»Aus, Wuff!«, befahl Amra kurz, ließ die Mistgabel fallen und ging zu Barbara, um sie aus ihrer Not zu befreien. Die junge Frau versuchte unglücklich, Spinnweben und Staub von ihrem sauberen schwarzen Habit zu klopfen.

»Was machst du denn hier?«, fragte Amra verwundert, verbesserte sich dann aber sofort: »Was führt Euch denn her, Schwester Barbara?«

Es war erwünscht, dass die Schwestern einander förmlich anredeten, nur die Älteren und natürlich die Oberin duzten die Novizinnen.

»Ich soll hier arbeiten«, flüsterte Barbara.

Erst als sie ihre erstickte Stimme hörte, wurde Amra klar, dass sie beide gerade das Schweigegebot brachen. Auch während der Arbeit sollten die Schwestern nicht miteinander reden. Aber Amra musste herausfinden, warum man Barbara so plötzlich von ihrer Tätigkeit im Skriptorium abkommandiert hatte. Barbara war geschickt in der Bebilderung von Abschriften und konnte dadurch ein wenig ausgleichen, dass sie arm war wie eine Kirchenmaus. Das Kloster nahm Bestellungen für solche Bebilderungen entgegen, und die Auftraggeber – Bischöfe oder reiche Adlige – zahlten dafür in beachtlichem Maß. Barbara erhielt natürlich nichts von diesen Einkünften. Sie schlief in ihrer rauen Kutte im Schlafsaal und kaute hartes Brot wie die anderen mittellosen Schwestern, aber sie war immerhin höher geachtet. Zumindest bis jetzt.

»Warum das denn?«, erkundigte sich Amra und hatte wieder den Wunsch, ihre Mitschwester tröstend zu umarmen.

Die Einteilung zur Stallarbeit war ganz klar eine Degradierung. Barbara wirkte denn auch zutiefst aufgewühlt und unglücklich, ihre Augen waren verweint. Amra wurde bewusst, dass sie ihr an diesem Tag zum ersten Mal überhaupt in die Augen sah. Gewöhnlich lief Barbara nur mit gesenktem Blick umher, und im Dormitorium, wo sie sich noch am ehesten entspannte, war es dunkel. Jetzt aber erkannte Amra hellblaue, riesige und arglose Augen in einem zarten, hellhäutigen Gesicht. Die langen, goldblonden Wimpern ließen vermuten, dass sich unter der strengen Haube blondes oder hellbraunes Haar verbarg. Schwester Barbara war eine Schönheit, oder wäre eine gewesen, hätte man sie nicht in die unförmige Tracht der Benediktinerinnen gezwungen.

»Hast du irgendetwas angestellt?«, fragte Amra mitfühlend. Sie schaffte es einfach nicht, dieses verstörte Mädchen weiter förmlich anzusprechen.

Barbara versuchte, gleichzeitig zu nicken und den Kopf zu schütteln. »Ja ... nein ... aber ... ich ... ich hab mit einem Mann geredet!« Das Geständnis brach schließlich aus ihr heraus, aber gleich darauf senkte sie wieder vor Scham den Kopf, als fürchte sie Amras strafenden Blick. »Dabei ... dabei wollte ich doch gar nicht ...«

Amra gingen die schrecklichsten Bilder durch den Kopf. War irgendein Mann Barbara zu nahegetreten, hatte sie gar geschändet? Eine Liebesgeschichte konnte sie sich bei dieser stets gefügigen und braven jungen Mitschwester nicht vorstellen. Amra zog Barbara auf einen Strohballen, setzte sich neben sie und legte den Arm um sie. Barbara versteifte sich sofort und rückte von ihr ab, aber dann begann sie, herzzerreißend zu schluchzen. Amra wartete geduldig, bis sie sich beruhigt hatte – und endlich die ganze Geschichte erzählte.

Barbara arbeitete zurzeit an der Bebilderung einer Bibel, die Fürst Pribislav von Mikelenburg in Auftrag gegeben hatte. Wie es üblich war, richteten sich Menge und Art der Arbeit danach, was der Auftraggeber zu zahlen gewillt war. Er stellte das Gold und die Pigmente, die zur Herstellung der Farben verwandt wurden. Manchmal schaffte das Kloster diese Materialien an, doch oft kaufte der Auftraggeber sie auch direkt, was sich bei Fürst Pribislav anbot – Mikelenburg war schließlich als Marktflecken bekannt. Natürlich mussten die Wahl der Farben und die benötigte Menge mit dem Buchmaler abgesprochen werden, mitunter ein schwieriges Geschäft, wenn die ausführende Schwester oder der Mönch in strenger Klausur lebte. Dann mussten der Abt oder die Äbtissin helfend eingreifen. Missverständnisse waren häufig. Den Kanonissen von Walsrode war der Kontakt mit Außenstehenden allerdings nicht vollständig verboten. Sogar mit Männern durften sie reden, sofern eine Mitschwester oder besser noch die Äbtissin dabei war.

Mutter Clementia pflegte Barbara also hinzuzuziehen, wenn Materialien bestellt werden mussten. Wegen der Bibel für Fürst Pribislav war sie schon mehrmals in die Amtsräume der Oberin gebeten worden, um dort immer wieder denselben Ritter zu treffen. Herr Miladin war jung, freundlich und, wie Barbara mit verdächtig aufleuchtenden Augen erwähnte, sehr interessiert an der Arbeit der Buchmalerin. Er hörte sich Barbaras Vorschläge für seinen Herrn an und stimmte jeder Ausgabe zu. Der Obodritenfürst hatte keine Geldsorgen. Herr Miladin schien häufig zwischen der Mikelenburg und Sachsen hin- und herzureiten, um Barbara das Bestellte zu bringen.

»Das ging schon fünf oder sechs Mal so«, berichtete Barbara. »So eine Bibel ist ja eine gewaltige Arbeit, ich hätte sicher noch zwei Jahre dafür gebraucht, und da bestellt man nicht alles auf einmal. Das war alles ganz ... ganz normal ... ganz ... ganz unschuldig.«

Amra vermutete dennoch, dass sich ihre junge Mitschwester auch stets ein bisschen auf Ritter Miladins Besuche gefreut hatte, was Mutter Clementia wohl als nicht ganz unschuldig gedeutet hatte.

»Und dann?«, fragte Amra gespannt. »Ist er dir irgendwie ... zu nahegetreten?«

Barbara schüttelte entschieden den Kopf. »Nein, nein, wo denkst du hin! Es war nur ... Er hatte es wohl ein bisschen eilig, wollte vor dem Dunkelwerden noch nach Stellichte. Aber Mutter Clementia hatte irgendetwas in der Kirche zu tun, sie verspätete sich. Und ich traf den Herrn Miladin auf dem Korridor vor ihren Räumen.«

»Und?«, erkundigte sich Amra. »Seid ihr euch in die Arme gesunken? Das Treffen allein kann es doch nicht gewesen sein, das konntest du in dem Fall ja wohl nicht vermeiden.«

»Doch ...«, flüsterte Barbara. »Also wir sind uns natürlich nicht ... was ... was denkst du nur ...« Sie wurde glühend rot. »Aber er ... also ich hätte natürlich gleich weggehen sollen. Ich durfte nicht mit ihm allein sein. Aber er ... er grüßte ganz freundlich und fragte mich nach meinem Wohlergehen ...« Barbaras Stimme erstarb ob dieser Ungeheuerlichkeit. »Und ich musste doch antworten, ich konnte doch nicht unhöflich sein. Und dann wollte er auch alles gleich auf dem Flur mit mir besprechen und holte den Beutel mit den Farben heraus ... und ... und er gab ihn mir ... und ich glaube ... also ich weiß ... ja, unsere Hände haben sich ein bisschen berührt, aber das wollte ich doch nicht, und dann ... na ja, dann kam Mutter

Clementia, und es war schrecklich ... Sie rügte mich und Herrn Miladin natürlich auch, er ... er darf niemals wieder herkommen. Und ich ... ich bin in Acht und Bann, das wird Mutter Clementia nachher auch allgemein kundtun. O Gott, und statt mich daran zu halten, breche ich schon wieder die Regeln ... und du auch, du darfst doch nicht mit mir sprechen, du darfst mich nicht mal ansehen, du ...« Die kleine Novizin brach erneut in Tränen aus.

Amra vermutete, dass Herr Miladin bis zur Eroberung der Obodritengebiete Heide gewesen war und nicht hatte ahnen können, in welche Schwierigkeiten er Barbara mit seinen freundlichen Worten bringen würde. Doch nun hatte die junge Ordensschwester die härteste aller Klosterstrafen getroffen – den zeitweiligen Ausschluss aus der Gemeinschaft. In der nächsten Zeit würden alle Schwestern Barbara meiden, sie musste allein essen, durfte nicht an den Gottesdiensten und Kapitelsitzungen teilnehmen und musste die niedrigsten Arbeiten verrichten. Amra aber schwor sich, bei diesem bösen Spiel nicht mitzumachen. Gut, in der Öffentlichkeit würde ihr nichts anderes übrig bleiben, wenn sie Barbaras Schicksal nicht teilen wollte. Hier in den Ställen beobachtete sie jedoch niemand.

Amra machte einen weiteren Vorstoß, den Arm um das hysterisch schluchzende junge Mädchen zu legen. »Hab keine Angst, Barbara, du bist nicht allein!«

Die Oberin verhängte eine sechs Wochen lange Strafe über Barbara – unverhältnismäßig hart in Amras Augen, aber einen Mann zu berühren war wohl das größte Verbrechen, das man sich im Kloster vorstellen konnte. Die Mitschwestern waren der Ansicht, Barbara wäre noch glimpflich davongekommen. Ihre bisherige völlige Unbescholtenheit hatte ihr wohl mildernde Umstände verschafft.

Die Verbannung kam die junge Novizin hart an, am meisten litt sie jedoch unter dem Verbot, ihrer geliebten Arbeit nachgehen zu dürfen. Mutter Clementia ließ offen, ob sie überhaupt ins Skriptorium würde zurückkehren dürfen, und Barbara brach jedes Mal in Tränen aus, wenn sie daran nur dachte. Obgleich es sie tröstete, dass Amra dabei mit ihr sprach, ihr alles erklärte und ihr Tätigkeiten abnahm, vor denen sie sich fürchtete, hasste sie die Arbeit in den Ställen und im Garten.

»Ich werde ganz harte Hände davon bekommen«, klagte sie. »Und wenn ich mir Erfrierungen hole und meine Finger steif werden, kann ich nie wieder so feine Pinselstriche machen wie bisher.«

Amra fand zwar, dass man in der eisigen Kirche eher Gefahr lief, dass einem Finger und Zehen abfroren, als im Kuhstall, aber sie hielt sich mit dieser Überlegung zurück und tröstete Barbara lieber damit, dass Mutter Clementia sie sicher bald an ihr Schreibpult zurückholen würde. Amra hatte am Hof zu Braunschweig gehört, was Bibeln wie die des Herrn Pribislav kosteten. Die Novizin Barbara verhalf dem Kloster mit ihrer Kunst zu einem kleinen Vermögen, ganz sicher würde die Oberin dieses Talent nicht vergeuden. Die Strafe diente der Disziplinierung, und wenn Barbara sich weiter nichts zuschulden kommen ließ, würde sie in absehbarer Zeit abgegolten sein.

Dann jedoch wurde alles anders. Amra hockte an einem sonnigen, aber kalten Vormittag im Schatten der Klostermauer und erntete Kohl. Ihr lief dabei das Wasser im Munde zusammen – was könnte man mit etwas Speck aus diesem Gemüse machen, statt es nur in Wasser zu kochen und dann mit Heringen zu servieren, wie die Küche des Klosters es zweifellos tun würde. Amra ergab sich den Träumen von Grünkohl mit Würsten oder

Pökelfleisch – als plötzlich ein Schatten auf sie fiel. Erschrocken richtete sie sich auf und sah einen jungen Mann, der sich eben von der Mauer aus in den Küchengarten herunterhangelte. Ihr entfuhr ein kleiner Laut des Erschreckens, der den Ritter auf sie aufmerksam machte. Denn ein Ritter oder Knappe musste es wohl sein, der sich hier ins Kloster einschlich. Er trug lederne Beinlinge und einen Wappenrock. Als er Amra entdeckte, ließ er sich in das karge Wintergras unterhalb der Mauer fallen und legte lächelnd einen Finger an die Lippen.

»Psst, verratet mich nicht!«, meinte er vergnügt. »Ich dürfte nämlich nicht hier sein.«

Amra griff sich an die Stirn. »Was Ihr nicht sagt!«, höhnte sie. »Herr Ritter, dies ist ein Frauenkloster. Ich weiß nicht, welche Strafen darauf stehen, hier einzubrechen, aber wenn es unter Kirchenschändung fällt, geht Ihr dafür Eurer Ritterehre verlustig!«

»Aber nein, ich will doch niemanden schänden!«

Der Ritter sprach Deutsch, aber mit einem Akzent, der dem Amras ähnelte. Und auch er schien sich mit den Feinheiten der Sprache und erst recht mit denen seines neuen Glaubens noch schwerzutun.

»Ich suche nur Schwester Barbara.«

Amra seufzte und bemühte sich um einen strengen Ton. »Herr Miladin, nehme ich an. Habt Ihr das Mädchen nicht schon genug in Schwierigkeiten gebracht?«

Der Ritter blickte zerknirscht. Er hatte ein freundliches, noch jungenhaftes Gesicht, in dessen Wangen Grübchen erschienen, wenn er lächelte. Sein langes braunes Haar fiel ihm in wirren, schwer zu bändigenden Locken bis auf die Schultern. Miladin war von kräftiger Gestalt, nicht sehr groß, aber muskulös und bodenständig.

»Das habe ich gehört«, meinte er. »Obwohl ich mir keiner

Schuld bewusst bin. Ich diene Herrn Pribislav von Mikelenburg als Bote, wisst Ihr, und ich habe schon oft mit Schwester Barbara gesprochen. Ein so hübsches Ding – es dauert mich, dass man sie hier einsperrt. Aber ich habe ihr doch nie etwas getan. Ich habe sie auch nicht angefasst, wie man mir jetzt vorwirft. Das alles war doch nur ein Missverständnis. Diese Mutter Clementia wollte mich ja nicht mal anhören, deshalb bin ich auch gegangen, als sie das so dringend von mir verlangte. Ich dachte, Schwester Barbara hätte das längst geklärt, doch als ich jetzt wieder vorsprechen wollte ... diese Frau Äbtissin gebärdet sich, als hätte ich einen Tempel geschleift!«

Amra hätte beinahe gelacht. So wie Miladin es ausdrückte, musste sie hier weniger an christliche Gotteshäuser als an den heiligen Grund vor dem Standbild des Svantevit denken.

»Jetzt will sie mich bei Fürst Pribislav melden. So ein Aufstand wegen ein paar Grußworten ...«

Amra runzelte die Stirn. Eben hatte sie noch gedacht, der Ritter sorge sich um Barbara, aber jetzt ... was wollte er? Eine Aussage der Schwester, um abzuwenden, dass man ihn bei seinem Fürsten anschwärzte?

»Schwester Barbara kann Euch da auch nicht helfen«, sagte sie steif.

Miladin schaute verwirrt. »Helfen? Wieso ... ach, wegen des Fürsten ... keine Sorge, da habe ich nichts zu befürchten. Den kratzt es nicht, welche Frauen seine Ritter anrühren, wenn ich das mal so sagen darf ...« Er grinste. »Aber Barbara ... also Schwester Barbara ... wenn sie wegen mir schon ein solches Gewese machen – was haben sie dann mit ihr getan?«

Amra wollte gerade antworten, als Barbara, eine Karre voller Mist vor sich herschiebend, aus den Ställen trat.

»Herr Miladin?«

Amra beobachtete fasziniert, wie die kleine Novizin zunächst erbleichte und dann glühend rot wurde. Ihre Ahnung hatte sie also nicht getrogen. Barbara hegte sichtlich Gefühle für den jungen Ritter.

»Dann lass ich euch mal allein«, brummte Amra und eilte mit ihrem Grünkohl in Richtung Küche. »Aber bleibt hier im Schatten der Mauer und achtet darauf, wenn der Hund bellt. Auch wenn es sonst kaum vorkommt, irgendwer könnte in den Stall kommen. Und wenn sie Euch hier erwischen ... dann gnade Euch Gott!«

»Da war gar nichts. Wirklich, da war gar nichts, was ... was Mutter Clementia nicht hätte sehen dürfen. Er hat sich nur entschuldigt. Er ist so zuvorkommend, so höflich ...«

Als Barbara ihr zum dritten Mal versicherte, wie unschuldig ihr Treffen mit Ritter Miladin gewesen war, sehnte sich Amra zum ersten Mal nach der Einhaltung des Schweigegebots. Aber natürlich sprach aus diesem Gedanken der blanke Neid. Erinnerte sie Barbaras Begegnung mit ihrem Ritter doch nur zu genau an ihre eigenen heimlichen Treffen mit Magnus im Garten des Hofes zu Braunschweig. Leider auch daran, wohin das geführt hatte ...

»Barbara, wenn die Ehrwürdige Mutter das gesehen hätte, hätte sie dich bis in alle Ewigkeit verbannt!«, hielt sie der jungen Schwester vor. »Egal, wie höflich dein Ritter ist und wie keusch eure Treffen – es darf um Himmels willen niemand davon erfahren. Es sei denn, du willst aus dem Kloster verwiesen werden. Das hätte ja durchaus seine Vorteile ...«

Barbara sah Amra entsetzt an und bekreuzigte sich. »Aus dem Kloster verbannt? Aber ... aber ich werde im nächsten Jahr meine Gelübde ablegen. Das kann doch nicht sein, ich ... Wo sollte ich denn hingehen?«

Amra wollte die Augen verdrehen, dann jedoch dachte sie daran, dass Barbara seit ihrem achten Lebensjahr in diesen Mauern weilte. Sie konnte sich kein anderes Leben mehr vorstellen als das einer Ordensfrau.

»Na, vielleicht mit Miladin auf sein Lehen?«, schlug sie geduldig vor. »Sofern er eins hat oder bekommt. Was weißt du denn über ihn? Bestehen da Aussichten?«

Barbara blickte ratlos. »Woher soll ich das denn wissen? Wir ... also da war wirklich nichts, und da wird auch nichts sein, und er hat sich nur entschuldigt ... Aber er war so ...« Sie begann von Neuem, Miladin in Schutz zu nehmen.

Amra seufzte. Sie glaubte nicht daran, dass dies das letzte Mal gewesen war, dass Barbara den jungen Ritter gesehen hatte, und natürlich bestätigte sich ihre Vermutung.

Miladin kam wieder. Nicht mehr als Bote seines Fürsten, damit wurde ein anderer Ritter betraut, aber jedes Mal, wenn der junge Ritter irgendetwas bei Walsrode zu tun hatte, schlich er sich zunächst am Nachmittag, zwischen Non und Vesper, und dann, als die Tage länger wurden, am Abend zwischen Vesper und Komplet an die Mauer des Klosters heran und kletterte in den Nutzgarten. Solange Barbara noch mit Amra zusammenarbeitete, konnte sie jederzeit in den Garten gehen und ihn treffen. Im Winter begegnete sie dort niemandem, mit dem bisschen Wintergemüse wurde Amra allein fertig. Die anderen Schwestern waren froh, wenn sie nicht in die Kälte hinausmussten, und so bestand kaum eine Gefahr, dass Barbara und Miladin ertappt wurden.

Aber dann kam der Frühling. Barbara hatte ihre Strafe verbüßt und durfte zurück an ihren Arbeitsplatz im Skriptorium. Dafür teilten die Äbtissin, die Kellermeisterin und die Schwester Apothekerin andere Novizinnen zur Mithilfe im Nutzgarten ein, um Gemüse und Heilkräuter zu pflanzen und zu ernten.

Amra musste höllisch aufpassen, dass der Ritter ihnen nicht in die Arme lief. Wenn der Garten frei war, musste sie Barbara von Miladins Kommen benachrichtigen, die Schwester brauchte dann einen Grund, ihren Platz im Skriptorium zu verlassen. Es wurde also komplizierter, und die zur Verfügung stehende Zeit auch kürzer. Zwischen Vesper und Komplet lagen das gemeinsame Abendessen und die kurze Freizeit der Klosterfrauen, und je wärmer es wurde, desto häufiger hielten sie sich dabei im Kreuzgang oder im Garten auf.

Amra blieb das Herz fast stehen, als sie Miladin eines Tages im Stall antraf, wohin er sich vor einer plötzlich auftauchenden Schwester geflüchtet hatte.

»Ich wusste gar nicht, dass die hierherkommen«, meinte er verlegen, als er ihr plötzlich gegenüberstand. »Bis jetzt war doch nie jemand hier außer Euch ...«

»Wie sich wahrscheinlich auch auf Eurer Mikelenburg niemand im Winter bei den Ställen herumtreibt, der dort nichts zu suchen hat!«, fuhr Amra ihn an. »Während das Heu im Sommer auf manche Leute durchaus anziehend wirkt ... Herr Miladin, das muss aufhören! Den anderen Schwestern ist es keineswegs verboten, in den Nutzgärten spazieren zu gehen – nicht auszudenken, dass sie Euch irgendwann beim Klettern über die Mauer ertappen!«

»Aber würden sie mich denn verraten?«, fragte der junge Ritter treuherzig. »Ich meine ... Ihr schweigt doch auch.«

Amra seufzte. »Dies ist kein Minnehof, Herr Miladin, in dem sich die Mädchen einen Spaß daraus machen, die Anstandsdamen zu übertölpeln. Eine Nonne ist so etwas wie ... na ja, die Braut des Herrn. Wenn Ihr Euch mit Barbara trefft, dann betrügt Ihr nicht irgendeinen Verlobten, mit dem Ihr Euch dann vielleicht vor versammelter Ritterschaft um sie schlagen könnt, sondern ... Ihr betreibt gewissermaßen Kirchenschändung, versteht Ihr?«

Miladin sah Amra an, als sei sie nicht recht bei Trost. Die rieb sich die Stirn. Sie sah schwarz für das junge Paar – Miladin hatte keine Ahnung, welche Risiken er einging, und noch weniger wusste er, wie schlimm es für Barbara werden konnte.

Und dann traf sie eines Tages auch noch beide gemeinsam im Stall an – und konnte gerade noch rechtzeitig wieder hinaus, als sie die Kellermeisterin und die Schwester Apothekerin im Garten reden hörte.

»Sucht Ihr mich?«, fragte sie mit klopfendem Herzen. Wenn das der Fall war, hätten die beiden wohl gleich den Stall betreten.

Die Kellermeisterin lächelte Amra zu. Sie schätzte die junge Novizin und war schon mehrfach für sie eingetreten, wenn sie sich wieder irgendwelcher Verfehlungen schuldig gemacht hatte. Aber über Miladins und Barbaras Stelldichein im Stall hätte natürlich auch sie nicht hinweggesehen.

»Es geht um die Anlage der Beete, Schwester Anna. Schwester Mechthild möchte den Bereich für die Heilpflanzen ausweiten... Was meinst du, wo können wir Platz schaffen?«

Amra verbrachte eine enervierende Stunde mit den Ordensfrauen im Garten und konnte dabei nur hoffen, dass auch Miladin und Barbara die beiden gehört hatten und wussten, in welcher Gefahr sie schwebten. Doch zum Glück rührte sich nichts im Stall. Schwester Gundula und Schwester Mechthild machten sich schließlich zur Komplet in die Kirche auf.

»Du solltest am besten gleich mitgehen«, mahnte Schwester Gundula die aufatmende Amra. »Nicht, dass du wieder zu spät kommst und wir dir das Nachtmahl streichen müssen...« Die Schwestern taten stets so, als verhängten sie die Strafen für die Novizinnen nur tränenden Auges.

»Ich komme sofort nach!«, versprach Amra.

Ihr war der Appetit allerdings ohnehin vergangen. Aber nun konnte sie wenigstens in den Stall gehen, Entwarnung geben und das Paar befreien. Sie sprach erneut ein paar mahnende Worte, und Barbara war in Tränen aufgelöst.

Die kleine Novizin empfing ihren Ritter trotzdem weiter, und Amra mochte es ihr auch nicht durch zu viele Vorhaltungen vergällen oder gar ihre Mithilfe verweigern. Sah sie doch, wie das schüchterne junge Mädchen aufblühte, wie seine Wangen sich röteten, seine Augen strahlten. Barbara war zum ersten Mal in ihrem Leben glücklich, und Amra war die Letzte, die das Glück zerstören wollte. Sie hoffte nur, dass es nicht auch anderen Schwestern auffiel.

Zum Herbst hin begannen jedoch noch weitere Novizinnen von innen heraus zu strahlen. Selbst Agatha wirkte so beseelt, dass sie kaum noch ein Auge für die Verfehlungen ihrer Mitschwestern hatte. Der Grund dafür war das herannahende Ende ihres Noviziats. Im nächsten Jahr würden sie ihre Ewige Profess ablegen und sich damit für den Rest ihrer Tage dem Kloster versprechen. Einige machte es überglücklich, waren sie damit doch am Ziel ihrer Wünsche. Auf andere traf jedoch das genaue Gegenteil zu. Für sie bedeutete das Ablegen des Ordensgelübdes das Ende ihrer verzweifelten Hoffnung darauf, dass doch noch ein Wunder geschehen und ihr Vater sie aus dem Kloster holen und verheiraten würde. Sie machte diese letzte Zeit des Hoffens melancholisch oder rastlos.

Barbaras aufgewühlter Seelenzustand fiel folglich nicht auf, und zudem bot das letzte Jahr des Noviziats ihr mehr Freiheiten. Die künftigen Ordensfrauen wurden weniger zur Arbeit angehalten als zum Beten. Kontemplation war erwünscht, und wenn sich eine von ihnen zurückzog, ging man eher von einer

Zwiesprache mit Gott aus als von der mit einem slawischen Ritter.

Was Miladin anging, so war er Barbara zweifellos verfallen, aber Hoffnung auf eine gemeinsame Zukunft für die beiden sah Amra nicht. Miladin war ein Ritter ohne Land, der vierte Sohn seines Vaters. Er diente seit seiner Schwertleite auf der Mikelenburg und war damit eigentlich ganz zufrieden. Als persönlicher Bote Pribislavs hatte er auch schon einige der Kämpfe mitgemacht, mit denen Pribislav die Dänen immer noch im Auftrag Herzog Heinrichs abstrafte. Im Sommer war er denn auch mehrere Wochen lang weggeblieben. Barbara hatte die Zeit in verzweifelter Angst und Erwartung verbracht und stundenlang für ihren Ritter gebetet.

»Was versprichst du dir nur davon?«, fragte Amra, als sie die junge Frau selbst in der Freistunde der Ordensfrauen in der Kirche auf den Knien vorfand. »Einerseits glaubst du, dass Gott deine Liebe zu Miladin missbilligt, aber andererseits soll er ihn auf dem Feldzug schützen. Wenn er dich strafen wollte, müsste er doch gerade dafür sorgen, dass dein Ritter nicht zurückkommt.«

Barbara wandte ihr ein tränenüberströmtes Gesicht zu.

»Gott ist barmherzig«, murmelte sie, was allerdings mehr wie eine Frage klang als wie eine Feststellung. »Er wird ... er wird Miladin nicht für meine Verfehlungen büßen lassen.«

Amra machte sich Sorgen um das Mädchen, das hin- und hergerissen schien. Barbaras Ritter machte sie glücklich, aber Gott war sie versprochen, und sie sah keine Möglichkeit, die Entscheidung ihres Vaters rückgängig zu machen. Den Gedanken an die Ewigen Gelübde schob sie offensichtlich vor sich her, während Miladin gar nicht zu verstehen schien, was man darunter verstand.

Der Ritter machte sich jedenfalls keine Sorgen. Amra hatte

den Verdacht, dass er ganz zufrieden damit war, seine Liebste hier wohlverwahrt zu wissen, bis es vielleicht doch einmal klappte mit einem Lehen. Im Herbst kehrte er denn auch bei guter Gesundheit und bestens gelaunt zurück. Nein, sonderlich ausgezeichnet hatte er sich nicht auf dem Feldzug, aber doch einen Anteil an der Beute erhalten. Pribislav war großzügig gewesen, schließlich waren den Obodriten zwar keine großen Schätze, doch reichlich Sklaven in die Hände gefallen. Sie hatten die dänischen Inseln regelrecht entvölkert. König Waldemars Volk büßte schwer für den Verrat ihres Königs an Heinrich dem Löwen.

Als der Winter den Herbst ablöste, fragte Amra sich erneut, wo Magnus steckte, und begann, sich Sorgen um ihn zu machen. Gut, er hatte nicht versucht, sie zu befreien, sie hoffte jedoch, dass er weiter darum kämpfte, sich ein Lehen zu erwerben. Vielleicht jetzt im Dienste seines Verwandten König Waldemar. Aber was war, wenn er dabei zu viel riskierte? In ihren dunkelsten Stunden – sie verbrachte endlose Stunden grübelnd und frierend in der Kirche, während ihre Lippen die Worte der Lieder, Psalmen und Gebete inzwischen wie selbstverständlich mitmurmelten – sah sie ihn blutend und sterbend auf einem Schlachtfeld oder in Fesseln auf einem Sklavenmarkt.

Immerhin gab es einen Lichtblick – die Äbtissin hatte beschlossen, dass Amra die Ewigen Gelübde noch nicht ablegen sollte, obwohl sich ihr Aufenthalt im Kloster zur Jahreswende jährte. Noch immer mangelte es ihr an Demut und Gehorsam, und das, obwohl sie inzwischen viel besser mit den Klosterregeln zurechtkam. Amra schlief zwar noch manchmal im Gottesdienst ein, aber jetzt war Barbara wachsam und pflegte sie rechtzeitig zur nächsten Hymne zu wecken. Außerdem hatte sie den

Tagesablauf besser unter Kontrolle und kam gewöhnlich pünktlich zu den Mahlzeiten und Stundengebeten. Durch Eifer zeichnete sie sich allerdings immer noch nicht aus.

Die Äbtissin reagierte sehr unwirsch, als sie Amra einmal dabei ertappte, die Verfehlungen zweier Mitschwestern nicht zu melden. Die beiden Novizinnen – noch halbe Kinder – hatten beim Jäten im Garten geholfen und dabei unausgesetzt miteinander geplaudert und gekichert. Amra sah darüber hinweg, aber eine andere Schwester hatte es bemerkt. Bei der nächsten Versammlung wartete sie zunächst vergeblich darauf, dass Amra die Mädchen verriet – um dann gleich alle drei anzuschwärzen.

»Schon wieder du, Schwester Anna Maria!«, schimpfte Mutter Clementia, als Amra es obendrein versäumte, schuldbewusst zu schauen und die Verräterin stattdessen anblitzte. »Ich weiß bald nicht mehr, was ich mit dir machen soll! Es fehlt dir an Demut, an Verantwortungsbewusstsein gegenüber jüngeren Mitschwestern ...«

»... aber sie führt ihre Arbeit mit großem Eifer aus«, meldete sich Schwester Gundula. »Ich hatte nie eine fleißigere Novizin in Stall und Garten ...«

»Das wäre ja durchaus erfreulich, wenn sie hier wäre, um ihre Profess als Stallmagd abzulegen!«, fuhr ihr die Oberin ins Wort. »Aber es geht nicht darum, wie fleißig sie ausmistet oder Beete anlegt. Gefordert sind Glaubenseifer, Hingabe an Gott, Gehorsam gegenüber ihren Ordensoberen. Und daran fehlt es, Schwester Anna! Solange du hier bist, hast du dich bei der Kapitelversammlung nie zu Wort gemeldet, um eine Mitschwester auf den rechten Weg zu leiten. Du hast dich nie zum Vorbeten gemeldet. Wenn du zur Vorleserin im Refektorium eingeteilt bist, sagst du die Texte herunter, als erfülltest du nur eine lästige Pflicht. Und wann sieht man dich je in der Bibliothek, wenn man dich nicht zum Bibelstudium dorthin beordert?«

Amra seufzte. Sie konnte der Äbtissin unmöglich gestehen, dass die Bibel sie genauso langweilte wie die Schriften der Kirchenfürsten. Viel lieber hätte sie erneut die Geschichten und Gedichte der Troubadoure gelesen oder gehört – auch wenn sie inzwischen wusste, dass die hohe Minne nichts mit der Wirklichkeit zu tun hatte.

»Wenn das so weitergeht, wird man dich nie für würdig befinden, die Ewige Profess abzulegen. Aber in dieser Woche wirst du die Taten deiner Mitschwestern nun genau beobachten. Wenn du mir am nächsten Sonntag nicht drei Verfehlungen melden kannst, wirst du drei Tage lang von den Gottesdiensten ausgeschlossen.«

Amra schwieg verstockt und wappnete sich für die endlosen Stunden auf dem Boden vor der Kirche. Natürlich würde sie Schwester Agatha und die Verräterin von heute in dieser Woche im Auge behalten. Aber größere Hoffnung, sie bei irgendeinem Fehler zu ertappen, hatte sie nicht. Und die jüngeren Mädchen oder gar Barbara wegen irgendeiner Nichtigkeit zu beschuldigen, verbot ihr der Stolz.

Kapitel 5

Magnus von Lund hatte Amra keineswegs aufgegeben. Nachdem sie an jenem Morgen in Braunschweig nicht am vereinbarten Treffpunkt erschienen war, hatte er die Schritte seines Pferdes zurück zur Burg gelenkt und das Kommen und Gehen auf Dankwarderode von einem Versteck aus beobachtet. Der Erste, der über die Okerbrücke kam, war ein Mönch, den Magnus flüchtig kannte. Bruder Harro hatte zu Bischof Bernos Gefolgschaft gehört und war mit ihm nach Mikelenburg geritten. Auch jetzt war sein Maultier schwer bepackt, er schien sich auf eine längere Reise eingerichtet zu haben. Magnus erhoffte sich zwar nicht viel davon, gesellte sich dem Mönch aber trotzdem zu. Bruder Harro war darüber mehr als erfreut.

»Ihr wollt nicht zufällig auch nach Bayern, Herr Magnus?«, fragte er hoffnungsvoll. »Ich sollte eigentlich mit einer Eskorte reisen, die Herzogin bat mich, ein gefallenes Mädchen aus ihrem Haushalt in einen Konvent nahe meines Heimatklosters zu begleiten. Mit einer entsprechenden Mitgift und sechs Rittern zum Schutz. Aber dann hat der Herzog es sich anders überlegt. Und nun reise ich vorerst allein – und kann nur Gott bitten, dass er mich vor Meuchelmördern und Wegelagerern bewahrt.« Der Mönch bekreuzigte sich und schaute fromm gen Himmel.

Magnus verneinte, begleitete den Bruder aber bis zum nächsten Marktflecken, wo sich, wie er hoffte, eine Reisegruppe nach Süden würde finden lassen. Unterwegs verriet der Mönch bereitwillig alles, was er über Amras geplante Verschickung ins Kloster wusste – leider nicht allzu viel. Der Herzog habe entschieden, die Sünderin selbst in ihren Konvent zu geleiten, sie würde jedoch nicht nach Bayern gebracht werden. Wo das Kloster nun aber lag und wann Herzog Heinrich aufbrechen wollte oder ob er schon aufgebrochen war, entzog sich Bruder Harros Kenntnis.

Magnus kehrte denn auch schnell um, kaum dass er den Mönch einem Fernhändler aus Rostock als Reisebegleitung empfohlen hatte. Wieder bezog er Stellung bei der Burg, und diesmal traf er Heribert, seinen alten Freund.

»Na, du traust dich was!«, begrüßte ihn der Ritter und wollte erst mal bei einem Becher Wein über alle Einzelheiten des Skandals um Magnus und Amra aufgeklärt werden, bevor er mit eigenen Informationen herausrückte. Letztere erwiesen sich dann aber als kaum ergiebiger als die des Mönches.

»Aufgebrochen sind sie nach Norden«, sagte Heribert. »Und ich meine, gehört zu haben, dass der Herzog nach Mikelenburg wollte. Der ist ja nicht nur wegen deiner Amra weggeritten, da waren noch andere Dinge geplant. Geheime Dinge möglicherweise, ich würde fast denken, er bespricht sich mit Fürst Pribislav über weiteres Vorgehen gegen die Dänen. Jedenfalls weiß niemand Genaueres. Aber du kannst bestimmt von einem Konvent im nördlichen Sachsen ausgehen oder in den Obodritengebieten. Wo auch sonst? Er wird sie weder nach Dänemark verschiffen noch nach Pommern oder Polen bringen. Aber willst du sie wirklich suchen? Womöglich gibt es da Hunderte von Klöstern. Wenn sie wirklich im Kloster ist. Er kann sie auch an einen anderen Hof gebracht haben, oder er hat sie gleich mit irgendwem verheiratet. Vielleicht bringt er sie auch auf der Burg irgendeines Vasallen unter und ›besucht‹ sie nur ab und an ...« Heribert zwinkerte.

Magnus biss sich auf die Lippen. Heribert hatte Recht, es konnte schlimmer kommen als die Unterbringung in einem Kloster.

»Ich werde es jedenfalls versuchen«, sagte er dann. »Das bin ich ihr schuldig. Ich habe es schließlich schon einmal verpatzt, ich hätte sie gar nicht erst nach Braunschweig bringen dürfen. Jetzt kann ich sie nicht wieder im Stich lassen.«

Magnus folgte also den Spuren des Herzogs und seiner Ritter, und war dabei recht optimistisch. Die Reisegesellschaft hatte gerade mal drei Tage Vorsprung, ein einzelner Reiter konnte sie einholen. Zuerst sah es auch recht gut aus, Magnus konnte die erste Burg, auf der Heinrich mit Amra und Mariana Rast gemacht hatten, mühelos ausmachen. Über das Ziel des Herzogs wussten aber auch die Burgherren nichts – nur, dass von einem Kloster die Rede gewesen war, in das Amra gebracht werden sollte. Magnus beruhigte das etwas; zumindest schienen sich die schlimmsten Vorstellungsszenarien nicht zu bewahrheiten.

Aber dann verlor sich die Spur – Heinrich musste irgendwo von den Hauptrouten in die Wälder ausgewichen sein. Im Schnee hielten sich die Hufspuren einer so großen Reitergruppe zwar lange, nicht jedoch, wenn es Neuschnee gab. Magnus kämpfte sich durch Sturm und dichten Schneefall, die Wege waren kaum noch auszumachen, die Pferde sanken bis zu den Sprunggelenken ein. Der junge Ritter hoffte jede Nacht, wenigstens auf eine Burg oder ein Gut zu stoßen, wo er unterkommen konnte, aber er traf lediglich auf eine Bauernsiedlung, wo man ihn nur deshalb so freundlich aufnahm, weil man wochenlang nichts von der Außenwelt gehört hatte.

Schließlich gab Magnus es auf, Heinrich folgen zu wollen. Stattdessen begann er, systematisch die Frauenkonvente in Sachsen abzureiten. Auch dieses Unterfangen erwies sich als nicht sehr aussichtsreich. Die Pförtnerinnen waren nicht gerade auskunftsfreudig, wenn ein junger Ritter nach einer erst kürzlich eingetretenen Novizin fragte. Der Mann konnte schließlich der Grund dafür sein, dass deren Vater sie in den Konvent geschickt hatte, und das Letzte, was die Klöster brauchten, waren liebeskranke Ritter, die vor ihren Türen herumlungerten und Entführungspläne schmiedeten. Zudem erhielten Neuzugänge in fast jedem Kloster sofort einen Ordensnamen. Die Pförtnerinnen mochten also durchaus die Wahrheit sagen, wenn sie behaupteten, keine Amra oder Anna Maria zu kennen.

Magnus versuchte trotzdem, die Hoffnung nicht zu verlieren. In den Wochen und Monaten jenes Winters stieß er weit nach Osten vor und besuchte jede Ordensgemeinschaft, die sich in den Obodritengebieten angesiedelt hatte. Sehr viele waren das nicht – Heriberts Vermutung, es gäbe hier Hunderte von Klöstern, war von der Wirklichkeit weit entfernt. Tatsächlich ging die Christianisierung in den ländlichen, vormals slawischen Gebieten eher schleppend voran, Frauenklöster gab es kaum, und auch die Stützpunkte der Mönchsorden lagen weit auseinander. Für Magnus bedeutete das endlose Ritte durch schneebedeckte Wälder, beißenden Frost und rasende Winterstürme. So manche Nacht verbrachte er nicht im Zelt, sondern davor, verzweifelt bemüht, seine Pferde vor Wolfsrudeln zu schützen, die sich hier leichte Beute erhofften.

Der Ritter dankte stets Gott, wenn er eines der Klöster erreichte, die oft kaum etwas anderes waren als Eremitagen. Selten begrüßten ihn mehr als vier Mönche, aber natürlich boten sie ihm ein trockenes Lager und ein kostenloses warmes Essen. Letzteres hatte er bald bitter nötig. Als der Winter sich seinem Ende näherte, waren Magnus' Mittel nahezu erschöpft, er hatte sein zweites Pferd und seine gute Kleidung bereits verkauft und überlegte nun, sich auch noch von seinem Zelt zu trennen. Aber selbst das würde kaum genug einbringen, um zu überleben, bis die Turniersaison wieder begann – mal ganz abgesehen davon, dass hier, im hintersten Obodritengebiet, niemand Ritterspiele veranstaltete. Es gab auch keine Fürstenhöfe, die einen Fahrenden Ritter zumindest kurzfristig aufgenommen hätten, und streng genommen hätte Magnus auch gar nicht hier sein dürfen. Heinrich hatte ihn schließlich aus seinem gesamten Hoheitsgebiet verbannt.

In einer eisigen Nacht im Februar stellte Magnus folglich eine Rechnung auf: Wenn er nicht verhungern wollte, musste er entweder weit nach Süden reiten und in französischen oder italienischen Landen Turniere bestreiten oder sich in diesem Teil der Welt einem Heer anschließen, am besten dem seines Verwandten König Waldemar. Der Däne kämpfte zurzeit gegen zwei pommersche Herzöge. Magnus würde also nicht direkt gegen den Löwen ziehen müssen. Vielleicht erwarb er sich in diesem Krieg sogar ein Lehen und konnte dann noch einmal versuchen, Amra ausfindig zu machen. Er vermochte nur zu hoffen, dass seine Liebste ihm das nicht wieder als Verrat auslegen würde, aber der Ritter zwang sich trotz aller Liebe zur Nüchternheit: Damit, dass er im Land der Slawen verhungerte oder von Wölfen gefressen wurde, wäre Amra nicht geholfen.

Magnus kehrte also heim nach Dänemark. Abgerissen und halb verhungert ritt er auf seinem mageren Pferd in Roskilde ein und bat um eine Audienz bei seinem Verwandten.

König Waldemar ließ ihn zwei Tage lang warten, gewährte ihm solange aber wenigstens Aufenthalt auf seiner Burg. Magnus aß sich nach Wochen zum ersten Mal wieder satt und trocknete seine in den letzten Wochen ständig klamme Kleidung an den Kohlebecken, die nachts im Rittersaal aufgestellt wurden. Er stutzte seinen Bart und genoss das der Burg angeschlossene Dampfbad. Am dritten Tag fühlte er sich wie ein neuer Mensch, aber sein verschlissener Wappenrock und die fadenscheinigen Beinlinge waren nicht zu beschönigen, als er endlich zu Waldemar vorgelassen wurde. Der König musste auf den ersten Blick erkennen, dass es Magnus in der letzten Zeit nicht gut gegangen war.

Waldemar empfing seinen jungen Verwandten in seinen Privaträumen, bequem gekleidet in eine wollene Tunika, das blonde Haar und den Bart wie immer akkurat geschnitten. Magnus fühlte sich erbärmlich in seinen abgetragenen und auch nach der Wäsche noch fleckigen Kleidern.

»Mein König, Verwandter ...« Magnus verbeugte sich ehrerbietig.

Waldemar musterte ihn mit strengem Blick. »Sieh an, Herr Magnus. Der Herr Heinrich pflegt seine Mündel ja wahrhaft prächtig ausgestattet zurückzuschicken.«

Magnus schaute zu Boden. »Er hat mich nicht geschickt«, erklärte er. »Ich bin von selbst gekommen.«

»Nachdem Ihr dem Löwen so viele Jahre lang treu gedient habt«, hielt ihm Waldemar vor. »Ein kleines Abschiedsgeschenk wäre da doch wohl angebracht gewesen.«

Magnus zuckte die Schultern. »Ihr wollt mir nicht zum Vorwurf machen, dass ich Herzog Heinrich gedient habe, oder? Ihr selbst habt mich an seinen Hof geschickt. Er hat mich zum Ritter geschlagen, ich schuldete ihm Treue.« Er schob sich näher an die Feuerstelle, trotz der Anspannung fror er noch immer.

»Und was schuldet Ihr mir, Herr Magnus?«, fragte der König, füllte jetzt aber immerhin zwei Becher mit dampfendem weißem Würzwein. Er schien also willig, Magnus in Gnade wieder aufzunehmen.

»Auch Euch bin ich verschworen«, gab Magnus zurück und zwang sich, nicht allzu gierig nach dem Wein zu greifen. »Und bislang konnte ich die Treue zu Euch und zu dem Löwen ohne

Schwierigkeiten miteinander verbinden. Das ist jetzt jedoch nicht mehr der Fall. Deshalb bin ich hier.«

König Waldemar verzog das Gesicht. Seine Augen blitzten. »Dann ist es also wahr!«, stieß er wütend aus. »Der Löwe steckt hinter den Angriffen dieses Pribislav. Und Euch hat er in Unehre entlassen, weil Ihr das nicht decken wolltet.«

Magnus biss sich auf die Lippen. Ein Ritter sollte nicht lügen. Aber er war auch nicht verpflichtet, Irrtümer richtigzustellen.

»Ich bin jedenfalls gekommen, um mich Eurem Heer anzuschließen«, meinte er dann. »Ich bin Euch treu ergeben – auch wenn ich Euch bitten möchte, mich nicht gegen die Truppen Herzog Heinrichs zu schicken. Wenn es mir möglich ist, möchte ich niemanden verraten.«

König Waldemar nickte. »Das Ansinnen ehrt dich, Magnus«, sagte er freundlich. »Nein, ich werde dich nicht zwingen, gegen deine Freunde zu kämpfen, auch wenn Heinrich seine Ritterschaft ja sowieso nicht gegen uns schickt, sondern nur diese Vasallenkrieger. Gegen solche wirst allerdings auch du kämpfen müssen, ich werde dich dem Heer zuweisen, das gegen Bogislav und Kasimir von Pommern zieht.«

Magnus registrierte erleichtert die vertraute Anrede. »Das sind diese Zirzipanen, die Herzog Heinrich unterjocht hat, nach der Schlacht bei Verchen«, erinnerte er sich. »Auch Slawen, aber schon länger christlich, nicht wahr?«

»Die Heinrich und ich gemeinsam unterjocht haben, ich traf nach der Schlacht mit ihm zusammen!«, berichtigte Waldemar streng. »Es war reiner Zufall, dass er die Schlacht allein schlug, aber natürlich habe ich keine Ansprüche auf die damit gewonnenen Ländereien gestellt. Nicht wie Heinrich in Bezug auf Rujana ...«

Der König begann, unruhig wie ein Raubtier im Käfig im Raum umherzulaufen. Magnus verzichtete darauf, ihm vorzuhalten, dass er jetzt Krieg gegen Bogislav und Kasimir führte – und damit sicher durchaus Gebietsansprüche verband. Im Grunde bekämpfte er König Heinrich auf dessen eigenem Boden, während Heinrich ihn auf den dänischen Inseln bekämpfte. Unsinnige Kriege, die niemandem nutzten. Es wäre zweifellos klüger gewesen, den Löwen nicht um seinen Teil des Tempelschatzes und die zwanzig Geiseln zu betrügen. Aber auch diese Meinung äußerte man in Waldemars Gegenwart besser nicht.

»Ich werde Euch im Kampf gegen die Pommern bereitwillig dienen!«, erklärte Magnus stattdessen mit einer weiteren Verbeugung.

Waldemar nickte, füllte noch einmal die Becher und trank mit seinem jungen Verwandten und neu gewonnenen Ritter.

»Das Heer wird in wenigen Tagen übersetzen«, sagte Waldemar schließlich, um die Audienz zu beenden. »Melde dich dann bei Herrn Vaclav von Arkona. Ein Rane, aber keine Sorge, er spricht schon recht gut Dänisch. Diese Ranen sind eine reine Freude, wenn man sie erst mal auf seiner Seite hat. Keine Furcht, keine Skrupel – und getauft sind sie inzwischen auch alle. Herr Vaclav als einer der Ersten, wie du dich vielleicht erinnerst. Du wirst sehen, es ist ein wahres Vergnügen, an seiner Seite zu kämpfen.«

Kapitel 6

Vaclav von Arkona hatten seine frühe Taufe und die schnelle Übergabe von König Tetzlavs Burg kein Glück gebracht. Im Gegenteil, als die Dänen schließlich abzogen und Tetzlav mit dem Titel eines Fürsten und Lehnsherrn über Rujana zurückließen, fand Vaclav sich zu seiner Überraschung von allen Kräften der Insel verfemt und gehasst. Tetzlav machte ihn für den Machtverlust verantwortlich – obwohl er der Kapitulation natürlich zugestimmt und das Ganze auch mit geplant hatte. Die Priesterschaft – Muris' Stellvertreter und der größte Teil der verbleibenden Priester des Svantevit machten sich den Christen schnell unentbehrlich und ließen sich in absehbarer Zeit selbst zu Dienern des neuen Gottes weihen – verübelte ihm die Zerstörung ihres Tempels und den Verlust ihrer Ländereien. Auch für sie war Vaclav ein veritabler Sündenbock, dessen Verteufelung es den Priestern ermöglichte, schnell wieder zu einer guten Beziehung zu Tetzlav zu finden.

Und das Volk hasste Vaclav wegen der Auswahl und Entsendung der Geiseln aus den Reihen seiner Vertreter. Die Geiseln waren natürlich nie nach Rujana zurückgekehrt, es hieß, sie seien auf dem Sklavenmarkt nahe der Mikelenburg verkauft worden. Vaclav selbst empfand lodernde Wut auf Admir, den er für Amras Verlust verantwortlich machte. Er hatte sich vor Zorn kaum halten können, als er ihr Verschwinden bemerkte, aber ändern ließ sich daran natürlich nichts mehr.

Auf jeden Fall wurde dem jungen Ritter bald nach dem Fall Arkonas klar, dass es für ihn zumindest vorerst keine Zukunft auf Rujana gab. Selbst wenn er sein Wissen über den Tempelschatz enthüllt hätte – er war manchmal kurz davor, entschied sich dann aber doch immer wieder, das Geheimnis zu wahren –, hätte man ihm die Rückgabe mit ziemlicher Sicherheit nicht gedankt. Wem hätte er das Silber auch aushändigen sollen? Dem Klerus ging es im Moment nur darum, sich bei den neuen Machthabern lieb Kind zu machen. Da hätte man Waldemar den Schatz auch gleich nach der Kapitulation geben können. Und Tetzlav? Selbst wenn er wollte, konnte er Vaclav gegen den Willen von Volk und Priesterschaft nicht wieder in eine höhere Position bringen. Das alles war sinnlose Gedankenspielerei, für Vaclav war es sehr viel sicherer, sein Wissen um das versteckte Silber und Gold zu bewahren. Er war noch jung, und Tetzlav war alt. Das Volk vergaß schnell – und unter Tetzlavs Nachfolger mochte Vaclav irgendwann auf der Insel neu anfangen können.

So nutzte Vaclav die Chance, Rujana zu verlassen, als Waldemar die Lehnspflicht der Ranen einforderte. Vaclav meldete sich freiwillig und zog als Anführer eines Kontingents ranischer Ritter gegen die Pommern. Schwer fiel ihm das nicht, die Herzöge Bogislav und Kasimir waren Erbfeinde des Fürstenhauses von Rujana. Es hatte immer Konflikte zwischen Ranen und Zirzipanen gegeben, erst recht, nachdem die Pommern schon eine Generation zuvor das Christentum angenommen hatten.

Vaclav gelang es denn auch schnell, sich auszuzeichnen. Er führte einige erfolgreiche Überfälle auf pommersche Küstenregionen durch und verbrachte dann den Winter am Hof des Dänenkönigs. Der junge Rane lernte höfisches Verhalten, Dänisch und Französisch. Die Damen bei Hofe waren entzückt von dem minniglichen jungen Ritter, der sie bald mit schönsten Worten umwarb, mit ihnen tanzte und Scharaden aufführte.

Auch Magnus war eher angenehm überrascht, als er den

Ranen am Tag nach seiner Besprechung mit Waldemar kennenlernte. Bislang wusste er nicht viel von Vaclav, gerade mal, dass er den Statthalter auf Burg Arkona gespielt und im Angesicht der Übermacht der Dänen sehr schnell klein beigegeben hatte. Aus der Sicht eines Ritters sprach das nicht für ihn, auch wenn es Magnus auf Rujana mehr als recht gewesen war. Außerdem hatten sowohl Herr Baruch als auch Amra erwähnt, dass Vaclav in Arkona um die junge Frau geworben hatte. Magnus hatte dem allerdings nicht viel Bedeutung beigemessen.

Nun, da er ihn traf, war er jedoch überrascht, hatte er doch einen weniger höfisch gewandten, gröberen Mann erwartet. Bislang waren ihm die Slawen meist als wenig zivilisiert erschienen, er dachte noch mit Grausen an die Fürsten Niklot und Pribislav. Vaclav dagegen begrüßte seinen neuen Mitstreiter wie ein vollkommener Ritter. Er lud Magnus zum Wein ein, veranlasste, dass ihm neue Gewänder angemessen wurden und sein Schild frisch mit seinen Farben bemalt wurde. Dazu plauderte er höflich, schien allerdings mitunter noch kleine Probleme mit der Sprache zu haben. Als Magnus ihn nach seiner Kriegskunst im Kampf gegen die Pommern fragte, zog er nur die Stirn kraus.

»Machen wir einfach, was wir immer gemacht haben. Keine Sorge, Herr Magnus, da kann nichts schiefgehen. Die Herzöge haben sich längst ins Inland zurückgezogen. Da sind leicht Siege zu erringen.«

Magnus hätte das eigentlich eher gegenteilig eingeschätzt. Wenn sich die Herzöge auf irgendeiner Burg im Inland verschanzt hatten, mussten die Angreifer schließlich tagelang durch Feindesland marschieren und dann eine Belagerung durchführen. Leicht stellte er sich das nicht vor. Aber Vaclav schien keinerlei Bedenken zu haben – oder er hatte Magnus' Frage einfach nicht verstanden.

Magnus hätte sie am liebsten noch anderen Mitstreitern gestellt – er wusste gern, was ihn auf einem Feldzug erwartete. Leider erwiesen sich fast alle Ritter in Vaclavs Heereskontingent als Ranen, und die meisten sprachen kaum Dänisch. Den wenigen dänischen Rittern ging es ähnlich wie Magnus. Sie waren neu in der Kampfgruppe und wussten von nichts.

»Aber man rühmt Herrn Vaclav als einen starken Kämpfer«, meinte einer von ihnen. »Im letzten Jahr ist er nach nur kurzem Feldzug mit überreicher Beute zurückgekehrt.«

Darauf spekulierten nun wohl auch diese jungen Ritter, Fahrende, die sich extra für den Pommernfeldzug König Waldemar angeschlossen hatten. Magnus fragte sich, warum sein Verwandter ihn diesem etwas zusammengewürfelten Heer zugeteilt hatte, aber vielleicht hatte der König dabei ja auch daran gedacht, ihn finanziell zu retten. Magnus war sichtlich mittellos an seinen Hof zurückgekehrt, und Waldemar machte Heinrich dafür verantwortlich. Wenn Magnus sich nun an Beute aus Heinrichs Lehnsgebieten schadlos hielt, so fand der Dänenkönig das sicher nur richtig.

Etwas befremdlich erschien es Magnus allerdings, dass König Waldemar nur zwei Schiffe gegen die Pommernherzöge schickte. Gut, es waren große Segler mit Platz für einige Dutzend Pferde und einige Hundert Kämpfer. Aber sie waren nicht einmal voll bemannt, Vaclav zog mit nicht mehr als fünfzig Rittern und nur hundert Söldnern in die Schlacht. Wie sollte er damit eine Burg belagern?

Das Wetter jedenfalls schien aufseiten des Dänenkönigs und seines Heerführers zu stehen. Bei stetigem leichtem Wind und eher ruhiger See kamen die Schiffe schnell voran, umfuhren Rujana und ankerten schließlich vor der Küste Pommerns. Es war stockdunkle Nacht, und der Himmel war wolkenverhangen. Die Küstenlinie war nur schemenhaft zu erkennen.

»Wo sind wir hier?«, erkundigte sich Magnus und wischte sich den Sprühregen aus dem Gesicht.

Vaclav zuckte die Schultern. »Irgendwo südlich von Wolgast«, meinte er gelassen.

Magnus runzelte die Stirn. »Ihr wisst das nicht genau? Ziehen wir denn Richtung Wolgast? Ich denke, die Herzöge sind im Inland?«

Fröstelnd zog er seinen Mantel enger um sich. Es war Frühling, aber die Nächte waren noch kalt. Magnus fühlte sich an den Feldzug gegen Rujana erinnert und dachte wehmütig an Amra.

Vaclav schürzte die Lippen. »Bei Demmin hocken sie, heißt es, oder noch tiefer im Land – feige Hunde. Aber nein, Wolgast greifen wir nicht an. Zu groß, zu gefährlich. Wir gehen hier an Land – Euer Pferd kann doch schwimmen?« Er lachte spöttisch.

Magnus nickte und hoffte, dass man von ihm nicht ebenfalls verlangen würde, sich in die sicher noch eiskalte Ostsee zu stürzen. »Sicher«, meinte er. »Aber was machen wir hier? Ziehen wir weiter nach Demmin und suchen die Herzöge?«

Vaclav nickte. »Die Richtung stimmt schon. Aber es liegen noch ein paar Dörfer auf dem Weg. Die Fischer leben vom Heringsfang wie auf Rujana ... Und ganz gut ...«

Magnus nahm das unkommentiert hin. Fischerdörfer interessierten ihn nicht. Aber wenn sie hier ausschiffen, sollten sie natürlich wissen, wo die Ansiedlungen lagen. Von Wolgast nach Demmin waren über dreißig Meilen zurückzulegen, wenn Magnus sich die Karten richtig eingeprägt hatte. Und es war zweifellos besser, sich dabei nicht beobachten zu lassen. Hier sah Magnus auch den ersten Vorteil ihrer kleinen Heeresgruppe. Mit etwas Glück und Geschick konnten sie unbemerkt weite Strecken zurücklegen und die Herzöge vielleicht unvorbereitet überfallen.

Vaclav machte sich allerdings nicht die Mühe, Deckung für

sein Heerlager zu suchen, als gegen Morgen alle Männer und Pferde an Land waren. Statt sich in den nur eine Pfeilflugweite entfernten Wald zurückzuziehen, ließ er die Zelte gleich am sandigen Ufer aufbauen.

»Das ist egal, ob die uns sehen oder nicht«, meinte er gelassen, als Magnus ihn darauf ansprach. »Die laufen nicht weg. Und wenn, dann kriegen wir sie später.«

»Aber wen denn um Himmels willen?« Magnus begann, die Geduld zu verlieren. »Ist hier irgendwo eine Burg, eine Festung, die erobert werden will, bevor wir ins Inland vorstoßen? Ihr sagtet doch vorhin, es gäbe nur ein paar Dörfer.«

Bevor Vaclav antworten konnte, betrat ein junger ranischer Ritter das rasch aufgestellte Zelt des Anführers und machte aufgeregt Meldung. Natürlich in seiner Muttersprache.

Vaclav grinste. »Da schau an, wir haben Glück! Anscheinend haben wir gleich neben dem ersten Bienenstock angelegt, und jetzt schwirren sie ganz aufgeregt herum. Wir sollten uns rasch den Honig holen, bevor sie ihre Stacheln ausfahren...« Lachend gab er dem Ritter ein paar Anweisungen in seiner Sprache und stand dann auf. »Also, auf die Pferde! Was ist, Herr Magnus? Noch Fragen?«

»Es wäre besser, wenn die Pferde sich noch einen Tag die Beine auf dem Festland vertreten würden«, gab Magnus zu bedenken. Weitere Fragen ersparte er sich, er verstand inzwischen nichts mehr. »Und wohin wollt Ihr denn überhaupt reiten?«

»In den Kampf, Herr Magnus!«, lachte Vaclav. »In den Kampf. Aber es wird nicht gefährlich für Euer Pferdchen, keine Sorge. Mit großer Gegenwehr ist nicht zu rechnen.«

Magnus würde nie vergessen, was er an diesem Tag mit ansehen musste. Er hatte keine Ahnung, was Vaclav plante, aber natürlich sattelte er gehorsam sein Pferd wie die ranischen Ritter auch, die aufgeregt und freudig erregt wirkten. Der Ritter, der Vaclav eben Meldung gemacht hatte, saß bereits auf seinem Hengst. Anscheinend war er gleich auf Erkundungsritt gegangen, während die anderen die Zelte aufgebaut hatten, und nun führte er die Truppe an. Magnus fand sein Pferd tatsächlich etwas steif nach der Reise und hielt sich im hinteren Bereich der Truppe. Vaclav dagegen sprengte neben dem jungen Aufklärer her, ohne auf die Bedürfnisse seines Schimmels Rücksicht zu nehmen. Er führte die Männer auf einem ausgetretenen Pfad durch den Wald. Es musste hier also wirklich eine Ansiedlung geben. Aber eine Festung oder eine Burg? Die hätte eigentlich auf den Karten eingezeichnet sein müssen, die Magnus in Dänemark eingesehen hatte.

Und dann lichtete sich der Wald, und unter dem grauen Morgenhimmel konnte man Äcker erkennen. Eher kleine Anpflanzungen, vergleichbar mit den Feldern bei Burg Arkona. So nah am Meer lebte man eher vom Fisch als vom Ackerbau. Und wie ein Fischerdorf wirkte denn auch die Ansiedlung, die jetzt hinter Sanddornhecken sichtbar wurde. Ein paar schmucke Häuser, ähnlich denen in Vitt. Man lebte nicht schlecht vom Heringsfang. Eine Kirche ... sicher, die Pommern waren Christen.

Magnus fragte sich erneut, was Vaclav hier wollte, er sollte es jedoch bald erfahren. Zu seinem Entsetzen zog der Ranenkrieger sein Schwert, wandte sich lachend zu seinen Rittern um und rief zum Angriff.

»Los, Männer, holt euch die Beute!«

Und damit brach die Hölle über die Menschen in dem Fischerdorf herein. Wie ein verheerender Sturm stürzten sich die Ritter und in ihrem Gefolge auch die Söldner auf die kleine Siedlung. Sie brachen den Zaun nieder und begannen, die

Dächer der Heuschober in Brand zu setzen. Für die frühe Stunde waren schon recht viele Bewohner des Dorfes unterwegs. Sie mochten die Ankunft der fremden Schiffe bereits bemerkt haben, Verteidigungsvorbereitungen hatten sie allerdings nicht getroffen. Wie auch, was halfen ein paar Messer und Heugabeln gegen so viele schwer bewaffnete Kämpfer? Die Bevölkerung setzte denn auch nicht auf Kampf, sondern flüchtete sich schreiend in die Kirche.

»Das ist das Gute bei den Christen!«, rief Vaclav Magnus zu. »Sie verkriechen sich alle in einem Haus, man braucht sie da nur einzusammeln, zu fesseln und rauszutreiben.«

Ein paar Ritter umzingelten nun das Gotteshaus, während sich andere über die Fischerhütten hermachten, bevor sie die Häuser in Brand setzten. Viel war hier natürlich nicht zu holen. Doch ein paar Münzen hatte mancher gespart, und die Sonntagskleidung der Frauen war mit fein geklöppelter Spitze versehen und gut gepflegt. Besonders die Söldner ließen auch Fischernetze und andere Gebrauchsgegenstände mitgehen. Sie frohlockten bereits über die reiche Beute und schwenkten die Krüge mit Wein. Die gab es hier in jedem Haus. Magnus erkannte mit Entsetzen, dass Vaclavs kleines Heer binnen kürzester Zeit gänzlich berauscht sein würde.

Und natürlich ging es nicht ohne Blutvergießen ab. Es gab Männer, die ihre Häuser verteidigten und von den Plünderern niedergemacht wurden. Die Ritter setzten Fliehenden johlend nach und stürzten sich auf die Frauen, die nicht rasch genug in die Kirche kamen. Kinder und alte Leute wurden sofort hemmungslos getötet.

Vaclav brüllte Magnus an, als der sich schützend vor einen Greis stellte. »Was wollt Ihr mit dem? Der bringt doch kein Geld auf dem Markt. Und die Gören auch nicht, das ist nur Ballast!«

Magnus begann zu begreifen, auf was Vaclavs Vorgehen zielte. Die »Beute«, die Vaclav in so reichem Maße heranbrachte, bestand aus Sklaven. Diese Armee suchte keinen ritterlichen Kampf. Sie hatte überhaupt kein Interesse daran, die Herzöge Bogislav und Kasimir zu finden und zu besiegen. Hier ging es nur um Rache für Heinrichs Attacken gegen Dänemark. Um die Zerstörung von Dörfern, um Mord und Brand und Angst.

Alles in Magnus sträubte sich dagegen, dies zuzulassen. Er und zwei weitere dänische Ritter beobachteten fassungslos das Morden. Hilflos sahen sie zu, wie einer der Ranen den Priester des Dorfes aufspießte, als er vor die Kirche trat, um seine Gemeinde zu schützen.

»Tut bloß nicht so, als wärt ihr keine Heiden!«, brüllte Vaclav die Dorfbewohner an und lachte, als seine Leute die schönsten Mädchen herauszerrten und gleich auf dem Dorfplatz über sie herfielen. »Wehe, ich höre hier einen beten.«

Brutal ließ er die Menschen aus der Kirche treiben und auf dem Dorfplatz aufstellen. Sie mussten mit ansehen, was mit ihren Frauen und Kindern geschah.

»Warum tut er das?« Der Ritter neben Magnus war noch sehr jung, anscheinend hatte er gerade erst seine Schwertleite gefeiert. »Wenn es doch Christen sind ... Wenn wir doch alle Christen sind ...«

Er tastete unsicher nach seinem Schwert. Aber nur ein Narr hätte die Waffe gegen Vaclavs entfesselte Kämpfer erhoben – die zudem ganz im Sinne ihres Anführers handelten.

»Wenn es Christen sind, kann er sie nicht versklaven«, sagte Magnus kurz und erkannte seine eigene Stimme kaum wieder. Sie klang tonlos und hohl. »Er muss sagen, dass er heidnische Götterstandbilder in ihren Hütten gefunden hat.«

»Aber das hat er doch nicht! Muss er es nicht beweisen?«

Der Junge glaubte anscheinend noch an die Ehre eines Ritters. Fassungslos blickte er in die auflodernden Feuer, sah Vaclavs Männer nun auch Vieh zusammentreiben und Ochsen schlachten, um den »Sieg« zu feiern.

»Ein paar Amulette wird er schon finden«, meinte Magnus. »Ich denke, er weiß, wo er suchen muss. Der macht das hier nicht zum ersten Mal.«

»Und von denen ist auch keiner mehr Christ, wenn das hier vorüber ist«, meinte der dritte Ritter, der sich Vaclavs Morden verweigerte. »Wenn sie heute um den Beistand der Dreifaltigkeit bitten und erleben, dass dies hier auch noch im Namen des neuen Gottes über sie hereinbricht, dann kehren sie ganz schnell zum Götzendienst zurück.«

Die drei Dänen sahen zu, wie ihre Mitstreiter die Lebensmittelvorräte der Fischer plünderten und Ochsen auf Spieße schoben, um später ein Festmahl zu halten. Bis das Fleisch gar war, vertrieben sie sich die Zeit mit der Durchsuchung von Hütten und Ställen und mit den Frauen des Dorfes.

Vaclav suchte ein rothaariges Mädchen aus, das Magnus an Amra erinnerte – Amra, wie sie bei ihrem ersten Zusammentreffen gewesen war. Dieses Kind war sicher kaum älter als dreizehn Jahre. Der Ritter zog das schreiende Mädchen von seiner Familie weg hinter eine Hecke.

Magnus sah ein blondes, kaum älteres Mädchen, das sich wimmernd in die Arme eines braunhaarigen Mannes schmiegte. Ihr Bruder, ihr Verlobter? Er dachte an das Mädchen, über das Pribislav sich in Rujana hergemacht hatte, und an das Mädchen auf dem Sklavenmarkt. Dann gab er sich einen Ruck.

»Ich werde jetzt etwas für meine unsterbliche Seele tun«, sagte er zu den beiden anderen Rittern, die sich von der Szene abgewandt hatten. »Denkt nichts Falsches von mir.«

Damit schritt er auf die Gefangenen zu und stieß einen betrunkenen Ranen mit gespieltem Lachen beiseite, der eben auf das Mädchen zusteuerte.

»Platz für den Verwandten des Königs!«, rief er ihm zu und bemühte sich um eine trunkene Stimme und ein ebenso schmieriges Lachen wie das Vaclavs zuvor.

Magnus zog das blonde Mädchen an sich. Der junge Mann stürzte sich auf ihn, um es zu schützen, er schien bereit, es mit seinem Leben zu verteidigen.

»Still, du Narr!«, zischte Magnus ihm zu, wurde aber nicht verstanden.

Der Fischer konnte kein Dänisch, und irgendeine andere Sprache an ihm auszuprobieren als seine eigene, war sicher müßig. In Magnus wehrte sich auch alles dagegen, den Mann einfach niederzuschlagen. Vielleicht, wenn er ... Die Sache würde ihm wahrscheinlich ewig anhängen, aber besser das, als noch mehr Blut an seinen Händen.

»Willst du mitspielen?«, rief er laut – und zog mit dem einen Arm den Mann, mit dem anderen das Mädchen an sich heran. Im Gesicht des Mannes spiegelten sich Unverständnis und Ekel, als Magnus streichelnd über seine Schulter fuhr. »Hast nicht Unrecht, zu dritt macht's mehr Spaß.«

Magnus hatte sich nie so geschämt wie jetzt, da er seine beiden »Opfer« an den ranischen und dänischen Rittern vorbeizerrte.

»Herr Magnus!«, höhnte einer seiner Landsleute. »Ich wusste gar nicht, dass Ihr ein Rebhuhn im Wappen führt.«

Der Mann bewies damit fundierte, heraldische Kenntnisse, und Magnus errötete zutiefst. Humorvolle Landesherren pflegten weibischen Rittern gern zu gestatten, ein Rebhuhn im Wappen zu führen. Eine Peinlichkeit, die diesen Männern bis in die dritte Generation nachhing – sofern sie denn Interesse daran zeigten, Nachkommen zu zeugen.

Der junge Fischer schleuderte Magnus todesmutig Schmähungen entgegen, aber der Ritter achtete nicht darauf. Er ließ das Paar erst los, als er sich tief genug im Wald und fern genug des Dorfes wähnte.

»Lauft weg!«, flüsterte er und unterstrich seine Worte mit Gesten. »Verschwindet, so schnell und so weit wie möglich. Aber flüchtet euch nicht ins nächste Dorf. Dieser Sturm zieht morgen weiter.«

Das junge Paar begriff nicht gleich, dann fiel das Mädchen jedoch schluchzend vor Magnus zu Boden und versuchte, seine Hände zu küssen. Magnus wehrte sie ab.

»Das Jussi!«, sagte die junge Frau und wies auf ihren Freund. Anscheinend musste sie irgendetwas tun oder sagen, um ihrem Retter ihre Verbundenheit zu zeigen. »Und ich Amra.«

Sie verstand nicht, warum der Ritter sich umwandte und die Hände vors Gesicht schlug. »Verschwindet endlich!«, brüllte er sie an.

Als Jussi und Amra Hand in Hand durch den Wald davonhasteten, sah Magnus ihnen nicht nach.

Magnus blieb den Rest des Tages im Wald. Er hoffte auf die Trunkenheit der Ritter. Sicher hatte noch niemand die Gefangenen gezählt, und mit etwas Glück hatte sich auch niemand die Gesichter Jussis und Amras gemerkt.

Als er schließlich in der Dämmerung zurück zum Dorf ging, mischten sich dort aromatische Essensdüfte mit dem Gestank von Blut und brennendem Fleisch. Die Männer hatten die Leichen einfach in die Feuer der brennenden Hütten geworfen. Die meisten von Vaclavs Rittern lagen berauscht um die Lagerfeuer herum, einige mit apathischen oder weinenden Mädchen im Arm. Nur die Wächter der Gefangenen waren halbwegs nüchtern, doch auf diese Posten hatte Vaclav Söldner gestellt, welche die Häuser geplündert und nicht gesehen hatten, dass Magnus mit zwei Gefangenen in den Wald gelaufen war.

Magnus suchte seine beiden dänischen Freunde und fand sie bei den Pferden etwas abseits vom Rauchgestank. Feuer machte die Tiere ängstlich und nervös, so hatte man sie hier angebunden. Die Männer saßen im Dunkeln, der Jüngere kaute an einem Kanten Brot. Wie Magnus schienen auch sie das Fleisch der gestohlenen Ochsen zu verschmähen.

»Herr Magnus, wie konntet Ihr!« Aus den Worten des jungen Ritters sprach tiefste Empörung.

Magnus gebot ihm mit einer Handbewegung Schweigen.

Der andere sah ihn forschend an. »Eure ... hm ... Gefangenen ...«, bemerkte er, »... sind entflohen?«

Magnus lächelte müde. Es fühlte sich falsch an, wie würde er nach diesem Tag je wieder lachen können?

Endlich schien der junge Ritter zu begreifen. »Wirklich? Ihr ... Ihr habt sie laufen lassen? Ihr habt so getan, als wolltet Ihr ... mit ... mit beiden ... Ihr habt Euch zum Spott der Ritterschaft gemacht! Und dann ... dann habt Ihr sie laufen lassen?« Aufgeregt sah er zu Magnus auf. »Das ist wie in den alten Geschichten ... wie bei Lancelot und Guinevere ...«

Magnus dachte an Amra, seine rothaarige wilde Amra. Sie liebte romantische Geschichten. Er grinste den Jungen an und suchte nach der richtigen Entgegnung.

»Sagen wir: Ich schuldete meiner Minnedame die Befreiung einer Geisel.«

Kapitel 7

Auch Amras zweiter Winter im Kloster verging, ohne dass sie irgendetwas von Magnus oder Herzog Heinrich hörte. Natürlich fanden Feldzüge statt – Miladin hatte vom Einsatz der Männer von Rujana gegen zwei pommersche Herzöge berichtet –, aber wenn Barbaras junger Ritter nicht gewesen wäre, hätte Amra in der abgeschotteten Welt des Klosters nicht einmal davon gewusst. Ihr Leben konzentrierte sich auf den Stall und den Garten, die Ordensgemeinschaft und die Liebesgeschichte zwischen Barbara und Miladin, dem Einzigen, das Farbe in ihren trostlosen Alltag brachte. Dabei schämte sie sich ihrer Neugier.

Barbaras Verhältnis zu ihrem Ritter war schließlich eher ein Grund zur Sorge als ein Anlass zum Träumen. Die Novizin sehnte die Treffen mit ihrem Geliebten herbei und haderte gleichzeitig mit jedem Tag, der sie der Profess im Herbst näher brachte. Sie schwankte stets zwischen Glück und Freude, Reue und Scham. Amra hatte dem Liebespaar eine Ecke im Stall eingerichtet, wo Heu- und Strohgarben so gestapelt waren, dass dazwischen ein Hohlraum blieb. Wenn Barbara und Miladin sich dorthin zurückzogen, entdeckte sie kein Mensch. Amras größte Sorge war damit gemindert. Aber sie war trotz allem recht froh, als Miladin sich für Pribislavs Sommerfeldzug verabschiedete. Barbara gefiel ihr nicht, sie wirkte blass und fahrig und schaute oft auf wie ein gehetztes Tier, wenn die Äbtissin oder die Novizenmeisterin sie auf das bevorstehende Ewige Gelübde ansprach. Die junge Frau würde jetzt bald eine Entscheidung treffen müssen, aber sie steckte in einem hoffnungslosen Dilemma. Barbara sah sich nicht zur Ordensschwester berufen, sie war jedoch gläubig. Wenn sie die Profess ablegte und sich danach weiter mit Miladin traf, würde Gott sie verdammen, davon war sie fest überzeugt. Die Alternative war eine Flucht mit dem Fahrenden Ritter ... aber selbst Amra gab dieser Idee keine Chance. Barbara war völlig weltfremd, sie würde in der rauen Wirklichkeit außerhalb des Klosters allenfalls zurechtkommen, wenn man sie in eine Burg mit gut eingearbeitetem Gesinde versetzte, über die möglichst noch eine freundliche Schwiegermutter herrschte, und an deren Hof sie Haushaltsführung erlernen konnte. Mit ihrem Ritter auf der Straße zu stehen und ihrer beider Leben neu zu ordnen, war undenkbar.

Eines Tages weihte Amra Mariana in Barbaras Geheimnis ein. Die wusste zu ihrer Verwunderung tatsächlich einen Rat.

»Der junge Mann scheint doch eine recht feste Stellung am Hof des Fürsten Pribislav zu haben. Warum gesteht er nicht einfach, dass er sich verliebt hat, vielleicht findet sich die Stellung eines Ministerialen.«

Amra machte dieser Vorschlag zuerst etwas Hoffnung, aber als sie dann weiter darüber nachdachte, erkannte sie, dass auch dies aussichtslos war. Wenn Miladin sich in eine Landadlige verliebt hätte oder sogar eine Bauerntochter, wäre das etwas anderes, aber mit dem Raub einer Ordensfrau wollte der eben christianisierte Pribislav ganz sicher nichts zu tun haben.

So nahmen Barbara und Miladin in diesem Sommer erst einmal wieder Abschied. Amra schaffte es, ihnen einen ganzen Nachmittag Freiraum zu verschaffen, da sie Barbara vorgeblich zum Ernten von Kräutern brauchte. Amra hatte es inzwischen zu einigem Ansehen bei der Kellermeisterin und der Schwester Apothekerin gebracht. Beide wussten ihren Einsatz im Stall und im Garten zu schätzen, und sie wurde mitunter durch besondere Leckerbissen belohnt. Die Kellermeisterin schien ihr Amt ohnehin nur deshalb innezuhaben, weil sie gern aß, obwohl die Klosterregeln selbst den begüterten Ordensfrauen Grenzen setzten. Während Mariana und die beiden anderen, dem Kloster nur lose verbundenen Frauen im Gästehaus schlemmten, konnten die Schwestern sich allenfalls heimlich mit Zusatzverpflegung versorgen. Eine Ausnahme war Schwester Gundula. Für sie gab es immer etwas vorzukosten oder Rezepte auszuprobieren, die Kellermeisterin pflegte ihr Amt im wörtlichen Sinne »auszukosten«. Die weniger angenehmen Arbeiten wälzte sie nur zu gern auf Amra ab und zeigte sich dankbar, indem sie deren Wünschen in Bezug auf Hilfe durch andere Schwestern oder den Ankauf von Werkzeugen und Sämereien fast immer nachkam. Dank Amra gab es jetzt mehr und schmackhafteres Gemüse im Kloster. Küchenkräuter wucherten, im Klosterteich schwammen Forellen, ein Räucherofen war installiert worden – und wenn Amra bei all der Arbeit auch mal die Hilfe von Schwester Barbara in Anspruch nehmen wollte, die schließlich sechs Wochen lang bei ihr Erfahrungen gesammelt hatte, dann legte sich Schwester Gundula sogar mit der Leiterin des Skriptoriums an, um die Novizin freizustellen.

An diesem letzten Tag, den Barbara mit Miladin verbringen konnte, händigte die Kellermeisterin Amra einen Krug Wein aus. »Hier, lasst es euch schmecken, die Arbeit geht dann doch rascher von der Hand!«, meinte sie freundlich, froh, dass sie selbst sich nicht beteiligen musste.

»Nimm doch den Wein gleich mit, in den die Kräuter eingelegt werden«, regte die Schwester Apothekerin gleich darauf an. »Du weißt ja, ich habe Heuschnupfen.«

Amra wusste nicht, ob das stimmte, aber Schwester Mechthild nahm ihre Allergie immer wieder als Vorwand, ihre Heilkräuter nicht selbst ernten zu können. Sie betraute damit Amra, nicht ohne lange Vorträge darüber zu halten, dass dieses Kräutlein nur bei Sonnenaufgang, jenes zur Mittagszeit und wieder ein anderes allenfalls bei Vollmond geschnitten werden dürfe. Amra hielt das alles für Unsinn, schnitt die Kräuter, wann es gerade passte, genoss aber die Freistellung von so manchem Gottesdienst, weil sie angeblich zu einer bestimmten Zeit Heilpflanzen zu ernten hatte.

Die Apothekerin revanchierte sich mit bestem schwerem Wein. Sie verlor nie ein Wort darüber, dass Amra für die Arbeit mit den Pflanzen höchstens die Hälfte davon brauchte, den Rest aber nie zurückbrachte. Amra hortete den Wein für kalte Wintertage, auch für die nächste Fastenzeit stellte sie etwas zurück. Den Klosterregeln nach stand jeder Ordensfrau ein Viertelliter am Tag zu, aber während der Fastenzeit wurde nur Wasser gereicht. Dabei kam der Verzicht auf wärmenden Alkohol und gutes Essen die Schwestern in dieser Zeit besonders hart an. Im Februar pflegte es oft noch zu schneien und zu stürmen, Amra hatte sich halb totgefroren bei den nächtlichen Kirchgängen und hoffte, das im folgenden Jahr abmildern zu können.

Amra stellte den schweren roten Wein also für Barbara und Miladin in ihr Versteck. Sie mochten sich damit über ihren Abschied hinwegtrösten. Und tatsächlich schien er zu wirken. Amra hatte Barbara nie so glücklich und gelöst gesehen wie an diesem Abend im Vespergottesdienst.

»Was ist?«, fragte sie später während der kurzen Freistunde zwischen Abendessen und Komplet. »Habt ihr eine Lösung gefunden? Sieht er Aussicht auf ein Lehen, noch bevor du dich ewig an dieses Kloster bindest?«

Natürlich brach Barbara einen Schwur, wenn sie sich nach der Ewigen Profess weiter mit Miladin traf, und es wäre sicher besser, sich dabei nicht von der Äbtissin erwischen zu lassen. An göttliche Strafen glaubte Amra jedoch schon lange nicht mehr.

Barbara schüttelte den Kopf. »Nein. Nein, aber wir ... wir haben uns ... na ja, verabschiedet. Es war so schön. Ich bin so glücklich. Und ich werde davon zehren, auch wenn ich Miladin nie wiedersehe. Ich werde immer daran denken, ich werde ... Amra, es war ... es war, als hätte ich Gott gesehen, als hätte er uns gesegnet.« Die kleine Novizin strahlte überirdisch.

Amra zuckte die Schultern. »Du wirst also die Ewigen Gelübde ablegen?«, fragte sie.

Barbara seufzte. »Wenn nicht noch ein Wunder geschieht ...« Aber dann lächelte sie auch schon wieder. »Was sage ich, das Wunder ist ja schon geschehen!«, flüsterte sie. »Gott hat mich reich beschenkt, es ist nur recht und billig, dass ich ihm jetzt den Rest meines Lebens diene.«

Amra überlegte nüchtern, was wohl Wunderbares in dem Versteck aus Heugarben geschehen sein könnte, aber jetzt läuteten schon wieder die Glocken zum Komplet, und so fragte sie nicht nach. Es reichte ihr, dass Barbara sich offensichtlich entschieden hatte und damit nicht unglücklich war. Im Gegenteil, die junge Schwester schwebte geradezu durch die letzten Wochen ihres Noviziats.

Den großen Tag begrüßte Barbara dann mit leuchtenden Augen und fiebrigem Eifer. Amra fand, sie habe die Freundin nie so schön gesehen – die Mitschwester hatte sich in den letzten Wochen sichtlich entwickelt. Unter dem weißen Habit, den sie heute als »Brautkleid« trug, waren schwellende Brüste zu erkennen, Barbara schien kräftiger geworden und nicht mehr ganz so hager.

»Du scheinst dich ja wirklich zu freuen«, wisperte Amra ihr zu, als sie sich aufmachten, in feierlichem Zug zum Kirchgang zu schreiten. Bischof Berno war gekommen, um das Hochamt zu halten, die Novizinnen würden vor ihm und der Äbtissin die Ordensgelübde ablegen.

»Mit dem heutigen Tag werden alle Sünden vergeben!«, flüsterte Barbara zurück. »Ich hatte in der letzten Zeit Sorge, aber heute ... heute werden wir alle wieder vollkommen rein werden.«

Sie wandte Amra ihre leuchtenden Augen zu, aber war es wirklich aufrichtige Freude, die sich darin spiegelte? Amra meinte, eher lodernde Furcht zu erkennen.

»Das ist doch so, nicht?«, vergewisserte sich die Freundin. »Das hat Mutter Clementia gestern noch gesagt.«

Daran erinnerte sich Amra, auch sie besuchte ja die regelmäßigen Unterrichtsstunden und Gebetskreise für die Novizinnen. Was man darunter allerdings zu verstehen hatte, war ihr unklar. Amra legte seit ihrer Taufe regelmäßig die Beichte ab, doch gereinigt hatte sie sich danach noch nie gefühlt. Allerdings gab es nichts, was ihr in den letzten beiden Jahren auch nur den Anflug eines schlechten Gewissens beschert hatte. Dafür war das Klosterleben viel zu ereignislos. Und Barbara hatte sich erst recht nichts zuschulden kommen lassen, außer der Geschichte mit Miladin. Und die hatte ihr Gott doch am Ende angeblich gesegnet ...

»Wird schon so sein«, murmelte sie jetzt vage und fiel dann ein in den Gesang der Mitschwestern.

Sie intonierten Hymnen und Psalmen, während sie die neuen Ordensfrauen zur Messe geleiteten. Agatha wirkte dabei so glücklich, wie eine Braut nur sein konnte, andere lächelten eher gezwungen, als sie vor dem Altar niederknieten und sich dann flach auf den harten Steinboden legten. Barbara wirkte so voller Leidenschaft, sie hob nicht einmal den Kopf oder veränderte auch nur ein wenig ihre unbequeme Lage, während die Gemeinde die Allerheiligenlitanei vorbetete. Der Chor der Gläubigen antwortete mit einem »Bitte für uns!« oder »Erbarme dich unser!« Die Novizinnen mussten gänzlich ausgekühlt sein, als die über hundert Bitten um Erlösung endlich vorgetragen waren.

Anschließend wurde eine Professe nach der anderen aufgerufen – und während sie vor dem Bischof und der Äbtissin knieten, ihre Hände hielten und feierlich Keuschheit, Verbleiben im Kloster auf Lebenszeit und Gehorsam gelobten, kämpfte Amra mit der Fantasie, dass Miladin mit gezücktem Schwert hereinstürmen könnte, um seine Barbara im letzten Moment zu befreien. Aber natürlich erschien kein Ritter.

Auch Barbara trat vor und sprach die rituellen Worte. Tränenlos, mit glänzenden Augen und einem Ausdruck im Gesicht, der Entrückung bedeuten konnte, aber auch verzweifelte Hoffnung. Amra machte sich Sorgen um die Freundin, während das Hochamt seinen Lauf nahm und die neuen Ordensfrauen schließlich mit einem besonderen Mahl im Refektorium feierten. Schweigend natürlich, nicht einmal an diesem Tag wich man von den Ordensregeln ab.

Amra fiel allerdings auf, dass Barbara gleich nach dem Essen ohne Entschuldigung hinauslief und kurz darauf blass und mitgenommen zurückkam. Es sah aus, als hätte sie sich übergeben, was in der letzten Zeit allerdings öfter vorkam. Amra hatte die Schwester Apothekerin sogar schon um eine Medizin gegen den nervösen Magen der Freundin gebeten, woraufhin Schwester Mechthild mit einem Lächeln reagiert hatte.

»Das ging uns allen so vor der Ewigen Profess, auch wenn wir vorher schon jahrelang im Kloster gelebt hatten. Es ist doch ein Einschnitt.«

Amra hatte sich nicht viel dabei gedacht, doch jetzt ... die Profess war abgelegt, alle Entscheidungen waren getroffen. Barbara hätte sich beruhigen müssen.

Amra hätte gern mit ihr gesprochen, aber sie kam nicht dazu. Die Stundengebete zogen sich an diesem Tag länger hin als sonst, die reichhaltigere Mahlzeit nahm auch mehr Zeit in Anspruch, und selbst in der kurzen Freistunde fand sich keine Gelegenheit. Wie alle, die das Gelübde abgelegt hatten, war Barbara umringt von Gratulantinnen. Die Schwestern durften an diesem Tag sogar Angehörige begrüßen. Barbara brach in Tränen aus, als sie ihre Eltern und Geschwister sah, ein Gespräch kam allerdings nicht zustande, dafür war die Zeit zu kurz. Amra fand diese Besuche grausam. Da sahen diese Frauen ihre Familien nach Jahren zum ersten Mal wieder, und man erlaubte ihnen nicht einmal eine Umarmung.

Schließlich folgte die Komplet, und Barbara schien noch einmal innigst ins Gebet vertieft. Sie hielt das Schweigen streng ein und antwortete auch nicht auf Amras geflüsterte Frage, ob alles in Ordnung sei, als die jungen Frauen dann unter ihre Decken schlüpften. Amra konnte nur hoffen, dass sie nun nicht gänzlich entschlossen war, jede Klosterregel auf das Wörtlichste zu befolgen.

Als die Glocken die Schwestern in der ersten Morgenstunde zur Vigil aus dem Schlaf rissen, meinte Amra, von Barbara ein ersticktes Schluchzen zu hören. Sie folgte ihr besorgt zur Kirche. Barbara betete mit gesenktem Kopf. Die Hymnen schien sie nicht mitzusingen, aber um diese Zeit brachte kaum eine der Schwestern ausreichend Begeisterung auf, das Gotteslob mit voller Stimme hinauszujubeln.

Amra war dennoch davon überzeugt, dass irgendetwas mit ihrer Freundin nicht stimmte. Während sie sich erneut aufatmend in ihre Decke hüllte, beschloss sie, am nächsten Tag mit Barbara zu reden – sie würde schon eine gute Ausrede finden, um die junge Frau aus dem Skriptorium zu holen.

Dann rührte sich etwas in dem Bett neben ihr. Verwundert

verfolgte Amra, wie sich Barbara im Kerzenschein erhob und aus dem Dormitorium taumelte. Ob ihr wieder schlecht war?

Amra huschte aus dem Bett und folgte ihr. Aber Barbara wandte sich nicht zum Abtritt, sie lief durch den Kreuzgang zurück zur Kirche. Amra fand sie vor dem Altar, bitterlich weinend.

»Barbara, was ist denn?« Amra war so besorgt, dass sie die Kniebeuge vor dem Altar ganz vergaß. Sie kauerte sich neben ihre Freundin und legte den Arm um sie, beinahe verwundert, dass Barbara sie nicht abwehrte. »Rede mit mir! Sag mir, was passiert ist!«

Barbara wandte sich ihr mit fast irrem Blick zu. »Passiert?«, fragte sie. »Wie kannst du es so ... so ausdrücken? Wie kannst du so tun, als sei nur ... nur ein Milchkrug zerbrochen?«

Amra zuckte die Schultern. »Ich weiß ja nicht, was geschehen ist. Du musst es mir schon sagen.«

»Es ist nichts geschehen!«, brach es aus Barbara heraus. »Der Tag ist vorbei, ich habe das Gelübde abgelegt, und es ist nichts geschehen.«

»Aber was sollte denn dabei geschehen?«, fragte Amra verständnislos. »Gott sollte dich erleuchten. Aber das tut er doch nie. Die Novizenmeisterin prophezeit es uns vor jedem Gottesdienst, das weißt du doch. Du kannst nicht wirklich geglaubt haben, dass jetzt dieses Gelübde den Wandel bringt.«

»Es geht nicht um Erleuchtung!«, fuhr Barbara sie an. »Es geht um ... um Reinheit, um ... Verzeihen ... ich ... ich hab geglaubt ... ich musste doch glauben, dass das Ewige Gelübde alles ungeschehen macht.«

»Aber was denn ungeschehen?« Amra war ratlos. »Die Sache mit deinem Ritter? Das ist doch längst vorbei, hast du gesagt. Das hat Gott dir bestimmt vergeben, so es denn was zu vergeben gab.«

Barbara schüttelte heftig den Kopf. »Hat er nicht!«, stieß sie dann hervor. »Im Gegenteil, er ... er hat mich gestraft, verflucht, er ... Sie haben gesagt, mit diesem Tag könnte ich alles auslöschen, aber ...«

»Aber du denkst immer noch an Miladin?«, rief Amra.

Barbara schluchzte auf. »Ich habe nicht geblutet«, flüsterte sie dann. »Ich weiß, dass man blutet, wenn ... wenn Gott Erbarmen zeigt.«

Amra dachte angestrengt nach. Natürlich bluteten auch die Schwestern wie alle anderen Frauen auf der Welt jeden Monat. Aber das wurde eher als ein Fluch gesehen, der die Frauen seit Eva traf, nicht als Zeichen göttlichen Erbarmens. Es sei denn ...

Amra stockte der Atem. Plötzlich ergab alles einen Sinn: Barbaras morgendliche Übelkeit, ihre fraulichere Figur und das unbändige Glück, das sie an jenem letzten Tag mit Miladin ausgestrahlt hatte. Barbara hatte sich ihrem Ritter hingegeben. Und nun trug sie sein Kind.

Amra drehte die zitternde, weinende Freundin entschlossen zu sich um. »Barbara, das ist doch kein Fluch! Das ist eine Freude! Das ist ein Wunder. Du hast es selbst gesagt, Miladin und dir ist ein Wunder geschehen, Gott hat dich an diesem Tag mit ihm gesegnet. Natürlich ist das jetzt etwas schwierig ... ich weiß auch nicht, was man da macht, wir müssen Mariana fragen. Mutter Clementia wird natürlich außer sich sein. Bestimmt werden sie dich des Konvents verweisen. Aber du kannst nach Mikelenburg gehen. Mariana muss noch etwas von meinem Schmuck haben, das geben wir dir für die Reise. Miladin gibt es uns dann einfach später zurück. Er muss mit seinem Fürsten reden, es muss ein Hofamt für ihn zu finden sein. Jetzt, wo er Vater wird. Es wird natürlich nicht einfach, Barbara. Du musst Vertrauen haben! Alles wird gut!«

Amra wusste nicht, wie es unter den Christen war – auf Rujana hatte sich letztlich meist alles zum Guten gewendet, wenn ein Mädchen, ohne sich mit einem Mann die Eide geschworen zu haben, schwanger geworden war. Natürlich hatten sich Eltern oder Dienstherren aufgeregt, dann hatten sich jedoch alle zusammengefunden, und das Paar war mit den nötigen Mitteln ausgestattet worden, einen Hausstand zu gründen. Hier lag die Sache natürlich etwas schwieriger. Amra wollte daran glauben, dass sich auch für Barbara alles zum Guten wenden würde.

Barbara blickte sie an, als hätte sie den Verstand verloren. »Der Ehrwürdigen Mutter soll ich es sagen?«, fragte sie mit tonloser Stimme. »Und Miladin dem ... dem Fürsten? Nein, nein, das ... das muss Gott regeln, ich bin doch ... ich bin doch eine Braut des Herrn, er ... ich hab mich ihm doch versprochen. Jetzt muss er auch ... jetzt muss er auch Erbarmen mit mir haben.« Barbara stand auf. Sie wandte sich entrückt dem Altar zu, schien ihren göttlichen Bräutigam dort aber nicht zu finden. »Ich muss ... das ist nicht der richtige Ort«, flüsterte sie. »Gott ... Gott wohnt im Himmel, ich muss ... ich muss ihm näher kommen, muss zu ihm hinaufgehen, ja, das ... das wird ihn freuen, ich ...«

Barbara eilte auf den Glockenturm zu und kletterte die Stiege zum Kirchturm hinauf. Amra folgte ihr. Sie kannte die Treppe, einige Male hatte sie geholfen, die Kirche zu putzen, und die Belohnung war der Blick vom Kirchturm hinunter auf das Kloster und das Dorf gewesen. Die meisten Frauen mochten nicht hinaufgehen, die Weite, die Tiefe machte ihnen Angst. Aber Amra hatte sich dort oben an die Klippen auf Rujana erinnert gefühlt, auch wenn hier kein Strand und kein rauschendes Meer unter ihr lag und man nur ein paar Häuser und Felder und dahinter den bis zum Horizont reichenden Wald sah. Bislang war sie allerdings immer bei Tageslicht hochgestiegen, jetzt wurde die Treppe nur von diffusem Mondlicht erhellt. Ihr folgte eine recht steile Stiege, und zuletzt führte eine Leiter bis zu einer kleinen Plattform unter dem Glockenstuhl. Dort hing das Seil, mittels dessen die Glocken geläutet wurden.

Amra wunderte sich, mit welchem Geschick und welcher Energie Barbara den Kirchturm bis ganz nach oben erstieg. Die kleine, schüchterne Schwester kämpfte sich mit der Kraft der Verzweiflung hinauf.

»Hörst du mich, Gott?« Barbara schien nicht einmal außer Atem zu sein, als sie die Plattform erreichte. Sie schrie ihre Bitte in den Nachthimmel: »Herr, erbarme dich! Christus, erhöre uns! Gott Vater im Himmel, erbarme dich unser!«

Die Allerheiligenlitanei.

Barbara betete die rituellen Worte mit leiser Stimme herunter. »Heilige Mutter Gottes ... heilige Engel ...«

»Barbara ...«

Amra blieb auf der obersten Stufe der Stiege stehen und suchte nach Worten. Sie wusste, dass sie die Freundin wegbringen musste. So schnell wie möglich.

Barbara wandte sich ihr zu, ihr Gesicht glich dem eines Irrsinnigen. »Sie hören nicht zu«, flüsterte sie, breitete dann die Arme aus und rief ihre Verzweiflung noch einmal in den Himmel. »Hört mir zu, ihr da oben! Hör mir zu, Gott!«

Und ohne dass Amra eingreifen konnte, ergriff Barbara das Glockenseil. Amra meinte, das Trommelfell müsse ihr platzen, als sie sich daranhängte und die Glocke ertönen ließ. Barbara hielt das Seil umfasst und schwang daran hin und her, wie die Glocken über ihr.

»Das müsst ihr doch hören! Hört mir zu! Hört!«

Ihre Stimme erstarb, aber sie pendelte immer noch am Seil, das ohrenbetäubend laute Glockengeläut schien sie gar nicht wahrzunehmen. Und dann merkte Amra, dass sie höher und höher schwang, weit über die Plattform hinaus. Und sie hörte auch wieder Barbaras Stimme.

»Wir fliegen wie die Engel ... Lieber Gott, mach mich fromm, dass ich in den Himmel komm ...«

Amra vernahm Barbaras Lachen, und im Mondlicht sah sie nun ein Leuchten auf ihrem Gesicht – einen Ausdruck von Glückseligkeit, wie sie ihn schon einmal an der jungen Frau gesehen hatte, damals, als sie Miladin verabschiedet hatte. Barbaras Körper schwang mit dem Glockenseil hin und her – und dann, als es sie hoch hinaustrug, ließ sie los ...

Die Glocken übertönten Amras Aufschrei. Die junge Frau klammerte sich an das Gestänge des Glockenstuhls und blickte mit der Faszination des Entsetzens hinter der weiß gekleideten Gestalt her, die mit ausgebreiteten Armen in die Tiefe stürzte. Barbaras Schleier löste sich, gab langes goldblondes Haar frei. Amra fuhr durch den Kopf, dass sie es eigentlich vor der Profess hätte abschneiden müssen. Aber vielleicht hatte ja auch Barbara noch diesen Traum gehegt, den Traum von der Rettung im letzten Moment, von einem Ritter, der hereinstürmte, sie in die Arme nahm und mit ihr davonritt.

Amra schlug die Hände vors Gesicht. Sie sah nicht mehr, wie Barbaras Körper auf dem Boden vor der Kirche aufschlug.

Das Glockengeläut verebbte langsam, während Amra starr vor Entsetzen die Stiege hinunterkletterte. Was sollte sie jetzt tun? Sicher wurden sie und Barbara schon von den anderen vermisst. Die Äbtissin würde außer sich sein und sie Rede und Antwort stehen lassen. Was sollte sie ihr nur sagen? Wie sollte sie ihr nur erklären, was mit Barbara geschehen war? Arme Barbara, armes kleines Ding.

Amra sah, dass die Kirche voller aufgeregter Schwestern war, die das Schweigegebot offensichtlich vergessen hatten. Die Tür zur Sakristei stand offen – dahinter lag der Garten, in den Barbara gestürzt war. Die Schwester Apothekerin beugte sich über den leblosen Körper ...

»Du warst bei ihr?«

Amra hatte gerade versuchen wollen, mit der Menge der Schwestern zu verschmelzen, aber Gotlind, die freundliche Kammerschwester, hielt sie auf. Sie musste gesehen haben, dass sie aus dem Turm gekommen war, und vielleicht stand ihr ja auch noch das Entsetzen im Gesicht geschrieben.

»Sie hat ... sie war ...«

Amra wusste nicht, was sie sagen sollte. Ihre Hände wanderten fahrig zu ihrem Leib, strichen darüber, als könne sie das Kind spüren, das eben mit Barbara gestorben war.

Schwester Gotlind verstand sofort, sie hatte vorher schon Verdacht geschöpft. »Ich hätte es wissen müssen ...«, flüsterte sie. »Ich habe ihr den Habit angemessen, ich habe gesehen ... Aber wer ahnt denn ...« Die Schwester bekreuzigte sich.

»Ihr hättet auch nichts ändern können«, murmelte Amra und wollte sich ihr entziehen, Schwester Gotlind hielt sie jedoch zurück.

»Schwester Anna Maria ... wenn sie ... wenn sie Euch irgendetwas bedeutet hat ...«

Amra horchte auf, als Schwester Gotlind plötzlich die förmliche Anrede wählte.

»Wenn sie Eure Freundin war, dann rettet ihre unsterbliche Seele!«

Amra runzelte die Stirn. Wie sollte sie Barbaras Seele retten?

»Sagt, dass es ein Unglück war!«, wisperte Schwester Gotlind. »Auch wenn es eine Lüge ist, Gott wird Euch vergeben. Aber macht, dass sie wenigstens in geweihter Erde bestattet wird, sie und ihr ... ihr Kindlein. Sagt, dass es ein Unglück war!«

»Sie war nicht bei sich«, erklärte Amra, als sie gut eine Stunde später in den Kapitelsaal beordert wurde. Die Mutter Oberin und die Amtsträgerinnen unter den Schwestern hatten sich hier versammelt, um ihre Aussage zu Barbaras Tod zu hören. »Sie war heute den ganzen Tag ... wie ... hm ... wie beseelt, sie hat auch gefastet.«

»Sie hat heute gefastet?«, fragte Mutter Clementia ungehalten.

Die Novizinnen hatten am Tag zuvor fasten müssen, um sich auf die Zeremonie vorzubereiten. Nach der Messe hatte sie ein Festmahl erwartet.

»Ja«, behauptete Amra. »Sie hat in der letzten Zeit andauernd gefastet. Ich dachte mir schon, dass es zu viel wird, sie war ganz verwirrt. Aber auch glücklich, sie wollte Gott nahe sein. Deshalb lief sie heute nach der Vigil noch einmal in die Kirche. Ich wollte sie aufhalten, aber ich ... ich durfte ja nicht sprechen.« Amra senkte demütig den Blick. »Also bin ich ihr nachgelaufen, erst in die Kirche, wo ich mit ihr gebetet habe. Aber dann wollte sie die Glocken läuten zum Lobe Gottes. Sie stieg zum Turm hinauf – ich konnte sie nicht zurückhalten. Und sie betete, während sie die Glocken läutete, sie war wie erleuchtet. Aber ... aber dann verließ sie wohl die Kraft.«

Amra verbarg ihr Gesicht in den Händen. Sie musste die Tränen nicht vortäuschen, Barbaras freiwilliger Tod traf sie zutiefst, und nun musste sie eine solche Vorstellung geben! Was für ein absurder Versuch der Ehrenrettung für ein Mädchen, das von seinem Gott verlassen worden war. Damit nun nicht noch die weltliche auf die himmlische Strafe folgte: das Verscharren ihres Körpers in einem ungeweihten Grab. Amra verstand nicht, wie man Barbara zürnen konnte. Wenn hier jemand Schuld hatte, so allenfalls Gott.

»Das ist eine unendlich traurige Geschichte«, meinte Schwester Gotlind schließlich. »Ein Übermaß an Frömmigkeit ...«

»Oder eine Anmaßung von Heiligkeit«, urteilte Mutter Clementia streng. »Schwester Barbara hat mit ihrem eigenmächtigen Fasten und mit dem unerlaubten Verlassen des Dormitoriums den Regeln zuwidergehandelt, egal aus welchem Antrieb. Das führt zu nichts Gutem, ich werde es dem Konvent morgen noch einmal eindringlich vor Augen halten. Auch du, Schwester Anna Maria, hast dich schuldig gemacht. Du hättest einer Ordensoberen von Schwester Barbaras Insubordination Meldung machen müssen. Ich werde dich eine Woche lang vom Gottesdienst ausschließen.«

»Auch von der Trauerfeier?«

Amra hatte ihr Urteil schweigend hingenommen, aber Schwester Gundula fragte betroffen nach. Sie wusste von allen Schwestern am besten, wie nah sich Amra und Barbara gestanden hatten – und hatte sich vielleicht sogar selbst strafbar gemacht, indem sie ihre Freundschaft nicht meldete.

»Auch von der Trauerfeier!«, bestätigte die Oberin unnachgiebig. »Sie war der Verstorbenen eine schlechte Schwester, sie hat ihr Fehlverhalten gedeckt, anstatt sie zur Einhaltung der Regeln anzuhalten. Wir haben gesehen, wohin das führt, sie muss es begreifen, und all die anderen jungen Schwestern auch.«

Amra verbrachte die Totenmesse für ihre einzige Freundin ausgestreckt auf den Steinen vor der Kirchentür, nachdem die Mitschwestern über sie hinweggestiegen waren, ohne sie zu beachten. Es war ihr gleichgültig, sie spürte nicht einmal Demütigung. Im Gegenteil, eher war sie erfüllt von böser Freude. Es gab eine Trauerfeier, Barbara wurde in allen Ehren auf dem Friedhof des Klosters beigesetzt. Wahrscheinlich hätte sie das so gewollt. Amra selbst dagegen jagte es Schauer über den Rücken.

Mit der Profess versprachen die Ordensschwestern, ihr Kloster niemals zu verlassen, weder tot noch lebendig. Amra dachte über den Blick vom Kirchturm aus nach. Nie wieder über diese Mauern hinausschauen? Niemals mehr frei sein?

Ihr Herz raste allein bei dem Gedanken. Und sie schwor sich in dieser Stunde auf dem eiskalten Marmor, dass es nicht so weit kommen sollte. Sie würde nicht im Kloster alt werden, sie würde es eines Tages verlassen. Egal wie und zu welchem Preis!

Das Orakel

*Walsrode – Mikelenburg – Roskilde – Bayern – Hamburg
1170 bis 1171*

Kapitel 1

Ein weiterer Winter ging ins Land, und Amra fror sich erneut durch endlose Nächte unter klammen Decken und auf harten Kirchenstühlen. Ihrem Fluchtplan aus dem Kloster, in den sie Miladin einbezogen hatte, war sie noch nicht nähergekommen, aber der Ritter erschien auch nicht wieder in Walsrode. Fürst Pribislav ließ weiter an seiner Bibel arbeiten, die Farben brachte jetzt ein anderer Ritter. Amra hätte ihn gern zu Miladin befragt, die Gelegenheit bot sich jedoch nicht, und es hätte ja auch nichts gebracht. Sie konnte sich schon selbst denken, was mit Miladin geschehen war. Amra glaubte nicht, dass der junge Ritter seine Geliebte aufgegeben hatte. Eher war er zu tollkühn, zu verzweifelt tapfer gewesen, um sich endlich auszuzeichnen, ein Lehen oder ein Hofamt zu erhalten und Barbara vielleicht doch noch aus dem Kloster holen zu können. Und dann hatten eine Lanze, ein Schwert oder ein Pfeil seinem Leben ein Ende gemacht. Amra fand fast ein wenig Trost darin, dass Barbara wenigstens den Verlust ihres Liebsten nicht mehr erleben musste. Vielleicht waren die beiden jetzt ja wieder vereint in einer besseren Welt, geschützt von der Hand einer höheren Macht, die nach Amras Ansicht allerdings sicher weder Gott hieß noch Svantevit.

Amra selbst arbeitete nach wie vor in den Ställen und Gärten des Klosters und dachte manchmal daran, die Mauern einfach allein zu überklettern und zu flüchten. Möglich wäre das gewesen, eine Leiter stand leicht zugänglich in einem der Schuppen. Aber eine junge Frau allein im Habit einer Ordensfrau ... Wenn überhaupt, dann gelänge eine solche Flucht nur im Sommer, wenn sie Alltagskleidung von einer Wäscheleine stehlen konnte, bevor man sie wieder aufgriff. Immerhin war dies ein Plan, an dem sie festhalten konnte. Amra besaß zudem noch die Fibel des Herzogs, die sie versetzen konnte, sofern sie ungesehen die nächste Stadt erreichte. Und dann ... Vielleicht gelang es ihr ja, sich nach Stralow durchzuschlagen. Herr Baruch würde ihr sicher helfen.

Doch lange bevor noch der Sommer anbrach und Amras Pläne fassbar wurden, hielt eine Abordnung Herzog Heinrichs Einzug im Gästehaus des Klosters.

»Unter Leitung des Herrn Heribert«, berichtete Mariana im Flüsterton nach der Messe. Die alte Edelfrau wollte die Neuigkeiten rasch mit Amra teilen. »Er spricht nicht über seinen Auftrag, aber es hat mit dem Kloster zu tun, morgen hat er eine Audienz bei der Oberin. Womöglich geht es ja um dich, Kind!«

Amra zuckte die Schultern. »Was sollte der Herzog von mir wollen? Nach zweieinhalb Jahren? Der hat mich längst vergessen, Mariana. Seine Mathilde sollte inzwischen im gebärfähigen Alter sein, und wenn sie ihm nicht genügt, dann gibt es wohl andere willfährige Mädchen am Hof.« Sie lächelte verschwörerisch. »Eher geht es gerade um eines von ihnen. Vielleicht hat Mathilde ihn ertappt, und das Kloster bekommt Zulauf.«

Mariana schüttelte den Kopf. »Sei nicht so respektlos, Kind. Man möchte meinen, die Jahre im Kloster hätten dich geläutert, aber du ...«

»Frau Mariana, Schwester Anna Maria!« Ein tadelnder Blick der Novizenmeisterin brachte Mariana zum Schweigen.

Amra senkte den Kopf. Die Novizenmeisterin kritisierte sie schärfer seit der letzten Profess. Amra war jetzt die älteste Novizin im Kloster, außer ihr gab es nur noch ein paar jüngere Mädchen und einen Schwarm Neuzugänge, die fast noch Kinder waren. Ihnen allen sollte Amra ein Vorbild sein – und natürlich sollte sie spätestens in einem Jahr die Ewigen Gelübde ablegen. Amra war fest entschlossen, vorher zu fliehen, aber dazu musste sie die Klosterleitung zunächst in Sicherheit wiegen. Sie bemühte sich um tadelloses Verhalten, um die wenigen Freiheiten, die sie besaß, ja nicht zu verlieren.

So machte es Amra denn auch nervös, als am nächsten Tag eben jene Novizenmeisterin im Stall erschien, um nach ihr zu sehen. Amra hatte eben die Kuh gemolken und verbotenerweise ein bisschen Milch für sich abgezweigt. Es war wieder mal Fastenzeit, und sie war ständig hungrig. Schuldbewusst wischte sie sich rasch mit dem weiten Ärmel ihres Habits über den Mund, damit sie ja kein Milchbart verriet, und löste rasch die Knoten ihres Gürtels, mit denen sie sich den weiten Rock bei der Arbeit hochband, um ihn nicht zu beschmutzen. Die strenge, ältere Schwester warf tatsächlich prüfende Blicke auf Amras Kutte und ihren Schleier. Aber hier gab es nichts auszusetzen. Nach zweieinhalb Jahren im Kloster wusste die junge Frau zu verhindern, dass ihr Rock durch den Mist schleifte und dass sich Strähnen ihres roten Haars unter dem Novizenschleier hervorwagten.

»Schwester Anna Maria? Die Mutter Oberin hat mich gesandt, dich zu holen. Bitte folge mir in ihr Amtszimmer«, gab die Novizenmeisterin knapp Anweisung.

Amra wunderte sich. Für Botendienste wurden die älteren Schwestern eigentlich nie herangezogen.

»Es ist sicher im Sinne der Mutter Oberin, wenn ich dir mitteile, dass man dich selbstverständlich zu nichts zwingen kann«, bemerkte die Novizenmeisterin, als Amra ihr rasch durch den Kreuzgang folgte. »Es geht um deine unsterbliche Seele, vergiss das nicht. Der Orden wird dich unter allen Umständen beschützen, wenn du . . .«

Sie sprach nicht weiter, als sie das Amtshaus erreichten und in den Korridor zum Schreibzimmer der Äbtissin traten. Die Novizenmeisterin klopfte an die Tür.

»Gelobt sei Jesus Christus!«, rief die Äbtissin von innen, ein Gruß, an den Amra sich bis heute nicht hatte gewöhnen können.

»In Ewigkeit Amen«, antwortete die Novizenmeisterin, während sie die Tür öffnete und Amra vor sich hineinschob.

»Hier ist die Schwester, Ehrwürdige Mutter«, sagte sie ruhig. »Und ich habe ihr bereits gesagt ...«

»Ihr habt es ihr schon gesagt?«

Verwundert hörte Amra eine Männerstimme – und erkannte dann Magnus' Freund Heribert, der vor der Äbtissin stand wie ein Bittsteller. Anscheinend hatte man ihm keinen Platz angeboten. Jetzt trumpfte er allerdings auf.

»Sie sollte es von mir hören, als Herrn Heinrichs Bote, ich ...«

»Wenn es etwas gibt, das meine Schwestern erfahren müssen, so hören sie es von mir, Herr Ritter!«, erklärte Mutter Clementia kalt. »Herr Heinrich hat mir diese junge Seele anvertraut, und ich bin nach wie vor bereit, sie zu behüten und für Gott zu verwalten. Schwester Adelheid hat ihr selbstverständlich noch nichts über Euren ... hm ... Auftrag berichtet, das fällt allein mir zu. Anna Maria, Kind, tritt näher.«

Amra ging besorgt auf den voluminösen Tisch zu, hinter dem die Äbtissin thronte. Sie ahnte nichts Gutes. Aber andererseits hatte Mutter Clementia noch nie in so freundlicher Manier das Wort an sie gerichtet.

»Ich kann dir zunächst versichern, dass es allein deine Entscheidung ist«, erklärte die Oberin, wie es auch schon die Novizenmeisterin getan hatte. »Der Orden steht hinter dir, du bist allein Gott und deinen Ordensoberen zu Gehorsam verpflichtet, keinem weltlichen Fürsten. Hast du das verstanden?«

Amra nickte verunsichert.

»Nun lasst mich doch erst einmal reden!«, warf Ritter Heribert ein. »Sie muss doch wenigstens wissen ...«

Die Äbtissin brachte ihn mit einem strengen Blick zum Schweigen. »Der Ritter hier wurde von Herzog Heinrich entsandt, um dir einen Antrag zu überbringen. Herr Heinrich wünscht, dich zu verheiraten.«

»Was?«

Amra konnte nicht an sich halten. Sie hatte mit allem gerechnet einschließlich der Verbannung in ein anderes, noch strengeres Kloster. Aber eine so plötzliche Befreiung ...

»Mit ... mit wem?«

Ihr Herz klopfte heftig, als sie an Magnus dachte. Hatten sich Heinrich und König Waldemar womöglich versöhnt? War Magnus vielleicht mit einem Hofamt bedacht worden oder einem großen Lehen, das es ihm erlaubte, mit dem Rückhalt des Königs noch einmal einen Vorstoß zu wagen, mit Amra vermählt zu werden?

»Mit Herrn Niklot von Mikelenburg«, erklärte Heribert rasch, bevor die Äbtissin weitersprechen konnte. »Dem Bruder des Fürsten Pribislav. Herr Niklot und Herr Pribislav waren dem Herzog eine große Hilfe, als es darum ging, König Waldemar zur Herausgabe der Erträge des Feldzugs nach Rujana zu überreden.«

Amra hätte beinahe gelächelt. Heribert drückte sich aus, als hätte es sich um eine Art diplomatische Mission gehandelt. Während die Slawenfürsten doch eher Angst auf den dänischen Inseln verbreitet hatten, um Waldemar in die Knie zu zwingen.

»Dieser Streit ist nun geschlichtet. König Waldemar hat sich bereit erklärt, die Hälfte des Schatzes und die Hälfte der Erlöse aus dem Verkauf der Geiseln an Herrn Heinrich abzutreten. Herr Heinrich möchte sich zu diesem Anlass dankbar seinen

Lehnsleuten Niklot und Pribislav gegenüber erweisen, und wenn Ihr zustimmt, Frau Amra, so würde er Euch gern mit Fürst Niklot vermählen. Der Fürst verfügt über große Lehnsgüter, er ist reich und mächtig, dazu ein stattlicher Mann und ...«, er warf einen Blick auf die Oberin, »... seit Jahren ein guter Christ. Ihr würdet sicher großes Glück an seiner Seite finden, Frau Amra, wenn Ihr es denn möchtet. Zumal sich Herr Niklot auch noch an Euch erinnert und Euch mit großer Liebe zugetan sei, wie er Herr Heinrich versichert hat.«

Amra wusste nicht, wer Fürst Niklot war und woher er sie kannte. Sie konnte nur daran denken, dass sich ihr hier eine Möglichkeit ergab, dem Kloster zu entkommen. Sie rang mit sich um die richtige Erwiderung.

»Um es aber noch einmal zu betonen«, ergriff stattdessen die Oberin erneut das Wort, »Herzog Heinrich kann dich nicht zwingen, Anna Maria. Wenn du hierbleiben willst und die Ewigen Gelübde ablegen, dann ...«

»Nein!«, brach es aus Amra heraus. »Das heißt ... äh ...«

Erschrocken hielt sie inne. Ganz so schnell sollte sie die Entscheidung vielleicht doch nicht treffen. Wieder fiel ihr Magnus ein. Wenn sie sich mit diesem Fürsten Niklot vermählte, dann entkam sie zwar dem Kloster, aber eine Verbindung mit Magnus wäre ihr dann auch auf immer verwehrt. Sie biss sich auf die Lippen.

»Ich ... ich ... kann ich noch darüber nachdenken? Ich ...«

»Du hast selbstverständlich Bedenkzeit, solange du willst, mein Kind«, beeilte sich die Äbtissin zu versichern, während Heribert nervös mit dem Fuß wippte.

»Zwei oder drei Tage würde der Herzog Euch sicher zubilligen«, murmelte der junge Ritter.

Er hatte zweifellos den Auftrag, umgehend mit Amra zurückzukehren oder sie gleich nach Mikelenburg zu bringen.

»Geh zur Kirche, bete, geh in dich!«, forderte nun auch die Novizenmeisterin Amra auf. Sie hatte bislang still an der Tür gewartet. »Gott wird seinen Ruf an dich zweifellos erneuern. Hast du ihm nicht längst deine Seele versprochen?«

Amra wollte wieder spontan verneinen, zumal Heribert sie mit einem Ausdruck mittleren Entsetzens musterte.

»Ihr habt nicht wirklich die Gelübde abgelegt?«, fragte er besorgt.

Amra schüttelte den Kopf. Und wagte dann einen Vorstoß, von dem sie sich jedoch wenig erhoffte. »Ich würde mich gern mit Frau Mariana beraten«, wandte sie sich ehrfürchtig an die Äbtissin. »Könntet Ihr mir das wohl gestatten, Ehrwürdige Mutter?«

Gewöhnlich hätte die Oberin dies sofort abgelehnt und auf Gott als alleinigen Ratgeber hingewiesen, aber diesmal nickte sie gütig.

»Wenn Frau Mariana Zeit für dich hat, kannst du dich gern gleich mit ihr zusammensetzen«, erklärte sie. »Ich werde sie holen lassen, ihr könnt euch in die Kirche oder ins Refektorium zurückziehen, da ist ja jetzt niemand.«

Die Klosterfrauen waren um diese Zeit bei der Arbeit, und auch Amra hatte erwartet, zu der ihren zurückgeschickt zu werden. Wenn überhaupt, so hatte sie sich allenfalls während der Mußestunde nach der Vesper ein Treffen mit Mariana erhofft. Ihre unsterbliche Seele musste den Schwestern wohl sehr wichtig sein. Oder eher die hohe Mitgift, mit der Heinrich sie zweifellos beim Eintritt ins Kloster ausgestattet hatte, und die an den Herzog oder den künftigen Gatten der jungen Frau zurückfiel, wenn Amra das Kloster verließ. Amra hätte beinahe gelächelt.

»Ich warte auf Eure Entscheidung, Frau Amra«, sagte Heribert mit einer Verbeugung, als die Novizenmeisterin Amra hinausführte.

Amra hörte endlich wieder ihren richtigen Namen und sah zum ersten Mal seit zwei Jahren furchtlos in das Gesicht eines Mannes. Und sie konnte nicht anders – sie zwinkerte dem Ritter zu.

Tatsächlich erwartete sie dann nicht nur Mariana im Refektorium, man hatte auch Wein und Speisen bringen lassen, um die Edelfrau zu bewirten. Natürlich nur die karge Fastenkost, aber Amra griff hungrig zu.

»Du willst also gehen?«, fragte Mariana. Amra brauchte gar nichts zu sagen, sie erkannte am lebhaften Blick der jungen Frau, dass diese schon wieder das Abenteuer suchte.

»Ich gehe auf jeden Fall«, stellte Amra klar. »Ich konnte es Euch bislang nicht sagen, es bleiben ja nie mehr als drei Atemzüge, um sich ein paar Worte zuzuraunen. Aber ich bin fest entschlossen, das Kloster zu verlassen. Ich plante, im Frühjahr zu fliehen und mich nach Stralow durchzuschlagen.«

»Zu fliehen?«, fragte Mariana entsetzt. »Aber, Mädchen . . .«

Amra winkte ab. »Ich weiß, es wäre gefährlich. Eine Frau allein unterwegs ist Freiwild, das braucht Ihr mir gar nicht vorzuhalten. Aber hier bleibe ich nicht mein Leben lang, alles ist besser als das.«

»Dann musst du Herrn Niklot heiraten«, erklärte Mariana kategorisch. »Und Gott dafür danken, dass er dir diesen Ausweg bietet. Eine Flucht allein ist undenkbar.«

Amra schlang ein weiteres Stück Brot mit Käse hinunter. Sie hatte lange nicht mehr so gut gegessen, die Kost im Gästehaus war so viel besser als die im Konvent.

»Aber ich liebe Magnus«, gab sie dann zu bedenken. »Wenn ich einen anderen heirate . . .«

Mariana rang die Hände. »Amra, nicht schon wieder! Hast

du denn gar nichts gelernt? Diese unselige Geschichte mit dem jungen Ritter hat dich doch schon einmal eine sichere Stellung gekostet! Als Herrn Heinrichs Mätresse hättest du ein gutes Leben gehabt. Und am Ende hätte er dich am Hof zu Braunschweig verheiratet, nicht an diese düstere Burg im Slawenland und mit einem Mann, der womöglich noch heimlich zu den alten Göttern betet. Finde dich endlich in dein Schicksal, Amra! Heirate diesen Fürsten Niklot und sei ihm eine brave und tugendhafte Frau!«

Amra seufzte. Zu welchen Göttern ihr künftiger Gatte betete, war ihr eigentlich gleich. Aber sie wünschte sich einen Mann, den sie lieben konnte. Sie wünschte sich Magnus.

»Von dem du im Übrigen seit Jahren nichts mehr gehört hast!«, eiferte sich Mariana, als Amra das anmerkte. »Kind, er kann längst tot sein. Oder mit einer anderen verbandelt – verheiratet ja wohl kaum, er bekommt nie ein Lehen. Wahrscheinlich reitet er längst unter dem Zeichen einer anderen Frau in den Kampf, während du dich hier nach ihm verzehrst. Gib es auf, Amra. Versuche, deinen Gatten zu lieben. Vielleicht hat Herr Heribert ja Recht, und er ist ein schöner, stattlicher Mann.«

Herr Heribert musste sich gleich mit seiner Werbung an Mariana gewandt haben, nachdem ihn die Äbtissin verabschiedet hatte. Den jungen Ritter drängte es erkennbar, Herzog Heinrich war sicher nicht bereit, ein Nein vonseiten Amras hinzunehmen.

»Aber er ist nicht Magnus«, gab Amra beharrlich zurück.

Mariana seufzte. »Und Magnus ist nicht Lancelot, und du bist nicht Guinevere. Aber eure unglückliche Liebe wird eine schöne Geschichte ergeben, mit der du dann deinen Töchtern und Enkelinnen Flausen in die Köpfe setzen kannst. Vergiss Magnus, Amra. Du hast die Wahl zwischen Niklot von Mikelenburg und Jesus von Nazareth. Wenn ich sie hätte, so wählte ich Letzteren. Aber wenn du dich denn so gar nicht berufen fühlst, dann sag Herrn Heribert morgen zu und nimm den Slawen. Gott möge dich dabei beschützen.«

Die alte Edelfrau zog Amra in die Arme und küsste sie zum Abschied. Sie wusste, dass sie die junge Frau ganz sicher nicht wiedersehen würde, wenn sie ihren Entschluss erst einmal bekannt gegeben hatte. Sicher würde die Äbtissin Marianas Beratung mit dafür verantwortlich machen und sie in den letzten Stunden von Amra fernhalten.

»Ich hoffe wirklich, du wirst glücklich!«, raunte sie der jungen Frau noch zu, bevor sie das Refektorium verließ. »Und tu mir einen Gefallen: Lauf jetzt nicht gleich zur Äbtissin und sag ihr, wie du dich entschieden hast. Geh erst in die Kirche und bete darüber. Möglichst die ganze Nacht. Das ist auch gut in Bezug auf Herrn Heribert. Man wird dich höher schätzen, wenn es wie ein schwerer Entschluss aussieht als wie eine Flucht.«

Amra hörte auf den Rat Marianas und verbrachte eine letzte kalte und einsame Nacht in der Klosterkirche. Sie versuchte es sogar noch einmal mit einem Gespräch mit Gott, aber wie immer gönnte er ihr keine Antwort. Schließlich gab sie auf und wartete auf die Morgendämmerung. Nach der Laudes bat sie die Äbtissin um ein Gespräch.

»Und lasst dazu bitte auch Herrn Heribert kommen«, sagte sie fest. »Ich bin zu einer Entscheidung gelangt.«

Heribert von Fulda wirkte unendlich erleichtert, wogegen die Äbtissin die Lippen zusammenpresste, als Amra ihre Entscheidung schließlich verkündete.

»Ich bin Euch für Eure Unterstützung unendlich dankbar«,

wandte sie sich in gemessenen Worten an Mutter Clementia, »und für all die Unterweisungen, die ich hier erfahren durfte.« Amra biss sich auf die Lippen, aber sie hatte lange über die Formulierungen nachgedacht. Für Mariana würde es einfacher werden, wenn sie es sich nicht vollständig mit der Äbtissin verdarb. »Aber Gott hat mich nun einmal nicht berufen, sosehr ich mich Euch und Eurem Orden verbunden fühle. Sicher findet sich ein Kloster in der Nähe der Burg meines künftigen Gatten, das ich großzügig in Eurem Sinne unterstützen werde.«

Mit Holz zum Heizen, dachte Amra, während sie den widerwilligen Segen der Oberin entgegennahm und ihr unterwürfig die Hand küsste, und allem anderen, außer Heringen ...

Dann zog sie sich mit einer raschen Bewegung den Novizenschleier vom Kopf. Ihre üppigen rotgoldenen Locken fielen ihr über die Schultern, endlich befreit.

»Wann wollt Ihr, dass wir reiten, Herr Heribert?«

Kapitel 2

Magnus von Lund hatte den Sommerfeldzug des Vaclav von Arkona durchgestanden, wobei ihn jeder Tag mit Abscheu erfüllte. Der junge Slawe brannte und plünderte mitleidlos entlang der pommerschen Küste. Zu echten Kämpfen kam es fast nie, allenfalls formierte sich mal eine geringe Gegenwehr von Bauern, die von Plünderungen anderer Dörfer gehört hatten und sich jetzt mit dem Mut der Verzweiflung zusammenschlossen. Mit ihnen wurden Vaclavs Ritter allerdings mühelos fertig, sie hatten der schwer bewaffneten kleinen Truppe ja nichts entgegenzusetzen. Die Männer um Vaclav schienen sich dabei keiner Schuld bewusst zu sein. Als Magnus seinen Befehlshaber schließlich doch wegen seines unritterlichen Tuns zur Rede stellte, war der völlig überrascht.

»Aber die Truppen des Herzogs von Sachsen tun doch dasselbe auf den dänischen Inseln«, verteidigte sich Vaclav. »Wir zahlen nur mit gleicher Münze zurück. Habt Ihr nicht von den Sklaven gehört, die in Mikelenburg verkauft wurden?«

Magnus' Einwand, dass böse Taten nicht dadurch besser wurden, dass andere sie auch verübten, traf auf taube Ohren.

»Krieg ist Krieg«, höhnte Vaclav. »Das weiß auch Euer Oheim. König Waldemar billigt unsere kleinen Beutezüge, sie füllen ja auch seine Kassen. Also haltet Euch zurück, Herr Magnus, und seht zu, dass Ihr Euch einen Anteil an der Beute sichert. Ihr kehrt ja sonst mit genauso leeren Taschen nach Roskilde zurück, wie Ihr ausgezogen seid.«

Das war letztlich auch der Fall, und Magnus fühlte sich dabei fast so, als hätte er Amra verraten. Eigentlich hatte er ja Beute machen und etwas sparen wollen, um möglichst bald mit der Suche nach ihr fortfahren zu können. Aber Amra hätte dies hier auch nicht gebilligt. Mit zusammengebissenen Zähnen verfolgte Magnus schließlich, wie die gefesselten, hilflosen Menschen auf die Schiffe getrieben und auf engstem Raum zusammengepfercht die Seereise antraten. Natürlich gab es keinen Proviant für sie und nur wenig Wasser. Die Sklaven waren von der Seekrankheit mitgenommen und völlig ausgemergelt, als sie schließlich in Dänemark ankamen. Für viele von ihnen ging die Reise dann noch weiter zu den Märkten in Lübeck und Stralow. Magnus ertrug den Anblick ihrer Not nicht länger. Noch bevor die menschliche Beute ausgeladen wurde, machte er sich auf den Weg nach Roskilde, um seinen Oheim zur Rede zu stellen.

König Waldemar äußerte sich allerdings kaum anders als Vaclav. »Was bist du so zart besaitet, Junge? Du hast zu vielen Troubadouren gelauscht. Ich war immer der Meinung, dass das den jungen Streitern nicht guttut ... Lass es dir jedenfalls gesagt sein: Im Krieg gilt Ritterlichkeit nicht viel, du wirst in der Schlacht schließlich auch nicht absteigen, wenn du deinen Gegner vom Pferd geworfen hast, und dich ihm artig wie im Turnier zum Schwertkampf stellen.« Der König lachte allein bei der Vorstellung. »Im Krieg heißt es ›Du oder der Feind‹!«

»Diese Bauern waren nicht meine Feinde!«, versuchte Magnus zu erklären.

Der König tat den Einwand mit einer Handbewegung ab. »Natürlich nicht. Aber sie gehörten dem Feind. Ihre Herren sind mit Heinrich verbündet, und damit sind sie eine reguläre Beute im Krieg. Wenn Heinrich sie nicht verteidigt, ist das sein Problem.« Waldemar lachte wieder.

Magnus senkte den Kopf. »Dann bitte ich, mein König, in Zukunft zur Verteidigung unserer Bauern eingesetzt zu werden.

Gebt mir ein Kommando und schickt mich in die Gebiete, in denen Pribislav plündert. Vielleicht kann ich unseren Leuten ein Schicksal wie das dieser Pommern ersparen.«

»Aber damit ist nichts zu verdienen, Junge«, gab Waldemar zu bedenken. »Natürlich setzen wir ein paar Truppen ein, um die Inseln zu verteidigen. Schon, um keinen Aufstand zu riskieren, wir schulden den Lehnsleuten ja Schutz. Aber das ist mehr der Form halber, die Küsten sind zu lang, man kann nicht jedes Dorf im Auge behalten.«

Magnus nickte. Auch in Pommern waren sicher ein paar Ritter stationiert gewesen, aber Vaclav war keiner Patrouille ins Netz gegangen.

»Und selbst wenn man mal auf den Feind stößt – das sind doch alles Habenichtse. Mehr als ein Pferd und eine Rüstung wirst du da nicht erbeuten.«

Magnus zuckte die Schultern. »Ich hatte auch nicht gehofft, damit reich zu werden«, sagte er ruhig. »Aber sprechen wir über etwas anderes, Oheim. Ich würde den Winter gern auf dem Hof meines Vaters verbringen. Gebt Ihr mir dafür die Erlaubnis?«

Magnus graute es vor einem Winter auf der Burg des Königs zusammen mit Vaclav und den anderen Rittern, die er in diesem Sommer von ihrer schlechtesten Seite kennengelernt hatte.

Der Winter auf dem Gut seiner Familie gestaltete sich dagegen friedlich. Magnus' Eltern waren froh, ihn wiederzusehen, vor allem seine Mutter Edita konnte nicht genug von seinen Abenteuern hören und zeigte auch größte Anteilnahme an der Liebesgeschichte mit Amra.

»Sie scheint ja ein schönes und kluges Mädchen zu sein – und in meine Gebete schließe ich sie ohnehin ein, seit sie dir damals zur Flucht aus den Händen dieser Heiden verhalf. Zu traurig, dass wir nicht reich sind, Magnus. Und dass Vater und Sven auch nicht sehr zugänglich sind, was Hilfe auf dem Hof angeht.«

Sven war Magnus' älterer Bruder, und er wehrte sich kategorisch, das Lehen zu teilen oder Magnus wenigstens ein Haus und ein kleines Legat zuzuweisen, in dem er mit einer Frau seiner Wahl leben könnte. Dabei gab es reichlich Arbeit auf dem Hof, Magnus hätte seinen Vater und seinen Bruder entlasten können. Beide vernachlässigten ihre ritterlichen Aufgaben sträflich, sie waren mit der Landwirtschaft voll ausgelastet und kamen kaum noch dazu, sich im Kampf zu üben oder gar weitere Ritter und Söldner unter Waffen zu halten. Im Ernstfall würden sie ihrer Lehnspflicht nicht nachkommen können, und auch ihre Dörfer wären ohne jeden Schutz vor Invasoren. Magnus hätte sich hier und in vielerlei anderer Hinsicht nützlich machen können – die kleine Pferdezucht zum Beispiel hätte er gern betreut. Er hätte seinen Lebensunterhalt leicht damit verdienen können, die schweren Pferde für den ritterlichen Kampf auszubilden und dann viel teurer zu verkaufen, als es jetzt geschah. Sein Vater kam nicht dazu, und sein Bruder machte sich nichts aus Pferden. Die beiden schlugen die Tiere meist schon als Fohlen als Zug- oder Ackergäule los. Aber von einer zweiten Familie auf dem Gut wollte Sven nichts hören, er fürchtete um seine Pfründe. Und auch sein Vater zeigte kein Interesse daran, Magnus auf dem Hof zu halten.

»Du solltest hier im Winter nicht herumlungern«, meinte er unwillig. »Mir ist es lieber, du kämpfst unter dem Banner des Königs für die Ehre unserer Familie. Vielleicht schaffst du dir so auch ein Lehen, statt nach dem deines Bruders zu gieren.«

Magnus' Vater hatte den eher schwerfälligen Sven, der ebenso an der Scholle hing wie er, immer vorgezogen, während Magnus der Liebling seiner gebildeten, feinfühligen Mutter war. Sein

Hofdienst kam dem Vater und dem Bruder gleichermaßen zupass. Wenn schon einer aus ihrer Familie kämpfte, so meinten sie, würde der König die anderen nicht zu Lehnspflichten heranziehen.

Schließlich wurde es Frühling, Magnus kehrte nach Roskilde zurück, und der König sandte ihn wie gewünscht auf die Insel Seeland, um seinen dortigen Lehnsleuten beizustehen. Er verbrachte den Sommer mit endlosen Patrouillenritten, erst im Herbst wurde sein kleiner Trupp junger Ritter in ein kurzes Gefecht verwickelt. Sie hatten die Männer der Fürsten Pribislav und Niklot beim Anlanden entdeckt und konnten sie leicht zurückschlagen. Ein Glücksfall. Wären die Pferde bereits ausgeladen gewesen und die kleine Streitmacht voll gerüstet, wäre es schwierig geworden. Herzog Heinrichs Truppen waren den Verteidigern zahlenmäßig überlegen. So aber suchten sie ihr Heil in der Flucht – zweifellos, um die nächste Insel anzufahren und ihr schändliches Werk dort weiterzuführen.

Vaclav und seine Männer machten dagegen weiterhin Beute in Pommern, stießen dabei allerdings auf größere Gegenwehr. Heinrich der Löwe hatte seinen Lehnsleuten wohl Schutztruppen geschickt. Es wurde immer deutlicher, dass er in dem Konflikt um den ranischen Tempelschatz die Oberhand gewann. Und König Waldemar wurde des Streits mit seinem alten Waffengefährten auch langsam müde. Im Winter, den Magnus diesmal auf der Burg in Roskilde verbrachte, häuften sich die Gerüchte, Waldemar könnte klein beigeben. Und dann, im nächsten Frühjahr, wurden Magnus und Vaclav von Arkona auch offiziell darüber informiert.

»Herr Magnus, Herr Vaclav ... ich habe eine Aufgabe für Euch.« Der König kam gleich zur Sache, als die Ritter seine Kemenate betraten. Er wirkte nicht sehr zufrieden, die Karaffe edlen Weines, die auf dem Tisch an seiner Feuerstelle stand, war bereits zur Hälfte geleert. »Es ist eine Einladung ergangen.« Waldemar spielte mit einem Pergament, an dessen Rand Magnus das erbrochene Siegel Herzog Heinrichs erkannte. Der König seufzte und schien sich dazu durchzuringen, den Rittern doch erst die Vorgeschichte zu erzählen. »Ihr habt möglicherweise gehört, dass ich mich entschlossen habe, den Streit mit Herzog Heinrich beizulegen. Es ist zweier Fürsten nicht würdig, einander wegen ein paar Beuteanteilen zu bekriegen. Ich habe deshalb Größe gezeigt und dem Herzog das von ihm gewünschte Silber zukommen lassen.«

Magnus nickte untertänig, Vaclav schien ein Grinsen unterdrücken zu müssen. Der König warf ihm einen bösen Blick zu.

»Der Herzog versichert mir in diesem Schreiben«, Waldemar hob das Pergament, »dass er die Geste zu schätzen weiß und die freundschaftlichen Beziehungen zwischen unseren Ländern wieder aufleben lassen will. Desgleichen seine Verbündeten, die Fürsten Pribislav und Niklot von Mikelenburg sowie die Herzöge Bogislav und Kasimir von Pommern.«

Magnus rieb sich die Stirn. So schnell sollten die versklavten Bauern und die verwüsteten Dörfer also vergessen sein. Auf beiden Seiten.

»Aus Mikelenburg erreicht uns denn auch besagte Einladung«, kam der König auf den Anlass dieses Treffens zurück. »Aber nehmt Euch doch Wein, meine Herren, ich vernachlässige meine Pflichten als Gastgeber.«

Vaclav ließ sich das nicht zweimal sagen und füllte auch einen Becher für Magnus.

»Fürst Niklot wird demnächst die Ehe schließen. Mit einer slawischen Adligen, er führt das nicht näher aus. Aber er lädt uns zu der Feier ein, die in großem Rahmen und, wie er ausdrücklich betont, nach christlichem Ritus auf der Mikelenburg gefeiert werden soll. Natürlich ergeht auch eine Einladung an

Herzog Heinrich, aber ich ... ich denke nicht, dass es schon an der Zeit ist, ein persönliches Treffen ...«, der König leerte sein Glas und ließ sich von Vaclav nachschenken, »... also kurz und gut, ich werde nicht nach Mikelenburg reisen. Dafür ist der Anlass auch nicht wichtig genug. Diese Slawen gehen zu leichtfertig um mit den Königs- und Fürstentiteln. Allerdings gedenke ich, eine Abordnung zu entsenden – unter Eurer Führung, meine Herren. Herr Magnus kann einige seiner jungen Ritter mitnehmen, die sind ja wohl nicht nur an der Waffe, sondern auch im Frauen- und Hofdienst trefflich geschult.«

Der König und Vaclav grinsten, während sich Magnus auf die Lippen biss. Er hatte sich im Winter als Waffenmeister für die zahlreichen Knappen am Hof nützlich gemacht und die Jungen neben dem Kampf auch dazu angehalten, die Unterrichtsstunden des Hofkaplans im Lesen und Schreiben zu besuchen und den wenigen Troubadouren, die sich an König Waldemars Hof verirrten, wenigstens zuzuhören. Ein paar von ihnen versuchten sich daraufhin auch selbst im Frauendienst, was die Hofdamen der Königin entzückte. Die Mädchen versammelten sich aufgeregt kichernd um ihre Herrin, als die älteren Knappen schließlich beim ersten Frühjahrsvollmond ihre Schwertleite feierten, und brannten darauf, die Sieger des darauffolgenden Turniers zu küssen. Zu Magnus' Genugtuung schlugen sich seine jungen Ritter dabei nicht schlechter als etwa Vaclavs. Letztere hatten zwar weit mehr Erfahrung, aber beim Schleifen pommerscher Bauerndörfer lernten sie nicht unbedingt viel dazu.

»Und Ihr, Herr Vaclav, bringt Euer slawisches Regiment ein, so werden die Dänen ebenso wie die Rujaner vertreten sein. Das Ganze ist der Freundschaft unserer Völker zweifellos dienlich. Natürlich werde ich auch entsprechend wertvolle Geschenke senden. Und danach ist diese leidige Angelegenheit mit dem Tempelschatz von Rujana wohl endgültig aus der Welt geschafft! Ich denke, es genügt, wenn jeder von Euch zehn Ritter zu Eurer Begleitung auswählt. Ich werde meine Gattin bitten, die Geschenke zusammenzustellen, dann könnt Ihr in zwei Tagen reiten.«

Magnus war nicht gerade begeistert, gemeinsam mit Vaclav nach Mikelenburg reiten zu müssen, andererseits freute ihn der Auftrag. Endlich würde wieder Friede zwischen Sachsen und Dänemark herrschen, was die Voraussetzungen für einen erneuten Vorstoß bei der Suche nach Amra sicher verbesserte. Magnus wusste nicht, wie lange das Noviziat in einem Frauenkloster gewöhnlich dauerte, aber sehr viel Zeit würde Amra nicht mehr bleiben, bis man ihr die Ewigen Gelübde abverlangte. Vorher musste er sie finden und aus dem Kloster befreien – sofern sie befreit werden wollte! In seinen dunkelsten Stunden befürchtete Magnus mitunter, dass seine Liebste zum christlichen Glauben gefunden hatte und aus freien Stücken bereit sein würde, sich Gott zu weihen. Er konnte das zwar nicht glauben, inzwischen waren jedoch fast drei Jahre vergangen. Unter dem Einfluss der Klosterfrauen mochte sich Amra verändert haben. In seinen Albträumen sah Magnus ihr volles rotes Haar unter dem Messer einer Novizenmeisterin fallen und ihr geschorenes Haupt für immer von einem schwarzen Schleier bedeckt. Er sah die klaren grünen Augen voller Anbetung auf ein Kreuz gerichtet, statt sich glücklich in seinem eigenen Blick zu spiegeln.

Das durfte nicht sein! Magnus war entschlossen, sich auf dieser Hochzeit noch einmal gründlich nach Frauenklöstern in den slawischen Gebieten umzuhören. Vielleicht wusste ja sogar jemand aus der Abordnung des Herzogs Näheres über Amras Verbleib. Magnus hoffte, seinen alten Freund Heribert wiederzusehen. Der mochte sich umgehört haben, er wusste doch, wie sehr Magnus daran gelegen war. Und als Fahrende Ritter traf man sich immer irgendwann und irgendwo wieder. Heribert war einem Lehen genauso fern wie Magnus. Beide Ritter konnten die Burgen ihrer jeweiligen Herren morgen verlassen und in irgendeinem anderen Heer wieder zusammenfinden.

Magnus nahm sich vor, nach der Hochzeit erneut auf die Suche zu gehen. Er war bereit, jeden bayerischen Konvent abzureiten. Irgendwo musste Amra stecken, und er konnte nicht mehr warten. Was die Zukunft bringen sollte, wusste er nicht, aber eines wusste er sicher: Wenn er Amra jetzt wiederfand, würde er nie wieder von ihr lassen.

Kapitel 3

Amra meinte, sich noch nie so wohl gefühlt zu haben wie in diesem Moment in der Kleiderkammer des Klosters, in der sie die schwarze Kutte wieder gegen ein seidenes Unterhemd und feinwollene Kleider tauschte. Es waren nicht ihre eigenen – die hatte das Kloster längst verkauft –, sondern die der letzten dem Kloster verschriebenen Novizin, offensichtlich einer Tochter aus reichem Hause. Das dunkelblaue Unterkleid und die schlichte dunkelblaue Surcotte waren aus bestem Tuch und umschmeichelten Amras Körper. Die Kleidung war ihr ein wenig zu groß, die schwere Arbeit und die karge Kost im Konvent hatten ihren Tribut gefordert, Amra drehte sich dennoch übermütig darin im Raum und ließ die Röcke fliegen.

»Ihr seid schön«, bemerkte die Kammerschwester.

Das war nicht einmal missbilligend. Schwester Gotlind freute sich ehrlich für Amra. Diese bemerkte, dass sie gleich wieder zurück in die förmliche Anrede fiel. Amra war das etwas unangenehm, aber sie freute sich doch, nach der langen Zeit als bessere Stallmagd erneut in die Rolle einer Edelfrau schlüpfen zu können. Sie konnte es kaum erwarten, in einen Spiegel sehen zu dürfen. Im Kloster gab es keinen, um die Schwestern nicht zur Hoffart zu verführen. Amra fragte sich, ob Niklot von Mikelenburg sich wohl einen Glas- oder Silberspiegel leisten konnte. Ihr schlechtes Gewissen gegenüber Magnus regte sich sofort, doch sie kam nicht umhin, gespannt auf diesen Mann zu sein, dem sie sich eben auf Gedeih und Verderb auslieferte.

Vorerst spiegelte sie sich allerdings nur in den Augen des

Heribert von Fulda – der junge Ritter konnte sich kaum an ihr sattsehen, als sie schließlich wieder im vollen Staat einer Edelfrau vor ihn trat.

»Euer zukünftiger Gatte ist wahrhaft zu beneiden!«, schmeichelte Heribert und verbeugte sich ehrerbietig. »Doch wollt Ihr so reiten, Frau Amra? Euer Kleid ist sehr schön, aber wir haben noch Frühjahr und es ist mit Kälte und Regen zu rechnen.«

Amra zuckte die Schultern. »Dies ist alles, was ich habe, Herr Ritter. Man frönt hier der Armut und dem Gehorsam. Herzog Heinrich konnte kaum damit rechnen, dass man mich mit einer reichen Mitgift entlässt.«

Heribert lachte. »Die Mitgift wird er sich schon zurückholen! Er hat jedoch auch mich mit ausreichenden Mitteln ausgestattet, um Euch mit einer neuen zu versehen. Es war zu erwarten, dass die Ordensfrauen nicht gleich damit herausrücken. Fragt sich nur, wo wir jetzt einen Mantel für Euch herbekommen. Ohne Regenschutz könnt Ihr nicht reiten. Um alles andere macht Euch keine Sorgen. In ein paar Tagen erreichen wir die Horeburg. Da wird es wohl einen Markt geben, sofern die Burgherrin es nicht als ihre edelste Pflicht ansieht, Euch selbst mit dem Nötigen auszustatten.«

Wahrscheinlich würde die Edelfrau das tun, wenn auch vielleicht zähneknirschend. Die Herren der Horeburg waren Herzog Heinrich lehnspflichtig und sicher an guten Beziehungen interessiert.

»Was ist eigentlich mit einem Pferd?«, überlegte Heribert inzwischen weiter. »Hier wird sich kaum ein Zelter erstehen lassen.«

Amra konnte ihm erfreut versichern, dass sich Sternvürbe immer noch in den Ställen des Klosters befand – und Heribert machte sich gleich an die Verhandlungen mit der Äbtissin über die Herausgabe der Stute. Offiziell hatte Amra sie bei ihrem Eintritt in den Orden dem Konvent überlassen, darüber musste sich reden lassen. Amra wartete aufgeregt, wenn auch mit leisem Lächeln auf das Ergebnis der Unterredung. Jetzt, da er Amra sicher auf seiner Seite hatte, verzichtete der junge Ritter auf allzu große Unterwürfigkeit gegenüber der Ordensfrau und stellte klare Forderungen. Als er aus ihrem Schreibzimmer trat, wirkte er triumphierend, während die Oberin wieder einmal dreinblickte, als hätte sie mit Essig gegurgelt.

»Die Ehrenwerte Mutter stellt Euch das Pferd natürlich gern wieder zur Verfügung«, wandte sich Heribert an Amra, »und ebenfalls einen Reisemantel. Es ist ihr eigener, also tragt ihn mit der gebührenden Ehrfurcht.«

Er zwinkerte der jungen Frau zu, als er ihr den voluminösen Umhang aus feinem Filz umlegte, obwohl sich Amra in dem schwarzen Mantel schon wieder wie eine Krähe fühlte und meinte, darin auch den Geruch des Klosters wahrnehmen zu können – Weihrauch und ... ja, Heringe. Das Kleidungsstück hielt aber zweifellos den Regen ab, die Oberin würde es vermissen, wenn sie über Land ritt, um ihre Güter zu inspizieren. Mutter Clementia nahm es mit ihrer eigenen Anwesenheitspflicht im Kloster nicht allzu genau, sie unternahm immer mal wieder Ritte in die Umgebung. In den letzten beiden Jahren hatte sie dazu stets Sternvürbe satteln lassen. Auch der Verlust der Stute würde sie hart ankommen.

Amra warf keinen Blick zurück, als sie das Kloster schließlich bei Sonnenaufgang des nächsten Tages verließen. Sie lächelte nur, als sich ihr der kleine Mischling anschloss.

»Auch er ist nicht zum Mönch geschaffen«, erklärte sie entschuldigend, als Heribert von Fulda den Hund unwillig musterte. »Seid unbesorgt, er wird niemandem zur Last fallen. Vielleicht findet er ja schon unterwegs eine nette Hündin.«

Mariana winkte dem Zug vom Gästehaus aus nach, besorgt darüber, was ihren Schützling erwartete. Aber Amra dachte nur noch an die Zukunft.

Herr Heribert hatte nur eine kleine Eskorte von sechs Rittern mitgebracht – noch weniger wäre ein Risiko gewesen, die Wälder zwischen Walsrode und Mikelenburg waren tief und von manch bösem Gelichter bewohnt. Auf dem Hinritt hatten die Ritter zwar nur wenig wertvolles Gut bei sich gehabt, das die Wegelagerer locken konnte – die wohlgefüllte Börse des Herzogs, die dem Ankauf von Amras Mitgift diente, trug Heribert versteckt unter seinem Mantel –, doch dem war ja nun nicht mehr so. Schon die schöne Amra stellte einen Wert dar. Rothaarige gepflegte Mädchen wurden auf den Sklavenmärkten hoch gehandelt. Und sehr bald sollten Truhen mit ihrer Aussteuer hinzukommen. Dann würden die Ritter auch Packtiere brauchen. Heribert hoffte, dass Amra sich wenigstens so weit bescheiden würde, dass kein Wagen nötig war. Ihm graute vor Achsenbrüchen und im Schlamm festgefahrenen Rädern.

Aber bislang fiel die junge Frau nicht zur Last, und der junge Ritter verstand langsam, was sein Freund Magnus an diesem Mädchen gefunden hatte. Amra war nicht nur schön, sondern auch klug und geschickt. Sie beschwerte sich weder über die nach dem Frühlingsregen grundlosen Wege, in denen ihre kleine Stute tief einsank und aus denen sie sich oft genug mit einem schwer zu sitzenden Sprung befreien musste. Andere Mädchen hätten sich geängstigt, aber Amra hielt sich nur verbissen fest und schrie auch nicht, als sie doch einmal von ihrem Sattelkissen herunterrutschte und der Länge nach im Morast landete.

»Ist auch nicht kälter als der Marmor vor der Kirchentür«, gab sie zurück, als Heribert sich besorgt nach ihrem Befinden erkundigte und gleich Rast machen und ein Feuer entfachen wollte. »Reiten wir lieber weiter und sehen zu, dass wir auf diese Burg kommen!« Die erste Nacht der Reise hatten sie in Zelten verbracht, was nicht sehr angenehm gewesen war.

Die Horeburg lag dann, ähnlich wie Herzog Heinrichs Residenz in Braunschweig, auf einer Insel in einem zu der Zeit reißenden Fluss. Das Land darum herum war flach. Heribert erzählte, es grenze ans Meer und sei deshalb teilweise überflutet. Die Menschen der angeschlossenen Ortschaft mussten sich durch einen Damm vor der oft wild tobenden Nordsee schützen. Das Örtchen Harburg wurde von Handwerkern und Burgbediensteten bewohnt. Wie ein annehmbarer Marktflecken wirkte es nicht, Amra sah schwarz für eine angemessene Aussteuer. Aber die Burg schien einladend, und die Reisenden nahmen aufatmend den warmen Würzwein entgegen, den man ihnen als Begrüßungsschluck reichte. Der Truchsess wies den Rittern Quartiere an und schickte gleich nach der Burgherrin, als er die Dame in der Begleitung der Bewaffneten erkannte.

Greta von Horeburg nahm die nasse und durchgefrorene Amra freundlich auf und hatte sogar ein Herz für den arg mitgenommenen Wuff, der immer noch nicht von Amras Seite wich.

»Folgt mir gleich in die Kemenate, das Feuer brennt bereits, es ist ja so kalt in diesem Frühjahr, man hält es auch tagsüber kaum ohne ein Feuer aus. Euer Hund kann sich davorlegen und trocknen. Und für Euch lassen wir das Badehaus anheizen ... Was sagt der Ritter, Ihr seid auf Brautfahrt? Wie aufregend.«

Frau Greta begeisterte sich ehrlich für Amras bevorstehende Eheschließung, ebenso wie ihre beiden halbwüchsigen Töchter. Diethild und Elisabeth von Horeburg waren ungefähr im gleichen Alter wie Mathilde Plantagenet und wollten gleich alles über die Prinzessin wissen, als sie hörten, dass Amra in ihrem Haushalt gelebt hatte.

»Aber die letzten Jahre habt Ihr im Kloster verbracht?«, fragte Frau Greta schließlich etwas verwundert. »Warum? Um lesen und schreiben zu lernen? Das ist sicher nützlich, aber ob Ihr es da oben auf der Mikelenburg gerade brauchen werdet? Das sind ja wohl noch recht wilde Gesellen, diese Slawenfürsten. Doch verzeiht, Ihr seid selbst Slawin, nicht wahr? Man hört es Euch nicht an, Ihr sprecht unsere Sprache sehr gut.«

Amra beeilte sich, ihr zu versichern, dass ihr das Kloster auch hier hilfreich gewesen war.

»Und natürlich hat es Euch zu einer guten Christin erzogen!«, führte Frau Greta weiter aus. »Ihr werdet in Eurer neuen Heimat segensreich tätig werden, da liegt doch sicher noch manches im Argen. Obwohl Herr Pribislav und Herr Niklot ja nun schon seit einiger Zeit getauft sind.«

Amra wurde ein wenig unbehaglich zumute. All die Leute sprachen so vorsichtig über Pribislav, Niklot und ihre Burg in den Tiefen der Wälder. Sie wusste inzwischen, dass Pribislav und Niklot zu den Eroberern Rujanas gehörten, Heribert hatte sie über die Hintergründe ihrer Vermählung mit dem Fürsten in Kenntnis gesetzt. Was allerdings die schönen Worte bedeuteten, dass Niklot schon seit damals in Liebe zu Amra entbrannt war, wusste auch er nicht zu erklären. Amra konnte sich nicht erinnern, dem slawischen Adligen vorgestellt worden zu sein. Eigentlich erinnerte sie sich überhaupt nur an König Waldemar und die Männer, die damals in das Zelt der Geiseln gekommen waren und Alenka geschändet hatten. Aber Amra hatte dieses schreckliche Erlebnis in die hinterste Ecke ihres Gedächtnisses verbannt, und gerettet hatte sie damals Magnus – ganz sicher kein slawischer Fürst.

Frau Greta und ihre Töchter kümmerten sich gern um Amras Aussteuer. Die Burg war reich, das Marschland fruchtbar. Die Truhen der Frauen quollen über von edlen Stoffen und Schmucksteinen und Garnen, um sie zu besticken. Allerdings brauchte dies Zeit. Amra und ihr Gefolge blieben schließlich zwei Wochen lang auf der Burg, in denen die Frauen geschäftig Kleider zuschnitten und nähten, Tücher bestickten und Schuhmacher sowie Hutmacher empfingen. Schließlich besaß Amra eine Aussteuer, die auf zwei Maultiere verladen werden konnte. Heribert atmete auf, weil kein Wagen nötig war.

Als sie dann endlich aufbrachen, hatte sich das Wetter ein wenig gebessert, aber die Wege waren doch noch aufgeweicht. Je näher sie Mikelenburg kamen, desto rauer wurde der Ritt. Es gab weniger Ansiedlungen, der größte Teil der Strecke führte durch tiefsten Wald. Burgen lagen natürlich auch nicht am Weg, geschweige denn Gasthöfe. Die Reisenden übernachteten in Einsiedeleien, meist jedoch in Zelten – und Heribert dankte dem Himmel erneut für Amras Bescheidenheit. Viele junge Frauen hätten schon den langen Ritt allein mit den Rittern abgelehnt – dies hatte auch die Äbtissin in Walsrode bemängelt, und erst recht Frau Greta. Allerdings fand sich auf der Horeburg keine Frau, die bereit gewesen wäre, Amra als Anstandsdame oder als Zofe nach Mikelenburg zu begleiten. Frau Greta wurde nicht müde, darüber zu lamentieren.

»Ich vertraue fest auf die ritterlichen Tugenden des Herrn Heribert und seiner Leute«, erklärte Amra dagegen gelassen. Sie vertraute auch auf die Macht Heinrichs des Löwen. Kein Ritter würde es wagen, einer Frau zu nahe zu treten, die der Herzog verheiraten wollte.

So gelangte sie denn auch unbeschadet nach Mikelenburg, lediglich ihre Glieder schmerzten nach dem tagelangen Ritt und den Nächten in den Zelten auf hartem Waldboden. Sie lechzte nach einem Bad und sauberen Kleidern – während der Reise hatte sie ihre Sachen nicht wechseln können, und die Frühlingskälte war einem Wärmeeinbruch gewichen. Amra war völlig verschwitzt. Sie hoffte nur, dass die Residenz der Slawenfürsten ein Badehaus hatte ...

Als die Wälle der Mikelenburg dann vor ihr aufragten, war Amra jedoch überrascht, welch warme Gefühle der Anblick der slawischen Burg in ihr wachrief. Sie war so sehr an die trutzigen Steinburgen in Sachsen gewöhnt, dass sie verblüfft auf die hölzernen Palisaden blickte, die ihr künftiges Zuhause umgaben. Genau wie Arkona schützte sich Mikelenburg durch Erdwälle und hölzerne Befestigungen. Die ganze Stadt – die um die Burg entstandene Ortschaft war kaum noch ein Dorf zu nennen – bestand aus Holzhäusern, die entlang unbefestigter Straßen lagen. Das mochte weniger bequem sein als die Steinhäuser in Städten wie Lübeck oder Braunschweig, aber es wirkte vertrauter. Die alten Götter und Geister hatten hier in Harmonie mit den Menschen gelebt, und sicher glaubten die Bewohner von Mikelenburg auch noch an Feen, Elfen und Waldgeister. Allerdings beherrschte bereits ein Kirchturm die Siedlung, und auch innerhalb der Burg gab es zweifellos Kapellen. Die Anlage war vor wenigen Jahrzehnten zerstört und dann wieder aufgebaut worden, und so hoffte Amra auch auf Kemenaten, die mehr Bequemlichkeit boten als die primitiven Frauengemächer auf Arkona.

»Ihr werdet in dieser Kirche heiraten«, erklärte Herr Heribert Amra, als sie, bestaunt von den Bewohnern der Siedlung, durch die Straßen zur Burg ritten. »Der Bischof von Mikelenburg wird Euch einsegnen – eine wahrhaft christliche Eheschließung nach ganz neuem Ritus.«

Amra nickte. Sie hatte einer solchen Zeremonie ja schon bei der Hochzeit von Heinrich und Mathilde beigewohnt. Es war allerdings immer noch üblich, dass sich adlige Hochzeiter zunächst im Beisein der Ritter Eide schworen und Ringe tauschten. Erst am darauffolgenden Tag ließen sich die Brautleute von der Kirche segnen. Amra betrachtete die Eheschließung jedoch nur als eine mehr als lästige Pflicht, um dem Kloster zu entgehen, und wenn es nicht Magnus sein konnte, dann war es ihr gleich, mit wem und nach welchem Ritus sie sich binden sollte. Ihr zukünftiges Leben würde ähnlich dem der Königin Libussa auf Arkona sein: bequem, aber langweilig, mit einem Gatten, der sie nur selten belästigte. Sie war dafür gern bereit, seine Konkubinen zu dulden. Amra hielt es für unwahrscheinlich, sich ausreichend in ihren Gatten verlieben zu können, um Neid zu empfinden.

Auch das Innere der Mikelenburg glich Arkona, nur dass es hier natürlich keine Tempelanlagen gab. Dafür einen großen Hof, es wimmelte von Rittern und Pferden, die Übungsplätze und Ställe bevölkerten. Die Fürsten von Mikelenburg waren zweifellos streitbar. Vielleicht hatte Heribert ja sogar Recht, und Niklot war ein stattlicher, durch ritterlichen Kampf gestählter Mann. Was die Sitten anging, so hatten sich Pribislav und Niklot denen der Sachsen und Dänen so weit angepasst, dass auch hier ein Mundschenk bereitstand, der Neuankömmlingen einen Begrüßungsschluck zu reichen und auch sonst für ein angemessenes Willkommen auf der Burg zu sorgen hatte.

Der mit diesem Hofamt betraute Mann musterte Amra unverhohlen, die Lüsternheit in seinem Blick war kaum zu übersehen. Amra senkte verschämt den Blick. Es wäre besser gewesen, sich zu verschleiern, aber jetzt war es zu spät.

»Meiner Seel, der Herr Niklot hat nicht übertrieben!«, raunte der Mundschenk einem Knappen zu, dem er eben den Auftrag erteilt hatte, die Herrin Relana vom Eintreffen der Braut zu informieren. »Die hätt ich auch gern auf meinem Lager ...«

Amra errötete. Ob den Männern nicht bewusst war, dass sie ihre Sprache verstand, oder war es ihnen einfach egal, dass sie ihre Anzüglichkeiten hörte? Was sie allerdings noch mehr beunruhigte als die losen Reden des Ministerialen, war die erneute Anspielung darauf, dass Niklot sie kannte. Ob er sie als Geisel auf Rujana gesehen hatte? Aber sie war doch gleich nach der ersten Nacht von den anderen getrennt worden.

Eine kostbar, aber schlicht gekleidete Frau trat nun auf den Burgplatz, gefolgt von zwei jungen Mädchen, wahrscheinlich Hofdamen. Sie lächelte freundlich und begrüßte Amra mit einem schwesterlichen Kuss auf die Wange.

»Du musst Amra von Arkona sein«, sagte sie. »Willkommen in der Mikelenburg. Ich bin Relana, die Gattin des Fürsten Pribislav. Und die Männer haben Recht. Du bist sehr schön.«

Die Fürstin schien ihr wohlgesonnen, etwas in ihrem Blick machte Amra jedoch nachdenklich. Sie ist nicht glücklich, dachte sie, die Schwermut scheint auf ihr zu lasten. Relanas Gesichtszüge unter dem strengen Gebände waren ebenmäßig, die Augen graublau. Vielleicht hatten sie früher verträumt gewirkt, vielleicht hatte sich der Himmel über dem Meer darin gespiegelt. Fürstin Relana musste einst eine wunderschöne junge Frau gewesen sein, aber das Leben auf dieser Burg schien für Frauen nicht leicht.

»Komm mit, ich zeige dir unsere Kemenaten – und ich werde auch Wasser bringen lassen, damit du ein Bad nehmen kannst... vor der Hochzeit.«

Amra runzelte die Stirn. »Wann soll die Hochzeit denn sein?«, fragte sie.

Sie wollte mit dem Bad nicht bis dahin warten, es sprach doch wohl auch nichts dagegen, den Zuber vor dem Fest noch einmal zu füllen.

Fürstin Relana unterdrückte ein Seufzen. »Gleich morgen, Kind... oder spätestens übermorgen. Ja, ich weiß, das geht alles etwas schnell. Die Gäste sind auch noch gar nicht alle da. Aber

Niklot will auf keinen Fall länger warten, nun, da du da bist ...
Es wird natürlich auf den Bischof ankommen. Ohne den Bischof kann die Ehe nicht geschlossen werden, das muss auch Niklot einsehen. Mein Gatte wird ihm da schon den Kopf zurechtsetzen. Es geht alles ganz nach den guten Sitten, keine Sorge. Ganz ... ganz christlich auch.« Die Fürstin trug ein schweres goldenes Kreuz um den Hals, aber so ganz schien sie den neuen Glauben noch nicht verinnerlicht zu haben. »Und nun komm, es ist nicht nötig, dass dich noch mehr Männer lüstern anstarren. Das bringt Niklot nur auf ...« Sie lächelte gezwungen. »Du bekommst jetzt erst mal dein Bad, und dann werden wir deine Sachen durchsehen, dein Hochzeitskleid ist ja sicher ganz zerdrückt nach der Reise, wir ...«

Amra hatte das Gefühl, als plappere Relana, um sie und vielleicht sogar sich selbst zu beruhigen. Nun war das auch nötig. Amra begann, sich zu fürchten. Was sollte diese überstürzte Eheschließung? Warum konnte Niklot nicht noch ein paar Tage warten, bis alle Gäste da waren, und warum sprach Relana von ihm wie von einem verwöhnten Kind?

Beklommen folgte sie Relana zu den Frauengemächern, wie immer gefolgt von dem vorwitzigen Wuff, den Relana zwar etwas skeptisch musterte, den sie aber zu dulden schien. Die beheizbaren Wohnräume lagen, wie fast immer, über dem Palas des Burgherrn, aber in diesem Holzhaus waren sie kleiner als in den aus Stein gebauten Burgen. Dazu herrschte in den Räumen der Fürstin ein heilloses Durcheinander. Eine resignierte Kinderfrau räumte hinter zwei lebhaften kleinen Burschen her, die beim Toben über Tisch und Bänke gingen. Eine Glaskaraffe war darüber schon in Scherben gegangen, aber die Dienstmagd machte keine Anstalten, die Kinder dafür zu schelten oder gar zu strafen. Als sie dem Kleineren ein recht spitzes Holzschwert wegnehmen wollte, mit dem er vor den Augen seines Bruders herumfuchtelte, piekste ihr der zweite sein Holzmesser in den Bauch. Amra hätte einem Kind diese Frechheiten nicht durchgehen lassen, und Relana schimpfte denn auch ein wenig, aber die Knaben hatten inzwischen Amras Hund erspäht und stürzten sich johlend auf ihn.

»Die Männer dieser Familie sind recht übermütig«, entschuldigte Relana. »Meine Söhne, Borvin und Nikolaus.«

Amra fragte sich ängstlich, ob vielleicht auch Niklots Übermut nie gebremst worden war.

»Aber nun komm, deine Räume sind bereits vorbereitet, Niklot konnte deine Ankunft ja kaum erwarten.«

Relana öffnete eine Tür, die in ein abgeschlossenes Schlaf- und ein Wohngemach führte. Amra sollte die Räumlichkeiten wohl mit Niklot teilen, der Gedanke, dass ihr künftiger Gemahl sie für sie vorbereitet hatte, tröstete sie. Vielleicht brachte er ihr ja wirklich zärtliche Gefühle entgegen, wo auch immer er sie schon einmal gesehen hatte.

Sehr persönlich wirkte die Einrichtung nicht, aber es gab einen Tisch und Sitzgelegenheiten, Truhen und ein Lesepult, auf dem bereits eine Bibel auf Amra wartete. Das Bett war mit Fellen und weichen Kissen ausgestattet. Frieren musste sie also nicht, auch wenn die Tücher, die man vor die Fenster gehängt hatte, die Winterkälte sicher nur ungenügend abhielten. Eine Dienstmagd war eben dabei, den Kamin anzuheizen, und lächelte, als Wuff sich sofort auf dem Fell davor niederlegte, zufrieden, den wilden Spielen der Knaben entkommen zu sein. Zwei andere Mägde füllten den schon bereitgestellten Badezuber mit warmem Wasser. Amra bemerkte glücklich, dass es duftende Seife gab, Rosenblätter schwammen auf dem Wasser. Die Tür wurde erneut geöffnet, und eine Dienerin brachte einen Krug Wein. Relana mochte mit ihren Kindern überfordert sein, sie war jedoch eine gute Gastgeberin.

Amra konnte jedoch nicht lange entspannen. Als sie sich eben auskleiden wollte, stürzte eine Magd ins Zimmer. Ihre Wangen waren vor Aufregung gerötet.

»Fürstin«, wandte sie sich gleich an Relana, »der Herr Niklot hat mich aufgehalten. Er möchte seine zukünftige Gattin unbedingt sehen. Ich hab ihm gesagt, das ginge nicht, sie müsse erst ein Bad nehmen und dann ... Aber er wurde sehr ungehalten. Jetzt spricht er mit Eurem Gatten.«

Fürstin Relana rang die Hände. »Was machen wir denn da bloß? Er kann doch nicht ... er kann doch nicht vor der Hochzeit in ihre Kemenate kommen, das wäre nicht schicklich ... Wenn er nur nicht ... Ich weiß gar nicht, was da zu tun ist.«

Amra wunderte sich. Sie schwankte zwischen Neugier auf ihren angehenden Gatten, Unwillen und Müdigkeit. Ganz sicher wollte sie Niklot nicht gegenübertreten, bevor sie sich gesäubert und umgezogen hatte. Danach dürfte es nicht zu aufwendig für Relana sein, nach höfischer Sitte ein abendliches Bankett zu arrangieren, zu dem auch die Frauen geladen waren. Vielleicht war das auf dieser Burg bislang nicht üblich, doch Pribislav würde an diesem Tag sicher eine Ausnahme machen. Man konnte Amra ganz selbstverständlich und zwanglos am Tisch der Fürsten platzieren, sie konnte mit Niklot Artigkeiten tauschen und den Teller teilen. Unter einander Versprochenen war das durchaus üblich und gesellschaftlich anerkannt. Relana schien auf diese Idee jedoch nicht zu kommen. Sie wirkte eingeschüchtert und ängstlich. Ganz sicher mangelte es ihr an höfischer Erziehung. Vor ihrer Christianisierung hatten die Slawen schließlich kaum Kontakte zu größeren Höfen gehabt. Auch Königin Libussa auf Rujana hatte nicht einmal lesen und schreiben können.

»Bestellt dem Herrn, ich werde mich jetzt erst einmal frisch machen«, ergriff Amra die Initiative. Sie wollte nicht selbst ein Bankett vorschlagen, Relana sollte nicht denken, sie wolle die Herrschaft über die Burg an sich reißen. Aber sie musste den ungeduldigen Fürsten beschwichtigen. »Danach wird die Fürstin Relana vielleicht ein Treffen in höfisch angemessenem Rahmen einrichten. Vorerst möge sich der Herr in Geduld fassen. Die hohe Minne fordert Langmut und Hingabe. Überschwang löscht die Glut, statt sie zu entfachen.«

Die Fürstin und die Magd starrten sie gleichermaßen verblüfft an.

»Dann ... dann sag ihm das mal«, beschied Relana die Magd, die sich daraufhin rasch entfernte.

Die Dienerin half Amra beim Ablegen ihrer Kleidung und legte ein Tuch zum Trocknen bereit. Der Zuber war nun ausreichend gefüllt, das dampfende Wasser duftete einladend. Amra atmete auf, als sie hineinglitt. Wenn man ihr ein bisschen Zeit gab, würde sie gefasst genug sein, um ihrem künftigen Gatten gegenüberzutreten. Und sie würde schön für ihn sein. Sie schloss die Augen und schäumte ihr Haar mit Seife ein.

Eine lange Zeit der Ruhe und Schönheitspflege sollte ihr allerdings nicht vergönnt sein. Als sie eben ihr Haar ausspülte, hörte sie Stimmen und die Tritte schwerer Stiefel auf dem Wehrgang vor den Kemenaten.

»Was soll das höfische Gerede? Gehört sie mir nun oder nicht, Relana?«

Amra hörte eine Frauenstimme zaghaft etwas erwidern, dann Männergelächter.

»Der Bischof?«

Sie vernahm eine tiefe Stimme und horchte auf. Diese Stimme hatte sie schon einmal gehört ... und sie verband damit großes Entsetzen.

»Es ist mir ganz egal, ob der Bischof uns vorher einsegnet oder nicht. Und wenn ich ihr ein Kind mache, ist es auch gleichgültig, ob's vorher oder nachher gezeugt wird – sieht man dem Balg ja nicht an. Also werde ich den Teufel tun und auf den Pfaffen warten ... Ich warne dich, Relana, gib die Tür frei, oder ich trete sie ein.«

Der gefleckte Hund sprang alarmiert auf und knurrte. Amra wollte aus dem Zuber steigen und sich mit dem Tuch verhüllen, bevor der Unbekannte sich Zutritt zu ihren Räumen verschaffte, aber es war zu spät. Sie schrie auf, als die Tür aufgestoßen wurde und ein großer, schwerer Mann ins Zimmer stürmte. Amra bedeckte ihre Brust notdürftig mit den Armen – und wurde von schierem Entsetzen ergriffen. Sie kannte dieses breite Gesicht mit den weit auseinanderstehenden kleinen Augen. Sie erinnerte sich noch zu gut an diesen Mund, dessen Lippen sich brutal auf die ihren hatten pressen wollen ... und endlich fiel ihr auch wieder ein, dass Magnus diesen Mann, der sie hatte schänden wollen, im Lager der Dänen mit »Fürst« angesprochen hatte.

Jetzt verzogen sich die groben Züge Niklots zu einem Grinsen. »Hol mich der Teufel, sie ist's wirklich!«, bemerkte er. »Ich hab's gehofft. So viele Rote waren ja nicht unter den Weibern damals auf Rujana. Ich hab dich nämlich gesucht, Amra oder wie du heißt. Später, als die Geiseln auf die Sklavenmärkte gingen. Da hätt ich dich gern gekauft, meine Hübsche. Aber du warst ja verschwunden – ins Bett des Löwen, hieß es. Und nun hör ich, er hätt dich doch verschmäht, wärst immer noch Jungfrau. Auch wenn's mir darauf gar nicht so ankommt. Gut, bleibt es eben nicht bei ein paar wilden Nächten. Eine kleine Jungfrau aus königlichem Blut will geheiratet werden. Machen wir also eine Fürstin von Mikelenburg aus dir ...« Niklot näherte sich dem Badezuber mit lüsternem Blick und trat nach dem Hund, der auf ihn zusprang und wütend zu bellen begann. »Und ich muss dich nicht mal mehr ausziehen.«

Amra fühlte sich so hilflos wie noch nie in ihrem Leben, aber ihre Angst wurde schnell von Empörung und Wut verdrängt. Dieser Grobian konnte nicht einmal bis zur Einsegnung warten, bevor er seine Beute in Besitz nahm. Und Heinrich hatte sie ihm ausgeliefert. Niemand beschützte sie – nicht einmal Magnus. In ihrem Ärger trat Amra entschlossen die Flucht nach vorn an. Sie warf sich gegen die Wand des Badezubers und brachte ihn damit zu Fall. Das duftende Seifenwasser ergoss sich über Niklots Beinlinge und Waffenrock, und als er erschrocken zur Seite auswich, sprang der Hund ihn bellend an. Das verschaffte Amra Aufschub. Sie rappelte sich auf, rannte hinter das Lesepult und warf die Bibel nach Niklot.

Der lachte hämisch auf. »Was für eine Wölfin! Du warst schon damals nicht ohne, meine Kleine. Oh, das verspricht ein Spaß zu werden! Und dabei fürchtete ich schon, man schickt mir eine Betschwester.«

Niklot löste seinen Gürtel. Sein Schwert fiel zu Boden und glitt ein Stück weit aus der Scheide. Amra fixierte die Waffe. Dann griff sie nach einem Schemel und hielt ihn vor sich, um Niklot abzuwehren. Der Fürst folgte ihr lachend, schlug ihr den Schemel aus der Hand und wollte nach ihr greifen, aber ihre Haut war glitschig vom Seifenschaum. Amra entzog sich ihm erneut, griff nach dem Weinkrug, den die Dienerin zuvor gebracht hatte, und schüttete Niklot den Inhalt ins Gesicht. Bedauerlicherweise war es kein heißer Würzwein, er blendete den Ritter jedoch einen Herzschlag lang und brachte Amra damit näher an das Schwert. Niklot schien ihre Absichten nicht vorauszuahnen. Er lachte erneut dröhnend auf über das vermeintliche Spiel, mit dem sie ihn reizte – und trat noch einmal nach dem Hund, als der versuchte, ihn zu beißen. Amra duckte sich unter Niklots Arm weg, als er wieder nach ihr griff, und dankte dem Himmel dafür, dass die Kemenate mit einem Teppich ausgelegt war, als sie zu Boden stürzte. Und dann war sie neben dem Schwert. Sie griff beherzt nach dem Knauf, zog die Waffe aus der Scheide und hielt sie drohend vor sich.

»Keinen Schritt weiter, Herr Niklot!«

Niklot von Mikelenburg verharrte verwirrt. »Aber, aber, mein Täubchen ... Du willst doch nicht ... Lass jetzt augenblicklich die Waffe sinken und ...«

»Und was?«, fragte Amra. Der Hund zog den Schwanz ein und kam winselnd an ihre Seite. »Was soll ich tun? Mich Euch ›hingeben‹, weil es Euch so gefällt? Jetzt und gleich? Ihr habt mich doch, Fürst Niklot, wie Ihr eben schon zu bemerken geruhtet. Ich werde morgen mit Euch vermählt – falls ich mich nicht entschließe, Euch dieses Schwert jetzt noch in die Brust zu stoßen ...«

Amra wusste, dass sie das schwere Schwert unmöglich mit der nötigen Kraft nach oben stoßen konnte, Niklot hätte es leicht abwehren können und sich dabei allenfalls die Hand verletzt. So blieb ihr nur, mit Worten zu kämpfen.

»Also übt Euch jetzt in Geduld, Fürst Niklot«, fuhr sie ruhig fort. »Wenn der Bischof morgen eintrifft, werden wir Hochzeit feiern, wie es der Brauch verlangt. Danach wird mir wohl nichts übrig bleiben, als Euch zu Willen zu sein. Jedoch nicht hier und nicht jetzt, Herr Niklot!«

Niklot von Mikelenburg schien zu schwanken. Er musste wissen, dass er sie trotz der Waffe überwältigen konnte. Aber er mochte sich wohl nicht die Blöße geben, dafür Blessuren in Kauf nehmen und den anderen Rittern Rede und Antwort stehen zu müssen.

Doch dann wurde ihm die Entscheidung abgenommen. Fürstin Relana hatte wohl ihren Gatten zu Hilfe gerufen, denn ein weiterer, nicht minder großer Mann erschien in der Tür. Amra erkannte auch ihn. Er hatte sich damals an der jungen Alenka vergangen. Jetzt lachte er schallend.

»Na, Brüderchen, wenn du dich da mal nicht übernommen hast!«, stieß er hervor. »Erinnere ich mich falsch, oder war sie dir damals schon ein bisschen überlegen? Aber du sagst mir Bescheid, wenn du Hilfe brauchst, was?«

Pribislav schob seinen Bruder zur Seite und versuchte sich mit einer höfischen Verbeugung vor der zukünftigen Gemahlin seines Bruders. Dabei grinste er.

»Frau Amra von Arkona? Es freut mich, Eure Bekanntschaft zu machen. Bitte vergebt meinem ungestümen Bruder, er kann es wohl nicht abwarten, mit Euch vor den Altar zu treten. Aber wie ich sehe, habt Ihr ihm ja bereits Zügel angelegt.« Er hielt Amra die Hand entgegen. »Gebt mir jetzt das Schwert, Frau Amra, und bekleidet Euch. Mein Bruder wird Euch nicht mehr zu nahe treten, bis die Trauung vollzogen ist. Der Bischof hat bereits einen Boten geschickt, Niklot. Er wird morgen Nachmittag hier sein. Allzu lange brauchst du also nicht zu warten. Kaum der Rede wert, verglichen mit all dem, was die großen Ritter der Geschichte um der hohen Minne willen auf sich nahmen.«

Pribislav schlug seinem Bruder scheinbar ermutigend auf die Schulter, nahm das Schwert von Amra entgegen und steckte es in die Scheide.

Niklot gürtete sich kleinlaut. »Also morgen, Amra«, sagte er schließlich. »Es wird mir ein Vergnügen sein.« Auch er verbeugte sich jetzt artig, seine Stimme klang jedoch drohend, als er hinzufügte: »Und schafft den Köter hier heraus!«

Als hätte er verstanden, begann Wuff erneut zu bellen.

Amra machte sich keine Illusionen – Niklot würde ihr diese Demütigung heimzahlen. In der nächsten Nacht schützte sie keiner mehr.

Kapitel 4

Für Magnus gestaltete sich die Reise von Dänemark nach Mikelenburg mehr als unerfreulich. Mit Vaclav wechselte er unterwegs kaum ein Wort, was sicher auch besser war, um nicht alte Feindseligkeiten aufleben zu lassen. Vaclav wusste sicher von Magnus' Beschwerde nach dem Feldzug nach Pommern. König Waldemar mochte sein unritterliches Verhalten decken, solange er vorgeben konnte, nichts davon zu wissen. Aber nach Magnus' Bericht hatte er den jungen Ranen sicher zu sich befohlen und gerügt. Folgen hatte das natürlich keine gehabt, der Tadel dürfte mild ausgefallen sein. Aber Vaclav war dennoch verärgert und schwieg sich nun Magnus gegenüber aus. Auch seine Ritter mieden Magnus' Männer, und oft wurden Spottworte laut. Magnus hielt seine heißblütigen jungen Kämpfer nur mühsam unter Kontrolle. Sie hätten die Schmähungen gern zurückgegeben und waren sicher wortgewandter als Vaclavs Ritter, doch die hätten dann womöglich zugeschlagen, und es ging nicht an, dass die Dänen sich untereinander prügelten.

Hinzu kam, dass Magnus Sorge zu tragen hatte, dass die wertvollen Hochzeitsgeschenke, die König Waldemar dem Slawenfürsten zugedacht hatte, die Burg unbeschadet erreichten. Die Männer hatten die voluminösen Truhen auf einen Karren geladen, der nicht nur ständig im Schlamm stecken blieb, sondern obendrein zu breit für die Straßen nach Mikelenburg war. Die Lehnsleute hier erfüllten die Mindestanforderungen an die Instandhaltung ihrer Verkehrswege: Die Fernstraßen mussten so breit sein, dass ein Reiter mit quer über den Sattel gelegter

Lanze darüberreiten konnte. Der von zwei Maultieren gezogene Karren verkeilte sich immer wieder zwischen den Bäumen, was die Reise erschwerte. Außerdem gefielen Magnus die begehrlichen Blicke nicht, mit denen Vaclav die Truhen musterte. Auf dem Schiff hatte er ihn sogar einmal dabei erwischt, als er sie öffnete und neugierig hineinspähte. Magnus hegte den Verdacht, dass der slawische Ritter sich gern ein wenig bereichert hätte.

Er hatte dem Gespräch zwischen Vaclav und seinen Männern entnommen, dass die Ranen nicht planten, nach der Hochzeit auf der Mikelenburg nach Roskilde zurückzukehren. Vaclav zog es zurück nach Rujana, wo Fürst Tetzlav inzwischen verstorben war. Die Herrschaft über die Insel war auf dessen Bruder Jaromar übergegangen, und der hatte wohl einst gemeinsam mit Vaclav die Schwertleite gefeiert. Wahrscheinlich erhoffte sich Vaclav nun von ihm ein Lehen in seiner Heimat, und eine wohlgefüllte Börse hätte ihm sicher weitere Türen geöffnet.

Diese Suppe gedachte Magnus ihm allerdings zu versalzen. Der junge Ritter gruppierte des Nachts die Zelte seiner eigenen Männer unauffällig um den Karren mit den Truhen und schaute auch selbst mehrmals nach dem Rechten. Wann immer ein Ritter in der Nähe des Karrens auftauchte, wurde er scharf zur Rede gestellt.

Das alles belastete natürlich die Stimmung unter den Männern, und Magnus hatte mehr als genug von seiner Mission, als sie sich der Mikelenburg endlich näherten. Obwohl es schon dunkel wurde, sprach er sich dagegen aus, die Zelte noch einmal im Wald aufzuschlagen.

»In zwei Stunden sind wir da und können am Feuer den Wein der Fürsten trinken, statt hier Zeltstangen in den Schlamm zu rammen«, trieb er die Ritter an.

»Aber die Tore der Burg werden geschlossen sein«, sprach Vaclav dagegen. Es klang nicht sehr überzeugt, wahrscheinlich drängte es den jungen Ranen genauso unter ein festes Dach wie seinen dänischen Rivalen. »Slawenburgen schließt man bei Sonnenuntergang.«

Magnus sah seinen Rivalen missmutig an. »Wie alle anderen Burgen und Stadttore dieser Welt«, höhnte er. »Aber man bemannt auch die Zinnen, und für die Männer König Waldemars wird man die Tore wohl wieder öffnen. Die Mikelenburg wappnet sich schließlich nicht für einen Krieg, sondern öffnet sich für eine Hochzeit. Da wird man späte Gäste kaum abweisen.«

Weder die dänischen noch die slawischen Ritter hatten etwas einzuwenden, und so setzte Magnus sich schließlich durch. Tatsächlich sahen sie noch Licht auf der Burg, als sie eintrafen, obwohl es bereits auf Mitternacht zuging.

»Die Herren Ritter feiern noch«, erläuterte der Burgwächter, der den Männern ohne allzu viele Fragen das Tor öffnete. »Die Braut ist heute eingetroffen, und morgen soll die Hochzeit sein. Ihr kommt also gerade richtig, der Bischof wird gegen Mittag erwartet.«

»So schnell?«, wunderte sich Magnus. »Das Mädchen trifft ein und wird gleich am nächsten Tag verheiratet? Ob alle Gäste da sind oder nicht?«

Vaclav grinste. »Wir Slawen halten uns nicht mit langen Vorreden auf«, bemerkte er. »Wir handeln, Herr Magnus, höfisches Gerede und Minnesang brauchen wir nicht. Fürst Niklot macht das schon ganz richtig.«

Der Wächter zuckte die Schultern. »Ich hab gehört, er konnt's schon heut kaum abwarten. Aber sie soll wohl auch sehr hübsch sein. Na ja, morgen werden wir sie ja zu sehen bekommen – wenn sie nicht gar zu prüde ist und sich verschleiert.«

Der Mann wies den Männern den Weg in den Rittersaal, und tatsächlich gab es noch Wein und zu essen für alle. Dann scheuchte Magnus seine jungen Ritter allerdings in die Ställe, um ihre

Rüstungen zu polieren. Auf der Reise waren die Harnische und Helme nass geworden und angelaufen.

»Damit können wir uns vor der Braut nicht blicken lassen«, erklärte er. »Denkt daran, wir vertreten das Königreich Dänemark. Also lasst Eure Harnische blitzen und Eure Farben leuchten!«

Amra verbrachte die Nacht schlaflos und in verzweifelter Suche nach einem Ausweg. Sie dachte an Flucht, aber die Burg heimlich zu verlassen war undenkbar. Auch die Überlegung, Herrn Heribert um Hilfe zu bitten, verwarf sie schnell. Der Ritter stand loyal zu seinem Herrn, er würde sich nicht auf ihre Seite stellen. Blieb noch die Trauung nach christlichem Ritus, sie forderte eine Zustimmung der Braut. Der Bischof würde Amra vor der gesamten Gemeinde fragen, ob sie Niklot wirklich zum Mann nehmen wolle. Aber was würde geschehen, wenn sie Nein sagte? Wie konnte sie das begründen? Sollte sie sagen, dass sie nun doch ins Kloster wolle? Dann würde der Bischof sie vielleicht schützen. Ein wutschnaubender Herzog Heinrich würde sie jedoch in den finstersten Konvent seiner Hoheitsgebiete verbannen, und davor graute es ihr fast ebenso wie davor, Niklot beiliegen zu müssen. Außerdem war es keineswegs sicher, dass der Fürst ihr Nein akzeptieren würde. Sie hatte seinen Stolz heute schon verletzt. Wenn sie es morgen noch einmal und in aller Öffentlichkeit tat, kannte er vielleicht kein Halten mehr. Amra musste den Tatsachen ins Auge sehen: Unberührt kam sie aus dieser Burg nicht mehr heraus, womöglich würde Niklot sie sogar gleich schwängern. Sie fragte sich, was man im Kloster mit einer Schwangeren anfing, und brachte zum ersten Mal tiefes Verständnis für Barbaras verzweifelte Tat auf.

Irgendwann in den frühen Morgenstunden kam Amra zu

dem Schluss, dass ihr nichts anderes blieb, als sich in ihr Schicksal zu ergeben. Sie konnte nichts anderes tun, als Niklot zum Mann zu nehmen und seine brutalen Zugriffe zu erdulden. Vielleicht verlor er ja bald die Lust an ihr, wenn sie sich unbeteiligt und kühl zeigte – und frömmlerisch. Eine Betschwester fürchtete er ja, sie würde ihm also zeigen, wie anhaltend sie beten konnte! Nach drei Jahren im Kloster kannte sie sämtliche Psalmen auswendig. Sobald Niklot sich ihr näherte, würde sie laut zu beten beginnen.

Schon früh, zur Morgenmesse, erschien Relana, um Amra zu wecken. »Ich hoffe, du hast etwas schlafen können«, sagte sie freundlich besorgt. »Dieser Auftritt gestern tut mir leid. Niklot hätte sich wirklich beherrschen können. Aber ich hatte dich ja gewarnt: Die Männer in dieser Familie führen sich etwas... ungebärdig auf.«

Amra nickte erschöpft und folgte ihrer künftigen Schwägerin in die Kapelle der Burg. Wuff begrüßte sie freudig, als sie aus dem Haus trat. Eine der Mägde hatte ihn am Abend zuvor auf Relanas Geheiß in die Ställe gebracht und Amra versichert, sie werde ihn füttern und ihm ein Strohlager bereiten. Amra atmete auf, als er sich jetzt wohlauf zeigte. Zumindest um das Tier musste sie sich also nicht sorgen. Sie streichelte Wuff und sagte ihm ein paar freundliche Worte. Für mehr blieb keine Zeit, sie musste die Messe durchstehen und sich dann von Relana und ihren Frauen beim Ankleiden und Frisieren für die Hochzeitsfeier helfen lassen.

Relana schenkte ihr einen mitleidigen Blick. »Es hilft ein bisschen, wenn man Gott um Beistand bittet«, raunte sie ihr ermutigend zu, als sie in den harten Bänken niederknieten. »Früher haben wir die Göttin Mokuscha angerufen, wenn die Männer zu... zu heftig wurden. Und jetzt beten wir zur... Mutter Maria.«

Relana sprach es nicht aus, doch Amra wusste, dass die Mutter Maria verglichen mit Mokuscha nicht mehr als ein sanftes Schaf war. Das Heiligtum der Göttin auf Rujana war ein dunkler See voller machtvoller Geheimnisse. Amra hatte Geschichten gehört, in denen Mokuscha die Gestalt einer wild gewordenen Bache annahm, um eine geschändete Jungfrau zu rächen. Der gewalttätige Mann starb dann auf der Jagd unter ihren Hauern. Aber vielleicht waren ja auch das nur tröstliche Legenden. Amra konnte nicht mehr glauben, dass es Götter gab, die sich um die Belange der Sterblichen sorgten.

Magnus und seine Männer verschliefen die Morgenmesse und verbrachten den Vormittag damit, die Pferde zu putzen. Die dänische Abordnung war als Eskorte des Bräutigams zur Kirche eingeteilt, und Magnus wollte Eindruck machen. Auch Vaclavs Männer hielt er energisch zur Pflege ihrer Rüstungen und ihrer Tiere an, als die Ritter sich endlich im Stall sehen ließen. Vaclav selbst war noch nicht aufgetaucht, Magnus nahm an, dass er gleich im Rittersaal eingeschlafen war, wo er noch lange mit den Obodritenfürsten gezecht hatte. Magnus befahl also einem seiner jungen Ritter, Vaclavs Harnisch zu polieren. Bis zur Hochzeit sollte er seinen Rausch wohl ausgeschlafen haben.

Tatsächlich kämpfte Vaclav von Arkona an diesem Morgen nicht so sehr mit den Folgen seiner Trunkenheit, sondern haderte eher mit dem Schicksal. Im Laufe der letzten Nacht hatte man ihm natürlich auch von der Braut erzählt, und Vaclav hatte aufgehorcht, als Niklot Trinksprüche auf seine ranische Prinzessin ausbrachte.

»Ihr müsstet sie eigentlich kennen, Herr Vaclav. Seid Ihr nicht auch Rane und von königlichem Blut? Sie gehörte zu den Geiseln des Königs – fuchsrotes Haar und das Temperament einer Löwin! Man sagt, sie sei eine Tochter König Tetzlavs. Oder eine Nichte?«

Vaclav hatte so getan, als versuche er sich zu erinnern, und tatsächlich arbeiteten seine Gedanken fieberhaft. Weder Tetzlav noch Jaromar hatten Töchter. Und rothaarige Ranen waren ohnehin selten. Eigentlich hatte es nur eine auf Rujana gegeben ... Vaclav spürte erneut den Schmerz und die Wut, die er empfunden hatte, als ihm Amra damals verloren gegangen war. Er hatte sich mit ihr vermählen wollen, und sie hatte sich ihm entzogen! Vaclav war fest davon überzeugt, dass sie das Schicksal einer Geisel in einem fremden Land nur gewählt hatte, um ihn zu verärgern. Und ausgerechnet dieser ungeschlachte Niklot hatte es geschafft, die Wildkatze zu zähmen!

Vaclav knirschte mit den Zähnen. Sollte er den Obodriten fordern? Schließlich hatte er ältere Rechte! Aber dann würde er damit den Zorn König Waldemars und Herzog Heinrichs auf sich ziehen – wenn er das Duell überhaupt überlebte. Niklot war in dieser Nacht zwar bezecht, doch er galt als wahrer Berserker im Kampf. Er war größer und schwerer als Vaclav und befand sich auf eigenem Terrain. Auf ein Wort von ihm oder Pribislav würde man Vaclav ins Verlies der Burg werfen – zumindest bis die Ehe eingesegnet und vollzogen war.

Vaclav zwang sich also zur Ruhe und zum Nachdenken. Ob Niklot vielleicht von seinen Heiratsabsichten Abstand nahm, wenn Vaclav die Lüge um Amras adlige Abkunft aufdeckte? Die junge Frau war nicht annähernd gleichen Ranges wie ihr künftiger Gatte. Aber Niklots Begierde würde das natürlich nicht beeinflussen. Er würde Amra zwar sicher strafen, behalten würde er sie trotzdem – wenn nicht als Gattin, dann als Mätresse. Vaclav konnte sich nur schwer damit abfinden, doch ihm fiel kaum etwas ein, das er tun konnte, um dem Fürsten Amra abzuwerben. Meuchelmord kam ihm in den Sinn. Er konnte in die Gemächer des Fürsten eindringen, Niklot im Bett erschlagen und die Braut rauben. Wenn er es geschickt anstellte, bekam er sie vielleicht sogar hinaus aus der Burg ... Aber was dann? Energisch verwies Vaclav den Gedanken in das Reich der Träume. Eine solche Tat wäre gefährlich und dumm. Und sie lohnte sich nicht, die Welt war schließlich voller Frauen.

Gegen Mittag erhob sich Vaclav endlich, um seinen Pflichten nachzukommen. Er würde diese Hochzeit überstehen und sich dann in den Straßen um die Burg herum nach einer rothaarigen Hure umsehen. Das würde ihm helfen, sein Blut abzukühlen. Und wenn er keine fand, war da ja auch noch der Sklavenmarkt. Frauen und Mädchen aus allen Teilen der bekannten Welt kamen nach Mikelenburg auf den Markt. Irgendeine Irin oder Schottin mit rotem Haar würde sich finden.

»Ihr seid wunderschön! Die schönste Braut, die man sich nur denken kann!« Relanas Zofe, ein zierliches blondes Mädchen, das Amras Haar gerade in unzählige Zöpfe geflochten hatte, in die sie jetzt Frühlingsblumen steckte, stand bewundernd vor ihrem Werk. »Aber Ihr solltet lächeln. Bitte lächelt, wenn Ihr in die Kirche eintretet. Euer Strahlen wird alles um Euch herum blenden!«

Vielleicht kann ich ja entwischen, wenn sich die Gäste die Augen reiben, weil sie geblendet sind von meinem Strahlen, dachte Amra mit einem Anflug von Galgenhumor. Sie wusste, dass sie schön war, schließlich hatte sie ihr Hochzeitskleid auf der Horeburg bereits probiert – ein Gewand in den Farben des Frühlings, zartgrün, mit einem weiten Ausschnitt, wie es die Edelfrauen in diesem Jahr trugen. Die Ärmel fielen lang über ihre Hände, der Saum wie auch der Gürtel des Kleides waren mit roten Achatperlen besetzt. Der passende Schapel zierte ihr

Haar, sein Grün passte zu den Stengeln der hineingeflochtenen Blumen und betonte ihre Augenfarbe. Aber strahlen würden diese Augen heute sicher nicht, Amra war eher nach Weinen zumute. Diese Blöße würde sie sich allerdings nicht geben! Sie würde sich beherrschen und an Mathilde Plantagenet denken. Die war am Tag ihrer Vermählung sicher genauso unglücklich und ängstlich gewesen wie sie und dazu noch viel jünger, aber sie hatte die Haltung einer Königin gezeigt. Amra würde nicht hinter ihr zurückstehen, auch sie hatte ihren Stolz!

Relana und die wenigen Frauen und Mädchen, die ihre Kemenaten mit ihr teilten, formierten sich schließlich hinter Amra, als die junge Frau zur Kirche schritt. Niklot und seine Männer hatten sich bereits auf den Weg gemacht – Relana rühmte seine Eskorte aus zwanzig stattlichen dänischen Rittern. Amra selbst ritten die Männer des Herzogs voraus. Auch sie in voller Rüstung mit glänzenden Harnischen und leuchtend bunten Schilden.

»Herr Niklot erwartet Euch in der Kirche«, hatte Herr Heribert Amra noch kurz erklärt, bevor er seine Männer in Gang setzte. »Gibt es irgendetwas, das ich noch für Euch tun kann?«

Der Ritter sah der jungen Frau nicht in die Augen. Auch er musste von dem gestrigen Eklat gehört haben. Womöglich machte er sich bereits Vorwürfe.

Amra schüttelte tapfer den Kopf. »Da gibt es nichts, Herr Heribert«, meinte sie. »Es sei denn, Ihr wollt für mich beten. Falls das Euer Gewissen beruhigt. Oder das des Herzogs Heinrich ...«

Damit zog sie einen leichten Schleier über ihr Haar und wies den Ritter mit einer Handbewegung an, sich zu entfernen. Heribert bestieg sein Pferd mit gesenktem Kopf. Noch einer, dem es schwerfallen würde, die Hochzeitsfeierlichkeiten durchzustehen.

Magnus und Vaclav ritten schweigend nebeneinander her, direkt hinter Fürst Niklot, der sich zu seiner Hochzeit prächtig gekleidet hatte. Er trug einen farbenfrohen Wappenrock und eine goldfarbene lange Tunika, darüber einen blauen Tasselmantel aus edelstem Tuch. Auf seinem Kopf saß ein mit Perlen besetzter Lederschmuck.

Das alles wirkte sehr festlich und höfisch, aber wenn Magnus den Fürsten ansah, hatte er trotzdem sein Bild von Rujana vor Augen: trunken, bösartig und eben dabei, Amra Gewalt anzutun. Magnus fand den Fürsten abstoßend, was ihn natürlich nicht hindern würde, seine Pflicht zu tun und König Waldemar auf Niklots Hochzeit würdig zu vertreten.

Der Fürst ließ jetzt kurz den Blick über seine Eskorte schweifen, schien Magnus aber nicht zu erkennen. Dafür zwinkerte er Vaclav zu, bevor sich sein Zug in Bewegung setzte, das Lächeln des jungen Slawen wirkte auf Magnus jedoch gezwungen.

Der Bischof erwartete den Bräutigam vor der Kirche, einem schlichten, aber dennoch trutzig wirkenden Bau. Man hatte sie zwar nach slawischer Sitte aus Holz gezimmert, dabei hingegen versucht, den steinernen Kathedralen der sächsischen Städte architektonisch so nahe wie möglich zu kommen. Die Kirche stand auf einer Art Sockel, zu dem eine breite, dreistufige Treppe hinaufführte. Vor der Kirchentür verbreiterte sie sich zu einer Art Podest, auf dem der Bischof nun stand und Niklot willkommen hieß. Magnus erkannte Berno von Schwerin in seinem bischöflichen Ornat, einen der Kirchenmänner, die auch die Invasion Rujanas begleitet hatten. Bischof Berno war schlank und muskulös, wahrscheinlich brachte er mehr Zeit im Sattel und bei Kampfspielen zu als vor dem Altar.

Magnus und Vaclav wiesen ihre Ritter an, von den Pferden zu steigen und die Tiere den vor der Kirche wartenden Knappen und Stallburschen zu übergeben. Dann folgten sie dem Bräutigam und dem Bischof in das Gotteshaus, um dort ihre Plätze einzunehmen. Magnus wählte eine Kirchenbank linker Hand am Gang – und war ebenso erfreut wie verwundert, als er kurz darauf Heribert von Fulda an der Spitze einer Reihe junger Ritter vom Hof Heinrichs des Löwen eintreten sah.

Magnus lächelte seinem Freund zu und sah auch Heriberts Augen aufleuchten, gleich darauf nahm sein Gesicht aber einen eher bestürzten Ausdruck an. Heribert dirigierte seine Ritter auf die Sitze rechts des Mittelgangs und platzierte sich wie Magnus ganz innen, sodass nur der Gang zwischen den Freunden lag.

»Du bist mit der Abordnung Heinrichs des Löwen hier?«, fragte Magnus unbedarft. »Bist du immer noch in Braunschweig?«

Heribert nickte und presste die Hände zu Fäusten zusammen. »Ich hoffe auf ein Hofamt«, erklärte er. Es klang eher unglücklich als hoffnungsvoll. »Wenn ich dies hier erfolgreich hinter mich bringe. Ich ... du wirst es mir doch nicht nachtragen, dass ich sie hergebracht habe? Es ... es geschieht auf Wunsch des Herzogs, aber sie ist gefragt worden. Sie hat zugestimmt, Magnus. Na ja, und du ... du scheinst ja auch darüber hinweg zu sein ...«

Magnus runzelte die Stirn. »Ich bin mit der dänischen Abordnung hier«, gab er Auskunft, »allerdings noch weit entfernt von einem Hofamt. Was soll ich dir nachtragen, mein Freund? Worüber soll ich hinweg sein, und wer ist was gefragt worden? Sprich nicht in Rätseln, Heribert! Oder warte, all das kannst du mir nachher erklären. Sag mir zunächst nur, ob du etwas von Amra gehört hast? Ich habe sie damals wochenlang gesucht, aber nicht gefunden. Hat man sie vielleicht doch nach Bayern gebracht?«

Heriberts Bestürzung wandelte sich zu purem Entsetzen, als er merkte, dass Magnus völlig ahnungslos war. »Du weißt nicht, Magnus ... du ...? Himmel, Magnus, du musst mir versprechen, dass du jetzt ruhig bleibst! Du kannst nichts mehr ändern, es ist ... es war ihr Wunsch, wie gesagt ... Mach jetzt keinen Fehler, Magnus, hör mir gut zu«, stieß Heribert hektisch aus.

In diesem Moment stimmte der Chor der Mönche, die den Bischof aus Schwerin nach Mikelenburg begleitet hatten, einen Choral an. Ein Raunen ging durch die versammelte Menschenmenge in der bis zum Bersten gefüllten Kirche, als die Braut den Mittelgang entlangschritt. Wunderschön in ihrem frühlingsgrünen Kleid und den roten Flechten, die wie ein Mantel über ihre Schultern fielen. Der hauchdünne Schleier konnte ihr blasses, ernstes Gesicht nicht vollkommen verhüllen ...

»Amra ...« Magnus stöhnte auf, als er die junge Frau erkannte, sie hörte ihn jedoch nicht.

Als er aufspringen wollte, stürzte Heribert über den Gang und hielt seinen Freund fest. »Halte dich zurück, Magnus, du kannst hier nichts tun. Und sie ...«, Heribert brachte die Lüge kaum hervor, aber es schien ihm die einzige Möglichkeit, Magnus zu beruhigen, »... sie wollte es so. Sie hat zugestimmt, glaub es mir. Sie ...«

Magnus hatte das Gefühl, nicht mehr atmen zu können.

Der Bischof hatte inzwischen begonnen, die Messe zu zelebrieren, Amra und Niklot standen vor dem Altar und verfolgten sein Tun. Niklot schien nicht still stehen zu können. Mit allen Zeichen der Ungeduld spielte er immer wieder mit dem Tasselriemen, der seinen Mantel hielt. Amra dagegen stand stockfsteif vor dem Bischof, sie bewegte sich nicht und zeigte auch sonst keinerlei Regung. Magnus konnte den Blick nicht von ihr wenden – ihre schlanke Gestalt, die schweren roten Flechten auf ihrem Rücken. Es konnte nicht sein, dass sie diesen Mann liebte – nicht Niklot, nicht den Kerl, der schon einmal so brutal versucht hatte, sie zu schänden.

Der Gottesdienst rauschte an Magnus vorbei, bis der Bischof

sich schließlich vor dem Brautpaar aufstellte und begann, die rituellen Fragen zu stellen.

Bisher war die Messe in lateinischer Sprache gehalten worden, aber jetzt sprach Berno von Schwerin ein ungelenkes Slawisch. Magnus verstand etwas von Liebe und Treue und Ehre – in seinen Ohren klang es nur verlogen –, und er hörte Niklot ein rasches, ungeduldiges »Ja, ich will!« ausstoßen. Jetzt nestelte der Slawe einen Ring aus seinen Gewändern, und der Bischof wandte sich an Amra. Wieder stellte er die bei der Hochzeitszeremonie üblichen Fragen nach Liebe in guten und in schlechten Zeiten ... Wie konnte es für sie gute Zeiten geben, wenn Magnus nicht bei ihr war? Kein Laut durchbrach die Stille in der Kirche, als der Gottesmann auf Amras Antwort wartete.

»Ich ... ich ...« Die junge Frau schien um Worte zu ringen.

»Es heißt ›Ja, ich will‹«, versuchte der Bischof zu helfen.

Amras Stimme klang erstickt, niemand konnte verstehen, was sie murmelte. Niklots böser Seitenblick traf sie wie ein Schlag, unter dem sie sich zu ducken schien. Ihre Hand fuhr fahrig zu ihrem Schleier.

In diesem Moment sprang Magnus von der Kirchenbank auf. Heribert versuchte, ihn auf seinem Platz zu halten, aber er schüttelte seine Hand ab.

»Nein, sie will nicht!«, rief er in das angespannte Schweigen. »Das seht Ihr doch, Herr Bischof, und all Ihr Ritter. Gibt es niemanden, der für sie einsteht? Wollt Ihr sie wirklich zwingen, hier etwas zu geloben, was sie nicht geloben will?«

Magnus hörte das Raunen in der Kirche, spürte alle Blicke auf sich gerichtet. Noch hob niemand die Waffen. Und dann wandte Amra sich ihm zu, und er vergaß alles. Sie sah ihn mit einem Blick an, als hätte sie plötzlich ihren Glauben an Gott und alle Engel wiedergefunden, dem Blick eines Todgeweihten, dem sich der Weg zurück ins Leben öffnete.

»Und habt Ihr nicht überhaupt etwas vergessen, Exzellenz?« Magnus dämpfte die Stimme nicht, erinnerte sich aber Gott sei Dank an die korrekte Anrede für einen Bischof. »Hättet Ihr nicht fragen müssen, ob nicht jemand etwas dagegen einzuwenden hat, dass Ihr Amra von Arkona und Niklot von Mikelenburg miteinander verbindet?«

Der Bischof holte tief Luft. Er sah, dass sich Niklots Gesicht vor Wut rot verfärbte, sah jedoch auch die Erleichterung auf Amras Gesicht. Berno von Schwerin erkannte, dass ihm die Situation aus den Händen glitt. Er konnte nur noch hoffen, dass es wenigstens kein Blutvergießen in der Kirche gab.

»Ich denke, junger Mann, Ihr werdet mir Eure gewichtigen Gründe gleich nennen«, sagte er, um Gelassenheit bemüht, und versuchte, Niklot mit einer Handbewegung Ruhe zu gebieten. »Also sprecht, wir werden sehen, ob sie Bestand haben vor dem Gesetz der heiligen Mutter Kirche.«

»Ich bin Magnus von Lund, Ritter des Königs Waldemar von Dänemark«, sagte Magnus fest. »Und Amra von Arkona ist mir versprochen, schon seit langer Zeit.«

Amra nickte, doch niemand schenkte ihr Aufmerksamkeit.

Der Bischof wandte die Augen gen Himmel, schenkte Magnus dann aber ein nachsichtiges Lächeln. »Das habe ich nun zur Kenntnis genommen, mein Herr Ritter von Lund. Und jetzt werdet Ihr mir sicher auch sagen, wer Euch einander versprochen hat. Verratet uns weiterhin, ob Ihr der Erbe Eures Vaters seid, oder welches wichtige Hofamt Ihr bekleidet, das Euch erlaubt, ein Fürstenkind zur Frau zu nehmen.«

»Ich bin gar kein ...« Amra wollte etwas einwenden. Vielleicht würde es ja helfen, die Geschichte ihrer Herkunft richtigzustellen.

Niklot schob sich vor sie. »Da hört Ihr, sie will gar nichts wissen von diesem Unsinn!«, dröhnte er. »Das ist alles leeres Gerede und verschwendete Zeit. Ihr werdet diese Ehe jetzt segnen, Herr Bischof, ob Amra will oder nicht. Und Ihr, Herr Magnus ... packt Euch, oder trefft mich morgen zum Zweikampf.« Er grinste und sah Amra lüstern an. »Heute hab ich Wichtigeres zu tun.«

Niklots Hand legte sich besitzergreifend auf Amras Hüfte. Die junge Frau fuhr zurück, als hätte sie sich verbrannt.

Als Magnus das sah, brachen alle Dämme. Der junge Ritter stürzte vor und zog sein Schwert. »Hier und jetzt!«, rief er und trat drohend auf Niklot zu. Er besann sich erst, als er in das entsetzte Gesicht des Bischofs blickte. »Lasst die Frau augenblicklich los und folgt mir vor die Kirche!«

Niklot hatte sein Schwert ebenso aus der Scheide gerissen, als er Magnus kommen sah. In den ersten Reihen der Kirchbänke erhoben sich derweil Pribislav und seine Ritter.

»Ergreift den Mann!«, forderte der Fürst und wies auf Magnus, doch er hatte nicht mit der Streitbarkeit seines Bruders gerechnet.

»Nein, lass, Bruder!«, erklärte Niklot. »Es soll keiner sagen, Niklot von Mikelenburg brauche deine Männer, um seine Ehre zu verteidigen – und das Recht auf sein Weib!« Er hob sein Schwert und wandte sich Magnus zu. »Ihr mögt Amra von Arkona versprochen oder mit ihr vermählt oder verschwägert sein, Herr Magnus von Lund!«, höhnte er. »Aber ein paar Schwertstreiche, und Ihr werdet gar nichts mehr sein – nur ein blutiger Leichnam auf dem Kirchplatz. Kommt jetzt, bringen wir's hinter uns.«

Niklot schritt scheinbar gelassen durch den Mittelgang der Kirche, in ihm brodelte jedoch die Wut. Magnus folgte ihm entschlossen. Er fragte sich nicht, ob er diesen Kampf gewinnen konnte, ob Niklot größer und stärker war als er, erfahrener und skrupelloser. Magnus musste siegen. Er konnte Amra nicht diesem Mann ausliefern.

Niklot wandte sich ihm in dem Augenblick zu, da beide die Kirchentür passiert hatten. Er führte einen raschen, ersten Schlag, sein Schwert war ein schwerer Beidhänder. Aber Magnus konnte dem Treffer leicht ausweichen. Sein Schwert war leichter als das seines Gegners, allerdings trug er im Gegensatz zu Niklot eine Rüstung. Das bot ihm zwar einen gewissen Schutz, machte es ihm aber auch schwerer, sich zu bewegen. Vor allem würde er schneller ermüden. Daran dachte Magnus hingegen nicht. Er schlug mit der Entschlossenheit eines Verzweifelten auf Niklot ein – während der Slawe seinen Gegner nicht allzu ernst zu nehmen schien. Er parierte Magnus' Schläge fast belustigt, als er sah, wie der junge Ritter sich verausgabte.

Inzwischen hatte sich die Schreckstarre gelöst, in die die meisten Menschen in der Kirche verfallen waren. Die Ritter und neugierigen Bürger drängten sich vor der Tür, um dem Kampf zuzusehen, aber Magnus und Niklot blockierten die Treppe zum Eingang. Niklot drängte Magnus die Treppe hinab und ließ ihn sich dann wieder hochkämpfen. Der Jüngere keuchte jetzt schon, doch noch hatte er Kraft, das Schwert zu führen.

Und dann drängte sich Amra durch die Reihen der Schaulustigen. Sie wusste, es war würdelos, eine Dame durfte sich niemals den Weg durch eine Menge erkämpfen, aber sie musste sehen, was draußen vorging! Heribert von Fulda erkannte schließlich ihre aussichtslosen Bemühungen und erhob die Stimme.

»Macht Platz, Ihr Leute! Platz für Frau Amra! Wenn jemand diesen Kampf beenden kann, dann sie.«

Der Ritter konnte das nicht wirklich glauben, die Bürger hingegen schienen beeindruckt. Tatsächlich teilte sich die Menge für Amra und den Bischof, der sich in ihrem Gefolge zum Ausgang schob.

Niklot hatte Magnus eben auf die Plattform vor dem Kircheneingang getrieben. Schwer atmend griff der junge Ritter immer wieder an, obwohl ihm langsam klar wurde, welche selbstmörderische Taktik er da verfolgte. Der Kirchentür hatte er den Rücken zugewandt, er sah nicht, dass Amra darin erschien, gefolgt vom Bischof – und von Vaclav, der die Chance ergriffen hatte, sich mit in die erste Reihe zu drängen.

Niklot dagegen hörte Heriberts Ruf und sah die junge Frau, die wie eine Erscheinung in die Sonne vor der Kirche trat. Er erkannte ihren entsetzten Blick, den in ihren Zügen tobenden Zwist zwischen Hoffnung und Verzweiflung. Und er lachte übermütig zu ihr hinauf – felsenfest davon überzeugt, dass es keine Chance für sie gab, ihm zu entkommen.

Magnus genügte dieser nur einen Herzschlag währende Moment, in dem sein Gegner die Aufmerksamkeit von ihm abzog. Er war schnell, war es immer gewesen, auch wenn er jetzt bereits erschöpft war. Der Ritter legte alle Kraft in einen entscheidenden, gut gezielten Schwertstreich – und Amra und die Menge hinter ihr schrien auf, als das Haupt des Niklot von Mikelenburg von seinem Rumpf getrennt wurde und die Kirchentreppe hinabrollte. Das Grinsen auf seinem Gesicht war dem Erstaunen noch nicht ganz gewichen.

Magnus ließ das blutige Schwert sinken und wandte sich um.

»Amra ...«, flüsterte er.

Die junge Frau wollte auf ihn zugehen, aber jetzt schob sich Vaclav von Arkona vor die Kirchentür. »Lasst den Mann festnehmen!«, befahl der junge Slawe. »Herr Pribislav, wo sind Eure Wachen?«

Fürst Pribislav war gleich hinter Magnus und Niklot aus der Kirche getreten und hatte den Kampf verfolgt. Jetzt starrte er fassungslos auf den Leichnam seines Bruders.

Magnus kam langsam wieder zu Atem. »Ich habe Euren Bruder im ritterlichen Zweikampf getötet«, wandte er sich an Pribislav. »Das habt Ihr gesehen.«

Pribislav schien nichts einwenden zu wollen, Vaclav jedoch schüttelte den Kopf. »Hier geht es wohl mehr darum, was der Bischof gesehen hat«, erklärte er. »Eure Exzellenz, ist es nicht so, dass diese Treppe zum Haus Gottes gehört?«

Der Bischof nickte, er war leichenblass. »Führt den Mann ab«, befahl er dann mit lauter, klingender Stimme. »Magnus von Lund, ich beschuldige Euch der Kirchenschändung.«

Kapitel 5

Als Pribislavs Wachleute Magnus ergriffen und in das Verlies der Burg gebracht hatten, fiel die Starre langsam von den Zeugen des Zweikampfes ab. Die Bewohner der Siedlung tauschten sich darüber aus, was wer von dem Kampf gesehen hatte, während die Ritter die Frage der Kirchenschändung diskutierten. Der Bischof kniete neben Niklots Leichnam und murmelte die Worte der Sterbesakramente, Pribislav gab Anweisungen, seinen Bruder in der Kirche aufzubahren. Der Fürst wirkte hölzern und fahrig, er schien immer noch nicht glauben zu können, dass ein Leichtgewicht wie Magnus seinen hünenhaften Bruder hatte fällen können.

Relana führte die zitternde Amra zu den Frauengemächern, half ihr aus ihrem Hochzeitsstaat und ließ heißen Wein bringen. Dann schien die Situation sie schon wieder zu überfordern.

»Was ... was macht man denn jetzt ... also, was macht man bei den Christen, wenn ein Fürst gestorben ist? Der ... der Bischof wird ihn einsegnen, ja?«, fragte sie unsicher und errötete, als sie für die Bestattungsfeierlichkeiten das gleiche Wort verwandt, wie vorher für die Besiegelung der Ehe.

Amra zog einen Schal über das schlichte Gewand aus Wolle, das sie anstelle ihres Festkleides angelegt hatte. Trotz der draußen herrschenden Frühlingswärme hatte sie das Gefühl zu erfrieren. Aber sie kannte sich mit christlichen Begräbnisriten aus, am Hof des Löwen hatte sie etliche Trauerfeiern für gefallene Helden miterlebt. Obwohl ihr eigentlich ganz andere Dinge im Kopf herumgingen, gab sie Relana Antwort.

»Man bahrt den Toten in der Kirche oder der Burgkapelle auf. Die Burgkapelle wäre besser – wegen all der Totenmessen. Wenn ihr ... wenn wir dafür immer in die Siedlung gehen müssen, kommen wir tagelang nicht zur Ruhe. Das ... das Aufbahren machen gewöhnlich Ordensschwestern, aber ich glaube, hier gibt es kein Frauenkloster. Vielleicht tun es die Mönche. Sonst ... sonst müssen die Frauen der Familie ...«

Sie schüttelte sich bei dem Gedanken, Niklots toten Körper waschen und ankleiden zu müssen.

»Ich werde nach der Hebamme schicken«, erklärte Relana, erleichtert, etwas zur Regelung der Angelegenheit beitragen zu können. »Sie hat das schon immer gemacht, und sie ist eine weise Frau. Das kommt einer Nonne wohl am nächsten ...«

Der Bischof mochte das zwar anders sehen, aber Amra nickte der Fürstin aufmunternd zu. »Es gibt bestimmte Regeln, nach denen der Ritter aufgebahrt wird«, fügte sie dann noch hinzu, »je nachdem, ob er in ritterlichem Kampf gefallen ist oder ob er als Gefangener starb. Aber da kenne ich mich nicht so aus, fragt Herrn Heribert.« Der Ritter würde das zweifellos wissen. »Und dann werden Totenmessen gelesen. Viele, sehr viele, tagelang, auch noch nach der Bestattung. Und wir müssen Totenwache halten.« Amra rieb sich die Stirn. »Ach ja, und ... und man zieht Kerzen mit seinem Wappen. Das machen auch die Nonnen ... und man stellt seine Waffen aus.«

Relana lauschte aufmerksam und begann gleich, ihren Dienerinnen Anweisungen zu erteilen.

»Was wird nun wohl aus dir?«, überlegte sie dann und füllte Amras Becher noch einmal mit heißem Wein. »Hier, trink, du zitterst ja immer noch. Das ist der Schrecken, der sitzt dir in den Knochen. Eine Hochzeit, die so blutig endet ... darauf ... darauf ist ja nun keine vorbereitet. Aber was war das denn für ein Ritter? Kanntest du ihn? Warst du ihm wirklich versprochen?«

Amra mochte jetzt keine Auskünfte geben, dazu fühlte sie sich zu erschöpft und auch zutiefst besorgt. Was würde mit Magnus geschehen? Eigentlich wurde ein Ritter nicht belangt, wenn er einen anderen in fairem Kampf tötete, und dieser Zweikampf war mehr als ausgeglichen gewesen. Dann jedoch hatte sich Vaclav eingemischt und die Sache mit der Kirchenschändung zur Sprache gebracht. Noch ein Mann aus ihrer Vergangenheit, ihr hatte der Atem gestockt, als sie in seine braungrünen Augen geblickt hatte. Dabei war es so lange her, dass er sie in der Burg von Arkona mit seinen Avancen verfolgt hatte.

War es ein Zufall, dass Vaclav hier war? Hatte er von ihrer Eheschließung gewusst? Verfolgte er gar einen Zweck damit, Magnus zu beschuldigen? Sie musste all das unbedingt herausfinden, vor allem, was »Kirchenschändung« für einen christlichen Ritter bedeutete. Nach allem, was Amra wusste, wurden Kirchen ständig geschändet, sie hatte am Hof des Löwen oft davon gehört. Die Christen empörten sich stets sehr darüber, wenn wieder eine Kirche von feindlichen Rittern angezündet oder geschleift wurde, wenn man Sklaven darin zusammentrieb und die unverkäuflichen Kinder und Alten gleich umbrachte. Aber im Krieg war das offensichtlich gang und gäbe, sie hatte nie gehört, dass irgendjemand je dafür verantwortlich gemacht worden war. Pribislav und Niklot hatten selbst auf den dänischen Inseln gewütet, und die Dänen hatten es Herzog Heinrich in Pommern heimgezahlt. Wahrscheinlich war kaum einer unter den ritterlichen Hochzeitsgästen, der hier kein Blut an den Händen hatte.

Amra nahm noch einen Schluck Wein. Er wärmte von innen und tröstete sie, aber sie wusste, dass sie bald damit aufhören musste. Die Nacht würde lang werden, der Bischof begann sicher gleich mit den Totenmessen für Niklot. Und irgendwann musste sie Magnus sehen ...

Nachdem Relana begriffen hatte, was von ihr erwartet wurde, regelte sie die Trauerfeierlichkeiten schnell und mit großer Umsicht. Sie veranlasste, dass der Leichnam von der Dorfkirche in die Burgkapelle umgebettet wurde. Die Ritter begleiteten den toten Fürsten in feierlichem Zug zur Burg. Da es bereits dunkelte, begleiteten auch Fackelträger die Prozession, Amra betrachtete das Schauspiel vom Fenster ihrer Kemenate aus. Im Stillen dankte sie Relana, dass sie ihr die Teilnahme daran ersparte. Um die Totenmessen kam sie dann allerdings nicht herum. Der Bischof hielt die erste, dann übernahm der Burgkaplan. Für Amra war ein Platz in der ersten Reihe der Betpulte frei gehalten worden. Wieder einmal kniete sie in einem dunklen, gespenstisch von Kerzen beleuchteten Gotteshaus und fror durch bis ins Mark.

In den ersten Stunden der Totenwache war die Kapelle gut gefüllt. Pribislav kniete neben dem aufgebahrten Leichnam und schien ehrlich zu trauern. Seine Ritter, aber auch die sächsische und dänische Abordnung, drängten sich dahinter. Vaclav von Arkona hatte die Führung Letzterer an sich gerissen, er schien Pribislav gar nicht oft genug sein Beileid aussprechen zu können. Ab und zu streifte sein Blick Amra, zu ihrem Schrecken mit der alten Begierde und gleichzeitig einem seltsamen Ausdruck von Zufriedenheit. Heribert von Fulda wirkte aufgewühlt. Er stand der sächsischen Abordnung vor und schien sich ebenfalls verpflichtet zu fühlen, die erste Nacht der Totenwache im Gebet zu verbringen.

Als die Sonne aufging, verließen immer mehr Ritter und Frauen ihre Betpulte. Vaclav und Heribert harrten zwar tapfer aus, schienen aber in einen Halbschlaf versunken zu sein, desgleichen Relana. Amra beschloss, die Gunst der Stunde zu nutzen. Niemand würde sich etwas dabei denken, wenn sie kurz hinausging. Die Luft in der Kirche war abgestanden und schwer von Weihrauch, sie konnte Übelkeit vortäuschen, aber auch allgemeine Erschöpfung. Gerade trauernden Frauen gestand man solche Ruhepausen zu, obwohl Troubadoure natürlich gern die Ausdauer besangen, mit der eine Witwe ihren gefallenen Gemahl beweinte.

Amra stand also ruhig auf, knickste und bekreuzigte sich beim Verlassen ihres Betpultes und auch noch einmal, als sie die Burgkapelle verließ. Es gab einen direkten Zugang zu den Frauengemächern, den die junge Frau jetzt nahm, dann tastete sie sich rasch über die Wehrgänge und die Stiegen hinunter zum Burghof. Es war nicht ganz leicht, sich hier zu orientieren, aber zum Glück war die Nacht sternenklar, und alle slawischen Burgen waren mehr oder weniger gleich aufgebaut.

Amra schlich sich zum Küchenhaus, wo sie eine Laterne und einen Feuerstein fand, mit dem sie die Kerze entzünden konnte. Nur nicht zu früh, den Westturm würde sie auch so finden. Ob das Verlies bewacht war? Die Türme waren sicher bemannt, mit etwas Glück konnte Amra jedoch ungesehen in den Gefängnisturm kommen, wenn sie sich nahe der Wände im Schatten hielt.

Das Gebäude lag in völliger Dunkelheit, doch Amra scheute sich davor, ihre Laterne zu entzünden. Als sie über die Stufen, die zum Eingang des Turmes führten, stolperte, wurde ihr aber bewusst, dass es sein musste. Sie liefe sonst Gefahr, in das primitive Verlies zu stürzen. Auf Arkona hatte es einen regelrechten Kerker gegeben, schließlich nahmen die Piraten dort oft Gefangene, die mitunter monatelang dort lagen, bis das Lösegeld eintraf. Auf den meisten Burgen bestand dieser jedoch nur aus einem Kellerloch und wurde eher selten benötigt. Kleine Gauner aus der Siedlung stellte man gleich an den Pranger, und der

Adel machte seine Streitigkeiten eher unter sich aus, als Gerichte zu bemühen. Man sperrte Ritter auch nur selten ein. Selbst wenn sie als Geiseln an einem Hof weilten, ließ man sie auf Ehrenwort frei herumlaufen.

Als Amra jetzt einen Funken schlug und ihre Kerze aufleuchtete, erkannte sie eine Grube, die fast den gesamten Grundriss des Turmes einnahm. Sie war nicht sehr tief, zwei Männer hätten einander gegenseitig heraushelfen können, allerdings gab es Ketten an den Wänden. Amra erkannte Magnus im Dämmerlicht, er lag auf schmutzigem Stroh, so kurz angekettet, dass er sich kaum ausstrecken konnte. Jetzt fuhr er auf.

»Amra!«

Magnus wollte sich erheben, aber die Fußkette hielt ihn, und er strauchelte. Amra sah, dass man ihm seine Rüstung weggenommen hatte. Er trug nur ein Wams aus grobem Leinen und ebensolche Beinlinge. In dem Kellerverlies musste er entsetzlich frieren.

»Amra, ich wäre früher gekommen. Aber ich habe nicht gewusst, wo du bist. Ich habe dich gesucht, ich wollte dich nicht im Stich lassen, ich ...« Er streckte die Hände nach ihr aus.

Amra ließ sich am Rande des Verlieses nieder. »Du bist gerade zurechtgekommen«, sagte sie. »Als ich schon jede Hoffnung aufgegeben hatte. Dieser Niklot ... ich wusste nicht, worauf ich mich einließ, ich wusste nicht, wer er war ...«

»Du hast dieser Hochzeit also tatsächlich zugestimmt?«, fragte Magnus. Seine Augen flehten um ein Nein.

»Ich konnte nicht im Kloster bleiben. Und du warst fort, ich wusste ja nicht mal, ob du noch lebst. Da dachte ich ... Aber lass uns nicht davon reden, was ich dachte und du dachtest, und was ich wusste und du wusstest, und erst recht nicht über diese unselige Hochzeit! Ich brauche ein paar Antworten, Magnus. Was ist es genau, was man dir da vorwirft?«

Sie stellte die Laterne an den Rand des Verlieses, sodass sie beiden genug Licht bot, sich zu sehen. Magnus bot einen erbarmungswürdigen Anblick, er war bleich und durchgefroren, seine Unterlippe war aufgeschlagen und sein rechtes Auge fast zugeschwollen. Wahrscheinlich hatte er sich dagegen gewehrt, angekettet zu werden, und Pribislavs Männer hatten ihn geschlagen.

»Ich meine ... Niklot hat doch dich gefordert, nicht umgekehrt. Du musstest mit ihm kämpfen«, führte Amra weiter aus.

Magnus nickte grimmig. »Ja. Aber ich hätte ihn nicht auf den Stufen des Gotteshauses erschlagen dürfen. Ein paar Fuß weiter weg, und sie hätten mir nichts anhaben können. Ein ritterlicher Zweikampf ist ein ritterlicher Zweikampf. Wahrscheinlich hätte mich die Sache nicht beliebter bei Heinrich und Waldemar gemacht, ganz zu schweigen von Fürst Pribislav. Aber sie hätten mich ziehen lassen müssen ... Jetzt dagegen versuchen sie, mich wegen Blutvergießens auf heiligem Boden zu belangen. Dieser verfluchte Vaclav! Niemand anders wäre auf die Idee gekommen.«

Amra lächelte. »Wenn wir zusammenkommen wollen, müssen wir wohl immer zuerst einen Tempel schänden«, bemerkte sie und dachte wieder einmal an das Heiligtum des Svantevit. »Und uns dabei von Vaclav von Arkona erwischen lassen.«

Magnus biss sich auf die Lippen. »Du darfst das nicht so leicht nehmen, Liebste«, sagte er ernst. »Kirchenschändung gilt als schwere Sünde. Man kann dafür seiner Ritterwürde verlustig gehen.«

Amra seufzte. »Aber in Kirchen wird doch ständig gekämpft!«, wandte sie ein. »In jedem Krieg! Kirchen werden angezündet und Klöster geschleift und ...«

Magnus zuckte die Schultern. »Wo kein Ankläger ist, da ist auch kein Richter. Wobei der Ankläger in diesem Fall ein Adliger sein muss, ein paar Bauern gelten nicht. Und damit sind wir auch schon beim schlimmsten Vorwurf: Ich habe das Schwert nicht erst auf den Stufen dieses Gotteshauses gezogen, sondern bereits in der Kirche, als dieser Kerl dich angefasst hat. Wenn sie das schon als Kirchenschändung werten, dann war ich kein Ritter mehr, als Niklot mich forderte. Also konnte ich ihn auch nicht im ritterlichen Zweikampf erschlagen.«

»Aber das ist doch Haarspalterei!«, erregte sich Amra.

»König Waldemar könnte das überaus ernst nehmen«, meinte Magnus. »Und Heinrich nicht minder, vom Bischof ganz abgesehen. Und erst mal Pribislav ... Ich habe seinen Bruder getötet und allen ihr Fest verdorben, das nehmen sie mir übel. Wenn sie eine Möglichkeit sehen, mich dafür zur Rechenschaft zu ziehen, dann werden sie es tun. Und damit wären es überaus tödliche Spitzfindigkeiten: Ein einfacher Mann darf einen Adligen nicht töten. Egal unter welchen Umständen, es gilt immer als Mord. Dafür können sie mich hängen, Amra! Und glaub mir, sie werden es tun!«

Amra schüttelte entschlossen den Kopf. »Nein! Das werde ich nicht zulassen! Wir werden fliehen, ich hole dich hier heraus!«

Magnus sah sich in seinem Kerker um und lächelte müde. »Aber wie denn, Amra? Eine Ratte zu fangen, wird diesmal nicht reichen – wobei es hier viele davon gibt, ich kann mich kaum retten vor ihnen. Du müsstest erst den Schlüssel für diese Ketten besorgen, mir hier heraushelfen ... und dann wären wir immer noch innerhalb der Burg. Die Mikelenburg liegt nicht an einer Klippe, die wir einfach herunterklettern können. Wir müssten durch eines der Tore.«

Amra zuckte die Schultern. »Ich schaffe das«, behauptete sie. »Irgendetwas wird mir einfallen. Glaub mir, Magnus, ich hole dich hier heraus!« Sie warf ihm einen prüfenden Blick zu. »Du willst doch fliehen, nicht?«

»Das will ich«, sagte Magnus. »Und ich will dich. Ich war mir nie einer Sache so sicher. Aber ich fürchte, dass es nun zu spät dafür ist. Ich habe meine Chance vertan, Amra, ich hätte dich niemals nach Braunschweig bringen dürfen. Vielleicht ist es ganz gerecht, wenn ich jetzt dafür büße.«

Amra nahm ihre Laterne und stand auf. »Nein, das ist es nicht«, gab sie zurück. »Ich muss gehen, sie werden mich bei dieser Totenwache vermissen. Aber ich denke nur an dich, Magnus. Ich liebe dich.«

Magnus sah ihr ernstes, schönes Antlitz im Licht, dann blies Amra die Kerze aus und verließ den Turm. »Auch ich liebe dich«, flüsterte er.

Und hoffte, dass er sie noch einmal wiedersehen würde, bevor der Bischof und der Fürst das Urteil über ihn sprachen.

Kapitel 6

Erst als Amra sich wieder über den Hof tastete, fiel ihr ein, dass sie vergessen hatte, Magnus nach Vaclav zu fragen. Aber auch so hatte Magnus' kurze Bemerkung über ihn offenbart, dass zwischen den Männern nicht das beste Verhältnis bestand. Vielleicht hatte es also gar nichts mit Amra zu tun, dass er Magnus beschuldigt hatte. Sie klammerte sich an diese Hoffnung, aber sie verlor sie schnell wieder, als sie nun dem Licht in der Burgkapelle zustrebte. Vaclav trat eben aus dem Gotteshaus. War er auf der Suche nach ihr? Amra wollte sich rasch ins Dunkel des Burghofs zurückziehen, er hatte sie jedoch schon gesehen.

»Schau einer an, Amra! Was machst du hier? Ich wähnte dich in deiner Kemenate, wenn du schon nicht tränenüberströmt am Lager deines Versprochenen wachst.«

»Ich sehe keinen Grund, um Fürst Niklot Tränen zu vergießen«, bemerkte Amra. »Ich kannte ihn kaum, und was ich von ihm wusste, hat mich nicht gerade zu ihm hingezogen. Was hingegen macht Ihr hier, Vaclav von Arkona? Ich wähnte Euch auf Rujana, Ihr gehört doch zur Familie des Fürsten.«

Amra interessierte sich nicht dafür, was Vaclav tat und wo er sich herumtrieb, aber sie musste versuchen, dieses Gespräch beiläufig freundlich zu halten.

Vaclav verzog das Gesicht zu einem freudlosen Grinsen. »Die Mächtigen dieser Welt mögen den Verrat, doch nicht den Verräter. Fürst Tetzlav wollte Arkona ausliefern, um die Svantevit-Priester zu entmachten. Er brauchte jemanden, der das für ihn tat, und dafür kam ich gerade recht. Ein junger Kerl, zu dumm, um zu sehen, wofür man ihn missbrauchte. Am Ende hatte ich auf Rujana nichts als Feinde: den Fürsten, der mir vorwarf, Arkona zu schnell aufgegeben zu haben, die Bürger, die mir die Schuld am Verschwinden der Geiseln gaben – dabei hatten sie selbst darauf bestanden, die Bedingungen König Waldemars anzunehmen! Nicht zuletzt die Priester, die sehr schnell den neuen Gott für sich entdeckten. Es erschien mir ratsam, die Insel für ein paar Jahre zu meiden.« Sein Grinsen wurde jetzt höhnisch. »Und siehe da – es war die richtige Entscheidung. Alles hat sich trefflich gefügt, ich kehre sogar mit der Frau nach Rujana heim, die ich immer wollte.«

»Ihr seid versprochen, Herr Vaclav?«, fragte Amra, obwohl sie bereits ahnte, worauf es hinauslief.

Vaclav schob sich näher an sie heran und machte Anstalten, ihr den Arm um die Schultern zu legen. »Noch nicht, meine Schöne, aber ich hoffe doch sehr, dass sich da bald etwas ergibt. Da Magnus von Lund ja die Freundlichkeit hatte, meine Auserwählte von ihrem versprochenen Gatten zu befreien – wofür ich ihm größten Respekt zolle, ich hätte es nicht versucht, meine wunderschöne Amra... Nur wusste ich gar nicht, dass da irgendetwas war zwischen dir und dem guten Herrn Magnus! Abgesehen von deiner kindlichen Schwärmerei mit den bekannten verhängnisvollen Folgen. Der Mann tut dir nicht gut, Amra. Erst sorgt er dafür, dass du versklavt wirst...«

»Dafür hat ja wohl ein anderer gesorgt!« Amra tauchte rasch unter Vaclavs Arm her und strebte der Kapelle zu. »Und wie kommt Ihr darauf, ich könnte einen Heiratsantrag von Euch annehmen? Ich stehe wohl immer noch unter der Munt Heinrichs des Löwen.«

Vaclav lachte. »Das sei dahingestellt. Vielleicht unterstehst du ja jetzt Herrn Pribislav, du hättest immerhin beinahe seinen Bruder geehelicht. Und Herr Pribislav dürfte mir sehr verbunden sein, schließlich habe ich dafür gesorgt, dass der Mörder seines Bruders am Galgen enden wird. Ihm selbst wäre die Sache mit der Kirchenschändung nie eingefallen!«

Selbstgefällig grinste er Amra an, erlaubte ihr jetzt aber immerhin, wieder in die Kapelle zurückzukehren. Sie dachte fieberhaft nach, während sie eine Totenmesse nach der anderen über sich ergehen ließ. Es musste eine Möglichkeit geben, mit Magnus zu fliehen!

Fürst Pribislav hätte Magnus zwar am liebsten gleich abgeurteilt – ihm hätte eine Entscheidung des Bischofs genügt, um ihn umgehend zu hängen –, Berno von Schwerin kam allerdings zu Ohren, dass es sich bei dem jungen Mann nicht nur um einen Verwandten des Dänenkönigs handelte, sondern auch um einen langjährigen Ritter Heinrichs des Löwen. Heribert, der ihm dies mitteilte, verzichtete darauf zu erwähnen, dass sich Fürst und Ritter nicht unbedingt in Freundschaft getrennt hatten. Der Bischof beschloss daraufhin, Herzog Heinrich und König Waldemar erst einmal von der Verfehlung des jungen Ritters in Kenntnis zu setzen und sie gegebenenfalls um die Entsendung eines geistlichen Sachverständigen zu bitten. Ihm selbst war die Sache nicht wichtig genug, um es sich womöglich mit einem der beiden Fürsten zu verwirken. Sollte sich sowohl der dänische als auch der sächsische Kanoniker für Magnus einsetzen, würde er die Klage zurückziehen.

Pribislav grollte ob dieser Entscheidung, rächte sich jedoch, indem er Magnus unter schärfsten Haftbedingungen im Kerker hielt. Am zweiten Tag nach seiner Festnahme standen auch Wachen vor dem Eingang zum Westturm. Vaclav musste die Vermutung geäußert haben, dass Amra ihren Geliebten heimlich aufgesucht hatte. Auch die Besuche von Magnus' jungen Rittern gedachte der Fürst zu beschränken.

Was Amra anging, so fand sie sich kaum weniger eingesperrt als ihr Geliebter. In den ersten Tagen nach Niklots Tod hatte Pribislav noch mit seinem Schock und seiner Trauer zu kämpfen, aber dann wurde ihm bewusst, dass die junge Frau, die ihm Heinrich da geschickt hatte, möglicherweise eine Mitschuld am Tod seines Bruders trug.

Gleich nach Niklots feierlicher Beisetzung in der neuen Kirche, die der Bischof sehr ergreifend gestaltete, stellte er Amra zur Rede.

Die junge Frau sah keinen Grund dafür, die Wahrheit zurückzuhalten. »Herr Magnus und ich kannten einander. Wir sind an Herzog Heinrichs Hof in Liebe füreinander entbrannt. Aber Ihr wisst, dass ich als Jungfrau auf Eure Burg kam, und ich bin immer noch unberührt, auch dank Eurer Einwirkung auf Euren stürmischen Bruder.«

Pribislav bleckte die Zähne wie ein Raubtier. Es tat ihm jetzt wohl leid, Niklot daran gehindert zu haben, seine junge Frau gleich zu nehmen.

»Ich hatte der Ehe mit Eurem Bruder zugestimmt, und ich war bereit, mein Versprechen zu halten,«, führte Amra weiter aus. »Zwischen Herrn Magnus und mir ist nichts weiter geschehen.«

Pribislav schnaubte. »Ihr hättet Niklot diesen hergelaufenen Ritter also nicht vorgezogen?«, fragte er höhnisch. »Das sah mir in der Kirche anders aus.«

Amra sah den Fürsten geduldig an. »Ich denke, danach wäre ich nie gefragt worden, also muss ich dazu auch nichts sagen. Ich habe mir nichts zuschulden kommen lassen, mein Fürst. Was ich denke und wünsche, könnt Ihr mir nicht vorwerfen.«

Pribislav wanderte unruhig wie ein gefangenes Tier in Amras Kemenate auf und ab. »Und was soll nun werden, Frau Amra?«, fragte er schließlich. »Wollt Ihr zurück ins Kloster? Oder einen anderen meiner Leute zum Mann nehmen? Es besteht da Begehr vonseiten eines Ritters aus Rujana, wenn man dem Gerede unter den Männern Glauben schenkt.«

Amra biss sich auf die Lippen. »Ich ... ich will auf jeden Fall die Verhandlung gegen meinen ... gegen Herrn Magnus abwarten, ich ...«

»Da haben wir es!« Pribislav blitzte sie an. »Ihr träumt noch immer davon, mit dem Mörder Eures versprochenen Gatten durchzugehen. Aber gut, ich will Euch nicht hindern. Verbleibt in den Frauengemächern, bis Ihr ihn hängen seht. Beim Tod meines Bruders habt Ihr keine Träne vergossen, schauen wir doch mal, ob es diesmal anders sein wird.« Er musterte Amra aufmerksam. »So gern geb ich Euch auch gar nicht her – ihr seid ein hübsches Ding. Vielleicht bleibt Ihr ja als Hofdame bei meiner Gattin.«

Amra biss sich auf die Lippen. »Herzog ... Heinrich wird vielleicht auch noch ein Wort darüber mitzusprechen haben«, sagte sie, bemüht, Ruhe zu bewahren. Das Letzte, was sie sich wünschte, war, als Konkubine des Fürsten Pribislav zu enden.

Pribislav lachte. »Der wird sein Geschenk kaum zurücknehmen«, meinte er. »Aber gut, warten wir ab, was wir aus Braunschweig hören. Vorerst werdet Ihr Euch hier Eurer angeblichen Trauer hingeben. Ich gehe davon aus, dass Ihr kein Verlangen danach verspürt, Eure Räume zu verlassen. Die Kirche steht Euch selbstverständlich offen, aber dahin gelangt Ihr ja auch, ohne Euch neugierigen oder lüsternen Blicken auszusetzen. Oder gar in Versuchung zu geraten, den Westturm aufzusuchen und Eure eigenen verbotenen Gelüste zu schüren. Ich werde Euch gelegentlich besuchen, Frau Amra, und Euch über den Stand der Verhandlungen in Kenntnis setzen.«

Damit ging er und beließ Amra in der Obhut seiner Gattin und der wenigen adligen Mädchen, die Relana als Hofdamen dienten, sowie der zahlreichen Dienerinnen. Amra fragte sich, ob Relana von den Überlegungen ihres Gatten, sie als Konkubine zu halten, wusste, aber die Fürstin ließ sie keine Ablehnung spüren. Relana blieb freundlich, war Amra jedoch eine aufmerksame Kerkermeisterin. Ganz sicher würde sie ihr nicht helfen, allein oder gar gemeinsam mit Magnus zu fliehen.

So gingen Tage und Wochen ins Land, ohne dass die junge Frau etwas von ihrem Geliebten hörte. Es war eine fast unwirkliche Situation – Magnus lag nur wenige Schritte von ihr entfernt im Kerker, aber er wurde niemals erwähnt, es war, als sei er bereits gestorben.

Amras Leben in Relanas Frauengemächern unterschied sich nicht wesentlich von ihrem Tageslauf in Braunschweig. Natürlich war der Hof kleiner, es gab weniger Zerstreuungen, keine Falkenjagd und keine Bankette. Fürst Pribislav führte einen Hof, in dem Ritter und Frauen weitgehend unter sich blieben. Troubadoure und Dichter zu empfangen verbot er Relana zwar nicht, aber Schöngeister kamen selten in die abgelegene Slawenburg. Die Frauen verbrachten ihre Tage mit Handarbeiten, zu lesen gab es nichts außer der Bibel, und Relana war ganz beglückt, als Amra begann, während der Nähstunden daraus vorzulesen. Höhepunkte des Tages waren die Ritterspiele auf dem Burgplatz. Pribislav hielt seine Männer in Form. Jeden Tag übten sie sich im Tjost und im Schwertkampf auf den Bahnen vor der Burg, und die Frauen konnten von ihren Kemenaten aus zuschauen.

Vaclav ließ keine Gelegenheit aus, Amra zuzuwinken und zu versuchen, ihr durch besonders gewagte Reitermanöver zu imponieren, obwohl sie ihn beständig nicht beachtete. Sie verbrachte die Zeit damit, besorgt auf den Westturm zu starren, der Gedanke an Magnus ließ ihr keine Ruhe. Amra fand nachts keinen Schlaf, wenn sie an die Kälte im Verlies dachte, und entsagte den deftigen Speisen, die von der Burgküche aufgetischt wurden, weil sie fürchtete, dass Magnus im Kerker darbte. Verzweifelt wartete sie auf ein Zeichen von Heinrich und Waldemar. Sie konnte nicht glauben, dass sie den Tod des jungen Ritters zulassen würden. Vor allem von dem dänischen Monarchen erhoffte Amra sich Hilfe – Magnus war schließlich von königlichem Blut. Aber die beiden Herrscher schienen keine Eile zu haben, in seiner Sache zu entscheiden.

Amra konnte sich nur damit trösten, dass Magnus immerhin am Leben war.

»Soweit man das Leben nennen kann ...«

Seit Niklots Tod war mehr als ein Monat vergangen, als Amra auf dem Gang vor dem Wohngemach Relanas unversehens Zeugin des Gesprächs zweier Dienerinnen wurde, die sich wieder einmal mit Relanas Söhnen plagten. Die Jungen hatten sich geweigert, das ihnen zugedachte Nachtmahl zu sich zu nehmen, Milch, Brot und Brei mundeten ihnen nicht. Pribislav hatte sie am Tag zuvor mit in seinen Palas genommen, und nun verlangten sie Fleisch, wie es ihr Vater und seine Ritter aßen. Um dies zu unterstreichen, zerbröselten sie ihr Brot in kleine Stücke, verschütteten die Milch auf den Teppichen ihrer Mutter und schmierten den Brei auf ihre Kleidung.

»Und derweil verhungert der arme Ritter da in seinem Verlies«, klagte eine der Kammerfrauen, eine ältere, mütterliche Person. »Natürlich hätte er den Herrn Niklot nicht erschlagen dürfen, aber er dauert mich dennoch.«

Die andere, das sah Amra durch den Türspalt, war eine dralle junge Frau. Sie zuckte die Schultern. »Den Herrn Niklot hätt ich manchmal auch gern erschlagen«, gab sie zu. »Der konnt nicht an mir vorbeigehn, ohne mich zu kneifen oder zotige Reden zu führen. Die Frau Amra tat mir leid, es wär bestimmt kein Vergnügen gewesen, mit dem Fürsten das Lager zu teilen. Und der Ritter dauert mich auch, so armselig wie er da im Kerker liegt. Gestern habe ich ihm was von den Resten für die Schweine gebracht. Aber selbst dabei darf man sich ja nicht erwischen lassen. Es ging nur, weil ...«, sie kicherte verschämt, »... Plamen, der Kerkerwächter ... der hat ja ein Auge auf mich geworfen.«

Amra konnte nicht an sich halten. Sie musste mehr erfahren, bevor die junge Dienerin sich weiter in Schwärmereien über den Wachmann erging. Sie betrat das Wohngemach und wandte sich an die jüngere der Frauen.

»Ist das wahr, Natasa? Du warst im Turm? Du hast den Herrn Magnus gesehen?«

Die junge Frau fuhr zusammen und errötete zutiefst. Es war Natasa wohl nicht recht, dass Amra ihren Ansichten zu Herrn Niklots Tod gelauscht hatte. Dann aber fasste sie sich und nickte verschwörerisch. Sicher wussten die Dienstboten von Amras Beziehung zu Magnus.

»Ja, Herrin«, meinte sie dann. »Soweit man etwas sehen kann im Westturm. Bei geschlossener Tür ist das Verlies ja stockdunkel, im Turm sind nur oben bei den Wehrgängen ein paar Öffnungen.«

Das war Amra nicht aufgefallen, doch sie hatte Magnus natürlich auch bei Nacht besucht. Jetzt schauderte es sie erneut. Das klang noch viel schlimmer, als sie es sich bislang vorgestellt hatte. Wochen in fast völliger Dunkelheit und Hunger leidend? Natürlich konnte man im Gefängnis nicht die Kost eines Königs erwarten, aber ... Amra hoffte, dass man wenigstens Magnus' Ketten gelockert hatte.

»Und wie ... wie geht es ihm?«, fragte sie stockend.

Natasa zuckte die Schultern. »Nicht gut, Herrin«, gab sie dann Auskunft. »Er schmachtet bei Wasser und Brot, und sie lassen ihn niemals herumgehen oder frische Luft schnappen. Es ist auch kalt in dem Turm, obwohl ja jetzt Sommer ist. Im Winter wäre er wahrscheinlich längst erfroren. Und Plamen, also der Kerkerwächter, meint ...«, Natasa errötete erneut, offensichtlich blieb die Zuneigung des Wachmanns nicht ganz unerwidert, »... also, er meint, der Herr Pribislav wolle, dass der Ritter stirbt. Und die Könige Heinrich und Waldemar ...«

»Heinrich ist ein Herzog«, berichtigte Amra und spielte nervös mit einem Band ihres Kleides.

Natasa nickte desinteressiert. »Die Herzöge Heinrich und Waldemar«, berichtete sie aufgebracht weiter, »die lassen sich Zeit mit ihren Boten. Weil sie auch wollen, dass er stirbt. Dann müssen sie keine Entscheidung mehr treffen ...«

Amra sah die junge Frau entsetzt an. Die Heimtücke dieser Überlegung war für sie kaum zu fassen. »Aber ... aber er ... ein Ritter stirbt doch nicht so schnell, sie können doch nicht annehmen ...«

»Ein Ritter kann an Lungenbrand sterben wie alle anderen auch«, mischte sich die ältere Kammerfrau sichtlich bedauernd ein. »Wenn er in Ketten liegt in Kälte und Nässe. Er kann auch Hungers sterben oder verdursten, wenn jemand sein Wasser vergisst. Aber so einer ist der Plamen nicht, auch wenn's dem Herrn Pribislav wohl passte.«

Plamen, der junge Kerkerwächter, schien sich allgemeiner Zuneigungen zu erfreuen.

»Aber da müssen wir doch etwas tun!«, rief Amra verzweifelt. »Was können wir denn da machen? Ich werde mit Herrn Pribislav reden. Er muss ...«

Amra hielt inne. Wenn Pribislav überhaupt Zugeständnisse machte, würde er einen Preis dafür fordern.

»Ich bringe ihm ja immer wieder mal etwas«, meinte Natasa. »Die Reste für die Armen oder Abfälle aus der Küche, das merkt keiner. Nur Plamen muss natürlich wegschauen. Aber der ist ja ein guter Kerl. Er argwöhnt nur manchmal, ich hätt ein Auge auf den Ritter geworfen.«

Amra griff sich an die Stirn. Nicht auszudenken, dass Magnus letztlich ein Opfer der Eifersucht seines Wächters werden sollte! Entschlossen begab sie sich zu einer ihrer Truhen.

»Hier, Natasa.« Mit leisem Bedauern förderte sie das letzte ihrer Schmuckstücke daraus hervor, die Fibel mit dem Falkenkopf des Herzogs. »Gib das deinem Plamen. Es mag deine Mitgift sein, wenn du ihn heiraten willst. Aber er soll den Herrn Magnus gut behandeln. Vielleicht kann er ihm eine Decke geben, wenn es kalt ist, oder wenigstens mehr Stroh.«

Natasa starrte sprachlos auf das Schmuckstück. Für die Dienerin, sicher eine Leibeigene ebenso wie ihr Freund, stellte die Fibel ein Vermögen dar. Plamen würde Natasa und sich selbst freikaufen können, und wenn er fleißig war, stand eine hoffnungsvolle Zukunft vor ihm. In der Umgebung der Mikelenburg wurde viel gerodet. Wenn sich Plamen und Natasa einer Siedlergemeinschaft anschließen konnten, würden sie es zu der Stellung halbwegs freier Bauern bringen. Natasa machte Anstalten, Amra die Hände zu küssen.

»Lass«, meinte Amra peinlich berührt, »sieh nur zu, dass es Herrn Magnus ein wenig besser geht in seinem Verlies.«

Natasa und Plamen taten ihr Bestes, aber ein paar Tage später schien sich Magnus' Kerkerhaft ohnehin dem Ende zuzuneigen. Herzog Heinrich und König Waldemar schickten beide ihre Boten, sie trafen am gleichen Tage ein, als hätten die Herren sich abgesprochen. Die Ritter des Herrn Heinrich begleiteten einen mageren, streng wirkenden Lehrmeister des kanonischen Rechts, einen schwarz gekleideten asketischen Kleriker. König Waldemar sandte einen rundlichen, rotgesichtigen Mönch in brauner Kutte. Gemeinsam mit dem Bischof sollten die beiden das Kirchentribunal bilden, vor dem sich Magnus zu verantworten hatte.

Amra sah sie beide nur vom Fenster ihrer Kemenate aus, erst bei der Abendmesse in der Burgkapelle konnte sie die Männer genauer in Augenschein nehmen. Ihr Ausdruck verriet allerdings nichts, sie saßen ins Gebet vertieft mit Pribislav an exponierter Stelle und boten anschließend an, gemeinsam noch eine Totenmesse für Fürst Niklot zu lesen. Amra wappnete sich für weitere Stunden auf der Betbank. Sie würde nicht wagen, sich zu entfernen, bevor sich die Männer zum Bankett im Palas zurückzogen. In der letzten Zeit hatte sie den Messgang ein wenig vernachlässigt. Es würde Monate dauern, bis die fünftausend Totenmessen gelesen waren, die Pribislav auf Anraten des Bischofs für seinen Bruder zu zahlen gedachte.

Außer den Frauen, den Klerikern und Pribislav blieben nur noch wenige Ritter in der Kirche, aber einer von ihnen, ein dunkelhaariger Jüngling, hatte schon zur Abendmesse unauffällig hinter Amra Platz genommen. Die junge Frau fuhr zusammen, als er ihr plötzlich etwas zuraunte.

»Ich muss mit Euch sprechen, Frau Amra«, flüsterte der Ritter. »Still, rührt Euch nicht, hört nur zu.«

Amra nickte fast unmerklich. Die erste Totenmesse las der asketische Kleriker aus Braunschweig, zum Glück mit lauter, klingender Stimme. Das Wispern des jungen Ritters ging darin unter. Amra erkannte jetzt auch die Stimme des Jünglings. Rudolf von Wismar, der Schwarm aller jungen Mädchen in den Frauengemächern. Herr Rudolf zeichnete sich bei den Leibesertüchtigungen der Ritter nicht sonderlich aus, er saß jedoch elegant zu Pferde, und vor allem spielte er die Laute und schmiedete Verse. Jede von Relanas kleinen Hofdamen wäre sofort mit ihm davongelaufen.

»Ich habe Herrn Magnus heute gesehen«, flüsterte der Ritter. »Ihr müsst wissen, ich bin ihm sehr verbunden, er ... er hat mich zum Ritter geschlagen.«

Und bei der Vorbereitung darauf wohl beide Augen zugedrückt, vermutete Amra. Aber sie war jetzt alarmiert. Was mochte der junge Troubadour zu sagen haben?

»Als die Wache abgelöst wurde, habe ich mich in den Turm geschlichen. Einer der Büttel hat so getan, als sähe er mich nicht. Den dauert der Herr Magnus wohl auch ...«

Amra lächelte in sich hinein. Was Bestechung war, schien diesem treuherzigen jungen Edelmann völlig fremd zu sein.

»... und so konnte ich mit ihm sprechen.«

»Und?«, wisperte Amra ungeduldig. Wenn der Ritter nicht bald zur Sache kam, würde die Totenmesse gelesen sein. »Wie geht es ihm?«

»Er sendet Euch Grüße«, meinte Rudolf. »Und ich soll Euch sagen, dass Euch all seine Gedanken gelten und all seine Liebe Euch gehört.«

Die Nachricht erfüllte Amra mit einem warmen, tröstlichen Gefühl. Ob sie es wert war, dafür das Risiko einzugehen, mit ihr hier in der Kapelle zu sprechen? Ihr selbst konnte nicht viel passieren, aber der junge Herr Rudolf hatte wahrscheinlich ohnehin nur wenige Fürsprecher am Hof.

»Ich danke Euch. Und wie sieht es jetzt mit der Verhandlung aus?«, fragte sie. »Habt Ihr schon etwas gehört? Wie lässt es sich an mit den Richtern? Sind sie auf seiner Seite?«

»Der Sachse sicher nicht«, murmelte Herr Rudolf, »dem Herrn Heinrich ist es egal, ob Herr Magnus hängt. Und der andere, der Däne ... Nun, er hat Herrn Magnus heute besucht und ihm die Beichte abgenommen.«

»Und? Wird er für ihn stimmen?« Amra tat, als wische sie sich Tränen aus den Augen und versteckte sich hinter ihrem Schleier.

»Er hat ihm einen Ausweg genannt«, meinte Rudolf. »Magnus wird ... er wird morgen versuchen, sich dem Urteil des Tribunals zu entziehen, indem er ein Gottesurteil fordert.«

»Ein was?« Amra erschrak so, dass sie beinahe vergessen hätte, die Stimme zu senken. »Das ... da muss man doch einen Ring aus kochendem Wasser ziehen oder ein glühendes Stück Eisen durch die Kirche tragen. Oder man wird in einen See geworfen, darf nicht schwimmen und trotzdem nicht ertrinken ...«

»Letzteres ist eine Hexenprobe«, stellte Rudolf richtig. »Und ja, man ist schuldig, wenn man schwimmt. Aber sonst ... bei Rittern sieht das Gottesurteil eher einen Zweikampf vor. Wenn die Richter zustimmen, wird Magnus gegen einen von Pribislavs Männern antreten.«

Amra atmete auf. »Das ist doch gut«, flüsterte sie. »Er kann ihn schlagen, und dann ist er frei. Doch wird der Fürst sich da nicht querstellen? Mir hat er gesagt, er möchte ihn hängen sehen.«

Rudolf seufzte leise. »Dem Fürsten ist es egal. Er mag eine Hinrichtung vorziehen, aber letztlich kommt es aufs Gleiche heraus. Magnus hat keine Chance, Frau Amra. Vor einem Monat hätte er den Mann vielleicht schlagen können, nur so, wie es ihm jetzt geht, so halb verhungert und schwach ... Selbst ich könnte ihn heute schlagen, Frau Amra.«

Amra bekreuzigte sich, als die Messe endete. Gleich darauf folgte, dieses Mal zur Erleichterung der jungen Frau, eine weitere.

»Und warum erzählt Ihr mir das jetzt?«, fragte sie unglücklich. »Gibt es irgendetwas, was ich tun könnte? Ich weiß, ich habe ihm versprochen, mit ihm zu fliehen. Bisher habe ich jedoch keine Möglichkeit gefunden.«

»Er will Euch nur noch ein Mal sehen«, sagte Rudolf leise. »Er bittet Euch, in den Burghof zu kommen, wenn sie ihn zum Palas führen, wo Gericht gehalten wird. Er sagt, er ... er will nicht, dass Ihr ihn sterben seht. Vielleicht könnt Ihr Euch dem Kampf oder der Hinrichtung fernhalten. Aber bitte erlaubt ihm einen letzten Blick auf Euch, bevor er sich seinen Richtern stellt! Macht es möglich, Frau Amra. Er braucht alle Kraft, die er bekommen kann.«

Kapitel 7

Amra war entschlossen, sich im Zweifelsfall auch mit Gewalt Zugang zum Burghof zu verschaffen, aber wie sich herausstellte, hatte Pribislav gar nichts dagegen, dass die Frauen sich die Vorbereitung zur Urteilsfindung ansahen.

Das Ganze begann mit einer Messe in der Burgkapelle. Wie immer nahmen Relana und die anderen Frauen die vorderen Plätze ein, und die Ritter, an diesem Tag war die gesamte Besatzung der Burg zugegen, drängten sich dahinter. Und schließlich ging ein Raunen durch die Menge – zwei Burgwächter schleiften den Gefangenen herein. Amra konnte nur aus dem Augenwinkel einen Blick auf Magnus werfen – sie stand genau unter Beobachtung und war auch zu weit von ihm entfernt, was sie hingegen sah, erschreckte sie zutiefst. Magnus war bleich und abgemagert, er zwinkerte selbst in das Zwielicht der Kapelle, nach der langen Dunkelheit im Kerker schien er fast blind. Er konnte kaum gehen, seine Glieder waren steif nach der langen Zeit in Ketten. Immerhin trug er saubere Kleidung, aber mehr an Körperpflege hatte man ihm nicht zugestanden. Sein eingefallenes Gesicht war von einem dichten blonden Bart bedeckt. Er sah eher aus wie ein asketischer Einsiedler als wie ein Ritter, und er hielt den Kopf gesenkt. In Amra stieg Furcht auf. Sie konnte nur hoffen und beten, dass Pribislav vielleicht Magnus' Körper, nicht jedoch seinen Stolz gebrochen hatte.

Als das letzte Loblied der Messe, in der die Richter die Gnade des Herrn auf ihr löbliches Vorhaben herabgerufen hatten, verklang, drängte Amra zum Ausgang. Ohne Rücksicht kämpfte sie sich durch die Reihen der Frauen und Ritter und stellte dann erstaunt fest, dass die Dienstboten ihr verständnisvoll Platz machten, als sie vor der Kirche ankam, wo das Volk sich drängte. So gelangte sie tatsächlich in die erste Reihe der Schaulustigen, als die Richter, der Fürst und seine Ritter nun feierlich zum Palas hinüberschritten. Magnus folgte mit schleppendem Gang, gestützt von seinen Wächtern. Ohne Hilfe hätte er kaum die wenigen Schritte bis zum Rittersaal geschafft, die Stufen hinauf waren eine besondere Herausforderung. Amra wusste nun, was Rudolf gemeint hatte. Magnus konnte in diesem Zustand kein Schwert führen. Das Gottesurteil bedeutete einen weniger schändlichen Tod als der Galgen, aber sterben würde er auf jeden Fall.

Amra warf sich den Männern in den Weg, als sie ihn vorbeiführten. »Magnus! Ich bin hier, Magnus!«

Er hob die Augen, und Amras Herz machte einen Sprung. Sein Blick war ruhig, sanft und klug, sie verlor sich gleich darin. Kein Flackern des Irrsinns war zu sehen, der Kerker hatte ihn nicht gebrochen.

»Amra...«

Magnus flüsterte ihren Namen, bevor die Männer ihn weiterzerren konnten. Aber dazu hätten sie auch erst einmal an Amra vorbeigemusst. Zumindest einer von ihnen, sicher Plamen, schien Hemmungen zu haben, sie einfach beiseitezuschieben.

»Ich werde morgen kämpfen. Ich habe dein Zeichen jedoch nicht mehr«, stieß Magnus mit letzter Kraft aus.

Amra zwang sich zu lächeln. »Wenn du gesiegt hast, werde ich dich küssen«, sagte sie sanft. »Und hier...«

Sie zog ein Band aus ihrem Kleid, drückte einen Kuss darauf und gab es ihm. Dabei streifte sie seine Hand. Sie war so kalt... Amra konnte sich kaum bezähmen, sie zwischen ihre eigenen Hände zu nehmen und zu wärmen.

»Kommt jetzt!« Der zweite der Wächter begann, die Geduld

zu verlieren. »Die Richter sind längst im Palas, Ihr tut Euch keinen Gefallen damit, sie warten zu lassen. Macht den Weg frei, Herrin! Hier könnt Ihr nichts mehr tun.«

Amra ließ sich zurück in die den Weg säumende Menge fallen und verfolgte, halb blind vor Tränen, wie man Magnus die Stufen hinaufschleifte und die Tür des Rittersaals sich hinter ihm schloss.

Sie wusste nicht, was sie nun tun sollte, aber dann wurde ihr zu ihrer Überraschung bewusst, dass sie frei war. Kein Ritter, keine Edelfrau in ihrer Umgebung, nur Dienstboten, die sich nicht um sie scherten, und die sich jetzt auch verliefen. Gleich würde sie allein vor dem Palas stehen, und Relana würde sie sicher bemerken, doch alles war besser, als sich wieder in die Frauengemächer geleiten und mit heißem Würzwein und womöglich noch ein paar Tropfen Mohnsirup ruhigstellen zu lassen!

Unauffällig folgte sie ein paar Mägden in Richtung Küchenhaus und wandte sich dann den Ställen zu. Sie konnte zu Sternvürbe fliehen und dort wenigstens etwas Ruhe zum Nachdenken finden. Wuff, der immer noch in den Ställen lebte, sprang zur Begrüßung an ihr hoch, und Amra streichelte ihn erfreut. Erst jetzt wurde ihr klar, wie sehr sie ihn vermisst hatte. Und auch Sternvürbe ... Das gleichmäßige Kauen der Pferde und Rinder am Heu und das Rascheln des Strohbettes beruhigten Amra. Sie war immer gern bei den Tieren gewesen.

Ungesehen schlüpfte sie jetzt in das lange Stallgebäude, in dem die Pferde der Ritter untergebracht waren. Die Männer wohnten dem Tribunal im Palas bei, sie musste sich nicht sorgen, von einem von ihnen überrascht zu werden. Amra hatte vor, weiter in den Stall zu den Stuten zu gehen, doch dann hörte sie rhythmische Hammerschläge und nahm den charakteristischen Geruch verbrannten Hufhorns wahr. Verwunderlich war das nicht, in einem Seitenbereich der Ställe befand sich eine

Schmiede. Amra hob den Kopf. Sie wollte gelassen vorbeigehen, als sie in dem Mann, der hier mit nacktem Oberkörper in festen Stiefeln und Lederschürze einen Pferdehuf bearbeitete, Heribert von Fulda erkannte!

»Herr Heribert!« Es wäre sicher besser gewesen, sich zurückzuziehen, aber Amras Verwunderung ließ sie den Ritter ansprechen. »Was macht Ihr denn hier? Ihr ... beschlagt Euer Pferd selbst?« Amra wusste nicht, was verwirrender war – die Tatsache, dass ein Ritter sich herabließ, die Arbeit eines Handwerkers zu tun, oder Heriberts Verzicht auf die Teilnahme am Tribunal gegen Magnus. »Warum seid Ihr nicht im Palas?«

Heribert richtete sich auf. Er hatte eben sechs Nägel in den Huf seines Hengstes versenkt und ließ diesen jetzt herunter. Der Stallbursche, der ihm geholfen und den Huf aufgehalten hatte, streichelte das Pferd und machte Anstalten, es loszubinden. Der Ritter war offensichtlich fertig.

»Ich bin der zweite Sohn eines Landadligen«, erklärte Heribert gelassen. »Unser Gut warf gerade genug ab, um die Familie überleben zu lassen. Ein Dorf gehörte nicht zu unserem Lehen, also auch keine hörigen Handwerker und keine Schmiede. Wenn unsere Pferde beschlagen wurden, mussten wir dafür bezahlen. Also sah ich aufmerksam zu und lernte es selbst. Der Meister meinte, ich habe viel Talent. Wäre ich ein Bauernsohn gewesen, er hätte mich als Lehrling genommen.« Heribert lächelte freudlos. »Vielleicht wär's mir besser bekommen. Als Schmiedemeister hätte ich mein Auskommen und längst Weib und Kind, statt mir ansehen zu müssen, wie sie meinen Freund hängen oder in einem aussichtslosen Kampf bis aufs Blut demütigen, bevor sie ihm die Gnade erweisen, ihn zu töten.«

Amra biss sich auf die Lippen. Ihre Gedanken rasten. Heribert ... ein Schmied ... Der junge Ritter löschte jetzt fachmännisch die Glut in der Esse.

»Ihr ... glaubt also nicht an dieses Gottesurteil?«, fragte sie vorsichtig.

Heribert lachte. »Ob ich glaube, dass Gott Magnus morgen wie durch ein Wunder mit neuer Kraft erfüllen und siegreich in den Kampf schicken könnte? Oh, natürlich glaube ich das, Frau Amra. Gott ist allmächtig. Aber ich fürchte, er wird sich die Mühe nicht machen. Zumal Magnus ja nicht einmal unschuldig ist.«

»Ihr befindet ihn als schuldig?« Amra blitzte den jungen Ritter an. »Ihr meint, das sei gerecht? Er hätte mit ansehen sollen, wie man mich an diesen Niklot verkauft, diesen Räuber und Mörder, der mich schon einmal beinahe geschändet hätte und es in der Nacht vor der Hochzeit ein weiteres Mal versucht hat? Ihr meint, dass ... «

»Ich meine, dass es ungeschickt war, in der Kirche die Waffe zu ziehen. Es hätte andere Möglichkeiten gegeben. Herr Niklot war ausreichend gereizt, noch ein paar Worte mehr, und er wäre Magnus auch so aus der Kirche gefolgt. Aber Magnus war ja wie toll vor Sorge um Euch.« Heribert nahm die Schmiedeschürze ab.

»Eben«, fauchte Amra. »Und das macht Ihr ihm nun zum Vorwurf? Dass er eine Frau schützen wollte? Was zählt höher, Herr Heribert – Minnedienst oder die Kirche?«

Heribert vorzog das Gesicht. »Ich schätze, da wären Eleonore von Aquitanien und der Papst ziemlich gegensätzlicher Ansicht«, versuchte er zu scherzen. »Doch was mich angeht: Ich mache niemandem einen Vorwurf. Außer mir selbst, ich hätte Euch nicht überreden dürfen, hierherzukommen, um Herrn Niklot zu heiraten. Aber ich kannte Herrn Niklot nicht, ich hatte ihn nur ein paarmal gesehen. Ich konnte nicht wissen, wie ... wie er zu Frauen steht. Und ich wusste auch nicht, dass Magnus herkommen würde, nicht mal, wo er die ganze Zeit über war.«

Amra richtete sich auf. »Und dennoch schuldet Ihr mir etwas«, sagte sie fest. »Ihr sagt selbst, Ihr habt nicht ritterlich an mir gehandelt.«

»Na ja ...«, Heribert wollte etwas einwenden, doch Amra gebot ihm energisch Schweigen.

»Ihr könnt diese Schuld jetzt einlösen, Herr Ritter, so Gott es will. Falls die Richter Magnus heute schon in den Kampf oder an den Galgen schicken, ist alles verloren ...«

Amra zitterte allein bei dem Gedanken. Endlich, endlich bot sich ihr eine Lösung, wenn diese Richter bloß nichts überstürzten.

»Soll ich anbieten, anstelle von Magnus zu kämpfen?«, fragte Heribert unsicher. »Ich habe auch schon daran gedacht, aber ich glaube nicht, dass man es mir gestatten würde. Auch Magnus selbst würde es nicht wollen. Und es gäbe keine Gewähr dafür, dass ich siege. Pribislav würde mir seinen stärksten Ritter entgegenstellen. Ich würde mit hoher Wahrscheinlichkeit unterliegen, und Magnus endete doch am Galgen.«

Amra schüttelte den Kopf. »Nein. Keine Gottesurteile, keine Orakel und all diese Dinge. Ich brauche Euch nicht als Ritter, Herr Heribert. Ich brauche Euch als Schmied. Und bitte, bitte sagt nicht Nein!«

Es war um Mitternacht, als Amra sich zitternd vor Aufregung, ein Bündel mit Kleidungsstücken unter dem Arm, aus den Frauengemächern schlich. Da sie nicht offiziell als Gefangene galt, standen keine Wachen vor ihrer Kemenate. Relana teilte nur täglich eine Dienerin dazu ein, vor ihrer Tür zu schlafen. Unter dem Vorwand, ihr aufwarten zu wollen, begleiteten die jungen Frauen sie bei jedem Gang und folgten ihr sogar zum Abtritt. In dieser Nacht oblag dieser Dienst Natasa – und sie hatte sich gern bereitgefunden, Amras Weggang zu decken. Amra überließ ihr dafür einige ihrer Kleider, unter anderem das Hochzeitskleid. Natürlich konnte Natasa die Sachen nicht selbst tragen, aber wenn Plamen und sie alles auf dem Markt verkauften, würden sie über eine fürstliche Aussteuer verfügen.

»Ich sage einfach, Ihr habt mich betäubt«, erklärte Natasa und bediente sich vergnügt des Würzweines und Mohnsirups, den Relana für Amra gemischt hatte.

Die Fürstin hatte der jungen Frau mitgeteilt, Magnus sei ein Gottesurteil bewilligt worden, jedoch kein letztes Treffen mit Amra, obwohl er darum gebeten hatte. Der einzige Trost, den sie ihr spenden konnte, war ein wirksamer Schlaftrunk.

»Ihr habt mich verleitet, davon zu trinken«, fuhr Natasa fort und nahm einen großen Schluck von dem süßen Getränk, das sie sichtlich genoss, »weil ich mich ein bisschen krank fühlte. Und da bin ich halt eingeschlafen.«

Eine empfindliche Strafe für ihr Vergehen befürchtete die junge Frau nicht. Relana war nicht streng mit ihrer Dienerschaft, und Natasa genoss zudem das Privileg, zu den Lieblingskinderfrauen ihrer Söhne zu gehören. Die selbstbewussten Knaben würden nicht dulden, dass man sie schlug oder degradierte.

Schwieriger würde es im Kerker werden. Zwar war Plamen, Natasas Freund, eingeweiht und würde wegsehen, wenn Amra und Heribert Magnus befreiten. Ihm oblag die Wache über das gesamte Areal des Westturms, er konnte behaupten, dass der Gefangene entflohen war, während er die Wehrgänge inspizierte. Allerdings hatte das Gericht das Gottesurteil für den nächsten Tag angesetzt, und jeder ging davon aus, dass Magnus beim Kampf bis zum Tod mit einem von Pribislavs stärksten Rittern unterlag. Wenn sich jetzt noch jemand fand, der ihn in seiner letzten Nacht im Kerker aufsuchen wollte, so würde Heribert ihn niederschlagen müssen. Amra hoffte, dass er es dann auch tat, selbst wenn es vielleicht ein Kirchenmann war, der mit dem

Delinquenten wachte und betete. Heribert mochte Vorbehalte dagegen haben, einen Priester anzugreifen.

In der völligen Dunkelheit dieser warmen Nacht – der Mond hatte sich hinter dichten Wolken versteckt –, tastete Amra sich die Stiegen des Wehrgangs hinunter und passierte mit klopfendem Herzen den Eingang zum Palas. Hier regte sich allerdings nichts, der Fürst, seine Ritter und seine Gäste schliefen bereits tief. Amra gelangte unbehelligt zum Küchenhaus, versteckte dort ihr Bündel und nahm wieder Laterne und Feuerstein an sich. Heribert würde auf jeden Fall Licht brauchen. Sie selbst kam ohne Kerzenlicht zum Westturm. Es war einfach, den Weg zu finden, wenn man sich nur im Schatten der Mauer hielt.

Amra achtete darauf, sich lautlos entlang der dicken Steinmauer zwischen Palas und Turm zu bewegen – und erstickte einen Aufschrei, als jemand sie plötzlich hart am Handgelenk fasste. Sie wollte Heriberts Namen rufen, hielt sich dann aber zurück. Das war nicht ihr verschworener Ritter. Das Lachen, das aus dem Dunkeln kam, gehörte einem anderen.

»Hab ich's mir doch gedacht! Ohne ein kleines Lebewohl würdest du deinen Magnus nicht gehen lassen. Das ist jedoch nur ein Traum, mein Täubchen – womit ich nicht sagen will, dass dir diese Nacht schlecht in Erinnerung bleiben wird. Im Gegenteil, meine schöne Amra, heute mache ich dich zur Frau, und morgen bitte ich den Fürsten offiziell um deine Hand. Er wird mir dann etwas schulden, meine Liebste, denn ich werde der Mann sein, durch dessen Waffen Gottes Wille wirkt.«

»Ihr?«, fragte Amra. »Aber ... aber Ihr seid König Waldemars Mann!«

Vaclav lachte. »Herr Pribislav behält mich gern an seinem Hof. Er stellte mir sogar ein Amt in Aussicht oder ein Lehen. Wir verstehen uns gut, der Fürst und ich. Natürlich bin ich auch großzügig, er wird sich zweifellos das Recht auf die erste Nacht mit dir ausbitten. Was ihm ja auch zusteht als meinem Fürsten, dessen Gunst mir ermöglicht, dich zur Gemahlin zu nehmen. Schade nur für ihn, dass der Schatz dann schon gehoben sein wird, ich denke hingegen, das macht dem Fürsten nichts. Wer will schon eine Jungfrau? Eine Frau mit Erfahrung ist viel reizvoller. Also lass mich nun sehen, was unser Herr Magnus dich gelehrt hat . . .«

»Ihr seid widerlich!« Amra wandt sich in seinem Griff. »Ich hasse Euch!«

Vaclav zog Amra an sich und drängte seine Zunge in ihren Mund. Amra versuchte, ihn zu beißen, aber es machte ihn nur noch wilder. Ihre Gedanken rasten. Was konnte sie tun? Amra hielt die Kette, an der die schwere Laterne hing, fest in ihrer Hand. Vaclav hatte sie in seinem Wahn gar nicht beachtet. Die gusseiserne Leuchte . . . Amra konnte sie als Waffe einsetzen. Sie musste nur eine günstige Gelegenheit abwarten.

Amra überwand sich und erwiderte den Kuss. Sie ließ ihre Zunge durch Vaclavs Mund wandern, umschmeichelte die seine . . . Vaclav atmete schwer, als er sie endlich losließ.

»Meiner Treu, küssen kannst du!«

Der Mond schob sich hinter den Wolken hervor, und Amra sah das Grinsen auf dem Gesicht ihres Widersachers.

»Ich könnte es noch besser, wenn du mich zu Atem kommen ließest«, behauptete Amra. »Und du willst doch wohl auch nicht jetzt und hier . . .?«

Vaclav ließ sie los, nur ihr linkes Handgelenk hielt er weiterhin umklammert. »Nein, Süße, nicht, wenn du brav mitkommst. Es gibt angenehmere Orte. Den Stall vielleicht?«

Amra trat einen halben Schritt zurück, und dann schleuderte sie die Laterne mit aller Kraft gegen Vaclavs Schläfe. Der Ritter taumelte, und Amra schlug noch einmal zu. Diesmal traf sie ihn unterhalb des Auges, die Haut platzte auf, sie meinte, Blut zu erkennen. Amra umfasste die Laterne mit beiden Händen, als

Vaclav sie jetzt endlich freigab. So kräftig sie konnte, schmetterte sie ihm das Gusseisen noch einmal an den Kopf, ein hässliches Geräusch wie von brechenden Knochen ließ sie erschaudern. Aller Hass auf Vaclav von Arkona entlud sich mit diesem letzten Schlag.

Amra tastete kurz nach ihrem Messerchen, als der Ritter schließlich zusammenbrach, aber Vaclav schien bewusstlos zu sein. So bald würde keine Gefahr mehr von ihm ausgehen.

Heribert wartete bereits im Schatten des Westturms.

»Keine Wächter«, berichtete er. »Hier ist alles still. Aber was ist mit Euch, Frau Amra? Ihr atmet schwer, seid Ihr gerannt? Wir haben keine Eile, wir müssen nur leise sein . . .«

Amra schilderte Heribert mit knappen Worten Vaclavs Übergriff, während er das Tor zum Turm untersuchte. Plamen hatte es unverschlossen lassen sollen, und tatsächlich brauchte Heribert keine Anstrengung, es aufzustoßen und gleich wieder hinter sich und Amra zu schließen. Amra entzündete ihre Kerze, sobald sie den Turm betreten hatten. Die Laterne erfüllte den Raum sofort mit schummrigem Licht, und Amra sah jetzt das Blut auf dem Eisen. Sie musste Vaclav hart getroffen haben, gut möglich, dass es reichte, um ihn vor seinen Schöpfer zu bringen. Gottesurteil . . . Amra hätte beinahe bitter aufgelacht.

Dann jedoch verging ihr jeglicher Galgenhumor. Magnus kauerte an der gleichen Stelle wie in der ersten Nacht seiner Haft, gefesselt mit kurzen Ketten, die ihm weder bequemes Liegen noch Stehen erlaubten. Als das Licht aufflammte, hob er den Kopf. Er hatte sicher nicht geschlafen. Amra erkannte das Seidenband, das er sich um die Hand geschlungen hatte. Ihr Zeichen.

»Amra . . . du . . . Träume ich?« Magnus' Stimme klang schwach.

Amra näherte sich mit der Laterne. »Ich hab dir doch versprochen, dass ich dich rausimageole«, flüsterte Amra. »Könnt Ihr die Ketten aufschmieden, Herr Heribert? Ihr müsst zu ihm hinunterklettern.«

Heribert hatte sein Schmiedewerkzeug schon ausgepackt. »Fragt sich nur, wie ich hinterher wieder hochkomme«, brummte er, ließ sich dann aber ohne weitere Bemerkungen in den Kerker hinab. »Schaut, ob Ihr irgendwo eine Leiter findet, Frau Amra.«

Amra sah sich um, fand jedoch nur ein paar Stricke.

»Sie ziehen einen hoch«, meinte Magnus mühsam. »Und sonst nehmen sie das ›In den Kerker werfen‹ wörtlich. Mir tut jeder Knochen weh.«

»Aber du wirst doch reiten können?«, fragte Amra besorgt.

Heribert sah zu ihr hinauf und zog eine Augenbraue hoch. »Er ist ein Ritter, Frau Amra. Natürlich kann er reiten ... erst mal müssen wir ihn jedoch hier herausbekommen. Mehr Licht, Frau Amra, ich kann die Kette nicht sehen.«

Amra ließ die Laterne an einem der Stricke zu den Männern herab und erkannte die schwere Fußfessel an Magnus' Knöchel. Das Eisen hatte die Haut bis zum Knochen aufgeschürft, Magnus unterdrückte ein Stöhnen, als Heribert die Fessel bewegte.

»Das krieg ich so nicht auf«, bemerkte der Ritter. »Tut mir leid, aber du musst die Schelle umbehalten, ohne Amboss ist da nichts zu machen. Ich werde nur eines der Kettenglieder aufsprengen.«

Amra fuhr zusammen, als er mit seinem Werk begann. Eisen schlug laut klirrend auf Eisen. Sie hatte das Gefühl, als müsse der Lärm die ganze Burg aufwecken. Doch Heribert verstand sein Geschäft. Mit wenigen Schlägen hatte er das Kettenglied zertrümmert. Magnus war frei und versuchte, sich aufzurichten. Es ging nur, wenn er sich an der Wand abstützte, und es schien ihm große Schmerzen zu bereiten. Seine Muskeln waren nach der langen Zeit verkümmert. Nichtsdestotrotz zwang er sich, ein paar Schritte zu machen. Heribert stützte ihn.

Amra zog die Laterne und das Werkzeug herauf, während der junge Ritter die Lage abschätzte. Es würde nicht einfach sein, aus der Grube herauszukommen. Zwei gesunde Ritter konnten sich zwar mittels Räuberleiter leicht heraushelfen, es war hingegen ausgeschlossen, dass Magnus Heribert auf die Schultern nahm. Sie konnten ihn höchstens heraufziehen. Heribert legte Magnus das Seil um, warf es zu Amra hinauf und gebot ihr, zu ziehen. Magnus schaffte es kaum mitzuhelfen, aber er war nur noch Haut und Knochen, und so hob Heribert seinen Freund mühelos von unten hoch. Amra nahm all ihre Kraft zusammen und zog, bis es geschafft war. Magnus blieb schwer atmend am Rand des Verlieses liegen.

»Jetzt ich.« Heribert klang alles andere als zuversichtlich, als Amra das Seil, das um Magnus' Hüfte geschlungen war, löste und zu ihm hinunterwarf.

Magnus ergriff es tapfer und versuchte, Amra zu helfen, seinen Freund die steile Wand heraufzuziehen.

»Meine Anerkennung, Frau Amra, Ihr habt beachtliche Kraft.« Heribert blickte die junge Frau bewundernd an, als er sich schließlich über den Rand des Verlieses zog.

Amra lachte. »Das hättet Ihr einer Klosterschwester und Edelfrau nicht zugetraut, was? Aber ich habe drei Jahre lang Ställe gemistet, Wassereimer geschleppt und Heu gestapelt. Wenn du mir zeigst, wie man ein Schwert führt, Magnus, schlage ich meinem nächsten Freier persönlich den Kopf ab.«

»Das hoffe ich nicht«, sagte Magnus entschlossen und nahm widerwillig Heriberts Hilfe dabei an, sich aufzurichten, »denn dein nächster Freier werde ich sein. Ich lasse nie wieder einen anderen an dich heran – bei meiner Ehre als Ritter.«

Heribert schüttelte den Kopf. »Du wirst kein Ritter mehr sein, Magnus«, sagte er dann streng. »Die Kirchenschändung und dieser zweifelhafte Zweikampf sind eine Sache, aber ein Ritter, der sich einem Gottesurteil durch Flucht entzieht? In der Ritterschaft wurden gestern böse Worte darüber laut, dass man dich in dieser Nacht noch im Kerker hält, Pribislav hätte dich auf Ehrenwort freisetzen müssen. Und jetzt das...«

Magnus senkte den Kopf.

»Besser ein lebender Bauer als ein toter Ritter«, bemerkte Amra scharf. »Hört endlich auf mit diesen Geschichten um eure großartige Ehre. Solange ein Vaclav und ein Niklot noch als Ritter ohne Tadel gelten, gebe ich darum keinen Kupferpfennig. Komm, Magnus, wir werden deinen Vergehen gegen die Ritterehre jetzt noch einen Diebstahl hinzufügen. Wir brauchen Pferde, Herr Heribert, und eine Rüstung.«

Heribert stützte seinen Freund auf dem Weg nach draußen, dann schloss er sorgfältig das Kerkertor hinter ihnen, es sollte so lange wie möglich unberührt aussehen.

»Ich könnte Euch die meine...«, murmelte er unwillig, aber Amra schüttelte den Kopf.

»Ich denke, Herr Vaclav wird uns gern aushelfen«, bemerkte sie. »Er kann seinen Harnisch und seinen Helm wohl zurzeit kaum brauchen. Der Wappenrock fehlt, aber da können wir nichts machen... hoffen wir einfach darauf, dass der Torwächter bei Morgengrauen noch verschlafen ist.«

»Und dass er die Farben des Herrn Vaclav nicht kennt«, bemerkte Heribert. »Denn der ist Slawe, wie Ihr wisst. Wenn sich Magnus an seiner Sprache versucht, wird jedem auffallen, dass hier der falsche Ritter reitet.«

»Ich werde den Schild verhängen«, sagte Magnus. »Wir trauern doch wohl alle noch um Herrn Niklot. Gerade heute, wo es endlich Vergeltung für ihn geben wird. Erst wenn der Mörder tot und Herr Niklot gerächt ist, werde ich meine Farben wieder offen tragen.«

Heribert grinste. »Hoffentlich nimmt man dir das ab. Eure Pferde stehen übrigens schon bereit, ich habe sie gesattelt und gestern noch frisch beschlagen. Ihr könnt euch im Stall verborgen halten, bis der Morgen graut. Betet nur, dass vorher niemand auf den Gedanken kommt, nach Frau Amra zu sehen oder mit dir zu beten, Magnus, oder eine frühe Morgenmesse zu lesen.«

»Oder einfach aufzuwachen«, murmelte Amra und dachte an Vaclav. »Es muss einfach alles gut gehen. Beim ersten Sonnenstrahl werden wir reiten.«

Kapitel 8

Die Sonne ließ an diesem Tag auf sich warten. Amra lauerte ungeduldig auf die Morgendämmerung. Magnus war gleich in einen erschöpften Halbschlaf gefallen, nachdem sie sich von Heribert verabschiedet hatten. Der junge Ritter hatte ihnen Glück gewünscht, auch wenn er dabei mehr als zweifelnd dreingesehen hatte. Allzu große Chancen auf ein glückliches Leben räumte er den Flüchtenden wohl nicht ein.

Amra betrachtete ihren schlafenden Liebsten im Schein der Laterne. Sie selbst fand keinen Schlaf, obwohl es im Stroh neben Magnus' Hengst und Sternvürbe recht gemütlich war. Am liebsten hätte sie sich in Magnus' Arme geschmiegt, sie sehnte sich nach seinen Zärtlichkeiten. Aber stören wollte sie ihn nicht. Er musste ausruhen, der Tag würde noch anstrengend genug werden. So kuschelte sie sich nur an Wuff, der sie schwanzwedelnd begrüßt hatte. Er war sichtlich erfreut, wieder bei ihr zu sein, und folgte ihr auch, als sie sich schließlich, kurz vor dem Morgen, noch einmal erhob und zur Waffenkammer schlich.

Amra fand Vaclav von Arkonas Rüstung und Helm und nestelte ein dunkles Untergewand aus ihrem Kleiderbündel, das sie nutzen konnte, um Vaclavs Schild zu verhängen. Bei den Sachen des ranischen Ritters lag außerdem ein schwerer, langer Reisemantel. Ohne jede Gewissensbisse nahm Amra auch den mit und deckte Magnus erst einmal damit zu. Auf der Reise würde er dem Ritter sicher ebenso gute Dienste leisten wie Amra der Umhang der Äbtissin.

Als es dann endlich hell wurde, fiel Amra mit Schrecken ein, dass sie nicht an Proviant gedacht hatte, und sie schalt sich ihrer mangelnden Umsicht. Aber immerhin konnte sie für ein Frühstück sorgen. Amra lief in den Kuhstall, molk eine freundliche braune Kuh und weckte Magnus dann mit einer Schale Milch.

»Kleine Stärkung«, wisperte sie ihm zu. »Die wirst du gebrauchen heute.«

Magnus öffnete die Augen und lächelte ihr zu. Der Schlaf hatte ihm gutgetan, aber jetzt war er offensichtlich hungrig und durstig, er trank genüsslich. »Du hast ... du hast selbst ... du kannst melken, Amra?«

Amra lächelte. »Ich bin auf einem Bauernhof groß geworden. Herr Baruch hielt immer eine Kuh. Außerdem war ich im Kloster für die Tiere zuständig. Ich kann besser melken als beten oder Altartücher besticken, Magnus. Ich weine der Hofdame nicht nach, Liebster. Aber jetzt komm, es tagt endlich. Und heute ist Markttag, sie sollten die Burgtore bald öffnen.«

Amra hatte Mühe, Magnus in Vaclavs Rüstung zu helfen, sie war ihm erheblich zu groß. Selbst wenn er nicht abgemagert gewesen wäre, hätte sie ihm nicht gepasst. Er war etwas kleiner und schmaler als der ranische Ritter. Schließlich führten die beiden die Pferde hinaus, und Magnus zog sich mühsam in den Sattel. Amra reichte ihm Vaclavs Mantel hinauf und fand ihrerseits eine Aufstiegshilfe, um in Sternvürbes Sattel zu kommen.

Nun musste es aber auch schnell gehen, denn auf dem Burghof regten sich inzwischen die ersten Mägde. Amra konnte nur hoffen, dass sie Vaclav nicht entdeckten. Sie atmete auf, als sie sich schließlich dem Haupttor der Burg näherten, das tatsächlich eben geöffnet wurde. Vor der Burg warteten ein paar Bedienstete, die in der Siedlung wohnten, auf Einlass. Der Wächter, ein grobschlächtiger Knecht, kein Ritter, ließ sie mit ein paar Scherzworten durch.

»Und Ihr, Herr Ritter?«, fragte er freundlich und ohne Arg.

»Was führt Euch so früh aus der Burg, zumal in Begleitung einer Dame? Was liegt an, dass Ihr den Kampf versäumt, mit dem der Herr Niklot gerächt werden soll?«

Das Prinzip eines Gottesurteils war den meisten Bewohnern von Mikelenburg noch nicht so geläufig. Aber dem Kampf fieberte auch das Volk bereits entgegen, Pribislav hatte freies Essen und Bier für alle angekündigt.

»Ich begleite Frau Amra von Arkona ins Kloster nach Walsrode«, behauptete Magnus. »Ihr wisst schon, die Dame, die Herr Niklot ehelichen sollte. Sie ist von großem Schmerz erfüllt, der nun wieder auflodert, da der Gefallene endlich Gerechtigkeit erfahren soll. Und sie wünscht sich nichts mehr, als einen Zufluchtsort, um ihr Leben fürderhin Gott zu widmen.«

»Ja?«, fragte der Wächter, jetzt doch ein wenig zweifelnd, und versuchte, neugierig einen Blick auf Amras Gesicht zu werfen. Sie trug ein dunkles Reisekleid und den Umhang der Äbtissin, ihr Haar verbarg sie unter einem züchtigen Gebände, darüber hatte sie einen Schleier geworfen. »Ist das nicht schade? Ein so hübsches junges Ding? Aber gut ... Dann eine glückliche Reise, Herr ...«

»Gisbert von Hagen, Ritter des Herzogs Heinrich von Sachsen«, sagte Magnus schnell.

»Herr Gisbert ... und Frau Amra, es tut mir leid, dass Euer Aufenthalt hier mit einem so großen Leid geendet hat.«

Der Mann verbeugte sich artig. Magnus warf ihm einen Kupferpfennig hin, den er in der Tasche von Vaclavs Mantel gefunden hatte. Dann sprengten sie hinaus.

»Und jetzt weg von hier, so schnell und so weit wir können!«, rief Amra, als auch Wuff das Burgtor unbehelligt passiert hatte. »Ich will diesen Pribislav und vor allem Vaclav nie wiedersehen!«

Magnus überlegte. »Lass uns zunächst nach Süden reiten«,

antwortete er. »Da wird man uns vielleicht am wenigsten vermuten. Ich denke, sie werden annehmen, wir versuchen es in Dänemark. Später werden wir weitersehen ...«

Magnus fiel das Reiten schwer nach der langen Zeit der Untätigkeit, aber er bestand dennoch darauf, so schnell voranzukommen wie nur eben möglich. Amras kleine Stute musste immer wieder angaloppieren, um mitzuhalten, und oft genug lief Amra dabei Gefahr, herunterzufallen. Am Abend fühlte sich die junge Frau genauso zerschlagen und erschöpft wie ihr Geliebter. Außer ein paar Beeren, die am Weg wuchsen, hatten sie zudem nichts in den Magen bekommen. Aber nun folgte Magnus einem Bach, der vom Weg fortführte, um einen Platz für ein Nachtlager zu finden.

»Es mag Forellen im Bach geben, vielleicht gelingt es uns ja, welche zu fangen«, sagte er.

Der Bach mündete sehr bald in einen versteckt liegenden kleinen Weiher mitten im Wald, an dessen Ufer sich eine Lichtung auftat.

»Hier können wir rasten.«

Magnus ließ sich aufatmend vom Pferd gleiten. Mühsam befreite er sich, erneut mit Amras Hilfe, von Vaclavs Rüstung. Wenn sie irgendwann einen etwas größeren Ort erreichten, konnte er sie verkaufen und vielleicht auch seinen Streithengst gegen ein weniger auffälliges und wertvolles Pferd tauschen. Magnus trennte sich zwar ungern von dem freundlichen Fuchs, aber er musste den Tatsachen ins Auge sehen – er war kein Ritter mehr, er brauchte kein Streitross, sondern etwas zu essen, Kleidung – und eine Anstellung, um das auch fürderhin zu sichern. Im Moment hätte er alles für eine warme Mahlzeit gegeben, er war völlig ausgehungert und erschöpft nach dem Ritt. Magnus' Muskeln schmerzten, und sein aufgeschürfter Knöchel, an dem immer noch die Eisenfessel haftete, quälte ihn höllisch. Amra entfachte jedoch bereits ein Feuer. Lächelnd sah Magnus, dass sie so umsichtig gewesen war, einen Feuerstein mitzunehmen. Er musste nun versuchen, dem Bach oder dem See irgendwelche Nahrung zu entlocken.

Der Bach erwies sich dann tatsächlich als fischreich, und Magnus erinnerte sich seiner Kindertage. Gemeinsam mit seinem Bruder und seinem Vater hatte er Forellen gefangen und Hechte geangelt, eine willkommene Bereicherung des Speiseplans auf ihrem nicht übermäßig begüterten Hof. Nun hielt er sich an einem weit ins Wasser ragenden Weidenast fest, und tatsächlich gelang ihm der rasche Griff, mit dem er schon damals die Forellen aus dem Wasser geholt hatte. Bald brieten vier Fische auf einem großen Kiesel über ihrem Feuer, an dem Magnus sich ermattet niedergelassen hatte. Amra hatte essbare Wurzeln ausgegraben und noch mehr Beeren gepflückt. Als sie ihr kärgliches Mahl beendet und sich ein bisschen ausgeruht hatten, fühlten sie sich schon viel besser. In Magnus erwachten langsam die Lebensgeister. Er hätte Amra gern umarmt, aber er schämte sich seines ausgemergelten, verschmutzten und mit Blut besudelten Körpers. Seit seiner Gefangenschaft war er nicht mehr mit Wasser in Berührung gekommen, er stank wie ein Kuhhirte. Auch Amra war verschwitzt und mitgenommen nach dem Ritt. In ihren Augen stand Verlangen, aber auch Unschlüssigkeit. Und der Weiher lag einladend im Mondlicht...

Magnus lächelte seiner Liebsten zu. »Kannst du eigentlich schwimmen?«, fragte er sie.

Amra sah ihn entrüstet an. »Ich bin die Tochter eines Fischers«, erklärte sie. »Natürlich kann ich schwimmen.« Dann verstand sie. »Du willst...? Jetzt? Hier? Zusammen?«

Magnus lachte. »Wir können auch nacheinander baden«,

bemerkte er dann. »Aber zusammen könnte es ... es könnte mehr Vergnügen bereiten, meinst du nicht?«

Amra wandte sich um, als sie ihr Kleid über den Kopf zog, sich von ihrem Unterkleid befreite und schließlich im Hemd in das kühle, klare Wasser des Weihers glitt. Auch Magnus streifte seine Kleider ab. Die Brouche rutschte ihm von seinen mageren Hüften herunter, und er lachte, als er jetzt nackt am Ufer stand. Wieder hielt er sich an einem ins Wasser ragenden Weidenast fest, um nicht zu straucheln. Das Essen hatte ihm etwas Kraft gegeben, dennoch fiel ihm jede Bewegung schwer. Aber im Wasser konnte er sich treiben lassen. Genüsslich spülte er sich Schmutz und Gestank des Kerkers ab, und dann war auch Amra neben ihm. Gemeinsam ließen sie sich vom Wasser tragen, schmiegten sich aneinander, tauchten unter und lachten, wenn sie den Boden unter den Füßen verloren, während sie sich küssten.

Schließlich tappten sie Hand in Hand ans Ufer und ließen sich auf den Mantel der Äbtissin fallen, den Amra am Feuer ausgebreitet hatte. Amra lächelte bei dem Gedanken, ihre Unschuld nun ausgerechnet auf dem Reisemantel von Mutter Clementia zu verlieren. Sie ließ Magnus an dieser Überlegung teilhaben und bot ihm den Mund zum Kuss.

»Du ... willst doch?«, fragte sie unsicher, als Magnus nicht lachte, sondern ernst und fast andächtig ihren im Mondlicht schimmernden Körper betrachtete. »Ich meine ...«

Magnus verschloss ihr den Mund mit einem Kuss. In diesem Augenblick bedurfte es keiner Worte mehr. Der junge Ritter nahm Amra in die Arme, und sie schloss die Augen und vergaß alle Zweifel und alle Zukunftssorgen. Magnus ließ seine Finger an ihre geheimsten Stellen wandern, streichelte und erregte sie. Mit winzigen Küssen und sanften Zungenschlägen liebkoste er ihr Gesicht, ihren Hals, er verweilte lange bei ihren Brüsten, und schließlich streichelte und küsste er ihre Scham, bis Amra sich ihm voller Verlangen entgegenhob. Sie war mehr als bereit für ihn, als er endlich behutsam in sie eindrang. Magnus bewegte sich langsam, flüsterte zärtliche Worte, und sie bäumte sich wild auf unter ihm und verlor sich in Glückseligkeit.

Als Magnus dann erschöpft zusammensank, bedeckte Amra seinen Körper mit Küssen und erweckte sein Geschlecht erneut zum Leben. Schließlich zog sie Vaclavs Mantel über ihre beiden Körper, und Magnus schlief in ihren Armen ein. Er sollte nicht frieren, er sollte nie mehr frieren müssen. Amra war ganz erfüllt von Liebe, Zärtlichkeit und Fürsorge.

Sie sah noch eine Weile in die Dunkelheit, ließ die Erlebnisse des Tages erneut an sich vorbeiziehen. Darüber fielen ihr jedoch schnell die Augen zu. Auch sie musste ein wenig schlafen, um für den nächsten Tag erholt zu sein. Sie wollten früh aufbrechen, und vielleicht gelang es ihr ja, vorher noch etwas Essbares zu finden. Doch damit würde sie sich am kommenden Morgen beschäftigen. Vorerst wollte Amra nur alle Sorgen vergessen und endlich in Sicherheit sein.

»Ich glaub es nicht, die schlafen noch immer!«

In der tiefen, sonoren Stimme, die Amra weckte, schwang Belustigung mit.

»Oder seid ihr tot?«

Amra löste sich nur schwer aus ihren tiefen, glücklichen Träumen, aber dann bellte der Hund, und sie riss erschrocken die Augen auf. Auch Magnus war aufgewacht und tastete instinktiv nach seinem Schwert. Vergebens natürlich, Vaclavs Waffe lag bei den Pferden und den Sätteln.

Amra fuhr hoch und sah in ein breites, bärtiges Männergesicht, das entfernt an einen Bären erinnerte. Der Mann war nicht mehr jung, er trug eine kurze rote Tunika über zweifarbigen Beinlingen, und in seinen kleinen grünbraunen Augen blitzte der Schalk.

»Na also, sie bewegen sich ja. Habt ihr ein Glück, Kinder, dass wir ein so braves Volk sind und keine Mörder oder Diebsgesindel. Wir hätten euch sonst ausrauben können bis auf die nackte Haut.

»Wozu wir uns nicht mal hätten anstrengen müssen!«, kicherte eine Frau und wies auf den Kleiderstapel neben Amras und Magnus' Lager.

Amra rieb sich die Augen und starrte die Frau verblüfft an. Träumte sie noch, oder hatte sie da wirklich eine Zwergin vor sich? Die Frau war nicht größer als ein fünfjähriges Kind, aber ganz klar erwachsen. Sie war untersetzt, genauso farbenfroh gekleidet wie der bärenhafte Mann, und auch sie wirkte nicht bedrohlich.

»Wer ... wer seid ihr?«

Magnus richtete sich auf und tastete nach seiner Brouche, um seine Scham zu bedecken. Noch verdeckte Vaclavs Mantel seine und Amras Blöße, wie es aussah, würden sie beim Aufstehen jedoch mehr Zuschauer haben. Zwei weitere Männer und eine Frau hatten sich inzwischen rund um ihr Nachtlager versammelt. Neugierig und eher belustigt als unfreundlich betrachteten sie das Liebespaar.

»Graubart, mein Name!« Der bärtige Mann verbeugte sich übertrieben förmlich. »Und das ist Gesine«, er wies auf die Zwergin. »Goliath und Festa und Tiberius haben wir hier.« Amra bemerkte verwirrt einen riesigen Mann mit tiefschwarzer Haut, eine ungeheuer fettleibige Frau und einen kleineren, sehr schlanken Jüngling. »Unser Gladiator, die dickste Frau der Welt, und Tiberius ist Akrobat. Wir sind Gaukler, Bader, Musikanten, Huren ... Wir reisen zusammen von Markt zu Markt. Das ist sicherer. Seht dort.«

Amra ließ den Blick über die am Tag zuvor noch so einsame Lichtung schweifen und fand sie voller Planwagen, Pferde und Maultiere. Ein paar Kinder balancierten über ein niedrig aufgespanntes Drahtseil, ein anderes ließ einen kleinen Hund durch einen Reifen springen.

Wuff schien schnell gemerkt zu haben, dass von dem bunten Trüppchen keine Gefahr ausging, und sah es wohl nicht als nötig an, Amra und Magnus zu verteidigen. Er strich um ein Feuer herum, auf dem zwei dralle junge Mädchen Brei kochten. Beide waren in grellbunte Mieder und Röcke gekleidet, schauten vergnügt zu Amra und Magnus hinüber und tauschten kichernd Bemerkungen aus. Amra und Magnus dämmerte es, dass sie sich zum Gespött der gesamten Gesellschaft gemacht hatten, indem sie den Aufbau des Lagers wie Kinder verschlafen hatten. Selbst Wuff hatte wohl erst angeschlagen, als die Gaukler näher gekommen waren. Er war ein friedlicher Geselle, im Kloster hatte man ihm zu häufiges Bellen schnell ausgetrieben.

»Wir ... wir hatten einen ziemlich schweren Tag gestern«, versuchte Amra zu erklären.

Die Schausteller reagierten mit schallendem Gelächter.

»So sieht's aus«, bemerkte Graubart mit Blick auf die nachlässig abgeworfenen Kleidungsstücke. »Aber es war ja wohl wenigstens schön. Und, meine lieben, jungen Freunde ... habt ihr auch Namen, eine Herkunft und ein Ziel, das ihr uns nennen mögt? Man weiß doch gern, mit wem man einen Lagerplatz teilt.«

Amra biss sich auf die Lippen, doch Magnus reagierte schnell.

»Wir sind ... äh ... Bauern. Wir kommen aus Schwerin und wollten zu ... einer Hochzeit bei der Mikelenburg. Eine neue Siedlung, meine Schwester ist ...«

Graubart zog die Augenbrauen hoch. Er schürzte die Lippen, natürlich hatte er die Lüge sofort erkannt.

»Ach ja, ein fleißiger Landmann«, höhnte er. »Sag, pflügst du deine Felder mit dem Streithengst oder der Zelterin? Und euer Dorf muss sehr reich sein, wenn du deiner Frau ein Hemd aus so feinem Leinen kaufen kannst und Kleider aus flandrischem Tuch.«

Amra errötete, und Magnus schlug die Augen nieder.

»Und das da ...« Graubart wies auf die eiserne Schelle an Magnus' Fuß, der unter dem Mantel hervorragte. Sein Knöchel war zerschlagen und entzündet, der gestrige Ritt hatte die Verletzung noch schlimmer gemacht. »... das trägt man in eurem Dorf wohl als Schmuck, ja?«

»Ich bin Amra, und das ist Magnus«, sagte Amra kleinlaut. »Aber ein Ziel haben wir nicht. Und keine Herkunft, die wir euch nennen mögen.«

Graubart lachte. »Na, das ist wohl wenigstens die Wahrheit, wenn auch nicht sehr erschöpfend. Egal, wir müssen's nicht wissen, nur belügt uns nicht! Ich merk's, wenn man mich belügt, wisst ihr ...«, er machte eine theatralische, ausgreifende Handbewegung. »Denn ich bin ein Magier ... eingeweiht in alle Geheimnisse von Thule bis Atlantis.«

Zu Amras Verwunderung hielt er plötzlich eine Blume in seiner Hand. Eine vollkommene Lilie.

»Hier, Frau Amra, weiß wie die Unschuld ...«

Er griff ein weiteres Mal in die Luft und beförderte eine Rose hervor. »Und rot wie Blut ... Doch beide verblassen vor Eurer Schönheit!« Graubart zwinkerte. Amra musste lachen.

»Und Ihr, mein Herr ...« Der Zauberer sah Magnus prüfend an. »Ihr seht mir aus, als brauchtet Ihr was zu essen. Wie gut, dass Eure Freundin etwas Proviant hinter dem Ohr verwahrt.«

Er griff vorsichtig hinter Amras rechtes Ohr und förderte einen Brotkanten hervor, den er Magnus zuwarf.

Der junge Mann konnte nicht anders, er schlang das Brot gleich gierig hinunter.

»Oh«, meinte der Magier betroffen. »Da hab ich ja wohl ins Schwarze getroffen. Kommt, Kinder, steht auf, zieht euch an und kommt etwas essen. Wir sind nicht reich, aber hungern muss hier niemand, erst recht kein Gast an unseren Feuern.«

Damit stand er auf, um Amra und Magnus beim Ankleiden nicht in Verlegenheit zu bringen. Die anderen Mitglieder der Truppe, die noch neugierig um das Paar herum verharrt hatten, folgten ihm. Lediglich der riesige Mohr blieb. Er tippte Magnus sacht an die Schulter. Der sah erschrocken zu ihm auf, aber der Mann wirkte sanft und lächelte beruhigend, als er jetzt auf Magnus' Fußschelle zeigte und ihn anwies, ihm zu folgen. Magnus ließ Amra ungern allein, mochte dem Mann aber auch nicht widersprechen. Goliath führte ihn zu einem der nächststehenden Wagen. Er griff unter den Bock und förderte einen Amboss hervor. Der riesige Schwarze balancierte ihn spielerisch in einer Hand, mit der anderen griff er nach einer Ledertasche, in der er wohl sein Schmiedewerkzeug aufbewahrte.

»Fuß hier drauf!«, wies er Magnus an und zeigte auf den Amboss. »Stillhalten. Keine Angst.«

Magnus schloss die Augen, während der Schwarze den Hammer hob und mit der Kraft eines Bären zuschlug, doch der einzige Schmerz kam daher, dass die gesprengte Fußfessel beim Abfallen die Wunde streifte.

»Besser?« Goliath lächelte.

Magnus dankte ihm verlegen und fasste vorsichtig nach seinem Knöchel.

»Und jetzt zu Milan, er Bader. Er kann heilen. Ist guter Medikus.« Goliath wies auf einen aufwendig bemalten Wagen, auf dem *Milans Wunderelexier* geschrieben stand. »Solange man nur sein ›Wunderzeug‹ nicht trinkt . . .«

Goliath begleitete Magnus gleich zum Wagen des Baders, der ihn tatsächlich fachkundig verarztete. Milan war ein hochgewachsener Mann, der den Mantel eines Gelehrten trug – allerdings nicht aus schwarzem Tuch, wie die meisten Ärzte, sondern in Blau, mit bunten, magischen Symbolen bestickt.

Magnus dankte Milan befangen, als er ihm einen Verband angelegt hatte. Er hätte ihm die Leistung gern vergütet, aber der Bader winkte gelassen ab. »Man hilft sich unter Fahrenden«, meinte er freundlich. »Und ihr seht auch nicht aus, als hättet ihr Geld.«

Amra hatte inzwischen ihre Kleider angelegt und saß nun am Feuer der beiden drallen jungen Mädchen. Eins davon füllte ihr gerade Brei in eine Schüssel, der Hund knabberte ihr zu Füßen an einem Knochen.

»Hübsch bist du!«, sagte das andere lächelnd und ließ neugierige Blicke über Amras hohe Gestalt und ihr prächtiges rotes Haar wandern. »Und siehst aus wie eine Dame. Ihr seht beide aus, als wärt ihr oft mal Gast an Königshöfen.«

»Gunda, nun lass sie doch erst mal essen. Und stell keine neugierigen Fragen. Oder haben wir dich gefragt, wie du auf die Straßen gekommen bist?«, ermahnte Graubart.

Das junge Mädchen lachte. »Das ist kein Geheimnis, Alter, ich bin auf der Straße geboren«, meinte es dann und füllte auch eine Schale für Magnus, der eben dazukam und gleich heißhungrig darüber herfiel.

»Nicht so hastig«, mahnte die Zwergin. »Sonst wird dir nur schlecht. Also gut, ihr sagt uns nicht, wo ihr herkommt und vor wem ihr weglauft. Aber ein Ziel müsst ihr doch haben. Irgendeinen Plan.«

»Der Plan war, am Leben zu bleiben«, sagte Amra ehrlich. »Ansonsten ...«

»Wir müssen irgendeinen Marktflecken erreichen«, meinte Magnus zwischen zwei Bissen. »Wir haben kein Geld, aber ein paar Dinge, die wir verkaufen können.«

»Die Rüstung und die Pferde«, bemerkte Tiberius, der Artist. Die Schausteller mochten keine Diebe sein, aber das Hab und Gut ihrer Gäste hatten sie sich doch angesehen. »Gestohlen?«

Amra schüttelte energisch den Kopf. »Die Pferde nicht!«, erklärte sie entrüstet.

Die Schausteller lachten schon wieder, aber es war ein gutmütiges Lachen.

»Und die Rüstung ist ... hm ... erbeutet.«

Amra wusste nicht, ob man das so sagen konnte, aber schließlich hatte sie Vaclav zu Boden geschlagen, und er war nicht wieder aufgestanden. Bei einem Turnier hätte man sie zweifellos zur Siegerin des Treffens erklärt.

»Aha«, meinte Graubart. »Nun, der nächste Marktflecken hier wär wohl die Mikelenburg. Aber da kommt ihr ja nun gerade her.«

Amra versuchte, sich zurückzuhalten, aber sie konnte nicht verhindern, dass ihr wieder das Blut ins Gesicht stieg. Wie hatte der Mann das ahnen können?

»Wir kommen aus ...«

Magnus setzte zu einer weiteren Schwindelei an, aber Graubart legte den Finger auf die Lippen. »Psst. Nicht lügen. Was uns angeht, so ziehen wir nach Rostock, über Güstrow. Ein kleiner Markt, aber ein paar Kupferstücke wird's wohl bringen, um Proviant zu kaufen und Heu für die Pferde. Wenn ihr mitkommen wollt ...«

»Wenn wir mit euch reisen dürften ... Ich würde euch eure Ausgaben selbstverständlich vergüten«, sagte Magnus. »Und das Wagnis, das ihr damit eingeht.«

Er schlang eben seine dritte Portion Brei hinunter, und die Zwergin schob ihm obendrein Brot und Käse hin. Seine Gier war ihm sichtlich peinlich, aber er hatte zu lange gehungert, um sich jetzt zurückzuhalten. An sich wünschte er sich nichts mehr, als in der Sicherheit dieser Gesellschaft weiterreisen zu können, er sorgte sich jedoch auch darum, die Leute zu gefährden.

»Es könnte sein, dass ... dass jemand nach uns sucht«, erklärte er.

Graubart lächelte. »Das ist naheliegend, wenn man aus dem Gefängnis ausgebrochen ist«, neckte er. »Aber keine Sorge, in unseren Wagen findet euch keiner. Was allerdings die Vergütung angeht ... ich würd euer Zeug nicht in Güstrow verkaufen. Zu nah an der Mikelenburg und zu klein, ihr könntet es höchstens beim Juden versetzen, und viel wird der euch nicht geben. Geht ja auch ein Wagnis ein, wenn er sich womöglich erwischen lässt mit so heiklem Gut.«

»Vielleicht können wir ja für euch arbeiten«, schlug Amra vor. »Ich könnte ... na ja, für euch kochen oder nähen oder ...«, so recht fiel ihr nichts ein, wofür man sie vielleicht brauchen konnte.

Graubart schüttelte den Kopf. »Nein, danke, aber wir brauchen keine Dienstboten. Hier sind alle gleich, Kind, alles Geld kommt in eine Tasche und wird dann verteilt. Ihr könnt gern mit uns bis Rostock kommen, aber dann müsst ihr euch was anderes suchen. Es sei denn ...«, er warf einen prüfenden Blick auf seine jungen Gäste, »... es sei denn, ihr versteht euch auf eine der Künste, die man auf Jahrmärkten entlohnt.«

Magnus, der Gunda und ihre Freundin eben schon argwöhnisch gemustert hatte, fuhr auf. »Ihr denkt doch nicht, dass sich Amra ...«

Amra gebot ihm mit einer Handbewegung Schweigen. »Ich verstehe mich auf orientalischen Tanz!«, sagte sie dann. »Und ... und ich kann aus der Hand lesen.«

Letzteres hatten Basima und Dschamila mitunter zum Zeitvertreib betrieben. Sie hatten nicht wirklich daran geglaubt und auch nur geringe Kenntnisse gehabt, aber an ein paar Grundlagen erinnerte sich Amra.

Graubart runzelte die Stirn. »Handlesen ist gut«, meinte er dann. »Aber was ist orientalischer Tanz?«

Amra stand auf. Es war ihr peinlich, sich hier vor all den Leuten das Kleid über den Kopf zu ziehen, aber eben hatten die Gaukler sie schon leichter bekleidet gesehen. Und sie hatte schon Schlimmeres tun müssen, um mit dem Leben davonzukommen.

»Dreht euch um!«, forderte sie ihr lachendes Publikum nichtsdestotrotz entschlossen auf.

Amra öffnete die Bänder an ihrem Unterkleid, schürzte es und befestigte es so, dass es wie ein Rock fiel. Dann band sie ihr Hemd unter den Brüsten zusammen, sodass ihr Bauch frei war. Das Kostüm glich nun am ehesten den Seidenbustiers und weiten Haremshosen, in denen Basima und Dschamila immer getanzt hatten.

Nun begann Amra, eins ihrer Lieder vor sich hin zu summen und ihre Hüften und ihren Bauch dazu kreisen zu lassen. Magnus blickte fassungslos, doch die Gaukler begannen schon nach wenigen Bewegungen zu pfeifen und zu klatschen. Ein Fiedler und ein Flötenspieler nahmen ihre Instrumente zur Hand, griffen die Melodie auf und spielten fordernde, aufwühlende Musik zu Amras immer schneller werdenden Bewegungen. Schließlich beugte sie sich rasch vor, ließ ihr Haar über Gesicht und Körper fallen und beendete den Tanz. Die Schausteller applaudierten johlend.

»Mädchen, wo hast du denn das gelernt?«, lachte Graubart. »Nicht zu glauben, da greift man ein behütetes Burgfräulein auf, das doch wohl mit seinem unerwünschten Minneherrn auf und davon gegangen ist, und dann führt's einen Tanz auf wie eine babylonische Tempelhure! Du brauchst nur noch ein Kostüm, möglichst eins mit Münzen, die beim Tanzen klirren. Dann werden dich die Kerle mit Kupfermünzen bewerfen! Und wenn du einem mehr von deiner Gunst gewähren wolltest ...« Magnus sprang auf, aber Graubart hob beschwichtigend die Hände. »Schon gut, schon gut, Herr Ritter! Es reicht ja, wenn sie tanzt und aus der Hand liest.«

Er verbeugte sich noch einmal bewundernd vor Amra, die ihr Kleid schon wieder über den Kopf zog. An solch freizügiges Auftreten vor Publikum würde sie sich noch gewöhnen müssen. Auch Basima und Dschamila hatten stets betont, dass diese Tänze nur geschaffen worden waren, um im engen häuslichen Kreis ihren Herrn oder Gatten zu erfreuen.

»Und was ist mit dir, Herr Ritter?«, wandte sich Gesine, die Zwergin, nun freundlich an Magnus, wohl, um ihn abzulenken. »Hast auch du verborgene Talente?«

»Ich bin kein Ritter«, sagte Magnus, und in seiner Stimme schwang Bitterkeit mit. »Natürlich verstehe ich mich ein bisschen auf Schwertkampf.«

»Weil du ja kein Ritter bist!«, neckte ihn Tiberius. »Aber einen Gladiator haben wir schon. Wir setzen einen Preis aus, wenn einer Goliath besiegt. Ein Schwertkampf wäre nichts Neues für uns – wobei du zurzeit auch nicht aussiehst, als ob du auch nur ein Kind besiegen könntest.«

Magnus wollte schon wieder protestieren, aber dann schwieg er. Der Mann hatte Recht, in seiner augenblicklichen Verfassung konnte ihm selbst ein kräftiger Bauernlümmel gefährlich werden. Er überlegte kurz, aber außer dem Kampf hatte er nicht viel gelernt. Nicht einmal die Laute konnte er schlagen.

Jetzt meldete sich jedoch Amra. »Sein Pferd«, sagte sie gelassen und wies auf den Fuchshengst, »kann die Zukunft voraussagen.«

Die Gaukler wandten sich ihr misstrauisch zu, Magnus selbst sah sie an, als sei sie nicht bei Trost.

»Hier, wartet, ich zeig's euch!«, fuhr Amra jedoch eifrig fort, stand auf und lief auf Magnus' Hengst zu, der an einem Baum am Rand der Lichtung angebunden war. »Ich darf ihn doch nehmen, Magnus, er ist doch brav?«

Der Hengst folgte ihr gutmütig ans Feuer, als sie ihn losband. Amra sah sich suchend um.

»Eine Lanze brauchen wir noch oder ...«, nach kurzem Blick über die Planwagen wurde ihr klar, dass sich hier vielleicht das eine oder andere Schwert, aber sicher keine Lanze verbergen würde, »... oder irgendetwas Persönliches.« Sie zeigte auf einen blauen Schal, unter dem Gesine fast ihre ganze zwerghafte Figur verbarg. »Euer Schal, Frau Gesine. Und Ihr könnt auch gleich die erste Frage stellen.«

Die Zwergin lachte und warf ihr das aus grober Wolle gefertigte Schultertuch zu, Amra breitete es sorglich auf dem Boden aus. »Und nun? Was soll Euch das Orakel verraten?«, fragte sie.

Gesine kicherte. »Werde ich jemals groß und schön werden und gerade wie eine Birke am Bachesrand?«, erkundigte sie sich in ebenso großen Worten, wie Graubart sie wählte, wenn er mit seinem Publikum sprach.

Amra führte den Hengst mit ernster Miene auf den Schal zu, verkürzte vor dem Überschreiten des Hindernisses mit einem kurzen Zupfen am Halfter seinen Schritt, und der Fuchs setzte gelassen zuerst den linken Huf über den Schal.

Amra wandte sich kopfschüttelnd und mit freundlichem Bedauern an Gesine. »Nein, sosehr es mich schmerzt, gute Frau. Aber das Orakel spricht die Wahrheit, ich kann da nichts beschönigen. Der Hengst hat Euer Pfand zuerst mit dem linken Fuß überschritten, das heißt, das Schicksal kann Euch die Erfüllung Eures Wunsches nicht gewähren. Aber habt Ihr gesehen, wie erhaben das Ross seine Beine setzte und wie freundlich es Euch ansah? Das Schicksal gedenkt durchaus, Euch zu erhöhen, gute Frau, und vielleicht werdet Ihr einmal ganz froh über Euren kleinen Wuchs sein, wenn Euch etwa eine Königin zu ihrer Zwergin wählt.«

»Genug, genug!« Gesine und die anderen Gaukler lachten und klatschten in die Hände.

»Was für eine originelle Art, den Leuten die Zukunft zu deuten!« Graubart griff augenblicklich in die Luft, zauberte einen Apfel hervor und verfütterte ihn an das Pferd. »Mach das noch mal! Und jetzt lass ihn Ja sagen ... Meiner Seel, dass ich auf Jahrmärkten noch mal was Neues sehe!«

»So neu ist das auch wieder nicht.«

Amra lächelte und wiederholte das Kunststück bereitwillig. Der Streithengst war gut geschult, er ließ sich sehr viel leichter zum Verkürzen oder Verlängern seiner Schritte bewegen als damals Herrn Baruchs Stute.

»Aber das ist doch ganz einfach!«, wandte Magnus verwirrt ein. »Man sieht sofort, wie du es machst! Selbst wenn ich es mache, ist es leicht durchschaubar.«

Er stand auf, nahm Amra das Pferd ab und führte den Fuchs selbst über den Schal. Mit absolut unsichtbaren Hilfen.

»Ach was, kein Mensch sieht das!«, widersprach Amra. »Auf Rujana hat es nie einer ...«

Sie unterbrach sich. Die Gaukler mussten nicht wissen, woher das Orakel kam.

»Ein Ritter oder Pferdebursche mag erkennen, wie es geht«, begütigte Graubart. »Aber nur, wenn er sich ernstlich die Frage stellt, ob man betrügt oder nicht. Sieh, junger Freund, ich kann auch keine Äpfel aus dem Nichts schaffen, und Tiberius schluckt nicht wirklich Feuer. Aber die Leute glauben es und bestaunen unsere Künste, weil sie es glauben wollen. Und wenn man das Kunststück noch dazu mit so schönen und klugen Worten begleitet wie unsere junge Freundin hier ...«, er lächelte Amra zu, »... dann wird auch der größte Rossbändiger dazu keine Fragen stellen.«

Amra nickte. Auch unter den Gläubigen des Orakels von Rujana hatte es Ritter gegeben, die jeden Schritt ihres Streitrosses bestimmen konnten. Aber an den Fähigkeiten der heiligen Pferde des Svantevit hatten sie nie gezweifelt.

»Nun, also, Freunde!«, erklärte Graubart und zog seine nächste Überraschung einmal nicht aus der Luft, sondern unter dem Bock seines Planwagens hervor – einen gut gefüllten Weinschlauch. »Begrüßen wir in unserer Mitte zwei Künstler aus dem Orient, die der Wind des Schicksals an unsere Gestade geweht hat, auf dass sie die Besucher unserer Jahrmärkte erfreuen und erleuchten: Amira, die Schöne, gestohlen aus dem Harem des Scheichs von Arabien – und den heldenhaften Recken, der sie aus der schmachvollen Gefangenschaft befreite: El Magnífico und sein wahrsagendes Ross!«

Die Gesellschaft applaudierte.

»Aber unser junger Ritter sieht nicht aus wie ein Held aus dem Orient«, wandte Martha, die zweite Hübschlerin ein. »Ich hab mal auf einem Jahrmarkt einen Araber gesehen, die sind dunkel. Aber Magnus hat blondes Haar ...«

... das uns obendrein leicht verraten kann, dachte Amra. Man wird nach einem blonden Ritter suchen und nach einer rothaarigen Frau. Sie beschloss, ihr Haar in Zukunft unter einem Schleier zu verbergen, auch wenn sie tanzte.

»Kann man ... kann man daran nicht etwas ändern?«, fragte sie vorsichtig.

Kurz darauf wusch sich Magnus unter den ernsten Blicken des Baders mit einem Sud aus Walnussschalen Haar und Bart. Der Mann riet ihm, die Lösung so lange wie möglich einwirken zu lassen. Magnus wartete ungeduldig, bis er sein Haar schließlich ausspülen durfte – und erkannte sein eigenes Spiegelbild im Weiher kaum wieder.

»Ja, so sah der Mann aus dem Orient aus!«, erklärte Martha zufrieden. »Nicht so schwarz wie unser Goliath, aber doch so dunkel, dass er mit der Dämmerung verschmelzen konnte.«

Amra konnte die Veränderung ebenfalls kaum fassen. Sie schaute immer wieder ungläubig zu Magnus hinüber, als sie ihre

Pferde bestiegen und sich zur Weiterreise in den Zug der Gaukler einreihten. Abends, als sie sich wieder auf dem Umhang der Äbtissin ausstreckten und sich mit Vaclavs Mantel zudeckten, küsste sie Magnus' dunkles Gesicht und sein nussig duftendes Haar.

»Was würde die Mutter Oberin dazu sagen, dass ich heute mit einem blonden, morgen mit einem dunklen Geliebten das Lager teile!«, murmelte sie.

Magnus zog Amra in die Arme. »Ich werde dir beweisen«, meinte er, »dass die beiden einiges gemeinsam haben ...«

Kapitel 9

Der Magier Graubart führte seine Gruppe nach Rostock, änderte aber die weitere Reiseroute, als ihm Amra von den Ursprüngen der Pferdeorakel berichtete. Magnus' Hengst hatte gleich am ersten Markttag ein kleines Vermögen an Kupferpfennigen eingebracht, zusammen mit dem Verkauf von Vaclavs Rüstung genügend Geld, um einen leichten Planwagen zu kaufen, den Sternvürbe ziehen konnte.

»Es ist besser, wir zeigen das vor Leuten, die nicht erst seit drei Jahren getauft sind«, erklärte Graubart. »Nicht, dass wir noch wegen Gotteslästerung verfolgt werden. Die Slawen hängen ihrem Götzen sicher noch an, und mancher mag das Orakel auf Rujana gekannt haben.«

Die Schausteller zogen also wieder nach Südwesten, und Amra und Magnus machten sich Sorgen, als sie Braunschweig näher kamen. Es war nicht auszuschließen, dass die junge Herzogin Mathilde mit ihren Hofdamen den Jahrmarkt besuchte. Graubart erklärte sich allerdings sofort bereit, die Stadt zu umgehen, als Amra vorsichtig Andeutungen machte.

»Glaub mir, junge Freundin, für jeden von uns gibt's solche Orte«, sagte der Magier verständnisvoll lächelnd. »Zu gute oder zu schlechte Erinnerungen, eine Dummheit oder ein Fehlurteil passieren jedem mal. Die Welt ist groß, und sie ist ein einziger Jahrmarkt. Wen kümmert's da, ob wir die Trommel in Braunschweig schlagen oder im Bayernland.«

Amra nickte also aufatmend und zog sich vor dem seit einigen Tagen wieder mal anhaltend fallenden Regen in ihren Wagen zurück. Es war angenehm, nicht mehr im Freien schlafen zu müssen, wie schon oft auf dieser Reise ärgerte sie sich jedoch darüber, dass der Planwagen kaum Platz bot. Wenn die wenigen Habseligkeiten von Amra und Magnus darin verstaut waren – zwei Bündel Kleidung und Kochgeschirr –, war gerade noch genug Raum vorhanden, um sich aneinandergeschmiegt zur Ruhe zu begeben. Schon für Wuff, der es hasste, nass zu werden, war nicht mehr genug Platz. Die anderen Gaukler hatten größere und komfortablere Planwagen, und Amra wünschte sich auch einen solchen, so schwer es ihr fallen würde, sich dafür von Sternvürbe trennen zu müssen. Aber bei Magnus traf sie hier auf taube Ohren.

»Wir werden doch wohl nicht für immer auf der Straße leben«, argumentierte er. »Was sollen wir uns also mit einem großen Wagen und einem Maultier belasten und die schöne Zelterin dafür veräußern. Die wirst du vielleicht noch brauchen!«

Amra fragte sich, was ihm hier wohl vorschwebte. Sie selbst konnte sich kein Leben mit Magnus vorstellen, in das ein elegantes Damenreitpferd passte. Sie merkte indes, dass es Magnus schwerfiel, sich mit seinem neuen Stand abzufinden. Er war nie reich gewesen, aber doch mit Leib und Seele Ritter. Trotz aller Enttäuschungen glaubte er an die Tugenden und Werte des Adels, und es kam ihn hart an, Amra spärlich bekleidet vor johlenden Bauern tanzen zu sehen. Martha, eine geschickte Näherin, hatte ihr eine Pluderhose und ein Oberteil geschneidert, die Amras Erinnerungen an Basimas und Dschamilas Bekleidung ziemlich nahe kamen. Gunda und Martha freuten sich, wenn die Männer, die Amras Tanz mit glühenden Blicken gefolgt waren, danach in ihre Wagen strebten, um ihre Lust zu stillen. Eine Lust, die Amra entfacht hatte ... Magnus mochte gar nicht daran denken, wessen Fleisch die Kerle wirklich vor Augen hatten, wenn sie sich über Gundas oder Marthas Körper warfen.

Und auch die Sache mit dem Pferdeorakel gefiel dem Ritter

nicht wirklich. Amra und Graubart sowie der Rest der Truppe konnten noch so sehr über die Kupferpfennige jubilieren, die er damit verdiente – er lebte mit einer Lüge, und das war eines Ritters unwürdig. Magnus tat sich denn auch schwer mit der fantasievollen Deutung des Orakels. Als Svantevit-Priester, so hielt ihm Amra lachend vor, hätte er kläglich versagt.

»Das Pferd muss den Leuten bestätigen, was sie gern hören wollen«, erklärte sie ihm wieder und wieder, »aber dann musst du das Urteil abschwächen und eine Hintertür offen lassen, für den Fall, dass sich doch alles anders entwickelt. Die Leute sollen ja wiederkommen . . . Im nächsten Jahr ist hier erneut Markt.«

Amra sagte das ganz selbstverständlich, aber Magnus graute erkennbar vor der Vorstellung, noch ein weiteres Jahr mit den Gauklern unterwegs zu sein. Er sagte nichts – schließlich war auch er sich darüber im Klaren, dass es keine bessere Tarnung für sie gab, als mit den Schaustellern zu ziehen. Dazu kamen die Einkünfte. Als Tagelöhner hätte er sehr viel weniger verdient und obendrein den Argwohn der Bauern auf sich gelenkt. Man merkte ihm ja an, dass er nicht in einer Kate geboren war.

Natürlich gab es auch bei den Schaustellern gelegentlich Situationen, in denen die beiden Geflüchteten zitterten. Nicht jeder Gaukler war so ehrlich wie Graubart oder seine Truppe. Auch Taschendiebe und anderes Gelichter fand sich auf den Märkten, und wenn sie es zu wild trieben, jagten die Städter das gesamte fahrende Volk mit Schimpf und Schande fort. Graubart trug das mit Fassung, es gehörte einfach zum Leben auf der Straße, Magnus hingegen war jedes Mal wieder in seiner Ehre gekränkt.

Auf die Dauer musste sich etwas anderes finden als Bauchtanz und Pferdeorakel – Magnus grübelte nächtelang über einer Lösung.

Amra merkte natürlich, dass Magnus seine Rolle im Spiel mit dem Pferd ablehnte, und nahm ihm so viele damit verbundene Aufgaben wie möglich ab. Schließlich ging sie dazu über, ihre ohnehin ziemlich unsichere Handlesekunst mit dem Pferdeorakel zu verbinden und die Deutung gleich selbst zu übernehmen. Sie hatte sich immer gern Geschichten ausgedacht und schon als Kind für jeden Ungehorsam eine Ausrede gefunden. Selbst Graubart zollte ihr Respekt, als sie auch auf heikelste Fragen elegante Antworten gab.

»Der Hengst hat Eure Frage mit Ja beantwortet, Eure Frau wird ein Kind mit dem Herzen eines Löwen zur Welt bringen! Es wird ein Kämpfer sein, der zu höchsten Ehren aufsteigt. Wahrscheinlich ein Junge, wie Ihr hofft, aber wenn es doch ein Mädchen werden sollte, dann wird es sich früh mit einem ebenbürtigen Mann verbinden, und sie werden gemeinsam zu Ruhm und Reichtum gelangen. Sorgt Euch nicht, guter Mann: Eure männlichen Nachkommen werden zahlreich sein wie die Sterne am Himmel.«

»Das hätte ich auch nicht besser hinbekommen«, freute sich Graubart, als er die Anekdote abends am Feuer erzählte. »Du hast Talent, liebe Amra! Vielleicht sollten wir die Lande verlassen, in denen man euch wiedererkennen könnte. Dann könnten wir auf Burgen und an Adelssitzen auftreten und Silbermünzen scheffeln statt Kupferpfennige.«

Diese Idee fand bei den anderen zwar keine Gegenliebe – weder Huren noch Bader waren auf Adelssitzen willkommen, und Musikanten gab es dort genug –, aber Amra freute sich doch über die Anerkennung. In diesem Sommer bei den Gauklern verbrachte sie die schönste und unbeschwerteste Zeit ihres Lebens. Die Arbeit auf den Jahrmärkten machte ihr Spaß, ebenso die Reisen durch das Herzogtum Heinrichs des Löwen. Es schauderte sie, wenn sie stundenlang durch dunkle Wälder fuhren, ohne einer Menschenseele zu begegnen, aber dann wiederum war sie voller Bewunderung für die größeren Städte, trutzigen Burgen und fruchtbaren Felder im Süden. Bezaubert blickte Amra eines Morgens in einen nach langen Regenfällen endlich klaren Himmel und sah zum ersten Mal in ihrem Leben die Alpen. Nie hätte sie gedacht, dass es auf der Welt so hohe Berge geben konnte! Und war es wirklich möglich, sie zu Fuß oder zu Pferde zu überwinden?

Magnus erzählte ihr lächelnd, dass Kaufleute und auch Fahrende Ritter das ständig taten. An den Höfen in Italien, Sizilien und anderen südlichen Ländern gab es Turniere und oft auch Schlachten zu schlagen, er selbst war jedoch nie so weit nach Süden vorgedrungen.

»Es gibt Pässe, meine Liebste, die durch die Berge führen ... zu einfach darfst du es dir jedoch auch nicht vorstellen. Selbst im Sommer kann es zu Wettereinbrüchen und Schneestürmen kommen, viele Wege sind schmal und gefährlich zu begehen.«

Amra war damit zufrieden, auf der nördlichen Seite der Berge zu bleiben. Auch im Herzogtum Bayern gab es schließlich genug zu entdecken. Das Gras erschien ihr hier grüner, die Sonne schien die Landschaft in ein anderes, satteres Licht zu tauchen als in ihrer Heimat Rujana. Wenn es regnete, dann stärker und anhaltender als auf der Insel, aber wenn die Sonne schien, so war es wärmer und weniger windig. Die Höfe und Güter im Bayernland waren reich, wohlgenährte Rinder und Pferde grasten auf den satten Weiden, und mitunter blickte man von einem Höhenweg aus herab zu großen Abteien inmitten fruchtbarer Felder. In welchem dieser Frauenklöster hätte sie wohl gelebt, wäre es damals nach Mathilde und nicht nach Herzog Heinrich gegangen?

Amra war froh, dass Graubart und seine Leute niemals die Gästehäuser der Abteien aufsuchten. Das Fahrende Volk war der Kirche nicht sehr verbunden, obwohl besonders die Frauen in Graubarts Truppe durchaus gläubig waren. Priestern, Mönchen und Ordensfrauen brachten die Gaukler eher Misstrauen entgegen, was jedoch auf Gegenseitigkeit beruhte. In der Kirche hörten die Schausteller nie ein gutes Wort, manche Priester geißelten ihre Schäfchen mitunter sogar von den Kanzeln aus für ihre Vorliebe für Wahrsagerei, Kuriositätenkabinette und Wanderhuren.

Auch Dörfer pflegten Graubart und seine Gauklertruppe zu umgehen. Die Bauern kamen zwar gern zur Kirchweih in die nächstgrößeren Orte, aber wenn Fahrendes Volk in ihre Dörfer kam, so verdächtigten sie es gleich des Diebstahls.

»Kleinen Dörfern bleiben wir lieber fern«, erklärte Graubart Amra und Magnus. »Manch harmloser Reisende ist schon am Galgen geendet, wenn einer der braven Dörfler die Gelegenheit nutzte, dem Nachbarn ein Huhn zu stibitzen. Der Gauner ist immer der Gaukler.«

Zwischen den Volksfesten schlug Graubarts Truppe also meist im Wald, gern an den Ufern klarer, zum Teil eiskalter Seen, ihr Lager auf. Amra und Magnus tauchten lachend und schaudernd hinein und bespritzten sich mit Wasser wie Kinder, bevor sie sich auf dem Mantel der Äbtissin liebten. Amra lief barfuß durch die Wiesen, flocht sich Kränze aus bunten Blumen wie in ihrer Kindheit, und je weiter sie sich von Mikelenburg und Braunschweig entfernten, desto unbekümmerter ließ sie auch ihr langes rotes Haar im Wind wehen.

Magnus schaute ihr dabei bewundernd zu, rief sie »Elfe« oder »Waldfee« und rühmte ihre Zauberkräfte, die ihn immer wieder verführten.

Amra liebte seine Schmeicheleien, gab sich ihm im weichen Moos oder auf Lagern aus Farnkraut genüsslich hin und fütterte ihn mit süßen Beeren, die an den Wegrändern wuchsen. Unter den amüsiert nachlässigen Blicken von Graubart und seinen

Leuten spielten die beiden Fangen und Verstecken, und am Abend hing der Duft nach Waldmeister und wilden Erdbeeren in Amras Haar. Magnus hatte sich in diesen Monaten vollständig von den Auswirkungen seiner Kerkerhaft erholt, und so langsam verlor er auch die Furcht vor Entdeckung. Er hörte auf, sein Haar zu färben und ließ zu, dass Amra es ihm raspelkurz schnitt, als das Blond wieder durchkam.

»Und wieder ein neuer Mann«, neckte ihn Amra, als sie dann zärtlich über seinen Bauernschopf fuhr. »Wer weiß, ob ich noch in den Himmel komme.« Sie faltete fromm die Hände und kicherte.

»Ich glaube, wir sind beide schon drin«, gab Magnus zurück. »Besser kann es nach dem Sterben auch nicht mehr kommen.«

Auch noch Monate nach ihrer ersten gemeinsamen Nacht konnten die beiden nicht genug voneinander bekommen. Wieder und wieder erforschten sie ihre Körper und versuchten sich in neuen Spielarten der Liebe. Amra hoffte, dass Magnus seinem Dasein als Ritter zumindest bei Nacht in ihren Armen nicht nachtrauerte. Tatsächlich versicherte er ihr, nie so glücklich gewesen zu sein, und seine strahlenden Augen verrieten, dass er die Wahrheit sprach – bis dann der Morgen wieder graute und die Wanderschaft weiterging. Ein neuer Jahrmarkt – und in Magnus' Augen neue Schmach und neue Lügen.

So ging der Sommer dahin, und mit dem Herbst verlor das Leben auf der Straße auch für Amra einen Teil seiner Glorie. Es regnete tagelang, und viele Straßen waren unpassierbar. Die Wagen versanken im Schlamm, zweimal kam es zu Achsenbrüchen. Die Nächte wurden kalt, und die Planen über den Wagen trockneten kaum noch zwischen den Regentagen, sodass sich Magnus und Amra nachts unter klammen Decken aneinanderschmiegten, um einander zu wärmen. Amra fühlte sich jetzt auch oft müde. Die Arbeit und die Reisen, die ihr am Anfang so viel

Spaß gemacht hatten, empfand sie nun als anstrengend und erschöpfend, und sie war ständig hungrig, ganz gleich, wie viel sie aß.

Schließlich zogen sie wieder gen Norden. Nach Hamburg machten sie sich nun Richtung Lübeck auf. Eines Abends gesellte sich Graubart zu Amra und Magnus ans Feuer.

»Habt ihr beide euch denn schon über ein Winterquartier Gedanken gemacht?«, fragte er freundlich.

»Ein Winterquartier?« Amra nagte heißhungrig an einem Hühnerbein und hielt jetzt inne. Verwundert sah sie Graubart an. »Wollt ihr uns loswerden?«

Graubart lachte. »Aber nein, schönste Amira, Zierde des Harems des Sultans. Wie sollte ich je den Wunsch verspüren, mich ohne Not von dir zu trennen? Aber Spaß beiseite, Amra, ihr glaubt doch nicht, dass wir den ganzen Winter über weiterziehen? Im Winter gibt es keine Jahrmärkte – und wir würden uns ja den Tod holen, wenn wir bei Eis und Schnee in unseren klammen, kalten Wagen hausten! Nein, nein, hier hat jeder eine winterliche Zuflucht, die meisten in dieser Gegend. Gesine und ich haben eine hübsche kleine Kate westlich von Lübeck.« Der hochgewachsene Magier und die Zwergin waren trotz des Größenunterschiedes ein Paar und gingen sehr liebevoll miteinander um. »Gesine stammt von dort – die armen Zwerge suchen sich ja ihr Schicksal als Gaukler nicht aus, die werden irgendwo in einer Reihe ganz normal großer Kinder geboren ...«

... und dann meist als Missgeburten und Kreaturen der Hölle mit Schimpf und Schande fortgejagt, wenn sie plötzlich nicht mehr wachsen, dachte Amra. Sie wusste inzwischen vom Schicksal der Kleinwüchsigen, denen nichts anderes übrig blieb, als ein Talent als Gaukler oder Musikant zu entwickeln und sich auf Jahrmärkten zu verdingen. Die Glücklichsten fanden an Fürstenhöfen einen Platz als Hofnarren. Jeder König und jede

Königin wünschte sich einen eigenen Zwerg und verwöhnte ihn dann mitunter wie einen Jagdhund oder ein Kätzchen. Kein Leben in Würde, aber ein Leben.

»Gesines Schwester lebt dort, und sie hütet uns die Hütte im Sommer. Sie liegt abseits im Wald, den Köhler und die Pferdehirten stören wir nicht, und die anderen Dörfler bekommen uns gar nicht zu sehen.«

Martha und Gunda hatten einen Zufluchtsort bei Schwerin und dort auch ihre winterlichen Einkünfte. Goliath zog mit ihnen, hielt ihnen das Bett warm und beschützte sie vor zudringlichen Freiern und wütenden Hurenwirten, denen die Nebenbuhler auf dem Land nicht schmeckten. Der Bader, der immer gute Einnahmen hatte, unterhielt zu Amras Überraschung gar ein Stadthaus in Schwerin, wo Frau und Kinder auf ihn warteten.

»Wir treten jedenfalls noch in Lübeck auf«, endete Graubart schließlich, »aber dann geht jeder seiner Wege. Bis zum nächsten Frühjahr. Und dann seid selbstverständlich auch ihr wieder willkommen. Und das Kleine ... in diesem Winter würde es doch sowieso nicht mehr viel mit dem Bauchtanz ...«

»Das Kleine?«, fragte Magnus verwirrt.

Graubart lächelte. »Nun kommt, Kinder, seid ihr die Einzigen in der Truppe, denen noch nicht aufgefallen ist, dass unsere Amira guter Hoffnung ist?«

Magnus sah Amra an. Natürlich hatte er gemerkt, dass sich ihr Leib etwas gerundet hatte. Bisher hatte er das allerdings auf ihren in der letzten Zeit unstillbaren Appetit zurückgeführt.

Amra schürzte die Lippen. »Ich ... ich bin nicht sicher«, murmelte sie. »Ich hab schon vermutet, dass vielleicht ...«

Graubart verdrehte die Augen. »Mädchen, wenn man ein halbes Jahr lang die Finger nicht voneinander lassen kann, dann sollt's einen doch nicht wundern, wenn da irgendwann was

Kleines wächst! Wär eher komisch, wenn es anders wäre! Freut's dich denn?«

Amra errötete. Weder auf Rujana noch an den Höfen, an denen sie gelebt hatte, war einer Frau jemals diese Frage gestellt worden. Man nahm die Kinder, wie sie kamen, ob es einem gefiel oder nicht. Sie wusste allerdings von der Existenz von Engelmacherinnen – Martha hatte zwei Monate zuvor eine aufsuchen müssen – und erinnerte sich oft mit leisem Bedauern an Barbara. Eine solche Frau hätte der jungen Klosterfrau helfen können. Amra würde jedoch nie in Erwägung ziehen, ihrem eigenen und Magnus' Kind das Leben zu verwehren.

»Wenn's Magnus freut...«, gab sie vorsichtig zurück.

Magnus blickte Amra immer noch ungläubig an, aber nun wurde er zärtlich. »Ein Kind?«, fragte er. »Wirklich ein Kind? Natürlich freut's mich! Es freut mich unbändig! Nur...«, Magnus biss sich auf die Lippen, »... ich weiß nicht, wo wir unterkommen können«, gestand er dann. »Nicht zu zweit und nicht zu dritt. Vielleicht ... vielleicht wenn wir nach Lund zögen ... meine Mutter würde uns wohl aufnehmen. Aber mein Vater und mein Bruder ...«

Die Wahrscheinlichkeit, dass ihn sein Vater und Sven gleich am Tag nach seiner Ankunft an Waldemars Männer ausliefern würden, war groß.

»Wir können nach Rujana«, sagte Amra schließlich. »In meinem Dorf wird man uns aufnehmen. Man kennt mich allerdings auf Arkona ...«

Sie schwieg. Wenn sie nach Vitt zurückgingen, würden sie auf Gedeih und Verderb vom Schweigen der Fischer abhängig sein. Das konnte gut gehen, aber war es sicher genug? Amra dachte vage darüber nach, dass ihr der Ortsvorsteher Admir noch etwas schuldete. Ohne sie wäre seine Tochter auf dem Sklavenmarkt von Mikelenburg geendet. Wenn sie allerdings nur einer verriet, wenn einer von Tetzlavs Rittern sie zufällig sah und wiedererkannte, dann würde es zumindest eine Untersuchung der Vorfälle geben. Und Jaromar, der neue Fürst, war Waldemar treu ergeben und wohl aus Überzeugung Christ.

Magnus rieb sich die Schläfe. Er überlegte, ob er aussprechen sollte, was ihm durch den Kopf ging, aber wie es aussah, war Herr Baruch von Stralow die einzige Hoffnung für die beiden.

»Amra, und was ist ... was ist mit deinem Vater?«

Der Schatz des Götzen

Stralow – Rujana
1171 bis 1172

Kapitel 1

Aber der Herr Baruch ist Jude ... Wenn ich seine Tochter wäre, wäre ich dann nicht auch Jüdin?«

Amra saß auf dem Bock ihres kleinen Wagens und hielt Sternvürbes Zügel, während Wuff neben ihr lag, den Kopf auf ihren Schoß gebettet und anbetend zu ihr aufschauend. Auch ihm schien die Wanderschaft zu reichen, er ließ sich gern mal kutschieren. Magnus ritt neben dem Planwagen her und hörte sich zum wiederholten Mal all die Einwände an, die Amra gegen eine Verwandtschaft mit Baruch von Stralow ins Feld führte. Die junge Frau konnte es einfach nicht glauben, dass Baruchs Vaterschaft für jeden erkennbar gewesen war, der ihn je bei Licht und barhäuptig gemeinsam mit ihr gesehen hatte. Natürlich war sein rotes Haar inzwischen fast weiß, aber die grünen Augen waren nicht zu verstecken.

»Eben nicht«, antwortete Magnus gleichmütig auf ihre Frage – nicht zum ersten Mal, das Thema beschäftigte sie schon während der ganzen Reise. Die beiden hatten sich in Lübeck von Graubart und seiner Truppe getrennt und fuhren in Richtung Stralow. »Das Judentum vererbt sich über die mütterliche Linie. Und das ist wohl auch der Grund, warum Herr Baruch deine Mutter nie geheiratet hat.«

Magnus hatte diese Einzelheiten auch nicht gewusst, aber der weit gereiste Graubart kannte sich aus. Magnus brauchte nur die Antworten zu wiederholen, die der Magier Amra schon am Feuer der Gaukler gegeben hatte.

»Herr Baruch konnte weder sie noch dich mit nach Stralow

nehmen, wenn er nicht von seiner Gemeinde ausgeschlossen werden wollte. Deshalb der Hof auf Rujana, wo er euch alles zukommen ließ, was ihm nur möglich war. Aber ehrbar machen konnte er deine Mutter nicht.«

Amra verzog den Mund. Das Thema ›Hochzeit‹ stand zwischen ihnen beiden, seit Magnus von seinem Kind wusste. Er wollte Amra seitdem unbedingt zu seiner Frau machen, allerdings wusste er nicht so recht, wie er das anstellen sollte. Schließlich konnte er nicht mit ihr in den Kreis der Ritter treten, und eine Kirche, in der sie sich einsegnen lassen konnten, hatten sie auch nicht.

»Und ich kann dich auch nicht ehrbar machen«, klagte Magnus, »wir haben ja nicht mal einen Namen.«

Graubart und seine Leute fanden eine offizielle Heirat dagegen ebenso wenig dringlich wie Amra. Den Gauklern genügten ein Gelöbnis und ein rauschendes Fest mit der Reisetruppe, um den Bund der Ehe zu schließen. Genug Musikanten waren ja da, und ein Schausteller fungierte auch gern lachend als Pfarrer. Amra wollte sich diesem Spiel gern unterwerfen, aber Magnus wünschte sich etwas Zeremonielles, das nicht nur vor dem Fahrenden Volk Bestand hatte, wie er sich ausdrückte, sondern vor Gott und allen Menschen.

Schließlich hatten sie das Thema aufgeschoben – auch deshalb, weil das Wetter seit Tagen schlecht war und keiner Lust auf ein Fest unter freiem Himmel verspürte. Graubarts Truppe hatte sich zudem schnell zerstreut, jeder gedachte nur noch, rasch in sein Winterquartier zu kommen.

Auch Amra und Magnus wurden die letzten Tage der Reise lang, ihnen war zudem ein bisschen mulmig bei dem Gedanken, von einem Tag auf den anderen vor der Tür des Stralower Kaufmanns zu stehen. Magnus argwöhnte im Stillen, dass Baruch vielleicht nicht die Wahrheit gesagt hatte, als er damals erzählt hatte, er sei Witwer. Womöglich hatte er eine Gattin und ein Haus voller jüdischer Kinder. Amra fragte sich ängstlich, ob er überhaupt noch am Leben war. Und was würden sie machen, wenn er gar nicht in Stralow, sondern auf Rujana oder auf irgendeiner Geschäftsreise weilte? Sie beide hegten allerdings keinen Zweifel an Baruchs Hilfsbereitschaft. Amra vertraute ihrem väterlichen Freund blind, und Magnus schalt sich dafür, dass er nicht früher darauf gekommen war, sich dem Kaufmann anzuvertrauen. Stralow war von Rostock nur zwei Tagesritte entfernt, sie hätten sich schon im Frühjahr an den Juden wenden können.

»Wenn Herr Baruch nicht da ist, setzen wir einfach nach Rujana über und gehen erst mal nach Vitt«, schlug Amra am letzten Abend der Reise vor – das Wort Vater konnte sie noch nicht aussprechen, sie war immer noch wie vor den Kopf geschlagen ob ihres neuen Wissens.

Amra und Magnus hatten entschieden, noch eine Nacht unter freiem Himmel zu lagern, bevor sie Stralow aufsuchten. Die Stadt war von Teichen und Sumpflandschaft umgeben, ideal zur Verteidigung, wie Magnus bemerkte, als sie durch das spärlich bewaldete Gebiet ritten. Es regnete endlich einmal nicht, und obwohl es Amra vor dem kalten Wasser graute, wusch sie doch noch einmal ihre Sachen und spülte ihr Haar mit einer sündhaft teuren, in Lübeck auf dem Markt erstandenen Seife. Auch Magnus tauchte mit Todesverachtung in einen eisigen Teich, um sich zu reinigen, und bat Amra, seinen Bart zu stutzen. Er konnte nicht stolz als Ritter in die Stadt einreiten, aber einen ungepflegten Eindruck wollte er dennoch nicht machen.

»Ein paar Tage können wir uns in Vitt verstecken, und dann sehen wir weiter.«

Magnus seufzte. Die Überfahrt nach Rujana für den Wagen und die zwei Pferde würde ihr Erspartes zusammenschrumpfen lassen. Er machte sich über ihre finanziellen Rücklagen keine Illusionen – was den Gauklern nach einer Saison blieb, war genug, um sich im Winter zu ernähren. Doch wo sollten sie wohnen, wenn Baruch ihnen nicht unter die Arme griff?

Trotz aller Sorgen freute sich Amra wie ein Kind, als die Ostsee schließlich wieder vor ihnen lag. Das Wasser spiegelte den grauen Himmel wider, im Hafen von Stralow dümpelten die kleinen, flachen Boote der Ranen und einige größere Segler aus Dänemark. Die Hafenanlage erinnerte entfernt an Lübeck, war allerdings wesentlich kleiner. Immerhin gab es Speicherhäuser und Schreibstuben der Händler. Stralow gehörte zu den wichtigsten Handelszentren der Umgebung, hier kreuzten sich die Wege zwischen Rujana, Stettin, Demmin und Rostock.

Magnus fragte einen Fischer nach dem Kaufmann Baruch und atmete auf, als der Mann ihm gleich den Weg wies.

»Die Kaufleute haben ihre Häuser alle nah am Hafen«, erklärte er.

Amra und Magnus lenkten ihre Pferde durch enge, noch unbefestigte Straßen auf einen Marktplatz zu. Die meisten der Behausungen, die sie passierten, waren aus Holz gebaut, es gab erst wenige Steinhäuser. Eine Kirche war noch im Bau, aber das war nichts Ungewöhnliches. Überall im Herrschaftsbereich des Ranenfürsten Jaromar entstanden christliche Kirchen. Tetzlavs Nachfolger hing dem neuen Glauben aus Überzeugung an und wirkte entsprechend auf seine Untertanen ein. Ein jüdisches Viertel, wie Amra und Magnus es aus bajuwarischen Städten kannten, gab es in Stralow nicht. Die Mitglieder der kleinen jüdischen Gemeinde lebten wohl in der Stadt verstreut.

Baruch gehörte sicher zu den Begüterten unter ihnen. Sein Haus lag zentral zwischen Marktplatz und Hafen, allerdings erschien es Magnus und Amra nicht sehr groß. Schmal, dafür hoch, lag es wie eingequetscht zwischen anderen, ähnlichen Gebäuden. Es gab keine Durchfahrt zum Hof, die breit genug für ihren Wagen war. Aber wahrscheinlich verfügte Baruch über ausreichenden Lagerplatz am Hafen. Amra erinnerte sich, dass er zwar viel mit Heringen handelte, jedoch weder ihren Geruch noch Geschmack besonders mochte. Sicher wollte er nicht in der Nähe der gespeicherten Fässer wohnen.

»Suchen wir uns gleich einen Mietstall, oder schauen wir erst mal, ob er zu Hause ist?«, fragte Magnus.

Er hatte kein gutes Gefühl und wollte die Entscheidung, an die Tür des Stadthauses zu klopfen, hinauszögern. Im letzten Moment kamen ihm Zweifel. Er war ein Ritter! Er sollte nicht als Bittsteller auf der Schwelle zum Haus eines Kaufmanns stehen!

Amra hatte jedoch keine Bedenken. Gefolgt von ihrem Hund sprang sie vom Wagen und betätigte den schweren, fein geschmiedeten Türklopfer. Gleich darauf öffnete eine adrett gekleidete Frau. Magnus erschrak, da er seine schlimmsten Befürchtungen bewahrheitet sah, aber die Tracht der Frau wies sie als Magd aus.

»Was wollt ihr?«, fragte sie unfreundlich und warf einen mehr als skeptischen Blick auf den Planwagen, obwohl Amra und Magnus ihn nicht halb so bunt angemalt hatten wie die Gaukler die ihren. »Hausieren? Wir kaufen nichts.«

Magnus blitzte sie an. »Ich bin Magnus von Lund, und dies ist Amra von Arkona. Herr Baruch ist ... hm ... ihr Ziehvater. Wir würden ihn gern sprechen.«

Die Magd runzelte die Stirn. »Das Balg von dem Kebsweib in Rujana?«, fragte sie schroff. »Ich denk, das ist verschwunden? Was nur gut ist, wie der Rabbi sagt, aber der Herr Baruch hadert da ja mit unserem Gott.«

Die Magd war offensichtlich Jüdin und sicher nicht die Geliebte Herrn Baruchs. Magnus fiel ein Stein vom Herzen. Amra jedoch errötete. Sie schämte sich vor der Frau, obwohl sie ja wirklich keine Schuld an ihrer Abkunft hatte. Nun warf die Alte auch noch hämische Blicke auf ihren sich rundenden Bauch. Oder täuschte sie sich?

Jetzt jedoch kam Magnus wieder zu sich. »Meine Gattin muss dir wohl keine Rechenschaft darüber abgeben, wer und was sie ist, und der Herr Baruch schuldet dir schon gar keine Auskunft«, wies er die Magd in ihre Schranken. »Also lass uns nun ein, und...«

»So weit kommt's noch, hergelaufenes Volk einlassen!« Die Magd lachte, weit davon entfernt, sich einschüchtern zu lassen. »Ihr wartet schön hier, bis ich den Herrn Baruch gesprochen habe.«

»Er ist hier?«, fragte Amra. Ihr schwindelte vor Erleichterung.

»Er ist in seiner Schreibstube am Hafen. Am Abend wird er wiederkommen. Solange könnt ihr warten.«

Die Frau machte Anstalten, sich ins Haus zurückzuziehen, aber Magnus stellte blitzschnell den Fuß in die Tür. »Wir werden keineswegs bis zum Abend auf dieser Türschwelle verharren!«, erklärte er mit drohendem Unterton. »Ich verstehe, dass du keinen Fremden einlassen willst, aber du wirst jetzt einen Knecht oder ein Küchenmädchen oder was auch immer du hier hast...«

»Schön wär's, wenn ich ein Küchenmädchen hätt! Doch der Herr meint ja, das wär nicht nötig, ich käm allein zurecht! In dem großen Haus... Andere Handelsherren haben drei, vier Dienstboten.« Die Magd begann zu lamentieren.

Magnus verlor jetzt endgültig die Geduld. »Du schickst augenblicklich jemanden zu Herrn Baruch, oder du gehst selbst!«, herrschte er die Frau an. »Sonst kannst du dir gleich eine neue

Stellung suchen. Oder was denkst du, was der Herr dazu sagen wird, wenn du seine Tochter auf der Schwelle warten lässt wie einen Hund?«

»Seine Toch...«

»Geh jetzt, Weib!«, donnerte Magnus.

Er konnte nicht verhindern, dass die Tür nun wirklich vor ihnen ins Schloss fiel, gleich darauf schlüpfte allerdings ein kleiner Botenjunge durch einen Nebenausgang.

»Ich hol den Herrn Baruch!«, erklärte er fröhlich. »Na, der wird sich freuen! Wo er doch nichts von Euch gehört hat, Frau ... Amra, nicht? Er sagte mir, Ihr wärt ausgestattet worden wie eine Prinzessin, um an den Hof von Herzog Heinrich zu gehen. Aber dann ...«

Amra bemühte sich um ein Lächeln. »Ich werde mich auch freuen, ihn zu sehen«, meinte sie, bevor Magnus womöglich wieder lospolterte. »Aber bitte, es ist kalt, und es wird gleich wieder regnen. Kannst du dich etwas beeilen?«

Der Junge lachte spitzbübisch und versuchte sich in einer förmlichen Verneigung. »Zu Euren Diensten, Herrin! Aber nutzt doch schon mal die Zeit, die Pferde einzustellen. Wenn Ihr einmal um den Block herumfahrt – auf der Rückseite des Hauses ist ein Stall. Ich kümmere mich dann um die Rösser, wenn ich zurück bin. Und was für hochedle Rösser! Ist das wahrlich ein Streithengst, Herr ...?«

»Geh!«, befahl Amra.

Der Junge trollte sich nun wirklich. Im Laufschritt trabte er Richtung Hafen. Das konnte tatsächlich nicht lange dauern. Amra und Magnus zogen es daher vor, am Haus zu warten, statt die Einfahrt zum Hof zu suchen. Keiner von ihnen hatte Lust auf einen weiteren Zusammenstoß mit der grimmigen Magd.

Und tatsächlich fand Amra kaum Zeit, sich den Mantel der Äbtissin gegen den einsetzenden Regen vom Wagen zu holen, als Herr Baruch erschien. Auch er im Laufschritt, seinem Alter zum Trotz, mit flatternden Gewändern. Allerdings hatte der Händler sich in den letzten Jahren kaum verändert. Sein Gesicht war ein wenig faltiger geworden, vielleicht auch etwas hagerer als vor Amras Weggang, das rote Haar war gänzlich ergraut. Aber für sein Alter wirkte er noch frisch, die grünen Augen strahlten, und er lachte über das ganze Gesicht, als er Amra vor sich sah.

»Amra, Kind! Und ich dachte schon, der Junge hält mich zum Narren!«

Baruch näherte sich der jungen Frau mit ausgestreckten Armen, im letzten Moment ergriff er dann aber doch nur ihre Hände und drückte sie an seine Brust.

»Und noch schöner bist du geworden! Was wird sich deine Mutter freuen nach all diesen Jahren. Warum hast du denn nicht geschrieben, Kind? Jeder Jude hätte einen Brief befördert.«

Amra biss sich auf die Lippen. Natürlich hatte sie eine Ausrede. Als Novizin in Walsrode wäre sie einem Juden nicht auf Steinwurfweite nahe gekommen. In den letzten Monaten hätte sie natürlich dennoch ein Lebenszeichen senden können.

»Ich ... es gab immer so viel zu tun.«

Baruch lachte. »Ach, lass nur! Komm erst mal rein. Wen hast du denn da mitgebracht? Ist das ... Herr Magnus, seid Ihr es wirklich?«

Kurz darauf saßen Amra und Magnus in dem kleinen, aber warmen und gemütlichen Raum, in dem Baruch wohl die Abende verbrachte. Im Kamin brannte ein Feuer, vor dem der Hund sich wohlig ausstreckte. Am Boden lag ein Teppich, die Sessel waren mit Kissen gepolstert. Magnus, der sich zum ersten Mal im Haus eines der reichen Handelsherren aufhielt, wunderte sich darüber, dass der Luxus dem des Adels auf den Burgen nicht nachstand. Im Gegenteil, das kleine Haus war leichter zu heizen und weniger zugig als die Kemenaten über den Rittersälen.

Baruchs griesgrämige Haushälterin brachte Brot, Fleisch und Käse sowie den besten Wein. Amra hatte selten so süßen getrunken, Magnus überhaupt noch nie. In den Unterkünften der Ritter schenkte man viel Wein aus, die Qualität war jedoch eher zweitrangig.

Baruch lauschte aufmerksam den Erzählungen seiner Gäste. »Ich hörte von diesem Eklat bei der Hochzeit des slawischen Fürsten«, meinte er schließlich. »Aber niemand nannte den Namen der Braut oder des Ritters, der ihn getötet hat. Und mich interessierte es nicht so, ich handle wenig mit den Leuten aus Mikelenburg. Und dann seid ihr mit Gauklern über Land gezogen?«

Baruch lachte herzlich, als Amra nun vom Pferdeorakel berichtete. »Sie hat das als junges Mädchen schon durchschaut!«, erklärte er Magnus stolz. »Und es gleich mit meiner Stute nachgemacht. Sie hat keinen Respekt vor den Göttern, meine kleine Amra.«

Amras Gesicht verdüsterte sich. »Nun, Ihr ja wohl auch nicht, Herr Baruch!«, sagte sie vorlaut. »Euer Gott verbietet Euch doch zu ... zu enge Beziehungen mit Frauen, die nicht jüdisch sind, oder? Das habe ich jetzt jedenfalls gelernt. Und dass die Farbe meines Haars und meiner Augen kein Zufall sein soll ... Was sagt Ihr dazu, Herr Baruch? Meine Mutter sagte stets, ich habe das Haar meines Vaters ...«

Diesmal war es an Herrn Baruch, vor Scham zu erröten. Er fing sich jedoch schnell wieder. »Ja, Amra ...«, sagte er leise. »Das Haar und die Augen hast du von deinem Vater. Aber nicht von Mirnesas Gatten, der drei Jahre vor deiner Geburt auf dem

Meer blieb. Ich muss es zugeben: Mirnesa ist mehr für mich als die Hüterin meines Hauses auf Rujana. Ich war und bin ihr von ganzem Herzen zugetan, und ich habe immer gut für dich gesorgt, Amra – soweit du mich ließest. Immer konnte ich dich ja nicht schützen. Wenn Gott mich dafür verdammen will, so kann ich es nicht ändern. Ich hoffe einfach ... ich hoffe einfach, er hat Erbarmen mit denen, die lieben.«

Magnus legte seine Hand auf den Arm des alten Mannes. »Über Amra und mich hat er bislang stets die Hand gehalten«, sagte er freundlich.

Amra biss sich auf die Lippen, um nicht zu widersprechen. Sie hatte von der Hand des Allmächtigen nie viel gemerkt. Wenn ihr irgendetwas genützt hatte, dann eigentlich nur das, was Magnus eher ablehnte: kleine Schwindeleien bezüglich ihrer Abkunft, Bauchtanz sowie Pferdeorakel und die Freundschaft mit Leuten, die in der Kirche gar nicht gern gesehen waren. Aber wenn Magnus und Baruch der Glaube tröstete, dass da Götter, welche auch immer, über sie wachten ...

»Jetzt brauchen wir allerdings ganz weltliche Hilfe«, bemerkte sie schließlich, nachdem die Haushälterin die zweite von Baruch geordete Karaffe Wein mit einem unwilligen Brummen auf den Tisch gestellt hatte. »Wir müssen irgendwo unterkommen, Herr Ba... Vater. Zumindest über den Winter. Wir und das Kind. Ich bin guter Hoffnung.«

Baruch von Stralow lächelte. »Das ist nicht zu übersehen, Amra. Und ich kann dir kaum sagen, wie sehr es mich freut!«

»Wir müssen auf Dauer irgendwo unterkommen!«, griff Magnus die Frage nach einem Heim wieder auf. »Wenn das Kind da ist, können wir nicht mehr mit den Gauklern herumreisen, das seht Ihr doch sicher genauso, Herr Baruch. Mein Sohn wird ein ...«

»Dein Sohn wird kein Ritter sein, Magnus.« Amra strich sanft über seine Schulter. »Schlag dir das aus dem Kopf. Aber vielleicht ... vielleicht ein Kaufmann?« Sie sah Baruch hoffnungsvoll an.

Der Kaufmann blickte zweifelnd drein. Natürlich könnte er einen Erben für sein Geschäft aufbauen, obwohl das seinen Neffen Daniel, den er seit Jahren einarbeitete und der gut einschlug, hart treffen würde. Aber ob Magnus da der Richtige war? Er schätzte den jungen Mann durchaus, aber er kannte die Ritterschaft. Die meisten Ritter konnten nicht einmal lesen und schreiben, und auch wenn das bei Magnus sicher nicht der Fall war – das Rechnen durfte kaum zu seinen Stärken gehören. Zumindest nicht in den Dimensionen, die es brauchte, um ein Handelshaus zu führen. Auch Diplomatie war den meisten Rittern nicht gegeben – Baruch hatte schon den Erzählungen der beiden von ihrem Leben bei den Schaustellern entnommen, dass Magnus oft angeeckt war. Und dieser junge Mann sollte nun Verhandlungen führen, feilschen, sich mitunter beleidigen und brüskieren lassen?

»Wie wäre es denn mit einem Bauernhof?«, fragte er schließlich. »Ein Bauernhof in Jasmund. Aber es ist kein Landgut, Herr Magnus! Ein Lehen mit einem angeschlossenen Dorf und hundert tributpflichtigen Bauern habe ich nicht zu vergeben ...«

»... aber einen Bauernhof?«, fragte Magnus verwundert und lachte beklommen. Nach allem, was er wusste, handelte Baruch von Stralow mit Gütern, nicht mit Land.

Baruch nickte. »Erinnerst du dich an deinen Oheim Kresimir?«, wandte er sich an Amra. »Du hast ihn als Kind ein paarmal besucht, deine Mutter ...«

Er brauchte nicht weiterzusprechen, Amra nickte eifrig. Sie erinnerte sich noch gut an den dichten Wald, dem die wenigen Felder der Siedlung unterhalb der Burg am Schwarzen See nur mühsam abgerungen worden waren. Vor allem aber hatte das tiefdunkle, geheimnisvolle Gewässer sie beeindruckt, über das eine Brücke zur Burg führte. Eine unscheinbare Burg, verglichen mit Arkona, gehalten von einem entfernten Verwandten des Fürsten. Und ein winziges Heiligtum, gewidmet der Göttin Mokuscha, welcher der See geweiht war.

Auch die Siedlung war sehr klein gewesen, gerade mal zehn oder zwanzig Familien bestellten hier das Land oder waren als Handwerker und Bedienstete auf der Burg tätig. Oheim Kresimir besaß einen der größeren Höfe – auch der allerdings so klein, dass der Oheim ihn gemeinsam mit nur einem einzigen Knecht bewirtschaften konnte. Amra erinnerte sich noch daran, es komisch gefunden zu haben, dass weder Bauer noch Knecht eine Frau oder Kinder hatten. Sie teilten sich einträchtig die Kate und schienen nur für ihren Hof zu leben. Mirnesa hatte immer darüber geschimpft, dass ihr Bruder sich so gar nicht anstrengte, eine Familie zu gründen. Bei ihren seltenen Besuchen hatte sie stets davon gesprochen, das Haus des Oheims einmal gründlich putzen zu wollen, aber Amra war es immer untadelig sauber und ordentlich erschienen. Auch den Oheim fand sie nicht seltsam, sondern freundlich und langmütig. Sie half ihm gern im Stall und auf den Feldern und horchte auf die Schauergeschichten, die er nicht müde wurde zu erzählen. Noch Wochen nach ihren Besuchen träumte Amra von Dämonen und Waldgeistern und von der Göttin Mokuscha, die im See unterhalb der Burg badete.

»Nun, Kresimir ist vor ein paar Monaten gestorben«, eröffnete ihr nun Baruch. »Und der Hof ist seitdem verwaist. Ich wollte ihn eigentlich verkaufen, ihr müsst wissen, dass er mir gehört. Es gab vor vielen Jahren eine seltsame und hässliche Geschichte rund um Kresimir, die ihn veranlasste, aus Vitt fortzugehen. Mirnesa machte sich große Sorgen, und so erstand ich diesen Hof nahe der Burg am Schwarzen See und übergab ihn deinem Oheim und seinem ... hm ... Knecht – zur Verwaltung. Das ging alles sehr gut, über viele Jahre, sie zahlten sogar eine kleine Pacht. Doch jetzt sind beide tot, und ich weiß nicht, was ich mit dem Hof anfangen soll. Wenn es Euch also gelüstet, Euch als Landwirt zu erproben, Herr Magnus?«

Der Kaufmann wirkte argwöhnisch, aber Magnus' helle Augen leuchteten auf. »Ich bin von Kind an Landwirt, Herr Baruch!«, erklärte der junge Ritter eifrig. »Gut, wir sind von Adel, das Lehen meiner Familie jedoch ist klein, mein Vater arbeitete stets gemeinsam mit seinen Leuten auf den Feldern, desgleichen mein Bruder und ich. Ich kann pflügen und eggen – und ich tu's gern. Es ist doch eine ehrliche Art, sein Brot zu verdienen.«

Amras Lippen wurden schmal, da er damit natürlich andeutete, Bauchtanz und Pferdeorakel wären es nicht gewesen, aber ihr Herz schlug bei Baruchs Angebot genauso heftig wie seines. Wieder auf Rujana leben, doch weit genug entfernt von Arkona, sodass ihre Rückkehr kein Aufsehen erregen würde. Ein Bauernhof, ein Haus, Schafe und Ziegen, vielleicht eine Kuh ... Nachbarn, die zu Besuch kamen – und ein zufriedener Magnus an ihrer Seite.

»Ich würde auch gern zurück nach Rujana!«, erklärte sie, als Baruch sie fragend ansah. »Wenn Ihr ... wenn du uns den Hof überlassen würdest ... wir würden sicher das Beste daraus machen!«

Baruch lächelte. Bei Amra hatte er da keine Zweifel. Wahrscheinlich musste man nur aufpassen, dass sie kein einträgliches Mokuscha-Orakel ins Leben rief, wenn es mal zu einer Missernte kam. Ob Magnus allerdings wirklich mit dem einfachen Leben zurechtkam? Aber Baruch war bereit, dem Ritter eine Chance zu geben.

Kapitel 2

Baruch bestand darauf, Magnus beim Kauf eines Gespanns von Arbeitspferden unter die Arme zu greifen. Dem jungen Ritter fiel es schwer, sich dafür von seinem Streithengst zu trennen, aber den würde er nun wirklich nicht mehr brauchen. Amra dagegen durfte ihre Sternvürbe behalten.

»Du willst doch sicher mal nach Vitt reiten und deine Mutter besuchen«, meinte Baruch freundlich. »Mirnesa würde es freuen, dich öfter zu sehen.«

Das junge Paar setzte also mit drei Pferden und einem von Baruch großzügig mit Möbeln, Lebensmitteln und Saatgut beladenen Leiterwagen von Stralow nach Rujana über und fuhr dann weiter auf die Jasmunder Halbinsel. Baruch ließ es sich nicht nehmen, die beiden zum Schwarzen See zu begleiten. Wie Amra hatte auch er die Siedlung seit Jahren nicht besucht, aber sie hatte sich kaum verändert. Ein paar mehr Waldstücke waren gerodet worden und es gab jetzt eine Kirche mitten im Wald. Der Priester betreute sowohl das Dorf als auch die zwischen See und Klippen gelegene Burg als Hofgeistlicher.

»Nah an den Felsen sind wir hier, falls es dich nach Klettern gelüstet!«, neckte Amra Magnus.

Tatsächlich lagen die eindrucksvollsten Kreidefelsen der Insel oberhalb der Burg.

Den Hof von Oheim Kresimir fand Amra sofort wieder. Sie erinnerte sich gut an das hübsche reetgedeckte Holzhaus, das Stallgebäude und die umliegenden Felder. Das Haus schien Amra klein, aber ordentlich und sauber. Ofen und Feuerstelle wirkten gepflegt, unter dem Vordach war Holz gestapelt. Sie würden gleich am Abend ein Feuer entzünden können und es warm und gemütlich haben. Amra freute sich auch schon darauf, hier zu kochen. Sie war die offenen Feuer, die Wind und Regen ständig auszulöschen drohten, gründlich leid.

»Wo sind denn die Tiere?«, fragte sie dann, als sie die Ställe besichtigte.

Die Verschläge und Schweinekoben waren sauber, aber verwaist. Ob Kresimir das Vieh verkauft hatte, bevor er gestorben war? Amra überlegte, wie viel Kleinvieh hier wohl hineinpasste, während Magnus es kaum erwarten konnte, seine Scholle abzuschreiten. Er hätte zu gern eine Wintersaat ausgebracht, dafür war es jedoch zu spät. Längst stoben Stürme über Rujana, obwohl es in den Wäldern nahe des Schwarzen Sees geschützter war als in Vitt direkt am Meer.

Bevor Baruch noch auf Amras Frage reagieren konnte, erschallte von der Stalltür her eine Stimme: »Das Vieh könnt ihr zurückhaben.«

Amra, Baruch und Magnus schauten den Mann, der eben im Eingang der Stallgebäude erschien, erschrocken an. Er war hünenhaft und kräftig und füllte die Tür fast gänzlich aus, aber er wirkte freundlich.

»Ich bin Zwonimir, der nächste Nachbar. Als Kresimir starb, hab ich die Schweine und die Kuh rübergeholt. Und meine Frau die Hühner. Wenn ihr seine Erben seid, dann geb ich sie natürlich zurück. Und ich zahl euch auch was für die Milch und die Eier.« Zwonimir hatte ein kantiges Gesicht mit starkem Bartwuchs. Unter dichten Brauen schauten forschende braune Augen hervor. »Oder habt ihr den Hof gekauft von den Erben?«

Amra lächelte ihm zu und versicherte ihm, dass die Rückgabe der Tiere sie freuen würde, er ihnen aber selbstverständlich nichts schulde.

»Ich bin Kresimirs Nichte«, stellte sie sich vor. »Und das ist Magnus, mein versprochener Gatte. Und...«

»...ein Freund«, beeilte sich Baruch zu versichern. »Baruch von Stralow, Handelsherr. Frau Mirnesa, Frau Amras Mutter, führt mir den Haushalt in Vitt.«

Zwonimir nickte und hielt Magnus die Hand entgegen, die eher einer Pranke glich. »Dann auf gute Nachbarschaft, Magnus... das ist aber kein ranischer Name?«

Kurze Zeit später hatten Magnus und Zwonimir den Wagen abgeladen und fanden sich in ein angeregtes Gespräch über Landwirtschaft auf Rujana und Dänemark vertieft. Dabei verständigten sie sich mit Händen und Füßen, denn mit Magnus' Ranisch war es nach wie vor nicht weit her. Der Krug besten Weins, den Baruch aus seinem Gepäck holte, während Amra den Ofen anfeuerte, löste jedoch die Zungen. Die Männer waren bald beste Freunde. Gegen Abend erschien dann auch Zwonimirs Frau Jovica, neugierig darauf, warum ihr Mann so lange bei den neuen Nachbarn blieb. Sie brachte einen Korb voller Gastgeschenke mit: Brot und Fleisch, Käse und getrockneten Fisch – und einen Krug selbst gebrautes Bier. Noch einmal wurde auf gute Nachbarschaft angestoßen.

»Das ist schön, dass hier wieder Leben kommt auf den Hof!«, freute sich Jovica und prostete Amra zu. »Und bald braucht ihr wohl auch eine Wiege, nicht?« Sie wies vergnügt auf Amras Bauch. »Das wird Katica freuen. Es gibt viel zu wenig zu tun hier für sie.«

»Katica ist die Hebamme?«, fragte Amra und wurde gleich unter dem Siegel der Verschwiegenheit darüber aufgeklärt, dass die alte Katica eigentlich viel mehr war.

»Natürlich bringt sie hier die Kinder zur Welt. Aber sie opfert auch der Göttin. Früher, ja früher, bevor die Dänen kamen ...«, Jovica bemühte sich, Magnus nicht zu vorwurfsvoll anzuschauen, »... da kamen die Frauen von weit her zu Katica und den anderen Priesterinnen. Da haben wir hier auch getanzt und Blumen gepflückt, um die Göttin zu ehren, und im Frühjahr zogen wir über die Felder, wir Frauen, und die Göttin fuhr in Katica und segnete die Frucht. Aber jetzt ... jetzt sind wir natürlich alle gute Christen.«

Jovica bemühte sich, ihre Erzählung glaubhafter zu machen, indem sie sich bekreuzigte. Nicht ganz richtig allerdings, anscheinend hatte ihr nie jemand gesagt, dass man die Stirn zuerst berührte.

Magnus verstand nur das Wort »Christ« und griff es auf. »Der Priester hier ...«, er wandte sich an Jovica und Zwonimir, »... glaubt ihr, er würde unsere Ehe segnen? Bisher haben wir uns nur vor Freunden Eide geschworen.«

Zwonimir lachte ein dröhnendes Lachen. »Wenn ihr ihm sagt, wie das geht«, höhnte er.

Der Hüne verriet seinen neuen Nachbarn, dass es sich bei Vater Jozef, wie man ihn nun nannte, um einen ehemaligen Svantevit-Priester handelte. Er hatte sein Mäntelchen gleich nach der Christianisierung nach dem Wind gehängt und war nach kurzer Schulung zum Christenpriester geweiht worden. Von den Zeremonien der Kirche wusste er kaum mehr als seine Schäfchen, und wenn man mit wirklich ernsten Sorgen zu ihm kam, dann opferte er auch schon mal ein Schaf oder vergrub Perlen im Umfeld der Kirche – das er stets peinlich sauber hielt und bei dessen Betreten er wie vor dem Svantevit-Tempel die Luft anhielt.

»Katica kann dich segnen, Amra!«, sagte Jovica freundlich zu ihrer neuen Nachbarin. »Die Göttin wird ein Auge halten auf dich und dein Kind.«

Baruch wandte nur den Blick gen Himmel zu seinem Gott

Israels, der, so hoffte er, Langmut zeigte gegenüber all diesen seltsamen Segen. »Auf jeden Fall könnt ihr eine große Hochzeit feiern«, meinte er schließlich und zwinkerte Amra zu. »Der Brautvater wird sich nicht lumpen lassen, denke ich. Es gibt Wein und Bier und Essen für das ganze Dorf!«

Die Hochzeitsfeier erwies sich dann als wahrer Segen – gerade jetzt, da der Winter begann, und in vielen ärmeren Häusern gedarbt wurde. Die Dörfler nutzten die Gelegenheit, sich einmal richtig satt zu essen und sprachen danach nur mit den wärmsten Worten von den neuen Leuten auf Kresimirs Hof. Der Priester gestaltete die Trauung auch sehr festlich. In Ermangelung anderer Riten küssten sich Magnus und Amra einfach vor der gesamten Gemeinde wie sonst im Kreise der Ritter. Sie tauschten Ringe, die Baruch ihnen geschenkt hatte, und anschließend segnete Vater Jozef sie ein. Amra jedenfalls strahlte und war wunderschön, als sie in einem einfachen Kleid aus ungefärbtem gewebtem Leinen vor den Altar der kleinen Kirche trat. Ein Kranz aus Beeren und immergrünen Zweigen, den Katica geflochten hatte, schmückte ihr Haar, das ihr in Wellen bis zur Hüfte fiel. Die Hebamme und Priesterin war eine kleine, bewegliche Frau, deren Gesicht vom Wetter gegerbt wirkte. Es war braun und faltig, umrahmt von noch vollem weißem Haar, das sie stets offen trug. Magnus warf ihr misstrauische Blicke zu – eine gute christliche Hebamme steckte ihr Haar auf und verbarg es unter einem schlichten Gebände –, aber Amra mochte Katica vom ersten Augenblick an ebenso wie ihre wunderschöne Tochter Danija.

»Komm zu uns, wenn du magst«, bot Katica Amra an, »und bring ein paar Eier mit oder ein Brot. Dann wird Danija für dich in den Spiegel des Sees blicken. Du willst doch wissen, wie deine Zukunft aussieht und die deines Kindes?«

Amra lächelte und versprach, vorbeizukommen. Katica und Danija lebten vom kargen Lohn der Hebamme und dem bisschen Gemüse, das sie selbst im Garten zogen, Amra wollte sie gern an ihren Wintervorräten teilhaben lassen. Aber sicher nahmen sie keine Almosen – Amra würde das Orakel also über sich ergehen lassen müssen, auch wenn sie nicht daran glaubte.

Schließlich musizierten, plauderten, lachten und tanzten die Dörfler bis zum frühen Morgen mit dem jungen Paar, und Amra redete die halbe Nacht mit ihrer Mutter Mirnesa, die Baruch natürlich mitgebracht hatte. Mirnesa weinte vor Freude, ihre Tochter endlich wiederzusehen, und schloss gleich auch Magnus in die Arme.

»Ihr kommt mich besuchen, wenn das Kind da ist, ja? Im Frühling, wenn die Straßen wieder gut passierbar sind.«

Baruch und Mirnesa hatten einen ganzen Tag für den Weg von Arkona zum Schwarzen See gebraucht, und der Rückweg sollte sich noch schwieriger gestalten, denn am Tag nach der Hochzeit begann es zu schneien.

Amra lächelte, als sie die Flocken fallen sah. Keinen Tag zu früh – jetzt sollte der Winter ruhig kommen. Sie hatte ihren Ofen, eine behagliche Stube und ein breites, warmes, mit Fellen und Kissen bedecktes Bett. Sehr viel Wohlstand für eine Bauernkate, doch darauf hatten sowohl Baruch als auch Magnus bestanden.

»Ich mag kein Ritter mehr sein, aber du bleibst trotzdem meine Prinzessin!«, erklärte Magnus.

»Und eine reiche Kaufmannstochter«, fügte Baruch lächelnd hinzu. »Pass nur gut auf meinen Enkel auf. Keine Stallarbeit mehr, Amra, überlass das deinem Ritter.«

»Es könnte eine Enkelin werden«, flüsterte Amra ihrer Mutter Mirnesa zu, die wissend lächelte.

Danija jedenfalls drückte sich erstaunlich klar aus, als Amra die Hebammen gleich am Tag nach der Hochzeit mit ihrer Mutter besuchte. Mirnesa hatte auf die Aussicht, das Orakel der Göttin befragen zu können, geradezu euphorisch reagiert.

»Es ist sicher nicht mehr erlaubt, aber gehen wir hin, Amra. Der Spiegel des Sees war immer hochgeachtet. Als ich mit dir gesegneten Leibes war, bin ich auch dort gewesen. Ach, damals diente der Göttin noch mehr als eine Priesterin, jetzt können wir Frauen uns ja allenfalls noch an die heilige Maria wenden, wenn wir Sorgen haben. Aber ob die sich in allem so auskennt? Eine Jungfrau?«

Amra pilgerte also mit ihrer Mutter zu dem winzigen Haus, das Katica und Danija im tiefsten Wald nahe des Schwarzen Sees bewohnten, zweifellos in Gesellschaft zahlreicher Hausgeister und Geburtsfeen, die sie zu Entbindungen mitbrachten. Katica hieß die Frauen herzlich willkommen und rief dann ihre Tochter.

»Ich bin zu alt, um in den Spiegel zu blicken«, sagte sie freundlich. »Aber Danija ist Jungfrau und will es noch lange bleiben. Geht einfach mit ihr, habt keine Angst.«

Danija, ein schmales, sehr zartes junges Mädchen mit riesigen dunklen Augen in einem gebräunten, von tiefschwarzem Haar umrahmten Gesicht, sah selbst aus wie eine Waldfee. Sie trug einen unscheinbaren braunen Kittel und lief trotz der Kälte auf nackten Füßen durch den Wald, so rasch und behände, dass Amra und Mirnesa ihr kaum zum See folgen konnten. Schließlich kniete sie an einer kleinen Bucht nieder – das Gewässer wurde hier von einer Quelle gespeist. Sie bat Amra, sich im Wasser zu spiegeln. Amra sah zwar nicht mehr als Schwärze in dem See, dessen Grund moorig war, doch Danija lächelte so liebevoll, als erkenne sie darin ein Kindergesicht.

»Deine Tochter wird wunderschön werden«, verriet sie Amra.

»Aber ... aber da ist etwas Schwarzes hinter dir. Ich ... ich spüre Gefahr für die Mädchen des dunklen Sees.«

Amra und Mirnesa wichen betroffen zurück, als die junge Frau plötzlich aufschrie und die Hände vor das Gesicht schlug. »Ich sehe Opfer ... ich sehe Opfer für die Göttin«, stöhnte sie.

Mirnesa blickte sie entsetzt an, aber Amra schüttelte sie. »Danija, Danija, wach auf, was ist denn über dich gekommen? Es gibt keine Menschenopfer mehr. Erst recht nicht hier, hier hat es doch wohl auch nie welche gegeben.«

Die Göttin Mokuscha hatte keine große Bedeutung im Götterhimmel der Ranen. Soweit Amra wusste, hatte sie niemals Menschenopfer gefordert. Als Erd- und Fruchtbarkeitsgöttin wurde sie vor allem von Frauen verehrt, die sie um Beistand bei der Geburt anflehten, und von der Bauernschaft, die sich bessere Ernten erhoffte, wenn sie Mokuscha huldigte. Man opferte ihr Getreide und Früchte, die man in den See warf oder auch einfach den Priesterinnen übergab. Sie ernährten sich von diesen Spenden. Reich wie das Orakel des Svantevit war die Kultstätte am Schwarzen See nie gewesen.

Danija kam nur langsam wieder zu sich, und als sie die Augen aufschlug, weinte sie. »Ich weiß«, flüsterte sie auf Amras Vorhaltungen hin. »Ich weiß es ja. Aber ich hörte das Wort Opfer, und das Wasser meiner Quelle färbte sich rot von Blut.«

Amra suchte die Priesterinnen kein weiteres Mal auf. Danijas Visionen hatten erschreckend real gewirkt, sicher hatte sie sich all das nicht ausgedacht, wie Amra ihre Orakelsprüche auf dem Jahrmarkt. Aber sehr wahrscheinlich schien ihre Vorhersage nicht. Rujana drohte weder ein Krieg, noch würden die blutrünstigen Rituale wiederbelebt werden. Und Amras Kind wäre ganz bestimmt nicht darin verwickelt. Vielleicht stimmte einfach etwas nicht mit Danijas Kopf. Man musste ja seltsam werden, wenn man so allein im Wald aufwuchs ...

Amras Wehen setzten im zweiten Monat nach dem großen Fest der Christen ein, mit dem sie die Geburt ihres Gottes feierten. Es war eiskalt, und die Insel lag seit Tagen unter einer Schneedecke. Auf dem See der Göttin kämpfte eine Eisschicht mit dessen Schwärze.

Der aufgeregte Magnus alarmierte Jovica, die gleich ihre älteste Tochter, ein aufgewecktes braunhaariges Mädchen, zu Katica schickte. Anstelle der alten Hebamme erschien allerdings Danija.

»Meiner Mutter geht es nicht gut bei dieser Kälte«, erklärte die junge Frau. »Aber sie meint, es würde keine schwere Geburt, ich könnte das allein.«

Danija selbst schien auch keine Zweifel zu hegen, während Magnus wieder kurz davor stand, aufzubrausen. Was fiel der Hexe ein, ihnen einfach die Tochter zu schicken, die sicher nicht so viel Erfahrung hatte?

»Sie macht das schon«, beschwichtigte Amra und stöhnte.

Sie wusste nicht viel über Geburten, aber dass ihre zügig voranging, blieb ihr nicht verborgen. Das Kind drängte zur Welt, und Amra war gesund und breit genug gebaut, um es leicht gebären zu können. Danijas Hilfe beschränkte sich denn auch darauf, ihr einen Tee zu kochen, der den Wehenschmerz linderte, ihre Hände zu halten, wenn sie presste, und schließlich das Kind entgegenzunehmen, das leicht und schon nach wenigen Stunden in die Welt glitt.

»Da ist sie!«, sagte Danija mit dem gleichen, strahlenden Lächeln, das sie beim ersten Blick in den See gezeigt hatte. »Schau, sie hat rotes Haar wie du!«

Amra sah verzückt auf das winzige Wesen, das Danija rasch abwusch, in ein Tuch wickelte und ihr in den Arm legte. Das Köpfchen der Kleinen war tatsächlich mit rotem Flaum bedeckt, und ihr winziger Mund machte bereits Saugbewegungen.

»Sie ist hungrig, das ist gut. Du kannst sie gleich anlegen. Das ist auch sicherer. Die Boginki wagen sich nicht aus dem Wald, wenn das Kind kräftig ist und seine Mutter schon kennt.«

Sicherheitshalber verbrannte die junge Hebamme aber auch noch Kräuter, um die Waldgeister fernzuhalten, die Neugeborene gern gegen Wechselbälger eintauschten. Dann ließ sie Magnus ein, der mit Zwonimir in der Stube gewartet und seine Angst mit Wein betäubt hatte.

»Ein Mädchen?«, fragte er fast ein wenig enttäuscht, als Amra ihm das Neugeborene entgegenhielt.

Amra blitzte ihn an. »Ein Mädchen, tatsächlich. Aber du kannst gern noch ein Pferd über ihre Windel schreiten lassen. Sternvürbe versichert dir bestimmt, dass deine männlichen Nachkommen trotzdem so zahlreich sein werden wie die Sterne des Himmels.«

Jetzt musste Magnus doch lachen und liebkoste die Kleine. »Verzeih mir! Ich war mir nur so sicher ... und Herr Baruch auch. Aber sie ist hinreißend. Sie hat rotes Haar, bestimmt wird sie einmal genauso schön werden wie du.«

Amra lächelte geschmeichelt und ließ sich beglückt küssen. »Pack unbedingt einen großen Korb mit Essen ein für Danija und ihre Mutter!«, wies sie Magnus dann an, »und mit Wein, sie sollen auf das Wohl der kleinen Edita trinken.« Sie hatten sich geeinigt, dass das Kind, sollte es tatsächlich ein Mädchen werden, nach Magnus' Mutter Edita heißen sollte.

Danija bedankte sich strahlend, als sie sich schließlich verabschiedete und die großzügigen Gaben entgegennahm. »Das wollen wir gern tun!«, sagte sie freundlich. »Und die Mutter wird das Kind auch segnen und der Göttin anvertrauen, auf dass es ein langes, glückliches Leben habe.«

Amra sah sie misstrauisch an. »Hast du nicht vor ein paar Wochen noch Gefahr für sie gesehen?«, fragte sie.

Sie sprach die Sorge aus, die sie seitdem hegte, egal, wie oft sie sich sagte, dass all diese Orakel nicht ernst zu nehmen waren.

In Danijas schönen dunklen Augen spiegelte sich jetzt allerdings ehrliche Verwunderung. »Für sie? Nein. Für sie habe ich doch nicht in den Spiegel geblickt. Ich sah Dunkelheit und Blut und Gefahr. Aber nicht für das Kind, das Unheil ... folgte dir ...«

Kapitel 3

Welches Verhängnis auch immer über ihr schweben mochte – in Amras erstem Frühjahr am Schwarzen See blieb es friedlich. Die kleine Edita entwickelte sich prächtig, und Magnus ging auf in seiner Arbeit als Landwirt. Er pflügte die Felder gekonnt mit seinen zwei Arbeitspferden und half dann den anderen Bauern aus. Die meisten von ihnen besaßen allenfalls ein Ross. Schließlich brachten sie alle die Saat aus, und die ganze Siedlung feierte den Frühling. Der Priester segnete die Felder, und danach nahmen ihn die Männer mit zum Trinken in ihre Häuser, während Danija, von den Frauen feierlich zur Frühlingskönigin gekrönt, das Land noch einmal segnete. Schließlich wollte man die alte Göttin nicht verletzen. Die erwies sich denn auch als gnädig und schenkte ihnen einen warmen, aber doch ausreichend feuchten Sommer, um das Getreide gedeihen zu lassen.

Magnus kümmerte sich derweil vermehrt um den Viehbestand des Hofes. Er nahm Amra das Melken ab, und Zwonimir brachte ihm bei, wie man Schafe schor. Amra päppelte eine Schar piepsender, quirliger Gänse- und Entenküken und legte einen Küchengarten an. Hier konnte sie das Wissen, das sie sich im Kloster angeeignet hatte, gut gebrauchen. Neben Gemüse und Suppenkräutern pflanzte sie Heilkräuter, und Katica wusste vor Freude darüber kaum an sich zu halten. Sie brauchte viele Heilpflanzen für ihre Tees und Salben, aber in ihrem verwunschenen Reich im dunkelsten Wald bekamen die Gewächse zu wenig Sonne. Amra tauschte die Kräuter gegen Beeren, die Danija im Wald pflückte. Sie bildeten eine willkommene Bereicherung des

Speisezettels, Edita leckte sich die kleinen rosa Lippen, wenn Amra die Früchte in ihren Brei rührte. Natürlich erinnerten gerade die süßen Beeren Amra an ihr Leben bei den Gauklern, und manchmal dachte sie ein bisschen wehmütig an Graubart, Gesine und die anderen zurück. Aber sie wünschte sich nicht wirklich wieder auf die Straße. Gerade jetzt mit dem Kind freute sie sich über eine feste Bleibe, das regendichte Dach und das weiche Bett – sosehr sie das Lager auf Moos und Farnkraut auch genossen hatte.

Jovica zeigte ihrer neuen Nachbarin, wie man Bier braute, und dann wurde es auch bald Zeit für die Ernte. Magnus arbeitete von morgens bis abends auf den Feldern, ließ die Sichel durch sein Korn fahren, wendete mit Amra zusammen das Heu und band das Stroh zu Garben. Amra konnte sich an ihrem schönen blonden Gatten nicht sattsehen, wenn er in der Sommerhitze über seine Felder schritt, den Oberkörper nackt und die Beine der Brouche hochgebunden. Er war sehnig und stark, sie liebte das Muskelspiel unter seiner Haut, die bald so braun war, als hätte er wieder in Walnusssud gebadet. Amra brachte ihm die Vesper aufs Feld, ihr Kind in einem Tuch auf den Rücken gebunden, und würzte die Brotzeit mit einem Kuss, aus dem oft genug mehr wurde. Sie liebten sich zwischen den reifen Ähren, während Edita ruhig neben ihnen schlief.

Als die Ernte eingebracht war und das Dorf sich für das Erntefest rüstete, blieb Amras Blutfluss erneut aus. Edita würde übers Jahr einen kleinen Bruder oder eine kleine Schwester bekommen.

»Und, bist du zufrieden mit deinen Erträgen?«, fragte Zwonimir Magnus, als der Priester den Erntesegen gesprochen hatte und die Musikanten ihre Instrumente stimmten, um zum Fest aufzuspielen. Der große, bärtige Mann setzte gewaltige Krüge Bier vor Magnus und Amra auf einen der Holztische, die man im Freien aufgestellt hatte, um gemeinsam zu feiern. Edita patschte nach dem Schaum auf dem Getränk.

»Sehr zufrieden!«, erklärte Magnus und nahm den ersten Schluck. »Allerdings geht ja noch der Zehnte für den Fürsten davon ab – das schmälert den Verdienst doch beträchtlich. Ich würd gern noch ein Gewann Wald roden, wenn der Graf mich lässt. Meinst du, ich sollte in der Burg mal nachfragen?«

Zwonimir zuckte die Schultern. »Das hat der Graf nicht zu bestimmen. Der hält zwar die Burg, aber zu sagen hat er nichts. Der Lehnsherr von Rujana ist der Fürst.«

Die Burg am Schwarzen See wurde von einem Verwandten Jaromars bewirtschaftet – die Bauern leisteten ihm Frondienste, aber nur an wenigen Tagen des Jahres. Zur Burg gehörten weniger Felder als zu Magnus' Hof. Sie war für die Verteidigung der Insel unwichtig, man hatte sie wohl irgendwann als Fluchtburg für die Bevölkerung gebaut oder vielleicht auch zum Schutz des Heiligtums der Göttin Mokuscha. Jetzt jedoch brauchte man die Festung eigentlich gar nicht mehr. Lediglich einmal im Jahr gewann sie an Glanz, wenn Fürst Jaromar dort Hof hielt, um die Abgaben der Bauern und Fischer aus Jasmund entgegenzunehmen. Die Bürger konnten dann auch Klagen oder Bittgesuche anbringen, und der Fürst hielt Gericht, sofern das nötig war.

»Nun, der kommt ja bald«, meinte Magnus jetzt auch, Jaromar wurde kurz nach dem Erntefest erwartet. »Du bist Dorfvorsteher. Was meinst du, könntest du die Bitte für mich vortragen? Oder gleich für die ganze Siedlung? Wir sollten zwei oder drei Gewanne roden und die Felder allgemein vergrößern.«

Zwonimir schürzte die Lippen. »Darüber wollt ich eigentlich mit dir reden«, begann er vorsichtig. »Also nicht nur ich allein, sondern wir alle. Ich red sozusagen im Namen von uns allen.«

Magnus runzelte die Stirn. »Über die Rodung von ein bisschen Wald?«

Zwonimir schüttelte den Kopf. »Nein. Über das Amt des Dorfvorstehers. Wir haben uns überlegt ... also, wir wollten dich fragen, ob du es nicht in diesem Jahr übernehmen möchtest.«

Magnus hob verwundert die Brauen. Mit diesem Angebot hatte er nun wirklich nicht gerechnet. »Aber ich wohne noch nicht mal ein ganzes Jahr hier«, wandte er ein. »Und ich bin Däne. Ich spreche nicht mal gut genug Ranisch.«

Zwonimir tat seine Worte mit einer Handbewegung ab. »Du hast ganz gut gelernt«, meinte er dann. »Und du bist längst Rujaner wie alle hier. Hast doch die Amra geheiratet! Aber sonst hast du uns manches voraus. Du kannst lesen und schreiben. Ja, gib's nur zu, die Jovica hat gesehen, wie du in einem Buch gelesen hast, und Amra liest den Frauen beim Weben vor, die kann's auch.«

»Aber was hat denn der Dorfvorsteher zu lesen?«, erkundigte sich Magnus, einem Bauern nützten diese Kenntnisse schließlich gar nichts.

»Nichts, und darum geht's auch nicht«, gab Zwonimir zu, bevor er weitersprach. »Es geht eher um ... Na ja, du und Amra, ihr versteht euch auch aufs schöne Reden. Und aufs Beten.«

»Aufs Beten?« Amra lachte und trocknete Editas Händchen mit ihrer Schürze. Die Kleine fand den Bierschaum unwiderstehlich. »Also, das Beten ist nun wirklich nicht meine Stärke!«

»Verspotte mich nicht, es ist sehr wichtig, richtig zu beten«, brummte Zwonimir. »Mich hätten sie letztes Jahr fast ausgepeitscht, weil ich's nicht so gut kann.«

Fürst Jaromar, so berichtete der Dorfvorsteher, war sehr gläubig und verlangte das auch von seinen Untertanen. Vor der Ratsversammlung und dem Gericht, an dem der Dorfvorsteher an seiner Seite teilnahm, feierte der Fürst jedes Mal eine Messe, und er brachte seine eigenen Priester dazu mit. Die hielten sich streng an die Liturgie. Der Fürst war äußerst erbost, als er feststellen musste, dass Zwonimir weder die Gebete noch die richtigen Abläufe kannte, falsch sang und sich genauso verkehrt herum bekreuzigte wie seine Frau.

»Ich konnt ihn grad noch glauben machen, dass ich's wirklich nicht absichtlich machte, um ihm und seinem Gott zu trotzen. Sie haben mich nicht gezüchtigt, aber ich musste versprechen, dass ich bis zum nächsten Jahr alles lerne. Unseren Pfarrer haben sie auch gerügt, dass er uns nicht zum richtigen Feiern der Messe anhält. Er sollte strenger mit uns sein. Aber der weiß doch selbst nicht, wie das geht. Du dagegen, du kannst das doch, oder nicht?«

Zwonimir bedachte Magnus mit einem Blick zwischen Furcht und Bewunderung.

Magnus nickte. »Doch, natürlich. Ich bin von Kindheit an Christ. Am Beten sollte es nicht scheitern. Aber sonst ...«

»Sonst gibt's gar nicht so viel zu tun«, meinte Zwonimir eifrig. »Du stehst dem Fürsten Rede und Antwort über den Zehnten, sagst ihm, wer bezahlen kann und wem man die Abgaben stunden muss. Da ist er nicht schwierig, er hat immer auf das gehört, was ich ihm vorgeschlagen hab. Wenn er Gericht hält, sitzt du neben ihm und sagst ihm, wer Recht hat.«

Magnus musste lachen. »Kann ich dann nicht auch gleich selbst Gericht halten?«

Zwonimir schnaubte. »Sicher. Aber da gibt's ja immer so Streithähne und Neunmalkluge, denen es nicht reicht, wenn ich ihnen sag, wo der Grenzstein steht oder dass man seinem Nachbarn nicht die Hühner stiehlt. Die wollen das Urteil vom Fürsten selbst hören. Wohl, weil sie hoffen, dass der nichts davon versteht. Beim alten Tetzlav ging das sogar manchmal gut, aber Jaromar

hört auf die Dorfvorsteher. Er ist ein guter Herr, wirklich ...
Wenn nur das mit dem Beten nicht wär.«

»Meinst du nicht, dass es zu riskant ist?«, fragte Amra am Abend, als sie und Magnus satt, zufrieden und müde vom Tanzen in ihrem Bett lagen. Magnus hatte sich Bedenkzeit erbeten, war aber bereit, Zwonimir und den Dörflern den Gefallen zu tun und das Amt des Ortsvorstehers zu übernehmen. »Wenn uns einer erkennt ...«

Magnus zuckte die Achseln. »Der Fürst kennt mich nicht«, meinte er. »Und dich höchstens flüchtig, oder?«

Amra überlegte. »Jaromar war meist in Karentia, die Familie seiner Mutter hielt die Burg. Jedenfalls lebte er nicht auf Arkona, als ich dich damals befreit habe. Später war er wohl eine Zeit lang bei den Knappen, er hat auf Arkona seine Schwertleite gefeiert. Aber ich war den ganzen Tag in der Küche, ich glaube nicht, dass er mich je bemerkt hat.«

»Da siehst du's«, nickte Magnus. »Also besteht keine Gefahr. Natürlich werden wir ihm sagen müssen, dass ich Däne bin und mit einer Ranin verheiratet, aber er wird unweigerlich denken, du wärst ein Mädchen vom Schwarzen See und hättest die Insel nie verlassen.«

»Wenn sich keiner von seinem Hofstaat an mich erinnert ...«, gab Amra zu bedenken. »Ich müsste doch wohl mit zur Messe kommen, oder?«

»Glaubst du, er reist mit einem so großen Hofstaat?«, fragte Magnus. »Also, üblich ist das nicht, wenn ein Fürst über Land zieht, um Gericht zu halten. Wahrscheinlich bringt er nicht mehr als zehn Ritter mit. Es ist ja auch nicht weit.«

Das stimmte. Fürst Jaromar konnte den Gerichtstag sogar ohne Übernachtung auf der Burg abhalten, ein schnelles Pferd brachte einen Reiter in nur zwei Stunden von Arkona zum Schwarzen See.

Amra seufzte. »Irgendwie habe ich kein gutes Gefühl. Aber du hast natürlich Recht, wir können Zwonimir nicht absagen. Der zittert ja richtig vor Jaromars Messe. Na ja, und ich werde mich natürlich auch kleiden wie eine brave Gevatterin und mein Haar unter einem Gebände verstecken. Dann wird mich ganz sicher keiner erkennen.«

Magnus zog sie in die Arme. »Dann wird man sich nur fragen, wo eine Bäuerin die feine Kleidung herhat«, neckte er sie. »Leg nur einen Schal über dein Haar, das sollte reichen.«

Amra kleidete sich denn auch wie eine Bäuerin, band das Tuch aber so fest wie nur möglich um ihr streng zurückgekämmtes, aufgestecktes Haar, bevor sie ein paar Tage später wirklich vor Fürst Jaromar knickste. Die Wachen, die den Dorfvorsteher und seine Gattin am Eingang der Burg empfingen, hatten ihnen gleich den Weg zur Burgkapelle gewiesen, wo Jaromar und seine Ritter die Messe feiern würden. Der Dorfpriester hielt gleichzeitig einen Gottesdienst in der Dorfkirche. Der Fürst bestand darauf, an diesem Tag gemeinsam mit all seinen Untertanen zu beten, doch für die ganze Siedlung war die Burgkapelle zu klein.

»Und zur Dorfkirche runter will er nicht, er hat's eilig heute«, verriet der Burgwächter Magnus, während Amra unauffällig die vor der Kapelle wartende Ritterschaft musterte.

Nein, sie kannte niemanden der Männer, zudem hatten weder Jaromars Ritter noch die wenigen Männer des Grafen auch nur einen Blick für die Gattin eines Bauern. Auch Fürst Jaromar beachtete sie kaum, er quittierte ihren Hofknicks nur mit einem knappen, anerkennenden Nicken. Magnus beugte ebenfalls das

Knie vor dem Fürsten, was seinen Stolz sicher hart ankam. Als Ritter hätte eine Verbeugung genügt.

Jaromar, ein mittelgroßer Mann mit rundem Gesicht, ernsten braunen Augen und gestutztem, aber üppigem Bartwuchs nickte auch ihm freundlich zu. »Ich hoffe, es gibt keine großen Schwierigkeiten in deiner Gemeinde«, wandte er sich an Magnus. »Man hat den alten Ortsvorsteher abgesetzt, wie ich sehe?«

Magnus beeilte sich zu versichern, dass Zwonimir freiwillig auf das Amt verzichtet habe. »Er fühlte sich zu alt«, behauptete er.

Jaromar runzelte die Stirn. So alt war Zwonimir schließlich noch nicht, und die meisten Dorfvorsteher mochten ihr Amt.

»Fehlt ihm etwas?«, fragte er jetzt. »Ist er krank?«

Magnus suchte sichtlich eine Ausflucht, aber bevor er noch etwas sagen konnte, kam ihm Amra zu Hilfe.

»Er würde nicht wollen, dass wir darüber reden, mein Fürst«, sagte sie sanft. Es klang, als läge Zwonimir im Sterben.

Jaromar schürzte die Lippen, seine Miene drückte aufrichtiges Bedauern aus. Und vielleicht etwas Verwunderung darüber, dass die Bäuerin es wagte, das Wort an ihn zu richten.

»Versichert ihn meiner Anteilnahme«, bemerkte er schließlich. »Ich werde für ihn beten. Jetzt kommt, wir werden gemeinsam die Messe hören, und dann sehen wir, wie es mit den Steuern aussieht. Ihr werdet gemerkt haben, dass ich die Forderungen erhöhen musste.«

Magnus nickte. »Es fiel uns nicht leicht, mein Fürst, aber die Ernte war gut. Es braucht niemand zu darben. Aber Ihr habt Recht, zuerst sollten wir Gott loben und ihm dafür danken, dass Ihr wohlbehalten hergefunden habt.«

Der Priester, ein hagerer Mann aus Jaromars Gefolge, öffnete eben die Tür der Kapelle, um die Gläubigen einzulassen. Magnus verbeugte sich noch einmal und ließ dem Fürsten den Vortritt in die Kirche. Als alle ihre Plätze eingenommen hatten, stimmte er in den Psalm mit ein, den der Priester und Jaromar intonierten. Der Fürst sollte an diesem Morgen staunen. Der Dorfvorsteher von Schwarzen See verstand es zu beten.

Kapitel 4

Vaclav von Arkona inspizierte den Saal der kleinen Burg gründlich und fand natürlich nichts auszusetzen. Graf Borvin hielt diese Festung seit Jahren, und der Gerichtstag lief immer gleich ab. Der Saal war ordentlich vorbereitet, geschmückt mit den Schilden und Wappen der Fürsten von Rujana, aber auch den Farben des dänischen Königshauses. Seit Jaromar Hof hielt, hing zudem ein gut sichtbares Kreuz über dem erhöhten Platz des Fürsten. Für Jaromars Ratgeber – seinen Priester sowie den Vorsteher des Dorfes – gab es niedrigere Sitze, aber auch ihnen würden Wein und Erfrischungen gereicht werden. Die Ritterschaft durfte dem Verfahren beiwohnen, für die Männer gab es Bänke an der Wand des Palas. Und an einem Seitentisch war ein Schreiber platziert, der notierte, wie viele Säcke Getreide und Fuder Heu die Dorfgemeinschaft abführen konnte. Der Schreiber verglich das mit den Forderungen des Fürsten, und wenn es Differenzen gab, hatte der Dorfvorsteher die Sache zu erklären. Es gab immer wieder Familien, denen der Zehnte gestundet oder erlassen werden musste, weil sie mehr oder weniger unverschuldet in Not geraten waren.

Vaclav schaute sich den Tisch des Schreibers und die dort schon gelagerten dicken Folianten zum Eintragen der Abgaben genau an, obwohl er von Buchhaltung nicht das Geringste verstand. Die Inspektion des Palas war jedoch seine Ausrede, um die Messe zu versäumen, und da nutzte er jede sich bietende Gelegenheit. Vaclav war schon an verschiedenen Höfen gewesen, aber nirgendwo hatte man so viel gebetet wie bei Jaromar. Der Fürst verlangte von seinen Rittern, mindestens einmal täglich der Messe beizuwohnen. Er sprach vor jedem Mahl endlose Tischgebete und hielt den Bischof für seinen engsten Freund. Um seiner Exzellenz Bischof Absaloms willen wollte er den Gerichtstag in diesem abgelegenen Winkel seines Reiches heute auch so schnell wie möglich hinter sich bringen. Der Geistliche hatte sich für den nächsten Morgen zu einem Besuch angesagt. Jaromar wünschte sich, ihn gleich zur Frühmesse willkommen heißen zu können, er musste also noch am Abend nach Arkona zurückreiten.

Vaclav selbst hätte lieber weniger gebetet und mehr gekämpft, unter Fürst Jaromar war auf Rujana hingegen Frieden eingekehrt. Natürlich hatte er seinem Lehnsherrn König Waldemar Truppen gestellt, als der sich in seinen Streitigkeiten mit Herzog Heinrich verloren hatte, doch seit sich die beiden Fürsten wieder versöhnt hatten, gab es für ranische Ritter nicht mehr viel zu tun. Allerdings hatte Jaromar Vaclav als seinen früheren Waffengefährten freundlich aufgenommen. Er erinnerte sich an die gemeinsam gefeierte Schwertleite, fragte den Ritter nach seinen Abenteuern im Dienste des Dänenkönigs aus und hielt ihn auf Arkona. Er hätte ihn auch mit einem Hofamt betraut, aber davon gab es nicht viele, und Jaromar mochte keinen seiner treuen Diener entlassen, nur um Platz für Vaclav zu schaffen. Das galt auch für ein Lehen. Es gab nur wenige Burgen auf der Insel, und die hatten seit Jahrzehnten ihre Herren.

Jaromar beschäftigte Vaclav also hauptsächlich als Waffenmeister für die wenigen Knappen, was weder den Jungen noch dem Ritter gefiel, da es ihm zwar nicht an Strenge, wohl aber an Geduld mangelte. Darüber hinaus wurde er zur Erledigung verschiedenster Aufträge über Land geschickt. Vaclav brachte säumige Schuldner zuverlässig dazu, ihre Abgaben zu entrichten, und wenn ein Fischerdorf alte Bräuche wieder aufgriff und ein dänisches Schiff aufbrachte, so fand er immer jemanden, der das Vergehen gestand und die Schuldigen verriet. Sofern jemand an Jaromars geliebtem neuen Glauben zweifelte und im Verdacht stand, heimlich den alten Göttern zu opfern, dann genügte schon ein Blick in Vaclavs grimmiges, verunstaltetes Gesicht, um den Sünder auf den Pfad der Tugend zurückzubringen.

Jaromar war denn auch zufrieden mit seinem Untergebenen. Er ließ Vaclav in seiner Leibgarde mitreiten und würde ihn wohl auch an diesem Tag mit dem Schutz der Leiterwagen betrauen, auf denen die Abgaben der hiesigen Bauern und Fischer nach Arkona transportiert wurden. Vaclav lechzte allerdings nach Höherem. Der Herr der Burg Karentia, Graf Bolek, war alt und würde kinderlos sterben, und Vaclav war entfernt mit ihm verwandt. Wenn er sich also Jaromars Gunst erhielt, konnte der Fürst ihn mit diesem Lehen betrauen. Vaclav dachte zum wiederholten Mal an den Tempelschatz des Svantevit, den er damals vor dem Dänenkönig in Sicherheit gebracht hatte. Das Silber befand sich noch in seinem Versteck, bewacht vom Geist des Hohepriesters Muris, den Vaclav zu seinen Ahnen geschickt hatte, um sich des Mitwissers zu entledigen. Vaclav hatte nachgesehen, als er auf die Insel zurückgekehrt war. Wenn der Burgherr von Karentia starb, konnte Vaclav den Schatz »finden« und Jaromar aushändigen. Sicher ließ sich eine wunderschöne Kirche damit bauen.

Vaclav grinste. Und beeilte sich, die Inspektion des Saales zu beenden. Die Glocken verkündeten eben das Ende des Gottesdienstes in der Kapelle und in der Dorfkirche. Wenn es Vaclav gelang, sich unauffällig unter die Ritter zu mischen, würde Jaromar nicht einmal auffallen, dass er die Messe versäumt hatte.

Jaromar fiel an diesem Morgen gar nichts auf, was seine Ritter anging, er war zu angetan von dem jungen Dänen Magnus, der neuerdings diesem Dorf am äußersten Ende seines Herrschaftsbereichs vorstand. Auch dessen Gattin war entzückend – soweit man das von einer Bauersfrau sagen konnte. Beide verstanden sich auf christliche Gebete und Bräuche, sie bekreuzigten sich im richtigen Moment, nahmen den Leib des Herrn gefasst entgegen, und nun zeigte sich auch noch, dass der junge Dorfvorsteher recht gewandt zu plaudern verstand. Er verabschiedete seine Frau sofort, als Jaromar auch nur andeutete, die Abläufe dieses Gerichtstages beschleunigen zu wollen, und sie zog sich ohne ein Wort mit einem Hofknicks zurück. Der junge Mann begleitete Jaromar von der Kapelle zum Palas, wobei er sich respektvoll zwei Schritte hinter ihm hielt und ihn dabei schon mal über die wichtigsten Dinge rund um die Abgaben seines Dorfes in Kenntnis setzte. Einem der Dörfler war das Haus abgebrannt. Er hatte Vieh verloren, und Magnus schlug vor, ihm den Zehnten zu erlassen, damit er die Bestände wieder aufstocken konnte und nicht noch weiter in Armut versank.

»Der Borut ist ein fleißiger Kerl, der sich bestimmt bis zum nächsten Jahr wieder erholt hat. Für den Blitzschlag kann er nichts, Gott sei Dank ist wenigstens die Familie ungeschoren davongekommen.« Während er sprach, nahm Magnus den Platz im Palas ein, den ein Diener ihm anwies.

Jaromar ließ sich ebenfalls auf den für ihn vorbereiteten erhöhten Stuhl nieder und nickte wohlwollend, um Magnus' Bitte nachzukommen. Er erließ auch einer armen Familie die Schulden, in der in diesem Sommer das fünfzehnte Kind zur Welt gekommen war. Die Leute hatten zwar ohnehin nur einen Hahn abzugeben, aber Jaromar sagte nun lächelnd, dass er sich allein mit dem Kamm des Tieres zufriedengebe.

»Aus dem Rest sollen sie der Mutter eine gute Suppe kochen«, meinte er. »Sagt ihr meinen Glückwunsch, Gott hat ihr Haus gesegnet.«

Magnus wusste, dass Katica da ganz anderer Meinung war. Sie hatte der völlig erschöpften, verhärmten Frau im Winter angeboten, der erneuten Schwangerschaft mit einem Trank ein Ende zu setzen, aber die Bäuerin hatte sich nicht getraut. Der Gott der Christen, so hatte der Priester ihr erklärt, verdamme solche Eingriffe, sie werde in der Hölle schmoren, wenn sie sich dem Lauf der Dinge widersetze. Jetzt war das Kleine geboren und sie am Ende ihrer Kräfte. Amra und die anderen Frauen kümmerten sich reihum um die Frau und ihre Kinder. Einen weiteren »Segen« dieser Art würde sie nicht überleben. Magnus empfand Erleichterung darüber, dass Amra bereits gegangen war. Sie hätte dem Fürsten die Umstände womöglich vorgehalten.

Zu Jaromars größter Freude hatte Magnus auch die Menge der Abgaben im Kopf, die sein Dorf nun wirklich leisten konnte, und diktierte sie dem Schreiber rasch in die Bücher. Es gab kaum Fragen, und die Wagen mit den Gütern standen auch schon bereit. Der Schreiber musste nur noch hinausgehen und die Säcke, Fässer und Garben zählen.

»Ihr werdet alles an seinem Platz finden«, versicherte Magnus Jaromar.

Tatsächlich kehrte der Schreiber binnen kürzester Zeit zurück und nickte dem Dorfvorsteher anerkennend zu. Jaromar war mehr als zufrieden. Der junge Mann schien also fehlerlos zählen zu können. Viele Auseinandersetzungen über den Zehnten der Dorfgemeinschaften ergaben sich einfach daraus, dass die Landbevölkerung keine Zahlen kannte.

Nun stand nur noch das Gericht an, und Jaromar zeigte sich leutselig, indem er den jungen Bauern vorher mit Brot, Fleisch und einem Humpen Bier bewirten ließ. Danach ließ er ihn unterhalb seines Throns Platz nehmen und empfing die Bittsteller. Erfreulicherweise waren es nur zwei, Magnus kümmerte sich also gut um seine Dorfgemeinschaft. Der erste Konflikt, es ging um die Grenze eines Feldes, ließ sich auch leicht lösen. Magnus flocht geschickt die Bitte der Dörfler ein, ein paar weitere Gewann Wald roden und die Anbaufläche erweitern zu dürfen.

»Unsere Siedlung wächst, wie Ihr vorhin ja schon huldvoll vermerkt habt«, sagte er mit einem Lächeln. »Und unsere beiden Freunde hier müssten sich nicht um diese Feldkante streiten, um ihre Familien ernähren zu können. Ihr brauchtet Euch auch um nichts zu kümmern, wir haben Gespanne und Werkzeug genug.«

Letzeres gab den Ausschlag. Jaromar litt unter der Abgabenlast gegenüber König Waldemar – der Däne holte sich das Geld für Heinrichs Anteil am Rujaner Schatz von den Insulanern zurück. Frühere Einkünfte durch Seeräuberei sowie das Svantevit-Orakel blieben dagegen aus. Jaromar musste die Steuern ständig erhöhen und hatte kein Geld übrig.

Nun gestattete er den Dörflern, vier weitere Gewanne Wald unterhalb des Schwarzen Sees zu roden, und die beiden streitenden Nachbarn schieden mit der Zusicherung, dann genug Land zugewiesen zu bekommen.

Beim zweiten Fall ging es um eine Rauferei, deren Hintergründe Magnus dem Fürsten vorher kurz erläuterte. Jaromar entließ die Streithähne schließlich mit zwei Anweisungen aus der Bibel – man möge friedlich bleiben und dem Gegner im Zweifelsfall auch die andere Wange hinhalten, darüber hinaus solle man nicht seines Nächsten Weib begehren. Tatsächlich hatte hier der Dorfschmied den Tischler verprügelt, weil der seiner Frau schöne Augen machte.

»Das war es schon?«, fragte Jaromar erfreut, als sich kein weiterer Bürger vorwagte.

Magnus nickte.

»Gut!«, meinte der Fürst und sah ihn anerkennend an. »Ich

hatte ja erst etwas Bedenken. Meist gibt es böses Blut, wenn ein neuer Dorfvorsteher sein Amt aufnimmt, aber hier scheint ja wirklich alles in bester Ordnung zu sein. Mein Schreiber wird dir ein kleines Geschenk aushändigen, womit ich dir für deine Arbeit danke. Mach weiter so, und halte deine Leute vor allem dazu an, gute Christen zu bleiben. Gott wird schon alles richten!«

Damit entließ er Magnus, der erneut das Knie vor ihm beugte. Jaromars Hofgeistlicher segnete ihn und beschloss dann den Gerichtstag mit einem Gebet, das Magnus artig mitsprach.

Er war ebenso zufrieden mit dem Ablauf des Gerichtstages wie sein Fürst. Zwonimir hatte Recht, Jaromar war ein guter Herr.

Den grimmigen Ritter mit dem vernarbten Gesicht, der in der letzten Reihe der Zuhörer gestanden und ihn zunächst verwirrt und dann ungläubig gemustert hatte, bemerkte Magnus nicht.

Vaclav musste sich zur Ruhe zwingen, als der junge Dorfvorsteher die Versammlung schließlich verließ. Er kämpfte gegen den Wunsch an, ihm sofort zu folgen, damit hätte er sich jedoch Ärger beim Fürsten eingehandelt. Der wollte schließlich möglichst schnell zurück. Und es war auch sicher besser, Magnus auf dem offiziellen Weg zu erledigen, als sich womöglich auf eine Prügelei mit ein paar Bauern einzulassen. Zumal er bislang ja nicht einmal wusste, ob sich eine Intervention wirklich lohnte, es gab da doch einige offene Fragen …

Auf der Suche nach jemandem, der ihm hier Auskunft geben konnte, ließ er die Blicke über den Burgplatz schweifen und entdeckte Vater Jozef, den Dorf- und Burggeistlichen. Der Priester strebte dem Ausgang zu und wirkte zufrieden. Auch für ihn war es diesmal wohl glimpflich abgegangen, keins seiner Schäfchen war unangenehm aufgefallen. Jaromars Hofgeistlicher hatte ihn zwar streng über die Fortschritte seiner Gemeinde befragt, aber er konnte die Burg ungeschoren verlassen.

Vater Jozef blieb sofort stehen, als Vaclav ihn ansprach.

»Was macht der Kerl hier?«, fragte der Ritter rüde und ohne Umschweife. Er wies auf Magnus, der eben durch das Haupttor der Burg schritt.

Der Geistliche runzelte die Stirn. »Wer? Der Magnus? Der ist Bauer, neuerdings Dorfvorsteher. Ihr habt ihn doch mit Fürst Jaromar gesehen.«

»Sicher. Und früher habe ich ihn auch schon das eine oder andere Mal gesehen«, brummte Vaclav. »Wo kommt er her? Wieso taucht er plötzlich hier auf?«

Der Priester zuckte die Schultern. »Er ist Däne«, gab er Auskunft, obwohl Vaclav das eigentlich auch schon an Magnus' Akzent gehört haben musste. »Aber er ist mit einer Ranin verheiratet. Sie hat hier einen Hof geerbt, und den bearbeiten sie.«

Vaclav horchte auf. Er war also auf der richtigen Spur. »Mit einer Ranin verheiratet? Mit so einer rothaarigen Hexe?«

Vater Jozef lachte. »Nein, nein, unsere Dorfhexe heißt Katica«, scherzte er. »Die Amra hext nicht, die ist eine brave Frau und eine gute Christin. Seit der Magnus und die Amra da sind, haben sie keinen Gottesdienst versäumt, und das Kind ist getauft.«

Vaclav hörte gar nicht mehr hin. Der Priester hatte eben seine Annahmen bestätigt. Magnus war mit Amra geflohen, und die beiden waren immer noch zusammen – ein braves Paar Bauern im äußersten Winkel von Rujana ... aber nicht mehr lange!

Der Ritter drehte sich auf dem Absatz um und begab sich zu seinem Fürsten. Jaromar war immer noch im Palas. Er saß mit seinem Verwandten Graf Borvin zusammen, der ein rasches Mittagsmahl hatte auftischen lassen, und hörte sich nun nach den

Klagen der Dörfler die des Burgherrn an. Sie waren weitaus gravierender, die Festung am Schwarzen See war in vielerlei Hinsicht erneuerungsbedürftig. Die Ländereien des Grafen reichten nicht aus, um sie aus eigenen Einkünften zu unterhalten, doch hier gab es ja jetzt einen Hoffnungsschimmer. Wenn die Bauern sowieso rodeten, konnten sie auch zusätzliche Ackerfläche für den Grafen schaffen und obendrein Holz für die Reparatur der Wälle stellen. Jaromar verurteilte die Bauern wie nebenbei zu einer zusätzlichen Steuer und ein paar mehr Tagen Fronarbeit und machte den Grafen damit glücklich. Er trank zufrieden seinen zweiten Becher Wein, als Vaclav herantrat.

»Mein Fürst! Ich muss dringend mit Euch reden. Dieser Mann, dieser Magnus ...«

Jaromar gebot ihm mit einer Handbewegung Schweigen. »Ich esse mit meinem Verwandten«, beschied er ihn streng. »Alles andere kann warten. Aber da Ihr nun gerade hier seid, Vaclav – macht Euch doch schon mal mit den Abgaben auf den Weg. Nehmt acht Ritter mit, um darauf aufzupassen. Mir lasst Ihr zwei, mit kleiner Eskorte reite ich schneller.«

»Aber ich muss ...«

Vaclav setzte erneut an, aber Jaromar schüttelte den Kopf. »Was immer Ihr vorzubringen habt, kann bis morgen warten. Ich kann Euch vor dem Bankett am Abend empfangen, nach der Morgenmesse und nach den Beratungen mit dem Bischof.«

Vaclav seufzte. Die Beratungen mit Absalom würden Stunden dauern, der Bischof nahm sich stets Zeit für Jaromars christliche Unterweisung. Vaclav musste sich in Geduld üben. Aber Magnus und Amra liefen ja nicht weg. Im Gegenteil, sie schienen sich ganz sicher zu fühlen. Vaclav freute sich schon auf den Ausdruck in ihren Augen, wenn er mit einer Eskorte Ritter vor ihrer Kate stehen würde, um Magnus festzunehmen! Und später, wenn Magnus abgeurteilt war, konnte er die kleine rothaarige Hexe holen. Sie würde eine glanzvolle Herrin der Burg Karentia sein, wenn er sie erst mal gezähmt hatte! Dabei würde er allerdings nicht zimperlich vorgehen – endlich könnte er Vergeltung üben.

Vaclav griff an sein vernarbtes Gesicht. Amras Übergriff hatte Spuren hinterlassen, die Brüche und klaffenden Wunden waren nur unzulänglich verheilt und schmerzten bei Wetterumschwung. Sie würde mit jedem Blick in seine Teufelsfratze daran erinnert werden, was sie getan hatte. Es war ihre Schuld, wenn er keinen schönen Anblick mehr bot.

Fürst Jaromar empfing Vaclav tatsächlich erst am späten Nachmittag des folgenden Tages, aber dann nahm er sich Zeit für ihn. Der Bischof hatte sich zu einer Ruhestunde vor dem abendlichen Bankett zurückgezogen, Jaromar hingegen war noch ganz erfüllt von all den Erleuchtungen, die ihm am Tag zuteil geworden waren.

Vaclav unterdrückte ein Stöhnen, als Jaromar ihn vor der Unterredung aufforderte, mit ihm zu beten, aber dann ließ er die Prozedur doch widerspruchslos über sich ergehen. Anschließend lauschte ihm der Fürst mit voller Aufmerksamkeit. Vaclav versuchte, heiligen Zorn über Magnus' Vergehen in seine Worte zu legen, aber so recht sah er keine Widerspiegelung seiner Empörung in Jaromars Zügen.

»Ihr müsst mir erlauben, den Mann festzusetzen und seiner gerechten Strafe zuzuführen!«, endete Vaclav schließlich und sah Jaromar fest an.

Der seufzte und rieb sich die Stirn. »Ach, Vaclav, es ehrt Euch ja, dass die Entweihung eines Gotteshauses Euch so hart ankommt«, meinte er dann. »Aber seht es doch einmal mit etwas milderem Blick. Der Mann sollte seiner Ritterwürde verlustig gehen, das allein ist schon ein sehr hartes Urteil. Vielleicht hätten es ein paar Monate der Einkehr in einem Kloster auch getan. Herr Niklot war ja wohl kein Unschuldsknabe.«

Fürst Jaromar brachte Fürst Pribislav und den seinen keine größere Zuneigung entgegen. Ihm war wohl bewusst, dass die Obodriten noch wenige Jahre vor Herzog Heinrichs Feldzug das Svantevit-Orakel auf Rujana befragt hatten. Ihre schnelle Bekehrung zum Christentum nach dem Sieg des Löwen nahm er ihnen da nicht ab. Außerdem verübelte er ihnen die Teilnahme am Feldzug gegen Rujana. Gut, sie hatten vielleicht ihre Lehnspflicht erfüllen müssen, aber ein Bruderkrieg war es doch gewesen. Um Fürst Niklot konnte Jaromar nicht trauern.

»Aber wie auch immer, Gott hat es ja richtig gefügt. Gestern lernte ich den jungen Mann als einfachen Bauern kennen, der sein Los mit Demut trägt.« Jaromar füllte einen Becher mit Wein, ohne Vaclav etwas anzubieten.

»Er war bereits kein Ritter mehr, als er Niklot erschlug!«, gab Vaclav zu bedenken.

Jaromar hob die Hände. »Ach, kommt, Vaclav, verschont mich mit diesen Haarspaltereien. Ich versteh's ja, dass es Pribislav gefiel, diesen Zweikampf als Meuchelmord hinzustellen. Aber nach allem, was ich hörte, fiel der Fürst in ritterlichem Kampf, und die Bedingungen kann man auch nicht als unausgeglichen bezeichnen: Niklot war einen Kopf größer als der Däne und wahrscheinlich doppelt so schwer!«

»Und die Frau?«, fragte Vaclav heftig. »Die er geraubt hat? Mal ganz abgesehen davon, was sie vorher schon angestellt hat? Da war auch schon etwas mit diesem Magnus, bevor Herr Heinrich sie ins Kloster schickte.«

»Sie scheint nicht unfreiwillig bei ihm zu sein«, meinte der Fürst. »Aber die Klostererziehung erklärt ihre angenehmen Umgangsformen und ihr angemessenes Betragen in der Kirche. Sie scheint mir eine sehr gute Christin zu sein, die sicher den besten Einfluss auf die Frauen in diesem Dorf hat.«

Vaclav schnaubte. Das alles lief gar nicht so, wie er es sich vorgestellt hatte. »Und dass sie Herrn Heinrich weggelaufen ist? Dass sie ... ihn betrog mit diesem Magnus?«

Jaromar blickte seinen Ritter streng an. »Herr Heinrich ist mit Mathilde Plantagenet vermählt. Eine andere Frau konnte ihn nicht betrügen. Aber ich erinnere mich daran, mit welchen gotteslästerlichen Absichten man dem Herzog damals eine der Rujaner Geiseln schickte. Wenn diese Amra ihm da entwischt ist – ich werde sie ganz gewiss nicht in Ketten zu ihm zurückbringen.« Auch Herzog Heinrich erfreute sich nicht gerade der Sympathien des Fürsten. Schließlich verdankte er ihm seine desolate finanzielle Lage.

»Ihr wollt also nichts tun?«, fragte Vaclav aufgebracht.

Jaromar schüttelte den Kopf. »Ich sehe keine Notwendigkeit«, meinte er. »Natürlich werde ich bei meinem nächsten Hoftag am Schwarzen See mit dem jungen Mann reden – er soll ja nicht glauben, er könnte seinen Fürsten zum Narren halten. Er hätte mir seine Geschichte ruhig selbst erzählen können. Aber sonst ... Ihr müsst diese Dinge mehr Gott dem Herrn überlassen, Vaclav! Der pflegt es aufs Schönste zu fügen! Folgt mir jetzt in die Kapelle, auch Ihr werdet für Euren Verwandten beten wollen. Wir hörten eben, dass Graf Bolek von Karentia im Sterben liegt. Der Bischof wird eine Messe für ihn lesen.«

Vaclav senkte gehorsam den Kopf, aber sein Herz schlug höher. Graf Bolek lag im Sterben! Das Lehen von Karentia war zum Greifen nahe, wenn Jaromar sich ihm nur gnädig zeigte. Es gab noch zwei oder drei andere ebenso entfernte Verwandte, die Boleks Burg übernehmen konnten, letztlich lief es auf die Entscheidung des Fürsten hinaus. Vaclav musste Jaromar jetzt für sich einnehmen!

Und was Magnus anging ... nun, auch Vaclav konnte einen Mann im Zweikampf töten. Wenn sich nur der richtige Anlass dazu fand. Aber da ließe sich bestimmt etwas machen. Und Gott konnte ihm dabei womöglich eine große Hilfe sein.

Kapitel 5

Die Dorfbewohner am Schwarzen See feierten ihren neuen Vorsteher freudestrahlend, als Magnus ihnen die guten Nachrichten vortrug. Wenn sie gleich anfingen, konnten sie bis zum Winter noch ein Gewann Wald roden, und wenn der Schnee nicht zu spät schmolz, die ersten neuen Felder schon im Frühjahr bearbeiten.

Die Männer berieten eifrig, wer Pferde und Wagen stellen konnte und wie viele Äxte und Sägen vorhanden waren. Magnus erklärte, sein Gespann natürlich zur Verfügung stellen zu wollen, aber es zunächst noch einige Tage selbst zu benötigen.

»Ich gedenke, mit den Überschüssen aus diesem Jahr einen Bullen zu kaufen«, eröffnete er Zwonimir und den anderen. »Herr Baruch sagte mir beim letzten Besuch, es stünde einer zum Verkauf bei Wiek, und er wäre gut geeignet für die Zucht, aber auch als Zugtier. Ich will ihn mir mal ansehen.«

Die Dorfleute ließen Magnus daraufhin gleich noch einmal hochleben. Bislang war es mühsam gewesen, Kühe decken zu lassen, der nächste Zuchtbulle stand erst kurz vor Arkona, und es ging ein ganzer Tag damit verloren, die Kuh hinzuführen, die dann obendrein nicht immer gleich aufnahm. Außerdem war für die bevorstehenden Rodungsarbeiten jedes Zugtier wertvoll. Auch da würde der Bulle gute Dienste leisten.

»Und da musst du mit dem ganzen Gespann hin?«, fragte allerdings Zwonimir. »Kannst du nicht einfach ein Pferd nehmen und reiten?«

Magnus schüttelte den Kopf. »Nein, ich will Amra und Edita

mitnehmen. Wir haben ihre Mutter seit der Hochzeit nicht mehr gesehen, da ist das eine gute Gelegenheit, sie zu besuchen. Und auf dem Viehmarkt in Wiek kann Amra sich auch nach Geflügel und anderem Kleingetier umsehen.«

Zwonimir grinste. »Klarer gesprochen: Dein Weib langweilt sich. In Wiek ist ja nicht nur ein Viehmarkt, wenn ich mich recht erinnere. Da sollte sie auch feinere Stoffe kriegen, als die Frauen hier weben, und besseres Schuhwerk.«

Magnus grinste zurück. »Und Gewürze«, fügte er hinzu, »und bunte Bänder und Kochtöpfe und was weiß ich nicht alles. Sie hortet ihre paar Kupferpfennige schon eine Weile, und ich gönn's ihr von Herzen. Im nächsten Jahr sind es zwei Kinder, dann wird das Reisen schwieriger.«

»Und die Kupferpfennige weniger, wenn's mehr Mäuler zu stopfen gibt!«, fügte ein anderer Nachbar hinzu.

Die Dörfler lachten gutmütig, als Magnus nickte. Tatsächlich würde Amras Bestand an Kupferpfennigen nicht gar so schnell schwinden. Herr Baruch ließ stets eine kleine Börse da, wenn er am Schwarzen See vorbeischaute. Ein Teil dieses Geldes würde auch in den Erwerb des Bullen fließen. Aber das mussten die Männer nicht wissen. Magnus wollte keinen Neid erregen, und er selbst nahm Baruchs Geld auch ungern an. Der Hof warf schließlich genug ab, um die Familie auch ohne Hilfe zu ernähren. Er konnte Amra jedoch kaum verbieten, sich und ihr Kind von ihrem Vater verwöhnen zu lassen. Die beiden gönnten sich ein wenig Luxus, gerade so viel, dass die anderen Dörfler nicht allzu begehrlich wurden. Edita trug niedliche Kleidchen und Hemdchen aus feinem Leinen, und Amra nähte sich zwar einfache Kleider, aber aus gutem Tuch. An Sonntagen oder zum Erntefest hielt sie ihr Haar mit einem Reif aus grüner Emaille zurück, und Magnus fand, dass er sie besser kleidete als jeder Goldschmuck eine Königin.

Gleich am nächsten Tag schon war das Wetter geeignet für eine Reise. Amra legte ihren Leiterwagen mit Decken aus und spannte die Plane darüber, die sie einstmals als Schausteller genutzt hatten. Sie würden mehrere Tage unterwegs sein, und womöglich würde es zwischendurch doch noch regnen. Edita krabbelte unternehmungslustig auf dem Mantel der Äbtissin herum, bewacht von Wuff, den auch mal wieder das Fernweh packte. Vergnügt bellend schloss er sich an, als Magnus den Wagen aus dem Dorf lenkte.

Als Amra und Magnus die Straße nach Wittow erreichten, hatte Vaclav sie eben verlassen. Er führte sein Pferd auf die etwas abseits gelegene Dorfkirche zu und fand Vater Jozef darin beim Abstauben der Monstranz.

»Ihr wieder, Herr Ritter?«, begrüßte ihn der Geistliche verwundert. »Bringt Ihr Nachricht von Vater Tomaz?«

Jaromars Hofgeistlicher forderte immer wieder mal Berichte oder übermittelte ihm Anweisungen. Auch was Spenden betraf. Überall auf Rujana wurden trotz der knappen Mittel Kirchen gebaut. Jozef sollte seine Gemeinde dazu anhalten, dafür zu sammeln. Leider stieß er hier bei den meisten Dörflern auf taube Ohren. Sie leisteten ihre Abgaben und alimentierten ihren Priester. Mehr war ihnen der neue Glaube nicht wert.

Vaclav schüttelte den Kopf. »Ich habe nur eine Frage, Vater«, sagte er mit dem leicht drohenden Unterton, den er gern in Worte legte, die er an Untergebene richtete, »neulich spracht Ihr von einer Hexe im Ort...«

Jozef versuchte, sich zu erinnern, und lief dabei gleich rot an. »Ach, Katica... nein, nein, Herr Ritter, da liegt nichts Ernstes vor, ich habe damals nur einen Scherz machen wollen. Natürlich war sie Priesterin der Mokuscha, und sie ist nach wie vor die Hebamme im Dorf. Aber sie geht zur Kirche wie jedes andere Christenweib.«

Der Geistliche schlug mehrfach das Kreuz, während er für Katica sprach. Er hatte keineswegs die Absicht, der weisen Frau etwas anzuhängen. Die hätte sich schließlich leicht rächen und ihn ihrerseits verraten können. Katica opferte Mokuscha, Vater Jozef opferte Svantevit. Das Christentum war eine Sache, die alten Götter gänzlich zu verärgern, eine andere.

»Soso«, meinte Vaclav und spielte mit seiner Schwertscheide. »So gibt es also niemanden im Dorf, der etwas Schlechtes über sie sagen würde? Niemanden, den sie verhext hat, keinen, den sie den bösen Blick hat spüren lassen?«

Jozef schüttelte entschieden den Kopf, allerdings befürchtete er, der Ritter würde sich mit diesem einfachen Nein nicht abspeisen lassen. »Ach, Herr, wenn so eine jahrelang Hebamme ist, dann macht sie sich natürlich Feinde«, meinte er schließlich. »Da stirbt mal eine Frau im Kindbett, und der Mann hadert mit dem Schicksal, oder ein Weib bringt das achte Mädchen zur Welt, und sie machen die Hebamme dafür verantwortlich.« Er lachte unsicher und versteckte die Hände in den weiten Ärmeln seiner Soutane. »Aber das ist ja alles nicht haltbar. Nein, nein, die Katica tauft die Kinder auch, wenn sie tot zur Welt kommen oder schwach, die ist schon recht, die Katica.«

»Und es gibt hier niemanden, der das anders sehen würde?«, fragte Vaclav noch einmal drängender. »Niemanden, dessen Namen du mir nennen kannst?« Er näherte sich dem Priester bedrohlich.

Vater Jozef dachte verzweifelt nach. Es durfte nichts sein, was der Hebamme wirklich schadete. Keine tote Frau, kein totes Kind. Schließlich fiel ihm etwas ein. Eine Meinungsverschiedenheit, keine große Sache.

»Der Radek ist erzürnt über sie«, sagte er. »Sein Weib hat im Sommer das fünfzehnte Kind geboren in weniger als zwölf Jahren. Die Katica sagt, das sei zu viel, die arme Frau würde am nächsten sterben. Und sie hält sie an, sich dem Radek zu verweigern. Sie wollt ihr auch das letzte Kind wegmachen, aber da hab ich eingewendet, dass der Herr Jesus das nicht gutheißt, und da haben sie's gelassen!«

Jozefs Stimme klang triumphierend. Das war ein gutes Ende dieser Rede, es klang, als hätte sich Katica seinem Rat ohne Widerworte gebeugt. In Wahrheit war das nicht der Fall. Aber das musste er dem Ritter ja nicht auf die Nase binden. Der Mann wollte Katica offenbar etwas anhängen, aus welchem Grund auch immer.

Vaclav ließ den Priester dann auch wirklich in Ruhe. Jozef versank gleich darauf in ein Dankgebet – zur Vorsicht zu allen Göttern, die ihm bekannt waren.

Die Kate des Bauern Radek war leicht zu finden – man brauchte nur dem Kindergeschrei zu folgen, dem keiner Einhalt gebot. Radeks Frau war immer noch schwach und wurde ihren Pflichten kaum gerecht.

Radek selbst war allerdings ein Hüne von einem Mann, alles andere als ängstlich, wie Vaclav erfreut feststellte, als er ihn ansprach. Er polterte direkt los, als die Rede auf die Hebamme kam, und er drückte sich längst nicht so vorsichtig aus wie der Priester.

»Ne alte Götzendienerin ist die! Aber die Weiber hören ja alle noch auf sie, die schleichen sich nachts raus und feiern die alten Feste, und zum Frühlingssegen machen sie den Pfaffen betrunken, und dann krönen sie ihre Königin und huldigen ihrer Göttin. Und ein rechtschaffener Mann soll seinem Weib nicht beiliegen, wie's ihm passt!«

Radek war eben dabei, Holz zu hacken, und schlug auf den Hauklotz ein, als spalte er da gleich der Hebamme den Schädel.

Vaclav hörte sich die Sache geduldig an und nickte ihm zu. »Ihr solltet das dem Fürsten vortragen«, sagte er schließlich. »Gotteslästerung ist eine ernste Sache. Er wird Euch gern anhören.«

Während Magnus sich Bullen ansah und Amra auf dem Markt in Wiek in bunten Stoffen aus aller Welt schwelgte, derweil ihr die Händler Komplimente zu ihrer hübschen Tochter machten, stand Radek, Bauer aus der Siedlung am Schwarzen See, mit ehrfürchtig gesenktem Kopf vor seinem Fürsten. Es dauerte ein wenig, bis seine Befangenheit sich legte. In der großen Halle der Burg Arkona fiel ihm das Reden denn doch schwerer als in seinem Holzschuppen. Aber dann riss ihn der Ärger wieder mit sich fort. In glühenden Farben schilderte er die Hexenversammlungen und verbotenen Feste, die magischen Tränke, die Katica angeblich braute, und berichtete von Kindern, die nicht geboren wurden, weil sie es nicht billigte.

Jaromar lauschte mit angespannter Miene. »Unterhalb der Burg war früher ein Heiligtum der Heidengöttin Mokuscha, nicht wahr?«, fragte er.

»Das Kräuterweib war ihre Priesterin!«, stimmte Radek zu. »Und ist es noch ...«

Jaromar ließ den Blick über seine Ritterschaft schweifen. »Das klingt in der Tat bedenklich«, meinte er dann. »Wenngleich es mich verwundert, dass das alles unter den Augen des Priesters und des Ortsvorstehers vorgehen soll. Ein paar Kräutertränke vielleicht ... aber ein geheimes Heiligtum?«

»Die Weiber«, erklärte Radek böse, »die halten zusammen!«

Jaromar rieb sich die Stirn. »Möglich ist es«, seufzte er. »Wie tragisch, dass man sich nach so vielen Jahren als Christ immer noch mit diesem heidnischen Aberglauben herumärgern muss.

Aber gut, ich werde es überprüfen lassen. Vaclav, nehmt Euch ein paar Ritter und reitet zum Schwarzen See. Befragt ein paar Frauen, vielleicht stellt es sich ja doch noch alles als Irrtum heraus. Und nun lasst uns beten – auch für diese verirrte Seele, Katica, oder wie sie sich nennt. Auf dass sie eines Tages geläutert vor ihren Gott trete.«

Vaclav ritt zwei Tage später zum Schwarzen See, und wie immer leistete er ganze Arbeit. In altgewohnter Manier kam er bei Dunkelwerden, ließ seine Ritter wie eine Horde Teufel über die Hecke springen, die das Dorf begrenzte, und trieb die Siedler auf dem Dorfplatz zusammen. Feuer zu legen verbot sich hier zwar, aber er hatte die Ritter mit Fackeln ausgestattet, was reichte, um Verwirrung zu stiften und Angst zu schüren. Zu seinem Leidwesen fand sich Magnus allerdings nicht gleich ein, um Beschwerde zu führen – als Vaclav nach dem Dorfvorsteher fragte, wies einer der eingeschüchterten Dörfler nervös auf einen bärtigen Hünen, der fürsorglich Frauen und Kinder um sich scharte.

»Wer seid Ihr, wer schickt Euch und was wollt Ihr?«, fragte Zwonimir mit dröhnender Stimme.

Vaclav grinste. »Sagen wir, ich bin das Schwert des Herrn. Aber von dir will ich gar nichts. Die Weiber sind es, denen Gotteslästerung vorgeworfen wird.« Er richtete sich drohend im Sattel auf. »Wer von euch ist Katica?«

Die Ritter begannen auf Vaclavs Zeichen, die Frauen von den Männern zu trennen. Als ein junger Mann sich wehrte, stach einer ihn nieder. Daraufhin erlahmte der Widerstand. Die Männer lamentierten nur noch, die Frauen weinten.

»Habt ihr nicht verstanden?«, wütete Vaclav und ließ sein Pferd vor den Dörflern steigen. »Wer ist Katica? Und war da nicht neulich noch eine Rothaarige, die ihr unter euch hattet?«

»Katica wohnt im Wald«, verriet schließlich ein verängstigtes junges Mädchen, »nah dem See, nah der Burg.«

»Nah an eurem Heiligtum«, grinste Vaclav. »Ich verstehe ... Nun, dann werdet ihr mich mal hinführen.«

Er ließ die Blicke über die anwesenden Frauen schweifen. Die meisten von ihnen waren alt, zumindest in seinen Augen. Kinder jeden Alters klammerten sich an sie ... Vergnügen war da nicht zu erwarten. Vaclav gedachte allerdings, das Angenehme mit dem Nützlichen zu verbinden ... Er ritt die Gruppe der Frauen ab. Viele waren es nicht, die Siedlung war klein. Aber ein paar gefielen ihm schon.

»Du kommst mit, du, du ...«

Vaclav wies auf ein junges Mädchen nach dem anderen. Die meisten von ihnen waren sicher noch Jungfrauen, ein paar mochten auch jung verheiratet sein – bei diesen Bauernweibern sah man das ja nicht immer, die trugen das Haar noch offen oder zu Zöpfen geflochten, wenn sie schon das erste Balg im Bauch hatten.

Schließlich standen sieben junge Frauen und Mädchen zitternd abseits der anderen Dörfler. Vaclav war allerdings nicht recht zufrieden. Er hätte Amra gern dabeigehabt.

»Wo ist die Rothaarige?«, wandte er sich an eine.

Die kleine Blonde bewies jedoch Widerspruchsgeist, sie spie ihn an. »Hier gibt's keine Hexen!«, sagte sie fest. »Und keine Frau mit rotem Haar.«

»Und wenn's eine gäbe, dann würden wir's Euch nicht sagen!«, sagte ein anderes Mädchen, noch jünger und offensichtlich aufsässig. Und dumm.

Natürlich gab es Amra, die Frauen würden schon noch reden, wenn die Nacht lang wurde.

Einige der Ritter trieben die Dörfler jetzt in die Kirche und hielten sie dort in Schach, während Vater Jozef lamentierte und betete. Vaclav und die anderen Männer folgten den Mädchen in den Wald. Die Anführerin der Gruppe versuchte zunächst wohl, sie in die Irre zu führen, aber Vaclav brachte sie schnell zur Vernunft. Weinend stolperte sie schließlich über einen ausgetretenen Pfad. Und dann erreichten sie das winzige Heim Katicas, alles andere als ein Tempel. Doch die Göttin Mokuscha wurde ja auch eher in der freien Natur angebetet.

Die Ritter umringten das Haus mit ihren Fackeln, bevor sie sich bemerkbar machten. Niemand sollte entkommen, wenn sich dort mehr als eine Hexe versteckte. Vaclav sprengte schließlich vor, bereit, die Tür mit seinem Schwert aufzustoßen, aber sie öffnete sich schon von selbst. Katica trat heraus, gekleidet in ein nachtblaues Gewand, das lange weiße Haar offen.

»Ihr wollt zu mir?«, fragte sie gelassen. »Sollten in einer Nacht so viele Frauen in den Wehen liegen?«

Vaclav lachte hämisch. »Darum geht's nicht, Hexe!«, sagte er dann. »Es geht um Gotteslästerei, um . . .«

»O ja«, gab Katica ruhig zurück. »Das lese ich in Euren Gedanken. So widerliche und gotteslästerliche Gedanken, dass sie mich anspringen, ich brauche dazu gar nicht in den Spiegel des Sees zu blicken. Ihr solltet von Euren bösen Absichten ablassen und Buße tun, Herr Ritter.«

»Das musst du gerade sagen!«, höhnte Vaclav. »Huldigst du nicht noch einer heidnischen Göttin? Verleitest du nicht die Frauen deines Dorfes zu verbotenen Festen?«

Katica sah Vaclav gleichgültig an. »Ich wurde der Göttin verschworen, als ich zwölf Sommer zählte. Seitdem diene ich ihr. Ich tue es nicht im Verborgenen, und ich verleite niemanden dazu, etwas Verbotenes zu tun. Seht Euch um, Herr Ritter, es gibt kein Heiligtum mehr und keine Jungfrauen, die der Göttin geweiht werden und ihr Gesicht im Spiegel sehen. Diese Mädchen, die Ihr da vor Euch hertreibt, sind gänzlich unschuldig.

Ich hab sie alle zur Welt gebracht, aber auf keines von ihnen hat die Göttin ihre Hand gelegt.« Sie sah die verängstigte Gruppe junger Frauen näher an. »Drei von ihnen haben bereits Hochzeit gefeiert«, sagte sie gelassen. »Die sind nicht mal mehr Jungfrauen, zwei von ihnen sind gesegneten Leibes.«

»Und wenn uns das egal ist und deiner Göttin auch?«, spottete Vaclav.

»Euch ist das egal, das weiß ich«, sagte Katica gelassen. »Und was die Göttin angeht ... wenn Ihr es so wollt, werde ich mich heute in ihre Arme begeben. Ich fürchte mich nicht davor. Lasst nur diese Frauen frei. Sie haben nichts, aber auch gar nichts getan.«

Vaclav stieß wütend die Luft aus. »Dazu will ich sie erst mal selbst befragen«, meinte er knapp. »Im Übrigen fehlt eine. Wo ist Amra, Hexe? Und wo ist der Dorfvorsteher, ihr feiner Gemahl?«

Er stieß Katica mit seinem Schwert an, die Ritter saßen noch immer auf ihren Pferden. Katica fasste an ihre Schulter, aber auf ihrem dunklen Kleid war kein Blutfleck zu erkennen.

»Ihr werdet Amra nicht bekommen«, sagte Katica mit fester Stimme. »Glaub mir, ich wüsste es. Für Amra wurde in den Spiegel gesehen.« Sie warf den zusammengetriebenen jungen Frauen und Mädchen einen beschwörenden Blick zu, sie mussten merken, dass sie den Namen ihrer Tochter nicht erwähnte. »Auch Euer Besuch kommt nicht überraschend, ich bin vorbereitet. Denn ausgerechnet Ihr, meine ach so christlichen Ritter, werdet die sein, die der Göttin die letzten Jungfrauen zuführen ... Kommt jetzt, ich zeige Euch das Heiligtum.«

Hoch erhobenen Hauptes trat Katica zu den Mädchen und Frauen, küsste jede von ihnen auf die Stirn und führte sie dann an den See. Die Ritter folgten ihnen irritiert. Vaclav schien zu überrascht von Katicas Verhalten, um etwas anderes befehlen zu können.

»Der Hain und die Quelle der Göttin«, sagte Katica schließlich, als sie einen lichten Wald erreichten, der gleich an einer kleinen Bucht des Sees lag.

Vaclav erwachte wieder zum Leben.

»Fällt die Bäume!«, wies er seine Ritter an, die daraufhin sofort mit ihren Schwertern auf die Birken einhieben. Ohne Äxte und Sägen brachte das aber keinen großen Erfolg.

»Es ist egal«, meinte Vaclav schließlich. »Wir werden den Hain später in Brand setzen ... Aber nun zu euch, meine Damen, und den heidnischen Spielen, die ihr hier spielt.«

Am Ende der Nacht hatten die jungen Frauen vom Schwarzen See jede Teufelei gestanden, die einer dunklen Gottheit nur einfallen konnte. Lediglich Katica sagte kein Wort, was die Männer ihr auch antaten. Als sie aus ihrem Rausch der Gewalt und der Lust erwachten, war die Quelle rot von Blut, zwischen den Bäumen lagen die geschändeten Körper der Frauen. Eine Blutspur führte allerdings ins Wasser. Katica musste zu ihrer Göttin gegangen sein, als die Männer von ihr abließen und sich anderen Opfern zuwandten.

Vaclav warf einen angewiderten Blick auf die blutigen Leichen. »In den See damit«, wies er die Ritter an. »Man muss sie nicht so finden.«

»Aber der Fürst wird erfahren, dass sie tot sind«, wandte einer der Ritter ein und wusch sich die blutigen Hände.

»Und wenn schon, sie folgten ihrer Priesterin in den See«, meinte Vaclav sorglos. »Nach all dem, was wir über ihren Götzendienst zu erzählen haben – und wir alle können doch bezeugen, dass sie ihre Taten auf sanften Druck hin gestanden –, wird der Fürst ihnen keine Träne nachweinen. Und wir werden zurückkommen. Ihr habt gehört, dass sie von einer Amra gesprochen haben, eigentlich einer guten Frau, die verführt worden ist. Mit der werden wir reden müssen.« Er grinste, wenn auch ziemlich freudlos.

Dass Amra nicht da war, machte ihn zornig, er hätte die Sache lieber gleich gründlich erledigt. Denn so viel die jungen Frauen auch gestanden hatten, zur Gänze war seine Rechnung nicht aufgegangen. Er hatte sich Amra holen wollen – und auf einen Kampf mit Magnus spekuliert. Magnus war ein Ritter, er hätte sich niemals von ein paar Fackeln und Schwertergeklirr einschüchtern lassen. Vaclav brauchte das dann nur noch als Widerstand gegen die Ermittlung gegen Katica auszulegen – und schon hätte er Magnus ungestraft töten können. Genüsslich malte er sich aus, wie er Amra dabei würde zusehen lassen. Das hätte ihr Respekt eingeflößt. Und schließlich hätte er sie mit nach Arkona genommen. Vielleicht hätte er sie sogar so weit brechen können, dass sie Jaromar gegenüber ein Geständnis ihrer Ketzerei abgelegt hätte. Lässliche Sünden natürlich nur ... nichts, was ein guter, christlicher Ehemann nicht nachsehen konnte, ein Ehemann, der auch in Zukunft die Kontrolle behielt.

Vaclav seufzte. All das musste nun leider warten, die Frauen hatten ihm verraten, dass Magnus und Amra auf Reisen waren. Vielleicht würde er seinen Plan auch etwas ändern müssen – womöglich war Magnus ja unverschämt genug, um als Dorfvorsteher nach Arkona zu kommen und Klage zu führen. Dann konnte der Zweikampf vielleicht gleich dort stattfinden. Magnus' Wort würde gegen das der Ritter stehen, und Vaclav musste sich keine Verleumdungen von einem Bauern bieten lassen.

Er sah zu, wie der See die letzten Beweise seiner Tat verschluckte. Der Grund war moorig, so schnell würden die Leichen nicht wieder an die Wasseroberfläche kommen. Und der blutgetränkte Hain ...

Vaclav schwang sich in den Sattel. »Zündet den Wald an, der

dieser Heidengöttin heilig war. Und das Haus der Hexe«, wies er seine Ritter an. »Doch vorher reinigt euch, dann können wir wieder zu den anderen stoßen. Die sollen die Bauern dann freilassen – schließlich muss hier einer löschen, bevor noch die Burg in Flammen aufgeht.«

Kapitel 6

Danija bahnte sich den Weg durch den brennenden Wald, weg vom Hain der Göttin und auch erst mal weg vom Dorf. Nicht auszudenken, dass sie den Rittern doch noch in die Hände fiel! Erschöpft stolperte sie durch das Unterholz, dem furchtbaren Lärm der prasselnden Flammen und der Hitze entfliehend. Immerhin brauchte sie dabei ihr Schluchzen nicht mehr zu unterdrücken. Die erstickten Laute wurden eins mit dem Stöhnen der im Feuer sterbenden Bäume, dem Krachen, wenn sie fielen. Es war beinahe erleichternd, dass sie endlich fortlaufen und weinen konnte.

In den letzten Stunden hatte Danija keinen Laut von sich gegeben, um die Aufmerksamkeit der Männer nicht auf sich zu lenken. Nun wäre ihr Schluchzen wohl auch da schon in den Schreien der anderen Frauen untergegangen, aber Danija hatte wie erstarrt im Weidendickicht am See gehockt. Sie hätte fliehen können, und sie hätte ihrer Mutter und den todgeweihten Mädchen auch gar nicht zum See folgen müssen, aber sie sah es als ihre Pflicht an, ihr Leiden wenigstens zu bezeugen. Diese Frauen starben für sie – keine von ihnen hatte irgendetwas mit dem Kult der Göttin zu tun, was über wenige Fragen an das Orakel hinausging. Aber sie, Danija, war Mokuscha geweiht.

»Und gerade deshalb musst du leben«, hatte Katica gesagt, als Danija das Massaker zum dritten Mal im Spiegel des Sees sah. »Du bist die Letzte, Danija, und wenn die Göttin dich nicht benötigt, die Frauen im Dorf brauchen dich ganz sicher. Also lauf weg, Danija, wenn die Männer kommen.«

Und Danija hatte das dann wirklich getan, Vaclavs Männer hatten sich ja nicht lautlos genähert. Danija und Katica hatten ihr Kommen schon gehört, als sie nur das Dorf verließen. Als Vaclav die Frauen zum See trieb, war die junge Priesterin ihnen gefolgt, um bei ihnen zu sein. Und jetzt musste sie fliehen, um nicht noch in den Flammen den Tod zu finden.

Danija war unendlich traurig, aber sie war auch wütend und blind vor Hass. Der neue Glaube besagte, man solle seinem Feind auch die rechte Wange hinhalten, wenn er einen auf die linke Wange schlüge, und Katica hatte es ganz ähnlich gesehen. Auch sie überließ gern der Göttin die Rache. Danija fand jedoch, dass es nicht sein konnte, dass diese Männer ungestraft davonkamen! Oder dass die Strafe doch bis zu einem nächsten Leben warten musste. Es sollte auch auf Erden schon Gerechtigkeit geben!

Jaromar sei ein guter Herr, hatte Magnus nach dem Gerichtstag gesagt, und auch Zwonimir hatte oft schon betont, dass der Fürst ein gerechter Mann sei. Ganz sicher konnte er das, was hier geschehen war, nicht gutheißen.

Danija versteckte sich im Wald, bis sie die Stimmen der Dörfler hörte. Laute Befehlsstimmen der Männer, die das Löschen der Brände regelten, aber auch Weinen und verzweifelte Rufe von Müttern nach ihren Töchtern, Männern nach ihren Frauen. Die Leute waren frei, die Ritter mussten also abgezogen sein.

Danija entschied, nicht mit den Dörflern zu reden. Die Angehörigen der Toten mussten blind sein in ihrem Schmerz. Wer wusste, was sie Danija antaten, wenn sie sahen, dass die einzig wirklich Schuldige davongekommen war?

Die junge Frau schlich sich zu dem Gehöft von Amra und Magnus. Wie erwartet stand die Stute Sternvürbe hinter dem Haus auf der Weide und wieherte kläglich, als sie Danija kommen sah. Natürlich, sie vermisste ihre Gefährten, die beiden Wallache, die Magnus' Wagen zogen. Als Danija ihr Halfter am Weidetor fand, näherte das Pferd sich eifrig mit aufgestellten Ohren. Danija halfterte es mit klopfendem Herzen auf. Sie hatte das noch nie selbstständig gemacht, und vor einem schweren Zugpferd hätte sie sich auch gefürchtet. Aber auf Sternvürbe hatte Amra sie schon ein- oder zweimal reiten lassen. Die Stute hatte einen so weichen Gang, dass man sich dabei fühlte wie ein Kind in der Wiege, und sie ließ sich leicht lenken. Danija brauchte nicht am Strick zu ziehen wie beim Führen ihrer Ziege, sondern ein Fingerzeig genügte, um Sternvürbe den Weg zu weisen. Natürlich hatte das Pferd dabei immer einen richtigen Zaum getragen und ein Sitzkissen. Das hatte Danija jetzt nicht, es musste so gehen – die Stute war schließlich auch ein Geschöpf der Göttin. Danija flüsterte Sternvürbe ins Ohr, dass sie gemeinsam eine Aufgabe zu erfüllen hätten, und das Pferd lauschte freundlich. Es hielt geduldig still, als sich Danija von einem Stein aus rittlings auf seinen Rücken schob, nachdem sie ihm den Halfterstrick wie einen Zügel um den Hals gelegt hatte.

»Geh«, flüsterte Danija.

Sternvürbe trat an. Sie bewegte sich zunächst etwas zögernd, da sich die Reiterin am Zügel festklammerte, doch dann ließ Danija den Strick lockerer, und die Zelterin fand zu ihrem lebhaften, schwingenden Rhythmus. Schnell, wie Danija fand – aber sicher nicht schnell genug, um die Ritter einzuholen. Danija würde nach ihnen in Arkona ankommen, nur hoffentlich nicht zu spät, um sie daran zu hindern, dem Fürsten ihre Lügen glaubhaft zu machen.

Vaclav und seine Ritter hatten den Schwarzen See verlassen, als eben der Morgen dämmerte. Arkona erreichten sie nun gleich nach der Morgenmesse. Der Fürst verließ eben gefolgt von seinem Hofkaplan die Kirche und sah die Männer eintreffen. Verwundert fixierte er Vaclav.

»Um welch seltsame Zeit reitet denn Ihr auf den Hof, Vaclav?«, erkundigte er sich. »Und mit so vielen Rittern. Hatte ich Euch nicht an den Schwarzen See geschickt? Wozu brauchtet Ihr eine Eskorte von fast zwanzig Reitern? Um ein paar Leute in einem Dorf zu befragen? Und warum reitet Ihr dazu nicht am Morgen los und kommt am Abend wieder? Das sind Bauern da in Jasmund, Vaclav, die behelligt man nicht so spät am Abend.«

Vaclav stieg vom Pferd und verbeugte sich vor seinem Herrn. Dieses frühe Treffen behagte ihm wenig, er hätte sich lieber erst mit einem guten Essen gestärkt, die Kleidung gewechselt und sich noch einmal mit seinen Rittern abgesprochen, bevor er vor den Fürsten trat. Stattdessen musste er jetzt eilig überlegen, wie er am klügsten vorging.

»Mein Fürst, dies war mehr als eine einfache Befragung! Ihr glaubt nicht, mein Fürst, was sich ergeben hat, als wir die ersten Weiber verhörten! Die hielten nicht mal zurück mit ihren Schandtaten, sie waren noch stolz auf ihre Gotteslästereien ...« Vaclav unterstrich seine Worte mit großen Gesten und legte die Hand wie schützend an seinen Schwertknauf.

Jaromar runzelte die Stirn. »Ihr wollt sagen, die Anschuldigungen von diesem dummen, bösartigen Kerl von neulich haben sich als wahr erwiesen? Ich hätte das nie gedacht, aus dem Mann sprach doch der blanke Hass, wie er da einen Hexensabbat nach dem anderen schilderte.«

Vaclav nickte ernst. »Es war und ist noch weitaus schlimmer, mein Fürst. Ein Sündenpfuhl, ein ...«

Jaromar zog seinen Mantel enger um sich. So früh am Morgen war es noch empfindlich kalt auf dem Hof. »Kommt mit in den Palas, Vaclav – und eure Männer mit euch. Und dann schildert ihr mir genauer, was ihr da gemacht habt am Schwarzen See, eine ganze, lange Nacht lang. Ihr werdet doch kaum einem Hexentanz beigewohnt haben, oder?«

Der Fürst nahm auf seinem erhöhten Sitz Platz, nahe der Kohlebecken, die den Palas wenigstens notdürftig erwärmten. In der Kirche verzichtete er auf diesen Luxus. Er fror dort bereitwillig im Gedenken an das Leid des Erlösers.

Vaclav und seine Ritter reihten sich vor ihm auf und schilderten die Ereignisse am Schwarzen See nach ihrem Gutdünken.

»Die Hexe leugnete erst gar nicht. Als wir ihr die Jungfrauen brachten, die sie verführt hatte, setzte sie sich stolz an ihre Spitze und tanzte ihnen voraus in ihr Heiligtum. Es liegt in einem Hain am See, Fürst, an einer Quelle, und dort schilderten sie uns ihre Begegnungen mit dem Teufel.«

»Mit dem Teufel?«, fragte der Hofkaplan. Er war ein sehr strenger, korrekter Mann, der es mit der Bekehrung der Rujaner ernst meinte. Die Kulte der wichtigsten slawischen Götter waren ihm vertraut. »Ich denke, sie huldigten dort dem Götzenweib Mokuscha. Mit Dämonen hatte das nichts zu tun und mit der Hölle.«

Vaclav zuckte die Schultern. »Ich wiederhole nur, was die Weiber sagten«, behauptete er. »Und da war mehr als ein Teufel im Spiel, das könnt Ihr mir glauben!«

»Und sie haben sich ihm hingegeben!«, berichtete einer seiner Ritter, »auf die abscheulichste Art und Weise.«

Jaromar lauschte den Geschichten der Männer ruhig und besonnen, wie es seine Art war. Der Priester stellte eher mal Zwischenfragen. Vaclavs Erzählungen faszinierten ihn sichtlich, er hatte nie Ähnliches gehört.

»Und was ist dann passiert mit den Weibern?«, fragte Jaromar schließlich. »Habt Ihr sie auf der Burg festgesetzt? Sie müssen der Hexerei angeklagt werden, das wisst Ihr. Ich werde den Bischof benachrichtigen, um eine weitere Befragung anzuregen.«

Vaclav biss sich auf die Lippen. Nun wurde es schwierig, aber das hatte er vorausgeahnt. »Das wollte ich natürlich«, behauptete er. »Aber ... aber sie sind nicht mehr am Leben.«

Der Fürst sprang auf. »Sie sind was? Herr Vaclav, Ihr ... Ihr hattet nicht das Recht ...«

»Ich hatte nichts damit zu tun!«, beeilte sich Vaclav zu versichern. »Wir ... wir berieten noch, was wir mit ihnen tun sollten, und da ... da legte eine von ihnen einen Brand, und die anderen ...«

»Sie stürzten sich in den See, Herr!«, fügte einer der Ritter hinzu. »So schnell, dass ...«

»Sie stürzten sich in den See?«, donnerte Jaromar. »Seit wann gibt es an dem Tümpel Klippen, über die man sich ins Wasser stürzen kann? Meines Wissens kann man höchstens hineinwaten – und sehr tief ist das Gewässer doch wohl auch nicht ...«

»Es ist ein Moor, Herr«, erklärte der Priester. »Man kann schon darin versinken.«

Jaromar blitzte ihn an. »Versinken ja, Vater, aber so schnell? Dass zwanzig Ritter sieben junge Frauen nicht davon abhalten konnten, sich zu ertränken, erscheint mir ...«

»Wir waren gebannt!«, behauptete Vaclav. »Ich sage es nicht gern, aber ... aber uns traf der böse Blick ihrer Anführerin. Wir waren gelähmt, wir mussten hilflos zusehen, wie sie in den See schritten und ... Wir hätten einen Geistlichen mitnehmen sollen, das weiß ich jetzt, Herr. Wir einfachen Ritter waren dem Weib nicht gewachsen.«

»Das ist alles nicht wahr!«

Während Jaromar und der Kaplan noch verwirrt auf die Ritter blickten, die mit gesenkten Häuptern vor dem Thron ihres Fürsten standen, erklang eine helle Stimme vom Eingang des Palas aus.

»Glaubt ihnen nicht, Herr ... Herr Fürst ... Sie ...«

Ein schwarzhaariges junges Mädchen rannte durch den Saal auf den Fürsten zu – und verharrte entsetzt vor der Phalanx von Vaclavs Rittern, die sich ihm zuwandten und ihm den Weg zu Jaromars Thron versperrten.

»Lasst sie durch!«, befahl der Fürst.

Die Ritter machten widerstrebend Platz, und die Schwarzhaarige warf sich vor Jaromar zu Boden. »Bitte, Herr Fürst, bitte...«

Eben hatte die Stimme der jungen Frau klar und schneidend geklungen, aber jetzt stammelte sie nur noch, überwältigt von ihrer Angst, doch auch vor Erleichterung, am Ziel angekommen zu sein. Ein Burgwächter war ihr gefolgt und bemühte sich nun, dem Fürsten eine Erklärung vorzutragen.

»Die Kleine kam eben hier an, mein Fürst, ganz außer sich, aber auf einem edlen Pferd, einem Zelter, ohne Sattel und Zaum. Womöglich hat sie's gestohlen. Sie gab keine Auskunft, sie wollte nur vor den Fürsten geführt werden. Und als ich sagte, Ihr wärt wohl hier drinnen, ich müsste jedoch erst nachfragen, ob Ihr sie empfangen wolltet, da rannte sie einfach los.«

Jaromar nickte und sah sich das junge Mädchen genauer an, das nun langsam den Kopf hob. Er war fasziniert von Danijas Gesicht, zart und herzförmig, beherrscht von riesigen, jetzt allerdings tränengeröteten Augen. Das lange schwarze Haar war strähnig und verworren, Wangen und Kittelkleid von Ruß geschwärzt. Arme und Beine waren zerkratzt und blutig, als sei sie durch eine Dornenhecke gerannt.

»Wer bist du, und was führt dich her?«, fragte der Fürst, nun auch freundlich und huldvoll, das Geschöpf vor ihm war erkennbar verängstigt. Eine Pferdediebin sah sicher anders aus.

»Das ist alles nicht wahr!«, wiederholte die junge Frau. »Es ist alles gelogen! Meine Mutter... meine Mutter hatte nicht den bösen Blick. Sie konnte niemanden bannen. Und wenn sie's gekonnt hätte, dann hätte sie die... die Ritter...«, sie spie das Wort aus, »... wohl gebannt, bevor sie ihr die Fingernägel ausrissen und die Augen ausstachen.«

»Ihr habt was?« Der Fürst blitzte Vaclav und seine Männer

an. Aber dann richtete er das Wort gleich wieder an den Ankömmling. »Hab keine Angst, Kleine, sprich frei heraus. Du kommst vom Schwarzen See?«

Die Schwarzhaarige nickte. Sie hatte sich jetzt etwas gefasst und konnte endlich ihren Namen nennen.

»Ich bin Danija vom Schwarzen See, die Tochter von Katica, der Hebamme. Und ich hab alles gesehen. Ich...«

Danija begann zu erzählen. Manchmal brach dabei ihre Stimme, manchmal weinte sie, manchmal übermannte sie die Macht der Erinnerungen, und sie schlug die Hände vors Gesicht. Aber sie schonte weder sich selbst noch den Fürsten. Danija schilderte jede grausige Einzelheit.

»Zum Schluss haben sie die Leichen in den See geworfen und den Wald in Brand gesteckt«, beendete sie schließlich ihre Anschuldigungen. »Und ich bin dann fortgelaufen, fast hätte mich das Feuer eingeholt. Aber die Gö... aber Gott der Allmächtige wollte wohl, dass ich durchkomme bis zur Burg und Zeugnis ablege vor Euch, Herr... Herr Fürst. Das Pferd ist nicht gestohlen. Es gehört einer Freundin, sie hätte es mir geliehen, wenn...«

»... wenn sie nicht tot wäre?«, fragte Jaromar heiser.

Danija schüttelte den Kopf. »Nein. Sie ist mit ihrem Mann auf Reisen. Aber sie... ich glaube, es ging letztlich um sie.«

»Darf ich jetzt vielleicht auch etwas sagen zu diesen ungeheuerlichen Anschuldigungen?«, unterbrach sie Vaclav. Er hatte sich nach Danijas plötzlichem Auftauchen endlich gefasst. »Ihr wollt dieser kleinen Hexe doch wohl nicht glauben? Sie hat selbst gesagt, sie ist die Tochter der Priesterin.«

Jaromar fixierte ihn streng, in seinem Blick lag Abscheu. »Nun, hier steht ein Wort gegen das andere«, sagte er. »Und natürlich hat das Eure mehr Gewicht.«

Danija sah ungläubig zu ihrem Fürsten auf.

»Aber wenn das alles erlogen ist, Herr Vaclav, warum sehe ich da Blut an Eurer Tunika?« Der Fürst sprach weiter, und seine Stimme klang erbost. »Und die Wappenröcke Eurer Ritter sind noch feucht, als hätte man sie ausgewaschen. Wenn man genauer hinsieht, finden sich sicher auch noch Blutspuren. Könnt Ihr das erklären, Herr Vaclav? Wo Ihr doch nur gebannt am Rande eines Hains standet und den Erzählungen der Frauen lauschtet, bis die sich dann entschlossen, ihrem Leben ein Ende zu setzen und vorher noch einen Hain anzuzünden, der ihnen bislang heilig war? Was sind das für Kratzspuren in Eurem Gesicht, Herr Predrag?«

Der Ritter verdeckte die Kratzer hastig mit einer Hand und setzte zu einer Erklärung an, aber Vaclav kam ihm zuvor.

»Das reicht nicht für eine Anklage, mein Fürst!«, rief er und warf Danija einen herablassenden Blick zu. »Wir können alles erklären. Herr Predrag hat versucht, das Feuer zu löschen, und geriet dabei in eine Dornenhecke. Und ich schwöre bei meiner Ehre als Ritter, dass die Weiber jedes Wort gesagt haben, das wir Euch hier wiederholt haben und . . .«

»Das hättet Ihr selbst wohl auch, wenn man Euch gefoltert und vergewaltigt hätte!«, griff ihn Danija an. Sie hatte ihre Furcht nun verloren, sie spürte nur noch Hass.

Jaromar hob die Hand. »Genug jetzt!«, befahl er scharf. »Erspart mir weitere Lügen und Ausflüchte, Herr Vaclav. Ich kann mir sehr gut vorstellen, was in diesem Wald geschehen ist. Wenngleich ein Bauernmädchen natürlich nicht Klage erheben kann gegen einen Ritter.« Er sah Danija bedauernd an. »Aber ich werde dennoch . . . man muss dennoch etwas tun, um dieses Dorf zu befrieden. Es würde mich nicht wundern, wenn der Ortsvorsteher auch noch käme und Beschuldigungen vorbrächte, denen ich nicht nachgehen kann – um Eurer Ehre als Ritter willen, Herr Vaclav!«

Er spie dem Ritter die letzten Worte ins Gesicht. Dann wandte er sich dem Priester zu, der den Auseinandersetzungen schweigend gelauscht hatte.

»Vater Tomaz, man soll Euch morgen zum Schwarzen See geleiten, Euch und die junge Danija. Ihr werdet in meinem Namen Totenmessen lesen für jede einzelne dieser jungen Mädchen und Frauen sowie für die Hebamme. Und ... sagt den Siedlern, als Ausgleich für ihren Verlust ...«, er räusperte sich, »... verzichte ich auf die Abgaben im nächsten Herbst.«

Durch die Ritterschaft im Saal ging ein Raunen. Das war ein fürstliches Wergeld für sieben ermordete Bauernmädchen und eine Hebamme. Auch wenn es ihre Angehörigen sicher nicht trösten würde.

»Und Ihr, Herr Vaclav ...«, Jaromar sah den Ritter mit kaltem Blick an, »... überlegt Euch schon einmal, wie Ihr mich entschädigen könnt für diesen Verlust. Wenn Ihr schon sonst nicht vorhabt, Buße zu tun.«

Vaclav holte tief Luft. Dies war seine Chance, Jaromars Gunst zurückzugewinnen – und seine einzige, wie es aussah.

Er beugte die Knie. »Mein Fürst, wenn Ihr wollt, dass ich Buße tue, so unterziehe ich mich gern jeder Strafe. Und was eine Entschädigung angeht ... ich bin nicht mittellos, mein Fürst. Ich kämpfte tapfer für den König von Dänemark, und ich erhielt meinen Anteil an der Kriegsbeute. Bislang habe ich diesen Schatz nicht angetastet – ich hoffte doch, nach dem Tod meines Verwandten Graf Bolek die Burg Karentia als Lehen übernehmen zu können. Für ihre Erneuerung und damit zur besseren Verteidigung Rujanas wollte ich mein Vermögen aufwenden. Wenn Ihr es allerdings jetzt benötigt oder mir eine Zahlung als Strafe auferlegt, so will ich es Euch gern geben.«

Jaromar horchte auf. »Ein Schatz, Herr Vaclav?«, fragte er mit schiefem Lächeln.

Der Ritter nickte. »Vor allem aus Silber, mein Fürst. Aber das werdet Ihr selbst sehen. Gestattet Ihr mir, mich vom Hof zu entfernen und das Silber zu holen?«

Jaromar schnaubte. »Da bleibt mir wohl kaum etwas anderes übrig. Wenngleich mir die Sache seltsam vorkommt. Wo gab es denn Silber zu erbeuten an den Stränden von Pommern? Aber gut, Herr Vaclav. Bringt mir Euren Schatz, und wir werden sehen, inwieweit ich Euch vergeben kann. Graf Bolek ist ja bislang noch nicht verschieden.«

Vaclav verbeugte sich und verließ den Palas unter mannigfaltigen Dankesbekundungen. Jaromars letzte Worte machten ihm Hoffnung. Der Fürst mochte der beste Christ der Welt sein und der gerechteste Herrscher, aber wenn ein Schatz winkte, verhielt er sich doch nicht anders als all die anderen Mächtigen auf der Welt. Er würde alles vergessen und Vaclav alles gewähren, wenn er dafür zu Reichtum kam.

Kapitel 7

Amra lag ausgestreckt im Küstengras oberhalb der Klippen am nördlichen Ende der Halbinsel Jasmund. Sie schaute träge und zufrieden in den blaugrauen Himmel, an dem die gebündelten Strahlen der Sonne sich eben durch den Dunst zu tasten versuchten.

»Als ich klein war, habe ich gedacht, das seien die Finger der Götter, die nach mir greifen«, meinte sie müßig und streckte die Hand nach Magnus aus, der neben ihr lag.

Sie waren auf dem Weg nach Hause. Nur noch eine oder zwei Stunden trennten sie von ihrem Hof, doch sie hatten keine Eile. Das Wetter war außergewöhnlich mild für die Jahreszeit, und sie hatten die Leckereien genossen, die Amra auf dem Markt in Wiek gekauft hatte. Die Pferde waren ausgeschirrt, im Wagen befanden sich Körbe voller Enten- und Gänseküken, und am langen Strick angebunden graste der Bulle. Alles wirkte ruhig und friedlich, und Amra und Magnus spürten Verlangen. Aber Edita war eben noch neben ihnen im Gras umhergekrabbelt. Jetzt schien sie zwar müde zu werden, so nah an der Steilküste würden sie jedoch nicht wagen, die Kleine aus den Augen zu lassen.

»Vielleicht schläft sie ja gleich ein«, murmelte Magnus, deckte Edita mit dem Mantel der Äbtissin zu und sah ebenfalls in den Himmel. Er sah sich die Strahlen genauer an. »Dann müsste der Allmächtige acht Finger haben. Nein, das glaube ich nicht, Liebste. Aber wer weiß, vielleicht hält dort oben die Sonne den Mond gefangen in einem Gespinst von Licht, und nur bei Nacht lässt sie ihn entkommen . . .«

»Wenn sich ein liebendes Paar findet, das sie schön darum bittet...«, sponn Amra den Gedanken weiter. »Damit einer den anderen sehen kann in seinem fahlen Licht.«

Sie beugte sich zu Magnus hinüber und küsste ihn – dann schraken die beiden auseinander. Wuff setzte in wilden Sprüngen hinter einem Kaninchen her und machte sich nicht die Mühe, seine Besitzer im Gras dabei zu schonen.

»Au!«, schrie Amra, als seine Pfoten ihre Brust trafen und ihr kurz die Luft zum Atmen nahmen.

Der Hund schoss hinter dem Hasen auf die Klippen zu – und war plötzlich verschwunden.

Amra richtete sich alarmiert auf. »Wo ist er denn hin?«, fragte sie besorgt. »Er wird doch nicht hinuntergesprungen sein?« Sie machte Anstalten, aufzustehen.

Magnus seufzte. Edita war eben eingeschlafen, und nun verdarb ihm der Kläffer die Aussicht auf ein Schäferstündchen im Ufergras.

»Glaub ich nicht«, meinte er. »Bis jetzt jedenfalls hat er sich immer als ganz lebenstüchtig erwiesen.«

Amra rappelte sich trotzdem auf und ging zur Klippe. »Aber ich sehe ihn nicht.« Sie beugte sich gefährlich weit über den Abgrund, und Magnus stand schnell auf.

»Fall du nicht auch noch runter«, brummte er und hielt sie fest. »Komm, Amra, leg dich wieder hin, der Hund wird schon wieder auftauchen.«

»Er kann doch nicht verschwinden! Und er ist hier hinuntergesprungen, bestimmt, an dieser Stelle.« Amra spähte angestrengt nach unten. Etwa mannshoch unterhalb der Klippe befand sich ein Felsvorsprung, auf dem der Hund Halt gefunden haben müsste, aber er war nicht zu sehen.

»Amra, wenn er gestürzt wäre, hätte er gejault. Der fällt doch nicht lautlos in den Tod. Und der Hase auch nicht. Der ist schließlich ebenfalls weg. Du musst dich geirrt haben, die Tiere sind anderswo verschwunden.«

Amra lief den Felsvorsprung entlang. Er zog sich ein ganzes Stück unterhalb der Klippe hin und stieg dabei an.

»Vielleicht ist er hier hoch«, überlegte Amra.

Für einen schwindelfreien Menschen oder einen sorglosen Hund war eine solche Kletterpartie nicht unmöglich. Amra sah sich oberhalb der Klippen um – da erschien Wuff plötzlich auf dem Felsvorsprung. Ebenso schnell, wie er zuvor verschwunden war, lief er daran entlang und sprang wieder auf festen Grund. Schwanzwedelnd trabte er auf Amra zu – er trug etwas im Maul.

»Der hat doch wohl nicht das Kaninchen erwischt?«

Amra lachte erleichtert, wunderte sich jedoch. Bislang war es Wuff noch nie gelungen, irgendeine Jagd erfolgreich zu beenden. Der Mischling war freundlich, aber zu nichts wirklich zu gebrauchen.

Magnus sah genauer hin. »Das ist kein Tier«, wunderte er sich. »Komm mal her, Wuff, lass mich schauen, was du da hast.«

Der Hund näherte sich vergnügt und legte seine Beute freigebig vor Amra nieder. Er hätte mit dem silbernen Leuchter auch kaum etwas anfangen können.

Amra drehte das wertvolle Stück verwirrt in den Händen. »Siehst du, was ich sehe, Magnus? Das ist Silber! Wo kann er das herhaben?«

Magnus lag bereits flach am Klippenrand und versuchte, darüberzublicken. »Eine Höhle, Amra. Da muss eine Öffnung sein, die nur vom Felsvorsprung aus zu erreichen ist. Ich werde mir das ansehen.«

Er folgte dem Weg des Hundes über den ansteigenden Felsvorsprung und machte Anstalten, sich an der am wenigsten gefährlichen Stelle hinabzulassen.

»Magnus!« Amra hielt ihn zurück. »Bist du von Sinnen? Wenn du hier einen falschen Tritt machst, bist du tot!«

Magnus lachte. »Ich bin die Klippen von Arkona hinuntergeklettert, erinnerst du dich?«

»Und hättest dich dabei zu Tode stürzen können. Also sei jetzt vernünftig. Wir befestigen ein Seil am Wagen und winden das Ende um deine Brust, daran kannst du dich festhalten, und falls du doch den Halt verlierst, bist du gesichert.«

Amra rannte zum Wagen und knüpfte in Ermangelung von Tauwerk die Zügel aus den Kopfstücken der Pferde. Sie band sie geschickt aneinander – die langen Lederriemen würden Magnus' Gewicht aushalten. Dennoch schlug ihr Herz heftig, als er sich jetzt über die Klippe herabließ und den Felsvorsprung entlangtastete.

»Denkst du, da unten könnte noch mehr Silber sein?«, fragte sie nervös.

»Wir werden's gleich sehen«, beschied Magnus sie, folgte dem Felsvorsprung nach unten – und war dann ebenso plötzlich verschwunden wie zuvor der Hund.

»Tatsächlich, hier ist eine Höhle!«, rief er zu Amra hinauf. »Und sie ist gar nicht mal so klein.«

»Aber doch nicht voller Schatztruhen, oder?« Amra lachte. Sie fühlte sich jetzt sicherer, da Magnus offenbar auf festem Boden stand.

»Nein. Wer hier seinen Schatz bewahrt, bevorzugt Säcke.« Magnus' Stimme klang beunruhigend ernst. »Und ... o mein Gott ... hier liegt eine Leiche, Amra! Oder eher ein Skelett, vormals reich gekleidet ...«

Er kam wieder in Sicht und hielt Amra einen pelzverbrämten Kopfschmuck hin. »Hier, erkennst du das? Ich bin mir nicht sicher, aber es erinnert mich ...«

»Es gehörte zur Tracht der Svantevit-Priester«, sagte Amra.

Sie hatte diese Kopfbedeckungen Hunderte von Malen im Tempelbezirk von Arkona gesehen.

Magnus ließ den Schmuck sinken. »Dann hat einer von denen hier den Tod gefunden«, sagte er und ging wieder in die Höhle.

Und dann hörte Amra einen Aufschrei.

»Amra, ... dieser ... dieser Priester hat einen Schatz gehütet! Hier sind Silber und Gold, Amra, vor allem Münzen. Münzen aus aller Welt, sogar Drachmen aus dem Morgenland. Wir sind reich, Amra! Ich habe noch nie so viele Münzen auf einmal gesehen. Was kann das sein, Amra? Wo kommt dieser Schatz her?«

Amra biss sich auf die Lippen. Für sie passten der Schatz und der Priester recht gut zusammen. Der Tempel des Svantevit war überaus reich gewesen. Gut möglich, dass die Priesterschaft vor der Kapitulation etwas von ihren Kostbarkeiten in Sicherheit gebracht hatte. Aber woran war der Mann hier gestorben? Amra verlor sich in ihren Gedanken, als sich der Lederriemen, der Magnus sicherte, plötzlich lockerte. Sie schrie erschrocken auf, hörte jedoch gleich darauf Magnus' beruhigende Stimme.

»Keine Angst, ich löse nur das Leder, um den Schatz daran zu befestigen. Es ist sicherer, wenn du ihn heraufziehst, als wenn ich damit klettere.«

»Gut. Aber du wartest mit dem Hochklettern, bis ich dir den Zügel wieder runterlasse?«, vergewisserte sich Amra, als Magnus sich wieder auf den Felsvorsprung schob, einen Sack in den Armen, den er fest an den Zügel geknotet hatte. »Pass bloß auf, geh nicht so nah an den Abgrund ... Himmel, Magnus, das ist das ganze Geld nicht wert, du ...«

»Ich warte, meine Liebste«, beschwichtigte sie Magnus. »Aber jetzt zieh, schön langsam und vorsichtig, dass sich ja der Knoten nicht löst.«

Es war nicht allzu schwer, den Sack die Klippe heraufzuziehen. Als er in Sicherheit war und Amra den Knoten löste, blieb ihr jedoch die Luft weg. Fassungslos starrte sie in den geöffneten Sack. Neben dem silbernen Leuchter, den der Hund herausgezogen hatte, enthielt er nur noch eine ebenso massive Silberschale, der Rest des Schatzes bestand aus Münzen. Wenige aus Gold, die meisten aus glänzendem Silber. Magnus hatte Recht – ihr Fund würde sie reich machen.

»Schau einer an, meine liebe Amra!«

Amra fuhr erschrocken herum, als sie die Stimme hinter sich hörte. In der Aufregung über die Bergung des Schatzes hatte sie weder das Pferd kommen hören noch den Ritter wahrgenommen, der jetzt nur eine Armlänge von ihr entfernt am Rand der Klippe stand. Wuff hatte zwar gebellt, aber auch das war für Amra in der Aufregung über den Schatzfund untergegangen.

»Wie entgegenkommend von dir, dass du den Schatz schon mal für mich heraufgeholt hast.«

Amra schaute verwirrt in das narbige Gesicht des Sprechers, dann verstand sie endlich. »Vaclav?«, fragte sie tonlos. »Vaclav von Arkona?«

Er grinste. »Sieh an, du erkennst mich noch. Na ja, du hast mein neues Gesicht ja selbst gestaltet. Der Gatte, ganz nach deinen Wünschen, Amra...«

Amra spürte, wie der Hass in ihr hochstieg. Warum trat dieser Mann immer wieder in ihr Leben, wenn es ihr gerade gut ging?

Wütend blitzte sie ihn an. »Ich habe bereits einen Gatten«, sagte sie. »Und wenn ich keinen hätte... dir würde ich wohl selbst das Kloster vorziehen.«

»Sie ist immer noch kratzbürstig, meine liebe Amra.« Vaclav lachte. »Und wo ist er jetzt, dein feiner Magnus? Lass mich raten. Er sitzt unten in meiner Höhle und wartet, dass du ihn raufziehst. Darin hast du ja schon Übung, nicht wahr, Amra? Wie oft willst du den Kerl eigentlich noch aus einem Verlies befreien?«

»Sooft es nötig ist!« Amras Gedanken rasten. In der Höhle war Magnus sicher. Aber wenn er versuchte, hinaufzuklettern, konnte Vaclav ihn mit Leichtigkeit über den Abgrund stoßen. Sie musste irgendetwas tun, um Vaclav abzulenken. »Du sagst, dies ist dein ... Schatz?«, fragte sie. »Du hast ihn hier versteckt?«

Vaclav nickte triumphierend. »Der Tempelschatz des Svantevit«, erklärte er stolz. »Jedenfalls ein Teil davon. Wir haben es nicht gewagt, alles in Sicherheit zu bringen, aber dies ist doch schon etwas.«

»Wir, das heißt, der Priester und du?«, fragte Amra mit schneidender Stimme.

Vaclav lachte. »Ach ja, der alte Muris ... Bestand darauf, seinen Schatz zu begleiten. Dabei wäre er beim Verlassen von Arkona schon fast die Klippe hinuntergefallen. Ich hätt's gut allein machen können. Aber nein, der Kerl musste ja die Kontrolle behalten. Jetzt hat er sie für die Ewigkeit.«

»Du hast ihn kaltblütig umgebracht!«, konstatierte Amra.

Vaclav zuckte die Achseln. »Es musste sein. Und der Schatz ist es wert. Er erkauft uns eine Burg, meine süße Amra. Wir werden ihn Fürst Jaromar zur Verfügung stellen, dafür erhalten wir Karentia als Lehen. Ist das nichts, meine Schöne? Im Tausch gegen eine Bauernkate am Ende der Welt?«

»Ich wollte mit dir in keinem Palas leben!«, gab Amra zurück und stand auf.

Magnus' Schwert lag unter dem Bock des Wagens. Wenn sie das an sich bringen könnte ... Sie warf einen Blick auf Edita. Die Kleine schlief tief, immer noch eingewickelt in den Mantel der Äbtissin. Wuff lag neben ihr und wedelte jetzt mit dem Schwanz. Von ihm war wohl keine Hilfe zu erwarten.

»Ach, das sagst du jetzt nur so ...« Vaclav riss sie in seine Arme, aber Amra gab sich keinerlei Illusionen hin. Über ihre Schulter hinweg hielt er die Klippe im Auge.

Magnus konnte nur ahnen, was oben vor sich ging, Vaclavs Stimme war ihm nur zu gut bekannt. Er spürte die alte Wut in sich auflodern, musste aber gleich einsehen, dass er seinem Widersacher jetzt genauso hilflos gegenüberstand wie damals auf der Mikelenburg. Er saß in der Falle, jeder Versuch, die Höhle zu verlassen, würde Vaclav die Möglichkeit geben, ihn in den Tod zu stoßen. Zumindest jeder Versuch, hochzuklettern ...

Magnus blickte über den Felsvorsprung nach unten. Der Abgrund ließ ihn schaudern, glatt war die Felswand hingegen nicht. Wenn er sich ein paar Ellen hinunterließ und dann nach links oder rechts kletterte und den Teil der Steilküste umging, den Vaclav einsehen konnte, wäre es möglich, ihn zu überraschen. Magnus flüsterte ein Gebet, bevor er sich über den Felsvorsprung hinabgleiten ließ. Es war gefährlich, und es musste schnell gehen. Wenn Vaclav jetzt über die Klippe schaute, würde er ihn sehen.

Vaclav war jedoch hinlänglich mit Amra beschäftigt. Er wusste, dass es nicht klug war, sie gleich hier zu nehmen, aber er hatte zu lange gewartet. Amra wehrte sich nach Kräften, als er sie gegen den Wagen drückte. Der harte, feste Knoten des Stricks, an dem der Bulle festgebunden war, drückte sich schmerzhaft in ihren Rücken. Als Vaclav ihren Rock zerriss, biss sie ihn in die Schulter.

»Ich hätte ein Kettenhemd anlegen sollen«, spie er verächtlich aus und lachte, ließ sie jedoch nicht los.

Amra hatte keine Chance, sich ihm zu widersetzen. Er befingerte ihre Brüste und versuchte, seine Zunge in ihren Mund zu zwingen. Sie stöhnte auf, als sich der Knoten erneut in ihren Rücken bohrte.

»Was ist?«, fragte Vaclav, »was jammerst du?«

»Der Knoten«, keuchte Amra. »Wenn du mich weiter dagegenpresst, bin ich morgen grün und blau.«

Vaclav lachte. »Du bist morgen sowieso grün und blau«, prophezeite er ihr. »Aber bitte ... ich wusste gar nicht, wie empfindlich die Prinzessin ist ...«

Er drückte sie zur Seite, und Amra sah ein Messer in seiner Hand aufblitzen. Gleich darauf durchtrennte er den Knoten, der Strick fiel zu Boden.

»Besser?«

Der Schmerz in Amras Rücken ließ nach, aber sogleich befiel sie eine andere Sorge. Der Bulle war frei. Er konnte herumlaufen, Edita war in Gefahr. Amra kämpfte mit dem Mut der Verzweiflung gegen Vaclavs Übergriff an, während sie aus dem Augenwinkel sah, dass sich das mächtige Tier tatsächlich in Bewegung setzte. Nicht schnell, eher so, als suche es nach gutem Weidegrund. Es lief jedoch auf das schlafende Kind zu.

»Lass mich!«

Amra versuchte, Vaclav wegzustoßen, aber er ließ nicht mal locker, als er nun einen Blick zurück zu den Klippen warf. Der Wagen stand seitlich zum Abgrund. Wenn er Amra dagegenpresste, konnte er nur Teile der Steilküste erkennen, nicht die gesamte Trasse.

Der Bulle näherte sich dem Umhang der Äbtissin und zupfte daran. Irgendetwas schien ihn zu faszinieren. Dann stieß er plötzlich ein schmerzvolles Brüllen aus und wich vor dem wütend kläffenden Wuff zurück. Mit seinem aufgestellten Nackenhaar wirkte der Hund viel größer und bedrohlicher, als er war. Der Bulle hatte seine Mittagsruhe gestört, und da kannte Wuff keinen Spaß. Die Nase des hünenhaften Tiers blutete, der Hund musste danach geschnappt haben. Das hätte wohl auch in dem ruhigsten Zuchtbullen der Welt die Bestie erweckt. Der sonst so friedfertige Koloss scharrte mit dem Vorderhuf den Boden auf, während Wuff ihn bellend umkreiste. Amra dankte allen Göttern, dass Edita noch nichts geschehen war.

Das Brüllen des Bullen hatte selbst Vaclav irritiert, er wendete sich dem Bullen zu und ließ von Amra ab. Hektisch tastete Amra hinter sich über die Ladefläche des Wagens. Sie spürte die Decken und die Bündel mit ihren Einkäufen, an den Bock kam sie dagegen nicht, das Schwert blieb außerhalb ihrer Reichweite. Amra dachte fieberhaft nach. Vielleicht ließe sich ja etwas anderes als Waffe verwenden ... Und dann ertastete sie tatsächlich etwas Hartes – den silbernen Leuchter! Sie hatte ihn auf den Wagen geworfen, als sie die Zügel losgeknotet hatte.

Amra griff zu und hob den Leuchter über den Kopf. Aber diesmal war ihr das Glück nicht so hold wie damals auf dem Burghof. Es war heller Tag, und Vaclav war auf der Hut. Er sah sofort, dass sie zum Schlag ausholte, und hielt ihren Arm fest.

»Keine Chance, meine Süße. Nicht zweimal der gleiche Trick ...«

Damit schleuderte er den Silberleuchter über seine Schulter – und traf die Kruppe des Bullen, der sich immer noch wütend gegen den kläffenden Hund wehrte. Das mächtige Tier warf sich sofort herum.

»Weg hier!«

Amra sah, dass der Koloss sich näherte, aber Vaclav reagierte schneller als sie. Er stieß sie zur Seite, duckte sich unter dem Angriff des Tieres und zog sein Schwert. Schwer atmend stand er dem Bullen entgegen, der verwirrt verharrte. Sich einem Menschen als Gegner gegenüberzusehen, schien dem längst gezähmten Tier Angst zu machen. Unsicher scharrte es erneut mit den Hufen. Vaclav wartete, das Schwert erhoben, ohne sich zu rühren.

Einige Ellen links von der Stelle, an der die Höhle im Fels lag, kletterte Magnus lautlos über den Klippenrand und zog sich auf festen Boden. Amra vergaß alle Angst, als sie ihn sah. Er war oben, er konnte sich Vaclav entgegenstellen. Er brauchte jedoch sein Schwert, und nur sie konnte es holen. Sie sprang zum Bock des Wagens und zog die Waffe hervor. Vielleicht würde der Bulle Vaclav ja lange genug beschäftigen, damit sie Magnus das Schwert zuwerfen konnte.

In diesem Moment gab der Bulle unversehens auf. Er warf Vaclav noch einen misstrauischen Blick zu und senkte dann den riesigen Kopf ins Gras. Gleich darauf begann er zu fressen, als sei nichts geschehen. Auch der Hund hatte sich beruhigt.

Vaclav fuhr sofort zu Amra herum und sah das Schwert in ihrer Hand. »Es wird immer besser, meine Amra!« Er lachte amüsiert. »Jetzt forderst du mich schon zum ritterlichen Zweikampf. Und mit meinem eigenen Schwert, wie ich sehe. Das habt ihr ja damals mitgenommen, dein Liebster und du.«

Amra zog sich rückwärts hinter den Wagen zurück, bemüht, Vaclavs Blicke auf sich zu halten. Er durfte Magnus nicht sehen – nicht bevor der zu Atem gekommen war. Aber Vaclav hatte ohnehin nur Augen für Amra und die Waffe in ihren Händen. Er folgte ihr, das Schwert theatralisch vor der Brust. Wenn er nur ein Mal ausholte, würde er Amra das ihre aus der Hand schlagen. Sie konnte die Waffe nicht führen, diese Schwerter waren zu schwer für die Hände einer Frau.

Vaclav schlug zu, als Amra eben um den Wagen herumging. Sie taumelte, aber zu seiner Überraschung flog ihr Schwert nicht fort. Es hielt dem Schlag stand und über Amras schlanken, das Heft umklammernden Fingern erschien eine große, starke Pranke. Magnus nahm seiner Frau das Schwert aus der Hand.

»Ich fordere Euch zum ritterlichen Zweikampf, Herr Vaclav«, sagte er ruhig. »Es steht noch ein Gottesurteil aus, wenn ich mich recht erinnere. Solltet Ihr siegen, so könnt Ihr Herrn Pribislav den Vollzug melden. Aber ich glaube nicht, dass Gott auf Eurer Seite ist.«

Amra hatte Magnus noch nie mit einem gleichstarken Gegner kämpfen sehen. Ohnehin hatte sie nur einen einzigen seiner ernsthaften Kämpfe mit angesehen – das von Zufall und vom Schicksal entschiedene Duell mit Niklot.

Atemlos verfolgte sie nun, wie die Schwerter der beiden Ritter gegeneinanderklirrten. Sie trugen beide keine Rüstungen, nicht einmal Kettenhemden. Das machte den Schlagabtausch gefährlicher. Ohne zusätzliches Gewicht am Körper konnten die Männer ihre ganze Kraft in die Schläge legen. Amra sorgte sich um Magnus, der den Schwertkampf lange nicht trainiert hatte, aber auch Vaclav schien sich nicht jeden Tag im ritterlichen Kampf zu üben. Die Zeit, in der die Männer wütend umeinander tänzelten und aufeinander einschlugen, kam ihr endlos vor. Magnus versuchte eine Finte nach der anderen, aber Vaclav erkannte sie alle und ließ sich nicht daran hindern, immer wieder anzugreifen.

Amra überlegte verzweifelt, wie sie zu Magnus' Gunsten eingreifen konnte, dann war es jedoch Edita, die die entscheidende Wende auslöste. Die Kleine hatte geschlafen – zu Amras Erleichterung gänzlich verdeckt von dem voluminösen Mantel der Äbtissin. Vaclav hatte sie gar nicht bemerkt. Nun regte sich das Kind, schob den Kopf unter dem Mantel hervor und begann beim Anblick der kämpfenden Männer, erschrocken zu schreien.

Magnus irritierte das nicht. Aber Vaclav blickte sich instinktiv um – und zeigte Magnus seine ungeschützte Schulter. Magnus, der eben einen Angriff hatte parieren wollen, schlug sofort zu. Sein Schlag trennte Vaclav den linken Arm vom Körper. Der Ritter erstarrte und blickte ungläubig auf das Blut, das an ihm hinablief.

»Du miese, dreckige Ratte!«, stieß er aus und stürmte noch einmal auf Magnus zu, doch der Angriff war ungeschickt und nicht ausbalanciert. Magnus unterlief ihn und stieß Vaclav das Schwert in die Seite.

Amra schluchzte vor Erleichterung auf, als er fiel. Sie rannte zu ihrem Kind, hob es auf und drückte es mit geschlossenen Augen an sich. Sie wollte ihren Widersacher nicht sterben sehen.

Magnus lehnte schwer atmend an seinem Wagen, während Vaclav sein Leben aushauchte. Auch er konnte kaum glauben, dass es vorbei war. Amra fasste sich als Erste. Sie nahm einen Schlauch Wein vom Wagen und reichte ihn Magnus. Er ließ das Schwert ins Gras gleiten und trank mit langen Zügen. Dann fiel er Amra in die Arme.

»Wir . . . wir sollten den Bullen wieder einfangen«, sagte Amra. »Und dann müssen wir . . . wir müssen Vaclav begraben . . .«

Magnus schüttelte den Kopf. »Die Klippe«, murmelte er. »Selbst wenn ihn das Meer irgendwo anschwemmt – man wird glauben, er sei zu Tode gestürzt.«

Amra wollte erwidern, dass er dabei wohl kaum seinen Arm verloren hätte, aber Magnus hatte Recht. Wenn er hier hinunterstürzte, würde es lange dauern, bis ihn jemand fand. Bis dahin würden die Tiere des Meeres sich an ihm gütlich getan haben und die Schwertwunden nicht mehr erkennbar sein.

Magnus reinigte seine Waffe, nachdem sie Vaclavs Körper mit vereinten Kräften über die Klippe gestoßen hatten. Er wollte das Schwert zurück in die Scheide stecken. Aber dann überlegte er es sich plötzlich anders. Magnus hob es weit über den Kopf und schleuderte es dem Toten hinterher ins Meer.

»Ich werde kein Schwert mehr brauchen«, sagte er, ohne Amra anzusehen. »Ich bin kein Ritter mehr.«

Amra lächelte. »Hast du nicht gerade ein Gottesurteil für dich entschieden?«, fragte sie. »Bei der Sache ging es doch um deine Ritterwürde oder etwa nicht? Du ... könntest sie wieder beanspruchen.«

Magnus sah ihr fest in die Augen. »Ich will meine Ritterwürde nicht mehr!«, erklärte er. »Ich bin nur noch Magnus der Bauer, Vorsteher des Dorfes am Schwarzen See. Sofern dir das reicht, Amra, meine Liebste. Wenn dir an einem Titel etwas liegen sollte, werde ich es mir noch einmal überlegen.«

Amra schüttelte ernst den Kopf. »Von mir aus hättest du schon vor Jahren darauf verzichten können«, erinnerte sie ihn. »Dann wäre uns viel erspart geblieben. Ich kann noch nicht glauben, dass jetzt alles gut ist.« Sie küsste ihn.

»Und was machen wir nun damit?« Amra wies auf den Sack, der immer noch am Rand der Klippe lag.

Magnus schüttete den Inhalt aus und versuchte, den Wert der Münzen zu schätzen. »Das ist viel Geld, Liebste. Genug für ... vielleicht zwanzig Pferde.«

»So spricht einer, der eben auf seine Ritterwürde verzichtet hat«, neckte Amra ihn. »Denk nach, Magnus! Was sollen wir mit zwanzig Pferden? Wir haben gerade genug Weideland für unsere drei, den Bullen und die Rinder!«

Magnus' Augen blitzten begehrlich. »Wir könnten mehr Land urbar machen. Und vielleicht Pferde züchten, und ...«

»Und was willst du den Leuten sagen, wo das Geld so plötzlich herkommt? Wie erklärst du, dass du Münzen aus dem Morgenland besitzt? Du, ein einfacher Bauer?« Amra strich ihm zärtlich das Haar aus dem Gesicht, um ihren Worten die

Schärfe zu nehmen. »Sind wir nicht reich genug, mein Ehegatte?«

Magnus küsste sie. »Jeder Tag mit dir macht mich reich«, sagte er sanft. »Jede Bauernkate, in der ich mit dir lebe, ist mir kostbarer als ein Königspalas.«

Amra lachte. »Wenn es für höfische Reden Geld gäbe, Liebster, wären wir noch reicher!«, spottete sie.

Magnus seufzte. »Was schlägst du also vor?«, fragte er dann. »Lass mich raten, du willst den Schatz zurückbringen. Streng genommen gehört er Fürst Jaromar. Und er könnte ihn dringend brauchen, seine Kassen sind leer. Er erhöht die Abgaben für die Bauern immer mehr.«

Amra schüttelte den Kopf. »Streng genommen gehört er Svantevit. Den es nicht gibt, wie wir schon vor Jahren herausgefunden haben. Oder der sich zumindest nicht allzu viel um die Ordnung in seinem Tempel kümmert. Wenn du den Schatz Jaromar aushändigst, wird er davon eine Kirche bauen, da kannst du sicher sein – er wird sich nicht persönlich an Tempelgold bereichern. Also bekommt es wieder ein Gott – diesmal der christliche, aber auch der hat sich bislang nicht sonderlich um unsere Sicherheit verdient gemacht. Nein. Den Schatz behalten wir. Wir ... wir werden ihn im Haus vergraben. Vor der Kochstelle. Als unsere persönliche Versicherung. Falls doch noch einmal etwas passiert, falls uns doch noch einmal jemand erkennt und wir fliehen müssen.«

Magnus zog sie an sich. »Es gibt keinen anderen, der uns erkennen könnte«, sagte er tröstend. »Es ist vorbei, Amra. Wir sind in Sicherheit. Für immer.«

Amra lächelte. »Mit einem Schatz unter der Herdstelle, Geliebter, fühlt man sich immer noch ein bisschen sicherer ...«

Sie griff nach Magnus' Hand, als sie den Schatz in den Wagen luden und Decken darüber breiteten. Kurz danach waren sie auf dem Weg nach Hause – ein schweres Gespann, ein Bulle, der hinter dem Leiterwagen hertrottete, ein bellender Hund, ein lachendes Kind.

Bauern – zufrieden mit ihrem Los.

Epilog

Knapp tausend Jahre später unternahmen Archäologen Ausgrabungen auf Rujana in der Umgebung der früheren Burg Arkona. Zu ihrer Überraschung entdeckten sie im Fußboden am Ofen eines Wohnhauses einen Korb aus Rutengeflecht, gefüllt mit Münzen, sogar aus dem Morgenland, geprägt im 9. Jahrhundert. Man nimmt an, dass es sich um Silber und Gold aus dem Tempelschatz des Svantevit handelt.

Amra und Magnus haben ihren Notgroschen nie gebraucht.

Nachwort

Dieser Roman behandelt die Christianisierung der Ranen auf Rügen – eine Zeit, aus der wenig überliefert ist. Schriftliche Aufzeichnungen vonseiten der Ranen gab es nicht, lediglich außenstehende Geschichtsschreiber wie Saxo Grammaticus überlieferten uns ihre Sicht vom Leben auf der Burg Arkona und dem Kult des Gottes Svantevit. Die Wissenschaft ist hier auf archäologische Ausgrabungen angewiesen, die oft unter schwierigen Bedingungen stattfinden, denn Kap Arkona ist ständig durch Uferabbrüche gefährdet. Man nimmt an, dass nach zehn bis zwanzig Landabbrüchen pro Jahrhundert nur noch ein Drittel der ursprünglichen Fläche der Burganlage erhalten ist. Immerhin weiß man inzwischen, wie Burg und Tempel aufgebaut waren, meine Schilderungen der Anlage sind also authentisch.

Die Bedeutung des Svantevit-Orakels in der damaligen slawischen Welt ist unumstritten. Man weiß, dass die Deutung mithilfe der heiligen Pferde des Gottes herbeigeführt wurde, die Quellen widersprechen sich allerdings teilweise in den Details: ob dem Gott nun Schimmel oder Rappen geweiht waren und ob sie zur Ermittlung des Wissens um die Zukunft über eine oder mehrere Lanzen geführt wurden. Das Orakel verlief aber sicher etwa so, wie geschildert, und war insofern von kritischen Geistern leicht zu durchschauen. Das sind allerdings auch die Tricks moderner »Pferdeflüsterer«, die Reiter und Pferdefreunde ebenso bewundern und die genauso bereitwillig bezahlt werden, wie damals die Priester des Svantevit entlohnt wurden. Wie Baruch und Graubart sagen würden: Der Mensch glaubt, was er glauben will, und schaltet seinen Verstand gern dabei aus.

Archäologische Funde ergaben, dass dem Gott Svantevit tatsächlich Menschen geopfert wurden, man fand Fragmente von Skeletten und abgetrennte Köpfe. Wie genau die Zeremonie allerdings vor sich ging, ist nicht bekannt, hier habe ich meiner Fantasie freien Lauf gelassen. Häufiger als Menschen opferte man dem Gott ohnehin Tiere, oder man beschränkte sich auf Sachspenden wie Waffen oder Perlen, die dann im Tempelbereich vergraben wurden.

Rügen im Allgemeinen und Vitt im Besonderen waren zur fraglichen Zeit tatsächlich schon Zentrum des Heringshandels – die Fische waren als Fastenspeise während des gesamten Mittelalters sehr begehrt. Es ist auch erwiesen, dass viele Kaufleute aus den verschiedensten Ländern und Regionen damals Höfe als Handelsstützpunkte auf Rügen unterhielten, die meisten davon in Puttgarden. Funde von Drachmen und anderen Münzen aus der ganzen damals bekannten Welt beweisen Geschäftsbeziehungen bis in arabische Länder, und der Sklavenhandel florierte überall. Es liegt also durchaus im Bereich des Möglichen, dass Baruch König Tetzlav mit zwei maurischen Odalisken beschenkte. Auch die große Bedeutung des Sklavenmarktes bei Mikelenburg, dem heutigen Mecklenburg, ist belegt, die Geiseln aus Rügen dürften dort verkauft worden sein.

Sehr gut erforscht ist der Feldzug des Dänenkönigs Waldemar zur Eroberung Rujanas. Man weiß genau, wer hier beteiligt war und wann die einzelnen Aktionen stattgefunden haben. Tatsächlich wurde die Kapitulation dadurch beschleunigt, dass sich ein junger Mann aus dem Dänenheer auf Burg Arkona einschlich und im Tempelbereich Feuer legte. Seine Identität ist allerdings nicht überliefert. Zeitzeugen berichten von einem unbekannten Jüngling; im 16. Jahrhundert machte ein Chronist aus ihm einen Pommern. Und auch sonst beleben viele Rügener Autoren die Geschichte ihrer Insel mit erheblichem Erfindungsreichtum – wozu die schlechte Forschungslage in Bezug auf das Leben der Ranen natürlich anregt.

Die wunderlichsten Blüten treiben die Geschichten um die sogenannte Herthaburg am Herthasee in Jasmund. Es wird vermutet, dass Hertha der verballhornte Name der germanischen Fruchtbarkeitsgöttin Nerthus ist, die laut Tacitus an einem See verehrt wurde. Auf Rügen wurde diese Göttin allerdings nie angebetet. Die ihr vergleichbare slawische Göttin war Mokosch oder Mokuscha, aber auch hier gibt es keinerlei Anhaltspunkte dafür, dass ein ihr gewidmetes Heiligtum am Schwarzen See, wie das Gewässer in Jasmund ursprünglich hieß, gelegen hat. Dennoch bewegt der See seit dem 17. Jahrhundert die Gemüter und regt zu allerhand Schauergeschichten an, und ich muss zugeben, dass auch ich gleich an *Die Nebel von Avalon* denken musste, als ich zum ersten Mal an seinem Ufer stand. So habe ich die Idee eines Mokuscha-Heiligtums am Schwarzen See in diesem Buch aufgegriffen. Sie hat keinerlei historische Grundlage. Auch der sich heute in der Nähe befindliche Opferstein ist reine Fiktion. Ein geschäftstüchtiger Gastwirt ließ ihn aufstellen, um den Wanderweg zu den Kreidefelsen interessanter zu gestalten.

Gut belegt ist natürlich die Lebensgeschichte Heinrichs des Löwen und die seiner jungen Gattin Mathilde Plantagenet. Die Ehe der beiden gestaltete sich überraschend erfolgreich. Sie wurde mit mehreren Kindern gesegnet und hatte Bestand bis zum Tod Mathildes. Herzog Heinrich hielt sich gegenüber dem Mädchen, das er tatsächlich ehelichte, als es elf Jahre alt war, auch erstaunlich lange zurück. Erst mit sechzehn wurde Mathilde schwanger. Die Hochzeit der beiden fand wie geschildert in Minden statt, allerdings habe ich das Datum verlegt: Heinrich und Mathilde heirateten am 1. Februar 1168, also vor dem Rügenfeldzug, nicht danach.

Die Streitigkeiten zwischen Heinrich und König Waldemar um die Kriegsbeute aus Rügen habe ich dagegen möglichst authentisch geschildert, vor allem die Beteiligung ihrer slawischen und pommerschen Lehnsleute, die eine Art Stellvertreterkrieg führten. Pribislav von Mikelenburg ist eine historische Persönlichkeit, und man weiß auch, dass er einen Bruder hatte. Dessen Name ist allerdings nicht überliefert, weshalb ich ihm den Vornamen seines Vaters gab. Ausdenken musste ich mir auch die Namen von Pribislavs und Tetzlavs Gattinnen – man hielt es damals wohl nicht für nötig, die Ehefrauen der Fürsten namentlich zu erwähnen.

Das Leben in mittelalterlichen Frauenklöstern habe ich so authentisch wie möglich geschildert, wobei ich mir den Orden der Benediktinerinnen zum Vorbild nahm. Die hatten zur Zeit meines Romans allerdings kein Kloster im Norden von Heinrichs Herrschaftsgebiet, weshalb ich Amras Klosterepisode in einem Kanonissenstift ansiedeln musste. Ein solches hat es in der damaligen Zeit in Walsrode gegeben, aber über seine Regeln weiß man nicht mehr genau Bescheid. Die Regeln in Kanonissengemeinschaften differierten von Kloster zu Kloster. Wer interessiert ist, stößt auf die unterschiedlichsten Quellen. Im Laufe der Zeit orientierten sich aber fast all diese Stifte am Regelwerk größerer Orden. Es ist also nicht weit hergeholt, wenn meine Mutter Clementia sich den Benediktinerinnen verbunden fühlt. Zu jener Zeit schwärmten viele Ordensfrauen von Hildegard von Bingen.

Den am Ende erwähnten Schatz, versteckt vor der Feuerstelle eines Hauses bei Arkona, gibt es wirklich. Der Fund gehörte zu den vielen Dingen auf der wunderschönen Insel Rügen, die mich zu diesem Buch inspirierten.

Danksagung

Zuletzt möchte ich wie immer meinen Dank an alle aussprechen, die beim Entstehen dieses Buches mitgewirkt haben, allen voran meinem Agenten Bastian Schlück, meiner Lektorin Melanie Blank-Schröder und meiner eifrigen Textredakteurin Margit von Cossart, der diesmal viele zusätzliche Szenen zu verdanken sind, weil sie von Amras Abenteuern wohl nicht genug bekommen konnte.

Aber auch allen anderen Verlagsmitarbeitern, die geholfen haben, dieses Buch zu gestalten und erfolgreich in die Buchläden zu bringen, sei herzlich gedankt – ebenso wie all den Buchhändlern, die meine Bücher mögen und ihren Kunden empfehlen.

Ricarda Jordan